U0932895

Les Canfessions

忏悔录（上）

[法]卢梭◎著　杨风帆◎译

天津出版传媒集团
天津人民出版社

图书在版编目（CIP）数据

忏悔录：全2册 / (法) 卢梭著；杨风帆译. -- 天津：天津人民出版社, 2019.11
ISBN 978-7-201-12884-9

Ⅰ. ①忏… Ⅱ. ①卢… ②杨… Ⅲ. ①自传体小说—法国—近代 Ⅳ. ①I565.44

中国版本图书馆CIP数据核字（2018）第007419号

忏悔录

CHAN HUI LU

出　　版　天津人民出版社
出 版 人　刘　庆
地　　址　天津市和平区西康路35号康岳大厦
邮政编码　300051
邮购电话　（022）23332469
网　　址　http: //www.tjrmcbs.com
电子信箱　tjrmcbs@126.com
责任编辑　刘子伯
印　　刷　北京欣睿虹彩印刷有限公司
经　　销　新华书店
开　　本　880×1230　1/32
印　　张　24.5
插　　页　6
字　　数　560 千字
版次印次　2019年11月第1版　2019年11月第1次印刷
定　　价　68.00元（全二册）

He saw his mother in me again, but he could not forget that I had taken her life. (P3)

Close the door then it's over. (P73)

I sat on the Music Station with a flute in my hand proudly and ready to play a little solo specially composed for me by Le Maitre (P136)

Because I did sing with a certain charm and my age and appearance, soon I had many schoolgirls. (P215)

Study astrology (P280)

To sever France wholeheartedly deserves love and esteem of all the French people who live in Venice. (P348)

前　言

卢梭（1712—1778），生于瑞士日内瓦，法国著名启蒙思想家、哲学家、教育家、文学家，是18世纪法国大革命的思想先驱，杰出的民主政论家和浪漫主义文学流派的开创者，启蒙运动最卓越的代表人物之一。1778年7月2日在巴黎东北面的阿蒙农维拉去世。著有《论人类不平等的起源和基础》《爱弥儿》《忏悔录》《新爱洛漪丝》《植物学通信》等多部作品，代表作品有《社会契约论》《忏悔录》《论科学与艺术》。

《忏悔录》是卢梭于晚年撰写的自传体小说。这是一部别开生面、独具匠心、无出其右之作，卢梭在书中以惊人的诚实、坦率的态度和深刻的内省，叙述了自己从出生到1766年离开圣皮埃尔岛之间50多年的生活经历，表达了他的全部思想感情，剖析了他的行为和内心世界。卢梭的这部自传是这个世界上一切自传作品中最有价值的一部，整个自传是在他颠沛流离的逃亡生活中断断续续完成的，是一个平民知识分子在封建专制压迫面前维护自己不仅是作为一个人、更重要的是作为一个普通人的人权和尊严的作品，是对统治阶级迫害和污蔑的反击。他在书中以真诚坦率的态度讲述了他自己的全部生活和思想感情、性格人品的各个方面，充满了平民的自信、自重和骄傲，书中所体现的强烈的个性解放精神，重视情感、热爱自然的人文思想，以及在哲学、艺术、审美等方面的卓越成就，深刻地影响了19世纪欧洲思想和文学的发展，是一部活生生的个性解放的宣言书，其坦率和真诚达到了令人想象不到的程度，这使它成了文学史上的一部奇书。

目录 Contents

第一章

我现在要做一项史无前例、将来也不会再有人做的困难的工作，我要把一个人的真实面目赤裸裸地暴露在人们面前，这个人就是我。只有我是这样的人，我深切地了解自己的内心，也了解别人。我一生下来就和我所见到的任何人不同，甚至于我敢相信全世界也找不到一个生来就像我这样的人。虽然我不比别人好，但是至少和他们不一样。大自然铸造了我，然后把模子打碎了，这样究竟好不好，只有读了我的这本书以后才能去判断。

不管末日审判的号角何时吹响，我都敢拿着这本书走到高高在上的审判者面前，勇敢地说："请看！这就是我所做过的、所想过的，我当时就是那样的人。不论善和恶，我都同样如实地写了出来，既没有隐瞒一件坏事，也没有干过任何好事。假如在某些地方作了一些小小的修饰，那也仅仅是用来弥补我记性不好而留下的不足。其中可能把真的东西当假的说了，但绝对没有把明知是假的却偏偏说成真的。当时我是怎样的人，我就写成怎样的人。当时我是卑鄙龌龊的，就写我的卑鄙龌龊；当时我是善良忠诚、道德高尚的，就写我的善良忠诚和道德高尚。”

无所不能的上帝啊！我把内心完全袒露出来了，和你亲眼看到的是一样的。请你把普天下的众生叫到我跟前来！让他们听听我的忏悔，让他们为我的堕落而惋惜，让他们为我的恶行而惭愧。然后，让他们每一个人在您的面前，同样真诚地坦露自己的内心，看看有谁敢于对您说：“我比这个人好！”

我一七一二年出生在日内瓦，父亲是尹萨克·卢梭，母亲是苏莘·贝尔那。祖上只有一份微薄的产业，由十五个孩子分摊。父亲收入很少，他只是靠修钟表的手艺谋生，但是个精通技艺的人。我母亲是贝尔那牧师的女儿，比较有钱。她人既聪明又漂亮，我父亲下了一番工夫，才把她娶到手，他们可以说是从小青梅竹马，八九岁时，每天晚上便一起在特莱依广场嬉戏；十岁时，便已形影不离了。他俩心心相印，息息相通，于是由习惯培养成的感情便更加牢固了。

他俩生来就温柔多情，一心在等待着对方心中也发觉同样心情的时刻的到来。也可以说，这一刻也在等待着他们，只要一方稍稍有所表示，对方就会表露自己的心迹。命运好像在捉弄他们，阻挡他们的激情，这反而使他们更加难以割舍。有情郎因为得不到梦中情人而心痛愁苦，面容憔悴，她便劝他出趟远门，把她忘掉。他出了远门，可是回来时，非但没能把她忘掉，反倒爱她爱得更加疯狂。他发觉自己的心上人仍旧温柔忠诚，于是，他俩以身相许，山盟海誓。老天也为他俩祈福。

我舅舅加伯雷里·贝尔那爱上了我的一位姑姑。但姑姑提出，只有他姐姐嫁给她哥哥她才答应嫁给他。后来，有情人终成眷属，两桩婚事在同一天举办了。因此，我舅舅也成了我姑父，他们的孩子成了我的双重亲戚。一年过后，两家各添了一个孩子，于是，两家便不得不分开了。

舅舅贝尔那是一位工程师。他去报效祖国了，在匈牙利阿仁亲王帐下办事。在贝尔格莱德被困期间及其战役中，他屡建奇功。我父亲在我唯一的哥哥出生后，便应召去了君士坦丁堡，成了王宫钟表匠。父亲不在家时，母亲的漂亮、聪明招来了一些仰慕者——法国公使拉克罗素先生是其中最殷勤的一个。他的爱想必十分强烈，因为三十年后，我看见他在谈到我母亲时仍然充满深情。我母亲很看重贞节，没有被诱惑，她情真意切地爱着她的丈夫，期盼他的归来。于是他抛下一切，返回家来。而我便是父亲归来后结下的不幸之果！

十个月后，我出世了。因为先天不足，我老是体衰多病。母亲生下我之后便死去了，所以我的出生是我所有不幸中的第一个不幸！

我不清楚父亲是怎样承受住失去母亲的痛苦的，但我知道他的痛苦始终没有得到抚慰。他在我身上又看到了母亲，却无法忘记是我夺去了她的生命。当他亲我的时候，我总感到在他的搂抱中，有着一丝苦涩的遗憾掺杂在抚爱之中，因此，他的抚爱显得更加温馨。

当他对我说道："让·亚克，咱们来谈谈你母亲吧。"我便回答说："好啊！我们要大哭一场了。"听我这么一说，他便立即泪如雨下。“唉！”他叹息道，“把她还给我吧！治愈我失去她的伤痛吧！填满她在我心中留下的缺口吧！如果你只是我的儿子，我会这么爱你吗？”母亲去世四十年后，父亲嘴里念着母亲的名字，心里回想着她的音容笑貌，在我继母的怀中永远地离开了这个世界。

这就是我的亲生父母，在上帝给予他们的所有美德中，唯一留给我的就是一颗温柔的心。这颗心铸造了他俩的幸福，却给我的一生带来了种种的苦难。

我刚出生的时候，差点要死了，大家对我能否活下来已经不抱任何希望了。我随身带着一种疾病，随着年龄的增长而愈加严重。现在，这种病痛虽然有所缓解，但随即又使我更加疼痛难忍。我的一位姑姑，是一位可爱又聪明的姑娘，对我非常关心，挽救了我的生命。在我写这件事的时候，她还活着，已八十岁高龄，但她仍在照料那位比她小、因酗酒而身体很坏的姑父。亲爱的姑姑，我感谢您使我活了下来！但我很伤心，不能在您晚年时报答您在我出世时所给予我的无微不至的照顾。我的那位老奶妈亚克琳也依然健在，身体硬朗，腰板也很结实。在我出世时，让我睁开眼的手，希望将来在我死的时候，会为我合上眼睛。

我在想到过去时便会感觉到：这是人类的共同命运，对于这一点我比别人感受更深。我不知道我五六岁之前的事情，不知道是怎么学会看书写字的。我只记得最初读的那些书对我的影响，我对自己的了解便是从这时开始的。

母亲为我们留下了一些小说，父亲和我晚饭之后便开始阅读它们。一开始，只是为了让我练习着读点有趣的书，但不久，我的兴趣便十分强烈了。我和父亲不停地读，通宵达旦，一直读到结尾处。有的时候，父亲在清晨听见燕子啁啾，便不好意思地说："咱们去睡吧，我比你还像小孩。"不久，我就通过这种方法掌握了一种很强的阅读和理解能力，而且还有了我这么大的孩子所没有的一种对激情的悟性。我对事物本身没有任何概念，但我已经明白了所有的感情；我对什么都不理解，却全都感受到了。我不断感受到的混乱不堪的感情，丝毫没有影响当时我还没有的理性，却为我造就了另一种类型的理智。使我对人生产生了一些奇怪而荒诞的想法，以至于后来的经验和教训都没能彻底地治好它们。

一七一九年夏天，小说都被我读完了，冬天，我们就干别的去了。母亲的藏书都读过了，便把外公留给我们的书拿来读。很巧的是，其中有一些好书。这并不奇怪，因为那原是一位诚实而学问渊博的牧师的藏书，当时的事实就是这样，而且，他还是一位有独到的见解且幽默风趣的人。勒絮厄尔的《宗教与帝国史》、博絮埃——法国著名作家，卢梭经常读他的《论宇宙史》和《世界通史》、普吕塔克的《名人传》、纳尼的《威尼斯史》、奥维德的《变形记》、拉布吕耶尔的著作、丰特奈尔的《宇宙万象》和《死者对话录》，还有莫里哀——法国十七世纪著名剧作家，他的《悭吝人》、《伪君子》等为我们所热爱。他的几部著作，都被搬到父亲的工作室里来了。每天，我都在他干活儿的时候，读给他听！对这些书，我有了一种罕见的、却是我这么大的孩子难得的爱好。我尤其喜欢普吕塔克，我兴味盎然地一遍又一遍地读他的书，这多少缓解了我对小说的渴求。

很快我便喜欢上了阿格西拉斯、布鲁图斯、阿里斯蒂德三人。他们均是古希腊、罗马时代的人物。我对他们的热爱，超过了对欧隆达特、阿泰门和攸巴的热爱，他们分别为当时的三部流行小说中的人物。这些很有意思的书以及我和父亲二人对这些书的讨论，造就了我那种自由的共和思想，包括那种不屈服的桀骜不驯的性格，以及不愿忍受桎梏和奴役的品性，使得我在这种性格受到抑制的时候，总是痛苦无比。

我一心想着罗马和雅典，可以说是活在伟人的影响中。但我从生下来就是一个共和国的公民，是一个视祖国利益为最高的父亲的儿子。我以父亲为榜样，也对祖国充满了热爱。我自认为成了希腊人或罗马人。我变成我在书中读到的那些人物了，他们的坚贞不渝、英勇不屈深深地打动了我，使我的目光炯炯有神，声音铿锵有力。有一天，我在饭桌上讲罗马的青年英雄，因夜间行刺国王时错杀了他人而后悔不已，于是将自己右手放在火上烤，以示惩罚的英雄壮举。为了表演逼真，我便离开餐桌，把手放在火盆上，所有在座的人都惊呆了。

我有个哥哥，比我大七岁，他跟着父亲学手艺。大家对我很偏爱，对他则有点冷淡。我对此并不高兴。这种冷落对他的成长产生了很大的影响，他甚至在还没到真正成为一个放浪形骸的人的年龄时，便已难以管束了。后来，他被送到别人家去当学徒，但是就像在自己家里一样，常常偷偷地跑出去。我几乎见不到他，甚至说是几乎都不认识他了。但我仍然发自内心地爱着他，而他也像一个放荡之人必须爱点什么似的爱我。记得有一次，父亲狠狠地揍他的时候，我赶紧跑到他们中间，紧紧地护住哥哥，我就这样用身子挡住他，替他挨了不少的拳头。由于我总这么护着，父亲也许因为我又哭又喊，或者是父亲害怕让我挨打，终于住手了。最后，哥哥越变越坏，干脆下落不明了。过了一段时间，大家才知道，他去了德国。他一封信都没写过，从此以后，就再也没有他的任何消息了。因此，我也就成了独子。如果说那个可怜的哥哥遭到别人的冷落的话，他的弟弟可并不是这样的。皇家的孩子们也不会比我小时候所受到的关怀更加深厚了，我身边所有的人都把我当成宝贝一样看待。而且更加难得的是，我一直被疼爱着，但又并不是溺爱。

在我离开家之前，家里的人从来没有限制我单独跟其他孩子一起跑到街上去过，从来就没有想制止或者满足那些古怪的脾性。大家把这些性格归于天生，但它们都是教育的结果。我有我这么大的孩子的毛病：话多嘴馋，有时候还说谎。我可能会偷水果、糖果吃，但我从不故意坑害别人或毁坏东西，从不给人添麻烦，从不虐待可怜的小动物。不过，记得有一次，我曾趁着我们的一位邻居克洛太太去听讲道时，在她家的锅里尿尿。说心里话，一想起这件事来，我依然觉得高兴。因为克洛太太虽说是个老好人，却是我一生中所见过的最喜欢唠叨的老太太。这就是对我幼年时做的种种坏事的精练而真实的叙述。

我所见到的都是些不错的榜样，我身边都是些很好的人，可我究竟是怎么变坏了的呢？父亲、姑姑、奶妈、亲戚、朋友、邻居等我身边一切的人，他们虽然都喜欢我，但并不是无原则地迁就我。当然，我也喜爱他们。我的任性很少受到鼓励或压制，所以我都想不起自己曾经干过什么任性的事情。我可以向上帝发誓，在我受老师管教之前，我都不知道什么是奇思怪想。除了在父亲身边看书写字之外，除了奶妈带我出去玩之外，我总是和姑姑在一起，坐在或站在她的身旁，看她刺绣，听她唱歌，我开心极了。她的开朗、和善以及美丽的容颜给我留下了非常深刻的印象。所以，甚至到了今天，她的音容笑貌、举止仪态仍浮现在我的眼前，她温馨的话语仍萦绕在我的耳边。我甚至都记得她的穿着打扮，还记得她爱追求时髦，喜欢在两鬓留着两个小小的黑发卷。

我非常相信，我很久以后才培养起来的对音乐的喜爱，或者说是激情，应归功于姑姑。她会唱许多美妙动听的小调和曲子，唱起来委婉动听。这位好姑娘心平气和，为她自己还有周围的人带走了惆怅和忧愁。她的歌声对我的吸引力很大，所以不仅她的许多首歌一直留在我的记忆里，而且，即使今天我的记忆力已经不好了，那些自小时候起便已完全忘记的歌曲，竟然伴随着我的日渐年迈，也以一种我难以表达的妩媚，又浮现在我的脑海里。

有谁能相信，我这么一个饱经风霜、受尽苦难的糊涂老人，有时竟会像个孩子一样，用已经微弱、颤抖的声音，一边哼哼这些小调，一边哭泣呢？特别是其中有一首歌的歌词，我现在仍清楚地记得，但后一半的词，怎么也想不起来了，尽管我对它的韵律还有点细微的印象。下面就是这首歌的开头以及我还能记起的剩余的部分：

我害怕胆怯，迪西，

不敢到小榆树下，

去听你吹牧笛；

因为在我们村子里，

大家已经议论纷纷。

……

……一个牧童

……一往情深

……毫不足虑，

是玫瑰总是带刺儿的。

我在考虑，我为什么对这首歌那么神往，这是我怎么也搞不清楚的一种心灵感应。每次，只要我唱这首歌，都会忍不住地潸然泪下，难以控制！我一再地想往巴黎写信，想打听剩余的歌词，如果真的有人能完整地记住这首歌的话。但我深信不疑，假如我得知除我亲切的苏莘姑姑以外，还有别的人也曾唱过这首歌的话，我去回想体味它的乐趣便要大打折扣了。这就是我刚进入人世时的情感，那颗既极其傲慢又极其温柔的心，那种女性的难以征服的性格，就这样开始在我身上形成或凸显出来。这种性格始终在懦弱和勇敢之间、在柔弱和刚毅之间摇摆不定，最后，使我自身矛盾重重，使我既没能得到节制和享受，也没能获得快乐和谨慎。

这种教育被一次偶然打断了，这件事情的后果给我以后的人生带来了很大的影响。我父亲同一个名叫戈蒂埃的先生发生争吵，戈蒂埃先生是法国的一名上尉，与议会的人有点亲戚关系。这个人是个既无礼又胆小的家伙！他的鼻子滴血了，为了报复，就指控我父亲在城里持械行凶。被判入狱的父亲，坚决要求依照法律，让指控者与他一起蹲监狱。因为要求没有获得批准，我父亲宁可离开日内瓦，一辈子漂泊在异国他乡，也不愿在他觉得有损于名誉和自由的问题上妥协。

我舅舅贝尔那做了我的监护人。那时，他在日内瓦防御工程工地干活，他的大女儿死了，但他还有个儿子，与我同岁。我俩一起被送到博赛，在朗拜尔西埃牧师家住，学习拉丁文，学习被赋予教育美名的一切纷繁复杂的东西。在乡下待了两年，我那罗马人特有的粗暴性格有所改善，恢复了孩童的稚嫩。在日内瓦，没有人强逼我，但我喜欢读书学习，那几乎是我仅有的消遣。而在博赛，我不喜欢做功课，反而喜欢上能使人感到轻松的游戏。我觉得农村非常新鲜，我尽情地享受。我对乡村产生了一种非常强烈的爱，这种爱永远也无法消退。在我以后的岁月中，每当我想起在那儿度过的幸福时光，便对在乡村的逗留和乐趣无法忘记，直到我重新回到那里为止。

朗拜尔西埃先生是一个非常通情达理的人，他既重视对我们的教育，又不用太多的作业来压我们。尽管我讨厌受人管束，但每当回想起过去学习的情景时，我却从未感到过厌烦。尽管我没有从他那儿学到很多东西，可我并没有用多大的努力便学会了我所学的东西，而且一点也没有遗忘，这足以证明他了解教学艺术之道。

这种乡村生活的质朴给了我一个极其巨大的好处，使我坦诚地去寻求友谊。在这之前，我只有一些高贵却不实际的情感。在一种平和的气氛中一块儿生活，使我与表哥贝尔那志趣相投。很快，我对他便产生了远远胜过对我哥哥的感情，而且这种感情从来没有消逝过。他是一个个子很高、纤细瘦削的小伙子，性情温柔，就像他身体的羸弱一样。而且，他并没因为自己是我监护人的儿子，在家中受到偏爱，便任性使坏。我俩的功课、娱乐、爱好都相同，我们都没有朋友。我们年龄相同，双方都需要有个朋友，我们一旦分开，可以说谁都会受不了的。尽管我们很少有机会表达我俩之间难舍难分的感情，但我们从来没有想到过会分离。我俩都很善良，只要别人没有逼迫我们，我们总是很听话的。我们在所有的事情上都是保持一致看法的。如果因为管我们的人的偏爱，使他在他们的眼里比我高一等的话，私下里，我便占一次他的上风，算是扯平了。上课的时候，每当他背诵不出来时，我就给他提醒；我做完作业，便帮他做；而在一块玩时，我的兴趣比他浓厚，总是我带着他玩。

总而言之，我俩的性格非常一致，以至于我俩的友谊维持得非常真诚。所以在我们基本上形影不离的五年多的日子里，不管是在博赛还是在日内瓦，我承认，我俩是吵过架的，但从未让人拉过架，我们每次争吵从没有超过一刻钟，双方也从未告过对方的状。虽然有人会觉得这都是小孩子的事，但从中却有了一个例子，这也许是自从这个世界有孩子时起便不曾有过的例子了。

在博赛的生活方式非常适合我，假如能待得更久一些的话，我的性格就完全定型了。这种生活方式的调子是温柔、亲切、安静的。我觉得人世间没有谁生来会比我虚荣心强，我常由于冲动而心高气傲，但不久便又陷入沮丧之中。我最大的愿望是受到接触我的全部人的爱戴。我很温柔，我表哥也这样，连管教我们的人也是这样的。在整整两年里，我既没看见过也未受到过任何粗暴的对待。这些事情，都在我心中形成受之自然的天性。看到大家对我的全部事情都很放心，我便十分高兴。我一直忘不了，在教堂里回答教理问题时，我一时语塞，看到朗拜尔西埃小姐脸上带着焦急的神情，我真是羞愧难当。仅仅是这一点已经比我当众出丑更让我难受得要命的了，但让我非常感动。因为，虽然我对表扬不太动心，但我对羞愧一直是十分敏感的。而且，说心里话，我并不怕受到朗拜尔西埃小姐的批评，反倒担心会让她难过。但是，必要的时候，她同她哥哥一样，也是很严厉的。不过，这种严厉差不多总是有原因的，而且都是适度的，因此我尽管十分难过，却心悦诚服。我认为讨人厌烦比受惩罚还要让我觉得难过，而难看的脸色比受到体罚更让我痛苦难耐。坦诚地道出自己的心情是挺难受的，但必须这样。假如大家更清晰地看到一味不加区别地，而且往往是心直口快地对年轻人的那种方式的长远后果，那就试着改变一下对待他们的方式吧！我之所以决定把这事全部说出来，是由于人们可从一个既普遍又不好的例子中吸取到深刻的教育。

朗拜尔西埃小姐对我们有一种母亲的情感，因此她对我们也就有了威信。有时我们犯了错误，她对我们便像对子女一样进行处罚。她经常威胁要处罚我们，而这种对我来说挺新鲜的威胁比处罚本身更加恐惧。但真的处罚以后，我反而觉得没有以前那么恐惧了，而且，更滑稽的是，这一处罚使我更加喜欢处罚我的人了。是我对她的全部真诚的爱和我全部的善良天性抑制了我再犯会受同样处罚的错误。因为，我感到在疼痛之中，甚至在羞惭之中，掺杂着一些快感，使我更加盼望而不是怕再一次挨她的纤纤玉手的打。

是的，这其中无疑掺杂着某种性早熟，所以我觉得她哥哥的责罚就没有一点意思。但是，他人脾气很好，所以我也不怕他责打我。而且，我之所以管教我自己，以免受到处罚，那全部是因为害怕伤害朗拜尔西埃小姐的心。这就是亲切甚至是肉欲产生的亲切，在我身上所产生的威力，这种亲切一直在我心中支配着我的肉欲。

我既躲避又不惧怕的这个错误又重犯了，但并不是我的错，也就是说，我并不是有意的，不过可以说我是很安心地利用了这个过错。不过这第二次处罚也是最终的一次，由于朗拜尔西埃小姐确信看出一点，这处罚并没有达到目的的苗头，所以她便宣称不再处罚我了，说如此做太累人。在这之前，我们一直是睡在她的房间里，甚至冬天有时候还睡在她的床上。两天之后，我们被迫搬到另一间房里去睡了。从那以后，我便有幸——我其实真的不想要这种幸运——被她当成大孩子看待了。

有谁会想到，一位三十岁的女子用手打一个八岁孩子的这种处罚，居然有违常理地决定了我以后一辈子的兴趣、欲望、激情还有我这个人呢？在我的肉欲被激发的同时，我的欲念也产生了非常大的变化，以至于我的肉欲仅仅局限于我曾经感受过的，根本不想再去寻求其他的什么东西了。我尽管胸怀一腔好像与生俱来的热血，不过一直到最冷淡、最迟缓的气质发育的年龄以前，我都行为老实、规规矩矩的。有很久一段时间，我不知道是什么原因竟忧心忡忡的，经常是用一种强烈的目光贪婪地瞅着漂亮女人看。我总是会想起她们来，但仅仅是为了使她们按我的方式出现在我的脑海中，变成了一个个的朗拜尔西埃小姐。

即使到了结婚娶妻年龄，这种一直缠绕在心头的，甚至到了堕落、发疯的怪癖也没有让我失去好像本该失去的美德。假如有什么朴实纯洁的教育的话，那我接受的就是这种教育了。

我的三个姑姑不仅是地道的贤惠女人，而且有着很多女人早就不再拥有的一种端庄和矜持。我父亲是个喜欢玩乐的人，但他是个老实的殷勤男人，就算在他最喜爱的女人们面前，也从没有说让大姑娘感到为难的话。没有哪一家比我们家里，更尊重孩子意愿的了。我看到朗拜尔西埃先生家里的情况也是如此，甚至有一个很好的女佣，就由于在我们面前说了一句粗俗了点的话便被辞掉了。一直到我变成了大孩子，我不但对男女间的事没有认识，而且这种模糊的思想在我脑子里从一开始就只是以一种丑恶、肮脏的形象出现。我对妓女有一种害怕，这种恐惧从来没有消除过。当我看见一个放荡不羁的人的时候，我总是嗤之以鼻，看不上眼，甚至感到恐惧。有一天，我从一条很低又清静的小路去小沙科内村时，看见两旁有一些土洞，有人对我说那些人就在那里面乱搞关系。从那之后，我便对淫荡深恶痛绝。一想到他们，过去野狗交媾时的情景总会浮现在我眼前，我便非常恶心。

教育上的这些偏见，自身就会让一种气质最初就迸发迟缓。正如我前面说的，最初肉欲的出现在我身上所引起的遏制也对它们有所促进。虽然我的血在不停地沸腾，但我仅能想象我曾经有过的感受，因此只会把自己的欲望寄托在我已知的那种肉感，从没有想尝试一下别人告诉我的那种我所厌恶的快乐。这种快乐与那种肉感十分接近，而我却一点也没有察觉到。在我愚蠢的奇思妙想之中，在我的色迷之中，在它们有时使我做出荒唐的行径之中，我脑子里时常在求助异性的帮忙。但我没有想过，异性除了我想要的那种用途之外，还会有任何其他的什么用途。

就这样，我不但带着一种非常强烈、非常色迷、非常早熟的气质度过了青春期(除了朗拜尔西埃小姐非常无辜地使我感到的肉欲之外，我不知道还有其他什么快感)。而且，当我随着年龄的增加，终于成人了的时候，竟然是原本会毁了我的东西保全了我。我原先的那种童稚的兴趣，不但没有失去，反倒与另一种兴趣紧密相连，以至无法把它从我感官燃起的欲念中切除掉。这种疯狂，再加上我天生的胆小，总是让我不太敢在女人们面前乱来。因为不敢吐露心思，或者不能为所欲为，这种享受仅仅是我另一种享受的最后结束。我的那种享受是不能被追求它的男人所了解的，也不被能够给予这种享受的女子所想到的。

我一辈子就这样渴望着最喜欢的女人，不过在她们面前又不敢表露心迹。我尽管不敢表露心思，起码还可以想象我所了解的男女间的事，以便自娱自乐。跪在一个泼辣爽性的情妇面前，一切都听她的，请求她原谅宽恕，我都认为是很浪漫的享受。并且，我那活跃的想象越是让我热血沸腾，我便越是一副呆板羞涩的情人样子。显而易见，这种恋爱方式是不会有立竿见影的效果的，但对被爱上的女方的贞操是没有什么危险的，所以，我收效很少。不过，通过我的这种方法，也就是说，利用想象，我毕竟得到了很大的享受了。就这样，我的肉欲与我胆怯的性格还有浪漫的精神配合一致，通过同样的兴趣，为我维持了一些纯洁的感情和真挚的品德。一旦稍有不慎，这些兴趣也许也会把我推向最粗暴的淫欲中的。

我在黑暗忏悔中充满泥淖的迷宫中迈出了最痛苦的第一步。最难启齿的并不是那些罪恶的事，而是那些既好笑又可耻的事。从现在起，我便对自己充满信心了。在我刚才大胆地说出那一切以后，我便没有任何的担心了。大家可以肯定，对于这种坦诚，我得付出多大的代价！在我的一生中，面对我爱得几近疯狂的女人，我难以抑制自己的激情。眼不能见，耳不能闻，神魂颠倒，全身痉挛，可又不敢大胆地去向她们吐露心思，也从未趁最亲密熟识的机会，向她们乞要我所想要的仅有的恩宠。仅仅是在我童年时，曾有过一次这种事，那是和一个跟我年龄差不多大的女孩子，并且还是她首先说出来的。

在我这么追溯敏感心路刚开始的痕迹时，我发现了一些东西。它们有时基本上非常矛盾，有时又常常聚集在一起，强劲地产生一种相同却又简单的效果。并且我还发现了另外一些因素，它们表面上看似是一样的，却在某些情况的影响下，形成了差异很大的组合，人们始终想象不出它们之间会有什么关联。例如，谁会料到在我的灵魂里最强大的力量之中，有一股力量会是在奢华和软弱流入我的血液的同一源泉中形成的呢？我刚才说的并未偏离题意，大家将从中得出一种截然相反的印象。

有一天，在挨着厨房的房间里，我正在一个人做功课。女佣把朗拜尔西埃小姐的梳子搁在铁板上烤。等到她回来拿的时候，这里面有一把一边的齿儿折断了。这是谁搞坏的？除了我，没别人走进过这间房间，于是，大家便追问我。我说我压根就没碰过那把梳子，朗拜尔西埃先生和朗拜尔西埃小姐一块儿劝我、逼我、吓我，我就是死不认账。不过，他们非一口咬定是我干的，任我怎么争辩也丝毫没用。大家头一次见我这么胆大，竟敢撒谎。事情闹大了，应该严肃处理。使坏、撒谎、死不认账，简直数罪并罚了。

但是，这一回，并不是朗拜尔西埃小姐来惩罚我，他们给我舅舅贝尔那写了一封信，把舅舅叫来了。我可怜的表哥也犯了一个不小的错，于是也处罚了他。这一次处罚可是非常厉害。当人们为了以毒攻毒，要永远割断我的孽根的时候，没有比这更好的方法了。因此，他们治得我安稳了好一阵儿。

他们没能从我口中套出所需的口供。经过多次盘问，我被弄得悲惨极了，可我就是不松口。我宁可死，而且也下定决心要以死相拼，武力只好向一个“魔鬼般的固执”的孩子——他们对我的坚贞不屈就是这么说的——屈服了。我最终逃过了这次残酷的折磨，尽管被折腾得够呛，但毕竟是我胜利了。

这已经是五十年前的事了。今天，我再也不必因为这种事情遭受处罚了。嗯，我要向上帝声明，我是清白的，我没有弄坏梳子，甚至连碰都没有碰过，我没有靠近过那块铁板，连想也没想过。大家不要责问我梳子是怎么弄坏的，我不知道，也不清楚。我只知道我是清白的。

请大家去想一下那个孩子的性格吧。在平日里，他胆怯听话，但要是把他给惹火了，他便强烈、桀骜不驯、难以驾驭。那个孩子一直由理性支配，一直受到温柔、公平、亲切的对待，都不知道啥是不公平，却第一次受到了正是他最喜欢、最尊敬的人的那么可怕的惩罚。他的脑子该有多么混乱啊！他的感情乱套了！在他的心中，他的脑子里，他整个聪明、理性的身体里，天翻地覆了！我要求大家假如可能的话，想想这一切，因为就我自己而言，我觉得我没有力气分析、没有力气叙述当时的心情。

我还没有一定的灵性去了解表面现象是怎么让我受到怀疑的，也无法设身处地地为别人着想。我只是从自己的角度去考虑，而我自己觉得，我并没有犯错，却受到了可怕的处罚，皮肉受苦尽管疼痛钻心，但我并不在乎，我只是感到愤怒、气愤、失望。

我表哥的情况与我一样，大家把一个粗心的过错当做故意的行为，对他进行处罚，所以他跟我一样愤怒，可以说，和我同病相怜。我们躺在一张床上，激动地发抖着，搂抱着，喘不过气来。当我们的那两颗稚嫩的心灵稍微平静，可以发泄时，我们便直起身来，用尽全身力气，一遍又一遍地喊，卡尼费克斯！卡尼费克斯！卡尼费克斯是古罗马著名的刽子手的名字。

在写这件事的时候，我只觉得心跳加速，当时的情景我就是活到下一辈子也无法忘掉。第一回对暴力和不公正的感受深深地铭刻在了我的心中，以至于和它有关系的所有观念都会使我像当初那样愤怒不已。而且，源于我的这种感受本身已深藏在我的心中，并且完全摆脱了一切个人得失。因此，我只要看到或听到任何不公平的事，不管受害者是谁，也不管发生在什么地方，就即刻怒火顿起、感同身受。

当我读到一个暴君的凶狠行为，读到一个邪恶僧侣的诡计恶行时，我真想亲手去杀死他们，为此万死不辞。每当我看见一只公鸡、一头母牛、一条狗，或任何什么动物欺辱另一只动物时，我时常会跑得大汗淋漓，去追赶或是用石头砸它，就是因为它是在恃强凌弱。这种感情也许是我的禀性，而且我也认为这是由天性造成的，但是，对我第一回遭遇的不公平待遇的深刻回忆与我的天性紧密地长久地交织在一起，渐渐地助长了这种天性。

童年时期宁静的生活就这样结束了。从此，我不再享有一种简单纯洁的幸福，而且，我至今仍然觉得，我对童年的美好回忆到这儿就结束了。我们在博赛还待了几个月，我们在那儿就像人们描写的亚当一样，虽然仍在人间天堂，但已经不再享受这样的欢乐了。表面上，情况还跟往常一样，但事实上境况已有天壤之别了。学生与他们的老师之间已没有再存在关怀、崇拜、亲切、信赖了，我们已不再把他们看做是了解我们心思的圣人了。

对于坏事我们已不再觉得惭愧，而是更加害怕被揭露。我们开始隐瞒、强词夺理、说谎了。我们这种年龄所拥有的全部恶劣行为在吞噬我们的淳朴无邪，把我们闹着玩的事变成了坏事。在我们的眼里，连乡村也没有了它让人动心的温暖和淳朴的风情，好像变得荒凉凄惨了，就像蒙上了一块帆布，遮盖住了它的美丽。我们不再摆弄我们的小花园，不再锄草育花；我们不再去轻轻活动泥土，为发现我们撒下的种子发了芽而高兴地叫喊。我们对这种生活已失去任何兴趣，别人也讨厌我们了。

我舅舅把我们领了回去，我们离开了朗拜尔西埃先生和小姐。双方都感到满意，对离别并没有太大的遗憾。

离开博赛已经接近三十年了，只要我想起那段日子，心里总觉得不是什么滋味，没什么值得怀念。然而，当我人过中年，年龄越来越大时，我感到别的回忆在磨灭，只有那些类似的回忆常常又浮现、铭刻在自己的脑海里，而且它们的美妙与深刻与日俱增。好像我已经感到生命正在消逝，想用力把它抓回来，重新开始。对当年的微小的事情我都很有兴趣，就是由于它们是过去的旧事了，所有相关的地点、人物和时间，我又全都想起来了。我看见，女佣或男仆在我房间里忙忙碌碌，一只小燕子从窗户外飞了进来，我读书的时候，一只苍蝇恰好落在我的手上。我们住的房间的全部布置我也都想起来了：朗拜尔西埃先生的书房在我们的右侧，墙上挂着一幅绘有历代教皇像的图画、一只晴雨表、一个很大的日历。他的房间背靠着一座地基相当高的花园，几棵覆盆子树遮着他的窗户，有时树枝还探进头来。

我明白，读者们没太有必要知道所有这些，但我却想要把一切告诉读者们，我为什么不敢把当年所有的逸闻趣事全都说给读者们听？每当我回忆起那些事来，我依然高兴得浑身发抖！特别是有五六件事……咱们商量一下，我少说几件，只说一件，仅有的一件，但愿读者们能允许我尽可能地把这件事说得更长一些，以便让我多快乐一会儿。

假如我仅仅是想哗众取宠，我可以说朗拜尔西埃小姐露出屁股的事。她不小心在草地下方摔了一跤，把整个屁股露了出来，经过的撒丁王看得很清楚。不过，平台上胡桃树的事让我觉得更加有意思。由于朗拜尔西埃小姐摔跤时我仅仅是一个观众，但这一次我却是个演员。而且，说心里话，我如同爱自己的母亲一样深爱着朗拜尔西埃小姐，也许爱得更深些。摔跤本身虽然好笑，不过我却笑不出来，反倒怕她会摔坏了。

啊，你们，就是对平台上的胡桃树的事情很感兴趣的读者们，那就听我说说这段恐怖的悲剧吧。但愿你们尽可能地不要发颤。院门外，入口的左边，有一个平台。午饭后，大家经常去那儿坐坐，上面虽然没有一点荫凉。为了让它有点遮阳的地方，朗拜尔西埃先生便叫人在上面种了一棵胡桃树。在种树时，非常认真，我们这两个寄宿生便做了这棵树的教父。当大家在填坑时，我们便一面用手扶住树，一面唱着歌儿。为了给树浇水，还在树根周围放了个围子。每天，最积极踊跃去浇水的人就是我和表哥了，我们很自然地深信，在平台上栽一棵树比在突破口上插上一面旗更加伟大，并且我们决心独占这份荣誉，不让其他人分享到这份快乐。因此，我俩砍掉了一小截柳树条，栽在了平台上，离那棵赫然挺立的胡桃树十来英尺的距离处。我们也没忘记给我们的柳树根部围了一圈。难的是怎么给它浇水，因为有水的地方很远，大人们不让我们跑得老远去抬水。可是，我们的柳树又必须浇水。于是我们想尽全部办法给它浇了几天水，而且成绩相当不错，我们看到柳树发芽了，有了嫩叶。我们老去打量那柳树叶，相信它不久就会替我们遮荫凉，虽然那棵柳树高出地面还不到一英尺。

因为我们把心思都放在了这棵柳树上，所以干什么都精神不集中，对学习也没了兴趣，好像是走火入魔了一样。大家都不知道我们这是怎么了，对我们比以前更加严厉了。柳树要断水的时候到了，我们眼看着它要渴死，心里非常难受。最后，我们急中生智，想出了一条妙计，救了柳树一命。

我们在地上挖出一条小暗沟，把大家浇胡桃树的水悄悄地引一部分来浇柳树。我们卖力地干着，但是刚一开始并不理想。由于坡度挖得不好，水根本就流不进来。老是往下掉土，暗沟总是会被堵上。入口处还塞满污物，全都乱套了。但我们仍坚定信心，艰苦劳作，战胜一切。我们把小暗沟和柳树根附近弄深一些，好让水流进去。我们把小木箱底儿刨成小窄板条儿，一块块地平铺在沟底，用另外一些斜插在两侧，挖成了一条三角形引水道。我们在入口处插上一些细木头棒，做成和栅栏门或滤栅相似的样子，挡住污泥石块，让水流进去。我们用揉捏得很好的泥土把我们的杰作遮掩严实。一切都弄完后，我们怀着期待而又担心的心情等着浇水的时刻。

等了很久，这一时刻最终到了。朗拜尔西埃先生也像以前一样来浇水。我俩就在他的身后，挡住我们的柳树。幸运的是，他是背对着它的。刚倒完第一桶水，我们便看到水流到柳树的小围子里了。我们一看，高兴得飘飘然，叫了起来。朗拜尔西埃先生听到了我们的笑声，转过头来。这一下子我们可露馅儿了，因为他看着胡桃树下的土质很好，在贪婪地吸着水，正要高兴，突然发现有两处正在吸水，不觉一愣，也喊叫起来。仔细一看，看到了我们的秘密，于是立刻叫人拿了一把镐来。一镐下去，挖掉了我们两三块木板，还大声地叫道：“偷水！偷水！”他拿起镐来，狠狠地乱刨，每一镐都好像是打在我们的心坎上。一会儿，木条、引水沟、树围、柳树，全都给毁坏了。在他这么残忍地破坏时，嘴里念叨着的就是两个字：“偷水！偷水！偷水！”

大家肯定认为，这件事对小建筑师们来说结果非常严重，这可是想错了，一切到此为止。朗拜尔西埃先生并没有责怪我们，没对我们耷拉着脸，而且从那之后再也没提起这件事。一会儿过后，我们甚至听到他在他妹妹面前哈哈大笑，因为朗拜尔西埃先生的笑声隔了很远就能听见。更让我感到惊讶的是，刚开始心疼过后，我们自己也没有太难过了。我们在别的地方另外又栽了一棵树，并且我们时常回忆起第一棵树的遭遇，时常装模作样地学着：“偷水！偷水！”在这之前，每当我自诩为阿里斯蒂德或布律蒂斯时，便会产生一种很了不起的感觉。这一次是我强烈虚荣心的初次流露。我们可以亲手造一条引水沟，种植一棵小树，去和大树抗衡，在我看来，这是很大的荣耀。我十岁时对荣耀的看法就超过三十岁的恺撒了。

这棵胡桃树和与其有关的小故事一直铭刻在我的脑海里，有时常常浮现出来。因此，一七五四年，在我去日内瓦旅行的美好行程里，有一个计划就是去博赛。还想再去看看我童年嬉戏的地方，尤其是那棵亲爱的胡桃树。这其间已经过了三十三年多了。但我就是太忙了，老是没去，抽不开身、腾不出时间来实现自己的心愿。看来我将再也不会有这种机会了。但我并没灰心，我几乎深信，一旦回到这个亲切的地方，看到我那棵胡桃树还活着，我将用泪水去浇灌它。

到了日内瓦，我在舅舅家里待了两三年，等待他们对我人生的安排。舅舅想让他儿子学工程学，让他学点绘图，也教他关于欧几米得的《几何学原理》的知识。我也跟着表哥学，而且还发生了兴趣，尤其是对制图。不过，大人们却在讨论着让我当钟表匠、教士或老牧师。我很想做一名牧师，因为我觉得布道很有意思。不过，母亲遗产的那点收入，经过我和哥哥的花费，就不够让我上学的了。因为我还小，还不必急着作出选择，于是我便在舅舅家里等待着，简直是在浪费时间，并且，按理说还得付出一笔数目不小的膳宿费。

舅舅和父亲一样是个爱玩的人，而且同样也不知道自己担负着哪些责任，对我们很不关心。舅母是个有一点像虔信派的忠贞女人，但她宁可唱圣诗，也不愿管教我们。他们差不多给了我们所有的自由，但我们从未因此而放纵自己。我和表哥经常是形影不离，只要我俩在一起就行了，并不想和同龄的顽皮孩子做朋友，所以没有沾上一丝一毫由于闲散造成的浪荡习气。我把我俩说成闲散之人都是不对的，因为我们一辈子也没晃晃悠悠过。并且，幸运的是，我们被共同喜爱的游戏拴在家里，不想到马路上去玩。我们做鸟笼、笛子、三羽球、小鼓、小房子、玩具汽枪、弹弓等。我们喜欢学老外公的模特儿，学做钟表，经常把他的工具弄坏。我们特别喜欢在纸上涂鸦、画图、着色、润刷画面，浪费颜料。

日内瓦来过一位意大利江湖艺人，名字叫康帕-柯尔塔。我们去看过他的一次演出，以后就再也不愿意去了。不过他有很多木偶，因此我们也亲自动手做了起来。他的木偶正在做喜剧动作，我们也为自己的木偶编喜剧。没有变音哨子，我们便憋嗓子学小丑的腔调，表演那些好玩的喜剧。我们的可怜而又和善的家长们忍着性子在看，在听。不过，有一天，我舅舅贝尔那在家里看完了一篇他自己写得很好的布道稿之后，我们便扔下喜剧，也写起布道稿来。我承认，这类琐碎的事情没有什么意思，不过却表明了我们的幼时教育是多么需要引导，以便像我们这么小就几乎能够自己支配时间、管教自己的孩子使之不至于放任自流。

我们很少需要找个伙伴，甚至有这种机会也不以为然。当我们出去散步的时候，我们看见其他孩子在玩也不羡慕，而且也没想过跟他们一起玩。友谊充满在我俩心间，只要我们在一起，最简单的游戏都能让我们非常开心。

由于我俩总是在一起，这吸引了大家的关注，特别是表哥很高，但我不高，两人成了挺搞笑的一对。他身材瘦长，脸蛋就像个干苹果，弱不禁风，走路没有力气，常让其他孩子嘲笑。大家用当地方言给他另取了个绰号：“蠢驴”。我们一出来，就听见大家向我们喊“蠢驴”。表哥比我有耐性。我生气了，很想打架，恰好这正是那帮小淘气包所想要的。我动了手，却被人打了。我可怜的表哥尽力帮着我，但他没有力气，一拳就被人打倒了，我顿时发火了。但是，尽管我没少挨拳头，毕竟他们不是冲着我来的，只是想打“蠢驴”。而我如此的不加克制反而在帮倒忙，因此我们只有等到这帮小学生上课时才出门，以免被戏弄、追逐。

我已是一个行侠江湖的游侠骑士了。作为一个真实的帕拉丹查理曼大帝的十二个重要大臣之一，我只缺少一位贵妇人了。我倒是有过两个贵妇。

我经常去沃州小城尼翁来看我父亲。他已在那儿定居。他很受人尊敬，连他儿子也跟着有好处。我在父亲身边逗留的那段短暂的时间里，大家都争着邀请我去做客，尤其是有位维尔松太太，对我更是眷顾有加。另外，她女儿还把我看做情人。一个十一岁的男孩变成了二十二岁的姑娘的情人，到底怎么回事，大家都能想象得到。但是这些颇有心计的姑娘都特别喜欢把小洋娃娃这么摆在面前，用来遮掩大洋娃娃，或通过她们很善于玩弄的吸引人的花招来勾引大洋娃娃。但是，我看不出我同她有什么不般配的地方，所以便认真起来。我把全部的心，或可以说把整个脑子都放在这件事上了。但是我只是脑子里恋着她罢了，虽然我爱得入迷，虽然我因为激动、骚乱、癫狂而做出很多令人笑破肚皮的举动。

我了解两种截然不同却又相当真实的爱情，虽然它们都十分炽烈，但基本上没有相同的地方，都跟亲密无间的友谊不一样。我一辈子遇到的就是这两种性质完全不同的爱情，并且我甚至还同时体验过它们。比如说，当我谈到那个的时候，当我公开地、专横地占有维尔松小姐，不允许任何男人接近她时，我还同一位小女子戈桐小姐幽会。虽然时间很短，但热烈似火，她对我只不过就像是小学老师对待小学生一样。但我觉得这一点实际上就构成了一切，就是最大的幸福。我已经觉得秘密的可贵，虽然我只是作为孩子去对它。不过当我发觉维尔松小姐对我的关怀仅仅是为了掩人耳目的时候，我便以牙还牙了，而她没有料到我会如此。

不过非常遗憾，大家发现了我的秘密，或者说，我那位小学女老师并没有像我那样守住秘密，因此我们不久便被迫分开了。并且，不久以后，当我回到日内瓦路过库丹斯的时候，一些小姑娘还冲我轻轻地在喊：“戈桐、卢梭，两个相好。”这位戈桐小姐确实是个非常特别的女子，她并不漂亮，不过脸蛋儿却会让人过目不忘。并且，我还时常想起她来。对于我这么一个疯老头来说，未免有些过分了。她的身材、她的行为，特别是她的眼睛，一切都与她的年龄格格不入。她那副小模样既威武又骄傲，很符合她的角色。我俩刚幽会时给我留下的印象仅仅就是她的那一副神气，但她最为奇怪的是一种无法想象的兼有的大胆和矜持。她能对我为所欲为，却不允许我和她随随便便。她完全把我当成小孩子看待，这让我以为，或者她已经不再是孩子了，或者相反，她自己依然是个孩子，把身入险境看做儿戏。

我对这两个人，几乎可以说是全心全意地投入。所以我和她俩中的任何一位在一块儿时，都没有想过另一位。但是，她俩给我的感受却不一样。我可以同维尔松小姐过一辈子而不想和她分开。不过，当我走近她时，我的喜悦是安静的，不会冲动。人很多的时候，我非常喜欢她，玩笑、挑逗，甚至妒忌，我都感到很有意思。看见她对那些年龄大的情敌很冷淡，却对我非常眷顾时，我便得意扬扬。我经常痛苦难受，不过却喜欢这种痛苦。掌声、鼓励、笑容使我头脑发热、劲头很足。我侃侃而谈、机智风趣，我在交际圈子里爱得疯狂。与她独自在一起，我会拘谨、冷淡，也许烦恼。但是，我温柔地关怀着她。她有病，我伤心，我很想用自己的健康去换她的康复。而且，请注意，因为我有亲身经历，很明白什么叫有病，什么叫健康。她不在我身边的时候，我想念她，一见到她，她的爱抚使我的心而不是感官觉得温馨。跟她在一起，我内心坦然，她给我什么我就要什么，但是，她如果对别人也是这样，我就会无法忍受。我就像兄弟一样地爱她，但又像情人那样嫉妒她。

我只要想到戈桐小姐会像对我那样地对待别人，我便会像强盗、疯子、老虎一般地对待她。因为她所给予的就像恩赐的一般，必须下跪才能获得。和维尔松小姐在一起时，我有一种非常强烈的喜悦，但我并没有乱了方寸。但是，我一看见戈桐小姐，我就看不见其他的任何东西了，完全魂飞魄散了。我同前者亲近却不放肆，相反，在后者面前，即便是十分熟悉了，我也既颤抖不已又躁动不安。我认为要是跟她在一起待得太久，我就活不了了，心跳加剧会使我呼吸困难。

对于她们两个，我都害怕去得罪，不过我对一个更殷勤，但对另一个则更听话。我无论如何也不想惹怒维尔松小姐，然而，如果戈桐小姐命令我赴汤蹈火，我认为我会万死不辞的。

我与戈桐小姐的爱情，或者说约会，时间不长，这对她还有对我来说都是很好的。尽管我和维尔松小姐的关系没这种危险，但经过很长一段时间以后，也遭遇了灾难。这一切的结局将始终带有点浪漫的色彩，让人感慨万分。虽然我和维尔松小姐的交往并不是很密切，但也许更加难舍难分。我俩分手时总要哭，更奇怪的是她离开之后，我就像掉了魂似的，没着没落的。我嘴上老念着她，心里老想着她，我的悲伤是真实而强烈的。但我看来，这些英雄般的伤感实际上并不完全是她的原因，而是被把她当中心的娱乐占据了很大的一部分，不过我并没有看到这一点。为了减小离别的痛苦，我俩相互写了一些情书，简直是字字血、声声泪呀。我最终还是胜利了，她再也受不了了，便来日内瓦看我。这一下子，我就不知东南西北了。她在身边的两天里，我如痴如醉。她走了之后，我简直想要投河自尽。我的哭喊声在空中游荡。一个星期以后，她给我寄来了很多糖果和手套。如果我当时不知她已经结婚了，不知道她那次有心看我的旅行是为了买结婚盛装的话，我会认为她的表现是非常多情的。可以想得到，我气得发昏。我不能忍受这种侮辱，我许下誓言再也不想见这个薄情寡义的女人了，认为这是对她最严厉的惩罚。

但她并没有因这而死去，因为二十年后，我去看父亲，和父亲泛舟湖上时，我向父亲问离我们不远的一条船上的那位妇人是谁，父亲笑哈哈地对我说："怎么？难道你的心觉不出来吗？那是你以前的情人呀，那是克里斯丹夫人，过去的维尔松小姐。"一听这个几乎已经从记忆中没有了的名字，我全身一颤，立刻让船夫把船划开。虽然我可以报复一下，不过我觉得并不值得违背诺言，去找一位半老徐娘算二十年前的旧账。

在家里人替我安排好前途之前，少年时的大好时光就这样悄悄地溜走了。很长时间的商量后，考虑到我的天性，家里人最终作出了我怎么也没有想到的决定，让我到城里法院书记官马斯隆先生家去，同他学习贝尔纲先生所谓的刀笔吏那有用的职业。我对"刀笔吏"这个称谓十分讨厌，通过不正当方式去挣大钱，这和我高傲的个性不相符合。我觉得干这一职业令人厌烦乏味、难以忍受。持续不断，还得听人使唤，更让我对这一行痛绝至极。

我刚走进事务所时厌恶感一天比一天厉害。马斯隆先生对我也不屑一顾，老是说我“呆笨”、“愚蠢”，每天都要对我唠叨说我舅舅向他许诺“我这也会，那也会”，而其实我什么都听不懂；说我舅舅同意给他送一个漂亮小伙子的，但送来的却是一头蠢驴。最终，我因愚蠢而被可耻地赶出了事务所。马斯隆先生的文书们说我只配去拿锉刀。

我的志向被这么否定之后，家里人便送我去当学徒，但不是去钟表铺，而是去了一个雕刻匠的家。我原有的锐气被书记官的鄙夷给狠狠地打掉了，所以这一次我乖乖地去了。我的师傅叫迪柯曼先生，是一位脾气很不好的年轻人，没过多久就把我幼时的一切光华给消磨掉了，把我多情而活泼的棱角给磨平了，在精神上以及事实上都把我弄成了一个合格的小徒弟。我的拉丁文、古典文化、历史，全都被扔到脑后了，我甚至都不记得世界上曾有过罗马人。当我去看父亲时，他都认不出我是他的心肝宝贝了。对于女士们，我已经不再是那个花心的让·亚克了。我自己都深切地感觉到朗拜尔西埃先生和小姐见到我也叫不出的他们的学生的名字来了，以致我没脸面对他俩，而且从那以后，我再也没见过他们。

最卑鄙的兴趣、最肮脏的恶习代替了我的那些好玩的娱乐，让我把它们忘得干净了。尽管我接受过最好的教育，不过我一定是有一种极大的堕落的趋势，因为这一切变得是如此的快，不费一点力气，就连十分早熟的恺撒也望尘莫及了。

我对这个行当本身并不厌恶。我特别喜欢绘图，摆弄雕刻刀也很有意思。而且，因为雕刻匠与钟表匠相比，属于雕虫小技，所以我想要达到尽善尽美。假如不是师傅的粗暴，不是受束缚太多，使我对这个职业感到厌恶的话，说不定我会心想事成的。我背着他偷着干些相同性质的私活，因为没有约束，所以干起来很起劲儿。我雕刻了一些骑士勋章，同伙伴们一块佩戴。师傅觉察我没正经干活，便狠狠地打了我一顿，骂我在练习制造假币，因为我们的勋章上刻有共和国的徽记。我可以向天发誓，我压根就没想到过铸造假币，就连真钞我也并不怎么了解。我对于罗马阿斯古（罗马货币单位）是如何制造的都要比三苏（法国旧时辅币名分币）的造法了解得更加清楚。

师傅的霸道终于使我对我原本会喜爱的工作无法忍受了，并且还让我染上了一些我所恨的恶习。例如说谎、偷懒、盗窃。对这段时期我身上发生的变动的记忆比什么都让我更明白地体会到依靠父母和受人奴役的差别。我生性胆小，我可能有所有缺点，但绝对不会厚颜无耻。我过去所享受的合理的自由，曾经不过仅仅是程度上有所减少，但现在终于全部丢光了。

我在父亲那里可以无所顾忌，在朗拜尔西埃先生家自由，在舅舅家小心谨慎，到了师傅家里，我却变得战战兢兢的，从那之后，我就成了一个被折磨的孩子。和大人们在一块的时候，我习惯了平时的生活方式，习惯了想玩什么就去玩什么，习惯了好菜好饭总会有我一份，习惯了想要什么就要什么、想说什么就说什么。请想一下，在师傅家里，我变成了怎样的一个人了！我有话不敢说，饭没吃完就得下桌，没事就得立即到外面去。整天干活儿，只能看到别人玩，就是没有自己的份儿。看见师傅和伙计们自由自在，更加重了我受奴役的心理负担。争论中，即使我最清楚的事也不敢插嘴。总之，我看到什么心里就想要什么，这是因为我的一切都被剥夺了。再见了，清闲、愉快以及过去使我犯了错而时常躲过惩罚的机灵话。

有一件事，我一想起来便想笑。有一天晚上，在父亲那里，由于淘气，我被罚不允许吃晚饭就去睡觉。当我手拿着一小块面包走过厨房的时候，我看到并且闻到铁钎上的烤肉的香味。大家都围着炉子，我得向大家说声晚安。对众人道过晚安以后，我看了烤肉一眼，又好吃又好看。我不禁向烤肉鞠了一躬，可怜地对它说："再见了，烤肉。"这句天真的玩笑话好像十分有趣，因此大家便让我留下一块吃晚饭了。或许，这句玩笑话在师傅家里也能产生同样的效果，但我肯定是想不起来的，或者想起来也没有胆量说出来。

我就这样会了暗自贪婪、隐瞒、遮掩、说谎，最后还会了偷窃。在这以前，我从来没有想过偷窃，但我从此就怎么也改变不了了。贪婪而又无能为力必然会导致这一步。这就是为啥每个仆人都是小偷，而为什么每个学徒也会如此。不过，在平等和宁静的气氛中，想要什么就有什么的话，这种可耻的癖好就会被学徒们在逐渐长大的过程中摒弃的。我没有这样有利的条件，所以并没有得到这样的好处。往往是一些好的情感由于没有正确引导才让孩子们向邪恶迈进了第一步。尽管一无所有，还不断地受到诱惑，我还是在师傅家里待了一年多却没敢偷拿什么东西，连吃的东西都没偷过。我第一回偷窃是出于好心好意，但打开了后几次偷窃的大门，这样的偷窃并没有什么可称道的。

我师傅家有一个干活的，名叫韦拉先生。他就住隔壁，远处有一个园子，种着一些芦笋，长得很旺盛。韦拉先生经济不景气，想偷他母亲的芦笋卖个价钱，美餐一顿。由于他不想亲自出面，并且还笨手笨脚的，便选我去干。他先是一番花言巧语，把我弄得晕头转向的，看不出他想要干什么。接着，好像突然想起个主意，让我去做。我不做，可他非逼我干，我受不了好话，便答应了。

我每天早上把生长得最好的芦笋割下来，送到了莫拉尔集市上卖。有个老太婆看出是我刚偷来的，挑明了要用便宜价钱买。我害怕了，只好任她砍价。我把钱给了韦拉先生。他立刻去美餐了一顿。钱是我出的，吃饭的是他和另一个伙计。因为对我来说，有点残羹剩饭就很知足了，不会和他们去大吃大喝。这种小花招我用了好几天，并没有想要去当一回小偷，从韦拉先生的芦笋的收入中搞点回扣。我一心一意地要弄这个鬼花招，仅有的动机就是去讨那些让我这么干的人的喜欢。但是，要是我被人发现，我得挨多少打骂，受多大的虐待，而那混蛋反倒会反咬我一口。他的话会有人相信，但我却因居然敢乱咬别人而受到加倍的惩罚，因为他是伙计而我只是学徒！有罪的强者跑了，倒霉的却是无辜的弱者，这是没有什么道理的。

就这样，我知道了偷窃并没有我想象中的那么让人恐惧。而且我立即把我的技能很棒地付诸实践，以至于凡是我想要的东西，只要我够得着，就一定能得到。我在师傅家里吃得还可以，之所以忍耐不了，是因为看见师傅并不能给我做个好榜样。当端上最动人的食物时，师傅总是把年轻人撵走，我觉得他越这样，学徒们会更加贪馋。我很快便染上了这两种毛病。我时常是如愿以偿的，但有时被人发现，就得吃些苦头。

有一件事让我想起来依然觉得心有余悸却又好笑，那是因为偷苹果，这件事可把我给害苦了。苹果放在了食品贮藏室的最里边，阳光可以从厨房的一扇非常高的软百叶窗透进来。有一天，家里就剩下我一个人。于是我爬上面包箱，想看希腊神话中赫斯珀里德斯花园的金苹果园。赫斯珀里德斯是希腊神话中保护该园的众女神。那里有我无法靠近的罕见水果。于是我把铁钎——因为师傅喜欢打猎——接上，我戳了好几次也没戳着，最后，我美滋滋地觉得戳着一个了。我慢慢地往回收，苹果已经碰着软百叶窗了，我正要伸出手去拿。真急死人！但苹果太大，没法从窗格中拿出来。我想尽了办法，非得把它拿出来不可！必须找些东西把铁钎固定住，还要找一把比较长的刀把苹果切开，此外，还需要一根板条托住苹果。我费了九牛二虎之力，终于可以切苹果了，随后希望把一切两半的苹果拿到手。不过，刚刚切好，一切两半的苹果就又掉下去了。好心的读者，请体谅一下我的苦恼吧。

我并没有灰心，却耽误了许多时间。我害怕被人撞见，于是我先想好了一条妙计，准备第二天实行。便像没事人儿那样的重新开始干起活来，忘了食品贮藏室里还有那个会坏事的证据。

第二天，我挑准了个好机会，决定再做一次尝试。我爬上了面包箱，伸出铁钎，对准了苹果，正要扎下去……坏了，“凶龙”没有打盹儿。突然，食品贮藏室的门被打开了，师傅从里面走出来，抱着双臂，望着我说：“你好大的胆子！”……我的手现在还在发抖，都握不住笔了。

因为老挨打，我很快便变得皮厚了。最后，我认为挨打是对偷窃的一种补偿，让我有权力继续偷。我不但没有把眼睛往后看，想一想受惩罚的情形，反倒在往前瞧，想着怎样报复。我认为，拿我当小偷处理，就是允许我去当小偷。我觉得偷窃与挨打是息息相关的，因此可以说是构成一种交易，我在做完这种交易中属于我的那一份时，就让我师傅去干他的那一份吧。这么一想，我去偷的时候就比过去心安理得了。我在琢磨，最后会怎么样呢？我会被打。由它去吧，我生来就是挨打的命。

我喜欢吃，却并不馋；我喜欢女色，但并不淫荡。我其他的欲望太多，对这两种欲念便淡漠了一些。只有当心里没有着落时，我才想到解馋，而在我一生中，很少发生如此的情况，所以我没有什么时间去想好吃的。这就是我为什么没有只想到偷东西吃，而是对所有吸引我的东西全都要偷。如果说我没有变成一个真正的小偷，那是由于钱对我的诱惑并不太大。

我师傅在作坊里另外有一个单间，门老是锁着。我找到了把门打开的办法，然后再关好，不露一点痕迹。我在里面用师傅的好工具、好图案、印模等全部我所羡慕但他又不肯让我动用的东西。事实上，这算不上是偷，因为我是拿来为师傅做活儿用的。不过由于我可以随意地使用它们，我非常高兴，我以为这是把师傅的技术连同产品一起给偷过来。再说，在很多小盒子里，还有很多碎金块、碎银块、小首饰、值钱的物品和零钱。当我口袋里装上了四五个苏时，我就活灵活现了。不过我根本没有想过去碰这些东西，我甚至没有想过要贪婪地瞟上一眼。看见它们的时候，我更多的是害怕，而不是高兴。我深信，这种对盗窃钱财和后果的恐惧大部分源自教育，这中间掺杂着羞耻、坐牢、惩罚、绞架等潜在的念头，让我一旦要见财起意，便会不寒而栗。但我觉得我的这些花招仅仅是淘气罢了，并且确实也是这样。这么干顶多挨师傅的一顿打，我对此早就做好心理准备了。但是，我想再次声明一下，我并没太贪婪，因此没必要洗手不干，我并不认为有什么需要斗争的。我觉得仅有一张好画纸，就比拥有可以买一张纸的钱对我的吸引力更大。这种怪癖来源于我的特殊的性格中的一种，对我的行为产生了很强的影响，必须在此阐述一下。

我有着一些十分浓厚的激情，当它们动荡不安的时候，我便控制不住了。克制、尊重、胆怯、规矩全部被抛到脑后去了，我变成了一个无耻、放肆、粗野、桀骜的人，羞耻挡不住我，危险吓不住我。除了我一心念着的那仅有的东西之外，世间万物对我来说都一钱不值。但这全部只是转瞬即逝的事，接着我便跌落到绝望之中。

平静的时候，我非常懒散、胆小，我什么都害怕，什么都讨厌，一只苍蝇飞过都能把吓我一跳。我懒得说话，懒得动弹，恐惧和羞辱压得我气喘吁吁，我真想躲到没人看得到的地方去。非要行动不可的话，我不知该怎么做；非说不可，我不知道该说些什么；有人看我的话，我便会局促不安；当我激情满怀的时候，我有时知道该怎么说；但是，在日常谈话的时候，我脑子拥堵，不知该说些什么。我简直连日常的谈话都难以忍受，因为那就是没话找话说。此外，我的那些占主导的欲望没有一个是关于可以花钱买的东西。

我只要纯洁的乐趣，而金钱会毒坏全部乐趣。譬如，我喜欢美味佳肴，不过，我不能忍受高朋满座的约束，也不能忍耐小酒馆的乌烟瘴气，因此只能与一位好友品尝。我不能独自畅饮，因为那样脑子会想到其他的事情上去，也就失去吃的快乐了。如果我心血来潮偶然想女人了，我那一颗激动的心让我更加渴望的是爱情。我觉得风尘女子已经失去了她们的魅力，我甚至怀疑我会讨厌她们。对我力所能及的享受我都是这样的，如果它们要花钱才能获得，我便认为它们平淡无奇。我所爱的只是那些东西，但它们不归任何人，而只属于能知道其中滋味的第一个人。

我从来不像人们那样认为金钱，是一件珍贵的东西。甚至，我从来也没有觉得金钱是万能的。金钱本身没有一点用处，必须把它换了才能享用它。必须去买，去讨价还价，却常常受了骗，花了很多钱，并不如意。我要的是一件好的佳品，可我花钱买到的肯定是一件次品。我花大价钱买一只新鸡蛋，却是一只臭鸡蛋；买了一个好水果，却是没熟好的水果；找一个姑娘，却是个次等货。我喜欢琼浆玉液，但是到哪儿去寻？去找酒商？无论我如何提防，也会被毒死。要是我非得得到很好的服务呢？那得多让人操心，多么让人麻烦呀！得有朋友，得有代理人，需付佣金，需写信，来返往复，翘首以待，可有时候最终还是要受骗。我的钱带来了多少麻烦呀！我对金钱的恐惧胜过我对美酒的喜欢。

在我学徒期间和以后，我很多次想出去买点好吃的。我走近了一家糕点店，看到柜台前有几个女人，我觉得已经看到她们在偷偷地讥刺、嘲笑我这个小馋鬼了。我走过了一家水果店，偷偷地望着漂亮的梨子，香气扑鼻。身边有两三个年轻人看着我，有个认识我的男人待在他的店门前。我看见远处走过来了一个姑娘，她就是家里的那个女佣吗？我眼睛看不见，产生许多幻觉，我把全部走过来的人都看做是熟人。我在哪儿都胆小怕事，总是往后退缩。我越是胆小，欲念越是强烈，但我好像一个被馋虫啃啮的傻瓜似的走回家去，虽然口袋里装着钱，能买得起，却什么也不敢买。

如果我把自己或是别人所感到的尴尬、羞愧、厌恶、不适应以及种种不高兴都记述下来，那就成了一本毫无趣味的流水账了。读者在渐渐对我的生活了解的同时，将会对我的性格有所了解，不必我多说，也会感觉出这一切来的。大家了解了这一切之后，将会非常容易明白我的一个所谓的矛盾：对金钱的极大轻蔑与几乎利欲熏心的吝啬共同存在。我认为，金钱是一个很不好的东西，就算没有，也不想得到。但当我有了它的时候，我总是留着不花，因为我不知道如何去花。但是，如果有了合适的机会，我是知道如何花钱的，以至于用得干干净净也没有觉察到。不过，请不要在我身上寻找那种原来属于吝啬鬼的怪癖，那种想要炫耀而花钱的怪癖，恰恰相反，我不声不响地花钱，并且是为了寻求乐趣，我花钱不是想要摆阔，而是不显山露水的。我深切地知道金钱不是供我使用的，我简直羞于拥有它，更别提花它了。我深信，只要我有足够的钱，就能生活得像模像样，我是不会想当守财奴的。我会把钱全都花掉，而不想让它生利息。

但是，我情况不好，总是担心。我崇拜自由，我厌恶窘迫、苦痛、寄人篱下。只要我袋里有钱，我就能够保持独立，就不用绞尽脑汁去弄钱。我总是害怕手头紧，因为担心缺钱，所以我爱惜钱。人们拥有的金钱是自由自在的工具，追求的金钱则是奴役的工具。正因为这样，我才紧紧攥住金钱而又并不贪财。

我的淡泊仅仅是懒惰而已，有钱的乐趣补偿不了挣钱的艰难。我的挥霍也仍然只是懒惰而已。而当有一天痛痛快快地去花钱的时候，人们也就不会想它花得是否恰当了。金钱对我的诱惑没有物品的诱惑大，因为在金钱和希望拥有的物品之间，总有一个中间物。而在物品本身及还在其被享用之间，绝无中间物。我看见物，它便在诱导我，如果我只看到拥有物的方法，那该手段对我并没有诱惑力。因此我做过小偷，而且我目前有时还在偷一些小玩意儿，它们在诱惑我，而我宁可去拿它们也不愿去乞要。

但是，在我的一辈子中，不管小的时候还是长大之后，我都不记得曾经拿过别人的一个钱。除了有一回，那是差不多十五年前的事了，我偷过七利弗尔法国古代的记账货币，也就是一古斤银的价格，零十苏。这件事值得我说一下，因为其中有着一种无耻和笨拙的十分好玩的巧合，假如不是与我有关而是牵涉到别人的话，简直连我自己都难以置信。

那是在巴黎，差不多五点钟左右，我和弗朗格伊先生在皇宫花园里散步。他拿出怀表看了看，对我说，“咱们去歌剧院吧。”这正合我意，于是我们便去了。他买了两张关于池座的票，还给了我一张。他拿着他自己的那一张走在前面，我跟在了他的后面。他走了进去，我跟在他后面向里走的时候，发现门口被堵住了。我抬头看过去，看到大家都站在那。我觉得我会在人群中丢失的，或至少弗朗格伊先生会认为我会走丢了的。我走了出来，拿出一张中途外出票证退了钱，接着便走向门口。没料到我刚到大门口，大家都坐下了。这时，弗朗格伊先生一目了然就能看到我并没在剧场里面。

我的性格可不是这样子的，为了说明有时人会突然有一种迷糊，所以不该以其行为来判断他们，我就把这件事记录下来了。这并不是在偷这张票的钱，而是对这钱的用途的偷窃， 越是说这不算偷窃，越是让人不好意思。

如果我想把我当学徒时从高尚的英雄主义下降为无耻之徒的全部历程详尽地写下来，那我会一直也写不完的。不过，我虽然沾染上了学徒的各种恶习，但并没有对它们完全产生兴趣。我对同伙们的玩乐很厌恶。当我对干活产生了极大的讨厌时，我便对全部感到了厌烦。这使我恢复了对早已放弃的阅读的兴趣。

干活时间偷偷看书，这便成了我的新的错误，因此遭到了新的惩罚。不让我读书，反倒更激起了我对书的好奇，因而我不久便达到了如痴如狂的地步。有名的租书店女老板拉特里布租给了我很多书籍。好书坏书我都读，没有选择，读起来都同样废寝忘食。我一边干活儿一边看书，出去做事也看书，上厕所也看书，并且一看就是好几个小时。看得头昏脑涨，仍然想看。师傅偷偷看着我，抓了个正着，便把我狠狠地给揍了一顿，书也给没收了。有多少书被撕坏，烧掉，扔到窗外去了！拉特里布的店里有多少不完整的书啊！当我没钱租书的时候，我就拿自己的衬衫、领带、衣物抵账。我把每星期天那三个苏的零钱全部都送到了女老板那儿了。

大家会对我说，看来金钱还是不能缺少的。的确是这样的，不过那是因为当我读书而别的什么事都无法干的时候。我整个心思地投入在我的新爱好之中，除去看书，我啥都不再干，也不偷窃了。这也是我的一个特别性格，当某种习惯成为禀性的时候，一点儿的东西便能使我分神、改变、爱慕，最后竟至如痴如醉的。于是，我忘记了一切，全部心思都用在占据我心的那些新玩意儿上了。兜里只要放了一本新书，我便急躁地想要翻看。剩下我一人的时候，我便立即把书拿出来，再也不想去师傅的单间里寻找点什么了。即使我有了爱花钱的癖好，我甚至不信我会去偷。我脑子里只想到现在的事，不去想以后的事。拉特里布答应赊账，押金不多。我装好书，就不去想其他事情了。我的钱自然而然地全跑到这个女人手里去了。当她讨要时，我随手拿起衣物去抵账，这简直是最方便的了。我既不想先偷钱存着，也没有偷钱还债的想法。

因为争吵、挨打、偷读毫不挑选的书籍，我的性格变得内向、孤僻了，开始精神不好，成了真正的孤独者。我因为爱书嗜读而看了一些庸俗的作品，但幸运的是没有读到那些淫秽的书籍。倒不是拉特里布这个古怪的女人有所考虑，不租给我，而是她为了提高淫书的价格，向我介绍时，总是露着一副神秘兮兮的神情，使我既感到厌恶，又觉得不好意思，反倒没有租这种书来看。而且，我生来就害羞，加上碰巧，所以三十多岁了，对于任何一本这样危险的书也没有瞟过一眼。据一位上流社会的美丽少妇说，这类书不登大雅之堂，只能背着人偷看。

不出一年，我便把拉特里布小书店的书全看完了。没事情的时候，我便觉得很无聊。通过对读书的爱好，甚至通过我读的那些书，改变了我顽童的习惯。尽管我对书不加挑选，还经常看些不好的书，但看书毕竟把我的心灵引回到比我的职业赋予我的更加高尚的情感上来。身边的一切都让我感到厌恶，我感到有可能引诱我的一切又离我太远，因此看不到有什么东西会令我怦然心动。我的肉欲早已被燃起，渴求一种满足，可我又想象不出到底渴求什么。我就像一个从来没有过性生活的人，对具体的要求毫不知晓。而我已到青春期，人非常敏感，可有时只是在想我以前的癫狂，从来没有非分之举。

处在这种奇怪的状况之下，我那不安焦虑的想象发挥了作用，挽救了我，熄灭了我那才冒头的欲火。我尽量想我以前看过的书中的使我感兴趣的那些场景，回忆、变换、整合它们，把自己摆进去，成为里面的一个我自己设计的人物。按照自己的想法，始终使自己处于最好的地位，最后，直到不能再想，便用这假想的境况帮我忘记我极为不满的现实状况。

对于幻境的爱还有我很容易的着迷使我对自己周围的一切完全厌烦了，更加喜欢一个人单独待着。从此以后，我便一直孑然一身。大家在这之后将很多次地看到其特异的后果，也就是这种表面上非常愤世、非常阴郁的天性，实际上是来自一颗太热烈、太多情、太温柔的心。因为找不到知己，而不得不沉湎于空想。目前，我只需要指出那个癖好的来源和起始原因就已经足够了。这个癖好改变了我所有的欲念，并且因为它也还包含着全部的欲念，所以一直使我因过于热衷于幻想而懒于实施了。

就这样，我迈入十六岁了。我六神无主，对全部、对自己都不满意。对自己的事业没有兴趣，没像我这么大孩子的乐趣，全是空无着落的欲念。好好地便流泪抽泣，无缘无故地便唉声叹气。一句话，因为看不见周围还有任何值得注意的东西，只好独自做温馨梦了。

每个星期天，礼拜仪式结束后，伙伴们总来找我一起去玩耍，而我是能躲开就躲开。但是，一旦同他们玩起来，我却比谁都带劲，比谁都跑得远。激起我难，拉住我也难。这就是我一向的个性。当我们出城去玩的时候，我总是跑在头上，如果不是别人提醒我，我都会忘了回城的。我撞上过两次，没能赶回来，城门关闭了。第二天，怎样处置我，是可想而知的了。第二次，师傅说下不为例，要不就怎样怎样，吓得我不敢掉以轻心了。不过，十分可怕的第三次还是又来了。真是防不胜防，由于轮到那个讨厌的队长米努托里先生在岗的时候，他总是会比别人早半小时关城门。我跟两个伙伴正往城跑，离城半法里（法国古里，一法里约为四公里）时，我听到打算关城门的号角声了，我加快脚步，听见鼓声响起，就拼命跑起来，浑身大汗淋漓，气喘吁吁，心一直怦怦在跳。我远远地就看见士兵们还守着岗位，我一边跑，一边气喘吁吁地呼喊。但太晚了，离前哨二十步远的时候，只看见第一座吊桥在往上吊。当我看到那些恐怖的号角伸向空中时，我浑身在发抖，因为这是个不好的兆头，在此时此刻便注定了我那不可避免的命运。我立刻就感到痛不欲生，趴在平坡上，嘴啃着地。伙伴们对此不幸反倒哈哈大笑，他们当机立断，拿定了主意。我也一下有了主意，但和他们的不太相同，我当场发誓永远不再回师傅家去。

第二天，城门打开时，伙伴们都回城去了。我与他们一一道别，只是求他们偷偷地把我的决定告诉我表哥贝尔那一声，并转而告诉他在哪儿还可以再见我一次。自从当了学徒之后，由于离他家很远，我很少见到他。但是，有一段时间，每逢星期天，我们总要碰上一面。但是，慢慢地，我俩便各有各的偏爱，见面的机会也变少了。我敢保证，他母亲在这上面起了很大的影响。他是上城区的孩子，但我这样一个让人同情的小徒弟，只不过是圣·热尔维区的孩子。虽然有血缘关系，但我们已不再是对等的了。老跟我在一起，有失身份。但是，我俩之间并没有完全中断联系，并且，由于表哥人很好，尽管得听从母亲的话，但有时还是要凭自己良心支配的。得知我的想法之后，他赶来了。但不是想要劝阻我或者和我一起远走高飞，而是给了我一些钱，以供途中之需，因为就我那一丁点儿钱，是走不了很远的。他还送给了我一把短剑，我十分喜爱，一直带到都灵，为了解决肚皮问题才卖掉的。有人说笑话，我把它吃进肚里去了。

后来，我越琢磨表哥在我那困难时刻的表现，越深信他是依着自己母亲，也许还有他父亲的想法行事的。因为就他本人来说，不可能不设法拖我后腿，或跟我一块儿出逃。不过他并没这样做，他并没拦着我，反倒像是在鼓动我按自己的想法行事。见我去意已定，于是就离我而去，没有流下很多眼泪。我们后来再没见过面，也没写过信。这真可惜，他的性格本质上就很好，我俩天生就应该是一对好朋友。

在我听天由命之前，请让我想一想：假如我遇上的是一个很好的师傅，我的命运应该怎样呢？一个好手艺人的那种安稳平和、默默无闻的生活，尤其是在某些阶层中，譬如日内瓦的雕刻匠阶级，对我的性格是再合适不过的了，更能让我幸福的了。这种行当虽然不能发大财，但日子总算还可以。能在有生之年压抑我的野心，让我有一定的闲暇去培养一些有控制的爱好，让我能把自己关在自己的小天地里，无法走出来。

我想象力很丰富，简直可以用胡思乱想来想形形色色的生活，而且，可以说能把我任意地从一种生活带进另外一种生活，但我在其中究竟怎么样那就无关紧要了。不管我在什么地方，都能很快地进入我的想象之中去。就这一点看来，最简单的职业，最不烦恼不操心的行当，可以让思想最放松的行当，就是最符合我的行当，而且也恰是我的行当。我原本可以在我的宗教、我的故乡、我的家庭还有我的朋友中，过上一种平静悠闲的生活。这恰好是依照自己的想法，适合自己的性格，适合自己的工作与兴趣，与交际相同的那种生活。我本会成为一个很好的基督徒、好公民、好父亲、好朋友、好工人、各个方面的好好先生。我本会喜欢自己的行当，或许还会为之增光添彩，在度过了默默无闻平凡而安乐的一生之后，我将会在亲人们的身边静静地死去。毫无疑问，人们很快便会把我遗忘掉，但我至少会被想到我的人怀念的。但恰恰相反……我将描绘的是个什么样的画面？啊！先别着急叙述我这一辈子的痛苦吧！这个伤心的内容我会让读者仔细知晓的。

第二章

在我因为恐惧而设法逃走的时候，我觉得很悲惨很凄凉。但如果真的跑了，我反倒觉得很有意思。我小小年纪便离开家乡、亲人，无依无靠，没有经济来源；手艺只学会了一半，还没掌握谋生方法，便弃之而去；身陷穷途末路，不知什么时候才能摆脱；幼小的年纪，就得面临邪恶和绝望的各种吸引；在一种比我过去所不能忍受的桎梏，更加无法挣脱的桎梏的压迫下，去远方直面烦恼、谬误、陷阱、奴役和灭亡，这些就是我当时所要面对的，也是我原本应该想到的未来。它与我想象的真是相差太多了！我以为已经获得的独立是使我心里感到唯一的暖和的情感。

我自在了，成了自己的主人了！我认为什么都可以做，而且可以做成。只要我纵身一跳就能腾空而起，在空中翱翔了。我静静地走进大千世界，我将大显身手，每走一步，我都要遇上盛宴、财宝、奇遇、准备为我效力的朋友以及急切地讨我欢心的情妇。我一出来，便要主导世界，不过我并不要整个世界，可以说我要放弃一些，因为我不需要这么多东西。有一个可爱的交际圈子就已经够了，用不着为其他的东西受牵制了。我的节制使我进入了一个很小的范围，但却是我精心选定的，可以保证我在这中间的统治地位。我并没有很大的野心，一座城堡就够了，只要成为城堡的主人、妇人的宠人儿、小姐的情人、少爷的朋友、周围邻居们的保护人，我便心满意足、别无所求了。

我心里想着这平凡的明天，在城郊四周流浪了几日，住在一些熟知的农夫家里，他们待我都比城里人还要好。他们欢迎我，给我吃的，给我住的地方，对我真是太好了！让我觉得受之有愧。但这不能算是施舍，因为他们并没有显出高人一等的神情。我随便乱走，一直走到离日内瓦两法里的萨瓦境内的孔菲格农。当地有个名叫彭维尔先生的神甫。作为该共和国历史上显赫的姓氏给我留下了深刻的印象。我好奇地想看看“羹匙”贵族（十六世纪宗教改革时期，萨瓦的很多天主教派贵族，和日内瓦人相互为敌，在脖子上戴一个羹匙做标记，许诺“用勺子吃掉”日内瓦人，他们的领袖就是彭维尔家族）的子孙到底是什么样的人物。我便去拜望彭维尔先生。

他热情地欢迎了我，跟我谈起日内瓦的异端邪说和圣母会的威望，还让我吃饭。我对这样结束的谈话不知道该说什么。而且，我认为，在他家里吃得这么好的那些神甫至少和我们的牧师差不多。我一定比彭维尔先生学问要好，虽然他是个贵族，但我当时只想着吃了，没有顾得上去当一名好的神学家。并且，我认为他那弗朗基葡萄酒味道甘美，能让他在辩论中获得胜利。所以，要是让如此一位好主人不说话，我会觉得相当惭愧的。因此我妥协了，或者说，至少我并没有正面顶撞他。就我的举动来看，有人也许会认为我虚伪。那就不对了，我只不过是听话罢了，这一点无可置疑。奉承，或者说迎合，并不总是一种坏习惯，反倒常常是一种品德，特别是在年轻人身上。我们对善待我们的人还是有感情的，我之所以谦虚，并不是为了欺骗他，而是为了不让他不高兴，不以怨报德。彭维尔先生招待我，热情地款待我，好心说服我，这对他有什么好处呢？除了我得到好处之外，他并没有任何好处。我那颗年轻的心就是这么想的。我对这位仁慈的神甫的感激和尊敬之情油然而生。我感觉自己高他一等，但我不想不知好歹，让他难为情。我这么做并无任何虚伪的动机，我根本就不想改变信仰，我不但没有这么快就产生这一念头，而且只要心里有这个想法便觉得可怕。

这使我在很长的一段时间里，对这一想法唯恐避之不及。我仅是想别惹烦那些想劝我改变信仰的人，我想维持他们对我的良苦用意，所以我显得不如实际上的那样一心一意，以便于他们对我心存成功的希望。在这一点上，我的错就像好的献媚，她们为了能达到自己的目标，有时候既不允许什么，也不承诺什么，但却便于使人产生一种比得到她们所愿意给的东西要多的希望。

理智、可怜、明理，这肯定要求人们不仅不赞同我的疯狂，而且还要把我打发回家，让我远离我所走向的自毁的道路。这才是所有真正有道德的人原本会做或想做的事。但是，彭维尔先生虽然是个好人，但不是一个有道德的人。恰恰相反，他是一个信徒，只了解崇拜偶像和祈求，不知道另外的什么道德。他是一个传教士，想要维护信仰，除了写些小册子来反对日内瓦的牧师们之外，就再也想不出任何办法了。他根本就没想到要让我回家，反而让我想离家出走，使我即使想回家也回不去。

可以确定的是，他在把我推向贫困潦倒或变成无赖的道路上。

他压根儿就没有看到这一点，他看见的是一个从异教中救出来并归还给天主教的灵魂。只要我去做弥撒，管我是正派人还是无赖呢？况且，别以为这种想法唯有天主教徒才有的，只重信仰而非行为任何专横的宗教都是如此，彭维尔先生对我说："主在召唤您，去阿纳西吧。您在那儿会遇上一位非常仁慈的好夫人，国王的宽宏大量使她能够把别人的灵魂从她已摆脱了的错误中拯救出来。"他指的是新皈依的海仑夫人，神甫们的确在迫使她同前来兜售自己灵魂的任何坏人分享撒丁王赐给她的那两千法郎年金。需要一位非常善良的好夫人的帮忙，这使我感到非常没面子。我很希望别人提供我生活的必需品，但我并不想要别人的施舍，再说，一个女信徒对我没有太大的诱惑。然而，由于彭维尔先生的鼓动和肚子饿的缘故，也由于很开心能去逛一趟，而且，还有一个具体的目标，所以我尽管不情愿，还是打算去阿纳西了。

一天工夫就可以笃定走到的，但我并不着急，花了三天才到达。只要遇到道路两旁有城堡时，我都要跑去看看，相信有奇遇在等着我。我既不敢擅自闯入，也不敢敲门，因为我非常胆怯。我会唱一些很优美的歌曲，是我的伙伴们教给我的，而且我唱得也很婉转动听。于是我便在最有希望的窗下唱歌。但我非常惊讶，放声歌唱了半天，居然不见有贵妇或小姐被我美妙的歌喉或风趣的歌词吸引出来。

我终于走到了，我看到了海仑夫人。在我的一生中决定了我的性格的这一阶段，绝不能一笔带过。我已十六岁半了，我不是人们所说的那种英俊小子，但是我长得小巧玲珑，腿细脚美，神态潇洒，容貌姣好，嘴很秀气，黑发黑眉，小眼深凹，喷薄出热血沸腾的光芒。不好的是，我对这一切没有知觉，一生，从来没有想到过自己的相貌，等到想到时，早已失去了良机。所以，除了因为年龄小而胆怯以外，我还有着一种很重感情的那种胆小，总是提心吊胆，害怕惹人生气。此外，虽然自己已有比较丰富的知识，却不懂社会上的事，根本不懂什么社交礼仪。所以我的知识不仅不能弥补我的缺点，反而让我觉得在这方面更加欠缺，更加使我退缩不前。因此，由于害怕冒冒失失地闯到别人家里去，我便采取了对我有利的方式。以演说家的格调写了一封很好的信，把书中的美妙词句与学徒的词语混合在一起，尽量显示自己的才华，以博取海仑夫人的喜欢。我把彭维尔先生的信夹在我的信里，然后前去进行这次令人害怕的拜访。

我没立刻见到海仑夫人，人家对我说她刚出门，去教堂了。那天是一七二八年的圣枝主日。我立即追了上去，我等了等，见到她，同她谈了话……我好像还记得那个地方，此后我在那儿洒下过许多的眼泪，吻过那个地方。我为什么不能用金栏杆把这个幸福之地给围起来？为什么不让全世界的人来拜访它？凡是尊敬人类或蒙赐纪念物的人都应该跪行到它的跟前。（一九二八年，根据卢梭的想法，为纪念卢梭与海仑夫人相见二百周年，卢梭所叙述的那个地方建起了金栏杆）

那是她房后的一条走廊，右边房屋和花园之间，有一条小溪，左边是院墙，有一扇便门通向方济各会教堂。海仑夫人正打算进那扇门，听见我的叫声，便扭过头来，我一见，惊呆了！我原以为她是个令人讨厌的老修女，以为彭维尔先生说的那个好女人只能是那样子的。可我看见的却是花容月貌，两只美丽的蓝眼睛饱含深情，面色容光焕发，酥胸微露，美丽动人。我这个小小的新教徒——因为我就在这一刹那皈依了她的宗教，深信由这样的一位传教士宣传的宗教肯定会把人引向天堂的——尽快地把她看了个够。

她含着微笑接过我发抖地递给她的信：一打开，看了一眼彭维尔先生的信，便看起了我的信。她从头看到尾，要不是她的仆人催促她进教堂，她是会再看一遍的。“唉！孩子，”她的声音让我一颤，“您这么小就到处跑，真是太可惜了。”然后，没等我答话她又说道：“去家里等着我吧，让他们给您准备饭。做完弥撒，我想和您聊聊天。”

路易丝–埃莱奥诺·德·海仑是沃州佛成的一个历史很久的贵族拉图尔·德·比勒家的小姐，很小的时候就嫁给了洛桑卢瓦家族维拉尔丹先生的大儿子海仑先生。这桩婚姻没有给夫妇俩带来孩子，不太美满，再加上一些家庭之间的纷争，海仑夫人便趁着维克多–阿梅代王驾临埃维昂的时候，过湖去投靠了这位国王。于是，她像我一样匆忙地背离了丈夫、家庭和故乡，她为此常伤心难过。这位国王喜欢外表装成热情的天主教徒，便收留了她，给了她一千五百利弗尔的皮埃蒙特（一个五百利弗尔的皮埃蒙特约等于一千七百五十法国利弗尔）年金，对于一位不怎么慷慨的国王来说，这已经够不错的了。但是，当他发现有人认为他这么做是动了真情了，他便派了一个卫队把她送到了阿纳西。在日内瓦名誉主教米歇尔·加伯雷里·德·贝尔奈的主导下，在圣母往见会（一六一〇年成立的天主教女修道会）修道院里，她发誓要背弃原来的宗教信仰。

我到的时候，她在那儿已经生活六年了。她与本世纪同时诞生，已经二十八岁了。她风韵犹存，因为她的美不在于相貌，而在于她的风姿。因此，她还和少女时一样俊秀。她神情亲切温柔，脉脉含情，笑如天使，嘴同我的差不多大，灰白色的秀发有一种奇特的美，随便拢一拢便光彩照人。她身材不高，有点矮，虽说不上失衡，但有点显胖。然而，她的脑袋、酥胸、玉手、双臂，简直是太漂亮了！她受的教育很乱很多。她同我一样，一生下来，母亲就去世了，所以不加区别地遇到什么学什么。她跟家庭女教师学了一点。跟父亲学了一点，跟老师学了一点，但她从她的几个情人那儿学了不少，特别是塔韦尔先生，既优雅又博学，以此教他所喜爱的女人。但这么多不同种类的教育在互相牵制，而她也没有很好地弄清楚，所以学到的各种东西就不能好好地引导她的才智去发展。因此，尽管她学到了一些哲学和物理学的基础，但父亲对江湖医学和炼丹术的爱好也影响了她。她常常弄出一些酏剂、酊剂、香膏和灵丹妙药，而且还自称掌握其中的秘诀。走江湖的便抓住她的弱点，勾住她、纠缠她、毁了她，在炉子和药剂中用尽她的才智、天赋和风姿，而这些东西她本来是可以用来使上流社会迷醉的。

如果说卑鄙的骗子们抓住她所受到的没有经过引导的教育掩盖了她理智的光芒，但她那崇高的心灵却经受住了考验，始终如一。她那亲切温柔的个性，她那对遭遇不幸的人的同情，她那无边无垠的善良，她那活泼、开朗、率直的性格，从来没有改变过。甚至在她接近晚年，生活贫困、疾痛缠身、灾难重重的时候，她美丽的心灵依然安宁爽朗，一直到驾鹤西归时她都保持着最漂亮时的那种欢快。

她的错误的根源在于她精力旺盛，总想做点事。她所需要的不是女人们的那种偷情私通，而是创办和主持一些大事业，她生来就是干大事业的。隆格维尔夫人，孔代大公的姐姐(1619—1679)，名叫安娜·热纳维埃夫，是公爵夫人，很有能力，野心勃勃，在投石党时期，因反对首相马扎兰而名声大噪。要是处于她的位置，只能是一个为小事奔波的女人，而她要是处在隆格维尔夫人的位子上，则能治国安邦。她怀才不遇，那些本可以使她名扬天下的东西，却因她的生活环境而让她一败涂地。在她所处理的那些事情中，她总是把计划想得很大，把目标定得很高。所以，她采用了一些与想法符合的手段，但力量却不够。由于别人的过错，结果全都失败了。计划未能实现，她自己却毁了，可别人却好像没有受到任何的损伤。

这种事业心虽然给她带来了很多痛苦，但至少使她在修道院的时候得到了一个很大的好处，使她不像刚进修道院时想的那样，苦度余生。单调无趣的修女生活，接待室里的无聊谈话等这一切是无法让一个始终跳动的思维满意的。这思维每一天都有新的计划，它需要自由，以使方案能够实行。好心的贝尔奈主教，脑子虽不如弗朗索瓦·德·萨勒，但在很多方面却与他很相同。而被他称为孩子的海仑夫人却在另外很多方面像尚塔尔夫人勃艮第议会一位议长的女儿。一五九二年，嫁给尚塔尔男爵，后者于一六〇一年因意外事故身亡。日内瓦主教弗朗索瓦·德·萨勒让她住进了修道院，并于一六一〇年使她成为圣母往见会的第一任院长。

如果海仑夫人不是因为她的爱好使她不安于修道院的乏味生活，而是乐于隐身其间的话，可能更像她。如果这位可爱的女人没有做那些好像符合一个新皈依的修女在主教指导下所做的修行小事的话，那并不说明她缺少热情。无论她改变信仰的原因是什么，反正她对皈依的宗教是真诚的。她可以因为犯了一个错而后悔，但并不想改变它。她不仅死的时候是个好天主教徒，而且她在虔诚笃信之中度过了一生。我想我是看透了她的心思的，我敢说，她完全是因为讨厌装腔作势才不愿当众就表现为虔诚信女，她的信仰非常牢固，用不着装模作样。但是，现在不是详细地谈论她的信仰的时候，以后有机会我会谈到这些的。

针对那些不相信心灵相通的人，如果有可能，解释一下：海仑夫人为什么首次见面，第一句话，第一个眼神就使我不仅深深地被她迷住了，而且对她产生了从来没有消逝的彻底的信赖。如果我对她感受到的的确是爱情的话，那么，这种激情怎么会一产生就跟着与爱情没有任何关系的心平气和、坦诚、安稳、信赖等情感呢？怎么会在初次接触一位可爱、端庄、美丽的女人，接触一位地位比我高而我又从来没有接触过的贵妇，接触一位我的命运可以说取决于她的关怀之大小的女人。

总而言之，在接触这么一个女人的时候，我怎么会那么无拘无束、那么轻松快乐，就好像我一定能取得她的好感呢？我怎么会一点也没有感到局促、胆小、拘束呢？我生性胆小、内向，没有见过大世面，怎么会第一天、第一刻便同她谈话随便、言辞亲切、语气亲热，就像多年老友，亲密无间呢？我不会谈论没有欲望的爱情，因为我有欲望。但是，没有害怕、没有嫉妒的爱情存在吗？一个人难道至少不想问一声自己心爱的人喜不喜欢他吗？我一生中再没有想到过要问她这一问题，倒是我在问自己是否爱她。而且她也从来没有问过我这个问题。在我对这位美貌女子的感情中一定有点特别的地方，大家以后会发现一些没有想到的怪事。

我们要谈一下我的未来问题，为了谈得大方得体些，她留我吃午饭。在我一生之中，这还是初次吃饭时没有欲望。她的女佣为我们上菜，也说她从没见过像我这种年龄、这种体质的远方客人会没有食欲。她的话并没有让她的女主人对我产生不好的感觉，但是有点打中了同我们一起吃饭的一个很胖的乡下人。他狼吞虎咽，一个人就吃了六个人的饭。至于我，我是激动不已，不想吃了。我的心里充满了一种很新的感情，流遍全身，脑子都没法考虑其他任何事情了。

海伦夫人想知道我以前的一切，为了说给她听，我恢复了在师傅家失去的满腔热情。我越是兴奋于这位高尚的女人对我的关心，她越是为我就要面对的命运担心。她的目光，她的神情，她的一举一动都透露着她亲切的可怜。她不敢劝我回到日内瓦去。处于她的位置，这么做是要犯亵渎天主教的罪过的。她很清楚自己已被严密地盯着，不能乱说话。

但是，她以催人泪下的口吻谈到我父亲的困难时，使我清楚地看到，如果我回去安慰父亲，她是会同意的。她并不知道自己无形之中在反驳自己。除了我决心已定之外——这一点我认为已经说过了——我越是觉得她说得有道理，令人相信，她的话越是打动我的心，我也就越是下不了狠心离开她。我觉得，假如回日内瓦去，就在她和我之间筑起了一道难以跨越的堤坝，除非再采取已采取过的行动。倒不如狠下一条心，留下来好。所以，我便留下来了。海伦夫人见劝说没有作用，也就没再往下说，免得拖累自己。但她用一种怜悯的目光望着我说："可怜的孩子，你应该到主召唤你去的地方去，但等你长大以后，你是会想起我的。"我相信她自己也没有想到她的话竟然被残酷地验证了。

困难仍旧重重！这么小小的年纪就离开家乡，以后怎么活呢？我的手艺还没学到一点，根本谈不上精通。就算精通，也没法在很贫穷、养活不起手艺人的萨瓦赖以为生。同我们一起吃饭的那个乡下人，被迫停止了一会咀嚼，歇歇领骨。他说出一个想法，说那是来自上帝的，但从后果来看，不如说是来自地狱的。他提议我去都灵，说那儿有一个收容所，专门为了训练初学教理者创立的。到了那儿，我的肉体和精神便有了着落，等到我进入天主教的怀抱之后，就可以依靠善男信女们的善良找到一个合适我的位置。他接着说道："至于出资，如果夫人向主教大人建议这一仁善的举动，他肯定是会大发善心，很愿意提供给你的，而且男爵夫人是那样地乐善好施，"他低下头向着餐碟说，"也肯定会帮您一把的。"我觉得所有这些施舍都叫人非常难堪，我很痛心，没说任何话。而海仑夫人对这个建议则没有提议人那么热心，只是说："对于善行，各人都得尽力而为。"她将找主教谈谈这事。

但是，那鬼东西担心她依照她自己的意思去说，另外，他在这件事里，还有点小便宜可以占占，所以便先跑去通知神甫们，把那些善良的神甫们都说服了。以致当海仑夫人不放心我去那儿而去找主教谈的时候，发现事情已经安排好了，而且主教当时就把我此行的一点点出资留给了她。她不敢坚持要我留下来，我已经长大了，像她这么大年龄的女人把一个男青年留在身边是要让人说闲话的。

我的旅行就这样由关心我的人给安排好了，我只得听从安排，我甚至并没有太大反感地就照办了。虽然都灵比日内瓦远，但我想，作为京城它同阿纳西的关系比同一个不同宗、不同教的外国城市要更加亲密。再说，我是遵从海仑夫人的命令前去的，所以我认为自己依然是在她的引导下生活，甚至比在她身边生活还要好。再者，长途旅行很能弥补我已经开始养成的喜欢漫游的癖好。我觉得，像我这么大的人，翻山越岭，攀上阿尔卑斯山顶，低头看自己的伙伴们，真是太漂亮了。对一个日内瓦人来说，四处看看是一个不能抵御的诱惑，所以，我答应了。

那个乡下人两天之后便要同他老婆一起动身，于是我被交托给他们，一路上照料我。我的钱也给了他们，其中包括海仑夫人一再叮咛嘱咐我的时候，悄悄塞给我的一小笔钱。在复活节前的星期三，我们便出发了。

我离开阿纳西的次日，父亲跟他的一个叫里瓦尔的伙伴跑来找我。里瓦尔先生同父亲一样，也是一个钟表匠。他很聪明，很有学识，作的诗超过拉莫特，口才同拉莫特也几乎水平差不多，而且为人十分正统，但他的文采没有能够得到发挥，结果只是把自己的一个儿子造就成了喜剧演员。这两位先生见到海仑夫人，只是同她一起为我的命运悲叹了一番，却并没有去追赶我。他们骑马，我步行，要想追上我，是很简单的。我舅舅贝尔那也是如此。他来过孔菲格农，知道我在阿纳西，又回到日内瓦去了。我的亲属们好像是和我的星宿串通一气，要把我送往正在等待着我的命运。我哥哥就是因为没有受到人们的照顾而不知去向的，至今杳无音信。

我父亲不仅是一个正人君子，而且为人也很耿直。他有着一颗造就高尚美德的坚强的心。此外，他还是一位好父亲，特别是对我。他非常疼我，但也喜欢自己玩乐。自从我远离他之后，他的其他的一些爱好就把他那父爱冲淡了。他在尼翁又结了婚，虽然继母已超过给我添弟弟妹妹的年岁，但她还有亲属，这样便建立了一个新的家庭，有了另一种目标，过起了新的日子，所以父亲就不再常常想念我了。他日益衰老，而且没有多少钱用来养老。我和我哥哥，有母亲留下的一笔财产，这些财产的收益在我们远离家乡时应该归父亲所有。父亲并不是主动想要这笔钱的，而且这并不影响他履行他的职责。但是，这种念头在无形之中起了作用，连他自己也没有发现，以致有时会减弱他的热情，否则他是会更加爱我的。我想，这就是为什么他刚开始找我找到阿纳西，可又没有追到尚贝里，他原本肯定会在那儿找到我的呀！这也就是为什么我出走之后，常去看他时，我总是获得父亲的爱抚，却没有见他竭力想留住我。

我非常了解父亲的慈爱和美德。他这么做，促使我反省了自己，对保持我的心理健康起了不少影响。我从中获得了一个非常大的道德标准，也许是可以在现实中运用的唯一标准，那就是防止使我们的义务与权利发生冲突，防止使我们的幸福筑造在别人的痛苦之上。我相信，如果不避免这些情况的发生，不管你是多么的诚挚高尚，早晚都要不知不觉地变得气馁颓废。而且，尽管你内心仍然公正善良，而实际上却变得不义和丑恶。这一准则深深地刻在我的心中，而且，虽然稍微晚了一点儿，却仍然体现在我所有的行为之中。它是使我在公开场合，特别是在熟悉的人中间，显得最奇怪、最愚蠢的众多准则之一。大家批评我老想着别出心裁、独树一帜。说心里话，我既不想与他人做得一样也不想不一样，我只是真诚地想做善事罢了。我总是尽力避免使我的利益与他人的利益发生违背，避免对他人的困难产生一种虽不是刻意却是窃喜的心情。两年前，元帅大人即乔治·基思想把我也写进他的遗嘱。我强烈反对。我对他说，我绝不列入任何人的遗嘱里，更不想列入他的遗嘱中。他听取了我想法。现在，他想给我一笔终身年金，我没有拒绝。有人会说这么一来对我更适合，也许是的。但是，我的恩人和父亲啊，如果我不幸死于您之后，我知道，失去您，我就失去了一切，我也就毫无所得。

我看这就是好的哲学、仅有的真正符合人心的哲学。我每天都在深刻地体会它的深邃之处，并且在现在的著作中，我在用不同的方法加以阐述。但是，公众大多都很肤浅，并没有很好地注意到这一点。如果本书完成之后，我还侥幸活着，能写另一部书的话，我想在《爱弥尔》续集中写一个与这个哲理相同的生动感人的实例，从而促使我的读者加以注意。对一个在外漂泊的人来说，反省已经够了，又该出发了。

我的旅途比我料想的要快乐，而且那个乡下人并不像他的外表那样粗鲁。他是个中年人，花白的头发扎成一条小辫儿，一副掷弹兵的样子，粗声粗气的。他人挺活泼，能走路，更能吃。他什么活计都干过，但都不精通。我记得，他曾提议在阿纳西弄一个什么作坊，海仑夫人一定是赞成他的计划的。并且，他是为了力图让大臣同意才去都灵的，路上的大笔花销也不用自己掏钱。这个人很会算计，总是混在神甫群里，伪装出为他们效劳的殷勤样子。他曾在神甫学校学到某种虔诚的术语，老在用它，以高尚的预言家自诩。他学会《圣经》上的一段拉丁文，便装作像知道很多似的，因为他每天都要无数次地重复这段拉丁文。除此之外，当他知道别人口袋里有钱，他就很少没钱花。他比骗子更加高明，连哄带骗地以招募兵丁者的口气滔滔不绝，就像隐士彼得腰悬佩剑在激励十字军一样。至于他老婆萨布朗太太，倒是个很好的女人，她白天比夜里安静。因为我一直与他们睡在同一间房里，她夜间折腾的动静经常吵醒我，假如我知道是怎么回事的话，我可就更睡不着了。可我就连想都没猜想到，我在这一方面简直愚蠢透顶，那就只有让本能来导引我了。

我同我虔诚的向导和他活泼的老婆在快活地赶路。在路上没有发生任何意外。我的身体和精神从来都没有那么好过。我年轻力壮、充满活力、无忧无虑，既相信自己也信赖别人。我正处于人生中那短暂而珍贵的时刻，有一种由内而外的幸福感，可以说把我们身上的所有感觉器官都扩张开了，借助生活的魅力在我们眼前把大自然给美化了。我那稍微不安的心绪有了一个目的，使它不再飘忽不定，并安稳了我的空想。

我把自己看做海仑夫人的作品、学生、朋友，甚至情人。她对我说的亲切的话语、对我的温柔抚爱、对我表现出的那非常大的关怀以及她那让我觉得充满了爱的快乐的目光——因为那目光激起了我的爱恋——所有这些，一路上，都萦绕在我的脑海之中，让我不断产生奇思怪想。对自己命运的任何担忧都没有打乱我的这些梦想。我觉得，把我送往都灵，保证了我有一个安身之地。我不用再担心自己了，有人在为我操心了。所以，甩掉了这一重负，我步伐更加快了。

我的心中充满了青春的愿望、美好的希望和光明的未来憧憬。我看见的一切好像都在预示我就要获得幸福。我在想象着家家户户的乡村盛宴、草场上疯狂的嬉戏、水边的沐浴、漫步和垂钓、树上的美果、树荫下的男女约会偷情、山间的大桶牛奶和奶油。简直是一派悠然自乐、平和、纯净、轻松的画面。总之，映入眼帘的一切东西都给我的心灵带来了一种陶醉。景象的伟大、多姿和自然让我陶醉是合情合理的。这其中的确透着一点虚荣。因为我觉得，自己这么小，便能去意大利，而且已经到过不少地方，就踏着汉尼拔的足迹翻山越岭，这是超出我这么小年纪的人的一种荣耀。另外，还经常在一些很好的驿站休息，还有好吃好喝的东西来满足我旺盛的食欲。其实我用不着客气，因为同萨布朗先生的吃法相比较，我吃的就没什么可提的了。

我一生之中是否还有像我们这七八天的旅行那么快乐的事，我记不得了。因为我们必须照顾走得慢的萨布朗太太，所以这一次简直就是在做长途散步。对这次旅途的印象，使我对一切与之相关的东西，尤其是对那些山峦、对徒步旅行，产生了强烈的兴趣。我只是在我美好的时光里徒步旅行过，而且总是不想停止。不久，因为各种职责、事务和行李的拖累，我不得不摆出绅士的姿势，乘车外出。我一上车就提心吊胆，心情烦躁，不像从前那样感到走路的快活，而只是想尽快赶到终点。

在巴黎的时候，我曾想找两个志同道合的伙伴，各人掏五十路易（系金路易，有路易十三等人头像的法国旧金币，第一次世界大战前法国使用的二十法郎的金币）花上一年时间，一起徒步环游意大利，不带一件行李，只带一名背着睡袋的小仆人。有不少人跑来，他们表面上都对这一计划很感兴趣，但实际上都把它当成异想天开，只是一场空谈，不愿付诸实践。我记得，我兴致勃勃地与蒂德洛和格雷姆谈过这一想法，他们最终也想这么大干一场了。我以为就这么说定了，但最后竟成了只想做一次纸上旅行。格雷姆觉得最有意思的是让蒂德洛在这样的旅行之中犯下许多反宗教的罪过，而让我代替他受过，打入宗教裁判所。

这么快就到了都灵，我觉得挺失望的。但我看到的是一座大都市，有希望在这儿出人头地，因为脑子里已经被那勃勃野心所充满，因此遗憾便随之一扫而光。我看见自己已经不再是以前那个小徒弟了，但我真的没想到我马上就要连个小徒弟都不是了。在接着叙述之前，就我刚才说的那些琐碎的事和我接下来要叙述的读者觉得索然无趣的事，我得先请读者谅解，或者说要向读者解释一下。我已决心全部彻底地展示给读者，所以就该说得明明白白，不能有丝毫隐瞒。我必须始终出现在读者面前，让读者看清我心中的所有迷惑，看清楚我生活中的点点滴滴，眼睛一刻也不离开我，以免在我的叙述中发现最小的疏漏时，他们会纳闷儿，他这段时间都干了些什么？那他们便会指责我不愿意和盘托出。我通过我的叙述展现了人的一些邪恶，但不想因沉默而让它扩大了。

我一点儿钱也没了，因为我说漏了嘴。我的粗心对我的向导们来说是十分有好处的。萨布朗太太居然有办法把海仑夫人送给我的配在短剑上的一条银丝带给夺走了，那是我最心疼不过的了。要不是我死不相让，连短剑也保不住了。一路上，他们倒是很老实地替我付了账，却一点儿钱也没留给我。我人到了都灵，但衣服、钱全都没了，真真切切地把我逼到了两手空空，一切从头开始的地步。

我带着介绍信，交给了收信人，我立刻被带到初学教理者收容所，在那儿接受我被卖身的那个宗教的教育。我刚进门时，看见一扇大铁门，我一走进去，那铁门便立即被牢牢地锁上了。我觉得这个开头很沉重，不愉快，而且使我在被带到一间大屋子里时，开始思考起来。屋子里什么家具都没有，只是房间里面有一个带有大十字架的木质祭坛，和它周围的四五把椅子。椅子也是木质的，就像打过蜡似的，实际是因为坐得久了，被磨得光溜溜的罢了。

这间大厅里有四五个凶汉，是我的学习伙伴，简直像魔鬼的卫士，哪儿像要做上帝之子的初学者。这帮浑蛋中有两个是斯洛文尼亚人，但自称是犹太人和摩尼人。他们告诉我，他们一直是在西班牙和意大利游荡，只要有利可得，便到处接受天主教义和洗礼。另外一扇铁门打开了，铁门位于一个大阳台旁边，朝向天井。我们那些初入教的姐妹们从这扇铁门走进来。她们和我一样，不是通过受洗，而是通过严肃的改教宣誓来获得新生的。她们是向来玷污基督羊圈（意指教会）的最下贱、最放荡的轻佻女子。

其中只有一个我觉得挺漂亮，还有点意思。她差不多与我年龄相当，也许大一两岁。她两眼露着狡猾的光芒，有时与我四目相对，这使我产生了一种想认识她的想法。但是，她已在这里住了三个月了，在她还要待下去的几乎两个月里，我绝不可能接近她，因为她被我们的那个老太婆监管得很严，而且那个神圣的传教士老缠着她，在尽力让她改教，他的热情不同一般。她尽管看上去不像，但一定是非常笨拙，因为对她的训导总是很长。那位神圣的人总觉得她没有达到宣誓放弃的地步。但她讨厌这种受禁锢生活，说是想出去，是不是基督徒她并不在乎。必须在她还愿意入教的时候，按她的话做，以免惹火了她，再也不愿意入教了。

小团体聚集起来迎接我这个新来者。有人对我们做了一个简短的训话。对我，是督促我不要辜负上帝对我的眷顾，而对别人，则要他们为我祈祷，为我做出表率。然后，我们的贞女们回到自己的内院去了，我这才有空，怀着好奇的心情，悠闲地看看我待的地方。

第二天早上，我们又被聚集起来训导，这时我才头一次思考要采取的行动以及把我引到这一步的原因和后果。我说过的、现在又说的而且也许还要再说的一件事。让我坚信的一件事，就是如果会有一个接受了合理而良好教育的孩子，那就是我。我出生在一个风俗不同于一般人的家庭，接受的都是我亲人的明智的教育，以及拥有他们这样的好的榜样。我父亲虽然是个爱玩乐的人，但他不仅十分耿直，并且虔诚。他在联系的圈子里是个风流人物，在家里却是个基督徒。他很早就用他的感情教育了我。我的三位姑姑全都贤淑端庄，大姑和二姑都是虔诚的信女，三姑是一位风姿绰约、才华横溢、通情达理的女子，也许比大姑二姑还要虔诚，尽管表面上看不大出来。我从这个应受尊重的家族到了朗拜尔西埃先生家里，后者是教会中人和传教者，真心信奉上帝，可以说言行统一。他和他妹妹通过温和而聪明的教导，培育着他们发现的我心中的那些虔诚的因子。这两位可敬的人因为使用了一些如此真诚、如此谨慎、如此合理的方法，使我对讲道一点儿也不讨厌，而且听完之后，心里很受感动，决定好好生活。我常常想到自己的决心，从不骗人。但我的贝尔那舅母的虔诚却让我讨厌，因为她整天就知道顶礼膜拜。在我师傅家里，我不再想更多的关于宗教的事了，但我的想法并没有改变。我没有碰上什么拉我堕落的年轻人。我变成了一个调皮鬼，却不是轻佻的人。

所以，我当时对宗教的信仰的彻底程度是我那么大的孩子不可能拥有的，甚至我的信仰更多些。为什么要在这里隐藏自己的思想呢？小时候，我一点儿也不像个孩子，我总是像个大人似的去思考去感受，只是在渐渐长大的过程中我才回归常态。我生下来就和别人不同。大家见我把自己说得有点像个神童一样一定好笑。那就笑吧。但是，笑尽兴了之后，请大家找出一个六岁就爱上了小说，对小说产生了兴趣，被小说感动得流泪的孩子来看。那样的话，我会感到我的虚荣心是好笑的，我会同意是我错了。所以，要想让孩子们有一天信奉宗教，就绝对不能同他们讨论宗教，因为他们是完全不可能按我们的手段去明白上帝的。我的这一感觉是从我的观察，并不是从亲身经验中得出来的。因为我知道我的经验是不适合于其他人的。找几个就像六岁的让·亚克·卢梭的孩子来，在他们七岁的时候跟他们聊聊上帝，我敢保证这绝对不成问题的。

我觉得，大家都觉得对一个孩子，就算一个大人来说，所谓的有信仰，就是生在哪儿就信哪个教。有时，信仰会减弱，但很少会增强。教义的信仰是教育的一个后果。除了这个把我拴在我先辈们的信仰上的一般道理之外，我还尤其对天主教有着我家乡的人们所特有的那种厌恶。他们告诉我们，天主教是一种很让人恐惧的偶像崇拜，把神甫们写得十分阴险狡诈。这种感情在我身上驻扎很深！所以一开始，只要我一走进教堂，一碰到一个穿着宽袖白色法衣的神甫，一听到仪式队伍的晃铃的声音，便惊慌恐惧得发颤。到了城里之后，就不这样了，但在乡村教堂里，经常“旧病复发”，因为它们同我当初产生这种感觉的教堂很相似。确实，这种感觉与日内瓦市郊的神甫们喜欢爱抚当地孩子的情景形成了十分强烈的反差。送临终圣体的铃声虽然使我害怕，但弥撒或晚祷的钟声却让我想到早餐、点心、新鲜黄油、水果和乳制品。彭维尔先生的美餐仍余香在口。所以，我很轻易地便被所有这一切给麻痹了。

我只是从玩乐和贪馋的角度去想天主教，觉得习惯天主教的生活不会很难。但是，要正式加入其中则只不过是一个一闪而过的念头，是遥远的以后的事。这时，再也没有办法可以改变的了，我怀着最最强烈的厌恶，看见我所承诺的诺言及其不可避免的结果。我身边的那些以后的新教徒并不能以其榜样来激励我的勇气，所以，我无法否认，我将要从事的神圣事业从根本上说只不过是一个强徒的行径罢了。虽然我还很年轻，但我觉得，不管哪个宗教是正派的，我都可能要出卖自己的宗教了。而且，就算我选择得很好，在内心里我仍要对上帝说谎，应该受到世人的唾骂。我越是这么想，越是痛恨自己，而且悲叹命运不济。弄到这种程度，仿佛这不是我自作自受似的。有时候，这些想法非常强烈，以致我只要发现大门开着，我非逃不可。但是我没遇到这样的机会，而且，我的决心也没有如此大。

有太多的私心杂念在掺和着，所以，我总狠不下心来。再说，绝对不回日内瓦的既定方案、羞耻惭愧、重新翻山越岭的困难、背井离乡、举目无亲、身无分文的窘迫境地，等等，都使我把良心上的愧疚看成一种为时已晚的悔恨。我假装责备自己的所作所为，为自己以后要做的事开脱。我在夸大过去错误的同时，也把将来的错误看做一种必然结果。我心里经常在说："你什么错也没犯，如果愿意，你可以成为一个清白的人"。而我对自己是这么说的："为你所犯下的和已不得不犯的错误悲叹吧"。

的确，像我这个年龄的人，需要有非常强大的精神力量，才能推翻在这之前我所承诺或让人希望的所有一切，才能解开自己给自己套上的镣铐，才能义无反顾地大胆地宣称，我愿仍旧信奉我前辈们的宗教！我这种年龄的人是没有这种魄力的，而且侥幸成功的机会也是十分微小的。所以，现在的我即是处在一个两难的位置，处在一个特殊而极端的十字路口中央，不论走向何方，都需要认真的斟酌。旧有的和新来的相互冲击着，打扰着我平静的思绪，我发誓，我的人生从来没有如此愧疚和难堪过。我原本就不能拥有无后顾之忧的义无反顾，如果我还有心就不能单纯地摒弃一些或去接受另一些。事情已经如此了，我已无回天之力，而且，越是拼命挣扎，越是得到别人各种各样的压制。

毁坏了我的那种辩论正是大多数人都有的那种诡辩，在为时已晚时，他们才来埋怨缺乏勇气。勇气对我们来说，只是在我们犯错误的时候才是宝贵的，如果我们愿意始终谨慎，那么我们就用不着什么勇气了。但是，一些容易克服的倾向在无法抗拒的诱惑着我们，我们因没有看到这些危险而对一些很小的诱惑听之任之。我们在无形中便陷入了一些危险境地，这本来是很容易避免的，可是，陷进去了，就必须非常英勇顽强才能挣脱。我们终于掉进了深渊，这才祈问上帝："你为什么让我这么软弱？"但上帝却不管这些，只是对我们的良心说："我确实是把你造得太弱，爬不出深渊来，但我曾把你造得很坚强，让你别陷进去"。

我还没真正决定成为天主教徒，且我发现截止日期还很远，便不紧不慢地去适应这一想法。在这期间，我在想象着出现某种始料不及的事情，使我能摆脱困境。为了争取时间，我决心尽可能地进行最有效的防御。不久，虚荣心使我能够不再去想自己想要改变的决定。自从我发现有时候我竟然难倒了想劝解我的那些人时起，我便觉得用不着更多努力便可以彻底驳倒他们，我这么做的时候，特别带劲，挺好玩的。因为，在他们劝解我时，我也想劝导他们。我真的以为，只要说服了他们，我就可以让他们一转而信奉新教了。所以，他们觉得我不管是在知识方面还是在意志方面，都不像他们所原本认为的那么好对付。新教教徒一般来说要比天主教徒学问更深，这是肯定的。因为新教教义要求争论辩驳，而天主教则只要求顺从。天主教徒应该接受别人对他所作出的决定，而新教教徒则应学着自己拿定主意。对于这一点他们看得很明白，但他们没想到，依照当时我的身份和年龄，会给一些经过良好训练的人出了一些很大的难题。再说，我都还没有初领圣体，也没有受到与之有关联的教育。这些他们都了解，但他们并不知道我可是在朗拜尔西埃先生那里接受过良好教育的。而且，我还有一个让这帮先生头痛的私房货，也就是《教会与帝国历史》。我在父亲那儿时就已经能背下来，不过后来又几乎把它忘得一干二净，但随着讨论的激烈，我又回忆起来了。

有一位老神甫，个子不高，却挺令人肃然起敬的。他给我们大家一起讲第一讲。对于我的伙伴们来说，这第一讲是一次教理问答，而不是辩论。他要做的是开导他们，而不是解答他们的疑问。但对我来说这样做就不行了。等到我的时候，我便想出一切问题难为他，把能找到的难题完全向他提出来。第一讲因而便拖得很长，使其他听众觉得很无趣。老神甫说了很多，越说火气越大。他东拉西扯，最后，居然声称听不太懂法语，便溜走了。

第二天，因为害怕我的随便的问题把其他同学给带坏了，他们便把我弄到另一间屋里，和一个神甫住在一起。这个神甫比较年轻，能说会道，也就是说，只会夸夸其谈，而且自鸣得意，就像圣师一样。但是，我并没有被他那威严的样子给吓唬住。而且，我认为，反正是该干什么就干什么。所以，我便胸有成竹地回答他，并且竭尽全力从各个方面为难他。他以为用圣·奥古斯坦、圣·格雷戈里和其他圣人就能打败我，但他十分惊讶地发现，我对这些圣人好像同他一样非常熟悉。并不是因为我曾读过他们的著作，也许他从未读过，但是我记住了勒絮厄尔书中的许多片段。等他刚引述完一段，我并不对他的引证加以反驳，而是用同一圣人的另一段来回复他，使他常常十分难堪。但是，最后是他获得了胜利。原因有两个：首先，他居高临下，也可以说，我觉得自己受制于他。虽然我很年轻，却明白不能把他逼得太狠，我看得出来，那个矮个子老神甫对我的学问及我本人不感兴趣；其次，这位年轻神甫做过研究，有所感悟，而我却压根没有进行过什么研究。这就使得他论证时自成风格，而我却听不明白。而且，当他一感觉到被一种始料不及的反驳问住时，便借口离题，拖至第二天再谈。他甚至有时把我的所有引文说成是有错误，主动替我去找原书，固执地说我找不到那些引文。他觉得自己并没冒多大风险，认为我尽管背得滚瓜烂熟，却应该不太会查书引证。而且我又不会拉丁文，在一大厚本书中是找不到那段引文的，即使我确定就在里面。我甚至怀疑他用过他责怪牧师们的卑鄙手段，有时候编造一些引文，来摆脱遭到反驳、难以回答的窘境。

当这种唇枪舌剑还在继续的时候，当每天争论、祈祷和耍无赖的时候，我遇上了一件小小的却足够令人呕吐的事，差一点儿对我产生不良的后果。任何一颗再卑鄙的灵魂、再野蛮的心，也不可能没有产生爱情的时候。自称摩尔人的两个凶汉中的一个，看上了我。他故意接近我，和我说些他那纯属莫名其妙的事。时常向我献点小殷勤，有时候还把他的那份菜分给我一点，特别是他还经常热烈地亲吻我，弄得我很不得劲。他的脸就像香料面包，还有一道长长的刀疤，目光火辣辣的，好像狂怒但不是柔情。尽管这张脸不免让我不寒而栗，但我还是忍受着他的吻，心想，“这个可怜的人对我十分友爱，拒绝他是不对的”。他渐渐地更加得寸进尺，说些极为怪异的话，以致我有时认为他是晕头。有一天晚上，他想来同我一起睡，我不愿意，说我的床太小。他就催促我去他床上睡，我仍旧不愿意。因为这家伙实在太脏，一股嚼过的烟草味，想想就让我觉得想吐。第二天清晨，大厅里只有我们两个人。他又开始动手动脚的，动作十分野蛮，更让人恐惧。最后，他居然想干起最下流的事来，而且攥住我的手，逼着我也那么干。我大叫一声，拼命挣脱开来，向后跳了一步，但并没表示恼怒、气愤，因为我根本不懂那是怎么一回事。我十分坚决地表示我的惊讶和讨厌，他也就没再逼迫我。但是，当他对我癫狂一阵之后，我看见有白色黏稠物向壁炉射去，落在地上，心里厌恶极了。我一辈子都没有这么激动、慌张，甚至害怕过，我向阳台奔去，差点儿晕了过去。我不能理解那个可怜虫到底怎么了，我以为他得了疯病，或者是什么更加可怕的癫病。而且，说心里话，我不知道，对于一个理性的人来说，再也没有比看见这种肮脏下流的举动还有这张最放荡的丑恶嘴脸更加恶心的了。我从来没有见过别的男人这样过。如果我们在女人面前这么癫狂，她们一定对我们讨厌鄙夷，除非她们的眼睛被迷惑住了。

我急急忙忙地跑去把我刚才遇到的所有一切告诉大家。我们的老女总管叫我闭嘴，我看得出这事让她非常恐慌，而且我听见她在咬牙切齿地小声说："该死的！孽障！"由于我不明白为什么不许我再说，但我依然不顾禁令四处宣传。而且因为嚷得太厉害，第二天一大早，一个管理员便来把我狠狠地教训了一通，批评我小题大做，败坏圣院名声。

他教训了我很久，一边还向我解释许多我不明白的事情。但是，他并不认为在教我明白这些事情，因为他相信我知道那人要跟我做什么，只是因为我不同意才反抗的。他一本正经地对我说，这种事同淫荡一样是不能做的，但对作为行为对象的那个人来说，这种意愿并不算什么侮辱。被人喜欢并没有什么可以大惊小怪的。他直白地对我说，他自己年轻的时候，也有过这种荣幸，因为来得突然，猝不及防，但他一点也不觉得那有多么恐惧。他甚至恬不知耻地使用那些专门的术语，以为我不愿意的原因是怕疼，便对我保证说这种担心是没必要的，犯不着大惊小怪。我听着这个无耻的家伙说着，惊讶不已。因为他压根没在为自己争辩，好像是为我好才来开导我的。他觉得自己的话很平常，用不着背着人偷偷地去说。我俩身边还有一人，是一位教士，和他一样认为这一切没什么可生气的。这种泰然处之的神气把我给吓唬住了，所以我最终相信这无疑是世上司空见惯的事，只是我以前没有机会受到教育罢了。

因此，我在听他讲的时候，没有生气，但心里非常讨厌。我所遭遇的，特别是我所看到的情景深深地印在我的脑海里，让我每每回想起来，仍然觉得恶心。我也不知道是怎么回事，对那件事的憎恶竟波及到辩护者身上。我简直无法控制自己，甚至让他看出了他的教育所产生的不良后果。他恶狠狠地看了我一眼，从那以后，他便挖空心思地让我在教养院里的日子不好过。他彻底达到他的目的了。我看见只有一条路可以走，所以便像刚开始避之犹恐不及那样，迅速地走了这条路。

这一经历让我以后不会再受到同性恋男人的诱惑。而且，我一看见像是这样的人的时候，便想起我那让人恐惧的摩尔人的面貌、举止，心里只有着一种无法遮挡的厌恶。正好相反，与这相比，女人却强烈地赢得了我的心。我觉得我应该对她们温柔、尊敬，以弥补我们男人对她们的不尊重。所以，当我想起那个不是真正的非洲人的时候，最难看的女人在我眼里都成了非常可爱的了。

要说那个假非洲人，我不知道大家会怎么说他，反正我认为，除了洛朗莎太太而外，大家依然和往常一样对待他。但是，他不再接触我，也不再和我说话了。一个星期以后，他隆重地接受了洗礼，全身穿了一身白，以表示他的再生灵魂的纯洁。第二天，他离开了教养院，以后我们再也没有碰面。

我在一个月后才轮到了，因为让我的训导者们获得让我这个难搞定的人皈依的荣耀，时间太短不能解决问题，况且，他们还让我把所有的信条都背了一遍，以炫耀他们已经使我服服帖帖的了。最终，在充分地受教和充分地听命于我的训导者们之后，我被排着队引向圣约翰教堂，去隆重地宣誓皈依。而且还参加了洗礼的辅助仪式，尽管他们实际上并没有给我施洗礼。不过，辅助仪式与正式仪式差不多一样。这样做就是让人知道，新教徒并不是基督徒。我穿了一种装饰有白色花边的灰长袍，是专门供这种场合用的，前后每个人托着铜盆，用钥匙敲着，大家依照自己的虔诚或者对新皈依者的关怀的大小，往里面施教。一句话，天主教的繁文缛节，全部都有，用来更好地教育大家，从而来羞辱我。只有那件对我来说本是十分有用的白衣服，他们并没有像对摩尔人那样让我穿，因为我没有这样好的运气成为犹太人。

但这并没有结束。然后得去宗教裁判所接受对异教徒的赦免罪过，再举行由亨利四世的钦差代行的同样的改变宗教仪式，回到天主教的怀抱。可让人敬佩的裁判神甫的神情、举止没能赶走我走进这间屋子时的那种内心的恐惧。他先按照我的信仰、职业、家庭问了好几个问题，然后，突然问我母亲是不是下了地狱。我在刹那间冒出的愤怒被恐惧制止住了！我只是说，我希望她没下地狱，上帝的仁慈在她去世前可能照亮了她。那神甫没有说话，但撇了撇嘴，看得出来他一脸的不信任。这一切完了之后，正当我暗想我终于能按照我的想法安排自己时，他们却把我驱逐出了门外，只把布施得来的二十多法郎的零钱交给了我。他们一再嘱咐我要像一个好信徒那样生活，对于圣宠一定要忠诚。然后，他们祝我好运，关上了门，一切就都结束了。

我的伟大的希望就这样在刹那间便消失殆尽了。我刚才所做的至关重大的所有事情，留给我的只剩下既是弃教者又是受骗者的印象了。很好想象，当我从飞黄腾达的美梦中下滑到贫困潦倒的处境时；当我早晨还对将要居住的宫殿挑三拣四，晚上却就要露宿街头时，我的脑子里简直乱套了。

有人会觉得我开始陷入一种非常痛苦的绝望之中，特别是因为自己悔不当初，怨恨自己亲自造成了一切的不幸。但事实根本就不是这样的，我生平第一次被禁闭了两个多月。我的第一个感觉便是再次获得了自由。当做了长时间的奴隶，又变成了自己和自己行为的主人之后，我发现自己身处于一座繁华富庶、尽是出身高贵的人的城市里。只要我的聪明才智被别人赞扬，我是会受到欢迎的。再说，我等待的时间还长，而且兜里的二十法郎对我来说就好像是一个取之不尽用之不竭的宝库。我可以任意使用，不必向任何人报账。这是我第一次感到自己这么有钱。我压根就没有垂头丧气、痛哭流涕，我只是转变了想法，但自尊心却一点儿也没丢掉。我从来没有感到如此自信和平静。我认为自己已经出人头地了，而且因为这全是依靠自己，所以我还是觉得很好的。

我做的第一件事就是游玩全城，以满足自己的惊奇之心，即使这仅仅是为了显示一下自己的风度。我去看卫兵上岗，因为我对军乐很感兴趣。我跟着迎圣体的行列看热闹，因为我喜欢听神甫们唱圣歌。我去参观王宫，我小心翼翼地走过去，看到别人走进去，我也跟着进去，没有人阻止我。或许是因为我胳膊里放了个小包才让我进去的。但是不管怎么说，走进王宫时，我以为自己很了不起了，已经把自己看做几乎是在宫中生活的一个人了。

最后，因为总是逛来逛去的，我一点力气也没了。肚子饿了，天气又很热，我便走进一家乳品店。女店主给我端上了奶糕、凝乳和两个我最爱吃的皮埃蒙特长形小面包。我只用了五六个苏，便吃了我平生以来最好吃的一顿饭。我必须找个住的地方，因为我已经会说一些皮埃蒙特话了，别人可以听得懂了，所以找个住处是件很容易的事。我挺小心谨慎，只能根据财力而不是兴趣选择住的地方。有人告诉我说，波河街有个士兵的老婆，住着闲散仆人，一夜一个苏。我到她家住在一张破旧空床上，安顿了下来。那女人尽管已经是五六个孩子的母亲，但人依然很年轻。而且母亲、孩子、客人，统统住在一个房间里，我在她家时很长时间就这么住的。不管怎样，她是个好女人。尽管满嘴粗话，总是衣冠不整、披头散发，但心很好，嘘寒问暖，对我挺好，甚至还给我帮忙。

一连好几天我都完全沉浸在自由自在和惊奇的快乐之中，我在城里、城外游玩，东张西望，观看我觉得奇怪和新颖的所有一切东西。而且，对于一个逃出牢笼、从来没有到过京城的青年来说，一切都是罕见和稀奇的。我对瞻仰王宫特别的执著，每天清晨都参加皇宫小教堂的弥撒。和那位王公还有随从待在同一座小教堂里，那种感觉非常奇妙。但是，这种固执更多的是因为我那开始表现出的对音乐的热爱，但宫廷的排场很快便都看到了，而且经常是老一套，很快也就没有了魅力。撒丁王当时拥有欧洲最优秀的交响乐队。索密士、德雅尔丹和贝佐齐父子轮流地在乐队里展示才华。为了吸引一个年轻人，用不着这么优秀的乐队，只需要把一个小乐器演奏好，就能够让他心花怒放了。对于眼前的雄伟气派，我毕竟只是惊叹赞美而已，并没有贪得无厌。在这王室的富丽堂皇之中，唯一让我感兴趣的事就是看看在这里面是否有一位年轻公主，既值得我尊敬，又能与她风流风流。我差一点儿就干出一件风流事来，那是在一种并不是这么气派的场合中。但是，如果我同意的话，我原本可以在其中寻找到十分好玩的乐趣的。

虽然我生活很节省，但我的钱包却在不知不觉中瘪了。这种节省毕竟不是出于未雨绸缪，而是完全属于一种饮食的不会搭配，即使到了今天，盛宴佳肴也没有使它改变。我以前没有吃过，而且今天依然没吃过比粗茶淡饭更美味的食物。只要有乳制品、鸡蛋、蔬菜、奶油、黑面包和普通的葡萄酒，人们就可以大胆地让我美餐一顿了。我胃很好，吃什么都好吃，只要没有膳食总管和仆人包围着我，让我看腻了他们那讨厌的样子就好了。那时，我花上六七个苏就能吃上一顿非常好吃的饭，可是到了后来，花六七个法郎也吃不上了。因为我没有受到饕餮的吸引而在饮食上很有控制。但我把这一切称之为饮食上很有节制是不正确的，因为只要有好吃的东西我也是从不放过的。一吃上梨子、奶糕、奶酪、皮特蒙特长形小面包和几杯掺和讲究的蒙斐拉普通葡萄酒，我就成了最快乐的贪吃爱馋的人了。但是，尽管这样节俭，我那二十法郎也快用完了。我一天天清楚地看到这一点了，况且，尽管我还小，不懂事，但对明天仍感觉到很恐惧。我的所有空想就只剩下一个了，寻找一份能让我生活下去的事业，但这并不是一件简单的事情。

我想到了我以前的工作，但我的手艺不精通，没有哪个师傅会雇用我的，而且干这一行的师傅在都灵并不多见。于是，我一边等待好的机会，一边决定一个一个铺子地去介绍我自己，在餐具上刻个姓名起首字母图案或者徽记之类的。接着，任人赏赐，希望以价格低的劳动来诱惑人。这个办法收效很小，差不多到处受挫，而且，即使找到点事干，工钱也很少，只是够吃几顿饭的。

然而，有一天，我一大清早从孔特拉诺瓦街走过时，从一家店铺橱窗，看到一位风姿绰约、美丽动人的年轻女老板。虽然我在女人面前害羞腼腆，但我还是义无反顾地走了进去，向她推荐我的一点小技巧。她没有回绝我，反倒让我坐下，让我说说自己的简单经历。她很可怜我，让我鼓足勇气，说善良的基督徒们是不会扔下我不管的。接着，她一边让人到邻近的一家金银器店去找那些我需要的家伙，一边亲自到楼上厨房去给我拿早点来吃。我觉得这个起点是个好征兆，以后的事也证实了这一点。她好像对我的那点东西非常满意，而且对我稍稍放松一点之后的那番闲聊更加使我肯定，她美丽可人、刻意打扮，虽然态度和蔼可亲，但她的风采却让我望而害怕。然而，她热情的招待、怜悯的语气、温柔亲切的举动很快便让我不再感到拘谨局促。我看到我获胜了，而且这会儿让我获得更大的成功。她虽然是意大利人，而且太漂亮，显得有点妖艳，可她是那么沉稳，而我又是那么胆小，所以很难立刻有所发展。我们也没来得及做成好事。一到我想起在她身边共同度过的那些短暂时刻，我便觉得十分欣慰。而且，可以说，我在其中尝到了初恋般的最温馨、最纯洁的爱的兴趣。

她是个特别吸引人的褐发女人，但她那美丽脸蛋儿上表现出的天生善良让她的活泼样儿非常动人。她叫巴齐尔太太，她丈夫比她年龄大，而且嫉妒心强。外出时，便让一个经常拉长着脸、不会讨女人喜欢的伙计看着她。这个伙计也不是没有野心，只不过是用赌气来表达而已。他对我很不客气，尽管他笛子吹得很好，我很爱听。这个新埃癸斯托斯（阿伽门侬之妻，传说中的情人及其谋杀其夫的帮凶）看见我进了她女主人的店里之后，就总是嘟囔着什么似的。他没有给过我好脸色看，巴齐尔太太也没有好脸色给他看，甚至故意在他面前与我亲热，借此来折磨他。而这种报复方式很合我的性格，要是我一个人和她在一起时她也这样那就让我开心了。但她并没把事情演进到这一步，至少方式方法上并不一样。或者是她觉得我年龄太小，或者是她完全不会主动出击，或者是她的确想做个端庄贤淑的女人，总之她保持着一种矜持的态度，虽然并不是拒人于千里之外。

但不知怎么回事，我总觉得望而生畏。尽管我对她没有感到像对海仑夫人那样的既平实又温暖的敬重，却觉得更加胆怯、不敢亲近。我局促、胆小，不敢看她，在她身边大气都不敢出，但让我离开她，我又觉得比死都难过。我用贪婪的目光偷偷地瞅着我能看到的一切，她衣裙上的花、美丽的脚尖、手套和袖口间露出的那一段结实雪白的胳膊，还有偶尔脖颈和围巾之间露出来的那块地方。每一部分都使我想到其他地方。由于一直盯着我能看见的地方，以致看不见的地方，竟然让我眼花缭乱、胸闷气短、呼吸越来越急促，不知应该怎么办。但我所能做的仅仅是在我们经常不说话时轻轻地唉声叹气罢了！所幸的是，巴齐尔太太忙着干活儿，我觉得她并没有发现什么。但是，有时我看到她由于某种同情心，披肩起伏不停，这种危险的景象让我神魂颠倒，而正当我准备听任激情爆发时，她却用平静的口气说上一句话，便让我立即规规矩矩的了。

我曾很多次和她这样一个人待在一起，但从来没有过一句话、一个动作，甚至一个过分的眼神，表明我俩之间没有任何心灵相通的事。这样的状况让我十分苦恼，却又让我感到幸福温馨。我那颗稚嫩的心几乎不能想象出我这么苦恼的原因。好像这些短暂的二人独处她也并不讨厌，至少她在时常提供这种机会。在她那一方面，这样做只不过仅仅是表示点关怀罢了，没有任何其他的意思，而且她也没给我机会让我表示点什么。

有一天，那个伙计的无聊唠叨把她惹烦了，便上了楼回房去了。我正在店铺后屋，便赶忙把那点活儿干完，接着便上了楼。她的房门虚掩着，我进去了，她没有觉察到。她正背对着门，在一扇窗子前绣花。她不可能看到我进来，况且因为街上车水马龙，也听不到我进来的声音。她总是很在乎服装。那一天，她的穿戴有点妖艳。她身姿优美，头微微地低着，露出了白白的粉颈，秀发典雅地盘起，还插了很多花，她的整个身体散发着一种魅力。我详细地看着，不能自已。

我刚走进屋便跪倒在地，非常激动地把双臂向她伸去。我相信她不可能听到我，也没想到她能看见我。不幸的是，壁炉上有一面镜子，把我露了馅。我不明白我的冲动在她身上产生了什么效果，她压根没有看我，也没和我说话。只是侧转过脸来，用指头轻轻地指了指她面前的垫子。我颤抖着、呼唤着跑向她指给我的那个地方。但是，人们不能相信的是，在这种情况之下，我竟没敢乱来。既没有说一句话，也没敢抬眼看她，甚至没有摆出趁机僵直的姿态，触摸她一下，好暂时靠在她的腿上。我不说话、不敢动，但我确定自己心里是躁动的、我身上的一切动作都表现出我的激动、高兴、感恩，还有既捉摸不透对方又害怕引起对方不高兴的那种强烈欲望。我那颗年轻的心不能确定她是否讨厌我。

她显得并不比我平静，而且好像比我还要胆小。她看见我在那儿，心慌意乱，见我被吸引到如此程度，不禁手足无措，开始感觉到了一个没有很好考虑就做出的手势的严重性。她既没欢迎我，也没撵我走，眼睛只是看着自己的女红，尽力想装着没看见我在她面前一样。我再怎么笨也能看得出来，她和我一样狼狈，也许与我的欲望相似，只是被和我一样的羞愧所阻挡。但这并没有给我任何可以克服羞涩的力量。我认为，她比我大五六岁，应该比我勇敢。但我偷偷在想，她既然没有任何表示来鼓励我壮起胆来，就是不愿意我胆大妄为。就是今天，我依然认为我想的是正确的。而且，她肯定非常聪明，很容易看出像我这样的一个年轻的小伙子，不仅需要鼓励，而且需要指导。如果不是有人打扰，我不知道这个激动而尴尬的场面应该如何结束，也不知道我会这么既滑稽可笑又随心所愿一动不动地待那么长时间。在我最激动的时候，只听见紧挨着我俩的那间房间的厨房门开了。巴齐尔太太吓了一跳，赶紧连说带比画地冲我道："快起来，罗吉娜来了。"我匆忙站起身来，顺便抓住她伸给我的一只手，在上面放上了两个热烈的吻。在吻第二下的时候，我感觉出那纤纤玉手轻轻地按了按我的嘴唇。

我出生以来，还没有过如此温馨的时光。可惜的是，我丧失的机会再也没有来，我俩那不成熟的爱就这样结束了。可能正是这样，这位可爱的女人才在我的心底留下了很深很沉醉的印象。甚至，随着我对人间世情和女人有了更好的认识，她在我心中变得更加动人了。只要她稍稍有点经验，她就会用另一种做法，来激励一个对此毫不知晓的小伙子。虽然她有颗仁慈的心，但很真诚。她不由自主地顺从于引诱她的那种想法，但明显地可以看得出来，这是她头一次不守贞洁，而我也许需要很大的努力才能消除自己的而不是她的羞愧。我虽没有能做到这一点，但在她旁边品尝到了无法形容的那份温柔甜蜜。占有女人的所有感觉都无法与我在她面前经历的那两分钟相比，虽然我连她的衣裙都没敢触碰。确实，人们所喜欢的正派女人所能给予的快乐是其他的快乐都无法相比的。在她身边，一切都是宠爱。巴齐尔太太手指的轻轻一动、手在我嘴上轻轻地一按，都让我受宠若惊，而且，每当我想起这些细小的恩宠时，我的心房仍旧颤动不已。

在以后的两天里，我花尽心机去寻觅与巴齐尔太太单独相处的机会。不可能再有这么好的机会了，况且，我看不出她有丝毫制造这种机会的意思。她的态度并没冷淡，只是比平时更加内秀，而且我觉得她在避着我的目光，害怕自己乱了手脚。

她那个该死的伙计比以前更加让人烦。他甚至在冷嘲热讽，说我靠着女人就能飞黄腾达。我因为自己的一些不谨慎而心惊胆战，而且，我认为自己已与巴齐尔太太串通好了，便想把一种一直不需要过于掩饰的兴趣，用神秘遮盖起来。这使我在寻找机会以满足自己的欲望时，却变得更加小心，而且因为不想出差错，再也没有能找到任何机会。我还有另外一种浪漫的怪癖，从未放弃过。而且，与我天生的胆怯结合在一起，大大地否定了那个伙计的话。我敢说，我爱得过于深沉，过于真挚，所以很难找到幸福。从未有过像我这么既十分强烈又十分纯洁的激情，从未有过像我这么更加温柔、更加真实、更加诚挚的爱情。我宁可为了心上人的幸福而千百次地牺牲自己的幸福。对我来说，她的声誉比我的生命更加宝贵，我宁愿抛开一切欢乐，也不愿扰乱她那片刻的安宁。这使我在行动时非常小心、谨慎、隐蔽，以致什么成就都没有。我之所以在女人面前屡屡失败，完全是因为我太爱她们。

我再来说说那个会吹笛子的埃癸斯托斯。令人奇怪的是，这个狡诈小人虽然越来越让人生厌，但好像更加殷勤了。从巴齐尔太太对我照管的第一天起，便想让我成为一个在店里有用的人。我会点算术，她便提议那个伙计教教我管账，但那小子强烈拒绝，或许是害怕我会取代他。因此，我在雕刻完活儿之后的一切工作就是，抄写几笔账目和账单，誊清几本账簿，或把几封意大利文商业信函翻译成法文。突然，那家伙又说那个被他自己拒绝了的建议，说是要教我记账，想让我在巴齐尔先生回来之后，能为巴齐尔先生做事。从他的口气和神态中，有一种我说不清楚的虚伪、狡猾和讥笑，让我无法相信他。巴齐尔太太没等我答话，便生硬地对他说，我对他的好意是很感谢的，但她希望我的命运最终会让我发挥聪明才智，她认为像我这么聪明的一个人只去当个小干事简直是太可惜了。

她对我说过好几次了，想给我介绍一个可能对我有用的人物。她想得比较明智，觉得我应该离开她了。那个星期四我俩表露了彼此无言的心声。星期天，她请人吃午饭，我也在座。客人中有一位善良的天主教多明我教派的修士，她把我推荐给了他。这位修士对我很友好，祝贺我的皈依，还对我说了好几件我自己经历过的事，使我得知巴齐尔太太曾把我的情况完整地告诉过他。然后，修士用手背轻轻地拍了我的面颊两下，告诉我要听话，要有勇气，还叫我去看他，好一块儿更好地聊聊。从大家对他的尊敬来看，我猜他是个非同小可的人，再从他同巴齐尔太太说话时那慈父般的口气来看，我断定他是她的忏悔师。我也清楚地记得，他那亲切合理的态度中掺杂着对他的忏悔者的看重，甚至尊敬。对此我现在回想起来甚至比当时的印象要深得多。假如我当时更加聪明点儿的话，我会为能打动一个受到其忏悔师爱戴的年轻女人的心而更加澎湃的！

因为人很多，餐桌不够大，必须加一张小桌子。我和那个自以为是的伙计便单独在小桌子上自在地吃了起来。从关怀和佳肴来看，我压根就没有受什么损失。小桌子上端来了好多菜，那一定不是冲着那个伙计的。到这时为止，一切都很好的，女人们欢欣鼓舞，男人们殷勤备至，巴齐尔太太以动人的风采在款待客人。

饭刚吃到一半，只看见门口停下一辆马车，有人在上楼，是巴齐尔先生。他进来时的情景仍浮现在我的面前，他穿着一件金色纽扣的鲜红上衣。自从那一天起，我便对这种颜色讨厌极了。巴齐尔先生身材高大，英俊潇洒，风度翩翩。他噔噔地走了进来，一脸想唬住大家的神气，尽管在座的都是他的一些朋友。他妻子跑过去搂住他的脖子，抓住他的双手，极尽温柔和爱抚，但他并没有任何回应。他向众宾客打了个招呼，有人给他添了一副餐具，他便大吃了起来。

大家刚开始说到他这趟旅行，他便朝小桌子看过去，没有好口气地问他所看见的坐在那儿的小男孩是什么人。巴齐尔太太天真地告诉了他。他询问我是否住在他家里。有人告诉他说不住在这儿。他又大声地喝问道："为什么不住？既然白天在这儿，那他晚上肯定就会在这儿。"修士这时说话了，他先对巴齐尔太太既认真又真诚地夸奖了一番，然后又赞扬了我几句，接着又补充道，巴齐尔先生不仅不该训斥他太太的仁慈胸怀，反倒应该积极地参与她的仁慈之举，因为这并没有丝毫的过分之处。巴齐尔先生气呼呼地说了几句，但有碍于修士的面子，强忍住了火气，可这足以让我感觉到他对我已有所耳闻，而且他明白那个伙计弄巧成拙了。

大家刚一走开，那伙计便奉了他老板的命令，大摇大摆地跑来告诉我，老板要我立即离开他家，而且这辈子不许我再踏进他家的大门。伙计的话里添油加醋，十分伤人、残忍。我话也没说就走了，心里十分难受，并不是因为离开了这位可爱的女人，而是因为让她任由丈夫的不好对待。他不愿让她不忠，这肯定是对的。但是，尽管她典雅、出身于良好的家庭，但她毕竟是意大利人，也就是说，既多情又喜欢报复。我觉得他不该那样对她，那样反倒会招来他所担心的坏事。

我第一次的艳遇就这么告一段落了。我曾试着在那条街上走了两三趟，希望至少能再见一见我朝思暮想的那个女人。但是，我没看到她，反而看见了她丈夫和那个警觉伙计。那伙计一看见我，便拿起店里的尺子，并不是在表示欢迎，而是在侮辱我。我发现被人加强了防范，便泄了气，再也没有去过。原本想至少去看看她为我推荐的那个修士，但遗憾的是，我不知道他姓什么叫什么了。我在修道院周围转了好多次，希望能碰上他，但都没有如愿。最后，其他的一些事情让我抛下了对巴齐尔太太的美好回忆，而且，我不久就把她忘得一干二净了。于是我又同从前一样单纯、一样幼稚，见了漂亮女人也不受到其诱惑了。

然而，她的给予却多少充实了一点我的钱包。虽然礼物不多，却是出自一个细心的谨慎女人的手中。这个女人注重的是整洁，而不是奢华。她不想让我吃苦，但也不想让我太惹眼。我从日内瓦拿来的那件上衣，质量挺好的，还可以穿，她只是给我买了一顶帽子和几件内衣。我没有袖套，但她并不想给我，虽然我非常渴望。她只是让我穿得干净整齐，而且，只要我在她面前，不用多说，我都是如此的。

在我的不幸过去后的没几天，我曾说过，对我很好的那位女房东告诉我，她可能替我找到了一份差事，说一位有身份的夫人想认识认识我。我一听，满以为又有美好的奇遇了，因为我总往这上面想。那位夫人不像我原本想的那么吸引人，我是同以前跟她谈起过我的那个仆人一起去她家的。她问了问我，又仔细地看了看我，觉得我并不惹人烦，因此，便立刻把我留了下来。我并不完全是她的宠儿，而是她的仆人。我穿着仆人的衣服，仅有的区别在于，其他仆人衣服上有植绒，而我的却没有。因为号衣上没有饰带，几乎像一件普通百姓的服装。于是，我所有的伟大的希望最终出乎意料地结束了。

我来到的是韦塞利伯爵夫人家。她是寡妇，没有子女。她死去的丈夫是皮埃蒙特人，而我一直以为她是萨瓦人，因为想不到一个皮埃蒙特女人法语会说得如此流利，而且语音语调又如此地道。她已届中年，气质高贵，很有才华，喜欢并深知法国文学。她写了很多东西，而且全是用法文写的。她的信的遣词造句很像塞维尼夫人而且文采也差不多一样，有几封信差不多可以以假乱真。我的主要活计——我倒并不烦这活儿——就是她口述，我抄写，因为她身患乳腺癌，非常难受，不能自己动笔。韦塞利夫人不仅才华出众，而且内心高贵而坚强。一直到她死，我都待在她身旁。我看到她痛苦地死去，但她却没有流露出丝毫的懦弱，没有丝毫挣扎的样子，没有失去女人的美丽。而且没有想到这其中竟有哲学，因为这个词当时并没有传开，而她自己也并不了解这个词今天所包含的意思。这种坚强的性格有时竟让人觉得生硬淡漠。我总觉得她不管是对别人还是对自己都没有感情。当她为受苦的人做点好事的时候，并不是出于一种纯正的同情，而只是为做好事而做好事罢了。

我在她身边度过的三个月中，对这种冷漠有所感受。她以为一个常在她跟前的有点希望的年轻人，自然会有人可怜的，而且她想到自己即将西去，这年轻人在她去世以后是需要帮忙和赞助的，但是，也许她认为我不配受她的眷顾，或许缠着她的那些人使她只能想着他们，反正她并没为我做任何事情。

不过，我清楚地记得，她曾有点惊奇地想知道我，有时问问我，她很高兴看看我写给海仑夫人的信，很高兴跟我谈谈心。但是，她了解我的心思的办法很不好，因为她从不向我袒露她的心思。我只要感觉到别人想听，我就乐意打开自己的心扉。但韦塞利夫人只是淡淡地询问，对我的回答既不表示同意，也不表示拒绝，这样让我无法信赖她。当我看不出我的絮叨是讨人喜欢还是讨厌时，我总是很担心的，所以宁可少谈自己的心思，以免说出什么可能造成麻烦的话来。

后来，我发现，这种通过硬邦邦的提问来了解别人的方法是自以为聪明的女人的都有的一个毛病。她们以为在不暴露自己的任何想法的同时，就可以更好地体察对方的心，但是，她们没有料到这样反而使别人不愿意说出自己的心里话。一个被人了解的男人就凭这一点便开始严加防范了，而且，如果他认为别人只是在套他的话，却并不是真心在关心他，那他就或撒谎，或沉默，或加倍小心防范，而且，宁可被看做一个傻瓜，也不情愿上你那好奇心的当。总之，想体察别人的心却又把自己的心紧紧地裹了起来，那一定不是个好办法。

韦塞利夫人从来没有对我说过一句让我感到窝心、怜惜、亲切的话。她冷漠地问我，我含蓄地回答她。我的回答是胆怯的，她一定会觉得无聊和讨厌。后来，她便不再问我了，跟我说话也只是吩咐干什么活儿。她对我的结论不是依据我这个人，而是依据她让我变成的那种人，当她看见我仅仅像个仆人时，她便使我只能以仆人的样子出现在她的面前了。

我觉得自这一刻起，我便对这种横穿我一生的隐藏利己之心的，并对发生这种心思的表面逻辑发自内心的厌恶，有所感慨。韦塞利夫人没有孩子，只有她的外甥拉·罗克伯爵作为她的继承人，后者对她一味地阿谀逢迎。除此之外，她的心腹仆人见她即将不久于人世，也都没有清闲过，而且，她身边还有那么多向她献媚的人，所以她很难有时间想到我。她家的总管名叫洛朗齐尼先生，是一个聪明人，他的妻子比他更加聪明，深得她女主人的宠爱，以致她在女主人家里不像是雇来的女佣，倒像是一位女友。她把自己的侄女介绍给夫人当了侍女，她侄女名叫蓬塔尔小姐，是个人精，摆出一副贵妇侍女的样子，帮助她姑姑盯着女主人，以致后者完全被这三个人所欺骗，一切都由他们代办。

我没有得到他们三人的喜欢，我顺从，但不巴结，我想不出其他除了听命于我们共同的女主人之外，还得听她仆人的话的方法。另外，我是一个使他们不相信的人。他们看得很明白，我是个不甘示弱的人，担心夫人也看出这一点来，对我另有照顾，减小他们的那一份，因为他们这种人太贪婪了，心术不正，把遗嘱上分给他人的一切都看做从他们的私人财产中夺去似的。因此，他们便串通好，让我离开夫人。夫人爱好写信，这是她生病中的一种消遣。于是，他们便让她不再产生这个念头，并且通过医生来让她接受，说这样太辛苦了。他们故意说我不会服侍，于是另雇了两名抬轿大汉在她身边。

总之，他们干得很漂亮，所以当夫人立遗嘱时，我有一个星期未能进入她的房间。确实，在这之后，我还是像以前一样进她房间了，而且比所有人都勤劳，因为这位可怜的女人的难受令我心痛欲绝。她那始终强忍痛苦的精神使她非常令人尊敬和崇拜。我在她房中流下了很多真挚的泪水，但并没让她或其他人看见。

我们最终失去了她。我是看着她去世的。她的一生是一个聪明且有主见的女人的一生，她的死是一位圣贤之人的死。我可以说，她以一颗平静的灵魂毫不懈怠、毫不做作地去履行天主教赋予她的义务，让我觉得天主教可爱了。她性格严肃认真，在她病危的时候，她表现出的是一种非常实在的快乐，不像是假装出来的，而是一种理智对病痛的抗衡。她只是最后两天才卧床不起，还一直同大家心平气和地聊天。最后，她不再说话了，已经奄奄一息了。这时，她放了个响屁，她扭过头来说：“好！”这就是她说的最后一句话。她把一年薪水遗赠给了粗使仆人。但她家的花名册上没有我的名字，所以我什么也没有得到。但是，拉·罗克伯爵让人拿三十利弗尔给了我，还让我把身上穿的新衣服穿走，洛朗齐尼先生本来是想让我脱下来的。他甚至答应会尽力给我找个差事，还允许我去看望他。我去过两三次，但都没能同他说上话。我是个很容易泄气的人，所以就再也没有去过。大家不久就会看到我这样做错了。

我为什么没能把在韦塞利夫人家住的那段时间的所有要说的话都说出来呢？因为，尽管我表面上的情况依然和以前一样，但是我离开她家时与刚进她家时的情况并不一样。我从那儿带走了对罪恶的长久怀念和愧疚得无法承受的负担。直到四十年后，我良心上仍背负着这种重担，而且，那种苦涩的滋味不仅没有减轻，反倒随着年龄的越来越大而在不断地加剧。谁会料到一个孩子的错误会产生这么严重的后果？正是因为这些非常可能的后果，我的内心才不得安静。也许我使一个可爱可敬、诚实正直而且肯定比我强百倍的姑娘，葬送在贫穷屈辱的境地之中。

一个家庭的解散难免会引起一点动荡，难免会丢失许多东西。但是，由于仆人们的忠心和洛朗齐尼夫妇的察觉，财产清单上一样没少。只有蓬塔尔小姐丢了一条已经很旧的银白相间的粉红色小丝带。我可以拿得到的比这更好的东西有很多，可我偏偏看中了这条丝带，便偷拿走了。因为我并没有那么羞羞答答的，所以很快便被人知道了。大家想要知道我是在哪儿拿的。我慌了神，不知该说什么，最后，我红着脸说是马里翁送给我的。

马里翁是一个年轻的莫里昂纳姑娘，当韦塞利夫人不再请客，把自己的厨师辞了以后，她便成了厨娘，因为韦塞利夫人需要的是鲜汤，而不再是精美的饭菜了。马里翁不仅漂亮，而且有着一种只有山里人才会有的健康的皮肤，尤其是她态度谦虚、温柔，谁看见她都会喜欢。此外，她还是一位十分乖巧、绝对忠诚老实的好姑娘。

当我供认是她时，每个人都感到惊诧。大家更多的是不相信我，所以认为应该查清楚到底我俩谁是小偷。有人把她叫来，大家蜂拥而至，拉罗克伯爵也在。她来了之后，有人把丝带拿给她看。我无耻地指控她，她愣住了，一声不响，瞪了我一眼。即使是魔鬼看了这一眼也得屈服，可我那颗残酷的心却在顽固地抵抗着。她终于斩钉截铁地不承认，但并没激动。她责骂我，让我凭良心，不要玷污一个从未害过我的无辜女孩的清白。可我却仍然无耻地一口咬定，当着她的面硬说丝带是她给我的。让人可怜的姑娘哭了起来，只是对我这么说道："啊！卢梭，我原以为您是个好人，您害苦我了。但我不想学您的样儿。"她什么也没有再说，只是继续朴实而坚定地为自己争辩，绝对没有骂我一句。她的忍让，再加上我拒不承认，使她理亏了。一个是那么疯狂大胆，另一个又是那么像天使般的温柔，真是难以想象。大家好像拿不定主意，但是偏向于是她偷的。

因为当时很混乱，没有时间深究，拉罗克伯爵便把我俩都辞掉了，只是说罪人的良心一定会为无辜者报复的。他的预言并没有落空，没有一天不在我身上得到验证。我不知道这个受我诬蔑的姑娘的下场，但是看来这事之后她就不容易找到事情干了。她蒙受了一种让她名誉扫地的可怕罪名。偷的东西虽不贵，但终归是偷，而且，更糟糕的是偷了东西去引诱一个小男孩。总之，既说谎又死不认账，对这种集很多恶习于一身的女孩子，人们是不抱丝毫希望了。我甚至没有看见我把她推进了贫穷、受人唾弃的最大险境。有谁会知道像她这么年纪轻轻的姑娘，因为无辜受辱而沮丧绝望，会有什么样的后果呢？唉！如果说我因为让她身遭不幸而感到深深后悔的话，那么请大家想一想，我竟然使她比我更糟糕，我又有多愧疚呀！

这种残酷的回忆有时让我心烦意乱，以至在不眠之夜，看到这个可怜的姑娘前来责备我的罪过，仿佛我昨天才犯下这罪过一样。每当我生活安稳时，这种回忆就不太让我苦恼。但是，当我命途多舛时，这种回忆便赶走了我那种无缘无故受害者的最甜美的慰藉，它使我深感到我认为我在某本书里说过的，“身处顺境，内疚沉睡；身处逆境，内疚激烈”。但是，我从来没有在与朋友说知心话的时候，把自己的心思全都说出来，以减轻内心的压力。最亲密的友谊也未能让我把这个心思拿出来，连对海仑夫人我也没有。我所能做的只是承认我干过一件残忍的事，应该受到责备，但是，我没有说到底是什么事。这一重担至今仍沉重地压在我的心头，而且，我可以说，正是为了稍微摆脱这种重担的那种欲望，才促使我下定决心撰写忏悔录。

我刚才在坦诚地忏悔，大家一定不会觉得我在这里掩盖我的卑鄙行径。但是，如果我不同时把自己心里的想法，以及因为害怕被人认为狡辩而不把当时的真实情况说出来，我就没有达到写这本书的目的。在那残酷的时刻，我并没有伤害她的心。当我诬蔑那个可怜的姑娘时，我是出于对她的友谊。这说来奇怪，但又的确如此。当时，她正萦绕在我的脑际，我随口便把责任往她身上推了。我把自己想干的事转嫁于她，说她把丝带送给了我，因为我在心里正想送给她。当我看见她来了的时候，我的心都碎了，但是，当时那么多人在那，我不敢松口了。我害怕的不是受罚，而是羞耻，对这种羞耻害怕得比死亡、犯罪以及所有的一切都厉害。我无地自容，真想钻到地底下去憋死算了。

无法抗拒的罪恶感压制了一切，让我无耻透顶的正是这种羞耻心。于是，我越是有罪，就越害怕承认，就越是死撑。我心里最害怕的就是被别人认定为是小偷，被公开宣布是一个小偷、撒谎者、诬陷者。大家全都慷慨激昂的，让我只剩下恐惧了。如果大家让我冷静一下，我一定会说出实话的。如果拉罗克先生把我拉到一旁，对我说："别毁掉了这个可怜的姑娘。如果是你干的，就跟我实话实说了吧。"那我即刻就会跪在他的面前，这一点我能肯定。但是，本该给我鼓励的时候，大家却一个劲儿地吓我。再说，年龄问题也该考虑的。我刚脱离童年，甚至可以说我依然是个孩子。年纪这么轻的就犯罪，比长大成人犯罪更加有罪。但是，因一时糊涂而做点坏事，算不上什么大罪，而我的过错也仅此而已。

因此，回忆起了这件事来，我难受的不是这件事情本身，而是这件事可能造成的不好的后果。这件事对我甚至是个好事，让我常常回想起我干过的这一坏事，而保证一辈子不再干出其他导致犯罪的事来。我认为，我对谎言的厌恶，很大原因是悔恨曾经说过这样卑鄙的谎话。如果这是一个可以改正的罪行的话，我敢说，那么我晚年遭到那么多的困难以及我四十年来在苦难的环境下，仍然正直和诚实，总该补够它了。并且，可怜的马里翁在这个现实中有那么多人为她报仇，所以就算我把她害苦了，我也不太恐惧死后再受到任何惩罚了。关于这件事我就说这些吧。请允许我始终不再去提及它。

第三章

我离开韦塞利夫人家的时候和我刚进入那里的时候基本上没有什么不同，好像是仍旧我行我素。我又在我的女房东家住了将近五六个星期。这段时间，我因为年轻力壮、无所事事，经常心情烦闷。我坐立不安，神经衰弱，跟做梦似的。我有时哭泣，有时唉声叹气，有时希望得到一种自己毫不了解而又觉得没有的幸福。这种感觉无法用言语来描述，甚至能够想象出来的人也不多，因为大多数人对于这种既给人很多烦恼又让人觉得十分幸福的充沛生活，都在它还没有到来之前，便陶醉在欲望里，事先尝到了甜蜜。

我那沸腾的血液不断地往我脑袋里填充了许多姑娘和女人的形象，但是，我并不懂得她们有什么实际的用处，我只好让她们按照我的奇奇怪怪的想法忙个不停。除此之外，还应该怎么做，我就完全不明白了，这些奇思怪想使我的感觉器官老是处于令人不高兴的兴奋情绪中，但是幸好我的这些奇思怪想没有教给我如何消除这种不舒服的状态。只要能遇到一个像戈登小姐那样的姑娘并和她约会十五分钟，我会不惜付出自己的生命的。但是，现在已经不是天真淳朴的儿童玩耍的时代了。羞耻，这个与丑恶意识为伍的伙伴，与日俱增，这就更加强了我那与生俱来的腼腆，甚至达到了难以克服的程度。不论是在当时还是以后，对于我所认识的女性，虽然我知道对方并不那么拘束，而且我差不多可以断言，只要我一开口就一定会实现的，但是，如果不是对方首先有所表示，采取某种方式压制我，我是不敢求欢的。

我的痛苦发展到了难以控制的程度，因为自己的欲望不能获得满足，我就用最愚蠢的行为来挑动。我经常到幽暗的小路或幽深的角落去，以便在那里远远地对着异性做出我本来想在她们跟前表现出来的那种行为。我要让她们看到的不是关于淫秽的部分——我甚至连想都没想过，而只是我的臀部，我要在女人跟前表露自己的那种愚蠢的乐趣是很好笑的。我认为这样距我所渴望的待遇仅仅一步之遥，我毫不怀疑，只要我有勇气等候，一定会有某个豪爽的女人从我身旁经过时给我一种欢乐。最终，这种愚蠢的行为所犯下的乱子几乎是同样可笑的，不过对我来说并没有什么值得高兴的。

有一天，我走到了一个院落的头上，那里有一口水井，这个院子里的女孩常常到井边来打水。院子头上有个小斜坡，从这里有好几个过道通往地窖里去。我在幽暗中观察了一下这些地下通道，我认为它们又长又黑，便以为这些小道并不是死胡同，于是我就想，如果人们看见我或要追捕我的时候，就可以把那里当做安全的避难所。我怀着这种肯定，就向前来打水的姑娘们做出一些奇怪的样子，与其说这像是在勾引她们，不如说是荒唐可笑的闹剧。那些最聪明的姑娘装作什么也没有看见，另一些只是笑了一笑，还有一些以为受到了侮辱，竟然大声地叫了起来。

有人向我走了过来，于是我逃进了避难所。我听到一个男人的声音，这是我始料不及的，我慌了，我冒着迷失方向的危险使劲地往地道里面跑。乱腾声、嚷嚷声、那个男人的声音，一直在跟随着我。我原认为可以指望凭借黑暗藏身，谁知前面却亮了起来。我浑身发抖了，我又往里钻了一阵，一堵墙拦住了去路，再也不能往前走了，我只好待在那里听天由命了。不一会儿我就被一个大汉追上抓住了。那个大汉留着大胡子，戴了个大帽子，别着一把腰刀，他后面跟着四五个拿笤帚把的老太婆，我在她们中间看见指出我的那个小坏丫头，我想她肯定是想亲眼看看我。挎腰刀的那个男人抓住我的胳膊，大声问我在那儿想要干什么。大家可以想象得到，我并没有准备好该如何回答。但是，我稳定了一下，在这种危急时刻从脑子里想出了一条妙计，结果很好。

我用可怜的声音求他，求他可怜我的年轻和境遇，我说我是一个有钱人家出身的外乡人，但有神经错乱的缺点，因为家里人要把我关起来，我就逃了出来，如果他把我交出去，我可就完蛋了，他要是肯高抬贵手，放了我，有朝一日我一定会报答他的恩情的。我的话和我的表情产生了出乎意料的效果，那个可怕的大汉的心肠软了下来，只怪了我一两句，没有再多问我其他的，就放我走了。我离开的时候，那个年轻的女孩子和那些老太婆露出不高兴的神情，我觉得，我原来那么害怕的男人对我倒有了很大的好处，如果只有她们在场，我是不会这么简单就跑掉的。我不知道她们嘀嘀咕咕地说了些什么，但我并不怎么在意，因为只要那把腰刀和那个男人不管，像我这样灵活强壮的人，我相信，她们手中的武器和她们自己是应付不了我的。没过几天，我和我的邻居——一位年轻的神甫走在街上，正好碰到了那个带腰刀的人。他看见了我，用讥讽的口吻学着我的口气对我说："我是个亲王，我是个亲王，我也是个傻瓜，请您让殿下下次不要再到这儿来了。"除此之外，他并没有再说什么。

我低下头逃开了，心里却感激他这样给我留面子。我看出那些恶老婆子肯定会嘲笑他这样轻易地就相信了我。虽然他是个皮埃蒙特人，但他终归还是一个老实人，只要我想起他时，内心里不由得产生感恩之情。因为这件事是那么可笑，除了他之外，不管是谁，就是仅仅为了取笑，也会叫我丢脸的。这件冒险的事，虽然没有产生我所害怕的那些后果，但也让我老老实实地待了很长时间。

我在韦塞利夫人家的那段日子里，认识了几个朋友，我时常和他们交往，盼望有一天对我会有些用处。其中有一个是我常去拜访的萨瓦神甫，所谓的盖姆先生。他是麦拉赖德伯爵家的孩子们的教师，他很年轻，很少出去游玩结交朋友，但是他非常富于理智，为人正直，而且有学识，是我认识的最有道德的好人之一。诱惑我到他那里去的，并不是我所想要的任何帮助，以他本人的威望还不足以给我安排一个合适的位置，但是，我从他身上获得了对我一生都有好处的十分珍贵的东西，那就是完整的道德训诲和精准的至理名言。

在我的癖好和思想的转化中，不是因为高尚，就是过于卑鄙；有时是阿卡琉斯，有时是特尔思特斯；有时变成英雄，有时变成流氓。盖姆神甫苦口婆心地劝我做一个老实本分的人，让我正确地看清自己，既不纵容我，也不使我扫兴。在谈话中，他十分尊敬我的天性和学识，但同时也给我指出他所看到的、影响我的发展的道道障碍，所以，在他看来，我的天性和学识与其说是让我走向富贵的阶梯，不如说是让我不追求富贵的保证。我对人生只有很多错误的概念，而他给我描画出一幅人生的真实图画。他给我点出，高尚的人怎样才能在逆境中走向幸福，怎样在逆风中坚持前进，努力达到幸福的彼岸；他向我指出为什么没有美德就没有真正的幸福可言，为什么在任何境遇中都可以做一个高尚的人。他极力消减我对达官显贵的爱慕之情，同时向我证明，统治别人的人并不比别人更聪明，也不见得比别人更有福。他跟我说过一句现在我还经常回忆起来的话，好像是，假如每个人都能体察别人心里所想的，那么他就会发现，愿意退后的人一定会多于想攀高枝的人。

这种实实在在不加任何修饰的观察，给了我极大的帮助，使我在一生之中，一直能心满意足地安于现状。他使我对于所谓真正的德行，有了一些初步的确切的概念，我原来那点华而不实的倾向都只是从德行的极端去理解德行。他使我看到，对崇高美德的热爱，在社会上是没多大用处的。他让我体会到，激昂太过则易转低沉，持续不断、始终不懈地去做自己的本分，所需要的毅力并不比完成英雄事业所需要的毅力少。他还使我体会到，做好小事情更能获得荣耀和幸福，经常受到人们的尊敬比得到别人的赞美都要好。

要明确人类的种种义务，一定要追溯到它们的根源。再者，由于我所采取的方法，以及我因此所处的现状，我们当然要来谈一下宗教问题。人们已经知道，我在《撆乌阿副主教》一文中所说的那个副主教，至少大部分是以这位道德高尚的盖姆先生为原型的。不过，明哲保身的观念让他说话非常小心，所以在某些具体问题上讲得就不那么坦率了。但是除此而外，他的教训、他的见解、他的看法，都是一样的，甚至连劝我重返故里的话，都和我以后所公开发表的一样。所以，他所谈的内容是任何人都能猜想到的，我就无须多谈了。我只说一点，他的教训是明智的，最初虽没有发生作用，却成了我心中的道德与宗教的起源，这种萌芽从未枯萎，只要有一个更可爱的手来加以培养，就会开花结果的。

尽管我当时的改教的意识还不太巩固。但我也不无感动。我绝不讨厌他的谈话，反而非常喜欢，因为他的话简洁明了，尤其是当我感到在他的言语中充满一种内在的关切时。我的心原来就是很热情的，我对于那些希望我好的人比对那些实际上对我做了好事的人还要热爱，在这一方面，我的感觉敏锐，我不会看错人的。所以，我真心热爱盖姆先生，可以说我成了他的第二弟子，这对于我，就是在当时，也有了想象不到的好处，因为正是在这个时期，我无所事事的处境想要把我引向罪恶的下坡路，而他使我回顾了甚于这样的状况，我意识到我对“关爱”的极深刻的洞察要超越很多的人。如果一个人可以敞开自己的心扉，以一种极真诚坦率的态度同另一个人进行如此有深度的谈话，那么在我在心里，这个人就是我最感激的人。我觉得我看到了他最真实的心思和无比崇高而且善良的内心。

有一天，完全出乎意外地，罗克伯爵派人来叫我。因为以前我已经去过不少次，却都没见到他，不免感到烦恼，就没有再去。我认为他不是已经把我忘了，就是对我印象太坏了。事实上我想错了。他曾不止一次地看到我开开心心地在他姑姑那里干活，他甚至向她说过他对我的印象。这件事现在连我自己都记不得了，他却还再次跟我谈起。他亲切地接待了我，他对我说，他以前不愿随便说几句好听的承诺，开开玩笑，而是一直在想方设法给我找工作，现在已经找到了。他把我放在了一条很有希望的路子上，至于以后应该如何办，那就全靠我自己了。他要送我去的那个人家有权有势，又有声誉，我不用找其他保护人就可以成功起来，虽然一开始，因为我原本是个仆人，只能给以仆人的待遇，但是他说我大可放心，只要人家看到所作所为很有水准，绝不会一直叫我当仆人的。这段谈话的结尾大大冲淡了我刚开始时所抱有的美好希望。我自怨自艾地说：“怎么！老当仆人！”然而没过多久这种想法就被一种自信心给消除了。我认为我这个人本不是为了当仆人而生的，用不着恐惧别人老让我当仆人。

他把我送到德·古丰伯爵的家里，德·古丰伯爵是王后的第一侍臣，显赫的索拉尔家族的族长。这位令人尊敬的老人的庄严态度以及接待我时的那份亲切和蔼，让我无比感动。他很关切地问了我一些事情，我真诚坦率地回答了他。他对罗克伯爵说，我的面孔很可爱，肯定很有才气，他认为我一定不会缺乏才干的，但不能凭此就决定一切，还得看看另外一些方面，然后他又向我说：“孩子，万事开头难，但是你的事，刚开始不算是太难的。要好好听话，想法叫大家都满意，这就是你目前仅有的工作。此外，你要有勇气和毅力，我们会照顾你的。”他立刻把我带到他的儿媳伯来耶侯爵夫人的房间里，并且把我介绍给她，随后又把我介绍给他的儿子古丰神甫。

这种开头让我觉得是很好的预兆。我已有相当多的经验来判定，要是接纳一个仆役，是不会有这种礼数的。实际上，他们也没有把我当成仆人看待。我和管事的人一起吃饭，人们也没叫我穿仆人的制服，年轻而率直的德·法付雷亚伯爵让我站在他的马车后面，但他的祖父不许我跟随任何马车，禁止我同任何人外出。但是，我还是得伺候别人吃饭，我在家里做一种和仆人相当的事情，不过我很自由，他们并没有指定我服侍某一个人。我除了在别人口述下写几封信，或者有时候给法付雷亚伯爵剪几张画以外，一天的大部分时间我自己都是可以随意支配的。我并没有感觉到，生活在这样的生活条件下，是非常危险的，甚至是不近人情的，因为这样久的闲散生活会让我沾染上一些本来不会有的坏习惯。

但是幸亏这样的事情没有发生过。因为盖姆先生的教诲深深地刻在我心上，而且我对他的教诲是那样的感兴趣，有时竟偷偷地跑到他那儿去，再听听他的训导。我坚信，那些看到我时常跑出去的人们，是绝不会猜到我要上哪儿去的。他对于我的行为所给予的劝告，真是太正确了。

我刚开始时的工作，确实是非常优秀的，我所表现的勤勉、细心和激情，没有一个人不满意。盖姆神艾明智地教导我，刚开始的热情要适可而止，不然的话，后来一松懈下去，就会觉得太明显了。“你刚来时的表现，”他对我说，“是人们以后要求你的标准，你要学会使用你的力气，以便日后可以多做一些工作，但是你要小心，做事千万不要虎头蛇尾。”

因为别人没有注意到我那些微小的才能，只认为我有点天赋，所以虽然伯爵曾跟我谈过不少关于这一方面的话，看来他们现在还是不想利用我的优点。这时，又有许多事情需要处理，我就几乎被人忘却了。古丰伯爵的儿子德·伯来耶侯爵，是派驻维也纳的大使。当时宫廷所发生的动乱，也表现到家庭中来了，一直慌乱了好几个星期，对我的事情就没有时间来考虑了。在这以前，我对工作并没有懈怠过。这时却发生了一件对我有利也有弊的事情，一方面它可以让我摆脱外面的引诱，另一方面也使我对自己的工作多少有些不一心一意了。

德·伯来耶小姐和我年纪差不多。她体态优美，长得非常漂亮，肤色白皙，头发乌黑，虽然她长得像棕发女郎，但是在她的面庞上却显现出金发女郎的温柔神情，这是我的心无法抗拒的。非常适合少女穿的宫廷礼服，更加突出地展现出她那漂亮的身段，露出她的胸部和两肩，尤其是因为她当时正在服丧，她的肤色显得更加莹洁动人。

有人说一个仆人是不应该注意到这些事情的。的确，我不应该留意这些，但是，我还是注意到了，其实注意到的不仅仅我一个。膳食总管还有仆人们在吃饭的时候总是用很粗糙卑鄙的话来谈论她，使我听了非常难过。我并没有糊涂到真想即刻当上恋人，我一点也未忘掉自己是什么人，我非常老实，一点也没有这种妄想。我非常爱看伯来耶小姐，想要听到她说出几句有才华、有理智而且体现出高尚道德的话。我的野心仅是限于服侍她时从那儿得到快乐，从不超出自己的工作范围。在吃饭的时候，我尽力找机会行使这种权利。假如她的仆人暂时离开了她的身边，我就立刻去替他，要是没有这种事情，我就站在她的面前，注视着她的那双眼睛，看她想要什么，找寻给她换盘子的时机。

我多么希望她肯吩咐我做点什么，对我使一个眼色，向我说一句话啊！但是，最终什么也没有得到。我最难受的是她一点也不把我放在眼里，我站在那里她毫不理会。但是她的兄弟在吃饭的时候偶尔和我还说几句话。有一回他向我说了一句不太礼貌的话，我向他作了一个十分巧妙十分婉转的回答，吸引了她的注意，并且向我瞅了一眼。这尽管是短暂的一瞥，却让我从心里感到震动。第二天，我又有了这样一个机会，我很好地抓住了。那一天，举行大宴会，我第一回看到膳食总管腰佩短剑，头戴礼帽，这让我十分惊讶。突然间话题转到了绣在标有贵族标志的一面锦壁上的索拉尔家族的一句话“Telfiert qui ne tuePas”。因为皮埃蒙特人不懂法文，有一个人觉得这句题词中有一个书法上的错，说“fiert”这个字多了一个字母“t”。

古丰老伯爵想要回答，但是，当他看到我只是微笑着却啥也不敢说的时候，就叫我说话。于是我说：“我觉得这个‘t’字是没用的，因为，‘fiert’是一个古代的法文字，不是从名词‘ferus’（尊大；威赫）来的，却是从动词‘ferit’（他打击，他击伤）来的。因为这个题词的意思，在我看来并不是‘威而不杀’，而是‘击而不杀’。”大家都看着我，面面相觑，无话可说。我一辈子也没见过有人惊讶到这种程度，但是，让我最得意的是伯来耶小姐的脸上明显地露出了满意的神情。这位十分骄傲的少女又向我看了一眼，这一次至少要和第一次同样可贵。接着她又把目光投向她的祖父，她好像急切地等待他应该给我的夸奖。老伯爵以十分满意的神气给了我最大最完美的赞扬，以致所有在场的人都赶紧异口同声地夸奖起来。这个时刻虽然短暂，但是从各方面来看，都是令人心旷神怡的。这真是非常难得的时刻，它恢复了事物合理的秩序，并且代替我那由于受到命运的欺凌而被忽视了的才能报了仇。

过了几分钟，伯来耶小姐又抬起头来看着我，她用一种羞涩而又亲切的声音要我给她倒点儿水喝。大家能料想到，我绝不会让她久等的，但是，当我走近她旁边的时候，我是那样地受宠若惊，以致浑身发起抖来，我把杯子倒得太满了，有一部分水洒在盘子上，甚至还洒在了她的身上。她的兄弟冒昧地问我，为什么发抖得这样厉害。这一问更加使我惶恐不安，而伯来耶小姐脸也红了，甚至连白眼珠子都红了。

这段故事到此就算结束了，读者可以看到，这次的情况和过去巴齐尔太太的情况是相似的，甚至我以后整个一生的情况都是这样的，我的恋爱始终没有过幸福的结果。我空怀着一腔热情在伯来耶夫人的外间屋守候着，再没有得到她的女儿任何有心的表示。在她出来和进去的时候，连正眼都不瞧我，我也仿佛不敢抬起头来看她。我甚至愚蠢笨拙到这样的程度，有一天，当她从外间屋走过的时候，掉了一只手套，我不仅没有向我渴望狂吻的那只手套走过去，自己反而呆着，没敢动弹，竟让一个我恨不得要把他揍死的笨胖子把那只手套给拾起来了。我看得出，我并没有得到伯来耶夫人的注意，这使我更感到害怕了。这位夫人不仅什么也不吩咐我做，而且也从来不接受我的服务，有两次她看到我在她的外间屋等候着，曾以非常冷漠的口吻问我，是不是我没有任何什么事情可以做了，于是我就不得不离开这间可爱的外间屋。最初，我还觉得很可惜，但是不久由于别的事情接踵而来，我便忘了这件事。

伯来耶夫人虽然瞧不上我，她的公公待我的那番好心却足以减轻我的烦恼，他终于看到了我的存在。就在我前面提到过的那次宴会的晚上，他跟我谈了半小时，看来他对这次谈话很满意，我心里也十分高兴。这位亲切的老人也是个有才华的人，他虽然比不上韦塞利夫人那样有学识，却比韦塞利夫人热情，我在他面前，万事如意。他叫我伺候他的儿子古丰神甫，说这位神甫非常喜欢我，并说假如我能很好地抓住这种关怀，不仅对我会很有好处，而且还能使我获得为了担任别人替我安排的工作所缺少的条件。

第二天早晨我就迅速地跑到这位神甫先生那里去了。他一点也没有把我当成仆人看待，让我坐在他的火炉旁边，用最亲切的态度询问我，他立刻看出我曾经学过许多东西，但是哪一门也没有学精。他特别认为我拉丁文更不好，并打算进一步教我学拉丁文。我们说好我每天清晨到他那里去，而且我从第二天起就开始去了。在我的一生中经常遇到这样的怪事，在这一阶段，我的处境既高于自己的身份又低于自己的身份，在同一个人家，我既是弟子又是仆人，但是在我为奴为仆的时候，却有一个只有君王之子才能请得到的名门家庭教师。

古丰神甫先生是他家的幼子，他家里要培养他成为主教，所以他受的教育比一般名门子弟所受的一般教育还要多些。他曾经被送到锡耶纳大学读过书，他从那里带来了程度相当深的关于修辞主义的学识，致使他在都灵的位置，和从前旦茹神甫在巴黎的地位差不多。由于对神学不感冒，他就潜心于文学。这对于在意大利从事圣职的人们来说，是常有的事。他读过很多诗。他还可以写很不错的拉丁文诗和意大利文诗。总之，他有培养我的趣味所具备的趣味，也有相当大的兴趣把我脑子里填满了的乱七八糟的东西挑三拣四地给整理一下。

但是，或许是因为我的健谈使他闹不清我究竟有多大学问，或许因为他嫌初级拉丁文课本太没有意思，他一开始就教我许多深奥的东西。在让我译了几篇菲得洛斯的寓言之后，他就教我翻译维吉尔的著作，而我几乎一点都不懂。大家以后将会看到，这样就注定了我日后要经常复习拉丁文，同时也注定了我一辈子也学不精通。事实上，我对学习方面是十分热爱的，这位神甫先生诲人不倦的那个好心，直到现在我想起来心中还是非常感激。我早晨很多时间都是与他在一起的，他给我上课的时间和我给他做活儿的时间各占据了一半，我给他做的活儿并不是专门伺候他的，他从来也不允许我给他个人做丝毫的事情，我只是给他或在他口述下记录或者抄写一些东西，我做秘书工作学到的比做学生时还要多。我不仅学到了地道的意大利语，而且对文学也产生了兴趣，同时还获得了相当的鉴赏好书的能力，这种能力在特里布女租书商那里是不会获得的，这对我以后从事单独写作有很大的好处。

这段时间是我一生中不仅没有荒芜空想，而且也可以彻底合情合理地指望自己能有所成就的时间。这位神甫先生对我非常满意，并且见人便说，他父亲更加喜欢我了。法付雷亚伯爵曾对我说，他已经在国王面前推荐了我。伯来耶夫人这时也放弃了她那蔑视我的神情。最终，我在他家里变成了一个受欢迎的人，因而也大大地引起了别的仆人的嫉妒，他们看到我有接受他们主人的儿子教导的光荣，于是便觉得以后我再也不会和他们平起平坐了。听到别人在无形中透露出的一些有关对我的计划，我尽力进行判断之后又好好地思考了一下，我看出故意谋求大使职务并渴望将来做上大臣的索拉尔家族，很想预先培养一个有才华、有能力的人，这个人由于彻底依赖于他们，以后可以获得他家的相信，并且忠诚为他家服务。古丰伯爵的这个计划是高尚、聪明而伟大的，真不愧是一个仁慈而又有远见的大贵族的计划。

可是，这个安排，我当时没有体察到它的远大的地方，对我的脑子来说，道理未免太高深了，而且要求顺从的时间也太长了。我那疯狂的野心是只想通过奇遇来取得显达，我看见这里面既然没有任何女人的事，就以为这种飞黄腾达的办法是慢慢、痛苦和不高兴的。其实，越是没有女人参加这些事情，我越认为这应该是更可贵更可靠的方法，因为女人们所爱护的才能，肯定不如我的才能。

一切都发展得非常顺利，几乎已经争取到了每个人的重视，考验已经结束，这家里的人都把我看成是一个最有出息而目前正被大材小用的青年，人们正渴望我得到一个适当的位置。但是，我的适当的地位并不是别人派定给我的，我是通过彻底不同的途径获得的。目前我要说到我特有的一个特点了，这一点不需要多加考虑，只要向读者说明就行了。

尽管在都灵有许多像我这样的改教的人，但是我不爱他们，也不愿意跟他们之中的任何一个人接触。我曾见到几个没有皈依天主教的日内瓦人，其中有一个叫穆沙尔的先生，绰号叫歪嘴，是一个能工巧匠，跟我还有点亲戚关系。这位穆沙尔先生发现我在古丰伯爵家里以后，就带着我学徒时期的伙伴，一个名叫巴克勒的日内瓦人来看望我。他是一个很有趣、很活泼的人，说着一嘴诙谐的俏皮话。由于他年纪小，那些玩笑话就显得格外好听。我立刻就喜欢上了他，甚至到了和他寸步不离的地步，但是他不久就要动身去日内瓦，这对我会是多么大的损失啊！我觉得这种损失实在太大了。至少我要好好利用他还没走的那几天，我仿佛离不开他了，或者更准确地说，是他离不开我，因为刚开始我还没有着迷到不请假就出去、每天跟他到外边去玩的地步。但是，不久人们便发现他每天来找我，纠缠起我来就没完没了，于是，门房就不放他进来了。这一下子可把我急坏了，除了我的朋友巴克勒之外，我什么都忘了，我既不去伺候神甫，也不去伺候伯爵，家里几乎看不见我了。他们训斥我，我不听，于是就用解雇来威胁我。这种威胁变成了我堕落的原因。于是我产生了一个念头，趁这个机会我可以跟巴克勒一块儿出走。

从那时起，除了做这样一次旅行之外，我再也看不出有什么其他的乐趣、其他的命运和其他的幸福了。只要我一想到这件事情，就觉得有说不完的旅行的快乐。再说，这次旅行结束了以后，我还可以看看海仑夫人，虽然这是十分遥远的。至于回日内瓦，我从来也没有考虑到这一点。山川、原野、森林、溪流、村落，一样样接连不断地以新鲜的动人姿态相继出现，这种幸福的行程好像把我的整个生命都吸引去了。我愉快地回忆起我到这里来时的同一旅程曾是如何的动人。何况这次旅行，除了逍遥自在的魅力以外，还有另外一种魅力。有一个年纪相仿、趣味相同的好脾气的朋友做伙伴，而且没有牵挂、没有工作，无拘无束，或留或去全听自便，这将是多么美妙啊！一个人，要是为了兑现那些缓慢、困难、不现实的野心勃勃的计划而牺牲这样的幸福，简直是愚蠢透顶了。即使这样的计划最终能够实现，不论何等辉煌，也比不上青春时代获得的真正自由的快乐。

我脑袋里填满了这种旷达的奇想，于是我故意想办法让他们把我驱逐出来了。说老实话，就是被人赶走，也并不是一件容易的事。

一天晚上，我从外面回家来，总管家通知我伯爵下令解除了我的职务。这正是我想要的，因为无论如何，我知道自己的行为是荒诞的。为了替我自己开脱，我又加上了一个颠倒黑白、忘恩负义的想法，认为既然人家辞我，正好委于他人，因而对自己也就说得过去了。有人告诉我，法付雷亚伯爵让我在第二天上午离开以前跟他去谈一次话，他们看出我已经鬼迷心窍了，可能不去，总管家于是告诉我，要在这次谈话之后才把主人准备给我的一点钱交给我，的确，这点钱我是很不该拿的，因为主人不愿意叫我长期做仆人，并没有给我确定工资。

法付雷亚伯爵虽然是一个非常轻浮和幼稚的年轻人，但这次谈话却是非常合情合理的，我简直可以说他跟我说的那些话是最亲切的了，因为他以很和蔼动人的态度向我详细叙说了他伯父对我的关怀和他祖父对我的希望。最后，在他确切地指出我为了冒堕落的危险而要牺牲的所有一切以后，自动向我提出和解，仅有的条件就是和那个吸引我的小坏蛋断绝来往。很显然，他所说的这一切并不是他自己想出来的，虽然我糊涂得像瞎子一样，此时我也体会到了老主人对我的一片好意，所以非常感动。但是，那种可爱的旅行的印象已深深地印入我的想象中，任何力量都不会摧毁它的魔力。我完全失去了理性，因而我更加固执起来，铁定了心。我装出什么都不怕的样子，骄傲地回答说，既然已经解除了我的工作，我也接受了，一言既出，驷马难追，再说，不管如何，我这一辈子也不肯在同一个人家，让人把我赶走两次。于是，这个年轻人终于发火了，这是肯定的。他骂了我几句该骂的话，抓住我的肩膀就把我赶出了他的房间，紧跟着把门关上了。我好像获得了一场伟大的胜利似的，大模大样地走开了。我怕再应付这样的战斗，便没有去向古丰神甫先生感谢他对我的好意，就这样卑鄙地不辞而别了。

为了知道我这时糊涂到什么地步，必须知道我的心一直以来是怎样为了最细小的事物而狂热起来，以及如何拼命想象吸引着我的事物，虽然那些事物有时是十分空虚的。最离奇、最幼稚、最愚蠢的打算都会让我产生最得意的空想，使我认为这种计划好像真有实现的可能似的。一个几近十九岁的年轻人竟把自己以后的生存寄托在一个小玻璃瓶上，这有谁能相信呢？但是，请让我说吧。几个星期前，古丰神甫送给了我一个玩具，一只非常精致的小型埃龙喷水器，我爱不释手。我和机灵的巴克勒，时常一边玩着这个喷水器，一边讨论我们的旅行。有一天，我们突然想到，喷水器对于旅行可能会有很大的用处，还可以使我们在旅途中多享受些日子。世界上有什么东西能比埃龙喷水器还稀奇呢？我们所渴望的幸福美梦就是构筑在这种幻想上面的。每到一个村庄，我们就要把老乡们召集到喷水器跟前来。只要他们一看到这种玩意儿，盛餐和美食一定会源源不绝地从天而降，非常的丰富。因为我们都相信，对于那些种粮食的农人来说，粮食是肯定算不了什么的，假如他们不让我们过路人填满肚子，那就说明他们心肠不好。我们想，到处都是盛宴与婚礼，我们只需要费点儿说话的力气，只要凭借喷水器里的那点儿水，就可以不花一文钱走遍皮埃蒙特，走遍萨瓦，走遍法兰西，甚至是走遍全世界。

我们事先拟定了一个无穷无尽的旅行计划，我们首先北上，与其说是因为需要在某个安稳的地方停留下来，不如说是为了享受征服阿尔卑斯山的乐趣。这就是我开始执行的想法，我毫不费力地抛弃了我的保护人、我的教师、我的学习、我的前途，我也不再等候那简直是已经很有把握的幸福时刻的到来，便开始了一个真正流浪者的生涯。再见吧，都城！再见吧，宫廷、野心、虚荣心！再见吧，爱情和美女，还有我去年一路而来所希望的一切奇遇！我带着喷水器和我的朋友巴克勒一起上路了。尽管钱袋里没有几文钱，心里却填满了喜悦。我一心想象着如何享受这次漂泊生活的幸福，以前那些宏伟的计划，都在忽然之间让我压缩到这种幸福上了。

这种荒诞的旅行的兴趣，确实和我所预想的差不多，但又不是完全一样的。因为我们的喷水器虽然在旅店里也能偶尔博得女主人和女侍们的一笑，但在临走的时候该付多少钱还是得付多少钱。我们并不感到厌烦，我们只要想等到我们缺少钱的时候再好好地用这东西来救一下急。一件意外的事情使我们心宽了，快到布拉芒时，喷水器坏了，它坏得恰到好处，因为虽然我们没有说出来，但心里对它已经有点烦了。这种不幸反倒使我们比以前更加快活了，我们大笑我们的轻浮，大笑我们对已经破旧的衣服和鞋子毫不在乎，竟想依靠喷水器这东西来获得新衣新鞋。我们和开始时同样快活地继续我们的旅行，只不过是静悄悄地沿着距目标最近的道路前进，因为渐渐干瘪的钱袋迫使我们不得不直接走向目的地。

到了尚贝里后我就开始思索了，我并不是思考我最近所做的愚蠢的事，因为从未有人会那样迅速、那样明确地认清自己以前的所作所为，我想到的是海仑夫人将如何接待我，因为我把她的家当做我父母的家。我刚到古丰伯爵那里的时候，曾经给她写过信，她知道我在那里的状况，所以在祝贺我的同时，也给了我一些理性的劝告，告诉我应该怎样报答大家对我的恩情。她觉得，只要我自己不犯错毁坏自己的未来，我的鸿运算是已经确定了。当她看到我回来的时候，会对我说些什么呢？我想她绝不会把我驱逐出门的，但是我很怕这会让她伤心。我害怕她的指责，这比我本身受穷还要难过。我决定一声不响地忍受一切，想尽一切办法来使她放心。现在在这个世界上我只有她一个人了，得不到她的欢心我都不想活了。最让我担心的是我的旅伴，我不想因为他再给海仑夫人增加烦恼，我担心不能顺利地摆脱他。

最后那几天，我故意早点和他分手，对他便冷漠起来。这个机灵鬼明白了我的心思，他是个愚蠢人，可不是个傻子。我原本以为他看到我改变了态度，心里一定会很难过，但是我想错了，我这位朋友巴克勒心里一点儿也不难过。我们刚走进阿纳西城门口，他就对我说："你这就到家了。"他拥抱了我，跟我告别，一转身就没影了。以后我再也没有听到他的任何消息。我们的认识和友谊前后总共不超过六个星期，然而结果却改变了我的一生。

我走近海仑夫人的房子，我的心跳得多么迅速啊！我两条腿直哆嗦，眼睛好像蒙上了一层阴云。我什么也没看见，什么也没听见，连一个人也认识不出来了，为了让呼吸均匀和恢复知觉，有好几次我都不得不放慢脚步。是不是因为担心得不到我所想要的接济而心慌意乱到这种程度呢？在我那样的年纪，我会因为怕饿死而如此恐慌吗？不会的，绝对不会的，我敢用真诚和骄傲的心情说，在我的一生中，从来没有因为考虑金钱的问题而令我心花怒放或忧心焦虑的时候。在我那一生难忘的坎坷不公和变化无常的遭遇中，我经常无处安身，忍饥受渴，但我对豪华富裕和贫穷饥饿的看法却一直不变。必要的时候我很可能和别人相似，或是乞讨，或是偷窃，但是从没有惊慌到这种地步。很少有人像我这样叹息过，也很少有人在一生中像我流过那么多的眼泪，但是我从来没有因为贫穷或害怕陷入贫穷而发出一声叹息或者掉过一滴眼泪。我的灵魂，尽管饱受命运的考验，但是除了那些与命运无关的幸福和痛苦之外，我从来都不知道还有什么是真正的幸福和难受。所以，正是在我什么必需的东西都不缺少的时候，我才感觉到自己是人类中最不幸的人。

我一出现在海仑夫人的面前，她的神情就让我放心了。刚一听到她说话的声音，我的心便动了一下。我赶紧扑倒在她的膝下，在异常欢喜的狂热中，我把嘴放在她的手上。对于她，我不知道她是否提前知道了我的事情，但是我看她的脸上并不怎么惊讶，我也看不出她有一点忧郁的神色。她用温柔的口气对我说："可怜的孩子，这么说，你又回来啦！我知道你太小了，不能进行这样的旅程，我很高兴，事情至少还没搞到像我所担心的那种地步。"接着她便叫我谈一谈我的情况，我的话不多，但十分真诚，虽然我少说了某些情节，可是在我谈话中，我既没有纵容自己，也没有给自己辩护。现在该安排我的住处了。海仑夫人和她的侍女商量了一下。在她们谈话时，我屏住了呼吸，但是，当我听到就让我住在这里的时候，我几乎高兴得不能控制自己了，我看到有人把我的小行李放到指定让我住的房间时，我的感觉差不多像圣·普乐看到自己的马车被带进沃尔马夫人家的车棚时相似。令我更高兴的是，听说这种优遇并不是短暂的。在他们觉得我心里正想别的事的时候，我听到海仑夫人说："别人想说什么就说什么吧，既然上帝把他给我送了回来，我就绝不能放弃他。"

我终于就这样安顿在她家里了。但是，这样安顿下来还不能说是我一生幸福时光的开始，而只能说是将要过幸福日子的前兆。虽然这种使我们真正体会到自己生命快乐的内心感觉是自然的赋予，并且或许还是人体机能本身的一种结果，但是还需要有特定的环境将它发展起来。假如没有这种引发的环境，即使一个人生来就富有感情，他也会一无所获，不曾体会到自己的生命就悄悄死去了。在这以前，我几乎就是这样的人，而且，如果我一直不认识海仑夫人，或者就是结识了她，并没有在她身边生活很长一段时间，没有感受到她对我的那种温柔情感的感染，恐怕我可能一直就是这样的人了。

我敢这么说，仅仅感受到爱情的人，还不能感受到人生中最美好动人的东西。我有一种其他的感觉，这种感觉也许没有爱情那么强烈，却比爱情要甜蜜千百倍，它有时和爱情结合在一起，但常常又和爱情不相关。这种感情却也不是单纯的友情，它比友情更猛烈，也更温柔。我并不认为它能够产生于同性的朋友之间，至少，我尽管是一个最好交朋友的人，却从没有在任何男性朋友身上有过这样的感觉。这目前还不十分清楚，但以后会明白的，因为感情只有通过它的表现才能说明白。

她住的是一所很大的古老的房子，其中有一间很漂亮的空屋让她留作当外客厅，现在我就被安排在这里。它的外面正是我们初次见面时的那个走道，我在上文已经提过了，从屋内还可以望见小河和花园那边的田野。

这样的景色不会让住在这里面的一个年轻人不神往。这是我离开包塞以后首次看到自己住室窗外有这样美丽的绿色田野。我一直为墙壁所包围，眼前不是屋顶就是灰色的街道。这种新鲜的景象是多么优美、多么动人啊！它强烈地加深了我对柔情的向往。

我把这种动人的景色也当做是我那亲爱的保护人的一种美德，我觉得这种景色是她刻意为我布置在那儿的，我想象着自己悠闲安静地伴随在她的身旁，在花红柳绿之间，我到处都能见到她，她的美和春天的美结合在一起，映入我的眼中。我那颗至今一直感到抑制的心，在这样的环境中展开了，我在这果树园中间自由自在地呼吸。

在海仑夫人家中，没有我在都灵时所看到的那种豪华，但是这里让人感到的是整洁、庄严和与浮华奢侈格格不入的古老世家的殷实富裕。在她这里没有什么银质餐具，没有瓷器，餐桌上没有野味，地窖里也没有国外的酒，但是，无论是在厨房还是地窖里，都有很丰盛的储存，可供大家吃，她还用陶质杯子，给客人盛优等咖啡。不管是谁来找她，她都要留他吃饭，或是和她一起进餐，或是让他一个人进餐，不管是工人、信差、过路的人，都要吃喝之后才离开她家的。她的仆人中有一个很漂亮的侍女，是弗赖堡人，名叫迈尔斯来；有一个男仆是她的老乡，名叫克罗德·阿奈，关于这个人的事我以后会再谈；还有一个女厨子和她出门拜访时雇用的两个轿夫，但她是很少出门的。

两千利弗儿的年金要应付这么多的开销，实在不容易。然而在一个土地肥沃、货币很贵的地方，她这笔不大的收入，假如安排得当，应该是足够用的了。可惜的是，节约从来不是她最喜欢的品德，她靠借债来处理一切开销，钱随来随用，手里一个都没有。

她的理财方式，正好是我想要采用的方式，人们可以相信，我正高兴借此享受一番。使我稍微感到不快的，就是要在饭桌那儿待老长时间。海仑夫人怕闻汤菜刚刚端来时的那种味道，一闻到几乎就要晕眩，而且她对这种厌恶的感觉要延续很久。她需要渐渐地恢复过来，这时候她只是和别人谈话，一点东西也不吃。半小时之后，她才开始吃点东西。像我，这么长的时间三顿饭也吃完了，通常，她还没有开始，我早就吃饱了。为了陪她，我还得重新再来，这样我就吃了双份，可是我并不觉得这有什么不舒服。

总之，我尽情地享受着我在她身边的幸福的甜蜜的感觉，尤其是在我对维持这种幸福生活的经济条件一点也不担忧的时候，这种感觉就更加甜蜜了。最初，我一点也没有深入了解她的家庭，我还以为她的家总是如此呢。就是在以后很长的一段时间，我在她家里也感受到了同样的乐趣，但是，当我进一步了解到她家的实际状况，了解到她已经预先动用了自己年金的时候，我就不再那么心安理得地感到快乐了。对于未来的种种考虑总是妨碍着我尽情地享受。我料想到将来我要落得一场空，而且这对于我是无法避免的。

从第一天起，我们之间就建立了最密切的关系，从这以后她的一生中，我们一直保持着这种关系。“孩子”是她对我的称呼，“妈妈”则成了我对她的称呼，就算后来当岁月冲淡了我们二人间的年龄差距的时候，我们也依然保持着“孩子”和“妈妈”的称呼。我认为这两个称呼把我们相互间关系的意义、我们相互间态度的纯洁，尤其是我们心灵间的联系都很好地表现出来了。她像最慈爱的母亲那样对待我，从不在乎自己的快乐，只希望我能够获得幸福，即使我对她的感情中夹杂有感性成分，但这种成分也不能改变感情的本质，而只能使它更有味道，只能让我感觉到有个年轻美丽的“妈妈”的抚爱而深深地陶醉于这种兴趣之中。我说“抚爱”这两个字是就其实际的意义来说的，由于她对我从来就不吝啬亲吻和最温情的慈母般的抚爱，我也从来没有想乱用这些抚爱。可能有人说，我们最终却有过另一种关系，我承认这一点，但是这要等一下，我不能把所有的事情一下子就说完。

我记得在我们初次见面的那一瞬间，是她使我真正动情的唯一短暂时刻，就是这个时刻也是由于惊讶而产生的。我那冒失的眼光从未搜寻过她颈部以下的部分，虽然这个遮盖得不够严密的丰腴的部位很容易引起我的目光。我在她的身边既没有冲动的热情，也没有一点热烈的欲望，我只是处于一种动人的恬静中，享受着一种难以解释的快乐。我可以这样在她身边待上一辈子，甚至一直待下去，也不会感到有丝毫的厌倦。

我跟她单独在一起的时候从不感到枯燥无味，不像跟别人谈话那样，有时明明觉得十分厌烦，但因礼貌关系，又不得不勉强继续谈下去，活像受刑一般。我们两个人的单独谈话，与其说是在讨论什么事情，不如说是在没完没了地闲聊天，一定要有人来打扰才会结束。因此，根本不需要别人鼓励我说话，需要的倒是怎样使我不说话。由于她不断地在思考自己的计划，往往想得没了精神。好吧！就让她凝神沉思吧，我默默地望着她，觉得自己是人间最幸福的人。我还有一个十分奇怪的脾气，我虽然不强求这种两人独处的优厚待遇，却也在不断地寻找机会，并彻底地享受它，如果有个讨厌的人打扰这个宝贵的时刻，我就会气得发狂。只要有人来，不管是男是女，我就嚷嚷着走出去，我不能忍受自己在她的身边时有一个第三者在。我在她的外室一点点地数着时间，一次次地咒骂这些坐着不走的客人，我不能想象他们怎么会有这么多的话，因为我自己还有那么多的话要说。

我只有在看不见她的时候才体会到自己是多么强烈地依恋着

她。当我能看见她时，不过是心中快乐而已，可是她不在家的时候，我那惶惶不安的心情甚至就会变成痛苦了。渴望和她生活在一起的心情，引起我一阵阵的忧愁，甚至经常会使我掉下泪来。

我一直记得，在一个大节日，当她上教堂去参加祈祷的时候，我自己到城外去散步，心里充满着她的影像和跟她在一起生活的热烈愿望。我自己非常明白，目前这样的愿望是不能实现的，我所享受的这样美满的幸福也不会很长的。这样一想，我的心中就增加了感慨，但这种感慨并不使我沮丧，因为有一个让人欣慰的希望把它淡漠了。那一向使我心弦振动的钟声、那鸟儿的歌唱声、那晴朗的天空、那宜人的景色、那稀疏的田间房舍——其中有一所被我幻想成我们的共同住宅——所有这一切都让我产生了强烈而又温柔的，怅惘而又迷人的景象，让我恍如置身于美妙的梦境中。而我那颗心，在这样美妙的住处和美妙的时候，既然有它所向往的所有幸福，便尽情地来享受，甚至没有想到什么感官的快乐。我不记得在以前的什么时候，曾像当时那样，用那么大的力量和幻想去憧憬未来。

最使我感到惊讶的是，在这个梦想实现之后，回想起来，竟和我最初所想的完全相同。要是说理智的人的梦想有点像先知的预感，那肯定是指我这个梦想说的。我的想象只是在时间长短上产生了错误，因为我想象有多少日子、多少年，乃至一生都在那种一直不变的宁静中度过，而事实上这仅仅是一个短暂的时期。唉，我那最实际的幸福原本也只是一场梦而已，差不多就是在它刚要实现的时候我就醒了。

我要是把自己这位可爱的“妈妈”不在眼前时，因为思念她而做出来的种种蠢事详细叙述起来，恐怕一辈子都说不完。当我想到她曾在我这张床上睡过的时候，我曾吻过我的床多少次啊！当我想起我的窗帘、我房里的所有家具都是她的东西，都用她那美丽的手触摸过时，我又吻过这些东西多少次啊！甚至当我想到她曾经在我屋内的地板上走动过，我有多少次匍匐在它上面啊！

有时，在她面前我也情不自禁地做出一些只有在最激烈的爱情动力的驱使下才会做出的不可思议的举止。有一天吃饭的时候，她把一块肉刚送进嘴里，我便大叫一声说上面有一根头发，她把那块肉吐到她的盘子里，我便迅速地如获至宝地把它抓起来吃了下去。总之，拿我和最热烈的爱人相比，只剩下仅有的一个差别了，但这也是本质的差别，正是这种差别，使得我对她的爱慕从情理上讲，几乎是难以想象的。

我从意大利回来时和我到意大利去的时候完全不同了，但是，恐怕像我这样年龄的人没有能像我这样从那里回来。我所带回来的不是我纯洁的心，而是我纯洁的肉体。我觉得自己一年年地大了，我那不安的气质终于表现了出来，这最初的爆发完全是没有意识的，使我对于自己的健康感到恐慌，这比其他什么事情都更加地表明了我在此之前是多么纯洁。不久之后，我这种惊慌没有了，我学会了诳掉本性的危险的办法，这种办法挽救了像我这种性格的青年人，让他们免于淫逸放荡的生活，却消耗着他们的健康、精力，有时甚至他们的生命。这种坏习惯，不仅对于害羞的人和胆怯的人是很方便的，而且对于那些想象力相当丰富的人也有一种很大的吸引力。换句话说，就是他们可以完全按自己的愿望去占有一切女性，可以用自己心里迷恋的漂亮女人来完成自己的乐趣，而不需要得到她们的赞成。在我受到这种有害的便利的引诱之后，我就一直在摧毁自然赋予我的、多少年来才锻炼好的健康身体。

除了这种不良爱好之外，还有我当时所在的实际环境。住在一位美丽的女人的家里，她的形象无时无地不在自己的心中萦绕。白天不停地见到她，夜间又处在很多使我想到她的东西中间，而我睡的那一张床，我又知道她在上面睡过。多少东西在刺激着我啊！

读者要是从这些方面来考虑，或许认为我已经是个半死的人了。事情正好相反，原来应该把我毁掉的，却正好把我拯救了，至少目前是这样的。我陶醉在和她住在一起的喜悦里，强烈地希望一直生活在她的身旁，不管她在与不在，我始终把她看做是一位慈爱的母亲、一个可爱的姐姐、一个动人的女友，除此而外，别无其他的想法。我始终都是这样对待她，一直这样，在任何时候，我的脑子里只有她一个人。她的身体时时刻刻占着我的心头，所以也就没有给别人留下任何的空间。对我来说，世界上只有她一个女人。她使我感受到非常温柔的感情，不允许我的情欲有时间为别的女人而蠢动起来，这种感情对我是既保护了她本人，也保护了所有的女性。总而言之，我很老实，因为我爱她。关于这些事情，我交代得并不怎么清楚。至于我对她的依恋究竟属于什么样的性质，谁要怎么说就让他去说吧。在我这方面，我所能说的一点就是：如果这种依恋现在已经显得十分出奇，那么后面所说的就会显得越发出奇了。

我以极快乐的心情来消磨我的时光，可是我每天所做的却是一些令我最不感兴趣的事。那就是草写计划、誊写账目、抄写药方，此外就是挑选药草、捣碎药料、看管蒸馏器，等等。除了这些杂乱的事务之外，还要招待许多过路客人、乞丐还有各式各样的拜访者。我必须一直和士兵、药剂师、教士、贵妇人、修道院的杂役一起处理问题。我嘴里骂着、嘟囔着、咒骂着，咒这群讨厌的乱七八糟的家伙被魔鬼拉去。可是海仑夫人对什么都感到快乐，我的生气也能让她笑出眼泪来，她看我越生气，就笑得越厉害，这样我也就禁不住笑了起来。我唠叨的那些时刻也是妙趣横生的时刻。如果正好在这样的争吵时突然来了一个让人烦的客人，她还会借用这种机会增加新的乐趣，那就是故意为了开玩笑而增加待客的时间，并且时常地瞟我，使得我真想揍她一下。只是当她看到我因受礼节的约束不敢发作而只用生气的目光看着她时，她才勉强收敛起笑容，虽然我气成那个样子，但当时我心里还是不由感到这一切非常的滑稽可笑。

虽然所有这些都不是我所爱的，但因为这一切构成了我所喜欢的生活方式的一些，也就觉得很有趣了。

总而言之，我周围所发生的事，还有人家叫我去做的事，没有一件符合我的口味，却一切都符合我的心。如果不是我对医学的厌恶提供了一些让我们不断开心的嬉笑场面的话，我想我最终还是会爱上医学的。这或许是这种技术初次产生愉快的效力。我自称能一闻气味就知道是不是一本医书，而最有意思的是我很少做错过。她时常让我尝那些令人最想呕吐的药剂。虽然我一看见那些药剂就立刻逃开或者不尝，但都无济于事，无论我怎样抵抗和做出如何可怕的鬼脸，无论我怎样不愿意而咬紧牙关，但是，当我看到她那沾有药汁的美丽手指贴近我的嘴边的时候，我还是要张开口去品尝一下。当她这一套制药的器具都堆在我的房间里的时候，如果有人光听我们在大笑中又跳又喊的声音，肯定会认为我们在那里排演什么笑剧，而不是在那里创造什么麻醉剂或者兴奋剂。

我的时间并不是完全浪费在这种嬉戏之中。我在自己的屋子里找到了几本书，这中间有《旁观者》、普芬道夫的集子、圣·埃弗尔蒙的集子和《拉·亨利亚德》。尽管，我已经不像从前那样是个书痴了，但是闲着没事的时候还是要读读这些书的。尤其是《旁观者》这种读物使我非常感兴趣，也使我得到了许多益处。古丰神甫曾教我读书不要只贪多，而是要勤加思索，这样的读书方式使我获益不少。我已经习惯于注意语句的构造和优美的体裁，我学会了分辨纯正的法语和我的方言土语。

我有时和“妈妈”说我所读的书，有时在她身旁朗读，这给我带来了很大的乐趣，我尽量朗读得精彩一些，这对我也很有益处。我在上面说过，海仑夫人是一个有学识的女人，而且当时正是她的才华大放光芒的时期，有几个文人争抢着前来向她献殷勤，教她如何去鉴赏优秀的作品。假如可以这样说的话，我以为她还有一点新教徒的兴趣，她时常谈论皮埃尔·拜勒，并对那位早被法国遗忘的圣·埃弗尔蒙非常尊敬。但是这并没有妨碍她对良好的文学作品有相当的了解，还有影响她的极为新鲜的论点。她是在上流社会长大的，年轻的时候就来到了萨瓦，由于时常和当地的上流人士接触，不久便丢弃了故乡伏沃那种做作的情调。在她的家乡，普通女人把说俏皮话看作上流社会的特征，因此只会说一些名句。尽管她只是对宫廷匆匆地瞥了一眼，但这也足够使她对宫廷有所了解的了。在宫廷里始终有一些朋友跟她保持着联系，尽管有人在暗中羡慕她，尽管她的作风和她的债务引起了一些流言蜚语，她始终没有失掉她的年金。她有为人处世的经验，又有让她能够借这种经验的善于思考的脑子，这也是她在谈话时最爱说的话题，对于像我这样爱幻想的人说来，听听她在这方面的教训实在比什么都有意义。

我们一起看拉勃吕耶的作品，她喜欢拉勃吕耶的著作甚于拉罗舍福果的著作，后者带有悲观的色彩，读来令人惆怅，尤其对于那些不喜欢按本来面目看人的年轻人，感觉更是这样。当她谈起大道理的时候，有时说着说着就没着落了，但我不时地吻一下她的嘴唇或她的手，这样就有了耐性听下去，对于她的长谈也就不感到讨厌了。

这种生活要是能够长久地继续下去，那可是美极了。这一点我感觉到了，但因为担心好景不长，给我目前的幸福生活蒙上了一层阴影。“妈妈”一边开玩笑，一边研究我、观察我、询问我，为我的前途提出了许许多多的想法，其实这些计划对我来说都是没有的。幸运的是，仅仅了解我的偏向、我的喜好和我那小小的才能还不算完，还必须寻找或制造可以利用它们的机会，这就不是一时间所能做到的事情了。这位可怜的女人对于我的才干的偏好，也拉长了它们得以发挥的机会，因为这些先入之见使得她在方式方法的选择上丝毫也不迁就。总而言之，由于她对我的评价相当高，事情的进行倒都合我的心意，但是，在高不成低不就的情况下，又不能不再三地降低要求，这样一来，就使我一刻也得不到安宁。

她有一个名叫奥博讷的亲戚来看她。奥博讷非常有才能，喜欢耍手腕，而且和她相似，具有做计划的天赋，但他却未因此而破产——他是冒险家之类的人物。他才向德·弗勒里红衣主教提出过一项发行彩票的详细计划，并没有得到红衣主教的同意。于是他又向都灵的宫廷提出这一意义，结果被采用了，并且付诸实施。他在阿纳西逗留了一个时期，爱上了这里执政官的夫人。这位夫人是个非常可爱的女人，我也很喜欢她，到“妈妈”这里来的女人中，她是我仅有的喜欢看见的。奥博讷先生看到了我，海仑夫人就跟他谈起我来了，他许诺对我进行一些考察，看看我适合干什么，假如他认为我还有才能，就会为我想法安插一个职位。海仑夫人预先一点也不告诉我，她故意叫我去办点事，一连两三个上午让我到奥博讷先生那里去。他十分巧妙地让我说话，对我非常亲切，尽力使我不感到拘束。他不仅跟我谈了一些没用的话，而且几乎什么都谈到了，所有这些，都让我觉得不是在观察我，也没有一点作假的样子，就好像他喜欢跟我在一起，要跟我无拘无束地交谈一样。我对他仰慕极了。

他观察的结果是，虽然我外貌俊美，看起来仪表堂堂、神采奕奕，但其实虽不能说是绝对低能，至少是没有多大本领，没有什么思想，几乎没有什么知识。总之，是一个在各方面都很有限的青年，如果以后能在乡村当一个本堂神甫就很不错了，这就是我所能追求的最大目标。他在海仑夫人面前对我下了这样的结论。我得到这样的结论已经是第二次或第三次了，但这也不是最后一次，因为马斯隆先生的评价曾经多次得到肯定。对我下这样判断的原因，主要是与我的本性有关，所以就有必要再说明一下，凭良心说，谁都知道，我是不能诚实地同意这种判断的，不管马斯隆先生、奥博讷先生和许多别人怎样说，说句公道话，我是不钦佩他们的。

有两种简直绝对不能相容的东西，在我身上居然有机结合在一起，我很难想象这究竟是怎么一回事。一方面是十分炽热的气质，热烈而喜欢冲动的激情；另一方面却是迟钝而又混乱的思想，几乎总是事后才想明白过来。简直可以这么说，我的心和我的头脑不是属于同一个人的。感情比闪电还快，会在转瞬之间充满了我的心，但是它不仅不能照亮我的心，反而让我激动、让我发昏。我什么都感觉到，却又什么也看不清。我十分兴奋，动作却很迟钝，我必须冷静下来才能进行考虑。

让人惊讶的是，只要我有时间，我也是足智多谋，既能做深入分析，甚至还非常细致。在从容不迫的时候，我也能作出绝美的即兴诗，可是仓促之间，我却从来没有做过一件恰当的事，也没有说过一句合适的话。就像人们所说的西班牙人只有在下棋的时候才能想出好招儿，我只有通过书信才能说出充满兴致的话。当我读到关于萨瓦大公的一个闹剧，说这位大公正在路上走着，突然转过头来叫道："巴黎商人，小心你的狗命。"我不禁想道："我正是如此。"

我不单单是在谈话时感情敏锐，思想迟钝，甚至在我独自工作的时候也是如此。我的思想在头脑中经常乱成一团麻，很难理出头绪来，这些思想在脑袋里盘旋不停、嗡嗡打转，像发酵似的，让我激动、让我发狂，让我的心怦怦直跳。在这种激动的状况下，我什么也看不清楚，一个字也写不出来，我只得等候着。之后，无形中这种海浪般的翻滚渐渐平静下去，这种混沌局面慢慢地被打开了，一切就都按部就班地安排起来，但是这个过程很缓慢，而且是经过一段漫长而混乱的时期。

各位大概看过意大利的歌剧吧？在换场的时候，偌大的剧场是一片让人不高兴的混乱，而且时间相当长，所有的道具布景都混合在一起，不管这儿还是那儿，都是乱七八糟的一堆，让人看着心烦，好像一切都要翻个个儿似的，然而，渐渐地一切就都安排好了，每一件东西都有自己的位置，你会惊奇地发现，在这长时间的混乱之后，接下来的竟然是这样一个赏心悦目的场面。这样的情况，和我要写作时脑袋里所发生的情况大致相像。如果我善于等待，我就能把我所要表现的事物的美完整地描绘出来，能超过我的作者恐怕没有几个。

所以，对我来说，写作是非常困难的。我的手稿经过我多次的涂抹和修改，弄得乱七八糟、难以辨认，以上都可以证明，我为写作付出了多么艰难的努力。在发表以前，没有一部手稿不是我誊写过四五遍的。我手里握着笔，面对着桌子和纸张，是向来也写不出东西的。我一直是在散步的时候、在山石之间、在树林里，或者是在夜间躺在床上难以入睡的时候，才在脑袋里进行写稿。大家可以设想，一个一点记性也没有、一辈子都不曾背过五六篇诗的人，写作起来该是多么缓慢了。所以，我的腹稿，有的段落要在我的脑袋里来回转五六夜才能很好地写在纸上。

正是因为这样，我的那些需要付出很大劳力的作品，比那些一下子就能写好的信札之类的东西，要好写得多。关于书信体的笔调我一直没有把握好，因此我写这类东西简直等于受罪。我每次写信，都是写一些不重要的事情，也需要艰难劳动数小时，假如要我立刻去写下我刚刚所想到的事情，那就既不知道怎样开始也不知道怎样结尾了，我写的信总是又长又乱、很多废话，读起来简直不知说什么。

我不单单是在表达思想方面有非常大的困难，甚至在领会思想方面也是这样。我曾对人们进行过观察，我自以为是一个很好的观察家，然而我对眼前所看到的竟然视而不见，而对于自己回想起来的事情倒看得很清楚，我只是在回忆中才能显示出自己的智慧。

别人在我跟前所说和所做的，还有在我面前发生的一切事情，当时我是毫无感受的，也不理解，打动我的仅仅是事物的表面现象。其实，后来所有这一切又再一次回到我的脑海中，时间、地点、声调、眼色、姿态和当时的环境，我都能记起来，毫无遗漏。在这时候，我能够根据人们当时的话发现他们的思想，而且出错很少。

在我单独一个人的时候，对自己的思考力还这样把握不了，那么，当我和别人谈话的时候，我是个什么样子，那就更容易想象得到了。因为在谈话中，要说得好，必须同时而且刻不容缓地想到很多东西。我只要一想到在谈话时还有那么多的礼节，而且自己一定会漏掉一两处时，我就够心惊胆战的了。我几乎不能理解人们怎么敢在大庭广众之中讲话，因为在那种场合，每说一句话都要考虑到所有在座的人，为了确实有把握地不说出任何得罪人的话，需要知道每个在座的人的天性和他们的以前。在这一方面，那些长久在交际场中活动的人是有很大方便的，他们知道什么应该说什么不应该说，因而对于自己所说的话也就更有把握了。虽然如此，他们还是会无心地说出一些不该说的话来。人们可以想象得到，一个一点社会阅历也没有的、好像从云彩里掉下来的人，让他不说错话，即使只是一分钟也是办不到的。

至于两个人之间的谈话，我觉得更为郁闷，因为这需要不断地说话，人家对你说，你就必须回答，假如人家不说了，你就得没话找话说。单是这种不堪忍受的窘况，就让我讨厌社交生活。我认为没有比叫我立即说话，并且不停地说下去，更让人难受的了。我之所以会这样，不知道是不是因为我非常讨厌受拘束，总之，硬让我找话说，我就不可避免地会说出一些蠢话来。至于我，比这更糟糕的是，既然无话可说，就应该保持缄默才对，而我却像急着要还账一样，发疯似的说了起来。我匆匆忙忙、结结巴巴地说了一些不连贯的话，假如这些话真的毫无意义，那便是我的幸福。我本来想克服或遮掩我的笨拙，最终却很少不把我的拙笨暴露出来。在我可以列举的无数的实例中，我现在只要举出一项，这不是我年轻时候的事，而是我进入社会多年之后的事。那时候，如果有可能，我总是要尽量摆出从容不迫、谈笑风生的神气。

有一天晚上，我同两位贵妇人和一位先生在一起，我不妨说出这位先生的名字，他就是德·贡托公爵。房里没有其他人，我极力想说几句话。天知道我说了什么话！在四个谈话的人中，三个人一点也不需要我插嘴。女主人让人送来了一服鸦片剂，因为她的胃口不好，每天都要服用两次。另一位夫人看到她一直咧着嘴，就笑着问她说："是特龙委先生的药吗？""我想不是的，"主妇用相似的语调回答说。"我想就是这种药也不见得有效！"这就是有才华的卢梭为了献殷勤而添加的一句话。在场的人一听就愣住了，谁也不说话，谁也不笑一笑，过了一会，话题又转到别的事情上去了。这种愚蠢的话若是对其他的女人说的，可能只是句玩笑话，但对于一位可爱到不免会引起一些闲话的女人来说，尽管我确实无意得罪她，但这种话也是够厉害的。我相信在座的两个证人，一男一女，都是忍了又忍才没有笑出来的。这就是我在没话找话的时候无心说出来的玩笑话。我很难忘记我说的这句话，由于除了这句玩笑话本身很值得记忆以外，我还认为它产生了一些导致我经常想起这句话来的结果。

我深信，读了上面我所说的一切，人们足以明白，为什么我尽管不是一个傻子，却经常被人当做是傻子，甚至很多具有相当鉴别能力的人也不例外。特别不幸的是，我的相貌和眼睛看起来长得很精神，因此人们对我的失望让我的愚蠢就越发厉害了。这种小事情，虽然是在不正常的情况下发生的，但对于知道以后的事情却是十分必需的。它是了解我的很多怪事情的钥匙，人们看到那些怪事情的时候，便会归咎于我性格孤僻，事实上我的性情并不是这样的。我就是这样拥有奇怪的双重特质的矛盾体。虽然我自身清楚自己是有才华和潜在能力的，虽然这点有时也会被认可，但是内心的混乱和犹豫的性情却让一切显得不可能。其实我只是不善于适应这类奢华的环境，而不是有什么性格上的缺陷，但是这一点对于其他人来说还是可以理解的。

如果不是由于我深知自己在社交中出现不仅会让自己处于不利的地位，而且不能保持自己的原色，我也会和别人一样喜欢社交的。我决定从事写作和做隐士，这对于我来说，是再合适不过的了。我若出现在人们面前，谁都看不出我有多大才能，甚至猜不到。杜宾夫人就遇到过这种情况，尽管她是一个明智的女人，而且我还在她家住过几年，但是从那以后，她本人就曾多次向我谈到这一点。当然也有一些不同，这我以后会详细再说的。

我的才能大小就这样被下了断定，适合于我的工作也这样被选择好了，余下的问题就是下一次研究如何履行我的天职。困难在于我没有正式上过学，我会的那点儿拉丁文就连当个神甫都不够用。海仑夫人想让我到修道院去接受一段时期的教育，她去和修道院院长商量此事。

那位院长是一位遣使会的神甫，名叫格罗，他是一个身材不高的老实的人，一只眼半瞎、很虚弱、头发花白。把他看做是我见过的遣使会的神甫里最聪明、最没有学究气的一个，是很正确的。他有时到“妈妈”家里来，“妈妈”招待他、爱抚他，也捉弄他，她有时叫他帮着系好她上衣后面的带子，这是他非常愿意做的工作。在他执行这项工作的时候，“妈妈”一会去做这个，一会去做那个，在房中到处转悠。这位院长先生被带子牵着跑，嘴里不断念着：“我说，太太，你倒站稳点儿呀！”这是一个十足的绘画题材。

格罗院长欣然同意了“妈妈”的建议。他答应我只需要付很少的膳宿费就会收留我，我的教育就让他负责了。问题就看主教是不是答应了。主教不仅愿意，而且还愿意替我付膳宿费。他还允许，直到认为我取得了人们所料想的成绩以前，可以依然穿普通人的服装。

这是多大的改变啊！我不得不听从。我就像赴刑场一样到神学院里去了。神学院真是一个幽森森的住所，尤其是对于一位刚从可爱的女人家里出来的人，更加阴森可怕。我只是带去了一本书，这是我请求“妈妈”给我的，它给了我无限的抚慰。谁也猜不到这是本什么书，原来是一本乐谱。

在她所掌握的学问之中，音乐也没有被忘记。她有一副很好的歌喉，唱得很好，还会点儿大钢丝琴。她很积极地教了我一些音乐知识，我必须从最简单的地方开始学，因为我甚至连唱圣诗的歌谱都不会。一个女人给我上了八次或十次课，而且时断时续，不仅没有教会我按照乐谱唱歌，而且连音乐符号的四分之一都没有学到。但是我对这门艺术非常喜欢，愿意自己一个人慢慢地练习。我带去的这本乐谱并不是很容易学的，这是克莱朗波的合唱曲。我既不懂得变调，也不知道音节的长短，但是，最终把《阿尔菲和阿蕾土斯》合唱曲的第一首宣叙调和第一首咏叹调的乐谱读了出来，而且还唱得一点也没有错误。人们可以想象得到我是下了多大的工夫，是如何顽强地坚持了练习啊！当然，这首曲子是谱得很准的，你只要按那歌词的节奏唱出来，也就一定会合拍了。

神学院里有一个很讨厌的遣使会神甫经常找我麻烦，所以我连他教我的拉丁文都讨厌起来。他有一头平滑而发亮的黑发，面孔像鬼一样，水牛般的声音，猫头鹰似的眼睛，胡须好像野猪鬃，微笑中带着恶意的讽刺，一动四肢，好像木偶人。我忘记了他那讨厌的名字，但是他那可怕而又让人肉麻的面貌却一直留在我的记忆里，只要一想到他，我就不寒而栗。

我当时在走廊里碰到他的情形，如今还历历在目。他彬彬有礼地拿他那个沾满污垢的方帽朝我摇晃，要求我走进他的房间，我认为他的房间简直比监狱还可怕。这样一位教师和以前当过我的老师的宫廷神甫比起来，该有多么大的区别啊！假如我再让这个怪物控制两个月，我一定会神经失常的。但是，和善的格罗先生看出了我的苦闷，那时我一点东西也吃不下，一天天地消瘦下来，他当时就明白了我郁闷的原因。这并不是很难处理的事情，他让我摆脱了那浑蛋的爪牙。而且，又来一个更明显的对比，他把我交给一个最亲切的人，这个人叫加迪埃，是弗西尼地方的一个小教士，到这个神学院里来进修的。

这个教士为了辅助格罗先生，我想也是因为仁爱之心，很想分出自己进修的时间来辅导我的学习。我以前没有见过比加迪埃先生更加动人的相貌了，他的头发是金黄色的，胡须差不多是赤褐色，他就像他家乡的人们一样很有风度，在憨厚的表情下蕴藏着很大的智慧。但是，他身上真正明显的是敏感、多情和热忱。他那双大大的蓝眼睛，具有亲切、温和和忧郁的混合情调，让别人见了他，就会不由自主地关心他。从这位让人可怜的年轻人的眼光和声音来看，几乎可以说，他已经预先知道自己的命运，而且感到自己生下来就是为了吃苦的。

他的性格和他的相貌非常吻合，他非常耐心、十分谦虚，与其说他教我读书，不如说是和我一起学习。我不久就喜欢上他了，由于他的前任已经为这打下了基础。但是，尽管他为我费了很多时间，我们双方也都很用功，他教得又很好，可是无论我怎样用功，进步还是很小。

说起来真是好笑，我虽然也有很强的理解能力，却一直不能从老师那里——父亲和朗拜尔西埃先生是不同的——学到任何一点东西。我其他的一些知识，都是我自学来的，对于这个，以后读者就会明白的。我那不能忍受一点束缚的思想不肯听从时间的限制，担心学不会的心情使我不能专心听讲，就怕由于自己不懂而让教我的人焦急的心情促使我装懂，教的人一直往下教，我却什么也听不懂。我想按照自己的步伐行动，不愿听从别人的步伐。

接受圣职的时候到来了，加迪埃先生要回到本省，去当助祭教士。临走的时候，我对他依依不舍，又是惜别又是感恩。我对他的祝福，就像对自己的祝愿一样，并没有成为事实。几年过后，我听说他在一个教区中做副本堂神甫的时候，和一个姑娘发生了关系，生了一个孩子。那是他以一颗从未爱过任何女人的、非常温柔的心爱上了这个姑娘。这在一个管理得非常严格的教区里是一件震惊全区的最厉害的事件。按照以往的惯例，神甫只可以同已婚妇女发生关系生孩子。现在他触犯了教规，被关进监狱，受尽凌辱，并被驱逐出境。我不知道他以后是不是能恢复职务，但是，由于我可怜他的悲惨遭遇，这件事深深地铭刻在了我的心里，在我写《爱莫尔》的时候，又想起了这件事情，因此我就把加迪埃先生和盖姆先生结合在一起，把这两位令人尊敬的神甫做了“挲乌阿副主教”的原型。令我满意的是，我这种描写并没有污辱我所选择的原版。

我在神学院的时候，奥博讷先生被迫离开了阿纳西。这是因为执政官先生觉得自己的妻子和奥博讷先生发生爱情是一件不好的事。事实上这只是“园丁之犬”的作风，古尔维奇太太虽然是个让人喜欢的女人，但是她的丈夫对她十分不好，因为山外人的怪癖，他认为她是没用的，并且对她十分粗暴，以致提出了分居的问题。古尔维奇先生是一个凶恶的汉子，像鼹鼠一样阴险，像枭鸟一样狡猾，由于不断地惹怒别人，最终，自己也被赶走了。

据说普罗旺斯人是用歌曲向敌人报仇的，奥博讷先生用一个喜剧向自己的敌人报了仇，他曾经把这出喜剧寄给海仑夫人，海仑夫人拿给我看过。我很欣赏这个剧本，它让我也萌发了写一个喜剧的想法，让人看看我是不是真像这位作者说的那么笨。但是，这个计划一直等我到了尚贝里之后才执行，剧本叫《自恋的情人》。我在那个剧本的序言中曾经说我是在十八岁时写的，其实我是少写了几岁。

好像是在这个时候，发生了一件事情，这件事本身并没有什么了不起的，但是，对我却产生了一些效果，并且在我几乎已经把它忘掉了的时候，社会上还在讨论它。当时我被允许每个星期可以外出一次，我怎样利用我在外面的时间，那是没有必要说的。

有个星期天，我正在“妈妈”家里的时候，和“妈妈”的住宅挨着的方济各会的一间房子着了火。这间房子里有个炉灶，还堆满了干柴。过了不大一会儿，就都燃起来了。“妈妈”的住宅非常危险，已经被风吹过来的火苗把它盖住了。人们不得不立刻从屋子里往外搬东西，把抢救出来的家具都放在花园里。这个花园就在我曾经住室的窗户面前，在我说过的那条小河那边。我当时惊慌万分，手里抓到什么东西，就毫不考虑地从窗口扔出去，就连平时我几乎拿不起来的石臼也给扔了出去。要是没有人阻拦的话，一面大镜子也几乎被我扔了出去。

那一天，正来拜访“妈妈”的善良主教也没有闲着，他把“妈妈”带到花园里，跟她还有所有在那里的人一起祷告，我来晚了一会儿。看到全部的人都在那儿跪着，我也就和别人一样跪下了。正当这位圣者祈祷的时候，风向变了，而且变得非常偶然、非常及时，恰好使已经就要扑到房屋、眼看就要钻到窗口的火焰转向了庭院的另一面去了，所以房子也就安然无恙了。

两年以后，德·贝尔奈主教死了，他的旧会友们——安多尼会的修士们为了给他办宣福礼，就开始搜寻一些可以作为依据的东西。由于布戴神甫的请求，我便在这些材料里附上了我刚才所说的事实以此作为见证，这是我做得正确了的一面。但是错误的一面是，我竟然把这件事说成了奇迹。我曾经亲眼看到主教在那儿祈祷，正当他祈祷时，风向变了，甚至变得十分及时，这是我所能说的和所能证实的。对于这两个事实，究竟是不是有一个是其他事实的原因，这是我不该辨别的，因为我不可能知道这件事。但是，在我的记忆中，我是忠诚的天主教徒，是不说谎的。我的十分合情合理的对于奇迹的喜欢，对于这位让人尊敬的主教的敬爱，以及由于我本人自认为对这个奇迹也许有所贡献而发自内心的骄傲，凡此种种都促使我犯了这个错。一句话，我敢肯定的是，如果这个奇迹真的是热诚祈祷的结果，当然我也有一份功劳的。三十多年以后，在我发表《山中书简》时候，我不知道弗雷隆先生是如何发现了这个证明材料，并且在他评论时引用了它。应该承认这个发现是很有幸的，而且恰到好处，我觉得是件很有趣的事。

我处处碰壁。至于我的进步，加迪埃先生曾经努力地作了很有利的报告，但我的进步和我的努力依然显得不成比例，这样的情况也就无法鼓励我继续学习下去了。所以，主教和神学院院长对我失去了希望，又把我送回海仑夫人那里去了，因为我连当神甫的资格都不够。

但是，他们还是承认我是个很不错的小伙子，并没有什么恶习，正是因为这个原因，尽管大家对我有那么多不好的偏见，海仑夫人却没有丢下我。

我带着那本乐谱，高兴地回到了“妈妈”身边，这本书让我受益不小。我唱的《阿尔菲和阿蕾土斯》曲调，几乎就是我在神学院所学的所有东西。因为我对这种艺术有着浓厚的兴趣，于是她产生了要把我造就成一个音乐家的想法，机会很好，她家里每星期至少要举办一次音乐会，引领这个小音乐会的一位大教堂的乐师也经常来看“妈妈”。他是巴黎人，名叫勒·迈特尔，是一位成功的作曲家，他十分活泼和愉快，还非常年轻，外表很吸引人，学问却不是很高，不过总的说来是一个亲切的小伙子。

妈妈推荐我和他相识，我很喜欢他，他也不烦我。我们谈了一下住宿费用的问题，双方不久就商量妥当了。简单地说，我搬到他家去了，并在那里度过了一个冬天。非常愉快的是那儿距“妈妈”

的住宅也不到二十来步远，一会儿就能到她家里，并经常同她一起吃晚饭。

不难想象，在音乐学校里跟音乐家和歌咏团的儿童们在一块，每天都可以愉快地唱歌，要比我在神学院里每天和遣使会的神甫们一起快活得多了。然而这种生活尽管自由，却跟神学院一样，是受规章制度束缚的。我天生喜好自由，但从不滥用这种自由。在整整六个月中，除了到“妈妈”家或者到教堂去以外，我一次都没有出过门，甚至也不想出去。这段时期是我生命中最安静的时期，也是我回想起来感到最愉快的阶段。在我经历过的许多环境中，有一些让我感到十分幸福的场景，现在回想起来还感觉心旷神怡，好像仍然生活于其中一样。我不仅记得时间、地点和人物，而且还记得旁边的一些事物、气候的温度、空气的味道、天空的颜色，以及只有在那个地方才能发现的某种印象，这些生动的回忆好像又重新把我拉回到了那里。

例如，我在音乐学校时练习的一切曲子、合唱时所唱的所有的歌词、那里发生的一切事情、教士的美丽而华贵的法衣、神甫的长袍、歌咏队友们的四角帽、乐师的面容、一位吹低音巴松管的瘸腿老木匠、一位拉小提琴的小个子的金栗色头发修士。勒·迈特尔先生放下佩剑后，在他的世俗衣服上披上一件旧黑袍，再穿上一件漂亮的小白衣到经楼去，我带着自豪的心情捧着一管长笛坐在音乐台上，准备演奏勒·迈特尔先生特意为我作的一小段独奏曲，心想着演奏完以后的盛宴、会餐时的那种好食欲。这一切的事情，无数次生动地重现在我的脑际，使我感到无穷的愉快，可以这么说，同当时所感到的一样快乐，甚至比当时感到的还要快乐。

我对于用婉转悠扬的声音奏出的《美丽的繁星之神》乐曲中的某一曲调一直留有最微妙的亲切感，因为在降临节的一个周末，天还没有亮，我正躺在床上，听见人们依照当地教堂的风俗，在圣堂的石阶上唱这首赞美歌。“妈妈”的随身侍女迈尔斯来小姐通晓一点音乐，我一辈子也忘不了勒·迈特尔先生让我和她一起唱的那首称作《请献礼》的合唱赞歌，当时她的女主人听着是那么高兴。总之，这一切，甚至连那位经常被歌咏团的儿童惹得生气的善良的女仆佩琳娜，我都还记得。这种关于天真时代的幸福的回忆，经常使我陶醉，也使我忧郁。

我在阿纳西住了几乎有一年，没有受到丝毫责难，不管是谁都对我很满意。自从我离开都灵以后，再就没有做蠢事了，只要是在“妈妈”的身边，我是绝不会做傻事的。她教导我，而且一直很好地教导着我。我对她的依恋成了我仅有的欲望，但是这不是一种不正常的欲望，可以证明这一点的是，我的心灵让我的理智得到了增强。现实是，这种单一的感情融入了我的所有才智，弄得我什么也没有学好，甚至就连我付出了一切努力去学的音乐也没有学好。但是，这也不能怪我，我是一心一意、勤勤恳恳地去学习的。只能怪我的思想不能集中起来，总是开小差，总是唉声叹气，在这种情况下我能有什么办法呢？为了追求进步，只要我力所能及的，我都做了。但是，要让我再去干新的傻事，只需要有人来诱惑我一下就行了。这个人出来了，天造地设的巧合促成了这样的时机，读者在以后可以看到，我那疯狂的头脑又被抓住了。

二月的一个夜晚，天气很冷，我们在炉子边烤火，听见有人敲街门。佩琳娜拿着提灯走下楼去，门被打开了，一个年轻人和她一起走了进来，上了楼。

他露着从容的神情走到我们跟前，并向勒·迈特尔先生说了几句简单而文雅的客气话。他自己说，他是一个法国音乐家，因为经济困难，渴望在教堂里干点杂务，能赚路费。勒·迈特尔先生一听到法国音乐家这几个字，他那颗亲善的心就真的被打动了，因为他热爱自己的祖国和自己的事业。他招待了这个年轻的过路人，留他住宿，很明显，这是客人希望的，所以没有怎样表示客气就留了下来。

他一边烤火一边聊天，等待着去吃饭，在这段时间我对他作了一番观察。他的身材矮小，肩膀却很宽阔，我虽然看不出他的身体上有哪个地方是畸形的，却总觉得它有些不匀称，他可以说是一个平肩膀的残疾人，腿显得有一点不灵活。他穿着一件黑色上衣，虽算不上很旧，却穿得非常破烂，几乎可以说会往下掉碎片儿的。他的内衣非常讲究，而且还有镶着花边的华丽袖口，已经非常脏了，腿肚上绑着腿套，每只腿套里差不多都可以放进他的两条腿，腋下挟着一顶小帽子，是用来遮雪的。然而，在这种奇怪的装束中倒有一些高贵的气势，他的态度也让人产生了同样的感觉，他的面貌清秀可爱，伶牙俐齿，就是不太正板。这一切都表明他是一个受过教育的流浪青年，他不像一个讨饭的乞丐，却像一个滑稽的丑角。他对我们说他名叫汪杜尔·德·维尔诺夫，他来自巴黎，迷了路，并且好像有点儿忘记了他的音乐家身份，接着说，他要到格勒诺布尔去看望他的一个在国会里的亲戚。

吃晚饭的时候，大家说起了音乐。他对音乐很通晓，他知道所有著名的演奏家、所有的名曲、全部的男女演员、全部的漂亮女人、所有的大贵族。似乎别人提什么他都知道，但是，一个话题刚刚开始，他就插科打诨，打乱了谈话，让人大笑了一阵，随后甚至忘掉了刚才所说的话。

那一天是星期六，第二天在教堂里要演奏音乐，勒·迈特尔先生请他去参加那里的演唱，他回答说："非常高兴。"问他哪一个音部，他说："男高音……"说完就立刻把话转移到别的事情上去了。在进教堂以前，有人把他要唱的歌谱送给了他，让他先看一下，可是，他一点也没看。这种骄傲的态度使勒·迈特尔发呆了，他在我耳边说："你看吧，他连一个音符都不会。"我回复说："我也真担心。"我怀着忐忑的心情跟他们一同去了。音乐会开始了，我的心跳得非常厉害，因为我对他非常关心。但是，不久我就放心了，他唱了两个独唱，不仅节奏正确，而且十分有味道，另外，他的嗓音也非常动听，我从来也没有这样惊讶过。弥撒后，汪杜尔先生受到了许多教士和乐师们的赞扬，他以趣味横生的话作了感谢，态度一直非常动人。勒·迈特尔先生出于真诚拥抱了他，我也拥抱了他。看到我非常愉快，他似乎也很高兴。

我敢说，大家会认为，像巴克勒先生那样，不过是一个粗人，也还曾让我迷恋过，现在，这样一位既有涵养，又有才华，为人聪明，有处世的经验，而且又能被看做是位可爱的流浪汉的汪杜尔先生，当然更能让我为之倾倒了。事情正是如此。我想，不论是哪一个青年，在我看来都会像我这样对他爱慕如狂的。尤其是一个人，越是具有鉴别别人特长的能力，越是对别人的才能表示倾慕，就越容易像我这样行动。

汪杜尔先生有这种优点，这是无可厚非的，他有一种他的同龄人很少有的特点，那就是绝不急于炫耀自己的学识。不错，他对自己所不了解的事情十分吹嘘，但是对自己了解的事情——他知道的还真挺多——却一字不提，他在等着表现的机会，由于他并不着急表现自己，所以效果更好。因为他对所谈到的每件事都是刚开头就不再说了，别人也就不明白他什么时候才会把他的才能全都表现出来。他在谈话中是那样搞笑和幽默，有时显得有无限的精力，有时又充满了魅力，他经常保持着微笑，却从来不大笑。最野蛮的事，他也能说得非常文雅，让人听得好听。甚至那些最传统的女人，对于自己居然能忍受他的话，事后也感到非常惊奇。她们明明知道应该生气，可就是没有生气的劲，要生气也生不起来。

他所想要的只是些放荡的女人，我认为他自己不会搞些什么风流韵事，但是在交际圈中，他生来就是为了给那些有风流韵事的人添加无限趣味的。他既具有那么多可爱的才能，又是在一个不光了解这种才能而且还倾慕这种才能的地方，要他一直把自己束缚在音乐家的圈子里，那简直是太难以想象了。

我喜欢汪杜尔先生，至于动机是很理智的，最终也就没做出什么荒谬的事来，尽管这次我对他的感情比上一次对巴克勒先生的感情更强烈和持久一些。我喜欢见到他，喜欢听他说话，他所做的全部我都认为好玩，他所说的一切我都看做是神的旨意。但是，我对他的爱慕并没有达到离不开的地步。因为我身旁有个很好的保护，绝不致发生越轨的事。再者，虽然我认为他的处世格言对他十分好，我总觉得那些格言在我身上并不合适。我所需求的是另一种乐趣，关于这种乐趣，他一点也没有想到，可我又不敢对他说，因为我知道只要一说出来他肯定会嘲笑我的。但是，我却愿意把我对他的倾慕和控制着我的另一种激情混在一起。

我非常强烈地在“妈妈”面前提到他，勒·迈特尔先生也对他赞不绝口，因此“妈妈”允许我把他介绍给她。但是，这次会面一点也没有成就，他认为她装腔作势，她却认为他放荡不羁。“妈妈”还为我有这样不正派的朋友而害怕，她不但不允许我再把他带来，还竭力劝我不要再和这个年轻人交往，因为那会有很大的危险。这样我才变得拘谨了一些，没再闹下去。好在不久以后，我们也就分离了，这对我的言行和思想来说，真是三生有幸。

勒·迈特尔先生对自己的艺术的兴趣很强烈，他还喜欢喝酒。尽管他吃饭的时候很有控制，但是，他在屋子里干活的时候，就一定要喝。他的女仆很明白他这种爱好，只要他把作曲的稿纸摆好，把大提琴放在手中，酒壶和酒杯就得立刻送上来，而且还不时地喝完一壶又换一壶。虽然他从来没有醉过，却几乎总是喝得醉醺醺的。

老实说，这可真可惜，因为他骨子里是个很好的小伙子，又十分活泼，连“妈妈”平常都只叫他“小猫”。他喜欢自己的艺术，工作很忙，但是，酒也喝的很多。这不但损害了他的健康，还影响到了他的性情，他有时疑心很重，而且容易发怒。他不管对什么人，从没有说脏话，从不失礼，就是对歌咏团里的一个孩子也没说过一句伤人的话，但是，他也不允许别人对他失礼。这当然是很公平的。但不幸的是，他看事不太明白，分不清别人说话的吃力和目的，以致经常无缘无故地发起火来。

过去很多王公和主教都以能参与历史悠久的日内瓦主教会的事务而感到无上荣耀，如今在流亡中虽然失去了过去的光彩，却还保持着它的威严。参加者必须是一个贵族或索尔朋的博士。如果有什么合情合理的骄傲，那就是除了因为个人的功绩产生的崇高感，还有由于家世而产生的骄傲。再者，教士们对待他们所雇用的俗人，都是很骄傲的。那些主教会的会员们对待让人怜悯的勒·迈特尔也经常是这样的。尤其是那位名叫德·维栋讷的领唱的神甫，尽管一般说来是很有礼貌的，但是由于对自己的高贵身份太自满，他对待勒·迈特尔的态度，并不总是依照勒·迈特尔的才能给他应有的尊爱，而勒·迈特尔也不甘心忍受他的这种轻视。

就在这一年的受难周的日子里，主教按惯例宴请当地的会员，勒·迈特尔一直是在被邀请之列的，席间，勒·迈特尔和德·维栋讷发生了比平常更加激烈的争执。那位领唱的神甫对勒·迈特尔做出了越礼的举止，而且说了几句让他忍受不了的难听的话，勒·迈特尔当即打算第二天的夜间离开这里。虽然在他向海仑夫人说再见的时候，海仑夫人百般劝解希望他留下，也丝毫没能使他改变主意。正在非常需要他的复活节的时候，他突然走开了，使那些专横无礼的人感到难为情，这种报复的愉快正是他想要的。但是，他自己也有难处，他想带走自己的乐谱，这可真不是一件容易的事，那些乐谱足以装满一大箱子，很沉，是不能用胳膊一挟就带走的。

“妈妈”做的事，是我处在她的地位也一定会做的，即使到现在我也会如此的。为了留住他，她大费周章，后来见到劝说无用，他不管怎样非走不可，便决定竭尽全力来帮助他。我敢说，她这样做是应该的，因为勒·迈特尔曾不顾一切地为她效力过。不管是在他的艺术方面，还是在照顾她自己方面，他是彻底听从“妈妈”的，并且，他按“妈妈”想法办事的那种热诚，使他的殷勤效力具有一种新的意义。因此，她现在对他所做的，只不过是在重要关头对一个朋友三四年来陆续替她所做的一切事情的一种全部的报答而已。但是，她有一颗高贵的心，在尽这种义务的时候，她并没有去想这个是为了了却自己的一桩心愿。

她把我叫来，吩咐我至少要把勒·迈特尔先生送到里昂，并且对我说，只要他还需要我帮助的话，不管时间多长，也要一直伴随着他。后来，她曾对我真诚地承认过，她故意使我远远避开汪杜尔和她如此安排有非常大的关系。为搬运箱子的事，她跟她诚实的仆人克罗德·阿奈讨论了一下。按照他的看法，不要在阿纳西雇用驮东西的牲口，因为那一定会被别人发现的，最好是在天黑的时候抬着箱子走一段路，随后在乡村里雇一匹驴子把箱子一直驮到色赛尔。我们到了那里就没有一点可冒险的了，因为那儿已经是在法国境内。这个意见被接受了，我们那天晚上七点钟动身，“妈妈”借口给我出路费，往那可怜的“小猫”的小钱袋里加了一些钱。这可帮了他不少的忙。克罗德·阿奈和我尽了很大的力气把箱子抬到邻近的一个村子里，在那里雇用了一匹驴子把我们换了下来，我们当晚就到了色赛尔。

我想我已经说过，我有时是那样不像我自己，大家几乎可以把我看做另外一个性格几乎相反的人来看待。这里就是一个事例。

色赛尔的本堂神甫雷德莱是圣彼得修会的会员，所以也认识勒·迈特尔先生，因此，他是勒·迈特尔最应该逃避的人之一。但是我的意见却不同，我提议去拜访他，找一个借口要求住下来，就好像是得到主教会的批准才去那里的。勒·迈特尔很赞成我这个想法，因为可以使他的报复既有讽刺意味，又能让人惊叹。于是我们就红着脸去见雷德莱先生了，他热情地接待了我们。勒·迈特尔对他说，他是受主教的派遣到贝莱去领导复活节的音乐演唱的，还说几天之后回来时还决定从这里路过。至于我呢，为了圆成这个谎言，又说了很多谎话，而且说得头头是道，以至于雷德莱先生认为我是个漂亮孩子，对我产生了极大好感、无限抚爱。我们吃得很好，住得也很好。雷德莱先生几乎不知道用怎样的佳肴招待我们才好。离开的时候，像最亲密的朋友那样，我们说好在回来的时候还要多留一些日子。一等到只剩我们俩的时候，我们就大笑了起来，真诚地说，迄今我想起这件事来还忍不住大笑，因为我一点也没有想到我们说假话会说得如此好，而且这个恶作剧会如此成功。要是勒·迈特尔先生不是一直在喝酒，并且一嘴胡说，还发了两三次旧病，这件事会让我们笑一路的。他那个旧病后来经常发作，很像羊癫风。这种情况可叫我非常为难，也把我吓住了，所以，我就想到最好是想个办法尽快地摆脱他。

我们真像对雷德莱神甫所说的那样到贝莱过复活节去了。虽然我们是临时去的，却也受到了乐队指挥和所有人的很大的欢迎。勒·迈特尔先生的那一行业是很让人尊敬的，他也真不愧是个让人尊敬的人。贝莱的乐队指挥对于自己最好的一些作品是很有信心的，尽力争取这位优秀的鉴赏家的赞扬。因为勒·迈特尔先生不仅是个专家，而且公正无私，不嫉妒人，也不低声下气地奉迎人，他比那些外省的乐师要聪明得多，对于这一点他们自己也深切地体会到了，所以他们不把他看做自己的同事，而把他看做是自己的指挥。

我们在贝莱非常开心地度过了四五天之后，便又起程继续我们的旅行，除了我在上面说过的那种事情之外，没有发生任何别的意外。

到了里昂之后，我们住在了圣母旅馆，在那儿等着我们的乐谱箱子，因为我们利用另一个谎言让好心的保护人雷德莱神甫派人把它送到了罗讷河的船上去了。就在此时，勒·迈特尔先生去拜访他的朋友，这里面，有方济各会的加东神甫（关于他的事我以后再说），有里昂的伯爵——多尔达神甫，这两人都非常友好地招待了他。但是，他们拆穿了他的谎言，我在下面就要说这件事，他这一路来的好运气在雷德莱神甫那里走到了终点。我们到了里昂两天以后，当我们正从离居住的旅馆很近的一条胡同走过时，勒·迈特尔先生的病又发作了，这一次犯得很厉害，简直吓坏了我。我大嚷起来，呼喊着救命，并且说出了他所居住的旅馆名称，要求大家把他送到那儿去。之后，正当许多路人向一个没有知觉、口吐白沫、躺在街中心的人靠过来急忙进行抢救的时候，他所能信任的仅有的朋友竟把他丢下了。趁没有其他人注意我的时候，我溜到了胡同口，一拐弯就不见了。

上帝祈福，我可把这第三个难以说出口的坦白说完了。假如我还有许多像这样的事要承认的话，我就只能放弃我已经写的这本著作了。 我以前所谈的全部，在我所住过的地方都留下了一些迹象，但是，下一章里我要说的，差不多简直是人们所不明白的事情了。那是我一生中所干的最荒谬的一些事情，所幸，它们并没有带来很坏的后果。那个时候，我的脑子里好像响起了一种外面乐器的调子，全部超出了原来的音调。它是主动地恢复好的，于是我就停止了自己的荒谬行为，或者至少是只干了一些非常适合我的性格的荒谬行为。

我青年时代的这段时期，是我的回忆中最淡的时期。在这段日子里，简直没有发生一件让我心动的事，能够让我清晰地回想起来。那个时候，经过那么多的来往和接二连三的变动，很难不在时间或地点方面有些张冠李戴。我完全是凭记忆来写的，既没有足够的日记和文件来证明，也没有使我能把事情回忆起来的材料。我一生所做的事情，有一些好像刚发生时那样明白，但是，也有一些遗漏或空格，我只好用像我的模糊的回忆一样的模糊叙述将它们填充起来。所以，我可能把有的地方写得不对，特别是那些不重要的小事，在我自己没有找到正确的材料之前，我可能还会写错。但是，对于真正重要的事情，我相信我是正确而中肯的。以后我将仍然努力完全实现到这一点，读者尽可放心。

我一离开勒·迈特尔先生，就下定决心再回到阿纳西去。当初我们起程的原因和秘密，曾使我对于我们的安全问题非常害怕，这种害怕有几天完全占满了我的心灵，打消了我回家的念头。但是，当我发现没有任何危险的时候，我那占据统治地位的情感就又恢复了。任何东西也吸引不了我，任何东西也引诱不了我，除了想要回到“妈妈”身边外，再也没有什么别的想法了。我对她的那种依靠是这么真挚而情意绵绵，所以去除了我心里所有空想的计划和所有荒诞的野心。除非生活在她身边，否则我看不到还有什么别的幸福，我每走远一步就觉得自己离这种幸福更远了一些。所以，只要一有回去的可能，我马上就返回阿纳西了。

我这次回来是那样的仓促，我的心思又是那样的恍惚，虽然我对于以往所有的旅行都存有饶有趣味的回忆，而对这次回来的情况却连一点儿印象都没有留下。我只是记得从里昂动身和到了阿纳西，除此之外，我什么也不记得了。请大家为我想一想，我对这最后一段日子的事情是不是应该忘得一干二净吧！我回到了阿纳西，却没有见到海仑夫人。她已经回巴黎去了！

我一直没有弄清楚她这次旅行的事情。我相信，假如我追问她的话，她肯定会对我说的，但是，没有比我这个人更不想打听朋友的隐私了。我只考虑眼前，眼前的事情占据着我这颗心的容量与空间，除了可以成为我今后仅有的享受的过去的那些欢乐之外，我心里没有一点空间来容忍已经发生在以前的事情。

从她对我谈的一点东西来推测，这是因为撒丁王的退位在都灵引起了混乱，她害怕这时候没有人再注意到她，所以想趁奥博讷先生的暗中活动从法国宫廷方面获得同样的好处。她有几次曾亲口对我说，她宁可从法国宫廷方面获得接济，因为法国宫廷有很多重要的事情，可以使她不会受到让人不高兴的监督。如果真是如此，那就更奇怪了，她回来以后，并没有因而受到任何冷遇，而且一直在领取她的年金。很多人认为，她是带着秘密使命去的。不是受了主教的委托去做一件本该由主教本人到法国宫廷去办的事，就是受了比主教更有权势的人的派遣，所以她回来以后才得到了更好的待遇。假如是这样的话，可以中肯地说，这个女使节的人选是很好的，当时还年轻和漂亮的海仑夫人的确拥有从谈判中获得胜利的全部才能。

第四章

我回到了阿纳西，却没有碰到她。可以想得到，我当时是多么惊讶，多么难过！这时候我开始悔恨不该胆怯地丢开勒·迈特尔先生，当我听到他的可怜遭遇的时候，我心中更加后悔了。

那乐谱箱子是他的所有财产，为了抢回这只宝贵箱子，我们曾费了很大的力气，可是刚运到里昂，多尔达伯爵就嘱咐把它扣住了，因为主教会在事前就写信通知了伯爵说这是潜逃者的秘密携带物。勒·迈特尔先生对他的财产、他的生活的原则、他一生辛勤耕耘的结晶，尽管再三要求归还，但是毫无结果。这只箱子的所有权状况，至少也应该经申诉来解决，但并没有经过一点诉讼程序，这件事就依照强者的法律作出了判决。于是，这位可怜的勒·迈特尔就丧失了他艺术天才的结晶，早年的心血、晚年的财富。

当时我所受到的打击是再也无法复加的沉重。但是，在我那个年龄，我是不会非常忧虑的，我很快就想出了另一套自我安慰的办法。我希望很快就能得到她的消息，尽管我不知道海仑夫人的住处，她也不知道我已经回来了。至于我丢下勒·迈特尔这件事，总的来说，也算不上是很大的错误。勒·迈特尔先生逃跑的时候，我帮了忙，这是我能为他做的仅有的一件事。就算我同他一起居住在法国，我也看不好他的病，也不能留住他的箱子，除了给他添加开支外，对他没有一点帮助。这就是当时我对这件事的想法，现在我不这样认为了。在刚做完一件丑事的时候，我们心里并不认为怎么难受，但在不久以后，当我们回忆起它时，还要经受它的折磨，因为坏事是永远不会从记忆中离开的。

为了获得“妈妈”的消息，我能够做的唯一的一件事情，就是等待。巴黎地方那么大，到哪儿去找她呢？再者，拿什么当路费呢？想要尽快打听到她在哪里，阿纳西恐怕是最稳妥的地方了。所以我就住了下来。

但是我那时的做法却很不好，我没去拜访那位曾经照顾过我并且还能继续照顾我的主教，现在我的女保护人不在他身旁，我怕他指责我们私自逃走的事。我更没到修道院去，因为格罗先生已经不在那里了。总而言之，我没去拜访任何认识的人。说心里话，我倒很想去拜访一下执政官夫人，但是我始终没敢去。

此外，我做得更不对的是：我又找到了汪杜尔先生，这个人，尽管我十分欣赏，但是自从出走以后，我再也没有想过他。久别重逢，他在阿纳西已经是个很有名、非常受人欢迎的人了，贵妇人们都争着接待他。他这种作为更让我晕头转向了，当时我只知道汪杜尔先生在，他甚至让我连海仑夫人都要忘掉了。为了方便向他请教，我提出和他住在一块，他也答应了。

他住在一个鞋匠的家里，这个鞋匠是个很幽默和喜欢开玩笑的人，他用老话叫他妻子“骚娘儿们”，除此之外没有其他的称呼，这个称号对她来说也还算合适。他和她经常吵架，这时汪杜尔就站在一边，看起来好像是在劝解，事实上只是使他们吵的时间更久一些。他用他那普罗旺斯的口音向他们说些搞笑的话，时常收到很大的效果，他们越吵越厉害，让人禁不住哈哈大笑起来。整个上午就这样无形中过去了，到了两三点钟，我们才吃一点东西，然后汪杜尔便到他经常去的交际场，并在外面吃晚饭，我就一个人去散步，心里想着他那惊异的才干，羡慕和夸赞他那少见的本领，同时咒骂自己的命运，为什么不让我也过他那种幸福的生活呢。我对生活是多么不明白啊！如果我不这么愚蠢而懂得怎样取乐，我的生活将会更加快乐的。

海仑夫人出门时只是带走了阿奈，而把我刚才谈过的那个随身使女迈尔斯来留在了家里，她依然住在夫人的那个房间里。迈尔斯来小姐比我稍微大了一些，长得虽然不怎么漂亮，却非常可爱，是一个一点坏心眼儿也没有的弗赖堡人。她除了有时候有点不听女主人的话以外，我没有发觉她有什么不足。我经常去看望她。我们算是旧相识了，因为我一看见她，就想到一个更喜欢的人，所以我也就爱她了。

她有几个女朋友，这中间有一个叫吉罗小姐的日内瓦姑娘，我还真是倒霉，她爱上了我，她总逼迫迈尔斯来领我到她家里去。因为我喜欢迈尔斯来，又因为在那里还有几位我很想见的漂亮姑娘，也就听任她带我去了。吉罗小姐对我百般挑逗，但是，我对她几乎腻烦透了，当她那张干瘪而又被西班牙烟草熏黑了的嘴唇贴近我的脸时，我真想吐她一脸唾沫。但我尽力捺住性子，除了这点不高兴以外，我很喜欢跟那些姑娘在一块玩。或许她们是为了讨好吉罗小姐，或许是为了讨我的喜欢，每一个人都纷纷对我表示好意。我只把所有这一切当做是友情。从那以后，我有时在想，当时只要我同意，是可以把这些当做是比友谊更深一层的表示的。可是，我当时并无这种心思，而且我也想不到这些的。

再者，女裁缝、使女、小女贩都不怎么让我动心，我喜欢的是贵族小姐。每个人有每个人的幻想，我的幻想一直如此，在这一点上，我跟贺拉斯的看法不同。但是，这绝不是羡慕家世与地位的虚荣心在作祟，我喜欢的是保养得比较细腻的肤色、比较纤美的手、比较幽雅的服饰，浑身给人一种轻盈飘逸、一尘不染的感觉，而且举止要很大方、谈吐要很优雅、衣裙要很精美、剪裁要很得法、鞋要很小巧精致、丝带、花边和头发的颜色要陪衬得很美观。一个女人，如果拥有了这一切，即使长得不漂亮我也是喜欢的。有时我自己也觉得这种偏爱非常可笑，但是，我的心不由自主地便产生了这种偏爱。

真是想不到，这么好的条件居然又发生了，是否能够享受依然要看我自己了。我是多么喜欢时不时地回到青年时代那种快乐的时光啊！这些时光是多么甜蜜，又是多么短促、多么难得，而我却是多么容易地享受到了啊！哦！只要我一想起那些时刻，心里就感受到了一种地道的快乐，正是这种快乐才能恢复我的勇气，以便忍受住晚年的烦闷。

有一天，黎明的景色非常美丽，我立刻穿上衣服跑到野外去看日出。我尽情地享受了这种快乐，那是圣约翰节以前的那个星期。大地穿上了华丽的衣装，遍地的花花草草、色彩斑斓，夜莺啼春已接近尾声，唱得好像格外卖劲，百鸟用大合唱送别残春和迎接美丽夏日的来临。这是我这样的年龄不可再见的一个美好的日子，是我现在住的这块凄凉的土地上的人们从未见过的一天。我渐渐地便走出了城市，暑热不断地上升，我沿着一个小山谷的树荫下慢慢独行，有一条小溪从旁经过。这时后面响起了马蹄声和少女的叫喊声，她们好像遇到了什么麻烦。但是，欢笑声并没有减弱。我转过头来，听到她们正在喊着我的名字，我走近跟前一看，原来是我认识的两位姑娘，葛莱芬雷小姐和加里小姐。她们骑马的技术并不怎么样，不知道应该怎样才能让马渡过小溪。

葛莱芬雷小姐是个非常可爱的伯尔尼姑娘，因为在老家干了一些在她那种年龄易于做出来的蠢事而被驱赶了出来，她便学起海仑夫人的模样。我在海仑夫人家里见过她几次。她可不像海仑夫人那样拥有一份年金，不过她的命运总算还行，得到了加里小姐的喜欢。加里小姐和她很投缘，求她母亲答应她在没有找到工作以前给自己做个伴。加里小姐比葛莱芬雷小姐小一岁，而且比葛莱芬雷更加漂亮，她的举止有一种说不出来的幽雅大气，同时她还有一副出落得很好的漂亮身段，这是一个少女所能拥有的最大的魅力。她们情致绵绵地互相爱护，而且，从两个人的温柔性情上说，要是没有情人来打扰她们，这种亲密的友情关系肯定会保持很长时间的。

她们对我说，她们要到托那去，那里有加里夫人的一个城堡，她们自己不会驾马过河，请我帮她们一下。我想用鞭子从后面驱赶，她们害怕我被马踢着，又怕自己摔下来。于是我就用了另外一种方法，我拉住加里小姐的马颈绳子，牵着它过了河，另一匹马则毫不费力地就跟着过来了，但是我的衣服却因为这而湿过了膝盖。之后，我想和两位小姐告别，然后像个傻瓜一样走开。但是，她们俩小声地说了几句话之后，葛莱芬雷小姐就对我说：“不行，不行，我们不能这样让你走，你为了帮助我们，衣服都弄湿了，要是我们不帮你把衣服弄干，那是过意不去的。请你和我们一起走吧，现在你已经是我们的犯人了。”我的心一直在跳，一双眼睛看着加里小姐。她看到我慌乱的样子，笑着又说：“是呀，是呀，犯人，快上马，骑在它的后面，我们要拿你去做个交代。”“不，小姐，我不曾有幸认识您的母亲，她看到我会说些什么呢？”葛莱芬雷小姐接着说：“她的母亲不在古堡，除了我们俩之外，没有别人。我们今天晚上还回来，到时候你再与我们一同回来吧。”

这几句话在我身上发生了比闪电还要快的效果。我跳到葛莱芬雷小姐的马上的时候，欢喜得全身在发抖。而且，为了能够骑得稳当，我不得不搂住她的腰，这个时候，我的心跳得那么厉害，连她都感到了。她对我说，她是因为害怕掉下去，所以自己的心也跳得非常厉害。按照当时我身子的方位来说，这简直可以说是邀我触摸一下她的心是不是真的在跳，但我一直没敢那么做。一路上，我只是始终用我的两只胳膊给她当腰带，勒得确实很紧，但是一点儿也没有挪动。有的女人读到这里，或许很想给我几个耳光，这是很有道理的。旅行中的快乐，少女们不停的谈话，也大大刺激了我喜欢说话的毛病，因此一直到晚上，只要我们在一块，我的嘴一刻也没有停过。她们尽量不让我受约束，于是我的舌头和我的眼睛几乎都说起话来了，虽然这两样所表达的意思不同。只有那么一段时间，在我和这一位或那一位姑娘单独在一起的时候，谈话才有点不太自然。但是，离开的那一位立刻就会回来，一直没给我们足够的时间去摸清对方发窘的原因。

到了托那以后，我先烘干自己的衣服，然后我们就吃早饭。接着最主要的一件事情便是准备午饭。两位小姐做饭的时候，不时地扔下自己的工作去亲佃户们的孩子，我这个让人怜爱的帮手怀着无法忍受的心情只好待在一边瞧着。他们很早就从城里送去了吃的东西，做一顿丰盛午餐的东西应有尽有，特别是点心更丰富，美中不足的是忘了把酒带来了。对于不太喝酒的小姐们来说，这原本是不足为奇的，可是，我却感到后悔，因为我还靠着喝点酒壮壮胆子。她们对这也深感不好意思，或许是由于相同的原因吧，但是，我不相信是这样的。她们那种活泼而可爱的高兴样儿，几乎是质朴、烂漫的化身，再者，她们俩和我还能有什么事呢？她们派人到周围各处去找酒，但是一点也没有看到，因为这个地方的农民非常节约和穷困。她们向我表示歉意，我对她们说，不要因为这件事太为难了，她们不用酒就会让我醉的。这是我那天敢于向她们说的仅有的一句殷勤的话，但是，我认为这两个调皮姑娘一定看得非常清楚，这并不是一句空话。我们在佃户的厨房里吃中午饭，两位女友坐在一张长桌子两头的凳子上，她们的客人坐在她们中间的一只三条腿的小圆凳上。这是多么美妙的一顿午餐啊！这又是多么动人的一段记忆啊！一个人付出那么一点点的代价就可以享受如此纯洁、如此真实的快乐，又何必去寻找别的欢乐呢？这是在巴黎的任何一个地方也不会吃到的午餐，我这话不是仅仅指它带来的快乐与甜蜜，也是指肉体上的快感。

吃过午饭，我们采用了一项节约措施，我们没喝掉早餐时留下的咖啡，而是把咖啡同她们带来的奶油和点心一块留待下午喝茶的时候再吃。为了增进食欲，我们还到果园里去拿樱桃来取代午餐后留下的最后一道点心。我爬到了树上，连枝带叶地一把把地往下扔樱桃，她们就用樱桃核隔着树枝向我扔过来。有一次，加里小姐打开了她的围裙，朝后仰着脑袋，摆好等着接的架势，但我瞄得那样准，恰好把一把樱桃扔到她的乳房上。那时我们是如此地哈哈大笑啊！我自己心想："为什么我的嘴唇不是樱桃！要是把我的两片嘴唇也扔到那相同的地方，那该有多么美啊！"

这一天简直是在无拘无束的嬉笑中度过的，可是，我们却一直规规矩矩的。没说一句暧昧的话，也没开一句冒昧的玩笑，况且我们这种规规矩矩绝不是牵强的，而是非常自然的。我们心里如何想，也就怎样表现出来。一句话，我十分拘谨（别人可能说我这是愚蠢），以至于我由于情不自禁而做出的最大的越轨行为就是吻了一次加里小姐的手。说心里话，当时的情况正好使这种小小的优惠具有了不一样的意义。房间里只有我们两个人，我的呼吸感到压抑，她也不抬头，我也没有说话，就匆匆地吻了一下她的手，她轻轻地缩回了被我吻过的手，望着我并没有表现出一点怒容，我不知道当时我还能对她说些什么。但是，她的女伴走进来了，在这一刹那间，她在我眼里变得丑了。最后，她们想起不该等天黑了再往回走的，这时剩下的时间仅够我们在天黑之前赶到城里，于是我们就像来的时候那样出发了。我要是大胆一些，一定会改变一下原来的位子的，因为加里小姐的那一眼强烈地打动了我的心，但是我一句话也没说，而改变位子的提议又不能由她来提出。

回来的路上，我们说这一天就这样完了真是可惜，但是，我们丝毫也没有抱怨时光太短，因为我们觉得，我们既用种种游戏高兴了这一天，我们就已经取得延长这一天的秘诀了。

我好像就是在她们碰到我的那个地方和她们分开的。我们分手时是多么不情愿啊！我们又是怀着如此喜悦的心情说好再次见面啊！我们一起度过的十二小时，在我们心里并不亚于几个世纪的亲切关系。对这一天的美好回忆不会给这两个可亲的少女带来丝毫损失。我们三个人之间的温暖的情谊，比那种更热烈的肉感乐趣要强烈得多，而这两者是不能相提并论的。我们毫无秘密、毫无羞愧地爱着，况且，我们愿意一直这样相爱。纯洁的举止里有其特殊的乐趣，这种乐趣并不亚于另一种肉感之乐，因为它不会松软，不会中断。

对于我，对这样一个美好日子的回忆，比我有生以来所享受过的任何欢乐都更加让我感动、让我心醉、让我留恋。我不明白自己对这两个可爱的姑娘到底有什么希望，但是我对她们俩都十分关心。但是，这并不是说，如果由我自己来解决，我的心对两个人都是一样的。我的感情上稍微有一点偏爱，要是葛莱芬雷小姐做我的情人，那本来是我的幸福，但是，如果全由我选的话，我更愿意把她看做自己的好友。不管如何，在我离开她们俩的时候，我觉得我随便离开了哪一个都是活不下去的。可当时谁又能说，我以后再也见不到她们，而且我们那短暂的爱情就这样结束了呢?

阅读我这部著作的人们，当他们发现我的所有爱情奇迹，经过那么长时间的序幕之后，其中最有希望的，也不过是吻一下手就算结束了，他们一定会哈哈大笑的。哦！读者们，请你们不要弄错。在这种以吻一次手而结束的爱情里，我所得到的快乐，比你们最低程度以吻手开始的恋爱中所得到的快乐还要多很多。

汪杜尔昨夜睡得很晚，我回来没过多长时间，他也回来了。以前的时候只要我一看见他，心里就高兴，这回可不同了。我非常小心，没对他谈我这一天的经历。那两个小姐谈到他的时候，是多少有点看不起他的，而当她们知道我和那种坏人有交往，就显得很不高兴，这样便减弱了我心中对他的崇敬。而且，不论什么事，只要能分散我对这两位小姐的爱羡之心，都会让我感到讨厌的。但是，当他跟我谈到我目前情况的时候，立刻让我想到他，也想到了我本人。

我的处境已经到了山穷水尽的程度。虽然开支不多，但是我那一点钱已经花完了，我已经没有钱了。“妈妈”一点消息也没有，我真不知道自己要变成什么样子，看到加里小姐的朋友要沦为乞丐，我心里感到一阵阵的难受。

汪杜尔对我说，他跟首席法官先生讨论了我的事情，并打算第二天带着我到法官那里去吃午饭。据汪杜尔说，这位首席法官可以通过他的一些朋友来帮助我，再者，和这样一个人结识一下是一件好事。他不但聪明，而且还很有学识，对人和善可亲，他自己有才能，也喜欢有才能的人。随后，像平常好把最正经的事和最不正经的事混合在一起讨论那样，汪杜尔把从巴黎带来的一首叠句歌词拿给我看，并且谱上了此时正在演出的穆雷的歌剧里的一个曲调。西蒙（这是首席法官的名字）先生很喜欢这段歌词，甚至想按同一曲调再附上一首。他要汪杜尔也写上一首，而这个有着大胆念头的汪杜尔也让我写一首，他说，等到明天让人们看到这些歌词就像《滑稽小说》里的马车一样不断地来。

夜间，我睡不着觉，就竭力来写歌词。尽管这是我头次写这样的诗句，总算写得还行，甚至还挺不错。但最少可以说，要是让我头一天晚上写的话，就不能写得这样有趣味，因为歌词的中心是围绕着一个情意绵绵的场面，而我这颗心此时正沉浸在里面。早上起来时我把写好的歌词拿给汪杜尔看，他认为词句很美，但没说他的那一首是否已经作好就把我这一首装进口袋里了。

我们一起到西蒙先生家里去吃午饭，他热情地接待了我们。他们的谈话很有意思，两个读过很多书的有才能的人聊起天来，当然绝不会没有趣味。我照例扮演着我的角色，一言不发，只听他们自己说。他们俩谁也没有谈过写歌词的事，我也一点没有提，而且据我所知，他们始终都不曾谈过我写的那首歌词。西蒙先生对我的举动表示满意，在这次见面中，他在我身上看到的简直就是这么一点。他在海仑夫人家里已经见过我几次了，但对我没有太留意。所以，我只能说，从这次共餐我们才结识。这次相识，尽管没有达到当时的目的，却使我以后得到其他的益处。因此，当我想起他时，仍是很快乐的。

我不能不说一下他的外形。因为他的法官身份和他自以为是的才华，如果我只字不提，人们是想不出他的外形的。首席法官西蒙先生身高一定不过二尺。他的腿又细又直，甚至是太长了些，如果他一直站着，他的两条腿一定会显得更长，但他的两腿却是斜着叉开的，好像大大张开的圆规。他不仅身子很小，而且还很瘦小，从哪个方面看都小得难以想象。如果他光着身子，一定像个蝗虫。他的头却和普通人的头同样大小，面孔长得非常端正，很有高级人物的神情，眼睛也很美，这看起来就像是一个假脑袋装在一个木桩上似的。在装扮方面他大可以不必花多少钱，因为他那副假发就能把他完全遮掩起来。他有两种完全不同的声音，谈话的时候，始终混合在一起，而且形成明显的对照。刚开始，让人听着很好玩，不久就让你非常讨厌。一种声音是庄重嘹亮的，如果我能说这样的话，那是他的头的动静；另一种声音是清晰而细尖刺耳的，那是他身体的动静。当他平静而淡定地谈话时，呼吸匀称，他一直能用低嗓音，但如果稍稍激动一点，就会显出一种很热烈的声调，渐渐变成吹口哨似的细音，要再恢复他的低音是非常用力气的。

我所描述的外表，一点夸张成分也没有。尽管如此，西蒙先生却是个高雅人物。他会说一些很动听的话，服饰非常考究，甚至到了轻佻的地步。由于他想尽力利用自己的优势，他愿意早晨在还没有起床的时候接待诉讼当事人，因为人们看到枕头上的漂亮脑袋，谁也不会想象到他的全部漂亮仅仅只是他的脑袋罢了。不过有时候这也闹出了笑话，我深信，全阿纳西的人直到现在都还不会忘却。

一天早上，他在被窝里，或者更准确地说，是在床上等待着诉讼当事人。他戴着一顶很秀丽、洁白的睡帽，上面还带着两个粉红色的丝带结。过来了一个乡下人，敲他卧室的门。女仆刚好出去了。首席法官先生听见不断的敲门声，就喊了一声“进来吧”，由于他喊的声音太高了，发出来的是他的尖尖的嗓音。这乡下人进来后，朝四下张望，寻找这女人的声音是从哪儿来的，当他看到躺在床上的人戴着的是女人帽子和女人丝带结的时候，就赶快向夫人表示抱歉，并计划退出去。西蒙先生不高兴了，声音越喊越小。那个乡下人更加认定床上倒着的是个女人，认为自己受到了辱没，于是反唇相讥，咒骂那个女人说，看样子她不过是个贱货，又说首席法官在家里也不给人做点好榜样。首席法官非常生气，因为手边没有找到其他别的东西，就拿起夜壶，正要向那个可怜的乡下人扔过去时，女仆却回来了。

这个小矮个子，身体方面虽然受到大自然的不公，但是在智力方面却得到了弥补。他生下来就很聪明，又非常努力使自己的智力进一步发展起来。

据说，他是个很出色的法学家，可是他并不爱他的专业，而致力于文学，并且很有成就。他特别喜欢从文学里吸取那种华丽的外表和好看的辞藻，让他的谈吐充满兴趣，甚至在女人面前也很受欢迎。他把“文选”一类书籍里的所有名句都背得滚瓜烂熟，甚至有稀有的技巧能把这些东西运用得很得当，把六十年前的一件事情，说得如此动听、如此有声有色，就像是昨天刚发生一样。他知晓音乐，还会用他那男人的声音唱出动听的歌。一句话，对一个法官说来，称得上是多才多艺了。

由于他不断地向阿纳西的贵妇们阿谀奉承，他在她们当中就成了一个时尚人物，一个不停地向贵妇们奉承的小猴子。他甚至还吹嘘自己有过某种艳遇，从而使贵妇们听得非常开心。有位埃巴涅夫人曾经说过，对像他那样的人，吻一下女人的膝盖就是所能给予的最好的恩惠了。

因为他读过许多著作，又喜欢说文学作品，所以他的谈话不仅有意思，而且可以使人得到好处。后来我在专心读书的时候，和他交往很密切，这事对我很有好处。我住在尚贝里期间，有时从尚贝里跑过去看他，他很称赞我好学不止的精神，并且不断激励我，在选读书籍上给了我许多可贵的指导。他这些指导让我受益不少。不幸的是，这个软弱的肉体却有一个非常敏感的灵魂，几年过后，不知什么事让他终日忧伤，最终死去。令人可惜的是，他确实是个好人，一个人刚开始会觉得他可笑，最后会爱上他的。尽管他一生和我关系不是很深，但是我从他那里得到一些好处，我觉得，为了表示感恩，应该写这段文字来纪念他。

每当有空的时候，我就跑到加里小姐在的那条街上去，盼望在那里看看来去她家的人，就是看看某扇开着的窗户也是快乐的。可是，连一只猫也没看见。我在那里等了许久，那所房子的门窗始终紧闭着，好像从来没有人住过似的。那条街狭小而安静，只要有个人在那里来回逗留，就很轻易地引起注意，偶尔有人，也都是从左右邻舍进进出出的人。我站立在那儿，感到十分尴尬，我认为人们已经猜到我为什么一直站在那里，这样一想，我就越来越不好受。因为虽然我在追寻着欢乐，但我更加尊重自己心爱的人的荣耀和安静。最终，我不愿意再扮演这种西班牙式的情人的角色了，而且我又没有一把吉他，于是便决定写信给葛莱芬雷小姐。我本来想直接寄给她的女朋友，可是我不敢，我觉得还是先写给葛莱芬雷小姐比较好点，因为我是先认识她的，经过她介绍才认识了另一位，而且我和她还比较熟悉。信写完了，我就送到吉罗小姐那里去，这种通信办法是这两位小姐在我们话别时想出来并约定的。吉罗小姐以刺绣为由，有时到加里夫人家里去干活，所以进出她家非常方便。然而，选中这位送信让我觉得不十分妥当，但是我又害怕如果对人选过于挑三拣四，她们就找不到其他的人了。再说，我又不敢说她对我还有自己的想法。如果她最终也像那两位小姐那样把我看成对象，我是会感到羞耻的。最终，我想有这样一个传递信的人总比没有的好，我只得孤注一掷地去碰碰运气了。

我刚一说话，吉罗小姐就猜到了我的秘密，其实这并没有什么难的。暂且先不说托她给一位少女送信这件事自身就说明了问题，只是凭我那愚蠢和难为情的样子就把我的一切秘密都暴露了。大家可以想得到，托她去办这件事，是不会让她感到十分愉快的，可是她接受了，而且很好地完成了任务。

第二天上午我跑到她家去，我收到了回信。我是真想马上跑出去读这封信，并且完全地来吻这封信呀！这都用不着说了。应该多谈几句的倒是吉罗小姐那时的态度，我觉得她所表现的安然与稳重完全是出乎意料的。她有相当的理智来判断，以她那三十七岁的年纪，一双兔儿眼，齉鼻子，尖嗓子和黑脸蛋，和这两位如花的美丽少女相比较，显然是处于不利地位的。她既不想打断她们的事，也不愿为她们付出最大努力，她宁愿失去也不愿为她们而挽留我。

迈尔斯来一点也没得到她主人的消息，前不久就执意回弗赖堡去。现在在吉罗的催促下，终于作出了决定。吉罗不但劝她回弗赖堡，而且还提醒她最好找个人把她送到家，并且向她推荐了我。年轻的迈尔斯来并不烦我，便高兴地同意了这个建议。她们俩当天就像事情已经全都决定了似的来和我说。我对于被这样任意支配一点也没有感到有什么让人不高兴的地方，于是立刻就答应了。我觉得，走这一趟也不过是七八天的时间。而吉罗小姐却有她的一些想法，她把全部都安排好了。我不得不说一下我的经济状况，她们也想到了这一点，迈尔斯答应来承担我的路费，而且为了把承担我的费用节省出来，她还依照我的建议，决定首先把她的小包裹寄走，以后我们就把旅途分为几段渐渐地步行。后来就真的做了。

我在这里说到有那么多少女在喜欢我，心中很过意不去。但是因为我不能吹嘘自己在这些奇遇中获得过什么益处，所以我觉得可以毫无顾忌地把事实说出来。

迈尔斯来比吉罗年轻，又不像她那样任何事都懂，从来也没有公开对我说过挑逗的话。但是她却仿效我的声音、我的语调，或者重复我说的话，她对我表示了我本该对她表现的关切。而且，由于她天性胆怯，一路上她最关切的事就是到了晚上我们必须睡在同一个房间里，很明显，这种亲密的安排，对在一起出来的一个二十岁的小伙子同一个二十五岁的姑娘来说，是不太妥当的。但是这一次恰是停留在这一点上。尽管迈尔斯来并不令人烦，但由于我十分单纯，一路上我心中不但没有搞点风流韵事的想法，甚至压根没起过这样的念头，即使稍微有这么一点念头，我也蠢得不知如何是好。我想象不出一个年轻姑娘和一个小伙子怎么会睡在一起的。我认为这种担惊受怕的决定需要几个世纪的准备。如果可怜的迈尔斯来想用承担我的旅费的办法得到什么报答的话，那她就不对了。我们和从阿纳西起程时一样，规规矩矩地来到了弗赖堡。

经过日内瓦的时候，我没有去看望任何人，但是当我在桥上的时候，心里非常难受。当我见到这个幸福城市的城墙，和走入市区的时候，没有一次不是由于内心太激动而简直不能自控。在自由的崇高象征中，让我的灵魂提高到美妙境界的情况下，平等、团结、优良风尚的象征也让我感动得流下了眼泪，一种极大的后悔感不禁油然而生，悔恨自己不应该失去这种种幸福。我曾陷入多么大的错误啊，但是，我这种错误又是那么的自然啊！我曾经想在自己的祖国可以见到这一切，因为我心里老是怀念着这一切。

尼翁是我们的必经之地。难道经过家门而不去看望一下我的父亲吗？如果我真敢这样做，我将来会后悔死的。我把迈尔斯来留在旅店，义无反顾地去看了我的父亲。唉！我之前的恐惧是多么没有道理呀！他一见到我，就把填满了他内心的爱子之情完全表现出来了。在我们互相拥抱的时候，流了多少眼泪啊！最初，他还以为我会永远待在他身边，不再走了。我对他说了我的情况和我的计划。他只微微劝了我一下，他向我指出我可能遇到的危险，并对我说少年的荒谬事情总是越少越好。但是，他并没有强要留下我的意思，这一点我觉得他做得很对。可是，可以断定，他并没有竭力地想挽留我。这或许是由于他看出我已不能从我走上的道路上回过头来了，也许是由于他不知道对我这样年龄的孩子怎样办好。后来我才明白，他对我的旅伴有一种非常不正确的、逃避事实的看法，但这也是正常的。

我的后母是个和善而稍微有点圆滑的女人，做出要留下我吃晚饭的样子，我没吃，不过我对他们说，回来的时候我计划和他们多团聚些日子。我把由水路寄来的一件小包裹寄存在他们那里了，因为我觉得带着是件累赘。第二天一清早我便起程了，我心里十分高兴，因为我见到了我的父亲，并且有胆量尽自己的义务。

我们安全地到达了弗赖堡。当旅行快要结束的时候，迈尔斯来小姐对我就渐渐地不那么殷勤了，等到达目的地以后，她对我就显得非常冷淡，再者，她父亲的生活并不好，也没特别接待我，我只好去住小店。第二天我又去看他们，他们让我吃午饭，我也没拒绝。我们毫不依恋地告别。当晚我回到小店，第二天便走了，至于到哪里去我自己也记不太清楚。

在我一生中，这是上帝给我的又一次非常好的过幸福日子的时机。迈尔斯来是个很好的姑娘，虽然没有动人的姿色，可是长得很好看，不是十分活泼，却很明智，有时也闹点小脾气，但是哭一阵子也就结束了，从来不会因为这而引起更大的风波。她对我确实有意，我可以不费劲地娶她为妻，并沿袭她父亲的事业。我对音乐的喜爱也会让我喜欢他的事业。这样，我便可以在弗赖堡安家立业。这个小城虽不算美，但居民都是十分和善的。毫无疑问，我会因为这而失去很大的享受，但我肯定能够过一辈子安静的生活，而且我应该比谁都明白，在这种交易中是没有什么可犹豫的。我不想返回尼翁，而是要去洛桑。我很想欣赏那个漂亮的湖，因为在洛桑看湖水，可以一览无遗。支配我行为的心中的动机大都不是很强的。远大的志向，在我看来总是很渺茫，以至于我难以行动起来。因为我对未来没有信心，总认为凡是需要长期执行的计划都是骗人的诱饵。我和其他任何人一样，也会拥有某种希望，但这必须是不用费劲就能达到的希望。假如这需要长期的艰苦努力，我就办不到了。因此，唾手可得的一点小小快乐对我比天堂的长久幸福的诱惑力还要大。但是，我对于以后一定会感到痛苦的快乐是没有追求的，这种快乐吸引不了我，因为我只喜欢那种纯粹的快乐，如果保准后来知道要后悔的话，那就不能算作纯粹的快乐了。

无论是哪儿，我急需要找个落脚的地方，而且越近越好。由于我迷失了路，晚间到了木东，在那里，只留下了十个克勒蔡尔以外，我把仅有的一点钱都花光了，第二天吃了一顿饭，那十个克勒蔡尔也花光了。

当天晚上，我到了离洛桑很近的一个小村庄。当时我身上一个铜板也没有，我走进一家小旅馆，进去到底怎么样，我自己都不知道。我非常饿，就伪装出大大方方好像完全能付钱的样子买了晚饭。吃完了饭，我什么都不想就上床睡觉，睡得非常安静。第二天早晨，吃过早饭后和店主人算了算账，共计应付七个布兹。我想把我的短外衣押给他，那个好心人不接受了，他对我说，谢谢天主，他从未扒过人家的衣服，也不愿为七个布兹破例，他要我留着我的外衣，等有了钱再来还账。他的好心感动了我，但是，当时的感动事实上还不够，也远不如我以后回忆起这事的时候更加感动。

不久，我就托一位可靠的人把钱给他送去并向他致谢，但是，十五年以后，当我从意大利回来又经过洛桑的时候，我感到遗憾的是，我竟然忘记了那个旅店和店主的名字。要不然的话，我肯定会去拜访他并以一种出自内心的真实快乐向他提起那时的好事，还向他证明我没有忘掉他当年的那番好意。毫无疑问，对于我，为了满足自己的虚荣心而给人帮助，就是比这再大一些，也不如这个老实人一点也不吹嘘、朴实而又忠厚的行为更值得感恩。

快要到达洛桑的时候，我心里就想想自己所处的困境，想如何设法摆脱穷困，不让我继母看见我这副穷困潦倒的样子。我把这次徒步旅行中的我当做刚来到阿纳西时的我的朋友汪杜尔。一想到这个想法我就十分地兴致勃勃，而没有考虑我既没有他那样会用辞令，也没有他那样的才华，就硬要在洛桑做一个小汪杜尔，把我自己还不明白的音乐教给了别人，自言我是从巴黎回来的，其实我压根没到过巴黎。在这儿，没有一所能让我在这中间谋到个下级职务的音乐学校，而且我也不愿冒险闯入内行的艺人中间。

为了完成我那美好的想法，我只好先打听一下哪里有既能住又花钱少的小旅店。有人对我说，有个名叫佩罗太的人，家里留宿过路的客人。这个佩罗太是世界上最好的人，他非常热情地接待了我。我把事先准备好的一些假话向他说了一遍，他答应为我安排，给我找学生，并且告诉我，等我挣到钱以后才跟我要钱。他安排的膳宿费是五个埃居。这个数字本来算不上什么，可是对我来说就很好了。他提议我开始时只入半伙。至于半伙就是午餐只有一盘相当好的浓菜汤，除此之外，啥也没有，到晚上可以好好吃一顿晚餐。我答应了。这个可怜的佩罗太用最大的好心肠万分关怀我，尽他的最大所能来帮助我。

为什么我年轻的时候遇到了这么多的好人，而到我年纪大了的时候，好人就那么少了呢？是好人没了吗？不是的，这是因为我今天需要找好人的社会阶层已经不再是我当年遇到好人的那个社会阶层了。在普通平民之间，虽然只有时流露热情，但自然感情却是随时可以见到的。在上流社会中，则连这种自然情感也完全没有了。他们在感情的掩盖下，只受到利益或虚荣心的控制。

我在洛桑给父亲写了一封信，他把我的小包寄过来了，并附加了一封充满忠告的信。我本该从他的教诲中得到很有益的启发。我在上面已经说过，有时候我的理智竟然处于一种不可想象的混乱状态，让我完全变成另外一个人。接下来又是一个很明显的例子，要明白我晕头转向到了什么地步，我使自己汪杜尔化（如果可以这样说的话）到了什么地步，只要看看我这时干了哪些荒唐的事情就够了。

我连歌谱都不认识就当起音乐老师来了。虽然，我曾和勒·迈特尔一起待过六个月，我受到过一些教导，但这六个月是完全不够的，况且我又是跟这样一位大师学的，注定了是学不好的。我这个日内瓦的巴黎人，新教国家的天主教徒，认为必须要更名改姓，就像我曾经改变宗教和祖国一样。我总是在尽可能地使自己和所仿效的那个人物相同。他叫汪杜尔·德·维尔诺夫，于是我便把卢梭这名字改为福索尔，全名为福索尔·德·维尔诺夫。汪杜尔虽然会作曲，却从不吹嘘这个，我本不会作曲，却向每个人都吹嘘自己会作曲。我连最简单的流行歌曲都不明白，却自命为作曲家。

这还算不上什么，有人把我介绍给一位法学教授特雷托伦先生，他爱好音乐，经常在家里举行音乐会，我想给他一个可以展示我的才华的样品，于是我竟冒冒失失地伪装出真会作曲的样子，为他的音乐会作起曲来。我为这一件优秀作品一直做了两个星期，誊清、标明音部、满怀信心地划分乐章，好像这真是一出音乐艺术的杰作一样。最终，说起来令人难以置信，可这却是真的，为了漂亮地结束这个优秀的作品，我在后面加上了一段优美的小步舞曲，这段曲子在大街小巷流行一时，也许现在还有许多人能记得下面这几句当时非常流行的歌词：

多么善变！

多么不公平！

怎么！你的克拉丽丝

欺骗了你的爱情！……

这支配有低音的曲子是汪杜尔教给我的，以前的歌词非常低俗，正因为这样，我才记下了这个曲调。我删去了以前的歌词，便把这个小步舞曲和搭配好的低音部当做了我那作品的结尾。我就像对月球上的居民说话一样，生硬地说这支曲子是我自己的杰作。

大家集合起来演我的作品了。我向每个人讲明了乐曲的流速、演奏的特点、各音部的重复等注意事项，几乎把我忙坏了。大家校音的五六分钟，我认为像有五六个世纪那么长。最终，一切都准备好了，我用一个美丽的纸卷在指挥台上打了几下，意思是，注意。大家都安静了下来。于是我古板地打起拍子，开始了……的确，自从有了法国歌剧以来，谁也没有听见过如此难听的音乐。无论大家对我自以为了不起的艺术天才有怎样的想法，反正这次演奏的效果比人们想象的还要不好。乐手们几乎忍不住要笑，听众睁大了惊愕的眼睛，直想堵住耳朵，可惜这不好办。我那些要命的合奏乐手，又特意说笑话，弄出些噪声来，连聋子的耳膜都能被刺破。

我始终坚持着，当然，大粒的汗珠直往下滚，但是脸面攸关，我不敢一跑了之，只好听由命运的摆布。我所得到的慰藉是，听到我旁边的一些听众在小声说："快要受不了！多么疯狂的音乐！这真是魔鬼的聚会啊！"可怜的让·亚克！在这残忍的时刻，你一点也不会想到，有一天你的音乐将在法兰西国王还有整个宫廷的出场下演奏，并将引起激烈的喝彩和赞扬，那些坐在包厢里的动人的女人将会窃窃私语："多么迷人的音乐啊！多么动听的声音！这真是扣人心弦的旋律啊！"但是，让全场的人乐不可支的就是那支小步舞曲。刚刚演奏完了几个小节，就从不同的地方传来了人们的大笑声。大家都对我的歌曲的特点表示祝贺，他们说这个小步舞曲肯定会让我名声大震的，说我一定会受人欢迎。我不需要叙述我的烦恼，也不用承认我这是自作自受了。

第二天，一个名叫路托尔的乐队队员前来看我，他为人很好，并没有祝贺我的成功。由于我明确地认识到自己的愚蠢，我羞愧、后悔，对自己竟然落到这种地步而感到难过和失望，我不能再把所有一切憋在心里了。于是我把心里所有难以忍受的痛苦都向他倾吐出来，同时我的眼泪也一点点地落下，我不但在他面前承认了我对音乐的毫不知晓，而且还把全部的经过都跟他说了，要求他保守秘密。他也同意了，至于他是怎样信守诺言，那是可以想得到的。

当天晚上，全洛桑的人都知道我是谁了。但是让人惊奇的是，竟没有一人对我表示出已经了解了这件事的神情，就连那个好心肠的佩罗太也没有因为知道了实情而中断供应我食宿。

我继续生活下去，但非常郁闷，有了这样一个开始，让我不能愉快地在洛桑住下去。学生没有几个，一个女生也没有，也没有一个是本地的人。只有两三个愚蠢的德国学生，他们的愚蠢就像我的无知，这几个学生让我讨厌死了，在我的指引下，绝不会成为大音乐家的。

只有一家人聘请过我，那家有个狡猾的小姑娘，她有意拿出许多乐谱让我看，而我居然连一个都不懂，她却狡猾地在老师眼前唱了起来，让老师看看应该如何演唱。对于一个乐谱，我是不能一看就立刻读出来的。这和我在上面所谈的那次豪华的音乐会上，一直都没有随上演奏，不能肯定演奏的是不是和我眼前放着的、我自己的乐谱相似，这次的情况也和上次一样。

在这种让人难堪的生活环境里，我不断地从我那两位可爱的女友的信息中，得到最甜蜜的安慰。从女性身上我总是能找到巨大的慰藉力量。在我运气不佳的时候，再没有比一个可爱的姑娘的关心更能减少我的苦闷的了。可是，这种通信不久就终止了，以后我们就再也没有联系过，但那是我的错。我换了住处以后，忘了把新的地址告诉她们，而且因为我不得不时时刻刻考虑自己的事，不久就把她们完全忘了。

我很长时间没有提起我那位可爱的“妈妈”了，但是，假如有人认为我也把她给忘了，那可就大错特错了。我一直怀念着她，并渴望能再找到她，这不仅是为了自己的生活，更是因为自己心灵上的需要。

我对她的信赖，不论是怎样强烈、怎样情深意重，都不会妨碍我去爱别人，但这是另一种爱。别的女人都是以相貌博得我的爱慕，一旦姿色没了，我的爱也就结束了。“妈妈”尽管可能变得又老又不漂亮，但我对她的爱慕之情是不会因此消失的。我这颗心最初是尊崇她的美，而现在已经完全转为崇敬她的人了。所以，不管她的容颜会变成什么样子，只要还是她自己，我的感情是一直不会变的。我知道我应该对她万分感激，但实际上我没有想到这些。不论她为我做了什么，也许没有做什么，我对她总是相同的。我爱她既不是出于义务感，也不是为了自身的好处，更不是由于方便的原因。我之所以会爱她，是因为我生下来就是为了喜欢她的。当我爱上其他女人的时候，坦率地说，我的心也会不集中一些，思念她的时间也少了，但是，我始终是以一样愉快心情去思念她的。而且，不管我是否正在爱着别的女人，只要我想到她的时候，总是觉得，要是不能和她在一起，我就没有真正的幸福了。虽然我很长时间没有得到她的消息了，但我绝不相信我已永远失去她了，也绝不相信她会忘记我。我心里想：“她早晚会知道我过着流浪生活，那个时候，她当然会告诉我一点信息。没问题，我一定会再次见到她的。”这个时候，能住在她的家乡，走在她踏过的街道上，走过她住过的房前，对我都是件快乐的事。但是，这一切只是我的想象，因为我有一种奇怪的傻劲儿，除了绝对必要，我不敢打探她的事情，甚至连她的名字都不敢说。我觉得一说她的名字，就会把我对她的一片痴迷暴露出来，我的嘴就会暴露心里的秘密，在某个方面难免会对她不好。我甚至觉得这个想法里还含着几分恐惧，我怕有人对我说她的不好。关于她离乡出走的事人们说得很多，对她的德行也谈过很多。与其听别人说我不爱听的话，不如什么也不谈。

我的学生并没有占用我很多时间，她的家离洛桑又很近，不过四里多的路程，我就用了两三天的时间到那里玩了一下。那几天，我一直怀着一种最快乐的心情。日内瓦湖的景色和湖岸的秀丽风光，在我心中总有那么一种无法描述的特殊魅力，这种魅力不仅仅是因为风景之美，更是出于一种我自己也说不出的、让我感动、让我兴奋的更有内涵的东西。每当我来到这地方的时候，就产生许多感想，让我联想到这是海仑夫人出生的地方，是我父亲以前住过的地方，是菲尔松小姐让我情窦初开的地方，也是我幼年时期做过多次愉快旅行的地方。除此之外，我觉得还有一种比所有这些东西更神秘、更强烈地使我心情激动的原因。

每当我热烈希望享受我本来就该享受却又总也得不到的那种幸福安定的生活，因而引起我的幻想时，我的幻想总是停留在这地方，留恋在这湖水之畔和这一片片景色迷人的田野之中。我一定要在这个湖畔有一个果园，而不是在别的地方，我要有一位诚恳的朋友、一个美丽的妻子、一处小屋、一头乳牛和一条小船。将来等我有了这一切的时候，我才算在世上享受到了最完美的幸福。仅仅为了寻求这种想象中的幸福，我曾向那地方跑过很多次，我自己也忍不住对这种幼稚的举动感到好笑。在那里，让我感到惊异的是，那地方人们的性格，特别是女人们的性格，和我所想象的完全相反。在我看来，那是多么不相符合的啊！那个地方和那个地方的人，我一直认为是很不协调的。

在我到佛威去的路上，我一边沿着美丽的湖岸慢慢走着，一边沉浸在最甜美的忧伤里。我这颗满怀热情的心盼望着无数质朴的幸福，我百感交集、唉声叹气，甚至像一个小孩子似的大哭了起来。我有很多次停住了脚步，坐在大块岩石上大哭，看到自己的眼泪滴到水里。我在佛威住宿在“拉克莱”旅店，两天里谁也没去看望。我对这座城市动了感情，我每次旅行时都不禁一心向往，最终使我把自己小说中的主人公放在这里。我真愿意向一切具有鉴赏力和满腹感情的人说：“你们到佛威去吧，看看那个地方，欣赏一下那里的景色，在湖上划划船，让你们自己说说，大自然产生了这个美丽的地方，是不是为某个朱丽叶、某个克莱尔和某个圣普乐制造的，但是，可不要在那里碰到他们。”现在还是来说说我的事情吧。

我既然是个天主教徒，又毫不隐瞒，那我就堂而皇之、心安理得地奉行我所信仰的宗教的仪式。一到星期日，只要天气很好，我就到离洛桑有两里多路的亚森去做弥撒。我平常是和其他天主教徒，尤其是常和一个做刺绣工作的巴黎人一起走这段路，他的名字我记不起来了。他不是像我这样的巴黎人，而是一个地道的巴黎人，一个很纯的巴黎人，他敬仰天主，为人忠诚，倒像个香槟省人。他太喜欢自己的故乡了，以致不想怀疑我不是巴黎人，就怕一说穿就失去了可以一起谈谈巴黎的机会。

副司法行政官库罗扎先生有一个花园，仆人也是巴黎人，但是为人就不那么和蔼了，他觉得一个人本来没有做巴黎人的荣耀，而胆敢冒充是巴黎人，就是伤害了他故乡的荣耀。他经常带着确定抓住了我的尾巴的神气询问我，然后显露出坏坏的微笑。有一次他问我新市场上有什么稀罕的东西。当时我瞎说了一通，这是可以想到的。如今，我在巴黎已经待了二十年，对这个城市已经相当熟悉了，可是在今天要是有人还是问我同样的问题，我还是会像当时那样不好回答，而看到我这样难堪，人们也可以断定我从未到过巴黎，因为即使是在事实跟前，人们也往往会依照错误的原则断定事物的。

在洛桑到底住了多长时间，我自己也记不准了。这个城市没有给我留下很深刻的印象，我仅仅知道，因为维持不了生活，我就只能到内斯阿特尔去了，在那里过了一个冬天。我在这个城市是很顺利的，在那里我教了几个学生，我的收入足以补偿我欠那位好心肠的朋友佩罗太先生的财产。虽然我欠了他不少钱，我走后他还是真诚地把我那件小行李邮寄来了。

在我当音乐老师的那段时间，我也无形中学了音乐。我的生活十分舒适，任何一个通达事理的人对此都会感到满足的，但是，我那不安分的心却想着别的东西。星期日或其他闲暇的日子，我经常跑到野外和附近的树林里去，不断地在那里彷徨、冥想和哀叹。只要一出城，我就非得等到晚上才能赶回来。

有一天，我在布德里走到一个小酒馆吃午饭，我看到一个长着大胡子的人，他穿着一件希腊式紫色衣服，头上戴着一顶皮帽子，从他的衣服和仪表来看很高贵。但是他说的话却几乎让周围的人听不懂，因为他说的是一种很难解的土语，除了像意大利语外，哪种语言也不像。但是，他的话我几乎全懂，而且只有我一个人能懂。他有时不得不用手势向店主和当地的人表达自己的意思。我用意大利语和他说了几句话，他竟然完全懂了。他立刻站起来走到我跟前，并狠狠地拥抱我。我们不久就成了朋友，从那时起，我便成了他的翻译。他的午饭是很好的，我的午饭却不值得一提。他请我和他一起吃饭，我大方地就答应了。

我们两个人一边喝酒，一边聊天，越说越投机，吃完饭以后，几乎就不想分开了。他对我说他是希腊正教的主教，耶路撒冷修道院院长，是为了重新修建圣墓来到欧洲各国募化捐款的。他拿出了俄国女皇和奥国皇帝发给他的漂亮的证明书让我看，此外，还有很多其他国家的君主发给他的证明书。他对自己募捐的成绩非常满意，但是在德国遇到了最大的困难，因为他一句德语、拉丁语和法语都不懂，他只好用自己的希腊语、土耳其语，有的时候还得用法兰克语，这让他在德国处处碰壁，收获不多。他建议要我同他，去做他的秘书和翻译。当时我穿了一件新买的紫色小外衣，尽管跟我的新职位配起来倒还搭配，但是，我的样子实在不怎么好，所以他并不觉得我是很难争取到手的。他这样没有想错，这件事不久就说好了。我没有丝毫要求，他却许下了不少诺言。既没有中间人，也没有保证，更没有一个认识的人，我就心甘情愿地听任他的支配。第二天，我已处于通向耶路撒冷的道路上了！

我们的旅行是从弗赖堡州起程的，在那里，他没有多大的收获。主教的身份不让他向人乞求，也不让他向私人去募捐，我们向元老院描述了他的工作，元老院只给了他很小一笔钱。我们从弗赖堡到了伯尔尼，这里的手续很多，审查他的那些证件就需要很多天才能办完。我们住在当时的上等旅馆“大鹰旅社”，这里住的全是上流社会的角色，餐厅里吃饭的人很多，饭菜也是最好的。我很久没有吃到好的饭菜了，巴不得能养一下身体，现在既然有了机会，我就要好好地享受一番。

主教本人就是一位喜欢交际的上等人士，性情活泼愉快，喜欢在饭桌上跟人聊天，跟能听懂他的话的人聊起来更是津津有味。他各方面的知识都很丰富，只要他卖弄自己那套渊博的希腊知识时，就很能引人入胜。

在伯尔尼时，我对他的辅助还不算小，我的成绩并不像我所担心的那样坏。我做起事来既有胆子又有口才，是给我自己办事时从未有过的。这里的事情可不像在弗赖堡那样简单，必须和本邦首脑们进行经常而漫长的商讨，审查他的证件也不是一天就能完的事。最终，一切手续都办好了，元老院答应去接见他。我以他的翻译的身份和他一同去了，而且人们还叫我发表谈话。这真难以想象，因为我绝没想到在和元老们个别商谈了很长时间以后，还要当众发表谈话，就好像刚才什么也没谈似的。请想一想，我那时该是多么难为情啊！像我这样一个非常害羞的人，不仅要在公众之前，而且是在伯尔尼元老院里，一分钟的准备时间也没有就即席讲话，真够让人为难的了。但是，我那时居然一点也不感到害怕。我简单明了地讲述了这位希腊主教的任务。我夸奖了业已捐助款项的王公们的真诚。为了鼓励元老院诸公不甘落后的心理，我说他们一直是乐善好施的，因此对他们也抱着相同的期望。接着，我还试图证明这件事对全部基督的信徒，不分任何教派，都是好事。在完事的时候，我说，上天一定会给做这一善举的人带来好运的。我不能说这是我的讲话发生了作用，但是，这一席话确实受到了欢迎，所以在会见结束以后，我的这位主教得到了一份巨额的捐献，而他的秘书的才华也得到了赞许。至于我，把这些称赞的话翻译出来当然是一件快乐的事，但是我却没敢逐字译给他听。

这是我有生以来在大庭广众中间并且是在最高当权者面前所作的仅有的一次讲话，也是我所作的仅有的一次大胆而好的讲话。同一个人，在不同的时间，他的才能竟然有如此大的差别，三年前，我曾到伊弗东去看望我的老朋友罗甘先生，因为我把一些书籍捐献给了该市图书馆，该市派一个代表团来向我致谢。瑞士人是最喜欢谈天说地的，那些先生们向我说了很多感谢的话。我觉得必须写答词，然而，当时我却觉很窘，简直不知道该说什么好。我脑袋里乱成一团麻，急得我一句话也说不出来，结果丢尽脸了。尽管我生来胆怯，但在我小的时候却有几次倒还大胆些，长大以后我就再也没有无所畏惧过。我的社会阅历越多，我的举止和话语越不能适应它的情调。 因此，这次的发言无疑是我人生中值得怀念的一件事，而且是仅有的一件事。我为我曾有的举动感到骄傲的同时，也为我以后的“默默无闻”感到遗憾和难过。这是我人生中只有的一次辉煌，可以在如此多的有地位的人出现的场合，随意地发挥我的口才，而没有一点的恐惧。但那毕竟已经成为过去。

我们从伯尔尼起程到了索勒尔。主教打算重新取道德国，经过匈牙利或波兰返回本国。这是一个遥远的旅程，不过，由于一路上他的钱袋装进的多于花出的，他当然不怕绕行远路。我呢？不管骑马还是步行，都同样感到很高兴，如果能这样旅行一辈子，那更是我想要的。然而命运已经注定了，我到不了那样远的地方。

到了索勒尔以后，我们要做的第一件事就是去拜访法国大使。我的这位主教可真是不幸运，这位大使就是以前任驻土耳其大使的德·包纳克侯爵，有关圣墓的所有事情他肯定全都清楚。主教的进谒总共也不过十五分钟，没有让我一同进去，因为这位大使会说法兰克语，并且他的意大利语至少说得和我差不多好。

当那位希腊人出来后我刚要同他走的时候，我被阻挡住了。现在轮到我去拜访他了，我已经自称是巴黎人，就和其他巴黎人相似，应受大使阁下的管辖。大使问我到底是什么人，劝我向他说真话，我同意了，但我要求作一次个别谈话，要求被接受了，他把我领到他的书房里，并且把门锁上。于是我就在那里跪在他的脚下履行了我的诺言。即使我没有许下什么诺言，我也不会少谈任何一点的，因为许久以来，我一直想把我的心事说出来，所以我要说的话很早就跃跃欲出了。既然我已经向乐手路托尔全都谈了一切，我就绝不会在包纳克侯爵面前还保守什么秘密。他对我讲的这段简短的经历和我谈话时流露出来的那种激情，感到非常满意，于是他牵着我的手走进了大使夫人的房子里，把我推荐给她，并简短地向她叙述了我的事。德·包纳克夫人和善地招待了我，说不应该让我再跟那个希腊教士随处乱跑。当时所作的打算是，在没有把我安置好之前，我暂时先留在使馆。我本来是想去和那个可爱的主教告别——我们的感情还很好，但是没有获得批准。他们把我被扣留的事情通知了他，十五分钟后，我那点小行李也有人给送了过来。

大使的秘书德·拉·马尔蒂尼埃先生看来好像是奉命照顾我的，他把我领到事先就给我预备好的房间里，对我说："以前，在德·吕克伯爵的庇护下，有一个和你同姓的名人也住过这个房间，你应该在各方面都能和他并驾齐驱。有那么一天，当人们说起你们时，应该用卢梭第一、卢梭第二来区别。"当时我并没有和他说的那人相比的想法，如果我能预想到每天要为此付出多大的代价，他的话更不会让我动心。拉·马尔蒂尼埃先生这番话引起了我极大的好奇心。我开始读曾经住过这个房间的那个人的作品。由于得到了别人的几句夸奖，我也认为自己有写诗的天分，于是为了试一下自己的文笔，我为包纳克夫人写了一首颂诗。但这种兴趣未能持续很久。我有时也写些无意义的诗句，这对于运用优美的措辞和把散文写得更漂亮些倒是一种不错的练习。但是法国诗歌从来都没有对我产生很大的吸引力，足以使我委身于它。

拉·马尔蒂尼埃先生想要看一看我的文采，要我把我向大使说的详情全都写出来。我给他写了一封长信。我听说这封信以后永久地保存在包纳克侯爵手下干活的德·马利扬纳先生手里。在德·古尔代叶先生做大使的时候，马利扬纳先生还担任了拉·马尔蒂尼埃的工作。我曾经请求德·马勒赛尔卜先生想方设法让我得到原信的一个复本。如果我能从他或者别人手里得到这封信的话，人们以后可以在作为我的个人传记的《忏悔录》的附件的书信集里看到它。

我渐渐取得了很多经验后，空洞的想法也就慢慢减少了。举例吧，我不仅没有喜欢上包纳克夫人，并且即刻感到在她丈夫这里自己是没有很大前途的。拉·马尔蒂尼埃先生是现在的秘书，马利扬纳先生可以说正在等待补他的缺，我唯一希望的，充其量不过是做一个助理秘书，而这对我是没有诱惑的。因此，在有人问我愿意做什么的时候，我说非常希望去巴黎。大使很同意我这个想法，因为我一走，他至少可以摆脱我带给他的麻烦。使馆的翻译秘书梅尔维叶先生对我说，他的朋友高达尔先生是在法国军队中效力的瑞士籍上校，这位上校正寻思为他的一个还很小就服役的侄子找个同伙，梅尔维叶先生觉得我很合适。

这个意见不过是随便说出的，却马上被接纳了，于是就决定让我起程，在我这方面，能够到巴黎去作一次旅行，心中自然十分愉快。他们交给我几封信和一百法郎的钱，同时还给了我许多劝告，不久我就起程了。这次旅行用了两周的时间，这是我一生中度过的最欢乐的日子。

我当时年轻力壮，而且满怀希望，手边钱又充裕，而且又是单独一人徒步旅行。不了解我的性格的人，看我把后面的都算作乐事，是免不了要感到惊奇的。我那些美好的幻想始终跟随着我，我那如火的想象力从未产生过如此辉煌的幻想。假如有人请我坐上他车子里面的一个空空的座位上，或者有人在途中和我交谈，从而打断了我在步行中所搭建的空中楼阁，我是会感到生气的。

我这一次所想的是军界生活。我要从属于一位军人，我自己也要变成一个军人，由于人们已经决定让我做军官候补生，我觉得我已经穿上了制服，军帽上还有个好看的白色羽饰。一想到如此的气派，我就心花怒放了。我懂一些几何学和筑城术，我有个舅舅是工程师，所以我也可说是军官家庭出身。我的近视眼虽然有点不太好，但是并不妨碍我，我完全相信我的沉着和大胆可以补偿这个缺点。我从一本书上读到森贝尔格元帅的眼睛就很近视，卢梭元帅为什么就不能近视呢？我越这样乱想，心里就越高兴，以至我面前的只有军队、城防工事、堡垒和炮队了，而我自己则处于炮火与硝烟之中，手拿着望远镜，指挥从容地在那里发号施令。但是，当我走到风景如画的田野，看到树林和溪流的时候，那种美丽动人的景色又不禁让我心中惆怅而唉声叹气。于是，在我的辉煌的功绩中，我又觉得这种充满杀伤力的混乱场面是很不符合我这颗心的。因此，不久，我在无形中又回到我那美丽的牧场，而和战神的功勋永久绝缘了。

快到巴黎郊区时，我所看到的情景和我想象中的实在是差得太远了！我在都灵所看到的那种壮观亮丽的市容、华美的大街、排列整齐而相称的房屋，使我觉得巴黎一定会是另有一番风味的。在我的印象里巴黎是一个美丽气派的大都市，巍峨端庄，到处是繁华的街道和金碧交辉的宫殿。但当我从圣玛尔索郊区进城区的时候，我所看到的是遍地丢满垃圾的小路，丑陋污浊的房舍，一片肮脏和贫穷的景象，处处是乞丐、车夫、缝衣妇，还有沿街叫卖药茶和旧帽子的妇女。所有这一切，起初就给了我这样浓烈的感觉，让以后我在巴黎所见到的一切真真正正富丽堂皇的情景都没有消除我这刚开始的印象，且在我内心深处一直蕴藏着一种秘密的讨厌，不愿意在这个都市长久待下去。可以说，从那以后，我在这里居住的这段日子里，只不过是利用我的逗留来寻求怎样能够离开此地而生活下去的手段罢了。

过于活跃的想象就产生了这样的结果，它把人们所夸大的再加以夸张，让自己看到的总是比别人所说的还要多。当人们对我大肆吹嘘巴黎的时候，我几乎要把它想象为远古时代的巴比伦——这是我自己用想象所写出来的巴比伦，假如见到真正的巴比伦，我恐怕也会相似地感到扫兴的。

我到巴黎的第二天就到歌剧院去了，我对歌剧院也有相同的感觉，后来我去参观凡尔赛宫，也是这样的感觉，再以后去看海的时候，又是如此。每逢我亲眼看到人们曾经对我大肆渲染的事物的时候，扫兴的感觉是一样的，因为要想让自己所看见的比自己所想象的还要厉害，这不仅是人力达不到，大自然本身也是很难做到的。

从我拿着介绍信去拜见的那些人物对我的态度中，我认为一定要交好运了。接受那封最真诚的介绍信的人对我安慰最少，他是苏贝克先生，他在退役之后，在巴涅过着逍遥自在的生活。我到那里去拜访过他好几次，他连一杯水都不曾让我喝过。使馆翻译秘书的弟妻梅尔维叶夫人和他那位做近卫军官的侄子对我的接待比较好，母子两人不仅热情地接待了我，而且还叫我在他们家吃饭，所以我在旅居巴黎期间常去拜访他们。

在我看来，梅尔维叶夫人当年一定很漂亮，她有着深黑色的美丽头发，旧式的发鬟紧附在两鬓。她有一种不会与美丽容颜一起消逝的让人非常喜欢的才气。看来，她喜欢我的才华，她尽其所能地帮助我，但是没有一个人支持她。起初人们曾对我表示关心，很久之后我也就从这迷梦中醒过来了。但是，对于法国人也该说句公道话，他们并不是像人们所说的那样随便许诺，他们的诺言几乎都是真诚的，不过他们经常做出一种关怀你的态度，这比语言更能骗你。瑞士人说的那套愚蠢的恭维话只能骗傻子了，法国人的态度会更有魅力，就是因为比较单纯些，经常使你觉得，法国人不愿意把他们要为你做的事都说给你，为的是使你将来能有意想不到的快乐。我还有进一步的看法，在他们流露感情的时候，并没有什么假的东西，他们的本性是乐于助人，待人宽厚仁慈，甚至，无论别人说什么，他们都比其他民族更纯真，只是他们有些轻佻，有点儿变幻不定。他们向你表示的感情就是他们心存的感情，但是，这种感情来得快，去得也快。在他们和你交谈的时候，他们对你满腔热情，但只要一离开你，他们接着就把你忘了。他们心里不存事，一切都是转瞬即逝的。

所以，我听到了许多好听的话，而实际上得到的帮助却不多。

我是被安排到高达尔上校的侄儿那里的，这个上校是个让人烦的老吝啬鬼，虽然他很富，但是看到我当时那种穷困潦倒的样子，便想不花钱就使唤我，他想叫我在他侄子身边做一个不赚工资的仆人，但不是一个真正的导员。做他侄子的侍卫，当然也可以免服兵役。但我仅仅能靠军官候补生的薪饷，也可以说，就是依靠士兵的薪饷来生活。他十分强迫地给我缝了一套制服，他要我就穿部队里发给大兵的衣服。

梅尔维叶夫人对于他提供给我的条件十分愤慨，劝我不要答应，她的儿子也有同样的看法。大家为我想其他的出路，但没有什么结果。我的处境渐渐有点困窘了，我那一百法郎的旅费花了一路了，剩下的维持不了很长时间。幸运的是大使又给我寄来一点钱，帮了我挺大的忙，我在想，如果当初再多忍耐一下就行了，他是不会把我丢下的。但是烦恼、等待、请求对我说来是办不到的事情。我陷于绝望之中了，哪儿也不再出头露面，于是一切就这样完事了。我没有忘记我那可怜的“妈妈”，但是怎么去找到她呢？到哪里去找她呢？了解我经历的梅尔维叶夫人帮我问了好久，但并没有什么结果。最终她告诉我，海仑夫人两个多月以前就走了，只是不知道她是到萨瓦还是到都灵去了，也有人说她回到瑞士了。听到这个消息我就决定去找她了，因为我相信，无论她现在是在什么地方，我到外省去找，总比在巴黎到处问要容易得多。

在起程之前，我发挥了一下我新发现的作诗才能，我便给高达尔上校写了一封诗体信，尽情地嘲笑了他一番。我把这篇游戏文章拿给梅尔维叶夫人看，她看了我那强烈的讽刺，不仅没有责备我，反倒哈哈大笑。她的儿子好像不喜欢高达尔先生，也大笑起来，说实在话，这个人也确实不讨人喜欢。我决定把我写的这封诗体信邮给他，他们也催促我这样做，于是我把信封好，签上了他的住址。由于当时巴黎还不接收寄本市信件，我就把它放进衣袋里，在路过奥塞尔的时候才把它寄了出去。一直到现在，每当我回忆起他读这篇把他写得栩栩如生的颂词时会有怎样的表情，我就觉得很好笑。这篇颂词开头两句是这样的：

你这个老奸巨猾，
你以为你的疯狂念头会叫我高兴把你侄儿来辅导。

这首小诗，说实在的，写得并不怎样，不过倒是有点儿意思，也显示了我的讽刺才能。然而，这却是我写过的仅有的一篇讽刺作品。我不太记仇，所以在这方面不能取得什么成功。但是我觉得，拿我为了维护自己见解而写的几篇战笔文章看来，人们可以相信，如果我天生好斗的话，攻击我的人是不会有笑的可能的。

我一生中最大的遗憾，就是没有写旅行日记，所以我忘记了生活中的许多细节。我在任何时候也没有像我独自徒步旅行时想得那么多，生活得那么有意思，那么感到过自己的存在。如果能这样说的话，是因为那样可以完全地表现出真实的自己。步行时有一种开启和激发我的思想的东西。而当我在静静坐着的时候，却几乎不能考虑，为了让我的精神敏锐起来，就必须使我的身体处于运动状态。田野的美丽、不断的秀丽风景、清新的空气、由于走着而带来的好食欲和饱满的精神、在小酒馆吃饭时的惬意，远离那些让我感到痛苦的东西，这一切释放了我的心灵，给了我大胆思考的胆量，可以说将自己投身在一片汪洋般的东西之中，让我随心所欲地勇敢地组织它们、选择它们、拥有它们。我用主人的身份控制着整个大自然。我的心从这一事物移到那一事物，碰到让我心仪的东西便与之物我交融、浑然一体，种种动人的景象环绕在我心灵的周围，让它陶醉在甜美舒畅的情感之中。如果有闲情逸致通过我的想象把这些难以挽留的景象描绘出来，那该用多么强劲的笔锋、多么鲜明的色调和多么动人的语言来表达呀！

有人说我的作品，尽管是上了年纪之后才写的，也还能看见这一切。要是能看见我年轻时在旅途中想好和构建好而最终却没有写出的作品，那该有多好啊！……你们会问我："为什么不写出来呢？"我告诉你们："为什么要写出来呢？为什么我要为了让别人知道而放弃自己当时应有的享受呢？当我扬扬自得地翱翔天地之间的时候，朋友们，公众，以至全世界，对我又算什么呢？再者，我能随身带着纸吗？笔吗？如果我记得这些事，我就什么也想象不出来了。我也不能提前知道我会有丝毫灵感。我的灵感什么时候来，完全在于它们而并不在我，它们有时候一点儿也不会来，有时候却蜂拥而至，它们的数量和重量会把我彻底压倒，就是每天写十本书也写不完。但我哪有时间来写这些呢？到了另一个地方，我心想的只是好好地饱餐一顿。出发时，我只想一切顺利，我觉得外面有一个崭新的世界正在等待着我，我全心地只想去寻找它。

只有在我刚刚所描述的这次归途中，我才第一次非常清楚地感觉到了这所有的东西。当我动身去巴黎的时候，我心里想的只是与我的巴黎之行有关的事情。我飞也似的奔向我将要投身的工作，并怀着非常骄傲的心情去走这段路程。可是，我所向往的职业并不是我心灵的呼唤，而且现实的人物伤害了想象中的人物。高达尔上校和他的侄儿同我这样的英雄相比之下，显得那么卑小。借天之福，现在我总算不受这些障碍的束缚，我又可以自由自在地深入幻想之乡，因为在我的前面除此之外没有其他的了。

我就这样彷徨于幻想之中，竟然有好几次确实走错了路，可是如果我没有走错路而光走顺路的话，我反倒会觉得扫兴的，因为当我觉得到了里昂，就要由梦想赶回现实的时候，我真想一直也走不到里昂。

有一次，我为了到附近去观看一下看来好像非常优美的一个地方，故意离开了以前的路，我对这个地方非常喜欢，不知道在那里来回转了多少圈，最终真的迷路了。我走了好几个小时的路之后，疲乏至极，又渴又饿，几乎有点支持不住了，于是走进了一个农民家里。

那个农民房屋的外形并不美观，但是附近只能看到这户人家。我觉得这里也像在日内瓦或瑞士那样，所有的富裕农户生活都还不错，还能接待过路行人。我请那位农民按价格计算给我一顿饭吃。他给我拿来了除去奶皮的牛奶和粗面的大麦面包，并且告诉我，这是他家唯一的东西。我津津有味地喝着这样的牛奶，又把面包吃得一点也不剩，一点渣儿都没有留下，但是这点东西对一个疲乏至极的人是明显不够的。这位农民不断地观察我，从我的食欲上看出我刚才所说的不像是假话。于是他告诉我，看来我是个传统的年轻人，不会出卖他的，说完，左右张望了一下，打开了厨房旁边的一个小地窖，走了下去，不久，他拿着一条很好的纯小麦面包、一块虽已切开过却非常诱人的火腿、一瓶葡萄酒回来了。我一看到这瓶酒就觉得没有什么会比这更加令人心花怒放的了。另外他还加了一大盘煎鸡蛋，于是我就吃了一顿除非步行要不就永远吃不到的最好午餐。我付钱的时候，他又惶恐地害怕起来了。他不愿接受我的钱，他神色不安的样子是很罕见的。让我最感兴趣的是我不知道他为何害怕。最后，他颤抖地说出了“税吏”和“酒耗子”等恐怖的字眼。他告诉我，把酒藏起来是因为怕征附加税，把面包藏起来也是害怕征人头税，如果他让外人看出他还不会饿死的话，他可就完蛋啦。

他跟我说的这些事情，之前我脑子里连一点概念也没有，因此立即给了我一种永生不能磨灭的印象。之后，在我心里不断地发展起来的对于可怜的人民遭受困难的同情和对压制他们的人所持有的不可遏止的憎恨，就是从这时开始的。这是个富裕的人家，却不敢吃自己用劳动挣来的面包，而且只有伪装出和旁边的人同样穷困，才能不会破产。我从他家里走出来，心中又愤怒又激动，忍不住为这一肥沃地区的悲惨命运而叹气，大自然所慷慨给予的全部，竟然成了残忍税吏的争夺对象。

在我这次旅途中所遇到的事情中，这是唯一一件让我至今仍然记忆犹新的。此外，我只是记得快到里昂的时候，为了去欣赏里尼翁河岸，我故意拖延了一下我的旅程，因为在我和父亲一块读过的小说中，我一直不曾忘掉《阿丝特莱》那部小说，小说里面的情节常常出现在我的脑海中。我问了通往弗雷斯的道路，当我和一个女店主说话的时候，她对我说那里是工人谋生的好地方，有很多锻铁场，生产的铁器非常精美。她的这种称赞给我那满是浪漫色彩的猎奇心浇了一盆冷水，我取消了到一个打铁的地方去找寻迪阿娜和西耳芳德尔那种美女和情人的想法。这个好心女人那样激励我，肯定是把我当做一个锁匠铺的学生了。

我到里昂去并不仅仅是漫无目的的。我刚到里昂，立即就到沙佐特修会去会见夏特莱小姐。她是海仑夫人的一位女友，上次，当我和勒·迈特尔先生一块到这里来的时候，我曾受海仑夫人之托，亲自转交给她一封信，所以也就算是老相识了。夏特莱小姐对我说，她的女友确实曾从里昂走过，但是不明白她是不是一直到皮埃蒙特去了，并且在起程的时候，海仑夫人自己也没有肯定是不是要在萨瓦驻扎。夏特莱小姐还告诉我，如果我同意的话，她可以帮我写信打听，而我最好是在里昂等待消息。

我答应了她的这个提议，但是我没敢向夏特莱小姐说我急着等待回信，也没敢说我钱袋里那一点钱不能让我在这儿长久地待下去。我所以不敢开口，并不是仅仅因为怕她会对我冷漠。相反的是，她对我是十分亲切的，她几乎以平等的态度对待我，这让我没有勇气去把自己的实际情况对她说，因为我不想让自己由一个很体面的老相识一降而为可怜的要饭的。

我在这一章里所讲的全部情况，前前后后几乎都记得十分清楚。可是，我又回忆起，仿佛就是在这一段时间，我还去过里昂一次。我不能准确指出是在什么时候，一句话，我那时可说已经是到了山穷水尽的地步了。有一件非常难以说出口的怪事情，让我永远也不能忘记那一次的旅行。

一天晚上，我吃过一顿非常简单的晚饭之后，独自一人坐在贝勒古尔广场上，心里想着如何才能摆脱困境。恰好，一个戴无沿帽的男人坐到了我的面前，看样子这个人像是丝织业的工人，也就是里昂人所称的织锦缎工人。他和我搭话，我回答了他，我们就这样聊了大约一刻钟，接着他便用同样冷漠和丝毫不变化的语调向我提议同他一块儿玩玩。我正等着他告诉我应该怎样玩时，他却不说一句话地准备先给我做一个表演动作。我们几乎要挨在一起了，黑暗的夜色并不妨碍我看见他正在安排干什么。他没有要侵犯我的人身的征兆，起码他没有表现出一点这样的目的，而且这地方对他来说也是不便利的。他的意思完全跟他方才说的相同，他玩他的，我玩我的，每个人玩自己的。这种事在他看来非常自然，所以他竟认为我一定也跟他一样把这种事看得非常简单。我对他这种下流的举动感到非常害怕，一句话也没说，立刻站起来飞也似的走开了，心里一直担心这个下流家伙也许要赶上我了。我那时简直吓迷糊了，本来应该从圣多明我街返回我住的地方，我却向渡口方向跑去，一直跑到木桥那边才停下来，我浑身发抖，就像刚刚犯了一桩什么罪似的。我自己本来也有这样的恶习，但是有关这事的印象使我在好长时间里放弃了这种恶习。

在这次旅行中，我碰到了另一件几乎同样性质并且对我更危险的怪事情。

眼看我的钱就要花完了，我就尽力节省余下的一点儿钱。我先是不像以前那样经常在旅店吃饭，很快我就彻底不在那里吃了，在小饭铺用五六个苏就能吃一顿，而在旅店得用二十五个苏。既然不在旅店吃饭，我也就不好意思再在那里住了，这并不是因为我欠女店主多少钱，而是因为我只用一个房间却叫女店主赚不了很多钱，心里很过意不去。

这时恰是好季节。有一天晚上，天气很热，我打算在外边广场上过宿，在一张长凳上躺下了以后，一个路过的教士看见我这样躺着，就走上前来询问我是不是没有住的地方。我向他讲明了我的状况，他露出很可怜我的样子，便在我的身边坐了下来。我很喜欢听他说话，他所谈的一切让我对他有了一个非常好的印象。当他看到我已经被他控制住了以后，就告诉我，他的住处也并不宽敞，只有一个房间，但他绝不会让我这样睡在露天广场上，他说当晚再给我找住处已经晚了，他愿意把自己的床铺给我一半。我没有拒绝这种美意，因为我已有心结识他这样一个可能对我有用的朋友。

我们一同到了他的住所，他点上了灯。我认为他的房间虽然小，却还整洁，他很有礼貌地接待了我。他从柜子里拿出一个玻璃瓶，里面盛着用酒浸泡的樱桃，我们每人吃了两个就睡下了。这个人和我们教养院的那个犹太人有着相同的爱好，不过表现得不是很粗野。也许害怕逼得我抵抗起来，因为他知道我一喊别人就会听见。也许是他对自己的计划实在没有什么把握，他没敢公开地向我提出那种要求，于是就在不打动我的情况下想办法挑逗我。因为我这次不像上次那样一点经验也没有，我立刻就明白了他的目的，并且因此而发抖起来，我既不知道住到了什么地方，也不知道我是到了什么人手里，我很害怕吵嚷起来就会送了命。我装出不明白他对我有什么想法的样子，但同时对他的抚爱表示了非常的厌烦，以至于决心不让他的举动再向前发展了。我当时解决得很好，使他不得不控制自己一下。那时我尽可能地用最亲切和最坚决的话和他谈，不显示出对他有丝毫怀疑的样子，我把过去所遇到的奇事都向他说了，以此说明我刚才表现不安的原因。我是用充满厌恶和痛恨的词句和他谈的，我想我这么一说，他听着也有点恶心，终于不得不完全放弃了他那不好的企图。然后我们便平静地度过了一夜，他甚至还向我谈了一些有用的和有道理的话。他尽管是个大流氓，但毫无疑问是个聪明人。

早晨，这位教士不想表现出不高兴的样子，提起了吃早饭的事，他要求女房东的一个女儿——一位漂亮的姑娘送点吃的来，她立即说没有时间于是拒绝了他。他又求这个姑娘的姐姐，但是她根本没理他。我们就在那等着，早饭却一直没来。最后我们走进了这两位姑娘的房间。她们对这位教士很不客气，对我，那就更无法形容是多么不受欢迎了。那位姐姐在转过身子的时候用她那尖尖的鞋后跟踩了一下我的脚尖——我的这个地方恰巧长了个很痛的鸡眼，我甚至都曾不得不在鞋头上开了一个洞。另一个姑娘，在我刚要坐下的时候，忽然从后面把椅子搬走了。她们的“妈妈”借着向窗外泼水，将水泼了我一脸。无论我待在任何地方，她们总借口找点什么让我躲避，我这一辈子也没有碰到过这样的待遇。我从她们那轻视和讽刺的目光里看出一种心灵的愤怒，但我竟愚昧得一点不明白是怎么一回事。我当时既吃惊，又迷惑，简直以为她们是让魔鬼附了体，于是真的害怕起来。教士却装聋作哑，最终看到没有吃早饭的可能了，只好走了出去，我也抓紧跟随他走出了房间，暗暗地庆幸离开了那三个泼妇。在路上走的时候，教士曾向我建议到咖啡馆去吃早点，我肚子虽然很饿，但没接受他的邀请，他也没坚持。我们拐了三四个弯后就分手了，我很高兴再也看不到和那个可诅咒的房子有关的一切东西，而他呢，我想，看见我离开那所房子已经相当远了，不会轻易把它认出来，一定也很高兴。

在巴黎或在其他什么城市，我从来没有遇到过和这两件怪事相同的事情。因为这种经历，里昂人没有给我留下很好的印象，我始终把里昂看成是欧洲淫乱风气最盛行的城市。

我所处的困境，也不能吸引我，使我对这个城市有美好的回忆。如果我也像别人那样，有在旅店中赊欠和欠债的能力，我也能毫不费力地摆脱窘境。但是这样的事，我既做不来也不想做。要想知道这种情况达到怎样的程度，只要说明这样一件事就够了，我虽然差不多过了一辈子穷日子，甚至于时常吃不上饭，但我每次都是只要债主跟我要账，我立即就还他的。我从来没欠过受到催要的债，我宁愿自己受点苦也不想欠人家钱。

穷困潦倒到在大街上睡觉，当然是很受罪的，这样的事我在里昂经历了无数次。我宁愿不住旅店也要留下一点钱去买面包吃，因为不管怎样，困死的危险总比饿死的危险要小。令人惊讶的是，在如此悲惨的境地里，我既不着急，也不发愁，对于明天没有一点的忧虑，一心等着夏特莱小姐的回信。我在露天下睡觉，躺在地上或一条长凳上和躺在温暖舒适的床上一样睡得安稳。

我记得那次是在城外，不知是在罗尼河畔还是在索纳河畔的一条弯弯曲曲的小路上过了一个非常快活的夜晚，对岸的那条路一路上都是些垒成高台的小花园。那一天白天非常热，傍晚的景色却让人陶醉，露水滋润着枯萎的花草，没有风，四周非常的宁静，空气凉爽宜人。日落的时候，天空一片深红色的云霄，倒映在水面上，把河水染成了蔷薇色，高台那边的树上，夜莺成群，它们的歌声此起彼伏。我在那里散步，就像置身于仙境，听任我的感官和心灵尽情地享受，使我稍微感到遗憾的是我独享这份乐趣。我沉浸在甜蜜的幻想中，一直到了深夜也不知道疲倦，但是最终还是觉得疲倦了。我舒服地在高台花园的一个壁龛（那里也许是凹入高台围墙里面的一个假门）的石板上睡着了。浓密的树梢构成了我的床帐，在我上面恰巧有只夜莺，我伴随着它的歌声进入了梦乡。我睡得很香，醒来的时候觉得更加舒畅了。

天大亮了，睁开眼一看，河水、草木都在眼前，真是一片美好的景色。我站了起来，拍了拍衣服，觉得有点饿了，我快乐地向市里走去，下决心用我余下的两个小银币好好地享受一顿早饭。我的心情非常好，唱了一路，我现在依然记得我唱的是巴迪斯坦的一个小调，歌名叫《托梅利的温泉》，那时候我能背诵这首歌的所有歌词。真的应该好好谢谢好心的巴迪斯坦和他那首好听的小曲，他不仅让我吃到了比我想象的要好的一顿早餐，而且还让我吃了一顿意料不到的精美的午饭。在我高兴地边走边唱的同时，我听到背后好像有人，转过头一看，只看见一位安多尼会的教士跟着我，看来他并没有兴趣听我唱歌。他走到我面前，向我问了好，随后就问我会不会音乐，我对他说“会一点”，言外之意是“会不少”。他接着询问我，我便向他讲述了我一部分历程。他问我是否抄过乐谱。我告诉说：“时常抄”。这也是事实，我学音乐最好的方法就是抄乐谱。于是他对我说：“行，你跟我来，我给你找几天活儿做，不过你要答应我不出屋子，那么这几天你什么都不会缺。”我很高兴，就跟上他去了。

这位安多尼会的教士名叫罗里松，他很喜欢音乐，自己也通晓音乐，而且常常在和朋友们办的音乐会上唱歌。这其中本来没有任何不好或非法的东西，可是，他这种癖好显然已变成为一种疯狂的怪癖，使他不能不稍加节制。

他把我领到一间让我抄乐谱的小屋子里去，我在这里看到他已经抄好的许多乐谱。他让我抄的是其他的乐谱，尤其是我刚才唱的那首歌曲，由于过几天，他独自要演唱这一段。我在那里住了三四天，除了吃饭的时间之外，我不停地抄下去。我一生从来没有像当时那样感到如此的饿，也从来没有吃得那么香。他亲自从厨房把我的饭取来，如果他们平常吃的就是我现在吃的这样，他们的饭肯定是不错的。我一生从来没有感觉到吃饭会有这么大的乐趣，但也应当承认，这种免费饭食来得很合时宜，因为我已经饿得只剩一把骨头了。说我干活几乎也和吃饭那样实心实意，这话也许稍微有些夸张。事实上，我是勤劳有余，而心细不够。

过了几天，罗里松先生在街上碰到我的时候对我说，我抄的乐谱把他害得不能演唱，这里面遗漏、重复、颠三倒四的地方太多了。应当承认，我挑的这个抄写乐谱的工作，对我是最不相符的。这不是因为我抄的音符不能看，也不是因为我抄得不明白，而是因为我对花费很多时间的工作的厌烦让我的思想经常分散，甚至我用小刀刮的时间比我用笔写的时间还要长，如果不集中精力看准每个音符认真照抄的话，抄下来的乐谱肯定是不能演奏的。那一次我本来想抄得漂漂亮亮，结果却抄得非常坏，本想抄得快点，结果却抄得乱七八糟。虽然如此，直到最后罗里松先生对我还是非常好，在我离开他那里的时候，还给了我一个简直受之有愧的埃居。这个银币又让我重新振作了起来。

过了几天，我有了“妈妈”的消息，她正在尚贝里，与此同时我还收到了上她那里去的一笔路费，这时我非常高兴。从那之后，我尽管还是时常感到缺钱，但是怎么也没有沦落到饿肚子的地步。我以感激的心情把这段时期视为上帝非常保佑我的时期，这是我一生中最后一回受穷挨饿。

我在里昂又住了一个多星期，等待着夏特莱小姐把“妈妈”代办的几件事办完了。在这段期间，我去见夏特莱小姐的次数比以前多了，因为我喜欢和她聊她的女友，并且现在同她谈话，因为不再害怕暴露自己的身份，说话也就不必再像以前那样搪塞了。夏特莱小姐既不年轻，也不好看，但她有很多令人喜欢的地方。她和蔼可亲，而她的明智更给这种亲切增添了光彩。她喜欢调查一个人的灵魂方面，喜欢研究人，我之所以也会有这种喜好，起初就是受她的熏陶。她喜欢读勒萨日的小说，非常喜欢他所写的《吉尔·布拉斯》，她和我说过这部小说，并且借给我看过。我饶有兴趣地读完了这本书，但是那个时候，我读这类作品还不够内敛，我所需要的是描述炽烈感情的小说。

这样我就在夏特莱小姐的客厅里既高兴又有益地度过了我的时间。无疑，和一位有学问的女人进行有趣的和充满理性的谈话，比书本中任何一个迂腐的大道理更能给青年人指明方向。我在沙佐待修会认识了其他几位留住的修女和她们的女友，其中有一位名字叫赛尔的十四岁的女孩，我当时对她并没有非常注意，但是八九年之后我却疯狂地爱上了她。这一点也不奇怪，因为她的确是一个可爱的姑娘。

没过多久就要见到我那亲爱的“妈妈”了，我热烈地等待着这一天的来临，这时我的狂想暂时进入睡眠状态，实际的幸福既然就在眼前，我也就没有必要再在胡思乱想中去寻找幸福了。我不仅就要再和她相会，而且她在附近给我找了一个舒服的职业。她在信中说道，她为我找到了一份工作，她希望这个工作会适合我，而且可以让我不会再离开她。我曾经费尽心思猜究竟是个什么样的工作，但事实上也只能是猜一下而已。我有了相当的旅费，可以舒服地走完这段路。夏特莱小姐邀我骑马去，我没有答应，这是正确的，如果我骑马，那就丧失我一辈子中最后一次步行旅行的乐趣了。我住在莫蒂埃的时候，尽管常去周边一带走走，但我不能把这种走走称为徒步旅行。

奇怪的是，我的幻想只是在我的处境最不顺的时候才会最舒服地出现在我的脑海中，当我周围的一切都是喜气洋洋的时候，反而不是那么多姿多彩了。我这固执的头脑不能适应现实事物。它不满足于仅仅美化现实，它还想要创造现实。社会中的事物其实不过是按照原来的样子出现在我的头脑中的，而我的头脑却善于修饰想象中的事物。我必须在冬天才能描述春天，必须潜伏在自己的房间中才能描绘如画的风景。我曾经多次提到过，如果我被囚禁在巴士底监狱，我一定会描绘出一幅自由的图画。

我从里昂起程的时候，只看到让人舒服的未来。我在离开巴黎的时候心里是那么不快，现在心里又是那么高兴啊！而这种高兴完全是找得到理由的。但是，我在这次旅行中却一点也没有上次旅行中的那种美妙甜蜜的梦想。

这一次，我的心情的确轻松愉快，但是也仅仅这样罢了。我以激动的心情，一点点地靠近了我又要碰到的最亲密的女友。我提前就享受到生活在她身边的幸福了，但是，我并没有感到陶醉，这种快乐一直在我的预料中，所以只要到来，就没有丝毫新奇的感觉。我为我要去做的工作感到不安全，就好像那是一件非常值得担心的事情那样。我的思想是安静和甜蜜的，但并不是虚幻缥缈、美妙动人的。我在一路上所看到的东西每一件都能引我注目，全部的景色都让我心驰神往。我注意着树木、房屋、溪流，到了十字路口时，我多次寻思应走的方向，就怕迷了路，可是我一点也没有迷路。一句话，我已不像上次那样，心在九霄云外，我的心有时在我正在的地方，有时在我就要去的地方，没有一刻离开过现实。

描写自己的旅行就像在旅行中一样，我不着急去结束它。在就要到我那亲爱的“妈妈”家的时候，我的心高兴得怦怦直跳，但是我并没有因为这而加快步伐。我喜欢从容地走路，什么时候停就停。漂泊的生活正是我向往的。在天朗风清的日子里，从容地在景色宜人的地方徒步而行，最后以一件称心的事情完成我的路程，这是各种生活方式中最符合我口味的生活了。另外，大家也知道哪种地方才是我所说的景色迷人的地方。一个平原，不管那儿有多美丽，在我看来绝对不是美丽的地方。我所想的是激流、峰岩、苍翠的松杉、深幽的树林、高山、崎岖的山路还有在我两侧使我感到心惊胆战的深谷。这次我获得了这种快乐，而且在我快到尚贝里的时候，尽情享受了这种迷人的风光。

在厄歇勒峡的峭壁悬崖旁边的一处名叫夏耶的地方，在山崖中凿成的一条大路的下面，有一道涧水在惊人的深谷中滚滚而过，它好像是经过了千万年的付出，才为自己打开了这条通道。为了防止不幸事件发生，人们在路旁放上了栏杆。正是因为有了这道栏杆，我才敢无拘无束地往下看，以至于看得我头晕晕的。在我对峭壁陡崖的兴趣中，我认为最有意思的就是这种可以让我感到头晕的地方，只要我是身处安全地带，我是很喜欢这种眩晕的。我紧紧地趴在栏杆上俯身向下望，就这样站了好几个钟头，经常地看着蓝色的涧水和水中溅起的泡沫，听着那汹涌澎湃的激流的吼声。在我脚下一百土瓦兹的地方，在山岩树丛之间，乌鸦和鸷鸟飞来飞去，它们的叫声和水流声混杂在一起。我走到很平坦、树丛也不太茂密的地方，找到了一些我可以搬得动的大石头，把它们放到栏杆上，然后一块一块地往下推，我看着它们滚动着、蹦跳着滚到了谷底，碰碎的无数石片四处乱飞，心里十分快活。

在距离尚贝里更近的地方，我看见了与此不同却一样有意思的奇景。这条路途经我一生所见到的最漂亮的一条瀑布的脚下，因为山势十分陡峭，急流喷涌而出，落下时变成弓形，足够让人从岩石和瀑布之间走过，有时衣服还可以不被沾湿。但是，如果不小心，是很容易受骗的，我上一次就上了当，因为水从非常高的地方流下来，散成蒙蒙细雨，如果挨得太近，最初还不觉得自己被淋湿了，可是没过多久就会发现全身已经湿了。

我最终到达了目的地，又看到了她。那天她并不是单独一人。我走进门的时候，宫廷事务总管正在她那儿。她一言不发，就拉住我的手，用她那种让任何人都舒服的亲切姿态向总管推荐说："先生，这就是我向您提过的那个可怜的年轻人，请您多多关照他吧，他值得您关照多久就关照他多久。就这样，我以后就不用为他劳心了。"然后她又对我说："我的孩子，今后你是国王的人了，感谢总管先生吧，他给你找到了工作。"我当时目瞪口呆，一句话也没说，不知道如何说才好。我那新生的功名心简直让我晕头转向了，让我觉得自己已经成了国王的小事务官了。

我的幸运虽然不像刚开始时所想象的那样了不起，但就当时而论，这也够我生活的了，但对我来说这已经是非常不简单的了。

事情是这样：维克多·亚梅德王考虑到历次战争的后果，还有所继承的老祖产迟早有一天会落到别人手里，便全心地只想找机会聚敛钱财。几年之前，国王打算贵族也要交税，就下令全国进行一次土地的登记，因为按不动产来收税，可以把税额分配得更公平一些。这项工作刚开始是在老国王时代，到太子继位之后才能结束。这项工作中要用二三百人，有不知为什么称作几何学家的测量员，也有自称做文书的登记员，“妈妈”就在文书的名义中为我谋到了一个职业。这个位置收入虽然不多，但是在那个国家里还可以生活得很宽裕。可惜的是，这只是个临时工作，不过利用它可以再找其他的工作，可以等待，“妈妈”是个有远见卓识的人，她恳求总管对我多加关照，以使这项工作完成后可以给我找一个更稳固的职位。我来这里之后不久就当差了。这项工作没有丝毫困难，我不久就适应了。就这样，自我离开日内瓦，过了四五年的奔波、荒唐和痛苦生活之后，我第一次冠冕堂皇地开始自己挣钱吃饭了。

我对关于我刚刚踏入青年时代的生活细节的详细叙述，肯定让人看了觉得很幼稚，我对此深表可惜。虽然在很多方面，我生来像个大人，但在很长的时期我一直还是个孩子，就是目前，我在许多方面还像个孩子。我没有向读者承诺介绍一个大人物，我担保的是依照我本来的面貌描述我自己。再者，要了解我长大以后的情况就必须首先了解我的年轻时代。因为在一般情况下，各种事物当时给我的感受，总不如事后给我留下的印象那么深刻。又因为我的所有观念都是一些形象，所以，留在我脑海中的刚开始的那些形象便始终保存着，以后印入我头脑中的形象，与其说是遮掩了原来的形象，不如说是和以前的形象交织在一起。我的感情和思想有某种持续性，以前的思想感情可以影响以后的思想，所以要很准确地评判后者，就必须明白前者。

我处处在尽力阐述刚开始的原因，以此来说明所产生的效果。我希望能把我的心如同一张白纸般摆在读者面前，所以，我要从多个角度来描写，用事实真相来说明，以便使读者对我的心情的每一次起伏变化都没有遗漏，让读者自己去评判引起这些起伏变化的始因。假如我给自己下个结论，并对读者说：“我的性格就是这样！”读者会觉得，我虽不是在进行欺骗，至少是自己把结论给判定错了。但是我老实地仔细叙述了我所碰到的一切、所做过的一切、所想过的一切还有所感觉到的一切，这样就不会让读者误会，除非我故意这样做，而且，即使我故意这样做，也不会轻易达到目的。

把各种因素聚合起来，肯定这些因素所形成的人是怎样的人，这都是读者的事情，结论应该由读者去做。这样，假如读者下错了结论，一切错误都由他自己负责任。可是要作出正确的判决，只有忠实的叙述还是不行的，我的叙述还必须是详细完备的。判定哪件事重要或不重要，那已经不是我的事，我的任务是把所有的事都说出来，就让读者自己去选择吧。

直到如今，我都是鼓足了勇气、全力以赴，以后我还要坚持不懈地这样做下去。但是对成年时代的回忆，不管怎样，是不如对青年时代的回忆那样清楚的。所以我开始时尽可能地利用我对青年时代的一些回忆，如果我的成人时代的回忆也可以是那样鲜明地浮现在脑海的话，急躁的读者也许会感到厌烦，但我自己会觉得很满意。我唯一担心的，不是害怕说得太多或撒了谎，而是害怕没有说出所有的真相。

第五章

就像上面说的，我好像在一七三二年到达尚贝里，开始在土地登记处为国王效力。当时我的年龄已过二十了，就要二十一岁了。拿我的年龄来说，我的能力已经很强了，但判断力却很不够，我非常需要有人能教我怎样为人处世。这几年的生活经历并没让我把我的一些荒谬想法全都丢开，即使我经历了种种艰难困苦，但我对于人情世故还了解不深，好像我并没有从中吸取什么教训。

我住在自己的家里，也就是在“妈妈”家里。可是，我再也住不到像在阿纳西那样的房间了。这里没有了花园，没有了小河，没有了迷人的田野风景。她住的这个房子既阴暗又荒凉，而我所住的房间又是这里面最阴暗荒凉的一间。窗外是一面高墙，窗户下面是一条死巷。屋子里既憋闷，又没有阳光，地方也很狭窄，还有蟋蟀和老鼠，木板都已坏掉，这一切都不能让人住得很舒服。但是，我终究是住在她家里，在她的旁边。因为我时常不是在办事处就是在她的房间里，所以也就不太在意我自己房间的简陋了，而且我也根本没有时间去思考它。

大家一定觉得很好奇，她为什么刻意住在尚贝里这所破旧的房子里，其实这恰好是她的过人之处，我在这里不能不加以说明一下。她不想到都灵去，因为她觉得在最近发生事变之后，宫廷还处在动乱之中，这时候到那里去很不合适。可是，她的人际关系又不得不让她在那里露面，她害怕被人忘掉而被取消年金，尤其是她知道财政总监圣洛劳伯爵一般情况是不大帮她忙的。这位伯爵在尚贝里有一所旧房子，建筑得很不好，地点又很偏，所以总是没人住，“妈妈”便把它租了下来，搬到了那里。这么一来，比亲身到都灵去收到的效果还大，不仅她的年金没有被拿走，而且从那之后圣洛劳伯爵还成了她的朋友。

我认为她家中的布置还是和以前相似，忠诚的克罗德·阿奈一直跟她在一起。我想我曾经说起过他，他是蒙特勒地方的市民，小时候就曾在汝拉山中找草本植物来制作瑞士茶。因为她要配制许多药物，所以雇用了他，她觉得在仆人中有个通晓药材的人很方便。他非常喜欢研究植物，而她又竭力鼓励他这种喜好，使他真正变成了一个植物学家，如果他不是死得太早，他肯定会在植物学界干出一点名堂的，就像他作为一个诚实的人已经赢得的名誉一样。他是个古板的、甚至非常严肃的人，但我比他年轻，所以他好像就是我的一个监管人，经常使我少做很多蠢事。因为他在我面前拥有一定的尊严，所以我不敢在他跟前得意忘形。他甚至于对他的女主人都有不一般的影响力，她明白他的远见卓识、他的正直和他的坚贞不渝的忠心，而她也相同地很好地回报了他。

克罗德·阿奈的确可以说是一个罕见的人物，像他这样的人，我再没有见过第二个。他的举止沉着、稳重、谨慎，态度理智，谈话简洁大方。他的感情非常强烈，却从不外露出来，但是在轻轻地啃啮着他的心，让他做了他一辈子仅有的一件可怕的愚蠢事。

有一天他喝了毒，这场悲剧是在我到这之后不久就发生的，通过这件事我才知道这个人和他的女主人之间的亲密关系。如果不是她亲口告诉我，我始终也猜不到这上面去的。是的，如果说爱慕、真诚和忠实应该得到这样回报的话，他得到这种回报是理所应当的，他的举止足以证明他应该得到这种回报，因为他从来不乱用这种回报。

他们之间很少发生争执，偶尔会发生，最终也总是言归于好，然而有一次结果并不好。她的女主人在不高兴的时候对他说了一句让他承受不了的受辱话，当时他正处于绝望中，看到手边有一小瓶鸦片剂，便喝了下去，接着就静静地睡下，以为这一睡便再也醒不过来了。幸亏海仑夫人因为心绪不宁和烦躁，在房子里踱来踱去，发现了那个小空瓶，其他的一切，她也知道了。她一面跑去救他，一面大声叫起来，我也就跟着跑过去了。她向我说明了情况，求我帮她，我费了很大劲，才让他把鸦片吐了出来。看到这种情景，我对自己的愚蠢感到非常惊讶，因为她告诉我的他们之间的关系，事先我竟连一点影子都没有觉察出来。不过，得这么说，克罗德·阿奈确实是非常谨慎的，就是眼光比我更敏锐的人也会看不出来。他们的和好如初是那样自然，让我为之非常感动。从这之后，我对他除了钦佩以外又有了尊敬。可以说我成了他的学徒，我认为这样倒也不坏。

但是当我知道另一个人和她的关系比我和她的关系更近的时候，心里隐隐作痛。尽管我并不渴望得到这个位子，但是当看到别人占有这个位置时我肯定不会无动于衷的，这也是非常正常的。但是，对于抢走我这位置的人，我不但没有心怀怨恨，反倒实实在在认为我把爱她之心也延伸到那个人的身上了。我把她的幸福放在一切之上，既然她需要阿奈，我希望他也幸福。在他那一方面，他也很尊重自己女主人的想法，用真诚的友谊来对待她挑中的朋友。他从来不利用地位所给予他的权威，但是他在理智方面比我的优势还要多。我不敢做一点可能受到他责备的事，他对坏事是一点也不留情的。这样一来，我们便过着和谐的日子，我们也都觉得很幸福，只有死亡才能破坏掉它。

这个可爱的女人的高尚品格的一个证据，就是她能让所有爱她的人彼此相爱，忌妒还有争风吃醋的想法在她所唤起的高尚情感面前都得退避三舍，我从来没有发现她身边的人相互间会怀有恶意。我希望读者读到这段赞美话的时候，先不要读下去，请想一想，如果你们能找到其他一个值得如此赞扬的女人，那么，为了让你们的生活获得安静，哪怕她是最不值钱的女人，也应该去爱护她。

从我到达尚贝里起，一直到我在一七四一年到巴黎去，这一段八九年之久的时间便这样过来了。对于这段日子，没有太多值得说的事情，这段生活既单纯又快乐，这种变化很少的单纯生活正是完全锤炼我的性格所需要的，由于经常不断的打扰，我的性格始终未能成型。正是在这一段宝贵的时间里，我那杂乱无章的教育，开始有了稳定的根基，我的性格才逐渐形成，让我在此后所碰到的种种风暴中，一直保持我的本色。这种发展过程是在无形中慢慢形成的，也没有多少值得回忆的事情。但是它毕竟是值得详细地加以描述的。

刚开始的时候，我几乎只埋头于我的工作中，办事处的繁忙事务不允许我去想其他的事，仅有的一点业余时间就在我那好“妈妈”的旁边消磨过去了，一点看书的时间也没有，甚至连想都不去想它。但是，当日常工作渐渐变成了一种模式，也不需要那么用脑子的时候，我就不知道干什么好了，于是我又萌发了读书的渴望。这种爱好好像总是在它无法得到满足的时候才被引发，如果不是被其他癖好给打乱或转移开的话，它肯定又要使我像在学徒的时候那样成为读书迷了。我们的计算工作尽管不需要非常难的算术，但有时候也会让我感觉到困难，为了解决这些困难，我买了几本算术书，我学得非常好，并且我是自学的。实用算术并不像人们所想象的那么简单，如果要做到非常精确的话，有时计算起来是非常麻烦的，我有几次看到连最好的几何学家也被弄得头晕目眩。思考与实用相结合，便能产生确切的概念，就能找到些简单的方法，这些方法的发现鼓励着自尊心，而方法的准确性又能让智力得到满足，以前枯燥无味的工作，有了简单的方法，就令人觉得充满趣味了。

因为我大力钻研，依靠数字可以解决的问题就没有难倒我的了。如今，在我所了解的一切都渐渐从记忆中消失的时候，仅有我所学到的那套算术知识，虽然已经荒废了三十年，却仍然有一部分没有被忘掉。前几天，我去达温浦做客，我的房东的孩子正在做算术题，我把一个最难的习题在令人难以相信的轻松愉快中准确无误地演出来了。我把算数结果写出来的时候，好像又回到了在尚贝里时的那些快活的日子。这是多少年之前的事了！

测量员们绘图的色彩，让我对绘画重新产生了兴趣。我买了些颜料，于是开始画起花草和风景来。可惜的是，我对这种艺术没有太多天赋，但我又很喜爱它。我可以在画笔和铅笔中一直待上几个月不出门。这件事几乎把我缠住了，必须迫使我把它放下才可以。无论什么爱好，只要我一开始着了迷，都是如此，爱好逐渐加深了，甚至变成狂热，不久之后，除了我所迷上的之外，世界上的所有事物我都看不到了。我这种缺点并没有随着年龄的增长而有所转变，甚至一点都没有减轻。就是现在我写这本书的时候，我尽管已经是个老糊涂了，却还热衷于研究另一种无用的东西。这种学问我原本是一点也不知道的，就是那些在少年时代已经开始这种研究的人，到了我这个年纪也是要被迫丢了的，而我却要在这个时候开始了。

那个时候正是研究那种学问的最好的时期，机会正好，我不想放掉。我看到阿奈带着很多新的植物回来，眼里闪烁出喜悦的光彩的时候，我有两三次好像要和他一块儿去采集植物了。可以肯定的是，只要我同他去过一次，我就会被诱惑住，今天我或许已经成了一位高尚的植物学家了，因为我不知道除了研究植物还有哪种学问会更合乎我的天性。我十年来的乡村生活，实际上就是一直在采集植物，不过说实在话，我采集植物既没有既定的目的，也没有任何的成就。因为我当时对植物学一点也不懂，我对它还有一种轻蔑，甚至可以说讨厌它。我只把它当做是药剂师应该做的事。“妈妈”虽然很喜欢植物，但也没有拿它去做别的东西，仅仅采集那些常用植物来配制药品而已。因此当时在我的脑子里就把植物学、化学、解剖学混合在了一起，觉得都属于医学，只能当做我常常打趣的笑料，而且有时候还给自己招来拍几下脸蛋的好处。

但是，另外一种与此不符、甚至相反的喜好正逐渐发展起来，并且很快就压倒了其他的一切爱好。我讲的就是音乐，我一定是为了这种艺术而生的，因为我从童年时代起就喜欢上了这种艺术，而且我一生中唯一一直喜爱的艺术就是音乐。让人不解的是，尽管可以说我是因为这种艺术而生，可是学起来却非常困难，进步又是那么缓慢，经过一生的练习，也一直没有做到打开曲谱就能准确地唱出来的地步。那时让我对这种爱好最感到愉快的是，我可以和“妈妈”在一起进行练习。我们的趣味虽然非常不同，音乐却是让我们两人朝夕相处的一种纽带，这确实是我很高兴的可利用的机会，而她也从不进行反对。那时，我在音乐上的成就，差不多已经赶上了她，一支歌曲练习两三次，我们就能识谱并且唱下来了。有几次她正在药炉边走来走去，我对她说：“‘妈妈’，这里有一只很有趣的二部合唱曲，我看，你准会因为它而把药熬煳了的。”“真的吗？”她对我说，“要是你让我把药熬煳了的话，我就让你吃了它。”我就这样一边斗着嘴，一边把她拉到她的羽管键琴那里。我们一到那里，就什么都忘掉了，杜松子和茵陈都变成黑炭了，她便拿起来抹了我一脸的炭末，所有这些都是回味无穷的。大家可以看到，我的业余时间虽然很少，我却利用这很少的时间做了许多事情。现在我又有了一种新的娱乐方式，这比其他的那些娱乐更加有趣了。

我们住的那个地方实在是太憋闷了，所以不得不经常到外面去呼吸点新鲜空气。阿奈曾劝“妈妈”在郊外租一处园子专门用来栽培植物。这个园子有一个非常美丽的小屋，我们在那里酌情布置了必要的家具，并且放了一张床。我们常到那里去吃饭，夜晚我有时候就睡在那里。不知不觉中我对这个小小的退隐产生了浓厚的感情。我给那里准备了几本书和不少的版画，我用一部分时间把这个小屋修饰了一下，并做了一些新颖的设置，以便等“妈妈”到这里来散步时，使她感到一种料想不到的愉快。

我故意离开她，一个人跑到这儿来，为的是更好地来关怀她，以更大的乐趣来思念她。这是我的另一种爱好，我既不想争辩，也不想多解释，我只把它说出来，因为事实就是这样。我记得有一次卢森堡公爵夫人对我开玩笑地说，有个人专门为给情妇写信而离开自己的情妇。我告诉她，我很可能也这样做，而且我应该进一步说，我已经这样干过几次了。但是，当我和“妈妈”在一块的时候，从来没有感到有为了更好地爱她而离开她的可能，因为不管是我跟她单独在一起的时候，还是我独自一个人的时候，都会感到无拘无束，这种情况是我跟其他人在一起时都未曾有过的，无论他是男人还是女人，也无论我对他怀有怎样的深情厚谊。但是她经常被一些我实在看不惯的人们所围住，于是一种愤怒与厌恶的心情逼迫我躲到我的房间中去，在那里我可以无拘无束地想念她，一点不用担心那些让人讨厌的访问者。

我就是这样把工作、娱乐和学习都分得那么合适，我的生活很平静，而当时的欧洲却不像我那么平静。法国向皇帝宣战，撒丁国王也参加了战争。法国军队为了进入米兰省要从皮埃蒙特路过。其中有一个纵队经过尚贝里，特利姆耶公爵指挥的香槟团就是这个纵队的一部分。有人将我介绍给他，他承诺了我许多事情，的确，他事后也把我忘得一干二净。当部队从郊区经过时，因为我们的小园子就处在郊区的高处，所以当观赏队伍从我眼前走过时我大饱了眼福。

我对这场战争的结果十分关心，好像战争的胜利和我有极大的关系似的，在这以前我还没有关心国事的爱好，现在我才第一次看报了，我对法国是那么喜爱，它的小小的胜利也让我的心高兴得怦怦直跳，而一看到失利，就感到担心，好像这会对我自身不利那样。如果这种愚妄的感情仅仅是昙花一现，我也就不屑于说它了。哪知道这种感情在我心里竟然如此根深蒂固，以至于当我以后在巴黎成为专制君主政体的反对者和强硬的共和派时，对于这个我以为奴性很强的民族，对于我一贯责怪的政府，我不由自主地还是觉得会有一种内心的爱好。可笑的是，因为我对自己心中竟有这样一种和自己的信念截然相反的倾向而感到卑耻，所以我不但不敢向任何人说，甚至还为法国人的失败而讥讽他们，其实那时我的心里比全部的法国人都更难过。我相信，生活在一个自己受到优厚待遇并为自己所喜欢的民族中间，却又装出一副看不起这个民族的模样，这种人也许只有我一个。最终，我心中的这种偏好是那么的忘我，那么坚不可摧，甚至当我离开法兰西王国之后，在政府、法官、作家联起手来在一起向我进行疯狂进攻的时候，在对我大加诬蔑和诽谤已形成了一种风气时，我这种愚蠢的感情也没有变过。虽然他们对我不好，我依然是不由自主地爱他们。我在英国最繁荣时所说的它的衰落刚开始露出点苗头，我就又痴心妄想起来，觉得法兰西民族是强大的，或许有一天他们会把我从苦恼的牵绊中解救出来。

我曾用很长的时间探寻我会有这种偏爱的原因，我只是在产生这种偏爱的环境里发现了这个源泉。我对于文学与日俱增的爱好，让我对法国书籍、这些书的作者还有这些作者的祖国产生了浓厚的感情。就在法国军队从我跟前经过的时候，我刚好在读布朗多姆的《名将传》。我当时满脑袋里都是克利松、贝亚尔、罗特莱克、哥里尼、曼莫洛西、特利姆耶等人物，于是我就把从我跟前走过的兵士也看做是这些名将的后代，我非常喜欢他们，因为我觉得他们都是这些名将的功勋和无畏精神的继承者。每逢一个连队走过，我就好像又看到了当年曾在皮埃蒙特建立过赫赫战功的那些黑旗队。一句话，我彻底地把从书本上得到的观念生硬地扣在我看到的事情上。我不断地读书，而这些书通常又都是法国的，这就增强了我对法国的好感，最后这种感情变成了任何一种力量也不能战胜的盲目的狂热。

以后，我在旅行的时候发现，有这种感情的并不只我一个人，在全部的国家中，只是爱好读书和喜爱文学的那些人或多或少会受到这种感情的影响，这种感情也就消除了由于法国人的自高自大而引起的对法国的普遍厌恶。法国的小说，要比法国的男人更加能赢得别的国家女人的心，戏剧杰作也让年轻人喜欢上了法国的戏剧。巴黎剧院的名声诱惑大批外国人士前来，在他们离开剧院时，还为之大加赞赏。一句话，法国文学中所蕴涵的优美情趣，让一切有头脑的人佩服，而且在那最后打了败仗的战争期间，我发现法国的作家和哲学家始终在支撑着被军人污辱了的法国名字的荣耀。因此，我已经是个满怀激情的法国人了，而且变成了一个喜爱打听新闻的人。我跟随一群头脑简单的人跑到街上等待送报人的来临，甚至比拉封丹寓言里的那头驴子还要愚，因为我急切地想知道将要光荣地套上一个什么样的主人的鞍子。当时有人传我们就要属于法国了，萨瓦要和米兰换过来。但是应该承认，我的忧虑并不是没有理由的，要是这场战争的结果不利于同盟国，“妈妈”的年金就有危险了。但是，我对我的那些好友充满了信心。这次虽然布洛勒伊元帅受到了打击，但是幸亏撒丁国王给予了帮助，这样我的这种信心才没有落空，而撒丁王我却从未想到。

当战争正在意大利开展的时候，法国国内却在歌唱，拉莫的歌剧正要名噪一时，他那些意义难懂、一般人不明白的理论著作也引起了世人的注意。我在偶然中听到有人说他的《和声学》，为了买到这本书，我忙活了好一阵子。意想不到的是，我病倒了，这是一种炎症，来势凶猛但时间却不长，不过要经过较长的恢复期，整整一个月我都没有出屋门去。在这段期间，我贪心地读起《和声学》来，这本书不但冗长，而且编写得不好，我觉得要把它研究和了解透彻，需要很多时间。

于是我就不再向这方面下工夫了，我练习起音乐来，好让我的眼睛休息一下。我当时在练习的白尼耶的合唱曲始终萦绕在我的脑海。其中有四五个曲子我都背过，《睡爱神》就是其中的一个。尽管从那以后，我始终没有再看过，但是我几乎还完全记得。另外一支十分好听的克莱朗波的合唱曲《被蜜蜂蜇了的爱神》，几乎也是同一时间学会的，现在也还记得。

除此之外，有一位名字叫巴莱神甫的年轻风琴家由瓦尔奥斯特来到了这里。他是位不错的音乐家，为人和善，羽管键琴弹得很多。我和他结识了以后，马上就成了形影不离的朋友。他是意大利的一位著名的风琴家和教士的学生。他和我说了一些他的音乐原理，我把他的理论和拉莫的理论进行了比较。

我的脑袋里全是伴奏、谐音、和声，对于这全部的东西首先需要训练听力。我向“妈妈”提议每月开一次小型音乐会，她同意了。于是我对任何事情都不管不顾了，不分白天黑夜，全部精力都放在这些音乐会上。事实上这些事也足够我忙的，而且简直是忙得不可开交，又要挑选乐谱、邀请演奏者，还要找乐器、分配音部，等等。“妈妈”去唱歌，我在上面已经提过的加东神甫也要唱歌，我在下面还会再提到这位神甫，一位名叫罗舍的舞蹈教师和他的儿子拉小提琴，和我一起在土地登记处工作，还有在巴黎结了婚的皮埃蒙特音乐家卡纳瓦拉大提琴，巴莱神甫弹羽管键琴，而拿着指挥棒担任音乐指挥的荣耀归我。大家能想象得到，这是多么壮丽的场面啊！这尽管还比不上特雷托伦先生那里的音乐会，虽然他办的小音乐会引起了很多信仰虔诚的人的不高兴，但是对于很多正直的人来说却是一种舒畅的娱乐。大家猜不到在这种情况下，我让谁来当音乐会的主持人吧？一位教士，而且是一位有才能的甚至可爱的教士，他之后的不幸让我感到非常悲痛，但是我一想起他来就想起我所度过的幸福时光，所以到现在我还怀念他。我所说的就是加东神甫。

他是方济各会的会士，曾经同多尔达伯爵共同谋划在里昂扣留了可怜的“小猫”的乐谱，这是他的一生之中不太光彩的一页。他是索尔朋神学院的学士，在巴黎住过很长时间，经常出入上流社会，与那时的撒丁王国的大使安特勒蒙侯爵来往非常密切。他身材高挑，体格健美，面孔丰腴，鼓眼泡，黑黑的头发一点也没有修饰地鬈曲在额际，他的风度高雅大方，又谦虚，表情坦诚而优美，既没有教士那种虚伪或厚颜无耻的丑相，也没有时髦人物那种放荡不羁的神情，尽管他也是个时髦人物。他有传统人的那种素质，不以穿着黑袍为耻，而深自尊重，处于上流人士之中能够泰然自若。加东神甫的学识虽然还够不上博士，但是以一个交际圈中的人来说，他的知识是很多的了。他从来不急于显摆自己的学识，而是表现得十分适当，所以显得更加有学问。因为他经历过很长的社交生活，喜欢有趣的技艺超过真实的学问。他很有才华，会作诗、谈吐好，唱得更好，他的嗓音很好，会弹一手风琴和羽管键琴。事实上，想要受到别人的欢迎是用不着有这么多优点的，而当时他就是这样。但是，这丝毫没有让他忽略自身的工作，所以，虽然他的竞争者非常忌妒，他依然被选为他那省教区的代表，也就是说，他们会里的一个很好的职位。

这位加东神甫是在安特勒蒙侯爵家和“妈妈”结识的，他听到我们要举办音乐会的事，表示要参加，他参加了，而且让这个音乐会大放异彩。很快，我们因为共同喜欢音乐而成了朋友，我们两个人都喜欢音乐，但是大有不同。他是一位地道的音乐家，我不过是滥竽充数罢了。我和卡纳瓦，还有巴莱神甫，常到他的房间去演奏音乐，节日里有时还会在他教会的音乐堂里演奏音乐。我们常常吃他的食物，就一个教士来说，他很豪爽、大方，好享乐而不庸俗，这也是一件很令人惊奇的事。在举行音乐会的日子里，他便在“妈妈”那里吃晚饭。每当他在“妈妈”家里吃晚饭的时候，我们真是非常快活，大家谈天说地，唱几个二重唱，我也谈笑风生。那个时候的悠闲自在，激起了我无限的才思，我经常说些俏皮话或警句，加东神甫和蔼亲切，“妈妈”更讨人喜欢，声音和牛叫相同的巴莱神甫是大家讽刺的对象。青年时代尽情欢笑的甜蜜时刻呀，你，离开已经多久了！我既然对这位可怜的加东神甫也没有什么可谈的了，就在这用简单的几句话结束他的悲惨史吧。其他的教士们看到他的博学多才、品行端正，一点也没有教士们经常有的那种腐化堕落的作风，就忌妒他，更准确地说，对他愤怒至极，他们恨他，因为他不像其他教士那样可恨。有地位的教士们聚集起来反对他，并且鼓动那些以前不敢对他正视而又觊觎他那工作的年轻教士反对他。他们尽情辱骂诽谤了他之后，消除了他的职务，强占了他那尽管朴素却布置得很有风格的房间，把他驱赶到不知什么地方去了。

最终，这群恶徒对他的凌辱太猛了，他那正直的、无可厚非的高傲心灵实在承受不住了，于是，这个以前给最动人的社交界增添过很多光彩的人物，却在某个小监房或土牢里的很脏的床上痛苦地死去。凡是认识他的所有的正直人士都为他可怜，为他流眼泪，他们看不到他有任何缺点，仅仅能指出的，就是他不该当教士。

在这种生活环境中，我很快就彻底沉湎到音乐里，已经没有心思再去想其他的事了。我非常勉强地到办事处去，按时上下班和工作中的麻烦对我来说简直成了无法忍受的酷刑，这最终让我起了辞职、一心专搞音乐的想法。

可想而知，我这种荒唐的想法一定会遭到反对。放弃一个体面的职位和可靠的收入而到处瞎跑去教一些不可靠的音乐课，简直是糊涂至极的想法，一定会让“妈妈”不高兴的。即使我未来的成就能够像我想象的那样，但让自己一辈子当个音乐家，就会把我的雄心限制得太狭小了。“妈妈”以前总是喜欢想象一些辉煌的计划，而且也完全不理会奥博讷先生对我写下的评语，这次她看到我竟会把所有的精力都放在她看起来是微不足道的一种技艺上面，的确是很难过的。她常常对我说那句适应于外省而不那么适用于巴黎的谚语：“能歌善舞，没有出路。”另一方面，她也看到我的喜好已经越陷越深了，我的音乐癖已到了强烈的程度，她也很害怕我因为对工作不专心而遭到免职，与其被人家免职，还不如自己先辞职为好。我还对她说，这个职务不能太久，我必须学会一种能维持生活的技术，目前最好是在实践中把自己所喜欢的，也是“妈妈”为我选择的这一门技能学得精通了，这是比较有把握的。而且靠被保护、信赖他人，不是一个方法。另外，作些新的努力，最终也可能完全失败，等到过了学习的年纪，就再也没有谋生之路了。一句话，与其说我是用道理说服她使她欣然同意，不如说我是一再和她纠缠，说了很多好听的话使她不得不同意。

我立刻跑到土地登记处处长果克赛里先生那儿，好像做一件最勇敢的事业那样骄傲地向他辞了职，既没有原因，又没有理由，更没有借口就自愿离开了我的工作，其高兴程度和我在两年前工作时一样，或者比那时更要高兴。

这个行动虽然非常愚蠢，却让我在这个地方获得了一些尊敬，并给我带来了益处。有的人认定我拥有财产，其实我什么也没有；另一些人看到我义无反顾地一心投身于音乐，认为我的才能一定很大，看到我既然如此疯狂地喜欢这项艺术，就认为我一定在这方面有很深的造诣。那个地方原来只有几个没才能的教师，所以我就成为领先人了。正所谓，瞎子国里，独眼当王。一句话，由于我唱起来的确有点韵味，另外我的年龄和容貌的有利条件，很快我就有了很多女学生，我讲授音乐挣的钱比我当秘书赚的薪金还要多。

确实，拿生活上的乐趣来说，这么短时间就从一个极端到另一个极端是别人做不到的。在土地登记处一天干八小时烦人的工作，而且还是和一些更加讨厌的人一同整天被关在给呼吸搞得臭味烘烘的办公室里，他们大部分都是头不梳、澡不洗的臭家伙。因为紧张、臭气、烦闷和厌倦，我真是觉得头昏目眩。现在截然不同了，我突然处于最高的社会中，在到处受到欢迎的最有钱的人家里，到处是殷切动人的款待，处处是节日的气氛。服饰华丽的漂亮的小姐们等候着我，热情地接待我。我所看到的只有动人的东西，我所闻到的只有玫瑰和菊花的香味。唱歌、聊天、欢笑、欢乐，我从这家出来到那家去，遇到的还是如此。就算两种工作的所得都一样，人们在这两种工作的选择上却是没有丝毫可犹豫的。所以，我对自己的选择十分满意，从来没有后悔过，就是现在我已摆脱了曾经控制我一切行动的那些不良的动机，当我以理性的天平来看我一生的行为时，我对这也从未后悔。几乎只有这一次，在我完全任由癖好控制的时候，我的期待没有落空。当地居民热情的款待、和蔼的神情、平易近人的气质，让我感到和上流社会的人们交往非常愉快，我那时养成的趣味让我相信，我现在之所以不想和人们来往，过错主要在别人而不是我。

不幸，萨瓦人都没太有钱，其次也可说，假如他们太有钱的话，那才不好呢。因为他们不穷不富，倒正是我所碰到过的最善良、最可交往的人。如果世界上真有一个能够在愉快而安全的交际中享受生活的快乐的小小城市，那就肯定是尚贝里。聚集在那里的外省贵族，他们的财产只能够维持生活，他们没有飞黄腾达的财富，既然不能有什么更好的幻想，他们就不得不听从西尼阿斯的劝告。年轻的时候去当兵，年老的时候回家享受余年。在这样的生活中，光荣与理性各得其所。女人们都很漂亮，其实很多并不是那么的美，但她们有办法增强自己的魅力和弥补缺陷。让人奇怪的是，我由于工作的关系，见到过许多女孩，在尚贝里就未见到一个不是妩媚动人的。也许有人会说，我觉得她们漂亮是我当时的主观想法，这样说也可能是正确的。但是，我当时并不需要给她们的美丽加上丝毫主观成分。说实在的，我一想到我那些年轻的女学生来，就会感到很愉快。我在这里提到她们当中最可爱的几个人的时候，我真恨不得把她们和我自己全都拉回到我们快乐的年龄，跟她们共度那些淳朴而甜蜜的时光！

第一个是我的邻居麦拉赖德小姐，她是盖姆先生的学生的妹妹，是一位十分活泼的长着棕发的姑娘，活泼到非常可爱，娇媚而不轻浮。她脸有点瘦，她那年纪的姑娘很大一部分都这样，但是她有一双明亮的眼睛，还有她那苗条的身材和迷人的风度，用不着再有丰满的体态，就足够吸引人的了。我经常早上到她家里去，那时候她时常还穿着便装，头发也是随意地往上一拢，除了知道我会来才戴上、等我走后梳妆时就摘下去的一朵花之外，没有另外其他的头花。我最畏惧看到穿着便装的美丽女人，如果她修饰打扮完毕以后，我的惧怕就不知要减掉多少了。我午饭后到孟顿小姐家去，她总是装扮得很齐整，也同样使我感到愉快，但情况有时候不同。她长着一头略微带灰色的金发，是一个十分小巧、十分害羞、十分白净的姑娘。她的声音清脆、准确，像银铃一般，但她不敢放大嗓音讲话。她胸前有一块被开水烫伤的疤痕，蓝色的项巾并不能彻底盖住。这块疤痕有时引起我的关注，但是不久我的注意力就不是集中在她那块伤痕上了。还有我的一个邻居莎乐小姐，她已经是一个发育成熟的少女了，身材高大，肩胛骨很美丽，体态丰腴，她是个漂亮的女人，但不能算是美女，然而娇媚、平和的气质和温厚的性格，还是值得一提的。她的姐姐莎丽夫人是尚贝里最美的女人，已经不学音乐了，但是她叫她的十分小的女儿学，她那正在成长的美可以让人想到她以后一定不会比她的母亲差，如果不是头发不幸地有点红黄色的话。

在圣母访问会女修道院有一位年轻的法国小姐，也是我的学生，我忘记了她的名字，但她应该也算是我最心爱的学生之一。她讲起话来，学会了修女们那种慢条斯理的气派，但是用这种音调说出的十分好笑的话，好像和她的仪表很不相符。此外，她还非常懒惰，轻易不肯费点劲表现她的才智，并且，远不是所有的人都能够享用到她的这种仁慈。我教了她一两个月，但总是不能得心应手。不久，她才渐渐发挥了她的聪明才智，这样我的教学才比以前快了一些，如果仅凭我个人，是不能达到这一点的。我在上课的时候很开心，但是我不喜欢被迫去上课，也不喜欢受时间的束缚。无论在什么事情上，束缚、屈服都是我不能接受的，束缚和屈服甚至会让我讨厌欢乐。据说，在穆斯林当中，早晨的时候，有人要从大街上走过，命令丈夫们尽自己对妻子应尽的义务，要是我在这个时候，肯定不会是个服从命令的优秀的土耳其人。

我在中产阶级当中也有几个女学生，其中一个对我的某种关系的变化有间接的效果。既然我应该不管什么都说出来，这点也是我要说的。

她是一个香料商的女儿，叫腊尔小姐。她是希腊雕像的纯种模特儿，如果世界上存在没有生命、没有灵魂的真正美人，那我肯定要把她看成是我有生以来所见到的最漂亮的姑娘了。她那种冷淡、冰冷和一点感情也没有的态度几乎到了令人难以置信的地步。不管是让她高兴，或者是让她生气，都一样是办不到的。我相信要是有个男人对她采取什么无理行动，她也会任凭摆布的，这无疑不是由于她心里的意思，而是因为麻木不仁。她的母亲就怕她碰到这种危险，一步也不离开她。她母亲让她学唱歌，还为她请了一位年轻教师，她是用尽一切办法来诱发她的乐趣，但也没有一点效果。在教师挑逗小姐时，母亲挑逗教师，二者都相同的毫无效果。腊尔太太除了与生俱来的活泼之外，还有一种轻浮劲儿，也是她女儿应该有而没有的。她是个活泼、美丽的小个子女人，脸上有点儿麻子，一双热情的小眼睛，稍稍有点儿红，因为她几乎是瞎眼了。

每天上午我到她家的时候，桌子上早就摆好了给我预备的奶油咖啡，母亲总是忘不了用紧紧贴住嘴唇的亲吻来欢迎我，我在好奇心的驱动下，真想对她的女儿也回敬相同的一吻，看看她究竟有什么表达。说实在的，全部这一切都十分正常，就是腊尔先生在座，也同样是爱抚和亲吻。丈夫的确是一个好脾气的男人，不愧是她女儿的父亲，他的妻子从不骗他，因为没有欺骗的需要。我对于这些爱抚一点也不介意，仍然按然我以往的那种愚蠢的看法，认为这只是单纯友谊的表示。然而，有时我也感到不耐烦，因为活泼的腊尔太太的要求越来越苛刻了，要是我白天从她的店铺面前经过而不进去坐一会儿的话，就避免不了一场麻烦。因此，我有急事的时候，就只能绕远儿走另一条街，因为我了解她那里是进去容易出来难的。

腊尔太太对我非常关心，所以不能让我对她一点也不动情，她的关怀让我十分感动。我觉得这是非常平常的一件事，就向“妈妈”说了。其实就是我觉得有什么神秘的东西，我也是会跟她谈的，因为不管什么事情，要我对她保守秘密是很难的，我的心完全地摆在她的面前，如像摆在上帝的跟前一样。她对于这件事并不像我看得那样淳朴。我认为不过是友谊罢了，她却认为这是另有所图的一种表达。她认定腊尔太太为了维护自己的脸面也要把我变成不像我在她面前表现的那种呆头呆脑，早晚会用种种方法让我了解她的意思。她觉得由另一个女人来开导她的学生是不对的，而且她还有更合情合理的理由来保护我，不让我陷入我的年纪和我的地位可能使我遇到的欺骗。就在那时，我曾面临一个更危险的欺骗的诱惑，虽然我总算逃脱了，但是这让她看出了还有其他危险在不断地威胁着我，她认为必须采取她力所能及的全部的预防措施。

孟顿伯爵夫人是我的一个女学生的母亲，她是一个聪明的女人，但是名声不好。据说因为她造成了很多家庭的不和，并曾给安特勒蒙家带来了不好的后果。“妈妈”和她交往十分密切，所以了解她的个性。“妈妈”无形之中引起了孟顿夫人的某个意中人的关注，虽然“妈妈”后来既没有去找他也没有接受过他的邀请，孟顿夫人却把这当做一种罪名加在“妈妈”的身上。自此以后，孟顿夫人就用出了种种方法来对付她的对手，但是一次也没有成功。

我来说一件最可笑的例子吧。她们俩和周围的几位绅士一起到野外去了，其中也有我上面提过的那位先生。

有一天，孟顿夫人向这些先生中的一个说，海仑夫人只会做作，一点情趣也没有，衣饰不整，而且像个老板娘一样，总盖着自己的胸部。那位先生爱好打趣，对她说：“至于后一点，她有她的理由，据我所知，她的胸上有一块像令人讨厌的大老鼠那样的病，真是像极了，而且像是在跑动似的。”恨和爱相同，是容易让人轻信的。孟顿夫人决定要抓住这个发现。有一天，“妈妈”正和孟顿夫人的那位不知情的情人一块玩纸牌，孟顿夫人抓住了这个机会跑到“妈妈”的身后，把她的椅子翻倒了，巧妙地打开了她的项巾。不过，那位先生并没有看到一只大老鼠，却见到了完全不同的情况，想忘记要比想看到还要难。这是让那位夫人没有得逞的一件事。

我并不是一个能让孟顿夫人关心的人物，因为她需要自己旁边有一些有名的人物。不过，她对我也多少有点关注，这并不是由于我的相貌——对这她的确是一点也不放在心上的——而是因为人们认为我拥有的那点才华，这点才华对于她的爱好或许是有些用处的。她对讽刺有一种十分强烈的爱好，她喜欢用一些歌曲或诗句来讽刺她不喜欢的人，如果她的确发现我相当有才可以帮她写几句美妙的嘲讽诗，而且我也十分高兴把它写下来，我们俩可能会把尚贝里闹得不成样的。要是人们探究起写这些诽谤文字的人的时候，孟顿夫人就会把我牺牲掉，自己一点也不负责任，而我则可能被关上终生，来领受在贵妇人面前当才子的坏处。幸运的是，这些事情一件也没有发生。孟顿夫人为了和我说话留我吃了两三次饭，她发现我只不过是个傻瓜罢了。我也感觉到这一点，并因为这个而自怨自艾，痛恨自己没有我的朋友汪杜尔的才华，其实，我倒应该感谢自己的笨拙，因为它让我免去了许多危险。我在孟顿夫人面前只有仍旧做她女儿的音乐教师，但是我在尚贝里的生活却非常平静，一直受到人们的接待。这比我在她跟前成为一个天才，而在其他人面前成为一个毒蛇，要好得多了。

虽然这样，为了让我摆脱青年时代的危险，“妈妈”觉得已经到了该把我当做成年人来对待的时候了。她立即这样做了，但她采取了非常奇特的方式，是其他女人在这种情况下想不出来的。我发现她的态度比以前严肃了，她的谈话也比往常更有教训味道了。在她平常的教导中时常掺杂的玩笑话一刹那间没有了，换上了十分沉重的口气，既不亲切也不严肃，好像是在准备要做一些说明。她这种突然的转变，我想了好久也猜不透其中的缘故，于是我就爽快地向她说了出来，这正是她所想要的。她向我提议第二天到郊外的小园子里去进行一次散步。

第二天清早我们就出去了。她预先做好了安排，那一天的时间只有我们两人在一块，没有其他人来打搅，她用了一整天的时间来让我能够接受她要给我的施舍，但是她不像别的女人那样用诡计和调情来实现目的，而是用充满感情和仁慈的谈话。她说的那些话，与其说是对我的引诱，不如说是对我的教导，刺激感官的少，打动心灵的多。但是，不管她那番既不冰冷也不高兴的话说得如何优秀，对我如何有帮助，我都没有以应有的注意力去倾听，也没有像从前那样把她的话很深地铭刻在我的心上。

刚一开始谈话，她那种事先准备好的神情已让我精神不安了，所以，在她说话的时候，我不由自主地就开小差思考起来。我并没怎样专注听她所说的话，而只是琢磨她到底想要实现什么目标。我想了半天才明白她的目的所在，这对我来说的确是不容易的。我刚一知道她的意思，她这种新颖的想法——自从我和她住在一起以来，一次也没有这样想过——就把我整个都给吸引住了，再也不允许我去想她所说的话。我心里只能想她了，她说什么我也没有留心听。为了让年轻人留心听取要对他们说的话，先给他们提示一下他们非常关注的目标，是教师们时常犯的错误，这样做反而会收到相反的结果。我在《爱莫尔》一书中也没能避免这种错误。年轻人都是如此，受到向他们提出的目的的吸引以后，他们就专注去想这个目标，就像要飞似的直奔目的而去，不再去听你为了让他们达到这个目标所作的开幕式的谈话了，因为你那种慢条斯理的讲法不符合他们的心意。如果要让他们留心听话，就不要让他们提前知道你最终要说什么。

这一点“妈妈”可做得笨拙了。她那种喜欢所有事情都要有体系的奇怪性格，使得她总是耗费心思地来讲明她的条件。可是我一看到好处，连什么条件都不听了，就急着满口答应了。我不相信世界上有哪个男人在这样的情况下会有讨价还价的爽朗的勇气，如果他真的这样做了，也不会取得哪个女人的原谅。因为相同的古怪的性格，她在这种协议上还用了最正式的手续，给了我八天的考虑时间，而我又有意向她说我不需要这个时间。事实上，这更是奇怪到极点的——我倒是十分乐意能有些思考的时间，她这些新奇的想法让我非常激动，另一方面我自己的思想也十分混乱，我需要一些时间把它整理一下。

大家肯定会觉得这八天对我真像八个世纪那么长。正好相反，我倒是希望这八天能真正成为八个世纪。我不知道应该如何描写我当时的心情，心里充满了夹杂有急躁情绪的害怕，既在盼望又生怕盼望的事情真的来到的那刻，以至有时心里真想找个什么好的办法避免这种已经被承诺的幸福。大家可以想象一下我那热情奔放和迷恋异性的气质，燃烧的血液、痴迷的心、我的精力、我的强壮的身体、我的年纪。再想象我当时盼望得到女人却还没有真正接触过任何一个女人的情况下，想象、渴求、虚荣、好奇，全都混合在一起，使我欲火中烧，非常着急地要做一个男人，表现为一个男人。再加上，大家特别要想到，因为这是不应该忽略的，我对她那种强烈而情致缠绵的依恋不但一直没有冷淡下来，并且一天比一天更深了，我只有在她身边才会感到快乐，只是想要为了想她才会离开她。

我这颗心全部被她占满了，不但是她的恩情和她的讨人喜欢性格，还有她的女性美、她的容貌、她的身体，总之，就是整个的她，无论是哪一个方面，只要是可以让我感到她可爱的一切都占满了我的心房。虽然她比我大十到十二岁，大家不要觉得她年纪大了，或者我是这样想的。自从五六年前我们第一次见面就使我迷恋以来，她实际上改变得很少，甚至在我看来她一点儿也没有改变。对于我，她一直是迷人的，而当时大家也都认为她是这样的。只是她的身体稍微发胖了。其他方面，完全和过去相同，相同的眼睛、相同的肤色、相同的胸部、相同的容貌、相同美丽的淡黄色的头发、相同的快乐活泼，甚至声音也是同样的声音。她青春时代的那种清脆的话语声，给我留下的印象是如此的深刻，直到今天，我每次听到一个少女的悦耳嗓音，一定会为之动心。

当然，在我等候占有自己十分喜欢的一个女人的那段时间，我本应恐惧的是由于没有足够的力量结束我的欲望和想象，控制不了自己，竟想把时间提前。大家以后就会看到，等我年龄稍大的时候，只要我一想到有个自己喜欢的女人正在等待着我，虽然她并不能给我很多的慰藉，我的血液也会立即沸腾起来，尽管我和她相隔的只不过是不长的一段路程，可是要让我心里无怨无悔地走这段路，也是不大可能的。那么，正当我年轻力壮的时期，到底是出于什么不可思议的原因，对于青春的第一次欢乐，竟没有一点兴奋的感觉呢？我为什么在期待那就要临近的时刻时，反倒感到痛苦大于快乐呢？我为什么对于本来应该是陶醉的欢乐竟会感到有点讨厌和害怕呢？毫无疑问，如果我能够很从容地避开这种幸福的话，我肯定很愿意放弃这种幸福。我以前说过，在我对她的爱情中有许多很奇怪的东西，当然，这就是一件大家意料不到的古怪事。

已经生气的读者可能会认为，她已经给了另一个男人，现在她却又要在两个人之间分配自己的宠爱，在我的心目中她的形象一定会变得矮小了，可能有一种看不起的心情减少了我对她的爱情。读者要这样想那可就大错特错了。这种平均分配的情况确实让我非常痛苦，因为这种敏感是很正常的，再说，我也的确觉得这种事对她对我都是不好的，但是，我对她的感情是不会因为这种关系而会有一点动摇的，并且我甚至可以发誓，我对她的爱从来也没有像我不大想拥有她的时候那样更加情意绵绵的了。

我十分明白她那纯洁的心灵和淡漠的气质，用不着怎样想也会明白，她会献身自荐是和肉欲的快乐一点关系也没有。我完全相信，她只是因为想使我摆脱掉那些似乎不可避免的危险，让我能够保住自己和守住本分，才不惜违反了她自己所应该遵循的本分。而对这一点，她的看法和其他女人的看法是不一样的，我在以后将会说到这一点。我既怜悯她，也怜悯我自己。我恨不得对她说："不，'妈妈'，不必这样，不这样，我也一定不会辜负你的。"但是，我不敢这样说。第一，这是一件不该说的事；第二，说心里话，我觉得这也不正确，事实上，只有她一个女人能让我抵挡住其他的女人，让我经得起诱惑。我尽管不想占有她，却很高兴她能让我免去占有其他女人的想法，因为我把所有能使我和她生分的事情都看做是一种不幸。

长久地同她一起过着天真无邪的生活，这个习惯绝对没有减弱我对她的感情，而是更加强了这种感情。但同时也转变了它的方向，可以说这种感情反而更加亲切、更加温柔了，而性的成分也变得更加少了。因为张口“妈妈”闭口“妈妈”叫得过多了，而且总是以儿子的态度来对待她，日久天长，我就真的把自己看成她的儿子了。我想这就是我虽然很爱她，却不怎么想拥有她的内在的原因。

我记得非常清楚，我刚开始对她的感情虽然不是十分强烈，却是十分不入流的。在阿纳西的时候，我曾经处于痴迷的状态，到了尚贝里，我却不那样了。我对她的爱可以说要多么强烈就有多强烈，可是我爱她主要是因为她而不是因为我自己，至少我在她身边所想要的是幸福而不是享受。她对我来说，比姐姐还要好，比母亲还要好，胜似朋友，甚至胜似情妇，正因为这样，她才不是我的一个情妇。一句话，我太爱她了，不能别有所图，这一点我是非常清楚的。

与其说渴望不如说是害怕的那个日子最终来到了。我既然什么都答应了，也就不能说了不算。我的心履行了我的承诺，但不希望得到报偿。但是，我却得到了补偿。于是，我便第一次给予了一个女人——我所喜欢的一个女人怀抱。我幸福吗？不，我仅仅得到了肉体上的满足。有一种无法克服的忧伤软化了它的魅力。我觉得我好像犯下了一桩乱伦罪似的。

有两三次，我动情地把她紧紧搂抱在怀里的时候，我的眼泪弄湿了她的胸膛。她呢，既不表现出忧伤，也不表现出兴奋，只有温存和宁静。因为她的确不是一个喜欢纵欲的女人，没有想过这方面的满足，所以她既没有感觉到性的快乐，也不因为这而懊悔。

我再说一次，她的一切错都在于她缺乏判断能力，但绝不是出自她的情欲。她是上等家庭出身，灵魂纯洁，她喜欢传统的行为，她的性情是正直和亲切的，趣味也非常高雅。她生来就是为了做一个具有完美品行的女人，她也喜欢这样做，但是她未能遵守这种品行，因为她一向所服从的不是把她引导向正路的感情，而是把她引导向迷途的理智。当许多错误的道理引她误入迷途的时候，她的正确的感情一直在反抗。令人可惜的是，她喜欢炫耀自己的哲学，因而她凭借自己的看法所创立的道德原则，往往破坏了由她的心灵所启示的持身之道。

她的第一个情人达维尔先生是她的哲学老师，他教给她的一些理论都是以诱惑她为目的的。他发现她十分忠于自己的丈夫和自己的工作，一直保持淡漠，很有理性，不是从感情方面所能攻破的，于是就用一些伪辩之词来向她攻击，最终达到了目的。

他对她表明她所遵守的妇道彻底是教理问答中哄小孩一类的胡言乱语，两性的合二为一——这个行动的自身是最无关紧要的，夫妻之间的忠实只是为了照顾外表，它的道德意义只是涉及公众舆论，做妻子的唯一责任就是使丈夫安心，所以，不为人所知的不忠诚的行为，对她所欺骗的丈夫来说是没有意义的，对于自己的良心也是相同的。一句话，他说服了她，让她相信不忠行为的自身实在算不了什么，只是由于别人明白了不好看才成了麻烦。因此任何一个女人，只要能表现得像个忠贞的女人，她实际上也就是个忠贞的女人。

这个坏蛋就这样实现了他的目标，他破坏了一个年轻女人的理性，但他没能破坏她的心灵。他得到了最强烈的忌妒心的惩罚，因为他一心认为她在按照他教她对待自己丈夫那样来对待他自己。我不知道在这一点上他是否做错了。贝莱牧师被认为是他的继承人。据我所知，这个年轻女人的淡漠天性本来应该保护她不接受这套理论的，但却成了她抛弃这套理论的阻碍。她始终不明白人们为什么对她觉得毫无意义的小事那么在意，她从未把在她看来一点也不费事的节欲当成美德。她并没有为自己而滥用这个错误的理论，但是她却为了别人而乱用它，正因为这样，是她深信另外一条几乎是相同错误的道理，而这个道理又和她善良的心灵正好吻合。

她一直相信，没有什么力量比“占有”更能使一个男人依赖一个女人的了，虽然她对她的朋友的感情只是因为纯粹的友谊——这是一种十分细腻的友谊。她用她所控制的一切方法，使他们更紧紧地依赖她。而最让人感到惊讶的是她仿佛每次都能成功。

她的确非常可爱，和她相处得越密切，发现她的可爱之处也就越多。另一点值得注意的是，就是在她初次失足之后，她几乎只是宠爱不幸的人，有钱人物在她跟前都是白费心机。如果她已经对一个男人产生了同情，最终却又没有爱上他，那一定是因为他太不讨人喜欢了。如果她选择的对象配不上她，这绝不是因为她那高尚的心灵一直非常陌生的一些卑鄙的动机，而彻底是由于她的性格太慷慨、太善良、太同情、太敏感的原因，她明辨是非的能力往往不足以驾驭这种性格。

虽然几项错误的准则把她引向了歧途，可是她在始终不渝地遵守的那些原则是多么值得赞美啊！如果这些错误能够被称做弱点的话，她已经用多少美德来弥补了这些弱点啊？更何况其中肉欲的成分又是那么的微小啊！当然，那个人在这一点上欺骗了她，但是也是那个人在其他许多方面出色地指导了她。她那很少冲动的情欲常常让她能够遵循理性的见解，只要她的诡辩哲学未能使她走入迷途时，她的行动就是对的。就算她做了错事，她的动机也值得赞赏，由于认识上的错误，她做了错事，但绝没有一点坏心眼。她对于口是心非和弄虚作假是非常痛恨的。她为人正直、诚实、仁慈、大公无私；她信守承诺、忠于朋友、忠于自己认为应该遵循的责任。她既不会报复别人，也不会痛恨别人，她甚至不能明白，为什么宽恕竟然被称作一种伟大的美德。最终，就拿她那最不可原谅的举止来说，她不很看重她给予别人的爱，也从来不把她的宠爱看成进行交易的方法。她乱用自己的宠爱，但是决不出卖宠爱，虽然她不断采用种种权宜之计来维护生活。我敢勇敢地说，苏格拉底既然能够尊重阿斯帕西雅，也一定能够尊重海仑夫人。

我早就料到，说她既具有多情的天性又具有淡漠的气质，人们一定会和平常一样毫无根据地批评我自相矛盾。也许这是大自然的错，这种结合是不应该并存的，但我只知道她的确是如此的人。认识海仑夫人的人今天还有不少依然活着，他们都能证实她就是这样子的人。

另外，我甚至敢说，她只知道生活中有一种纯正的快乐，那就是让她所喜欢的人快乐。人们都可以对此任意加以评论，用高明的论断证实这不是实际。但是我的责任就是说明真实情况，并不一定要人们深信。我刚才所说的，都是在我们有了进一步的关系之后的交谈中才渐渐领会到的，我只是在这些交谈中才感受到我们这种亲切关系的快乐。她本来希望她对我的宠爱会给我带来益处，这是一点也没错的，她的恩情对于我的发展具有巨大的作用。在这之前，她对我只是像对一个孩子一样，仅仅谈我的事。现在，她开始把我看成一个成年男子而对我谈她个人的事了。她和我所谈的全部，引起了我很大的兴趣，使我非常感动，我自己不能不深深地反省，我从她所说的知心话中得到的好处比从她的教导中所得的还要多得多。当你真正感觉到对方的话是真诚的话的时候，自己的心灵也一定会打开来接受一个陌生心灵的真情的流露，一个教育家的所有箴言也不及你所爱恋的一个聪明女人的情意绵绵的话语。

我和她的这种亲近的关系，让她对我产生了比以前更好的评价。虽然我的样子有些笨拙，她认定我经过一番教育后可以到上流社会里转转，如果有一天我能在交际场中站稳脚跟，我是可以自奔明天的。根据这种看法，她不仅认为要培养我的智慧，也要整顿我的外形和我的行为，她要让我变成一个既和蔼可亲又让人尊敬的人。如果说在上流社会中获得成功是可以和道德结合起来的话（我是不相信这一点的），那么至少我相信除了她所采用的并且也要教给我的那个办法外，是没有其他办法的。

海仑夫人深谙人情世故，在待人接物上有一套精湛的艺术。她与人交往既不做作，又不疏忽；既不骗人，也不刺激人。但是，这种艺术是她的性格天生就有的，也是教导不了的，她自己学习这套艺术要比她讲解这套艺术聪明得多，而我又是世界上最不能明白这种艺术的人。所以，她在这一方面所做出的全部，都几乎等于徒劳，就连她请教师教我跳舞和剑术也是相同的，我的身体虽然轻巧灵便，却连一个小步舞都没学会。因为我脚上有鸡眼，我用脚后跟走路已经变成了习惯，即便用罗谢尔盐治疗，也没有办法改过来。尽管我的样子非常灵便，但是我从未能跳过一个小沟。

在剑术练习室就更坏了，学了三个月，我还是在学习怎样挡开击来的剑，一直不会突然向前刺。而且我的手腕不够灵活，胳膊没有劲，当我的教师要击落我的剑时，我总是握不住。另外，我对这种运动和教我剑术的教师非常厌恶。我从未想到一个人对于杀人的技术会有如此大的自豪感。他为了使我能接受他的天分，就用他根本不懂的音乐打比方，他觉得剑术中的第三和第四身姿和音乐中的第三和第四音程有很明显的相似之处。如果他要做一次假攻，他对我说要注意这个升半音符号，所以在古代音乐中的升半音符号和剑术中的假攻是同一个字。当他把我手中的实习剑碰掉的时候，就笑着告诉我，这是一个停止符号。一句话，我一辈子也没有见过像他这样一个帽子上插着羽毛、胸前戴着护胸甲的自诩为多才多艺的人，他几乎令人无法忍受。因此，我的剑术进步不大，很快我就由于厌恶而把剑术完全丢弃了。但是，我在一种比较有用的艺术方面却有了明显的进步，那就是满足于自己的命，不再渴望更高的地位，而且我开始认为我没有这种天赋。我一心渴望“妈妈”生活得快乐，我喜欢一直待在她的身边，在我只能进城教音乐而离开她的时候，尽管我对音乐是那样的爱好，我都开始觉得这是件麻烦事。

我不知道克罗德·阿奈是不是感觉到了我们之间那种亲密的关系，但是我有理由相信这事并不能瞒过他。他是一个绝顶聪明而又非常审慎的小伙子，他从来不说违心的话，但也不是每次都把心里所想的说出来。他一点也没表现出他已经知道了我们的事情，只是从他的行动上看，他像是知道了。他的这种严谨态度当然不是因为心灵的卑贱，而是因为他同意他的女主人的见解，所以他不能难为她依照这些见解所采取的行动。虽然他和她一样年轻，但他十分老成，非常端庄，甚至把我们俩看成两个应该原谅的孩子，而我们则把他看成一个可尊敬的人，我们也应该对他保持一定的尊重。

我只是在他的女主人对他不忠诚以后，才了解到她对他的爱是那么的深沉。由于她知道我的思想、我的感情还有我的生命都受她的控制，所以向我说明了她是怎样爱他。以便让我也能同样爱他，她在这点上所要重视的，与其说是她对他的爱，倒不如说是她对他的尊重，因为后者是我最能和她共享的一种感情。她常说，我们俩对她的幸福都是不可或缺的，当她说这样话的时候，有多少次我们两个人都感动得相拥着流下眼泪啊！希望读这段描述的女士们不要故意地笑她。既然她是这样的气质，这种需要并没有亲密的成分，这完全是她心灵的需要。其实可以这样说，就算我和“妈妈”还是以往的关系，对于她来说，我们依然是如此的重要，这一点并不关于道德或是伦理问题，而是在长久的相处中形成的一种深厚的战友一般的友谊。因此，我们三人彼此的关系从心灵的意义也以关爱上天的谴责，也可以让我们心安理得一些。

于是，我们三个人就这样形成了一个世界上也许是绝无仅有的团伙。我们的心愿，我们的注意力，我们的心都是相同的，一点没有超出我们的小圈子。我们三个人相同地生活在一起已成了惯性，如果在我们吃饭的时候，三个人中少了一个或者有其他人参加，就好像一切秩序都乱了。尽管“妈妈”和我们每个人之间都有自己的亲密关系，但我们总认为仅有两个人在一起不如三个人都在一起的时候快乐。在我们之间之所以不会产生苦恼，是因为相互间的极大信任。之所以不会觉得厌烦，是因为我们日常都挺忙。“妈妈”一直计划这个，计划那个，每天都活动奔忙，也轻易不让我们两人闲着没事干，还有我们都有点个人的事要做，也就把时间都占据了。对我来说，闲暇无事和孤独一样，也是社会上的痛苦的源泉。长久地面对面地坐在屋子里，什么事也没有，一个劲儿地胡乱扯，这是最能让人的思想变得狭窄，最能惹是生非、钩心斗角、诽谤中伤的了。当大家都在忙碌的时候，除了有事要说，谁也不说话，可是当大家任何事都没有的时候，话就只能一个劲儿地说下去，这是最讨厌最危险的事情。

我还敢更深一步说，为了让一个小的集体拥有地道的快乐，我建议每个人不但都应当做点什么事，而且要做点不管怎样都需要用心的事。比如，打花结就是没事做，打花结的女人和闲着没事的女人一样需要谈话来消遣。可是她要是做刺绣的话，情况就不一样了，因为专心刺绣，别人说话时她几乎就没有答话的工夫，尤其感到讨厌和可笑的是，要是这时在她眼前有十多个闲人，起来坐下，走来走去，闲得没事用脚后跟来回打转，把壁炉上的瓷菩萨转来转去看个不停，并且还不断转动他们的脑子，以此来维持他们没完没了的闲谈。不用多说，这简直是一桩美好的事！这样的人，无论在哪儿，总是要给别人和自己带来麻烦的。我在莫蒂埃的时候，经常到女邻居家去编丝带，如果我回到社交圈中，我会时常在口袋里装上一个小转球，整天地拿来把玩着，以免没话说时说废话。要是每个人都这样做，人们就不会变得如此坏，那么他们之间的互相交往也就更准确可靠了，而且我觉得，也会更愉快些。总之，谁要是觉得这可笑，那就让他们笑吧，我却觉得，唯一适合现在这个时代的道德，就是小转球的道德。

再者，我们简直也用不着为了摆脱讨厌而单独去找事做，那些不讨人喜欢的客人总会给我们找到很多的事情，除了我们三个人在一起的时间外，自己也不会有什么空闲时间。这些客人从前使我产生的那种很烦的情绪并没有减弱，所不同的只是我闹这种情绪的时间变少了。

可怜的“妈妈”一点也没有放弃她那个喜欢对自己的事业和方案作种种空想的老习惯。相反的是，家庭的生活越困难，她就越在她所向往的事情上花心思。眼前的生活收入越减少，她就越对未来充满幻想。随着年龄的增长，她这种老毛病越来越厉害，当她渐渐失去社交的兴趣和青春的兴趣的时候，她就用寻找秘方和制作计划的兴趣来取代她所失去的乐趣。家里总是不断有一些江湖郎中、制药商、术士还有形形色色喜欢搞计划的人，他们吹嘘未来他们会有百万的钱财，而目前他们连一块银币也不能放过。没有一个人是从她家里空手而归的。但是，有一件事我不了解，我不知道在如此长的时间里，她用什么方法来对付那么多的开销，既没有用尽她的财源，也没有使她的债主感到头痛。

在我现在所说的那个阶段，她最热衷的计划——在她所制订的计划中，这并不能看成是最不理性的一个计划——是在尚贝里创造一所皇家植物园，还要聘请一位拥有薪金待遇的技师，不用说就能知道，这个位置是要分配给谁的。这座城市位于阿尔卑斯山脉中部，很适用于进行植物学研究，“妈妈”经常用一个计划来促成另一个计划的完成，因此她在制订成立植物园的计划时就又制订了创造一个药剂研究所的计划。在这个地方，药剂师也就是仅有的那几位医生，建立一个药剂研究所事实上倒是很有益的。

国王维克多去世以后，太医格洛希退居尚贝里，她觉得这是对这个计划很有用的条件，也许正是由于这一点她才产生了这个想法。不管怎么样吧，她开始奉迎起格洛希来，但奉迎他却不是那么简单的，因为他是我见过的人中最刻薄粗鲁的人了。现在拿两三个例子让读者自己去判断吧。

有一天，他和其他的医生给一个病人看病，其中有一位青年医生是从阿纳西请过来的，是经常给那个病人看病的医生。这位青年人对他们医生这个行业的规矩还不是很熟悉，居然敢不同意太医的意见。太医没有回答他的话，却只问他何时回去，经过什么地方，乘哪班马车。年轻的医生一一作了回答后，反过来问他是不是有什么事需要托他代办，格洛希说："没事，没事，我只是想在你离开的时候，我很高兴到楼上的窗户旁边看看一个蠢驴在马车里是个怎样的样儿。"

他吝啬的大小是和他的财富与冷酷完全相同的。有一次他的一个朋友向他借钱，并提出了最安全的保证，他却紧紧地握着他朋友的手，咬着牙说："朋友，就是圣彼得从天上下来，用三位一体保证向我借一百法郎，我也不会借给他的。"

有一天，萨瓦地方的官员，一位十分虔诚的伯爵比贡先生请他吃饭，他很早就到达了，那位长官大人正在做祷告，就请他一起做，他不知道该如何回答，只做了一个可怕的鬼脸后也跪下了，但是，刚刚念完了两句"万福玛利亚"，他就忍不住了，猛地一下站起来，拿起手杖，一句话也没说就离开了。比贡伯爵追赶着对他说："格洛希先生！格洛希先生！您别走呀，厨房里正在给您烤一只美味的鹧鸪呢！"他回过头来对伯爵说："伯爵先生！您就是给我一个烤天使我也不等了。"

"妈妈"想笼络而终于笼络上的太医格洛希先生就是如此的一个人。尽管他非常忙，但也常常来看她，和阿奈关系很好，很看重他的知识，并且怀着崇拜的心情讨论他。但让人意想不到的是，像他这样一个粗鲁无礼的人，为了去除以前的印象，竟向阿奈表达特别的尊重。尽管阿奈早已不是仆人了，但大家了解他过去是仆人，或许还是相同地需要由太医的威信和示范来让人对他另眼看待。克罗德·阿奈上身穿黑色衣服，假发梳理得整整齐齐，风度翩翩、彬彬有礼，行动聪明谨慎，医学和植物学的知识非常渊博，还有医学界领袖人物的关照，按理说，如果建立皇家植物园的计划能够完成，他很有希望担任皇家技师的职位而且会受到一致的推崇。事实上格洛希很欣赏这项计划，也采纳了这个想法，只等和平局面的出现，开始思考一些与公益有关的事并能筹出一笔经费的时候，再向宫廷说出。

如果这个计划完成了。我一定会投入到植物学上去，由于我生来就像是要干这门学科的，不过，一个想不到的打击让这个计划落空了，不管计划怎样周密，遇到这样的意外，也是要被弄翻的。我是命中注定要逐步变成苦命人的。也可以说，上帝故意要叫我经受这种种严酷的考验，把一切能阻碍我做幸福的人的全部，都用手拨开了。

有一次阿奈到山顶上去找寻一种白蒿，这是唯有在阿尔卑斯山上才会生长的一种罕见的植物，格洛希先生那时正需要它，这个可怜的青年竟然在这次上山采药的时候跑得太热了，患了肋膜炎。据说，他所采的药材正是治疗这种病的特效药，但也挽回不了他的命。虽然有医术高明的名医格洛希的医治，虽然有他的善良的女主人和我的悉心照料，他在我们最终无效的救治之下，经过一番非常痛苦的挣扎，最终离开了我们，这是得病后的第五天。在临死前只有我安慰过他，我的心情是那么的痛苦和真诚，如果他当时神智还清醒，能够明白我的心意，一定会获得一些慰藉的。我就这样丧失了我一生中唯有的一个最忠诚的朋友。他是一位稀有的、值得别人尊敬的人物，天赐的才能弥补了他不曾受到的教育，出身低下，却具有名人的一切品德。如果他的生命能够延长，如果他有适当的职位，那么他一定会成为一个有名的人物。

第二天，我怀着非常真挚的沉痛的心情向“妈妈”谈起了他，在谈话中我忽然产生了一种卑贱的不应有的想法，我想接收他生前穿过的几件衣服，尤其是那件曾经引起我关注的漂亮的黑上衣。我既然这么想，也就这么说出来了，因为在她面前，我总是心里想什么就说什么的。没有什么东西可以比这句卑鄙而难听的话更能让她感到刚刚去世的那个人对她的伤害有多么大的了，因为无私与心地善良正是他生前所具备的最优秀的品质。这个可怜的女人，一言不发，扭过头去就哭了起来。可爱而又可贵的眼泪啊！我理解这些眼泪的内涵，每颗泪珠都流淌到我的心里去了，它们把我心里所有卑鄙肮脏的东西不留痕迹地完全冲尽了，从那以后，我再也没有萌发过这样的念头。阿奈的死亡不仅给“妈妈”带来了精神上的苦难，也带来了物质上的损失。从那以后，她的事情一天不如一天了。阿奈是一个聪明而严谨的青年，他维护着他女主人家里的全部秩序。大家害怕他那双机警的眼睛而不敢太浪费。就是“妈妈”自己也因为怕他的指责而竭力克制自己那爱好挥霍的习惯。在她看来，单单他的爱是不够的，她还要维持住他的尊敬和避免他的正当的批评，因为在她乱用别人钱财或是浪费自己钱财的时候，他有的时候是敢于批评她的。

我和他有同样的看法，甚至也提出相同的忠告。不过，我在她身上没有那么大的效力，我的话不如他的话那样有效力。他既然不在了，必须由我来取代，可是我既没有这种本事，也没有这种兴趣，所以不能担当。我本来就很不细心，性情又胆怯，虽然我也暗自嘀咕几句，却还是一切听任自流。再说，固然我获得了和阿奈相同的信任，却不会具有相同的威信。看见家里杂乱无章，我也惊叹，我也埋怨，不过，我说的话没有人听。我还太年轻、太肤浅，我还不能按理办事，当我要插手时，“妈妈”总是亲切地轻轻拍我的脸蛋，叫声“我的小监督”，迫使我依然扮演起适合于我的角色。

以前我就深深地感觉到她那种毫无节制的花费迟早要使她处于穷困的境地，现在我做了监护，亲自看到账本上的收支不平衡，这种感觉就越发强烈了。我内心里一直存在的吝啬的趋向，就是在这时形成的。诚然，我除了一时的发作外，从来没有真正浪费过任何的金钱，就是在这以前，我也从来没有为钱而操过那么大的心。现在我却开始在意这件事，并且也注意起自己的小钱袋来了。

因为一种崇高的动机，我竟变成了爱钱的人，实际上，因为我已预料到要发生不好的事，所以我全身心地只想给“妈妈”攒一点钱，以备不时之需。我害怕的是她的债权人可能要求扣押她的年金，抑或是她的年金完全被拿走，所以，在我那幼小的眼光看来，我觉得我那一点儿积蓄倒可能会帮她很大的忙。不过，为了攒点钱，尤其是为了把它保存住，必须瞒住她，因为在她东挪西借的时候，叫她知道我还存有私房钱是不恰当的。于是我就处处找严密的地方藏上几个金路易，并且打算不断地添加点，一直到将来有一天当面如数交给她为止。

不过，我太笨拙了，凡是我所选择的地方总会被她找到的。

以后，她为了暗示我她已发现了这个秘密，就把我所私藏的金币拿走，换上了更多一些其他的钱币。于是我只得难为情地把我那一点私己钱送到公用的钱袋中来。而她又总是用这些钱为我买一些衣服或其他用的东西，比如银剑、怀表，等等。我相信攒钱是永远不能成功的了，而且对她来说这也是杯水车薪、无济于事。最终，我觉得为了避免我所害怕的不幸发生，在她没有能力供给我饭吃而她自己也要没饭吃的时候，我必须学会由我来供给她的生活所需，除此之外，没有任何其他途径。

不幸的是，我竟然只从爱好出发来制订自己的打算，疯狂而固执地想在音乐方面寻求财富，我觉得我的脑袋里全是主题和歌曲，我认为只要我善于开发，我就会立即成为一个名家，一个当代的俄耳浦斯，我那动听的歌声可以把全秘鲁的银子都拿过来。在我看来，识谱的能力虽然已经不错了，但重要的却是学会作曲。困难的是找不到教导我作曲的人，只拿拉莫所著的那本《和声学》来自学，是没有希望达到目的的，而且自从勒·迈特尔先生离开了以后，在萨瓦便没有通晓和声学的人了。

在这里，大家又要看到我这一生中一直出现的和我的目标适得其反的事情，这些事情通常是在我认为已经可以达到目标的时候，却让我走到了和我的目的恰好相反的地方去了。汪杜尔经常和我说起关于布朗沙尔神甫的事情，他是教他作曲的老师，是一个拥有卓越天才的赫赫有名的人物，当时他在伯臧松大教堂做音乐指挥，现在在凡尔赛的小礼拜堂当音乐指挥。于是我就打算到伯臧松去跟布朗沙尔神甫学习音乐，我觉得这个想法十分合乎情理，甚至还说服了“妈妈”，让她也觉得这是个合情合理的想法。于是她就以她那喜欢铺张的习惯给我收拾起行装来了。

这样，我的计划是想避免她破产，是想以后能够弥补上由于她的浪费而欠下的债，可是在准备执行这个计划的时候，却又让她花费了八百法郎，我原本为了防止她将来破产的想法反而加速了她的破产。尽管这种举动是很荒谬的，我的心中和“妈妈”的心中却都充满了梦想。我相信，我所进行的一切对她是有好处的，她则深信我所做的一切对我是有好处的。

我原以为汪杜尔还在阿纳西，可以求他写一封推荐信给布朗沙尔神甫，但他已经不在那里了。我一切的可作证明的东西就是汪杜尔留给我的一篇四声部的弥撒曲，这是他的著作，也是他亲自抄写的。我就拿着这件代替推荐信的东西到伯臧松去。

经过日内瓦的时候，我看望了几位亲戚，经过尼翁的时候，我去看望了父亲，他和平常那样接待了我，并且同意把我的行李寄到伯臧松，因为我骑马，行李接着才能到达。我终于到达了伯臧松，布朗沙尔神甫很好地招待了我，同意教我音乐，并且表示愿意尽量照顾我。在我们正要起程的时候，父亲寄来了一封信，说我的行李在瑞士边境的鲁斯被法国关卡扣留并被没收了。这消息可把我吓坏了，我就尽力托我在伯臧松刚认识的几个朋友打听一下没收的缘故，因为我相信里面没有一点违禁品，我猜不出我的行李是因为什么被没收的。最终，我知道了缘故，我必须介绍一下，因为这是十分有趣的事。

我在尚贝里结识了一位上了年纪的里昂人，他是一个十分善良的人，名字叫杜维叶。他在摄政时代的签证局干过事，后来因为没事干便来到这里的土地登记处干活。他和上流社会的人士相处过，不仅有才华，而且有学识，为人温和有礼貌，他也通晓音乐，我们两人那时在一个办公室工作，在那些庸俗不堪的人们中间，我们显得格外亲近。他和巴黎方面有一些联系，常从那里获得一些没用的小品文，一些盛行一时的新奇作品，这些作品也不知道为什么就传播起来，也不知怎样就毫无消息了，要是没有人提起，再也不会有人想到它们。

我曾经带他到“妈妈”这里来吃过几次饭，可以说他是故意和我处好，为了博得我的欢心。他想方设法让我也爱上这些一点价值也没有的东西，其实我一直就讨厌这种无聊的文章，我是这一生也不会谈这类东西的。为了不使他生气，我只得收下这些宝贵的纸片，顺便就把它们装进了衣袋里，除了找手纸用时，我再也不会想起它们来，因为在我看来这是它们仅有的用途。不巧的是，这些可恶的文章有一篇丢在我只穿过两三次的新礼服上衣的口袋里了，那身礼服是我和同事们交际时穿的。这篇东西是让塞尼优斯教派作家仿造拉辛的悲剧《密特里达德》里最优美的一幕而写的一篇游戏诗文，文字一点味道也没有，我连十行也没有读，因为不慎把它丢在衣袋里了，所以造成了我的行李被扣押。

关卡的官吏们为我的行李开了一个清单，清单前面加上了一篇洋洋大观的检验书，检验书上首先猜测这个文件来自日内瓦，是打算到法国印刷和散发的，于是他们就借题发挥起来。对上帝和教会的敌人大加指责，对他们自己的虔诚警惕则大大地赞美，说正是因为警惕性高才遏止了这个丑恶阴谋的实现。无疑，他们觉得我的衬衣也有异教气味，因为他们根据这张恐怖的小纸片把我所有的东西都没收了。因为我想不出其他的办法，我始终也不知道我那可怜的行李是如何被处理的。去找那些税务机关里的长官时，他们向我要这个说明、那个单据，这个证据、那个记录，手续非常复杂，简直叫我陷入了迷魂阵中，我只好利落地把一切行李都不要了。我十分后悔没有把鲁斯关卡的那份检验书也留下来，要是把它收集到打算随同本书一并出版的资料集子里，一定会显得非常引人注意。

这项损失让我在布朗沙尔神甫那里还没学到什么就不得不立即返回尚贝里。看见我不管干什么都不走运，经过一番考虑之后，我打算一心一意地和“妈妈”住在一起，任凭她的命运的派遣，和她同甘共苦，也绝不再为自己无能为力的未来枉费心机了。她就像我给她带来宝贝一样地招待了我，又渐渐地把我的衣物添置起来，我的不幸对她对我来说都是很大的，但是几乎和事情的发生同样快，不久我们就把它忘记了。

这次的不幸虽然给我对音乐所抱有的热望泼了冷水，我却一直不遗余力地在研究拉莫的那本书，因为苦心钻研，最终对它有了了解，并且试写了几支小曲，成绩倒也还不错，因而又增添了我的勇气。

安特勒蒙侯爵的儿子贝勒加德伯爵在奥古斯特王去世之后就从德累斯顿回来了。他曾经在巴黎住过很长一段时间，非常热爱音乐，对于拉莫的音乐更是爱得疯狂。他的兄弟南济伯爵会拉小提琴，他们的妹妹拉尔杜尔伯爵夫人会唱歌。这一切让音乐在尚贝里流行起来。他们举办了一场盛大的音乐会，起初曾计划请我担任指挥，但是不久就看出我并不能胜任，于是另作了计划。我依然把我作的几支小曲拿去演奏，其中有一支合唱曲很受人们的欢迎，这当然还不能看做是很成熟的作品，不过这中间却充满着新的曲调和引人入胜的音节，人们绝对想不到作者就是我。这些先生们不相信我这个连乐谱还读不好的人竟然能作出如此不错的曲子来，他们甚至怀疑我可能是拿别人的劳动成果来当做自己的。

为了证明真假，有一天早晨，南济伯爵拿着克莱朗波的一支合唱曲来找我，他说，为了让这个曲子便于演唱，他已经把它变了调，但是由于一变调，克莱朗波写的伴奏部分也就不能演奏了，要我给它另配个伴奏低音部。我对他说，这是一件非常繁重的工作，不能立即做到。他以为我是在找寻脱身的借口，就逼迫我最少要写一个宣传叙调的低音部。我同意了，当然作得不是很好，因为我不管做什么事，必须在一点压力也没有的情况下从容地去做，但这次我作的至少合乎情理，而且是在他的面前作的，这样他就不能怀疑我懂作曲的基本道理了。也正因为如此，我的那些女学生才没有退学，但是我对音乐的兴趣开始有些淡漠了，因为举办一个音乐会，人们竟然没把我放在眼里。

几乎就在这个时候，和约制定了，法国军队又爬过山回来了。有很多军官来探望“妈妈”。其中有奥尔良团的团长劳特莱克伯爵，随后他当了驻日内瓦的全权大使，最终成了法兰西的元帅。“妈妈”把我介绍给了他。他听了“妈妈”说的一些话后，好像对我非常关心，向我许下了不少诺言。可是，一直到他临死的那一年，在我已经不需要他的时候，他才想起了自己的那些承诺。

年轻的桑奈克太尔侯爵也于此同时到达尚贝里，他的父亲那时是驻都灵的大使。有一天，他在孟顿夫人家里吃晚饭，恰好我也在场。饭后大家讨论起了音乐，他十分熟悉音乐，当时《耶弗大》这个歌剧正好非常流行，他便说起了这个歌剧，并让人把谱子拿了过来。但他提议要和我一起唱这个歌剧，让我感到非常狼狈。他打开曲谱，正遇上那段著名的二重唱：

人间，地狱，甚至天堂，
都要在主的面前战栗。

他问我："你愿意唱几个音部？我来唱这六个音部。"我还不习惯法国音乐中的那种匆忙的节奏，虽然有的时候我也会勉强唱几段，但不明白一个人怎么能够同时唱六个音部，就是同时唱两个音部也不行啊？在音乐中，最使我感到头痛的就是快速地从一个音部跳到另一音部，同时眼睛还要看着整个乐谱。因为看到我那时那种推托的样子，桑奈克太尔先生明显怀疑我不明白音乐。也许就是想要验证我究竟会不会，他才让我把他计划献给孟顿小姐的一支曲子记录下来。这件事我是无法推掉的，于是他唱我记谱，我并没有请他重唱几次就记下来了。随后，他把我记录的谱子看了一遍，觉得我所记的一点不差、十分准确。因为他亲自看到了我刚才难为情的情况，就对这项细小的成绩大加称赞起来。说起来，这本来是一件十分简单的事。

事实上，我是很精通音乐的，我所缺少的只是那种一点即透的聪明劲儿，这是我在其他事情上也不行的，而在音乐方面，只有经过长时期的练习才能达到这样的程度。无论如何，难得他想得这么周全，要在大家和我个人的心目中消除那时我所受到的那点小挫折，对他这种盛情好意我总是万分感激的。十二年或十五年以后，在巴黎的许多人家里我又遇见了他，我曾多次想向他提起这件事，向他表达我到现在仍然记忆犹新。但是，他在那之后双目失明了，我害怕回忆当年那些事情会引起他的伤感，所以就没有说。

我正在走近一个转折点，我以前的生活开始从这里走到目前的生活。从那时始终保持到现在的很多友谊关系，对我来说都成为非常珍贵的了。这些友谊常常让我对那个快乐的、默默无闻的时期感到怀念，那时说是我的朋友的人们，都是因为爱我这个人而跟我交朋友的，他们对我的友情完全是出于挚诚，而不是出于和一个名人来交往的虚荣心，也不是存心寻求更多的机会来伤害我。我和旧友果弗古尔的结识就是从这个时候开始的，虽然有人用各种手段挑拨离间我们，他却一辈子都是我的好朋友。永远！可惜的是，唉！他最近刚刚去世了。不过，他只是在生命终了的时候才中止了对我的友谊，我们的友谊只是因为他的去世才宣告结束的。

果弗古尔先生是世界上难得的好人。只要见到他的人没有不喜欢他的。只要和他在一起生活，就不能不和他结下深厚的友谊。在我的一生之中，我从未见过一个人比他更光明磊落、更和蔼亲切、更安静淡泊，显出更多的感情和智慧，赢得人们更多的信赖。无论怎样拘谨的人和他都会一见如故，就像相交有二十年那么长的亲密友谊。像我这样一个一见到生人就局促不安的人，和他第一次见面也没有感到不自然。他的风度、他的声音、他的言谈和他的举止完全协调。他的嗓音清脆、饱满、响亮，是一种雄壮有劲的优美的低音，能充满你的耳鼓膜，响彻你的心房。没有人能像他那样一直那么愉快、那么和蔼，没有人能有他那样真诚质朴的风度，也没有人能像他那样既有质朴的才华又有高尚的涵养。除此之外，他还有一颗爱人的心，而且是一颗多情的心。他有一种为人帮忙不选择对象的性格，热情地帮助朋友，更准确地说，他能帮谁就做谁的朋友。他能一腔热情地帮别人做事，同时又非常巧妙地准备自己的事。

果弗古尔是一个平凡的钟表匠的儿子，他自己也做过钟表匠。不过，他的风度和他的才能召唤他走向另一个社会圈中，而他很快就进入了。他和那时驻日内瓦的法国代表克洛苏尔先生相识之后，两人非常要好。克洛苏尔在巴黎给他推荐了一些对他有帮助的朋友。他通过这些人获得了供应瓦莱州食盐的职位，每年可有两万利弗儿的财政收入。他的运气算很好了，在男人方面就到此为止。但在女人方面，则有应接不暇的趋势，他只能加以选择，而且做到了如愿以偿。最罕见、最让人敬佩的是，虽然他和各种不同的人都有接触，可是无论他到什么地方，人们都爱他，都欢迎他，他从来没有受过其他人的忌妒和憎恨，我深信他这一生一直到死也没有遇到过一个仇人。幸福的人啊！

他每年都要到埃克司温泉浴场来，这周围一带的上流社会的人全汇集在那里。他和萨瓦的全部贵族都有往来，他从埃克司到尚贝里来看望贝勒加德伯爵和伯爵的父亲安特勒蒙侯爵。“妈妈”就是在这位侯爵家和他结识并把我推荐给他的。这种一面之交好像谈不上什么友谊，这中间又中断了许多年，但是在我之后要描写的场合中我们又碰面了，并且成了莫逆之交。因此，我就足够可以谈谈这位十分好的朋友了，但是，就算我不是因为任何个人利害关系而追念他，对于像他这样一个迷人的、得天独厚的人，我觉得，为了人类的荣耀也是应该永志不忘的。这个十分讨人喜欢的人和其他人相似，也有自己的不足，读者以后可以看到，但是，如果他没有这些缺点，说不定就不会那么可爱了。为了能成为一个吸引人的人物，他也应该有些让别人原谅的事情。

这个阶段，我和另一个人也有过来往，这一来往始终没有中断过，并且还不断地以追求世俗的幸福——这种追求在一个人的心中是多么难以磨灭啊！——诱惑我。这个人就是孔济埃先生，他是萨瓦的绅士，当时既年轻又好玩，一时高兴想学音乐，更准确地说，要结识我这个教音乐的人。他除了拥有艺术的天赋与爱好之外，还有一种非常亲切的温柔性格，我非常看重有这种天性的人，所以很快我们就成了莫逆之交。

正在我脑海中开始滋长着的那种文学与哲学的开端，只要稍微培养和激励就能全部发育起来的时候，我在和他的交往中遇到了这种培养和激励。孔济埃先生对音乐没有多大的天赋，这对我来说却是一件好事，教课的时间全部消磨在练习音阶之外的事上了。我们吃早点，什么都聊，阅读新的出版物，对音乐则一字不提。

当时伏尔泰和普鲁士皇太子的联系正名噪一时，我们经常谈论这两位有名人物。后者不久就登位了，当时已经有一部分迹象展现出他以后将成为怎样的人，另一位，那时所受的诽谤正如目前所受到的称赞。这让我们对他的不幸表示同情，这种往往与伟大天才共存的不幸当时仿佛专门钉住他一样。普鲁士皇太子年轻时享受到的幸福并不多，而伏尔泰生来就像是一辈子都不能享福的人。因为我们关心这两个人，于是也关注起和他们相关的全部。我们把伏尔泰所写的文章都读了，从没有漏掉过一篇。我对他的作品所产生的兴趣，引起了我要学会用高雅的风格写文章的想法，于是我尽力仿效这位作家文章的多姿多彩，他的作品的优美文辞已经让我着了迷。很快，他的《哲学书简》出版了。尽管这并不是他最好的著作，然而恰是这些书信有力地诱惑我去追求知识，这种新出现的兴趣，从此就一直没有熄灭。

但是，我准备完全投身于知识的时机尚未到来。我的性情一直还有些轻佻，那种想东奔西跑的癖好并没有消失，只是有所减少，而且这个时候海仑夫人的生活方式还增长了这种癖好。对于我那喜好孤独的性格说来，她这里可真是太混乱了。每天都有一些陌生人不断地从各处到她这儿来，我相信这些人所想的都是按照自己的方式来骗她，这种情况让我不断感到住在这里真是一种苦刑。我自从在“妈妈”的信任中代替了克罗德·阿奈的位置之后，我对于她的情况知道得更加清楚了，那种每况愈下的情形让我感到害怕。我曾无数次向她提出忠告、请求、恳求、发誓许愿，结果全都无效。我曾跪在她的脚下，一再向她说明正在威胁着她的灾难，尽力劝她减少开支，并建议首先从我身上开始，我对她说，在年轻的时候受点苦难，要比欠下很多债，到了老年陷入窘境，受到债主们的逼迫要强得多。她体会到我的一腔热诚，也和我深有同感，她一口答应了我，说得真诚动人。但是，只要来一个流浪汉，她便立刻都忘掉了。

在数次证明我的忠告没用以后，除了睁一只眼闭一只眼对我无力防止的困难外，我还有什么办法呢？我既然看守不住家门，只好离开这里去尼翁、日内瓦、里昂做一些短期的旅行。这种旅行让我暂时忘却了内心的苦恼，但同时又因为我的花费而增添了产生忧愁的原因。我可以发誓，如果我节省开支真能让“妈妈”得到好处的话，我是宁愿不花一文钱的。但是，我的确知道，我省下来的钱也要跑到那些骗子的手里去，因此我便利用她有求必应的缺点来和他们分享了。我就好像一只从屠宰场出来的狗，既然留不住那块肉，那就不如也叼走我本人的那一份。

出门旅行是很好找到理由的，仅仅“妈妈”的事也就有的是理由。她和处处都有联系，都有要合作或办理的事，这就需要找一个稳妥可靠的人去代办。她只愿意让我去，我也正好希望出门，这就让我过着一种东奔西跑的生活。这些旅行让我结识一些有帮助的人，他们之后都成了我的良师益友。随口一说，有一个在里昂结识的佩雷斯先生，就他对我显示的好感来说，我很悔恨没有能一直和他来往。而我和好心的巴雷斯认识的过程，等到适当的时候再说。在格勒诺布尔，我结识了代邦夫人还有德巴尔东南谢议长的夫人，她是一位十分有才识的女人，如果我能经常去看望她，她肯定会对我产生好感。在日内瓦，我结识了法国代表克洛苏尔先生，他经常和我谈起我的母亲，尽管她已经离开很久了，旧事仍在他心头萦回。

另外我还认识了巴里约父子，父亲称我为他的孙儿，他是一个让人十分喜欢与之交往的人，也是我结识的人中最受尊敬的人物之一。在共和国的混乱期间，这两位公民参与到相互对峙的党派中去，儿子参加了平民党，父亲参加了政府党。当人们于一七三七年拿起武器的时候，我恰好在日内瓦，亲自看到他们父子二人都全副武装从同一幢房子里走出来，父亲往市政厅方向走去，儿子则前往自己的聚会地点，两人都知道，两小时后一定会再次相遇，面对面站着并相互残杀起来，这种让人害怕的情景给我留下的印象是那么的深刻，以致我发誓，假如我恢复了公民权的话，我绝不参与任何内战，并且再也不在国内用武力支持独立，既不用个人行动支持，也不用文字支持。我足以证明，我曾在一个非常微妙的情况下实践了这个誓言，这种谨慎的态度，我觉得是应该得到称赞的。

那个时候，我还没察觉到武装起来的日内瓦在我心里引起的这最初的爱国热情。从一件应该由我负责的非常严重的事件，读者可以看出我距离这种爱国热情还远着呢，对于这个事件虽然我那时忘了谈它，现在却不该简单地说了。

我的舅父贝纳尔前几年为组织建筑由他设计的查尔斯顿城前往卡罗来纳。他很快就在那里去世了，我那可怜的表兄也为效忠普鲁士王而光荣牺牲，这样我的舅母就几乎在同一时间失去了丈夫和儿子。这种丧夫折子的痛苦，让她对我这样一个唯一的近亲增添了几分亲密。我到日内瓦去的时候便住在她家，没事的时候就翻阅舅父留下的书和文件。我发现了许多好玩的著作和别人想象不到的书信。我的舅母对于这堆破烂旧书是不太在意的，我愿意拿走什么就可以拿走什么。我只相中了两三本由我的外祖父贝纳尔牧师批过的书，这里面有罗霍尔特的四开本的“遗著”，这本书的空白边上写满了非常详细的注解，它让我对数学产生了兴趣。这本书之后就一直放在海仑夫人的藏书之中，可惜的是我没有把它保藏下来。

除了这些书籍之外，我还拿了五六本手稿，仅有的一个印刷本，是有名的米舍利·杜克莱所写的一份文件，他是一个学识渊博的人，可惜性格过于好动，遭到了日内瓦官员们非常残酷的迫害，刚刚死在阿尔贝的城堡中。他被囚禁在那里很多年了，据说是因为他曾参加了伯尔尼的暗杀事件。这份文件是对日内瓦空洞的筑城计划的一个非常正确的指责。该计划已经一部分付诸实践，很多专家因为不了解议会实施这个宏伟计划的秘密目的，曾对该计划大力地加以讽刺。米舍利先生因不同意这个计划，被筑城委员会开除了。但是他认为，不用说自己是二百人议会中的议员，就是以公民的资格也可以充分发表自己的看法，于是写了这个文件，并且轻率地印了出来，虽然并没有发行。他只印了两百份，分发给议员，这项印刷品全部被邮局根据小议会的命令扣住了。我在舅父的文件中找到了这份文件还有他的答辩书，我把这份文件与答辩书都拿走了。

我做的这次旅行是在我离开土地登记处以后，当时我和任处长的果克赛里律师仍保持一定的交情。之后不久，关税局长请我当他儿子的教父，并且邀请果克赛里夫人做教母。这种荣耀几乎让我晕头转向，我对和这位律师有了如此亲密的关系感到骄傲，为了要表现自己能够承担得起这样大的荣誉，我一定要伪装出一个很厉害的人物的样子。

因为这种想法，我认为最好的办法是把米舍利先生的印刷文件拿给他看，那确实是一份很少见的文件，很可以拿来向他证实我是属于了解政府机密的日内瓦的名人之列。不过，由于某种无法解释的谨慎动机，我没有把我舅父对这份文件的答辩书拿给他看，也许由于那是一份手稿，而律师先生所要的只是印刷品。不过，他十分了解我愚蠢地交给他的那份文件的宝贵价值。从此我就没能要回它，也没有再看到它。

以后，我深信无论再费多大力气也要不回来了，便索性做了个人情，把他所占有的东西变成了给他的赠品。无疑，他一定拿着这份十分稀奇但也没有多少实用价值的文件到都灵宫廷大肆吹捧去了，并且还一定会想尽办法要依照这个文件可能的售价来收取一大笔钱。幸运的是在未来的一切不测风云之中，撒丁王围攻日内瓦是一件不太可能产生的事情。可是这也是有可能的，那么，我因为愚蠢的虚荣心而把这个关卡的最大不足透露给它的资格最老的敌人，这就成为一件应该一直要自责的遗憾的事情了。

我就这样在音乐与医药，还有在制定种种打算和到各处旅行之间浪费了两三年，不断从这件事移向另一件事，不知道一定要干什么。不过，我对做学问也逐渐地产生了爱好，常去拜访作家，听他们讨论文学，有时自己也说上几句。但我与其说是对书中的内容有所了解，不如说是在欣赏书上的佶屈聱牙的词语。

在我去日内瓦的时候，有时顺路去探望我亲爱的老友西蒙先生，由于他把他从巴耶或从哥罗米埃斯那里所得到的学术界的最新消息说给我听，使我增加了学习的热情。在尚贝里我也经常和一位多明我会的修士碰面，他是一位物理学教授、一个很和善的教士，他的名字我目前已经忘记了，他经常做一些让我感到十分有趣的小试验。有一次，我曾计划学他的办法制造密写墨水，我在玻璃瓶里装了多半瓶生石灰、硫化砷和水，用塞子紧紧堵好，几乎就在同一时间，瓶内剧烈地沸腾起来，我赶紧跑过去，想打开瓶塞，可是已经来不及了，瓶子像颗炸弹似的爆炸了，喷了我一脸。我咽了一口硫化砷和石灰的混合物，结果几乎要了我的命。之后，我当了六个星期的瞎子，从此我知道了，不懂物理实验的原理就不能随便动手。

这个意外对我的健康来说可是太不巧了，因为这一个时期我的身体已经越来越不好了。我真不晓得，我的体格原来很好，又没有任何不良的嗜好，为什么现在显然地一天天衰弱下去。我的体格十分魁梧，胸部也很宽阔，我的呼吸本来应该是舒畅的，然而我却经常气短，有时觉得很憋气，不由得就发起喘来，而且有时心跳加速，有时吐血，后来，我开始不断地发烧，而且一直没有好过。我的内脏没有一点毛病，又没有做过一点有伤身体的事，为什么在青春时期竟到了这样的程度呢？俗话说“创毁剑鞘”。我的情况就是如此，我的激情给我以生命力，同时也伤害了我。或许有人会问，哪些激情呢？一些不值一说的事、一些非常幼稚的事，但这些事却让我就像是要占有海伦，或者要登上统治世界的宝座那样高兴起来。

首先是关于女人的事，当我占有了一个女人的时候，我的感官虽然镇定了，但我的心却依然不能平静。在强烈的肉欲的快感中，爱的需求在吞噬着我。我有了一个温柔的“妈妈”，一个亲爱的女友，但是我还需要一个情妇。于是我就将一个想象中的情妇放在“妈妈”的地位上，为了哄我自己，我无数次地变换她的形象。当我拥抱着她的时候，如果我感觉到躺在自己怀里的是“妈妈”，即使我拥抱得一样有力，我的欲望也会熄灭。虽然我为“妈妈”的温柔而落泪，我却体会不到快乐。肉欲的快乐啊！这是男人命中注定的一部分吗？唉！就算我这一生中只有一次品尝到了爱的所有欢乐，我也不相信我这个虚弱的身体能够承受得住，我可能会当场死去的。所以，我每天都受着这种没有对象的爱情的折磨，也许恰好是这种爱情才更耗费精力。一想到可怜的“妈妈”的情况每况愈下，想到她那种不谨慎的行为很快就必然要使她完全破产，我忧心忡忡、十分焦急。我那恐怖的想象总是走在不幸事件之前，不断向我描述出那个极可怕的不幸的情景及其结果。我料想到，我将要为贫穷所迫而必须离开我已为之付出生命而且没了她我就不能享受到生活情趣的那个女人。我之所以总是心神不宁，就是这个原因。欲望和担忧相互交织地折磨着我。

音乐对我来说是另外一种激情，虽然不是十分炽烈，但也同样地会耗费我的精力，所以我对它也着了迷。我拼命钻研拉莫的那些不好懂的著作，虽然我的记忆力已经不听我的命令，我还是倔犟地加重它的负担。为了教音乐课我始终东奔西跑，此外我还编了一大堆乐曲，通常要通宵抄写乐谱。

不过，为什么要提到这些连续性的工作呢？在我这轻浮的头脑中所想到的一切蠢事，那些为时短暂、只占用一天时光的爱好：一次旅行、一次音乐会、一顿晚餐、一次散步、读一本小说、看一出喜剧，所有这全部无须事先考虑准备就可以享受到的快乐或做得到的事情，对我来说都一样可以成为非常强烈的激情，当它们变得强烈可笑的时候，都能把我折磨得够呛。克利弗兰的假装的不幸（我曾疯狂地阅读《克利弗兰》一书，而且多次中断又多次拾起来），我敢说，比我自己的不幸更让我难过。

有一个曾在俄国彼得大帝的宫廷里干过事的名叫巴格莱的日内瓦人，他是我认识的最无耻最荒谬的人。他时常装着一头和他一样荒谬的计划，他把百万巨款说得易如反掌，即使一无所有他也一点不在意。他有件纠纷案要在元老院解决，所以到尚贝里来了，一来就把“妈妈”拉拢住了。这是当然的，他大方地给“妈妈”拿出了他那许多一本万利的宝贵的计划，而把“妈妈”唯有的那点银币一块一块地骗走了。我一点也不喜欢这个人，他也看得出来，像我这样的人，看出我的心意当然是很简单的。

他不惜用各种卑鄙手段来讨好我。他会走几步棋，便提议教我下棋。我差不多是迫不得已才试了一试，刚刚学会了一点走法，我的进步就非常的快了，第一局快结束时，我就用他开始时让我的堡垒将了他的军。单单这一下子，我就变成了棋迷。我买棋盘棋子，买加拉布来的棋谱，一个人关在屋子里就再也不出门了。我不分昼夜地进行钻研，尽力把所有的布局都铭记在心里，不管怎样一个劲儿往脑袋里装，自己跟自己片刻不停、不知不觉地下起棋来。经过两三个月的苦练和难以想象的努力，我就到咖啡馆去了。那时我面黄肌瘦，几乎像一个傻子。我要动一动，就和巴格莱先生再来一场，第一盘我输了，第二盘我又输了，一直输了二十盘，我脑子里的那些走法全都乱了，我的想象力也简直迟钝了，眼前的一切好像在云雾中一样。每当我拿起菲里多尔或斯达马的棋谱，学习和研究各种布局时，结果还是和上次相同，由于非常疲劳而造成的精神衰弱，我的棋下得比以前更差了。并且，就是我把棋暂时放了一个时期或者努力继续钻研，也总是和那第一次下棋时一样，一点进步都没有。我的水平，始终是第一次下棋结束时的那个程度，就是再练上一百年，也不过是拿堡垒将巴格莱的军的水平罢了，其他一点进展也没有。

大家肯定会说，这个时间度过得真好！不错！我确实用去了很多时间。我只是到了精力再也难以为继的时候，才放下了这起初的尝试。我从房间里走出来时，简直像个从墓穴里出来的人，要是再这样下去，大约也就不久于人世了。人们很好想象，像我这样气质的一个人，而且是在青年时期，要想保持健康的确是很难的啊！

身体的虚弱，也影响了我的心情，让我那好胡思乱想的热情冷静了一些。因为感到体力衰退，我变得比较安心了，一心只想旅行的热望也有所减轻。我比过去喜欢待在家里了，我感到的不是烦恼，而是郁闷。病态的敏感取代了激情，沮丧变成了悲伤，我时常无缘无故地叹息落泪，我觉得还没享受到人生的快乐，生命就要远去。想到我那可怜的“妈妈”就要陷入破产的凄惨境地，我心中非常难过。我敢说，我最悲伤的，就是我要离开她，使她处于一种凄凉的境地。

最终，我彻底病倒了。她用远胜过母亲对儿女的态度来照料我，这对她自己来说，倒是一件好事，因为这不但让她不再去关心她那各式各样的计划，同时还可以避开那些给她乱出主意的人。如果死亡在那时到来的话，那该是多么美好呀！虽说我没享受到多少人生的幸福，但我也没有遭遇到多少人生的困难。我那安静的灵魂，可以在尚没有遭遇人间的不公平之前安静地离去，这种不公平让生与死都受到了考验。让我足以自慰的是，在我的同命者身上还保有我的存在，这也就是虽死犹生啊！如果我对她的命运没有一点忧虑的话，我死的时候就会像安然入睡一样，而且这些忧虑的自身又因为有一个温柔多情的对象，痛苦也就减少了。我经常对她说：“你是我整个身心的保护者，你要让我感觉到幸福啊。”

有两三次，在我病得最痛苦的时候，我夜里从床上爬起来，拖着有病的身子爬到她的房里，向她提出一些建议，这些建议，我敢说，都是十分正确和理智的，而最显著的一点还是我对她的前途的关心。眼泪好像是我的营养品和药物，我坐在她身边的床沿上，抓着她的双手，和她一起洒下的眼泪，让我的精神又恢复起来了。这种夜间谈话有时长达几个小时，当我走回自己屋子的时候，我觉得比去的时候轻松了许多。她对我许下的承诺，给我的希望，让我感到欣慰，一切烦恼都消失了，于是我就怀着听凭上帝安排的安静心情悄悄地入睡了。如果我在这个时候死去，我是不会感到死亡是多么难受的。上帝呀，我这一生度过了多少人间恨事，经历了使我生活动荡不安的很多风暴，以致生命对我来说几乎成了一种负荷，但愿结束这一切的死亡来临的时候，它会像当年一样，不会让我感到更多的困难吧！

因为她的百般照料、悉心看护和让人难以置信的关怀，她最终把我救过来了，而且，确实也只有她才能够这样做。我不太相信医生们的治疗，却非常相信一个挚友的照顾，同我们的幸福休戚相关的事情总是要比任何其他事情做得要更好一些。假如说生活中真有一种快乐的感受，那肯定是我们现在所感到的两个人相依为命的那种感觉，我们相互间的爱恋并没有因此而愈益增长，那是不可能的，但是在我们这种非常质朴的爱恋中，却发生了一种让人说不出来得更亲近、更动人心弦的关系。

我几乎成了她的作品，完全变成了她的孩子，她比我的亲生母亲还亲。我们无形地已经谁也离不开谁了，我们的生命也好像糅合在一起了，我们不仅感到谁都需要谁，而且还觉得只要两人在一起就什么都行了。我们已经习惯了不再想我们身体之外的全部事物，而把我们的幸福和一切愿望全部寄托在两人的相互拥有中。我们的这种拥有可能是人世上绝无仅有的拥有，这不是我前面说过的那种一般爱情上的拥有，而是某种更本质的占有，它不是根源于情欲、性、年纪、相貌，而是根源于人之所以为人的全部，除非死亡，否则就绝对不会丧失的那一切。我们之间的关系在这一刻说复杂又单纯。在我们彼此的眼中，真的只拥有对方的形象，这种形象比亲人还要亲密、比恋人还要热烈。我们就这样自然而然地相依为命了，相互依赖到一个无可救药的程度。而且当时的我们竟盲目地沉醉在这种两人的世界中，看不到将来会面临的种种。

这一如此可贵的转折点，为什么没有为她和我的此后余生带来一辈子的幸福呢？这不是我的过错，我相信这一点，我对此感到安慰。这也绝不是她的错误，至少她不是有意的。但是事情注定了，人的不可压制的本性又占了上风。但是，那不幸的结果也不是一下子发生的。感谢上天的安排，曾有过一个间隔期间，短暂而珍贵的间隔期间啊！它不是因为我的过错而结束的，我也不能怪自己没有很好地来利用。

虽然我的大病已经好了，但精力并未恢复，我的胸部还在发痛，余留的微烧始终未退，且一直软弱无力。我只想在我所爱的女人身边安然度过余生，让她永不放弃她所定的决心，让她知道幸福生活的真正所在，并尽我所能使她成为幸福的人，除此之外，我对其他事情都不感兴趣。但是我不但认为并且也觉得在一所阴暗荒凉的房子里，两人寂寞无聊地整天坐着，最后也会感到烦闷的。

改变这种状况的机会不用找，自己就来临了。“妈妈”觉得我应该喝牛奶，并且要我到乡下去喝。我说，只要她和我一块儿去，我就答应。这一要求她立刻就答应了，问题在于选什么地方。郊外的那个园子谈不上是真正的乡下，四周又有其他家的房子和花园，没有一点儿可当做农村住所的吸引力。再者，自从阿奈去世以后，为了节省，我们已经不要这个园子了，我们也没有心思去照顾园中的植物。因为我们还有一些其他的事情要做，放下这样一个简陋的地方，并不让我们感到惋惜。

现在，我趁她对城市生活感到厌倦的时机，建议她干脆离开城市，搬到幽静的地方去住，在那里找一所离城远点的小房子，让那些讨厌鬼再也找不到我们。如果她这样做了的话，按照她的守护天使和我的守护天使告诉给我的这个主意，很可能让我们一直到死仍然过着幸福安静的生活。但是，这并不是我们命中注定要享的福分。“妈妈”习惯了豪华生活，她注定要遭到的贫困和不幸带来的种种苦难，使她不想过分留恋人生。对我，这个多种灾难的牺牲品，注定要留在社会上，以便有一天能给其他热爱公众幸福、热爱正义、不依靠同伙支持，不依靠党派庇护，单靠自己的正直而敢于公开向人类说真话的人做个例子。

因为害怕不幸缚住了她的手脚。她怕得罪房主人，不想离开她那所破房子，她对我说：“你的遁世计划非常好，也很符合我的心意。但是，过隐居生活也需要钱呀，丢下我这所监牢般的房子，就有失去饭碗的风险。当我们在树林里找不到饭吃的时候，还是得到城里来找。为了逃避这种麻烦，我们最好不要彻底离开城市。我们就一直给圣洛劳伯爵那点房租吧！这样我就可以依靠他得到年金。我们要设法找所小房子，它距离城的距离可以让你享受生活的恬静，又在必要时可以尽快回城里来。”事情就这样定下了。

找了很长时间，我们就决定居住在沙尔麦特村属于孔济埃先生的一块土地上，这个地方就在尚贝里附近，但是很幽静，好像离城有百里的距离。在两座很高的山丘当中，有一个南北向的小山谷，山谷底部的乱石子和灌木丛中有一道溪水，顺着这个山谷，在半山腰间疏疏落落地有几所房子，所有喜欢在非常偏僻非常荒凉的地方过隐居生活的人，对这里都会感到十分满意。我们看了两三处房子，最后选了最漂亮的那一所，这所房子的拥有者是一位正在当兵的贵族，名字叫诺厄莱。房子很适合居住。前面是一座高台式的花园，上面是一片葡萄园，下面是果树，对面是一个很小的栗树林，附近还有一处泉水，再靠上一些的山上有做牧场用的草地。一句话，对我们所要建立田园生活必要的东西应有尽有。

在我的记忆中，我们大约是在一七三六年的夏末住到那里去的。我们第一夜在那里睡下的时候，我真是高兴极了。我抱着这位亲爱的女友，非常高兴、激动地睁着饱含泪水的双眼对她说道："哦，'妈妈'，这真是幸福和纯净的住所啊。我们要是在这里找不到幸福和纯净，那就别到别的地方去找了。"

第六章

我最大的梦想是拥有一小块土地、一处美丽的花园，房前有一条清澈的小河，周围有一片森林……

我不能接着说：

神的保佑能让我得到更多。

但是，没关系，我什么都不要。我甚至不要所有权，只要我能享受这儿就足够了。我早就说过，而且也感觉到，所有者和占有者通常是彻底不同的人，即使把丈夫和情夫间的不同撇开不说。

我一生中的短暂的幸福就是从这里起始的，让我有权利说我不曾荒度今生的那些安静的但转瞬即逝的时光，就是这时起始的。宝贵而令人怀念的时光呀！请再为我开始一次你们那可爱的历程吧！如果可能的话，请在我的回忆里走得慢一点，尽管实际上你们都是那样迅速地过去了。

怎样才能把这段迷人而纯洁的记述依照我的意愿写得更长呢？怎样才能把相同的事情反复叙述，却不让读者和我自己都感到讨厌呢？再者，假如这一切都是明确的事实、行动和言谈，我还能够描述，还能用哪种方式把它们表达出来。但是，如果这既没有说过，也没有做过，甚至连想都没想过，而只是感受过和体悟过，连我自己除了这种感觉自身以外，也说不出让我感到幸福的别的原因，又怎么能够描述呢?

黎明就要来时，我感到幸福；散散步，我感到幸福；看见“妈妈”，我感到幸福；离开她一会儿，我也感到幸福。我在树林和小丘间游荡，我在山谷中彷徨，我读书，我空余无事，我在园子里干活，我采摘水果，我帮忙料理家务——不管到什么地方，幸福时刻跟随着我，这种幸福并不是存在于一切可以确切指出的事物中，而全都是在我的身上，一刻也不离开我。

在我一生中的这个宝贵的阶段所发生的一切，在这个阶段我所做、所说和所思考的一切，我都记得清清楚楚的。在这个时期以前和之后的很多事，有时只是一个片断一个片断地浮现在我的脑际，即使回想起来，也是不完整的。只有这个时期的事情，我全都记得，当时的情景至今历历在目。在少年的时候，我的想象力总是向前看，现在则只是回忆往事，用甜蜜的回忆来填补我一直失去的希望。我看不出未来有什么东西可以诱惑我，只有回忆过去，能给我带来乐趣，我现在要说的那个时期的回忆是如此生动、如此真实，常常使我感到幸福，虽然我有过不少不幸。对这些回忆，我只列举一个例子，从中不难断定它们，是多么真实多么有力量。

我们头一次到沙尔麦特去过夜的那天，“妈妈”是坐着轿子去的，我步行跟在后面。我们走的是一条山路，她的身体又很重，她怕轿夫们太劳累，基本上半途就下了轿，打算步行走完剩下的路程。在路上，她看见篱笆里面有一个蓝色的东西，就冲我说：

“瞧！四季罗兰花还开着呢！”我从来没有见过四季罗兰花，当时也没有弯下腰去看它，而且我的眼睛又近视得挺厉害，站着是不能辨别地上的花草的。对于那棵花，我那时只是随便地瞥了一眼，从那之后，几乎三十年过去了，我既没有再看见这种花，也没有注意到这种花。

一七六四年，我在克莱希邶和我的朋友贝洛先生一起登上一座小山，山顶上有一个很好看的花厅，我的朋友称它做“接待厅”，的确名副其实。那时我采摘了一点儿植物标本，我一面向上走，一面经常地朝树丛里看看，我突然间高兴地叫了一声：“啊！四季罗兰花！”事实上，也确实是四季罗兰花。贝洛看出我十分激动，但不知道是何原因。我真希望他以后有一天读了这段文字就会明白的。根据这么一件小事给我留下的印象，读者就不难想见那个时期的一切事物给我留下的印象该是多么深刻的了。

但是，野外的空气并没有使我的健康恢复到以前那样。我生来就衰弱无力，现在更虚弱了。我连牛奶都消化不了，只好不再喝了。当时正流行用泉水治病的办法，于是我就试起泉水疗法来，但我用得很不恰当，以至于这种疗法不仅没有治好我的病，反而差一点送了我的命。我每天早晨一起床，就拿着一个大杯子到泉边去，我一边散步一边喝水，一直喝了两大瓶子泉水。每天吃饭后我也不喝酒了。我所喝的水和大多数的山水相似，有些硬，不好消化。简单说，不到两个月，我就把一直很健康的胃彻底弄坏了，吃什么也不能消化，我相信再也没有好的希望了。就在同时，我又忽然得了另一种病，无论就病的自身来说，还是就它那一直影响我一辈子的后果来说，都是很奇怪的。

有一天清晨，我觉得自己的身体并不比平日坏，但当我正在移动一个小桌子的时候，突然感觉到全身产生了一种好像不可理解的震动。我想最好把这种变化当做血液中发生了一阵暴风，它立刻袭击到我的全身。我的动脉跳动得十分剧烈，我不仅感觉到跳动，甚至还听得到跳动的声音，尤其是颈部动脉的跳动。除此之外，两只耳朵嗡嗡直响，这种嗡嗡声含有三个甚至四个声音，粗而低沉的声音，非常清晰，好像潺潺流水的声音，尖细的哨音，最终则是我前面说的那种跳动声，我不用按我的脉搏或用手触摸我的身体，就能很容易地数出跳动的次数。我耳朵里的这种响声是那么厉害，以至于让我失去了过去那种锐敏的听觉，我虽然没有完全变成聋子，但是自那以后，我的听觉迟钝了。我的害怕和恐怖大家是能够想象得到的。我以为自己要死了，就躺到了床上。医生也请来了。我颤抖着向他讲述了我的情况，我说我是治不好了。我深信医生也是如此想的，但是他依然尽了他的责任。他向我啰里啰唆地说了许多道理，可是我一句也没听懂，接着，他便按照他的聪明的理论开始在我这“不值钱的身体上”采用他的那种医疗法。这种疗法让人难以忍受和感到恶心，并且效果不大，不久我就讨厌了。

过了几个星期，我看病情既不见好转，也没有恶化，就不顾脉搏的跳动和嗡鸣，干脆离开了病床，恢复了我以前的生活。从此之后，也就是说三十年来，这种毛病一刻也没有离开过我。在这以前，我是一个很能赖床的人，得了这种病以后，我就开始失眠，于是我相信自己不久就要去世了。这种想法让我暂时不再为治病的事担心。既然我的生命不能拖延，我便下定决心要尽力利用我还活在世上的这点时间。因为大自然的特殊恩惠，即使是在这种极不幸的情况下，我那与生俱来的体质居然让我避免了在生理上所应受到的折磨。我虽然讨厌这些声音，却并不为它们感到苦恼，而且，除了夜间失眠和时常感到气短之外，这些声音并没有给我的平常生活带来任何不便，就是我那感觉气短的病，也没有发展到气喘的地步，只是在我要跑动或动作稍感紧张的时候显得严重一点罢了。

这种本应折磨我的身体的病症，只是磨灭了我的激情，我大大都为这种病在我的精神上所产生的好效果而感恩上天。我可以坦率地说，我只是在把自己当做是一个死人之后，才开始活着的。只是到了这个时候，我才对我将要离开的事物给予了应有的重视，开始把我的心放在一些比较有道德的事情上，就好像我要把早该尽的而我至今始终不曾注意到的义务事先完成似的。我经常以自己的方式来看待宗教，但我几乎再也没有完全离开过宗教，所以，我没有太费力就又转移到了宗教。

这个问题，在很多人看来是那样枯燥无趣，而在那些认为宗教可以给人以慰藉和盼望的人们看来，则是那样的趣味盎然。在这个问题上，“妈妈”对我的教育比其他的神学家对我的教导都要有帮助。

她对任何事物都有一套自己的主张，对于宗教当然也不例外。这套主张是由很多相反的观念——其中有的十分正确，有的十分荒谬——以及很多与她的性格有关的看法和与她所受的教育有关系的偏见组成的。一般来说，信徒们自己是什么样就认为上帝也是这样。善良的人认为上帝是好心的，凶恶的人认为上帝是凶恶的；心中充满仇恨和愤怒的人，只看到有地狱，因为他们想让所有的人都下地狱，而心地温和和善良的人就不相信世间有地狱。令我感到非常惊讶的是，好心的斐纳罗在他的《德拉迈克》一书中关于地狱的理论，真好像他相信有地狱一样，不过，我希望他当时是在撒谎，因为无论多么诚实的人，只要做了主教，有时就只能说谎。“妈妈”对我是不会欺骗的，她那始终没有怨恨的心不可能把上帝看做复仇与愤怒之神。至于上帝，平常信徒所看到的仅仅只是公道和惩罚，她看到的则仅仅是宽容和仁慈。她经常说，如果上帝拿我们的行动来判断我们，那就太不公道了，因为上帝并没有给我们做一个品德良好的人所应拥有的条件，如果他让我们这样子，那就是让我们要他没有给予过我们的东西。让人惊讶的是，她虽不相信有地狱，却相信有炼狱。这仅仅是因为她不知道对恶人的灵魂到底应当怎么办，既不愿叫恶人的身体下地狱，而在他们没有改变之前，又不想把他们和善人的灵魂搁在一起。我们也应该同意，无论是在这个世界上，还是在另一个世界上，恶人的事总是很难处理。还有一件奇事，依照这种主张，关于原罪和赎罪的理论就被打倒了，而且动摇了当时流行的基督教义的基础，起码可以说，天主教是不能照旧存在了。

不过，“妈妈”是一个很棒的天主教徒，更准确地说，她深信自己是个好的天主教徒，她这种自我相信无疑是因为至诚。她觉得人们对《圣经》的解释太教条和古板了，《圣经》里面所说的关于永远的苦难的话，她觉得是带有惊吓或寓意的本性。耶稣基督的死，在她看来就是一个真正的上帝之爱的例子，它告诉人们要爱上帝，而且也要互相爱戴。

总之，她是忠诚于她所选择的宗教的，她以十分笃诚的态度承认教会的全部信条，但是，要是一条一条地和她说起来，那就会发现她和教会所信奉的截然不同，虽然她一直是服从教会的。在这个问题上，她所表示出的淳朴和诚恳比那些学者们的争论更为雄辩有力，甚至有时叫她的听忏悔师很难为情，因为她对自己的听忏悔师是什么事也不会隐瞒的。她对他说：“我是个好天主教徒，我一直想做一个好天主教徒。我要用我的整个心来接受圣母教会的决定。我虽不能掌握自己的宗教，但能掌握自己的思想。我要使我的思想完全服从教会，我愿意毫无保留地信任一切。您还要我怎样呢？”

我相信，就算没有产生过基督教的道德，她也会奉行它的一些准则，因为她的天性和基督教的道德太相似了。凡是教会明确要求的，她都去做，其实就算没有明确的要求，她也同样会去做。在一些不重要的事情上，她是很喜欢听从的。如果没有允许她，甚至要求她开斋，她会守斋到底的，这完全是为了侍奉上帝，一点不是出于谨慎小心的原因。但是所有这些道德原则都是属于达维尔先生的准则的，说得更确切些，她看不出其中有任何可以相抵触的地方。

她可以真诚地每天和二十个男人睡觉，这样做既不是因为情欲，也不因为这而感到有任何顾虑。我知道有不少忠贞的女人在这件事上的顾虑并不比她多，但是她和她们之间的区别是，她们是由于情欲的引诱，而“妈妈”则是被她那诡辩哲学所欺骗的。在最让人感动的谈话中，我甚至敢说，在最具有教诲意义的讨论中，她可以安详地谈到这个问题，面部的神态和语气一点都不会改变，而且一点不认为这有什么不妥的地方。如果当时有什么事情让她中止了她的谈话，接着她会用同样平静的语气接着谈，因为她忠心地相信所有这些仅仅是为了维持社会道德而制定的，任何一个通情达理的人都可以依照情况去解释、奉迎或躲避，而不必冒着亵渎上帝的危险。

在这一点上，我的意见和她的显然不同，我承认我不敢驳斥她，因为要驳斥，我就得去饰演一个不怎么好的角色，一种羞愧之心使我难以说出来。我倒是很想建立一项准则叫别人遵守，同时又尽力让自己成为特殊，不受它的束缚。但是，我不但知道她的天性可以防止她乱用她的主张，我还知道她并不是一个轻易受骗的女人，如果我自己要求特殊，就相当于让她把她所喜欢的一切人都算作特殊。其实，我只是在谈到她的其他不相同的地方时随口提一下这点，这在她事实行为上并没有产生过多大后果，而在当时甚至一点影响也没有。不过，我曾答应要坦诚地叙述一下她的看法，我要遵守我的承诺。现在我再来说说自己吧。

我发现她的这些人际之道正是我为了让自己心灵摆脱对死亡的害怕及其后果所必需的，于是我便十分坦诚地尽量从这个信任的源泉中汲取一切。我比以前任何时候都更依赖她了，我真想把我的就要结束的生命完全交给她。由于我对她的加倍的依赖，由于我相信自己在人间的日子已经很短，又因为我对未来的命运看得很淡，结果便产生了一种十分安静甚至是十分舒服的情况。这种局面缓和了让我们陷入恐惧和希望中的所有激情，因而让我可以无忧无虑地享用我那时日不多的时光。

有一件事情给这些日子增添了乐趣，那就是我在用一切办法来增强她对田园生活的爱好。由于我一心一意要使她爱上她的花园、养禽场、鸽子、母牛，后来我自己也爱上了这全部。我虽然把一天的时间都浪费在这些事情上，但并没有打乱我的平静，这比喝牛奶和服用一切药物更有助于我那虚弱的身体，能让我的身体恢复得更好。

获得葡萄和水果，让我们高兴地度过了那一年的空间、时间。

再加上又处在好心的人们中间，这让我们对田园生活渐渐地产生了深厚的感情。我们怀着极端惋惜的心情看着冬天的到来，回城的时候就好像要被驱赶似的。而让我尤其难过的，因为我不觉得自己能活到下一个春天，我认为向沙尔麦特告别就是再见。在离开的时候，我亲了亲那里的土地和树木，虽然已经走得很远了，我还经常地回过头来。

回城以后，因为我和我的女学生们已经分开很长时间了，又因为我已失去了城市里的娱乐和社交的爱好，我就不再出去了，除了“妈妈”和萨洛蒙先生之外，什么人也没见过。

萨洛蒙现在成了我和“妈妈”的医生，他是个忠诚而有才华的人，著名的笛卡儿派，他对宇宙法则有十分明智的见解，对我来说，听他那些非常好玩且富有好处的议论比听他所指出的那些药剂更为有益。所有愚蠢和庸俗的谈话是我一直所不能忍受的，但听有帮助的与内容丰富的谈话，则一直是我最大的快乐，我对这样的谈话也从不拒绝。同萨洛蒙先生的谈话引起我非常大的兴趣，因为我觉得我们的谈话已经牵涉到我那摆脱了约束的心灵就要获得的高深的知识。我因为对他的好感进而发展到喜欢他所说的课题，于是，我开始找寻一些能够帮助我更好地明白他的理论的书籍。那些能把科学与宗教信仰混合在一块的论著，尤其是由奥拉托利会和波尔·洛雅勒修道院出版的书，更适合我。

我开始读这些书，更准确地说，我是在用心地读它们。我恰巧弄到了一本拉密神甫写的《科学杂谈》，这是介绍科学论著的一种入门书。我不断地读了它上百遍，并且打算拿这本书当做我的学习手册。最后，尽管我的身体状况不好，或者说正因为这样，我觉得有一种无法抗拒的力量在把我渐渐引向研究学问的路上，而且，虽然我每天都认为已经到了生命的终点，却更加勤奋地学习起来，就好像要永久活下去一样。别人都说这样用功学习对我不好，我却认为这对我有好处，不但有益于我的灵魂，而且有益于我的身体，因为这样用功读书的自身对我就是一件快乐的事，我不再考虑我的那些病痛，痛苦也就因此而减轻了很多。当然，这对于我的疾病，事实上不能有所减轻，但是因为我从未有剧烈的痛苦，我对身体的虚弱、对失眠、对用思想代替活动，也就习惯了，最终，我把机能的不断地慢慢衰老当做是一种无法避免的、顺其自然的旅程了。

这种想法不但让我摆脱了对生活小事的顾虑，也使我避免了到那时被迫吃的讨厌药品。萨洛蒙也没有否认他的药对我没有什么用，也就不强迫我继续尝那些苦了，他只是开了一些可服可不服的药方来慰藉可怜的“妈妈”，用来减轻她的忧郁。这一方面使病人不会对病情感到失望，另一方面也可以维护医生的荣誉。我放弃了正规的节食疗法，又恢复了喝酒的习惯，在我体力许可的范围内重新过起健康人的生活。我样样都有控制，但没有任何的忌口。我甚至又开始出门了，我去探望我的朋友们，尤其是我非常喜欢交往的那位孔济埃先生。

最终，也许是由于我认为用功学习直到生命的最后一刻是一件非常美好的事，也许是因为在我内心深处蕴藏着还能生存下去的可能，死亡的逼近不但没有减弱我研究学问的兴趣，反而使我似乎更兴致勃勃地钻研起学问来。我不顾一切地累积知识，以便带到地下的世界去，好像我相信我所获得的知识是我那时仅有的能够有的东西。我对布沙尔的书店产生了兴趣，一些文人学者时常到他那儿去。不久，由于春天——我曾认为再也不能再看到的春天——已经临近了，我便在那个书店里选购了几本书，以便有幸能回沙尔麦特时，一同带去。

我获得了这种幸福，我就尽情享受这种幸福。当我看到草木萌蘖发芽的时候，心中的喜悦真是无法形容。再次看到春天，在我看来，等于天堂里的再次重生。积雪刚刚开始融化，我们就离开了那所监牢般的房子，为了听那夜莺的啼鸣，我们就早早地去沙尔麦特。从那时起，我已不再认为我快要死了，其实也很怪，我在乡间时从来没有真的病倒过。我在那里感觉到过得不好受，但一直不曾终日躺在病床上。当我觉得身体比平常还坏的时候，我就对自己说："你们看见我要死的时候，就把我抬到橡树的树荫下，我肯定会好的。"

尽管衰弱，但我又恢复了田间的劳动，当然我是量力而行的。我为自己不能单独从事田园工作而深感苦恼，刚锄了五六下地，便气喘吁吁、汗流浃背，支撑不住了。我一弯下腰，心跳就加快，血液就一下子冲到头部，我只得立即直起身子来。我只能做些不大累的事情，于是，就在许多工作中担当起照顾鸽子的活来。我非常喜欢这种工作，经常一连干上几小时，一点儿也不认为厌烦。

鸽子十分胆小，并且难以驯养，不过，我最终做到让我的鸽子十分相信我，甚至不管我到什么地方去，它们都跟随着我，我愿意任何时候捉它们就能捉住。只要我一去到园子里或到院子里，我的肩上和头上就会立即落上两三只鸽子。尽管我很喜欢它们，但这样的霸道最后却成了我最大的拖累，我不得不接受它们对我的这种亲昵的习惯。我一贯十分喜爱驯养动物，特别是驯养一些胆小的野生动物。我觉得把它们驯服得善于听从人意，是一件很有趣的事情，我从来没有利用它们对我的相信而去捉弄它们，我愿意叫它们一点儿也不畏惧地喜爱我。

我在上面说过，我带来了几本书，于是便读起这些书来，但是我读书的方法很难使我得到好处，而只能增加我的疲劳。由于我对事物没有相当的理解，竟觉得要从读一本书获得好处，必须拥有书中所谈到的一切知识，一点也没考虑到就是作者自己也没有如此多的知识，他写那本书所需要的知识也是任何时候从其他书中吸取来的。因为我的愚蠢的想法，我读书的时候就得经常停下来，从这本书跑到那本书，甚至有时候我所要读的书自己看了不到十页，就得查遍好几所图书馆。我顽强地死抱着这种非常费力的方法，空费了很多的时间，脑子里越来越杂乱不堪，几乎到了什么也看不下去、什么也不能领会的地步。幸亏我发觉得早，知道自己已经走上一条错误的道路，把我自己放在一个漫无边际的迷宫里，所以在我还没有完全迷失在里面以前就回头了。

一个人只要对学问有强烈的爱好，在他刚要钻研的时候第一感觉到的就是各门科学之间的互相联系，这种联系让它们互相牵制、互相补充、互相说明，哪一门也不能单独存在。虽然人的智力不能掌握所有的学问，而只能选择一门，但假如对其他科学一窍不通，那他对所研究的那门学问也就通常不会有透彻的理解。我觉得我的思路是正确的和有用的，只是需要改变一下方法。我最初看的就是百科全书，我把它划分成几个部分来研究。

很快，我又认为应当采取截然相反的方法，先就每一个门类单独地加以研究，一个一个地分别了解下去，一直研究到使它们聚集到一起的那个点上。这样，我又回到正常的综合方法上来了，但我是掌握了对的方法，有意这样做的。在这个方面，我的深思弥补了知识的缺点，合情合理的思考帮助我走上了正确的道路。不论我是活在世上，还是就要死去，我都一点不能浪费时间了。二十五岁的人了，还是一无所知，要想学到东西，就必须下定决心很好地把握时间。因为不知道何时，命运或死亡就可能中断我这种勤劳治学的精神，所以无论怎样我也要先对一切东西取得一个概念，为的是一方面可以试探一下我的资才，另一方面也可以自己来判断一下最好是研究哪一门学科。

我在实践这个计划的过程中，发现了一个以前没有想到的好处，那就是，很多时间都利用上了。应当承认，我本来不是一个天生适于研究学问的人，因为学习的时间稍长一些我就会觉得疲倦，甚至我不能一连半小时集中精力在一个问题上，特别在顺着别人的想法进行思考时更是这样子，尽管我顺着自己的想法进行思考，时间可能会比较长些，而且还能有不错的成果。

假如我必须用心去读一位作家的作品，刚读几页，我的精神就会分散，并且随即陷入迷惘状态。就算我坚持下去，也是白费，结果是头晕目眩，什么也看不懂了。不过，如果我连续研究几个不同的问题，即使毫不间断，我也能轻轻松松愉快地一个一个地想下去，这问题可以消除另一问题所带来的劳累，用不着休息一下脑筋。于是，我就在我的求学计划中完全地利用我所发现的这一特点，对一些问题轮流地进行研究，这样，即使我一整天都用功也不觉得累了。

诚然，田园里和家里的那些小活计也是一种有好处的消遣，不过，在我的学习欲不断高涨的时候，很快我便想出一种能从工作中节省出学习的时间并能够同时做两件事的方法，而不去想哪一件会进行得稍好一些。

在这些只是我自己感到有兴趣而常常让读者感到讨厌的小事里面，还有我没有提到的地方，如果我不向读者说明的话，你们也许是不会想到的。现在举一个例子，为了要尽量做到既轻松愉快而又能得到好处，我在时间的分配上实行了种种不同的试验，我一想到这点，就感到非常欣慰。可以说，在我隐居生活中的这段时间虽然一直疾病缠身，却是我一辈子中最不清闲、最不感到讨厌的时期。

那时，我一方面是在力图确定自己的兴趣，而另一方面是在一年中最美妙的季节，并且是在这让人陶醉的地方，享受着我深感无法获得的人生的乐趣，享受着如此悠闲自在、幸福无比的伴侣之乐——如果对于如此美满的结合能够叫做伴侣的话，享受着我一心只想获得渊博知识的那种快乐。就这样，两三个月的时光转瞬即逝了。对我来说，我的努力仿佛已经取得了成果，甚至还要超过很多，因为学习的乐趣在我的幸福中占了最重要的成分。应该不要提的这些试验，对我来说，每一件事情都是一种享受，但它们是那样的平淡无奇，以致无法转述。再者，纯正的幸福是不能描绘的，它只能体会，体会得越深就越难描写，因为纯正的幸福不是一些事实的集合，而是一种状态的延续。我经常这样说，而且我以后什么时候想起时还要比这说得更多一些。最后，在我那变化多端的生活有了一个大概的规律时，我的时间差不多就是像下面这样搭配的。

每天早晨日出之前起床，然后从周围的果园走上一条非常美丽的道路，这条路在葡萄园的上方。我沿着这条山路一直走到尚贝里。一路上，我一边散步一边祷告。我的祈祷并不是任意地嘟囔几句就结束了，而是我那忠诚的心一直想着创造这个出现在我面前的可爱的自然美景的造物主。我从不喜欢在室内祷告，我觉得墙壁和人工制造的那些小物件阻碍我和上帝交往。我喜欢在欣赏他的创造品时默念他，这时我的心也提升到神的境界。可以说，我的祈祷是纯洁的，所以我的心愿是值得上帝予以实现的，我没有其他的心愿，只是为我自己和我一直为之祝福的那个女人请求一个没有邪恶、没有痛苦、没有穷困的单纯的平静生活，请求我们到死都正直并在将来有正直人所应该得到的好命运。事实上，在我的这种祷告中，称赞和欣赏多于祈求。我知道，在真正的幸福的给予者眼前，获得我们所向往的幸福的最好的方法，就是自己的争取而不仅仅只是在于要求。

我回来的时候，总要绕一个大圈，用兴奋的心情看望着四周田野里的那些东西，这是我的眼睛和我的心灵永远不会感到厌烦的。我从远处看看“妈妈”是否已经醒过来，看到她的百叶窗已经打开时，便高兴得欢跳起来，赶紧向前跑去。如果百叶窗还关着，我就先转到园子里，以背诵我昨天读的书籍作为消遣，有时做一些园内的活儿，等着她醒来。百叶窗一打开，我就连忙跑到床前去拥抱她，那时她经常处在半睡的状态中，我们的拥抱既甜蜜又单纯，在这纯真无邪的拥抱中，有着一种让人陶醉的快乐，但这种快乐和肉欲的快感是没有一点关系的。

平常我们是拿牛奶和咖啡当做早餐的。这时是我们一天中最安详的时刻，也是我们最能畅所欲言的时刻。这种在早餐时的谈话通常占了很长的时间，以至于让我对早餐产生了一种强烈的兴趣。在这一点上我十分喜欢英国和瑞士的风俗。而不大喜欢法国的风俗，在英国和瑞士，早餐是大家聚在一起的一次正式的用餐，而在法国则是每人在自己的房间里单独用餐，甚至经常根本不吃一点东西。

闲谈一两个小时后，我就去看书，一直看到午饭的时候。我最初看一些哲学书籍，如波尔·洛雅勒出版的《逻辑学》，洛克的论文，马勒伯朗士、莱布尼茨、笛卡儿的著作，等等。很快我就发现这些作者的学说几乎总是相互违背的，于是我就制订了一个要把它们结合起来的空想计划。我花费了不少精力，浪费了不少时间，弄得自己头昏脑涨，结果一点收获也没有。最终，我放弃了这种办法。采用了另一种比这好得多的办法，我的本领虽然很差劲，但我之所以还能有所前进，应当完全归功于这个方法，因为不用问，我的能力在研究学问上一直是很有限度的。我每读一个作者的著作时，就想定主意，完全接受并遵守作者本人的想法，既不夹杂着我自己的或他人的看法，也不和作者争吵。我这样想：“先在我的头脑中存储一些思想，无论是正确的还是错的，只要论点鲜明就行，等到我的头脑里已经装得很满之后，再加以对比和选择。”我知道这种方法并不是没有不足的，但拿灌输知识的目标来说，这个方法倒是非常成功的。在那几年工夫，我只是遵从作者的想法，可以说从不进行思考，也几乎不进行一点推理。过了几年我就有了丰富的知识，足以让我独立思考而无须求助于他人了。

在我旅行或出去做事而不能读书的时候，我就在脑子里复习和对比我所读过的东西，用理性的天平来断定每一个问题，有时也对我的老师们的看法做一些批评。虽然我这时才开始运用自己的判断力未免迟了一些，但我并没有感到它已丧失了那股强劲的动力。因此，在我发表自己的看法时，别人并没有说我是一个盲目的门徒，也没说我只会听从先辈的言论。

随后，我转学初级几何。对于这个科目，由于我一心想要克服自己记忆力差的缺点，我不断地学了好多遍，同一部分经常从头学起，所以一直没有多大的进展。我对欧几里得几何学并不喜欢，因为他主要重视一连串的证论，而不偏重概念的关联。我比较感兴趣的是拉密神甫的几何学，从那时起，这位神甫就成了我最喜欢的一位作家了，就是现在我还很爱再读他的著作。

以后我就开始学习代数，相同地也以拉密神甫的著作为导向。在我取得了一些成功以后，我就阅读雷诺神甫的《计算学》以及他的《直观解析》，至于后者，我不过是随手看看罢了。我始终没有能够深刻了解把代数应用于几何学上的内涵。对这种不知目的所在的计算法我是一点也不感兴趣的，我认为用方程式来分解几何题，就好像是在用手摇风琴演奏乐曲。在我初次用数字算出二项式的平方就是组成那个二项式的数字的各个平方加上这两个数字的乘积的两倍，我虽然算得十分正确，但也不愿相信，一直到我做出图形后才愿意相信。我并不是因为代数里只求未知量便对代数没有什么兴趣，而是在应用到面积上时，我就必须依照图形才能进行计算，要不然我就一点也不了解了。

从那以后，我就钻研起拉丁文来了。拉丁文是让我最头痛的一门课程，我在这方面一直没有明显的进步。我最初采用波尔·洛雅勒的拉丁文法，不过，没有任何收获，那些不规范的诗句的确叫我讨厌，始终听不进去。我一看那一大堆文法规则就迷糊了，在学习了一条规则的时候就把前面的全忘了。对于一个记忆力不好的人来说，是不适宜文字研究学的，而我却正是想增强我的记忆力才决定从事这种研究。最终，我只能放弃了它。

那个时候，我对语句的结构已经有足够的理解，利用一本词典，可以读一些浅显的著作。于是我就选了这种方法，认为效果不错。我集中精力翻译拉丁文，不是笔译，而是心译，也仅仅是这样。经过长期的练习，我终于能够轻松快活地读一些拉丁文著作，但是我一直不能用这种语言交谈和写作，所以，当我后来不知为什么竟被放进学者队伍中的时候，我经常感到非常尴尬。

和我这种用功的方法分不开的还有其他的一种缺陷，那就是我始终没学会拉丁韵律学，更谈不上明白作诗的那些规律。但是，我很想能够欣赏拉丁语在韵文和散文里的那种非常和谐动听的声调，我曾花费了不少力气想学会一点，不过，我相信，要是没有老师的指点，那简直是办不到的。在全部的诗体中，最容易作的就是六音节诗，我学习过这种诗句，我曾经耐心地把维吉尔的诗的音律几乎全部都熟悉了，并且标出了音节和音调，后来，只要我弄不清某个音是长音或短音，我就去查那本维吉尔。不过，因为我不知道在作诗的规则中允许有很多例外，因而经常发生很多错误。如果说自学有帮助，那么我要说，它也有很大的不好，最重要的是十分吃力。对于这一点，我比任何人都体会得更加清楚。

中午的时候，我放下了书本，如果午饭还没有准备好，我就去访问已成为我的好友的那些鸽子，或者在园子里干点活儿，等着开饭。一听到唤我的声音，我就兴致勃勃地带着强烈的食欲跑去，这里也很值得一提的是，不管病情怎样，我的食欲从来没有减退过。午饭的时间是十分愉快的，在等“妈妈”能够吃东西之前，我们先聊些家务事。其次，天气好的时候，每星期有两三次，我们到房屋后面一个长满花草的非常凉爽的亭子里去喝咖啡，我在这个亭子周围栽了一些忽布藤，天气很热的时候，到这里来乘凉是十分舒服的。我们在这里消磨了一个来小时，看看我们的蔬菜和我们的花草，说说我们的生活，越谈越感觉到我们生活的甜蜜。

在我们园子的一端，还有另一个小家族，那就是蜜蜂。我不会轻易忘记去看望它们，“妈妈”有时也和我一起去。我对于它们的劳动非常感兴趣，看到它们飞回来的时候，带着那么多的采摘物，简直都要飞不动了，觉得很有意思。头几天，由于我过分好奇，很不幸被它们蜇了两三次，但是以后我们渐渐熟识了，不管离多近它们也不会伤害我。蜂窝里的蜜蜂很多，甚至多得必须分群，有时我就被它们包了起来，我的手上、脸上处处都是蜜蜂，但再没有一只蜜蜂蜇过我。一切的动物对人都不信任，这是正确的，但当它们只要确信人们并没有伤害它们的意思时候，它们的信任会变得那么大，只有比野蛮人还要野蛮的人才能乱用这种信任。

下午我还是看书，但是午后的活动，与其说是工作和学习，不如说是玩耍和娱乐更为准确。午饭后，我从来不能关在屋里认真用功，通常在一天最热的时候，一切劳动对我来说都是负担。但是我也并不闲着，我自由自在、毫无拘束、毫不费心思地看一些书。我经常看的就是地理和历史，因为这两个科目并不需要集中精力，我那点微弱的记忆力能记住多少就获得多少。我试图了解佩托神甫的著作，所以陷入了纪年学的谜团里。我讨厌那既无止境又无边际的批评部分，却非常喜欢研究计时的正确和天体的运行。假如我有仪器的话，我一定会对天文学产生兴趣，但我只能满足于从书本上获得的一些知识和为了了解天体的正常情况而用望远镜做的一些大致的观察，因为我的眼睛近视，光靠肉眼是不可能清楚地辨认星座的。谈到这个问题，我记得曾发生过一个误会，现在想起来还经常觉得好笑。

为了研究星座，我买了一个平面天体图。我把它放在一个木框上，只要无云的夜晚，我就到园子里去，把木框放在和我身材差不多高的四根桩柱上。这个天体图的画面是向下的，必须用烛光把它照亮，为了避免风吹蜡烛，我在四根桩柱中间的地面上放了一个木桶，把蜡烛放在里面。接着，轮流地看看天体图和用望远镜看看天上的星座，我就是这样练习发现星体并辨别星座的。我想我已经说过，诺厄莱先生的花园是在一个高台上的，不管在上面做什么，从大路上很远就能看得见。一天夜晚，正当我用这一套奇怪的装备认真地进行观察的时候，有些晚归的农民从这儿经过，看见了我，他们看到天体图底下的亮光，却看不到光线是从哪儿来的，因为桶里的蜡烛有桶边遮着，他们看不到，再加上那四根支柱，那张画满各种图形的大图纸，那个木框，以及我那来回移动的望远镜，这全部都让他们把我这一套东西看做是魔法的道具，所以吓了一大跳。我的那身装扮也使他们觉得惊奇，我在便帽上又多加了一顶垂着两个帽耳朵的睡帽，穿着“妈妈”强迫我穿的她那件短棉睡衣，在他们眼中，我那样子的确像一个真正的巫师。并且那时将近午夜，他们一点也不怀疑地认为这是要举办巫师会议了。他们不想接着看下去，一个个惊慌万分地走开了，而且叫醒了他们的邻居，把看见的事讲给他们听。

这件事传得十分快。第二天，邻近的人就都知道在诺厄莱先生家的花园里举办了一次巫师会议。假如不是一个亲自见到我作“妖术”的农民那天就向两个耶稣会士埋怨了一番，我真不知道这种谣言最终会产生多大影响。耶稣会士不明真相，只随口给他作了一些说明。后来，这两个耶稣会士来看我们，向我们讲述了这件事，我向他们说明了原因，大家都禁不住笑了起来。

为了避免这类事情的再次发生，我当即决定以后再去观察星空时就不点蜡烛了，看天体图则只在屋里看。我敢说，只要是在《山中书简》中读过我所说的威尼斯幻术的人，一定会觉得我早就拥有做巫师的特殊才能了。

这就是没有什么田间工作可做的时候，我在沙尔麦特的生活情况。我是特别想做田间工作的，只是自己能做的活计，我干起来同农民相同。但是，由于我的身体极弱，我干的活计，只能说是其志可嘉。再者，因为我同时要做两种工作，最终哪样也没有做好。我认定用强迫记忆的方法可以增强记忆力，于是我坚持尽量多背一些东西，为这，我经常随身带着书本，用无法置信的毅力，一边干活儿，一边诵读和复习。我不知道为什么我这种坚强的、不停的、没有结果的付出居然没有让我变成傻子。维吉尔的牧歌，我学了很多次，不知念了多少遍，然而直到现在还是一句也不会。无论是到鸽棚、菜园、果园或是葡萄园，我总是随身带着书本，所以我丢失或弄坏了好多书。每当干别的活儿时，我就把书本任意放在树底下或篱笆上，所以到处都有我干完活没有拿走的书，等到两星期后再找到时，那些书不是已经发毛，就是叫蚂蚁和蜗牛给咬坏了。这种刻苦用功的习惯很快就成了一种怪毛病，干活的时候，我简直跟傻子似的嘴里不停在嘟囔和默诵什么东西。

我最常读的著作是波尔·洛雅勒修道院和奥拉托利会的，这最终使我成了一半的让赛尼优斯教派的信徒了，虽然我很有自信，但他们那种严酷的神学教义有时却也让我害怕。那让人恐怖的地狱，我从没有觉得多么可怕，但它现在也渐渐打乱了我心中的宁静，如果不是“妈妈”帮我把心安定下来，这种可怕的学说最终一定会让我的精神全部陷入混乱的状态。

当时我的听忏悔师也是她的听忏悔师，他在让我保证心神的宁静方面付出了不少心血。这个人是耶稣会士海麦神甫，他是一位亲切而聪明的老人，我一想到他的音容，一种崇拜的心情便油然而生。他虽然是耶稣会士，但是有婴儿般的淳朴，他的道德观与其说是宽容，不如说是和善，这正适合我的需要。为了减轻让赛尼优斯教派强加给我的那种阴森恐怖的印象，这位淳朴的人和他的朋友古皮埃神甫经常到沙尔麦特来看我们，虽然对他们那么大岁数的人来说，这条路很不好走又十分远。他们的拜访给了我极大的帮助，但愿上帝也以相同的好处赐予他们的灵魂吧！那时他们的年纪已经很长了，我实在无法设想他们今天还活在人间。我那时也经常到尚贝里去看看他们，渐渐地同那里的人搞熟了关系，有时就像在自己家里一样，他们的图书馆，我也可以利用。每当我回忆起这段幸福的时期，就会想到耶稣会士，以至于因前者而喜爱后者。虽然我一直认为他们的学说很危险，但我从来没有从心里厌恶他们。

我真的很想知道别人是否会像我这样心里有时也会产生如此幼稚可笑的想法。在我忙于研究各种学问和过着一个人所能过的最单纯的生活当中，不管别人对我说些什么，害怕地狱的心情仍在困扰着我。我时常问自己：“我现在的状况怎么样呢？假如我立即死去的话，会不会被贬下地狱呢？”依照我所理解的让赛尼优斯教派的教义，那是不用质疑的，但是我的良心却对我说，我不会下地狱。由于很长时间处于惶恐不安的状态中，动摇于让人困惑的两者之间，为了摆脱这种苦恼，我竟然采用了最可笑的方法，我想，假如我看见另一个人也采用我这种办法，我肯定会把他看做疯子关起来的。

有一天，我一边想着这个让人苦恼的问题，一边漫不经心地对着几棵树的树干练习扔石头，无疑，按照我以往的技巧，我几乎是一棵也不会击中的。在这好玩的练习中，我突然想起趁机来算一下卦，以便解除我的忧虑。我告诉自己：“我要用这块石头射击我对面的那棵树，如果击中了，表明我可以升天堂，如果击不中，说明我要下地狱。”我如此说着，心里怦怦地直跳，手哆嗦着把石块投了出去，不过，非常巧的是，正好扔在树干的正中间。其实这很简单，因为我有意选择了一棵最粗最近的树。从此以后，我对自己的灵魂可以得救再也不怀疑了。当我回想起这一幼稚行为的时候，真不知道是该笑还是该哭。这些著名的人物，你们看我这样子，一定会觉得好笑的，你们为自己而高兴吧，但是，请你们不要讥笑我那好笑的弱点吧，我向你们发誓，我确实是感到深深的烦恼。

不过，这些不安和害怕或许是和我的虔诚信仰分不开的，但这并不是一种时常的状态。一般说来，我是非常平静的，我虽感到死亡即将到来，但这种感觉对我内心的影响，与其说是悲伤，不如说是一种宁静的幽思，甚至这中间还有某种甜蜜的味道。这阵子我在旧纸堆里找到了一篇为鼓励自己而写的文字，那时我为自己能在有相当大的勇气面对死亡的年龄死去而感到幸福，因为在我这短暂的一生中，不管是肉体上或是精神上，都没有遭受到多大痛苦。我的这种看法是多么准确啊！一种活下去就要受苦的预感让我害怕。我好像已经预见到我晚年的生活了。我这一生只是在那个幸福的年代最靠近明智，对过去没有多大的懊悔，对以后也毫不担心，时常占据着我心灵的思想就是享受当前。

相信上帝的人时常有一种尽管不大却非常强烈的私欲，他们经常以无比的兴趣品尝那些允许他们享受的单纯的欢乐。世俗的人们则觉得这是一种罪过，我不知道这是为了什么，或者更准确地说，我了解得很清楚，这是因为他们嫉妒别人享受他们自己已经丧失的兴趣的那些很单纯的快乐。我那时是有这样的兴趣的，而且我觉得只要无愧于心地满足这种兴趣的确是一件令人高兴的事情。那时，我的心还没有被打动过，对于全部，都是以孩童一样的欢乐去接受的，甚至可以说，是用天使般的欢乐去接纳的，因为这种无忧无虑的享受的确有点像天堂里的那种平静的幸福。蒙塔纽勒草地上的午餐，凉亭下的晚餐，采摘瓜果，收获葡萄，灯下和仆人们一块儿剥麻，全部这一切对我们来说都是最真实的节日，“妈妈”和我同样感到十分快乐。二人独自散步更具有吸引力，因为这样可以更畅快地倾诉衷肠。

在很多次这类的散步中，圣路易节日的那次散步是我最难忘的，那天恰好是“妈妈”的命名日。我们二人一清早就出去了。出门之前，我们先到距家很近的一个小教堂里去做弥撒，这场弥撒是在天刚亮时由一位圣衣会的神甫来做的。做完了弥撒，我提议到对面山腰里去游玩，因为那里我们还未去过。我们派人先把食物送到那里，因为我们这次要玩一天。“妈妈”的身体虽然稍微发胖，但走起路来并不怎么困难。我们越过一个又一个小山冈，穿过了一片又一片树林，有时是在太阳底下，大部分时间是在浓荫底下，我们走累了就歇一下，就这样，不一会儿好几小时过去了。我们边走边说，说我们自己，说我们的结合，说我们的幸福生活，我们祈祷这种生活能长久下去，但是上天并没有让我们随心所愿。所有这一切都好像在帮助这一天的好运。

那一天正是雨后不久，没有一点尘土，溪水欢快地奔流，清风吹动着树叶，空气清新，晴空万里，周围的一片宁静气氛就像我们的内心。我们的午餐是在一个农民家里吃的，我们同他们一起吃，那一家人忠诚地为我们祝福。这些可怜的萨瓦人是如此善良啊！午饭过后，我们来到大树的荫凉底下，我捡些为煮咖啡用的干树枝，“妈妈”则在灌木丛中高兴地采集药草。她拿着我在路上给她摘的花束向我讲起关于花的构造的许多新奇知识，这让我感到非常有趣。按理说，这原本可以引发我对植物学的喜欢，但是时间不合适，当时我研究的东西太多了。并且，一种让我百感交集的思想把我的心思从花草上移开了。

我那时的精神状态，我们那一天所说的和所做的全部以及所有让人深深感动的全部事物，无不让我回想起七八年前我在阿纳西彻底理智时所做过的而我在前面的相关章节里已说到过的那种美梦。两者的情景是那样的相同，以至我一想起来，就激动得流下泪来。在满怀温情的激动中，我抱着这位可爱的女友，热情地对她说：“‘妈妈’，‘妈妈’，这个日子是你很长时间以前就赐给我的，除此之外，我什么也不想要了。因为你，我的幸福已达到极点，希望它永不退去！但愿它和我能领会这种幸福的心一样长久！但愿它只能和我自己同时间结束。”

我的幸福日子就这样静静地流逝着。这些日子是那样幸福，以致让我看不到有一点东西可以打乱它们，我只觉得除非到了我生命的终点，它是不会有结束的一天的。这并不是说让我产生忧虑的源泉已经全部消失，而是我看到它的倾向正在改变，于是我就尽量把它引向有好处的方面，以便从中得到补救的办法。“妈妈”自己是很喜欢乡村的，她的这种兴趣并没有因为和我在一起而衰退。她目前也渐渐对田园工作感兴趣了，喜欢用经营田地当做取得生计的方法，她在这方面的知识是非常丰富的，也很愿意加以使用。她不能满足于她所租的那所住宅周围的田地了，她有时租一块耕地，有时又租一块牧场。一句话，她既然把事业心全放在农事这方面，她也就不再想无所事事地待在家里了，拿她当时所经营的农事来看，她很快就要成为大农庄主了。

我不想看到她把经营规模扩充得这么大，尽可能地加以劝说，因为我知道这样下去她准又要受骗的，加上她那种慷慨和喜欢挥霍的天性，最终总是使开支超过收入。但是，一想到这种收入是很多的，而且也可以资助一下她的生活，我也就感到些慰藉了。在她所制订的很多计划中，这个计划的危险性还是很小的，而且我并不和她那样把这当做是一件谋利的事业，而是把它看做使她摆脱开那些冒险事业和骗子的惯用的手段。根据这种想法，我热烈地希望恢复体力和健康，以便照顾她的事业，做她的监工或管家。当然，这样做，我就得经常丢开书本，也没有时间思考我的病情，因而会促进我恢复健康。

那年冬天，巴里约从意大利回来了，给我带来了几本书，这里面有邦齐里神甫所写的《消遣录》和所编的《音乐论文集》。这两本书使我对音乐史和对这种艺术的理论研究产生了兴趣。巴里约同我们一块住了几天，我在几个月前已达到了成人年龄，我已打算好明春去日内瓦领回我母亲的遗产，或者最少在得到我哥哥的真实信息之前先得到我本人所应继承的那一份。事情是按照预先的步骤办的。

我去日内瓦的时候，父亲也跟着了。他很早就去过日内瓦，也没有人找他的麻烦，虽然对他所下的判决并没有撤销。但是，因为人们钦佩他的勇敢和忠诚，便假装把他的事情忘记了，而政府的成员们正在忙着一个很快就要付诸实施的重大计划，不想过早地惹怒市民，使他们恰好在这个时候回想起过去的不公平的措施。我很害怕有人因为我改教的事情而在继承问题上有意刁难，结果什么事情也没有发生。在这方面，日内瓦的法律不像伯尔尼的法律那么严厉，在伯尔尼，只要是改变信仰的人，不但要失去他的身份，而且还会失去他的财产。人们对我的继承权并没有产生争议，只是我不知道为什么我的继承部分竟然变得那么少，好像是所剩无几了。尽管我哥哥的死亡是肯定的了，但尚没有法律证据，我没有足够的证明材料可以请求他的那一份，我一点也不惋惜地把他应该继承的那份财产留给了父亲，用于补助他的生活。我父亲直到去世都利用着它。

法律手续办妥，我刚一拿到自己那笔钱，除了用一部分买了很多书外，我便飞快地把剩下的钱全都送到“妈妈”跟前。一路上我高兴得心里怦怦直跳，当我把这笔钱交到她手上的时候，比我刚得到这笔钱的时候还要快活上万倍。她冷淡地接过这笔钱，这是具有高贵灵魂的人所共同拥有的态度，他们不会对别人的这类举动感到惊奇，因为对他们来说，这不过是一件小事而已。后来，她以相同淡漠的态度把这笔钱简直全部花在我的身上了。我认为，就算这笔钱是她从别处获得的，她也会这样花掉的。

这时，我的健康不仅一点儿也没有恢复，反而眼看着一天天地坏下去。那时，我苍白得像个死人，瘦得像副骷髅，脉搏跳得非常厉害，心跳的次数也更频繁，而且时常感到呼吸困难。我甚至衰弱到连动一动都觉得非常吃力，走快点儿就喘不上气，一低头就发晕，连最不重的东西也搬不动。像我这样一个喜欢动的人，身体竟坏到什么也干不了，真是最大的烦恼。当然，所有这些情况在很大一部分上夹杂有神经过敏的缘故。神经过敏症是幸福的人经常得的一种病，这也正是我的病，我经常无缘无故地掉眼泪，树叶的沙沙声或一只鸟的叫声通常会把我吓一大跳，在舒适的宁静生活中心情也不宁静。

所有这全部都表明我对舒适生活的厌烦心情，让我多愁善感到无法想象的地步。我们生来本不是为了在世上享受幸福的，灵魂与肉体，假如不是二者一块儿在受苦，其中必定有一个在受苦，这一个的好状态几乎总会对那一个不利。当我能够快乐地享受人生之乐的时候，我那日渐衰弱的身体却不让我享受，并且谁也说不准我的疾病的原因在哪里。后来，尽管我已经处于晚年，而且患有非常严重的疾病，我的身体却好像恢复了它以前有的力量，以便于更好地忍受自己的各种灾难。目前，在我写这本书的时候，我这个将要六十岁的老人，正经受着各种病痛的苦恼，身体已经衰弱不堪，我却认为在我这受苦的晚年，自己的体力和精神反而比在真正幸福的青春时代更有活力和更为充沛了。

最终，因为看书的时候学了一点生理学，我开始对解剖学产生了兴趣。我一直在琢磨组成我这部机器的那么多的零件，琢磨它们的功能和活动，时常感觉身上的某个地方就要出现一点毛病了。所以，使我感到惊讶的并不是为什么我总这样要死要活的，而是为什么我居然还能活着。我每看到一样疾病时，就觉得这里所说的恰好是我的病。我相信，就算我本来没有什么病，研究了这门不幸的学问，我也会成为一个病人的。因为我在每一种病症中都发现有和我的病一样的症状，我就觉得自己什么病都有。

除此之外，我又得了一种我原本以为自己没有的更加严重的病，那就是，治病癖。凡是读医书的人，都难免会有这种病。因为我不断研究、思考、对比，我竟觉得我的病痛的根源是我心上长了一个肉瘤，看来萨洛蒙对我的这个想法感到很惊奇。按理说，我应该依照这种想法，把我之前所定的决心坚持下去。可是我没有这样做，反倒用尽一切心思想把我心里长的这个肉瘤治好，并打算马上进行这种异想天开的治疗。以前，当阿奈到蒙佩利埃去参观植物园和看望该园总技师索瓦热的时候，有人告诉他费兹先生曾经治好过这样一个肉瘤。“妈妈”回想起了这件事，并把具体情况告诉了我，这就足以激励我去找费兹先生治疗。因为治病心切，我也有了做这次旅行的胆量和力气，从日内瓦带来的那笔款子正好可以用作路费。“妈妈”不仅没有阻拦我，反倒鼓励我这样做，于是我就起程到蒙佩利埃去了。

事实上我用不着去那么远的地方找我想要的医生。因为骑马太累，我在格勒诺布尔雇了一辆轿车。到了莫朗，在我的轿车后面有五六辆轿车相继沓来。这一来倒真像喜剧中马车队的事情了。这些轿车很大部分是随从一位名叫科隆比埃夫人的刚结婚的女人的，和她同行的另一个女人，是拉尔纳热夫人，尽管不像科隆比埃夫人那么年轻，也不跟她一样漂亮，但同她一样可爱。

科隆比埃夫人到罗芒就要停下来，拉尔纳热夫人要从罗芒一直到圣灵桥周围的圣昂代奥勒镇。大家知道我是很害羞的，害怕见生人，肯定觉得我绝不会不久就和这些高贵的夫人还有她们的随从熟悉起来。不过，因为我们走的是相同的一条道，住的是相同的一家旅店，有时还只得同桌进餐，我避免同她们认识是不可能的，否则就会被认定是性情孤僻的怪人。这样，我们不久就熟识了，甚至用我的想法，了解得太早了些，因为全部那些乱糟糟的谈笑声，对于一个病人，特别像我这种气质的病人，是很不合适的。然而，这些聪明乖巧女人的好奇心十分强烈，为了认识一个男人，她们总是事先把他搅得头晕目眩。我所碰到的，就是这样的情况。科隆比埃夫人被她的那些美少年围着，没有工夫来答理我，而且对她来说也没有必要，因为我们眼看就要分开了。至于拉尔纳热夫人，纠缠她的人并不多，而且又需要人给她在路上解释，因此便和我周旋起来。这样一来，再见吧，可怜的让·亚克，或者更确切地说，再见吧，我的寒热、郁闷、肉瘤！所有这一切在她身旁都烟消云散了，我只剩下有点心跳的毛病，只有这个毛病她不愿意给我治好。

我的身体不大好，是我们结识的最初引线。人家虽然知道我有病，也知道我是到蒙佩利埃去的，可是我想一定是因为我的神态和举止不像是一个荒唐鬼，所以，后来看得非常明显，人家不会猜想我是因为纵欲过度而去看病的。尽管疾病并不会让一个男人在女人面前受欢迎，但这次却让我成为受到关怀的角色了。一清早，她们就派人来问候我的病情，并请我和她们一起用可可茶，她们还问我夜里睡得怎样。有一次，依照我说话直来直去的习惯，我回答说我不晓得。这样的回答让她们觉得我是个傻子，于是就在我身上作了进一步的观察，这种观察并没有给我带来一点坏处。有一次我听见科隆比埃夫人向她的女友说："他虽然不懂得社交经验，却是很讨人喜欢的。"这句话极大地鼓舞了我，也让我的确显得可爱了。

既然互相都熟悉了，每个人总要谈一谈个人的事，谈谈从哪儿来，谈谈自己是个怎样的人。当时我很困窘，因为我知道得很清楚，在上流社会的人们当中，尤其是同上流社会的女人在一块，一说我是最近才改信天主教，马上就会有人不理我的。我不知道是出于怎样的一种古怪的念头，竟想伪装起英国人来，我自称是詹姆士二世党人，大家也就真的相信了。我说我叫杜定，人们也就叫我杜定先生。当时有一位讨厌的陶里尼扬侯爵也在那里，他和我相同，也是一个病人，不但老态龙钟，脾气也不好，他竟和杜定先生交谈起来。他和我谈到詹姆士王，谈到争夺王位的人，谈到圣日尔曼故宫。我当时真是如坐针毡，因为我对这些事知道的不算多，我只是在哈密尔顿伯爵的作品里和报纸上看到过一些。可是，我知道的材料虽不多，利用得还算好，一场谈话，居然被我敷衍过去了。幸运的是他没有问我关于英国语言的问题，因为我连一个英文单词都不认识。

我们这些人在一起倒是很情投意合，因为眼看就要分别了，大家都有些依依不舍。在路上我们特意像蜗牛一般的慢慢前进。星期日，我们来到了圣马尔赛兰，拉尔纳热夫人要去做弥撒。我和她一起去了，这一来好像把事情弄坏了。一走进教堂，我的神态举止和平常我在教堂里相同。她一见我那毕恭毕敬的样子，觉得我是个虔诚的信徒，因而对我产生了非常不好的印象，这是两天以后她亲口告诉我的。以后，在我做出了许多献殷勤的表达后，才渐渐消除了她对我的这种看法。

事实上，拉尔纳热夫人原本是一个阅历丰富的女人，是不甘示弱的，她宁愿冒点险来先向我表示出好感，以便看一看我到底抱一种什么态度。她几次三番地向我表示好感，又表示得那么热烈，以至于我不相信她是相中了我的相貌，而觉得她是在嘲笑我。依照这种愚蠢的想法，我真的做了很多蠢事，那时我的表现比《遗产》喜剧中的那位侯爵还不如。拉尔纳热夫人也真的很能坚持，她一直和我调情，还对我说了那么多温存的话，就算一个不像我这么傻的人也不能轻易把这都看做是正确的。她越是向我表示好感，我就越认定我的看法是正确的，最使我感到烦恼的是，闹来闹去我居然真的对她产生了爱情。我对我自己说，而且也向她埋怨道："唉！为什么这些都不是真的呢！要不然我就是全部人们中间最幸福的人了！"我相信我这年轻气盛的人的傻气只能更加激起她的好奇心，她不想在这件事情上显示出她的方法的不聪明。

到了罗芒，我们就跟科隆比埃夫人和她的侍从分别了。拉尔纳热夫人、陶里尼扬侯爵和我三个人用最缓慢的速度、最快乐的心情继续我们的旅行。侯爵尽管是个有病而又喜欢唠叨的人，却是个好心肠的人，但他不想光看别人热闹而自己不混进去凑凑热闹。拉尔纳热夫人一点也不克制她对我的倾心，以至于侯爵比我自己还早就看出了这一点，要不是因为只有我才具有的那种胡思乱想的思想在作祟，他那些旁敲侧击的话至少会让我对本来不敢相信的她的好感产生信赖的感觉。然而我居然认为他们是说好了来嘲弄我，我那愚蠢的想法更加让我不知所措了。就拿我当时所处的状况来说，既然我当真爱上了她，原本可以扮演一个非常漂亮的角色，只是因为我有这种愚蠢的想法，最终竟让我扮演了一个最普通的角色。我不明白拉尔纳热夫人为何并没有厌烦我那副愁眉苦脸的样子，为什么没有用非常轻蔑的态度把我抛开。不过，她的确是一个聪明的女人，善于辨别人，她看得很明白，在我的行为中，愚蠢的成分多，淡漠的成分少。最后，她最终使我明白了她的心意，我们到瓦朗斯吃午饭，按照我们的习惯，就在那里度过午饭后的那段时间。当时我们住在城外的圣亚克旅店，我再也忘不了那个旅店，还有拉尔纳热夫人所住的那间房子。午饭后，她要去散步，她知道陶里尼扬先生是不会的，正好可以给我们二人安排一次单独的谈话，这是她早就想好要利用的机会，由于时间所剩不多了，要达到目标，再也不能让这个机会跑走了。

我们沿着护城河缓缓而行。于是，我又向她一直不停地诉说起我的病痛来，她说的声音是那样和蔼动人，并且还经常把她挽着的我那只胳膊用力地按向她的胸部，我想，除非我这样愚蠢的人，否则谁也不会不借这个机会来证实她说的话是不是真心话。最有意思的是，当时我也十分激动。我曾经说过，她是可爱的，现在爱情让她变得更加风采动人了，使她完全恢复了年轻的艳丽，她那高明的卖俏的手段，就是意志最强的男人也会被她迷住的。所以我那时很紧张，时时都想放肆一下，可是我又怕冒犯她，让她不高兴，我尤其害怕的是被人讥笑，受人耍弄、戏弄，给人提供茶余饭后的笑料，让那个无情的侯爵提到我的轻浮举动时嘲笑我几句。这一切都让我不敢轻举妄动，就连我自己对我这种愚蠢的猥琐都很气愤，我更生气的是，虽然我恼恨我的猥琐，却又不能压服它。我那时几乎如受苦刑一般，我已经放开我那一套塞拉东式的情话了，我认为在像这样的大路上情话不断实在可笑。由于我不知道应该采取哪种态度，也不知道该说些什么，只好不做声。我的样子就好像是在跟谁赌气似的，总之，我的举止都足以给我招来我最害怕遇到的事情。

幸运的拉尔纳热夫人下了一个非常仁慈的决心。她一下子搂住了我的脖子，然后打破了这个沉默，就在这一瞬间，她的嘴唇紧粘到我的嘴唇上，这十分清楚地挑明了一切，不容许我再有任何顾虑了。这一个急转直下真是再合适不过了，我立刻变成了可爱的人，事不宜迟，在此以前，我因为缺乏她给予我的这种信任，几乎总也不能表现出本来的我，这时我又是原来的我了。我的眼睛、我的感觉、我的口和心从未这样出色地表达过我的心意，我也从未这样圆满地补救了我的过错。

虽然这次小小的胜利的确使拉尔纳热夫人花费了一番心思，但我有理由确信她是不会感到后悔的。就算我活到一百岁，回忆起这位动人的女人时，也还是会感到快乐的。我说她是迷人的，尽管她既不美，也不再充满青春。但她也既不难看，又不老，她的容貌啊，没有一点地方妨害她充分发挥自己的智慧和风韵。她和别的女人不同的地方，就是她的脸色不太鲜艳，我想那是因为过去搽胭脂太多，伤害了她脸上的色泽。她在爱情上所体现的轻浮是有她的原因的，因为这是足够体现她那可爱品质的最好的方法。可以看到她而不爱她，但是不可能拥有她而不崇敬她。据我看，这就充分说明她并不是像对我那样经常乱用自己的情感。她这样迅速强烈地爱上我，可以说是无法原谅的。不过，在她的爱中，灵魂上的需求和肉体上的需求，至少在程度上是一样的。在我和她一块度过的那段短暂而愉快的日子里，从她强迫我遵守的压制来说，我几乎可以相信，她虽然是个喜欢肉欲的女人，但她却珍惜我的身体胜过满足自己的快乐。

我们的秘密交往是瞒不了陶里尼扬侯爵的，但他并没有因为这而停止对我的讽刺，恰好相反，他比其他任何时候都更把我看做一个可怜的情人，一个遭受无情女人折磨的可怜者。他没有一句话、一个微笑、一个表情能使我疑心到他已看出我们之间的事。假如不是拉尔纳热夫人看得比我清楚，假如不是她对我说侯爵并未被我们瞒住，只是他是一个很有眼色的人，我肯定认为他居然被我们瞒住了。

说心里话，谁也不会有像他那样的好心肠，对人那么的彬彬有礼。他对我也是这样，只是偶尔好说几句玩笑话，尤其是自从我取得胜利以后。或许他对我说些玩笑话是证明瞧得起我，认为我并不像原先表现得那么愚蠢。明显地，是他搞错了，不过这又有什么联系呢？我恰好利用他的错误，并且，说心里话，那时人们讥笑的是他，而不是我，所以我也很高兴地有意给他以讥笑我的口实。我有时也反驳他几句，有时相当巧妙地反驳他几句，因为我引以为傲的是，我居然能在拉尔纳热夫人面前夸耀她启发给我的聪明才智。我已经不是原来的我了。

那时我们是在一个最富裕的地方和最好的季节旅行的。因为陶里尼扬侯爵的悉心照料，我们处处都有精美的饮食。他甚至把他这番好心始终用在我们所居住的房间上，这本来是用不着让他费心的，他却提先打发仆人去订房间，而那个讨厌的仆人不知道是自作主张还是听了主人的使唤，总让他住在拉尔纳热夫人的旁边，而让我住在房子的头上。但这难不倒我，我们约会的趣味反而更加浓郁了。

我们这种快乐的生活持续了四五天之长，在这短暂的几天中，我尝尽了最甜蜜的肉欲之乐，并且沉醉在这种快乐里面。我所得到的快乐是唯美的、热烈的，不会有任何痛苦的成分，这也是第一次的和唯一一次的快乐，可以说，我应该感谢拉尔纳热夫人，她让我在离开人世之前能够饱尝到此中的快乐。

就算说我对她的感情说不上是什么真正的爱，那至少是我对她向我所表达的爱的一种温情的回馈，那是快乐中的一种十分热烈的肉欲，是谈话中的一种非常甜蜜的缠绵，其中具有激情的迷人魅力，却没有因激情而让人失去理智的那种狂热，以至虽然有快乐却也不会享用。我一生唯有一次感受到了真正的爱，但不是在她的身边。我爱她从来不像爱海仑夫人那样子，也恰巧因为这样，我才觉得拥有她时比占有海仑夫人时快乐更多。

在“妈妈”面前，我的快乐总是让一种忧虑的情绪、一种难以压制的内疚感所打扰，我拥有她的时候不仅没有感到幸福，反倒总以为是污辱了她的品格。在拉尔纳热夫人身旁则恰恰相反，我为以一个男人所能享用到的幸福而感到骄傲，所以，我可以愉快地、放心勇敢地纵情欢乐，我还可以享用我给予她的同样的欢乐，我的心情是非常安定的，我用足够的虚荣心与快乐感来体味我的胜利，并试图从这个胜利中得到更多的胜利。我不记得陶里尼扬侯爵在哪个地方离开了我们，他本来是当地人，不过在到达蒙太利马尔之前，就只剩下我们两个人了。从那时起拉尔纳热夫人便让她的侍女坐上我的车子，而让我和她共乘一辆车。我可以确定地说，这样的旅行是不会让我们感到讨厌的，至于路上都有些什么样的风景，那我就难以说清楚了。

在蒙太利马尔，她有很多事情要办，便在那里待了三天。在这三天之间，她只是为去探望一个人而离开我一刻钟。那次拜访给她引来了许多不必要的纠缠和很多人的邀请。她是绝不会接受那些邀请的，所以她借口不舒服都婉言拒绝了。但这种不舒服并没有影响到我们两人每天在最美好的地方和最美丽的天空下到处游览。啊，幸福的三天啊！我至今有时还以惆怅的心情回想起这幸福的三天，但这样的日子已经一去不复返了！

旅行中的爱情原本是不能持久的，我们必须分手了。说实在的，我们也该分手了，这并不是说我已经感到厌烦或者将要感到厌烦，我是一天比一天更加的沉溺在对她的依赖中。虽然拉尔纳热夫人很有控制，我已经是心有余而力不足了。但我决定要在我们分手之前用我余下的那点精力尽情享用一番，她为了预防我接近蒙佩利埃的姑娘，也就听从了。为了给彼此找些安慰，我们拟定了重新会面的打算。我们的决定是，既然这种休养方法对我好，我可以继续沿用这种方法，而且到圣昂代奥勒镇去过冬，由拉尔纳热夫人来照料我的生活。不过我需要在蒙佩利埃待五六个星期，以便给她留下点时间去作些需要的安排，以免让别人说闲话。关于我到圣昂代奥勒镇后所应该知道的事情，应该说的话，还有应该采取怎样的态度，她都非常详细地嘱咐了我。我们还约好在见面之前要相互通信，她很郑重其事地告诉了我很多关于爱护身体的话，她劝我去找一些名医，要严格遵循他们的一切规定，她还说，无论他们的规定如何严格，等我再次回到她身边的时候，她一定要负担起让我遵守的任务。

我相信她的话都是发自真心的，因为她爱我，她在这方面的各种表现比对我的爱抚更为值得信赖。她从我的装扮看出我并不是很富有的，尽管她本人也不富裕，但在我们离别的时候，她坚决地要把她从格勒诺布尔带来的钱分给我一半，我花费了很大的劲才推掉了。最后，我离开了她，我的心完全被她占满了，同时我觉得我在她心里也使她留下了对我的纯真的爱恋。

我一边从头回想着和她走过的那段旅途，一面开始我的行程，这时让我深感快慰的是，我坐在一顶很舒服的车子里，可以用心回味我所得到的欢乐，并幻想着她所讲给我的快乐。我一心只想圣昂代奥勒镇和我很快就要在那里开始的美好生活，在我的心目中，除了拉尔纳热夫人和她的一家人以外，天地间的所有一切和我都没任何关系了。连“妈妈”也被抛到脑子后面了。我以全部精力在我脑子中把拉尔纳热夫人对我说过的那全部的细节都联系在一起，以便对她的住处、她的邻居、她的联系和她的整个生活方式先有一个轮廓。她有一个女儿，她曾不只一次地向我提起她的这个掌上明珠。这个姑娘已经够十五岁了，活泼可爱，性情温柔。拉尔纳热夫人曾向我担保，她肯定会接纳我的，我始终没有忘记这个承诺，我十分好奇地想着拉尔纳热小姐将如何对待她母亲的亲密朋友。这就是我从圣灵桥直到勤木兰这段路程中一直在想的一些主要内容。

有人告诉我可以去看一下加尔大桥，我肯定不会错过这个时机。我吃了几枚甘美的无花果当做早点，接着就找了一名向导去游览加尔大桥了。这是我看见的第一个古罗马人的艰巨工程。我正想要看到一个不愧是从罗马建筑者手中建造出来的建筑物，走过去一看，它竟然超出了我的想象力，这是我这一生中仅有的一次。也只有罗马人才能在我身上发生这样的反应。这一简单宏伟的工程的壮观气派引起了我的敬佩，尤其是由于这个建筑物正是建立在广漠无人的荒凉之地，这一片寂静荒凉的景色使得这个古迹显得更突兀更令人惊叹不已。这架所谓的大桥原本不过是古代的一个输水道。

人们禁不住在想，是什么力量把这些庞大无比的巨石从遥远的采石场运到这里来的呢？是什么力量把无数人的劳动集中在这个没有一个人居住的地方呢？我把这个雄伟建筑的三层都参观了一遍，一种仰慕的心情使我简直不敢用脚践踏。我的脚步在那些宽广的穹窿之下所发出的声音使我觉得好像听到了建筑者的宽广的嗓音。我觉得自己就像一个昆虫一样迷失在这个气势磅礴的伟大建筑中。我虽然感到自己很渺小，同时却又感觉到有一种无法说出的力量把我的心灵提升到另一种境界，不由得叹道："要是我是一个罗马人该多好啊！"我在那里停留了好几个钟头，沉浸在让人心旷神怡的幻想里。我回来的时候精神恍惚，好像在想什么心事似的，这种魂不守舍的样子对拉尔纳热夫人来说是不利的。她非常关心我是否被蒙佩利埃的姑娘所诱惑，但她却忘记劝告我不要被加尔大桥所诱惑，可见，一个人总是不能什么都考虑得非常周到。

我在尼姆拜访了竞技场。这是一个远比加尔大桥雄壮得多的大建筑，不过它给我的印象反而不那么热烈，这可能是因为我参观了第一个建筑物之后，再看什么也不觉得罕见了，也或许是因为这第二个建筑物处于城市中心，不那么轻易引起人们的惊讶。这么宽阔壮丽的竞技场，四周却都是简单的小矮房子，而场内还盖了许多更低更简单的房子，以至让整个建筑物只能给人一种混乱而不平衡的印象，遗憾和不愉快的感觉压制了喜悦和惊讶的心情。

以后，我又参观了韦罗纳的竞技场，那个竞技场比尼姆的这个竞技场还要小，也比不上尼姆竞技场那样美观，却保存得非常完整，维持得非常干净，所以给我的印象反倒更深刻更快乐些。法国人对什么都漫不关心，对于古迹也一点不爱护。他们不管干什么，在起初的时候是一团火热，最后却是简单了事，并且什么也不会保留下来。

那时我几乎变成另外一个人了，我那喜欢玩耍的心只要被勾起之后，就迅速地燃烧起来。我在“吕奈尔桥饭店”只停了一天，仅有的目的就是要在那里和其他旅伴大吃一顿。这个饭店本是全欧洲最受人称赞的一个饭店，那时它对这种声誉还是非常受用的。店主人非常会利用这个旅店的良好条件，所供应的菜肴都是最丰盛、最精美的。在郊外，在这样一家荒凉的饭店里，居然能享受到有海鱼和淡水鱼、有上好野味和名贵好酒的盛宴的确是一件稀罕事，而且店主人在接待客人方面是那么谨慎、那么周全，只有在王公富豪之家才能碰到，而这所有的一切不过是为了赚你三十五个苏。不过，这个“吕奈尔桥饭店”没能一直维持下去，因为过分依靠自己的信誉，最后竟然完全失去了声誉。

我在这一段旅程中，连自己是个病人都忘记了，只是到达了蒙佩利埃才想起我的病情来。我的郁闷症全好了，但是其他所有的病依然存在，虽然由于时间已久，我也习惯了，但病情却是存在的，如果有人忽然得了这样的病，他会觉得活不久的。事实上，我的那些病，与其说是让我感到不好受，不如说是使我感到恐惧，它们所引起的精神上的折磨，看来超过它们预示就要毁灭的肉体上的痛苦。所以，当我的心被我那些强烈的情欲所占满的时候，我就把一切疾病置之度外了。不过，我的病终究不是出自我的想象，所以当我的精神一安静下来，病症又立即感觉出来了。这时我开始认真地考虑起拉尔纳热夫人的劝告和我旅行的意义。我立刻去找最有经验的名医，重要的是去找费兹先生，而且为了小心，我干脆在一位医生家里包饭。

这位医生叫菲茨莫里斯，是爱尔兰人，有许多学医的学生在他家里包饭，一个病人入伙，还有这么的一个方便之处，就是菲茨莫里斯先生所收取的膳费很少，并且他用医生的名义给在他家用餐的人有时看看病而且不收钱。他负责实施费兹先生的处方，并照料我的健康。在施行节食疗养法方面，他是十分尽职尽责的，人们绝对不会在他家里得了胃病。我虽然对饮食上所加的很多限制并不觉得如何苦恼，但是可以拿来比较的东西似乎仍在跟前，使我偶尔不能不觉得，就当做一个供应者来说，陶里尼扬先生比菲茨莫里斯先生要聪明许多。不过在这里，我也绝不至于饿得太严重，再者，全部那些青年都有说有笑，都很快乐，这样的生活环境对我的身体的确有益，我不像先前那样天天无精打采了。

每天早晨我吃药品，大多是喝一些我也不知道叫什么名字的矿泉水，我想应该是瓦耳斯的矿泉水吧，另外就是给拉尔纳热夫人写封信。我们之间的通信始终在继续，我卢梭是以杜定的朋友的身份来收转那些信件的。中午，我便和一起用餐的某一个青年到拉卡努尔格去走走。这些青年都是些非常棒的小伙子，午饭之前我们总是先聚集在一起，然后才一起进餐。午饭后一直到傍晚，我们之间的很多人都去干一桩重要的职业，那就是到城外玩两三场木槌击球的比赛，输的人要请吃茶点。我是不加入玩球的，我既没有那样的体力，也没有那样的技巧，但是我参加赌东道。因为关心输赢，我跟着那些玩球的人和木球在坎坷不平、全是石子的道路上跑来跑去，这对我倒是一种非常适宜的运动，既欢快又有益于身体。我们在城外的小酒店里用茶点，不用说，这是十分快活的。但是我要加上一句，虽然小酒店中的那些女孩子们长得都非常漂亮，但我们在吃茶点的时候并没有任何轻浮的举动。菲茨莫里斯是击球的好手，他是我们的领导。我可以说，虽然大学生的名声不怎么好，但是这群年轻人所表现出的庄重和有礼，就是在很多成年人中也是难得的。他们喧哗而不轻佻，活泼而不放纵。任何一种生活环境，只要我感觉不到它的压力，我是很容易适应的，而且希望它永远保持下去。在这些大学生中间，有好几个是爱尔兰人，我尽力向他们学几句英语，以便到圣昂代奥勒镇后，有用的时候可以应用。

我离开那里的时刻现在越来越近了，拉尔纳热夫人每一次来信都催促我去，我也打算照她的话去做。我看得很明白，我的那些医生对我的病一点也不理解，都把我当做是一个没病找病的人，所以就拿豨莶、矿泉水和乳浆来搪塞我。同神学家们恰好相反，医生和哲学家认为只有他们能够说明的才是正确的，他们是拿自己是否理解来推断事物是否存在。这些先生们对我的病一无所知，因此，我就算没有病了，怎么能怀疑医学博士不是什么都知道的呢？我看他们只是在设法戏弄我，让我把钱花完才好，我觉得圣昂代奥勒镇的那位能够取代他们，也绝对不会比他们差多少，而且还可以让我更加愉快些，所以我决定选她，并抱着这种明智的想法离开了蒙佩利埃。

我是在十一月末起程的，我在这个城市总共住了六个星期或两个月多点的时间，好像花掉了十二个金路易，不管是在健康方面或是在医学知识这一方面，我都没有得到任何好处，只有菲茨莫里斯先生的解剖学课程对我还有点帮助，但我只是刚开始，以后由于我再也受不了解剖尸体的臭味，不得不推掉了这门课程。

我内心深处对于我的这个决定感到非常不安，我一边继续朝圣灵桥进发，一边考虑，这条道通往圣昂代奥勒镇也通向尚贝里。我对“妈妈”的思念和她给我的来信——虽然她的信没有拉尔纳热夫人的信那么多——在我的内心深处引起了一种悔恨的思绪。

在回来的路上，我的这种心情被压制住了，这次在归途中后悔的情绪变得十分强烈，以至于把我寻求欢乐的兴趣完全打消了，只有理性的声音在发挥作用。第一，我若再去扮演冒险家的角色，很可能不像第一次那样好运，只要圣昂代奥勒镇有一个人到过英国，或者有英国朋友，或者会说英语，我就会被揭穿。拉尔纳热夫人的家庭也可能会讨厌我，甚至会不客气地看待我，以及她那个女儿——我情不自禁地思念她已经超过了该有的限度——更让我惶恐不安，我生怕会爱上她，这种害怕心理已决定了事情的一部分。我想，她母亲对我那么好，难道我竟想用诱惑她的女儿，和她发生最卑鄙的关系，给她家庭制造分裂、污辱、丑名和无限的痛苦来回报她母亲对我的一番好意吗？想到这儿，我内心非常恐怖。我下了最大的决心，假如这个卑鄙的倾向稍微一露出苗头，我一定要和它搏斗，把它毁灭掉。但是，我为什么要去找这种搏斗呢？和她母亲住在一起，因为日久生厌而爱上女儿，却又不敢对她表露心迹，这将是多么可悲的处境啊！我为什么一定要去自找这种处境！难道是为了追寻我早已享尽其精华的欢乐，而把自己置身于不幸、屈辱和后悔无穷的境地吗？明显地，我的欲望已经失去了最初的活力，寻乐的兴趣还在，但激情已经不再了。除此之外，还夹杂着很多其他的想法，我想到了自己的处境、自己的责任，想到我那位善良而直率的“妈妈”，她已经负了很多债，而因为我的任意花钱，她的负债又增多了，她已经为我操碎了心，而我却这样可耻地欺骗了她。我所感到的内疚太强烈了，终于胜过了一切。

在离圣灵桥已经很近的时候，我打定决心，到圣昂代奥勒镇后一刻也不停，一直走过去。我大胆地实施了这项计划，虽然我承认那时难免感到有点可惜，但与此同时我也是有生以来头一回感受到了一种内心的满足，我喃喃自语：“我应该钦佩我自己，我能够将自己的责任放在自己的欢乐之上。”这是我头一回真正从读书中得到好处，它教会我如何进行思考和对比。我想起在这以前自己曾接受了非常纯洁的道德观，我给自己制定了明智而崇高的处身之道，并且以能够遵守这些道德而感到深深的自豪。然而我感到惭愧的是，我竟否定了自己的准则，这么迅速、这么明目张胆地背弃了自己所制定的处世之道。现在这种惭愧心战胜了我的情欲。在我的誓言中，虚荣心和责任心所起的作用可能是相等的，这种虚荣心虽然不能算作美德，但它所发生的效果是那么相同，即使弄混了也是能够原谅的。

善良的行为有一种好处，就是让人的灵魂变得高尚了，并且让它可以做出更加美好的行为。因为人类是有缺点的，人受到某种吸引要去做一件坏事而能断然中止，也就可以算作是善行了。我一打定主意，我就变成另一个人了，或者更确切地说，我又恢复了以前的我，恢复了迷醉时曾很长时间消逝了的我了。我满怀高尚的心情和善良的希望继续着我的路程，一心想赎回前愆，打算以后要用高尚的道德原则来约束我的行为，要全部地为最好的“妈妈”服务，要向她献出和我对她的爱恋相当的深切的忠诚，除了爱我的职责并听从这种爱的驱从之外，绝不再听从其他的想法。

唉！我用一片真心再次走上了正路，这好像可以让我得到另一种前途了，然而我的命运是早已注定了的，并且已经起程了。当我那颗满怀着希望和真诚之爱的心，义无反顾地奔向那纯洁和快乐的生活的时候，我却临近了将要给我带来很多灾难的不幸时刻。

我那急切到达的心情让我出乎意料地加快了行程。我在瓦朗斯向“妈妈”告知了我到达的日期和时刻，因为我赶路的原因，到达的日期比预期的提前了，我就特意在沙帕雷朗停留了半天，以便准时到达。我愿意尽情地享受一下和她久别重逢的欢乐，而且还想把这个时刻再稍稍延长一会儿，以便给这种快乐再增添上一点急切期待的乐趣。这种办法过去一直是成功的，我每次回来就像是个小小的节日。我希望这一次也会这样，所以虽然我思归之情是那么急切，但是把归期稍稍延缓一下，也是很值的。所以，我完全是按照事先的时间到的。从很远开始，我就想要看见她在路上等待我，我离家越近，心就跳得越厉害，以至于到家后，已经喘不过气来了，因为我在城里时就下了车。可是不管是在院子里、在门前、在窗口，我一个人都没有看见。我的心马上慌张了，害怕发生了什么稀有的事。我走了进去，一切都是静静的，佣工们在厨房里吃点心，一点儿也感受不到大家是在等待我的样子。女仆看到我还吓了一跳，她并不知道我要回来。

我走上楼去，最终见到了她，见到了我那亲爱的“妈妈”，见到了我非常深切、非常炽烈、非常纯真地想着的“妈妈”。我奔上前去，扑在她的脚下。“啊！你回来了，我的孩子，”她一边拥抱着我，一边对我说，“你一路上好吗？身体还好吗？”这种招待使我有点不知所措。我问她是否收到了我的信，她说收到了。我对她说：“我还以为你没有收到呢！”我们的对话就这样结束了。当时有一个年轻人和她在一起。我认识他，我起身以前就在家里见到过他，不过这一次他好像就住在这里了，实际上也正如此。简而言之，我的位置被别人占了。

这个青年是伏沃地方的人，他的父亲名叫温费里德，是个看门人，自诩为是希永城堡的上尉。上尉先生的这个儿子是一个年轻的理发师，他就是以这种身份奔走于上流社会里的，他也是以这种身份到海仑夫人家里来的。海仑夫人非常热情地接待了他，就像她热情接待所有过路的人，尤其是她家乡的人那样。他是一个非常平庸的高个儿的金黄色头发少年，体质倒还健壮，但面貌却十分普通，智力也是这样，谈起话来很像美丽的利昂德。他用他那一行的人所独有的腔调和方式滔滔不绝地讲述他自己的那些风流事儿，列举了一半与他睡过觉的侯爵夫人的名字，并且还自我吹嘘地说，只要让他理过发的那些美丽的女人，他都给她们的丈夫戴过绿帽子。他无聊、愚昧、粗俗，厚颜无耻，但是，在其他方面，他还是个地道的好人。这就是我出门在外时她找来的我的替代品，也就是在我旅行回来后她给我介绍的合伙人。

啊！如果摆脱了世俗牵绊的灵魂，还能从万世之光的怀抱中看到人世间所演出的这一幕幕，我亲爱的尊敬的神灵啊！那就请你原谅我没能对你的过错比对自己的过错表示出更多的宽恕，宽恕我把这两个同时揭露在读者的眼前吧！无论是对你，还是对我个人，我都应该而且也愿意说实话，在这方面你的损失要比我的损失小。啊！你那可爱而亲切的性格，你那永不知疲倦的好心肠，你的直率和一切优秀的美德，这里有多少好处可以拿来补偿你的缺点啊，如果可以把仅仅只是理智造成的不好也叫做缺点的话！你做过坏事，但并没有堕落。你的行为应该受到指责，但你的心却是纯洁的！要是把好事和坏事放在天平上来衡量，正确地判断一下，有哪一个女人——假如她的私生活也能像你的私生活这样堂而皇之地摆出来让大家看看——敢于同你相比较呢？

这位刚来的人对于交给他的所有小事都表现得十分热心和勤快，而且十分认真，这些小事一向是非常多的。他担负起了监督她的雇工的任务。干活时，我是非常安静的，他却最喜欢瞎嚷嚷，无论是在田间、草垛旁、木柴堆旁、马厩或家禽场，他处处让人看到他，尤其使人听到他的声音。只有园子的事他不那么关心，因为那是一种不出声的平静的工作。他最大的兴趣是装车、运料、锯木头或劈劈柴，斧头和鹤嘴锄从不离手，人们只是听到他处处乱跑，敲敲这、打打那，扯开嗓子大声嚷嚷。我不明白他究竟是在做多少人的活计，可是他一来就热闹得好像增加了十多个人。

这种乱哄哄的热闹劲儿把我那可怜的“妈妈”给骗住了，她认为这个年轻小伙子是帮她料理农活的一个可贵的人才。她特意把他绑在自己身边，为此她用尽了一切办法来达到这个目的，当然，她没有忘记使用她认为最可信任的那一手。

大家是了解我的心的，知道我那一直不变的、最真挚的感情，尤其是驱使我在这时候返回到她身边的那种热情。现在，这对我的整个生命是那么突然、那么沉重的打击！请读者设身处地地为我想一想吧。我所想象的幸福的未来，在一瞬间全都烟消云散了。我这么情致缠绵地心怀着的那些迷人的理想全部破灭了。从小时候起我就把我的生命和她结合在一起，现在我第一次感受到了孤独。这个时刻太恐怖了！曾经在我的心中，现在也是，只要拥有这样一个就够了，我最快乐的时光是同她一起开始的。不久以前，我为了这个我心上的人，放弃了可以再次拥有激情的机会，而选择和她的平静生活。但是这一刻我明白我的平静算是到头了。现在的我，没有资格再去谈什么幸福，因为幸福已经缺少存在的基础了。而之后的日子也是如此的暗淡。我还年轻，但是让我青年时代富有生机的那种满是快乐和希望的甜蜜的感觉永远地远离了我。

从那时起，我这个充满情思的人已经死去了一半。放在我面前的只是毫无兴味的忧伤的余生，虽然偶尔在我的欲望中还掠过幸福的影子，但这种幸福已不像我原来拥有的那样了。我认为，即使我得到这样的幸福，我也不是真正快乐的。

我是那样傻，又是那样充满自信，我真觉得这个新来的人和“妈妈”说话的语气那样亲切，是由于“妈妈”的性情随和、跟任何人都十分亲近。要不是她亲口告诉我，我一生也猜不出这里面的实际原因。可是，她不久就以十分直爽的态度对我说明了一切，假如我的心也往让人发怒的那方面想，她那种直率态度就更能增加我的气愤。她认为这是极其平常的事情，她责怪我对家里的事采取漠不关心的态度，还说我经常不在家，——真好像她是一个情欲非常热烈的女人，迫切需要填补所感到的空虚。“啊！‘妈妈’，”我以难以压抑的难过心情对她说，“你怎么敢跟我说这样的话呀？我对你的热爱所得到的就是这样的报答吗？你曾很多次挽救了我的生命，难道就是为了夺得令我感到生命之可贵的所有东西吗？我将因为这而死去，可是以后你想起我的时候肯定会悔恨的。”她用非常平静的态度应对我的答复，简直使我快要发疯了。她说我还是个孩子，一个人是不会因为这种事而去世的，她说我什么也不会失去，我们仍和过去一样是最好的朋友，在所有方面都还是相同的亲密。她还说，她对我的爱一点也不会减少，只要她活在这人世，它是不会结束的。总之，她的意思是让我了解，我的一切权利一点也没改变，我只是和另一个人来享用，而不是丧失这些权利。

我从来没有像这个时候那样深深地感觉到我对她的感情的纯真、真实和坚贞，还有我心灵的真挚和淳朴。我即刻跪在她的脚下，把住她的双膝，眼泪不停地流。“不，‘妈妈’，”我动情地对她说，“我太爱你了，绝对不能让你的品格受到伤害，拥有你对我来说实在太珍贵了，我不能同别人分享。我起初获得这种占有时所产生的后悔心情，已经随着我对你的爱而不断增长。不，我绝对不能再用同样的悔恨心情来维持这种占有。我要永远崇敬你，但愿你一直配得上我的崇敬。因为对我来说，尊重你的品格比占有你的身体更加重要。

“啊！妈妈，我要把我让给你自己。我要为我们心灵的相伴而牺牲我的所有快乐。我宁愿万死，也不愿享受足以贬低我所爱的人的品格的那种欢乐！”我用坚持的态度遵循着我的打算，我敢说，我这种坚持的态度是和促使我采用这个决定的那种感情相宜的。从那一刻起，我就只能用一个完全的儿子的视角来看我所喜欢的这位

“妈妈”了。应当指出的是，尽管她私下里并不同意我的决定（至少我的感觉是这样），但她从未使用丝毫手段来让我放弃自己的决心，不管是婉转的言辞、温情的表白，甚至巧妙的手腕，而这些都是一般女人所善用的，它们既不会不利于自己的身份，又让她们终能如愿以偿。

眼看我不得不为自己去找寻与她没有关系的另一种命运，但又想象不出是哪种命运，于是我走向了另一个极端，那就是全部在她身上来寻找我的出路。最终，我的思想是那么完全集地中在她身上，以至简直把我自己都忘记了。我强烈地希望她能成为一个好运的人，无论需要我付出多么大的代价，这个愿望吸引了我全部的感情。她虽然要把她的幸福和我的幸福划分开，我却不管她愿意不愿意，要把她的幸福看做我的幸福。

这样，在我灵魂深处很早就播下的并通过学习培养起来的善良的种子，就在我遭到不幸的时候开始萌芽，只要一受到逆境的刺激便会开花结果。我这种全部无私的愿望的第一颗果实，就是挣脱了我心里对于剥夺掉我位置的那个人所怀有的仇恨和嫉妒。不仅这样，我甚至宁愿，并且忠心地愿意同这个青年人结为朋友，我要培育他、关注他的教育，让他认识到他的幸福，假如可能的话，让他不要辜负他的幸福。一句话，我要为他而去做阿奈在相同的情况下为我所做的一切。

可是我比不过阿奈，虽然我的性格比较温情，读的书也比较多，但我既不像阿奈那样冷静和有耐性，也没有阿奈那种能够让人尊敬的庄重气度，而我倘若想成功，这种气度正是必须拥有的。我在那个青年人身上所看到的优点，也没有阿奈在我身上所看到的那样多，例如，温柔、热情、知恩，尤其是有自知之明，感觉自己确实需要别人的教诲，而且还有一种从别人的教育中真正得到好处的愿望。而这一切他都没有，我所要培育的这位青年把我看成一个讨厌的学究，仅仅会空谈。他呢，则觉得自己在这个家里是个有名的人物，并且由于他总是依照他做活儿的声音来度量他自己在家里所做过的事情，所以他觉得他的斧头和锄头比我那几本破书要有用得多。从某个方面说来，他这种看法并不是没有道理的，但是，他因此而伪装出的那副神气，几乎能笑死人。他对待农民严如乡绅，不久他对待我也这样，最后甚至对“妈妈”也是这种情绪了。他觉得他那温赞里德的名字不够显贵，便不再使用它，自称德·古尔提叶先生，后来他就是用这个名字在尚贝里和莫里昂讷——他结婚的那个地方——有名了。

最终，这位显赫的人物居然成了一家之主，我则变得微小了。当我不小心惹他不高兴的时候，他不责怪我，而是责怪“妈妈”，我害怕让“妈妈”受到他的粗俗无礼的对待，只好在他面前做出非常恭顺和唯唯诺诺的样子。每当他以无比得意的神情实施他那劈柴工作的时候，我必须乖乖地站在一边，做一个无能为力的旁观者，做一个对他的高超本领忠诚的欣赏者。

事实，这个小伙子倒也不是一个非常不好的人，他爱“妈妈”，因为他不能不爱她，他甚至于对我也没有什么恶意。当他那暴躁的脾气没有发作、可以和他说说话的时候，他也能温柔地听我们说话，并且很直率地承认自己只是一个愚蠢的人，但是事后却并不因为这而少做蠢事。此外，他的理解力太有限了，趣味又太低级，跟他讲道理很困难，几乎不可能同他友好相处。他既占有一个风姿不俗的女人，还为了加点儿调料，又同一个红黄色头发的、掉了牙的老女仆发生了关系，这是“妈妈”十分讨厌、勉强用的一个女仆，尽管“妈妈”看见她就难受。

当我发现这种新鲜的丑事以后，简直快要被气坏了，但是，很快我又发现到另一件让我更难过的事，这件事比过去所发生的任何事情都让我扫兴，因为“妈妈”对我淡漠了。我强使自己遵循、而她也仿佛赞成的在情欲方面的那种压制，是平常女人绝不肯宽恕的，不管她们表面上伪装得如何，她们之所以这样，与其说是因为她们自身的情欲不能得到满足，不如说是因为她们觉得这是对占有她们这件事的毫不在意。就拿一个最通情达理、最想得开、情欲最淡的女人来说，在她的心目中，一个男人（即使是对她最无所谓的一个男人）的最不可饶恕的错过，是他能够占有她而却唯独予以回绝。这条准则在这里也不例外，我之所以克制情欲完全是出于道德和爱护“妈妈”、尊重“妈妈”的缘故，但“妈妈”对我的那种那么强烈、那么纯真的钟爱之情，却因为这而发生了变化。从那时起，同她在一起，我再也感觉不到是最甜蜜幸福的那种推心置腹的亲密关系了。她只是在对这位新来的人不满意的时候才向我谈一下心情，在他们非常要好的时候，她就很少跟我说什么心里话。最终，她逐渐采取了一种不参与的生活方式。我在她面前时她也还高兴，但这对她已经不是一种需求，就算我整天整天地看不到她，她也不在意了。

在这之前，我是这个家的中心，并且可以说是过着两位一体的生活，现在还是相同的地方，我却在不知不觉中变得无足轻重和孤独了。我渐渐适应了不再过问这个家里所发生的一切事情，甚至也不理会在这里居住的一切人，为了避免继续忍受那让人心碎的痛苦，我便独自待在屋里和我的书籍为伴，要不就是到树林深处放声大哭或长叹。

不久，我越来越难以忍受这种生活了。我觉得，我所爱的女人就在眼前，但她的心已经离开我了，这只能增添我的痛苦。如果我看不到她，我的孤独感也许不会如此强烈。于是我决定离开她的家，当我和她说明我的计划时，她不仅没有表示拒绝，反倒热心赞成。她在格勒诺布尔有一个女友，名字叫代邦夫人，这位夫人的丈夫是里昂司法长官德·马布利先生的朋友，代邦先生推荐我到马布利先生家去做家庭教师，我同意了，于是便起程前往里昂。分手时，既没有表示出任何的懊悔，也几乎没有任何留恋之感，要是在从前，只要一看到分手，我们就像感到了死亡的痛苦。

那时，我几乎已经有了做一个家庭教师所必须拥有的知识，我想我也有当教师的能力。我在马布利先生家有一年多时间，在这中间，我有了完全认识自己的机会，如果我的急躁脾气不是经常发作的话，我那温顺的天性是适合干这一行的。只要一切都好，只要我的费心和劳动能够发生效力，我就孜孜不倦地教下去，真像个可爱的天使。但事情一不合意，我就变成了一个魔鬼。当学生们听不懂我的意思的时候，我就生气得发狂；假如他们表现得不听话，我就恨不能把他们杀死。诚然，这绝不是让他们成为有学问有品德的人的好办法。

我有两个学生，性格十分不相似。大的八九岁，名叫圣马利，相貌很俊朗，非常聪明、非常活泼，但也很浮躁，贪玩，非常调皮，不过他虽然调皮却很好玩。小的叫肯迪约克，外表像个傻子，干什么都粗枝大叶，像驴一般倔犟，学什么也学不会。可以想象得到，跟这两个学生交往，我的任务不是那么轻易所能办成的。假如我能平心静气耐心地教下去，也许能有所成就，可是，我既不能平心静气，又没有耐心，最终不但没有干出一点成绩，反而让我的学生变得越来越不好了。我并不是不勤劳，但我缺乏冷静的态度，尤其是不够聪明。

我对他们只知道用三种对孩子不而且无益但常常有害的方法，那就是，感动、讲理和发脾气。偶尔我劝圣马利劝得连我自己都感动得流下泪来，我想感化他，就好像孩子的心灵真的能被感动似的。有时我费尽力气同他讲道理，好像他真能听懂我那套理论一样，并且因为他有时也对我提出一些非常微妙的论据，我就真拿他看做一个懂事的孩子，认为他十分善于推理。至于小肯迪约克，那就更让我难堪了。他什么也听不懂，问他什么也不说，讲什么他也不动心，什么时候都是那么固执，而当我被他气得发火的时候，倒像是他在我身上获得了最大的胜利，这时候明智的老师是他，我却成了小孩子。我的所有这些不足，我都看得非常清楚，心里也很清楚。我用心研究了学生的思想，而且研究得十分透彻，我相信我一次也没有受到他们的阴谋的欺骗。不过，只明白缺点，而不知道用什么方法挽救，又有什么用处呢？虽然我对这全部都看得很清楚，可是我简直不能防止，所以还是不得任何效果，而且我所做的正好都是不该做的。

我不但在教学上没有获取什么成就，就是我自己的事情也不怎么顺利。代邦夫人把我推荐给马布利夫人的时候，曾拜托她指导一下我的言谈举止，让我能够活动在上流社会中。她在这上面也花费过很多心思，希望把我培养成一个风流潇洒的人，不愧是她家的家庭教师，但是我那么笨、那么害羞、那么愚蠢，以至于让她失去了信心，不愿再问我了。但是这并没有妨碍我情欲大发，我居然又爱上她了。我的表现已经足够使她理会到了这一点，但我不敢向她表白，而她也是不会在这方面向前一步的，后来，我发现我的惊叹和目光不会有什么结果，很快我也就厌烦了。

我在“妈妈”那里的时候，小偷小摸的毛病已经彻底改掉了，因为那里的所有东西都由我支配，也就没有偷的要求了。再者，我给自己制定的高尚道德准则也要求我以后不能再干这种下贱的事，从那时起，我居然就始终没有再犯过。不过，这与其说是因为我能克服我所受到的诱惑，不如说是因为我拒绝了受诱惑的根源，我十分担心，要是再面临吸引的话，我恐怕又会像童年时代那样去偷的。这一点，我在马布利先生的家里已得到证实了。

他家里处处都有可偷的小东西，但我连看都不看，我只看上了阿尔布瓦地方生产的一种非常贵的白葡萄酒，在吃饭的时候我有时喝过几杯，觉得十分可口。这种酒多少有点儿浑，我自认为是一个滤酒的能手，便以这个自夸，主人就把这件事交给我去做了。我滤了几瓶，滤得虽然不太好，但只是颜色不好，喝起来依然是非常可口的。于是我就抓住这个机会，经常给自己留下几瓶，以用于私下里享用。美中不足的是，我从来没有只喝酒不吃东西的习惯。怎样搞到面包呢？我没有办法在用餐时剩下一些面包。叫仆人去买，等于是暴露了自己，并且可以说是对主人的一种污辱。自己去买吧，我又从未有过这种勇气，一位腰挂佩剑的上层人物到面包房去买一块面包，这怎么能行呢？最终，我想起了一位贵气的公主的愚蠢话，有人对她说农民没有面包吃了，她对我说："那就叫他们吃蛋糕吧！"于是我打算去买蛋糕。可是就是去办这点事，也是多么的不容易呀！我一个人心怀这个目标走出大门，有时跑了全城，从三十多家点心铺门前经过，一家我也不敢进去。必须铺子里只有一个人、而那个人的容貌对我还必须有非常大的诱惑力时，我才敢迈进那家铺子的门。不过，当我把那可爱的小蛋糕买到手，把自己反锁在屋子里，从柜子里拿出我那瓶酒的时候，我一边自斟自饮，一边读几页小说，那是多么的快乐呀！因为没有人和我谈心，边吃边看书就特别有趣，书就替代了我所缺乏的伙伴。我看一页书，吃一块蛋糕，就好像我的书在跟我一起进餐。我从不是一个只贪图享乐而对什么都不管不问的人，并且我一生从没有喝醉过。所以，我的这些小小的偷窃也并不非常明显。可是偷窃最终自己暴露了，酒瓶子暴露了我的秘密。这件事谁也没有提过，但是，从此之后地下室的酒就不再让我掌管了。

对于这样的事，马布利先生的态度是很大度、很谨慎的，他是个很坦率的人。他的外表虽然跟他的职务一样严肃，但他的性格的确是很温情的，他那种好心肠也是罕见的。他明智而公平，让人意想不到的是，作为一个司法管辖区的领导，他甚至是很仁厚的。我深深地感受到他对我的宽厚，于是我更加敬重他了，因此我在他家里就多住了一些日子，否则我是不会待那么长的。

但是，对于我所不能胜任的这行职业还有我当时所处的非常尴尬的毫无趣味的景况，我最终感到厌倦了。于是，经过一年的努力之后——虽然在这一年当中，我已尽了全部努力——我打算不再教我的这两个学生了，因为我相信无论我怎样努力也不能把他们培养好。对于这一点，马布利先生自己看得和我同样清楚。但是我深信，如果不是我主动提出辞职以免让他为难的话，他本人是不会主动辞退我的，在这种状况下，他这样的照顾情面，我当然是不同意的。

我越来越难以忍受的是，我不断拿我当前的状况和我已经离开的那种状况相比，我不断回想起我所留恋的沙尔麦特，我的花园、我的树林、我的泉水、我的果园，尤其是我为她而存在的那个女人，赋予这全部以生命的那个女人。我一想到她，一想到我们的欢乐和我们的纯洁生活，一种无法抑制的烦闷心情就让我什么也不想干了。有多少次我恨不得立刻动身，步行回到她的身边，只要能和她再见一次，就是立刻死去也是心甘情愿的。最终，我再也抵御不住那些要求我不惜任何代价回到她的身边的动人的回忆了。我对自己说，以前我缺乏耐心，不够体贴、不够温柔，假设我目前在这些方面能够更多地给予一些，我还是能够在十分甜蜜的友谊中过幸福生活的。

于是我拟出了最美丽的计划，而且急切地立刻付诸实践。我摆脱了一切，放掉了一切，立即动身，一路疾驰，我以我幼年时代的那种满腔热情返回了家里，我又来到了她的面前。啊！如果我在她的接待中，在她的眼中，在她的爱抚中，总之在她的心里能够发现我以前曾经感受到而现在还无法忘怀的那种情意的四分之一，我就欣喜若狂了。

人生是多么可怕的虚构啊！她依然用她那无与伦比的好心招待了我，她的这种好心除了她离开人世是永远不会丧失的，然而我是来追求过去的，但这个过去已经一去不复返了。我在她身边待了不到半小时，我就觉得我再也得不到以往的幸福了。于是，我又陷入了上次强迫我出走的那种让人绝望的境况中，虽然这样，我却不能归咎于其他人，说心里话，古尔提叶人挺好的，他看到我回来，显示出很高兴，并没有任何不痛快的神情。但我以前是她的全部，而她也不能不是我的全部，现在我在她的面前竟成为一个不重要的人，这我怎么能忍受呢？从前我是这个家里的一个孩子，现在我怎能在这里像一个外人一样生活下去呢？目睹可以作为我过去幸福目睹者的那些东西，更让我感到今非昔比的难为情的处境。我要是住在其他的地方，痛苦或许会减轻一些。但是不停地回忆那些甜蜜的过去，也会增强我对失去幸福的忧思。

空怀遗憾，满肚忧思，于是我决定恢复以前的生活方式，除了吃饭的时间外，我要一个人独自待着。我把自己关在屋子里，把书当做我的伴侣，并在书中寻找有益的消遣。因为我觉得以前我所忧虑的灾难就要到来，我便想尽办法从我自己个人身上想些办法，以便在“妈妈”经济来源中断的时候，可以帮助她。我在的时候，曾经把她的家务安排得非常妥善，使它不至于向坏的方面进展，但自从我走后，全部的情况就都变了。她的管家是一个喜欢挥霍的家伙。他喜欢讲排场，喜欢好马和华丽的马车，他爱在别人眼前显示自己是有钱人家，他一直不断地经营很多他一点也不懂的新事业。她的年金借用光了，一年四季的所有收入也当做了抵押，房租积下了很多，债务越来越多。我看这项年金很快就要被债权人扣押，也可能会被取消。一句话，我看到前途只有破产和灾难，而且这全部的到来，又是那么的迫近，就好像我已经预料到那各种可怖的景象。

我那间漂亮的小屋是我唯一可以消愁解闷的地方。因为我在那里寻求医治我那惶惶不可终日的心灵的办法，我也就与此同时在那里寻求如何防止我提前设想到的灾难的方法。这样，就在我再次考虑我过去的那些想法的时候，我又给自己建立起许多新的幻想之国，以便把我这个让人怜悯的“妈妈”从她眼看就要陷于的绝境中挽救出来。

我知道自己没有相当的知识和才能使我在文坛上成名，我是不能通过这个方法发财致富的。但是浮现在我脑际的一个新的想法却使我产生了我这平庸之才不能给我的一种自信。我虽然不教音乐了，但并没有丢下音乐，恰好相反，我已经研究了很多关于音乐的理论，我认为至少在这门学问上我的知识是非常渊博的。当我想到我在学习辨别音符，特别是在练习依谱唱歌所碰到的那些困难时，我认为，这种困难来源于音乐本身的程度并不少于来源于我的主观条件，尤其考虑到，学音乐对所有人来说都是一件困难的事情。在我研究音符时，我经常觉得这些音符创造得很不好。以前我就想用数字来记录乐谱，免得记录哪一个小曲也必须得画一些线和符号。我只是不明白怎样表示八度音的节拍和延长音。于是我再次有了这个主意，是因为我想到这个问题时，发觉这些困难是能克服的。我最终获得了成功，无论什么乐曲我都能用我的那些数码十分准确，甚至可以说十分容易地记录下来。从这时候起，我就认为我已经获得了一笔丰厚的财产，于是，心怀和她——给了我全部的她——共享大财的渴望，我一心只想去巴黎，确定我的乐谱稿本一旦交给学士院，就会掀起一场革命。我曾经从里昂带回一点钱，我又卖掉了自己的书。就这样，仅仅用了十五天的时间，我便打定了主意并付诸实施。

最后，我心里充满了鼓励我这一计划的各种美好念头，也可说我在其他时候都怀有的那种同样美好的念头。就像上次带着海龙喷水器离开都灵那样，我拿着我的乐谱方案离开了萨瓦。

我的青年时代全部的错误大体上就是这样。我以内心非常满意的忠实态度讲述了这些错误和过失的经历。如果以后我用若干美德为我的成年时代增光添彩，我也会用同样的坦率态度讲述出来，这原本是我以前的计划。但是，写到这里我就要停笔了。时间可以揭开各种帷幕。如果我的名字能够流传到后世，人们或许有一天会知道我还有什么话要说却没有说。那时候，他们也就会知道我之所以保持沉默的原因了。

第七章

在两年的缄默与忍受之后，虽然我曾屡下决心不再写下去，但现在还是拿起笔来了。朋友，请先不要讨论我被迫再写的各种理由，只有把这本书读完之后，你才能够评论。

人们已经看见，我的安静的青年时代在一种安静的、非常甘美的生活中消逝了，既没有大祸，也没有大福。这种平庸大多是我那种虽热烈却又软弱的天性所造成的，我的这种天性，难于振作却非常容易灰心，它要受到猛烈的震撼才能摆脱困境，却又因为慵懒与爱好而恢复原状。它老是把我拉回到我自以为生而好之的那种悠闲而宁静的生活，远离大的美德，远离大的恶行，因而它从不允许我有任何大的作为，不管是在善的方面，还是在坏的方面。我立即就要揭示的是一幅多么不同的画面啊！命运在前三十年间始终有利于我的自然趋势，到了后三十年就不断加以拂逆了。人们将会看到，从这种与事实相悖的不断的矛盾之中，我犯了一些很大的错误、做了一些闻所未闻的坏事以及开发出一切能给逆境带来荣耀的品德，只是没有产生坚强的意志。

本书的第一部是全部凭记忆写成的，那里面一定有很多错误。第二部还是只得凭记忆去写，其中很可能错误更加多了。我前半生那些幸福的年月，都是在既宁静又纯洁的情况中度过的，那些甜蜜的回忆给我留下了成千上万回味无穷的印象，让我乐于不停地回忆。人们在接下来就可以看到，我后半生的往事是多么的不同。再次回想这些回忆，就是再一次品尝它们的苦涩。

我非常不愿拿这些凄凉的回忆来增加我现在的辛酸，因而尽我所能加以回避，我这样做经常相当成功，以致当我需要再次讲述往事的时候，有的就再也回想不起来了。这种对苦痛的遗忘，恰好是上天给我在多舛的命运中布置下的一种安慰。我的记忆力专门让我回想过去的乐事，从而对我的想象力发挥着一种抵衡的作用，因为我那惊弓之鸟一样的想象力，让我只能预见到险恶的将来。

为了补偿我记忆的缺陷，为了让我在这项工作里有所遵守，我也曾收集过一些资料，但是这些资料现在都已落入他人之手，收不回来了。我只有一个向导还忠实可信，那就是感情之链，它预示着我一生的发展，所以也就是我一生所走过的事件之链，因为事件是那些感情的前因或者结果。我很容易忘掉我的困难，但是我不能忘记我的错误，更不能忘记我的仁慈的感情。这些过失和感情的回想对我来说简直太宝贵了，始终不能从我心里消逝掉。我很可能漏下一些事实，某些事张冠李戴，某些日期缺前倒后，但是，只要是我曾感受到的，我都不会想错，我的感情让我被迫做出来的，我也不会记错，而我所要写出的，最重要的也就是这些。

我写《忏悔录》的目的，就是要准确地反映我一生的各种境遇，那时的心理状况。我向读者承诺的正是我心灵的历史，为了翔实地写这部历史，我不需要另一些记录，我只要像我迄今为止所做的那样，诉诸我的内心就行了。

但是，十分幸运，有这么一段六七年长的时间，我在一本信件的抄本里还保存着有关它的一些有说服力的材料，这些信件的原稿现在都在佩鲁先生手里。这个抄本停止于一七七六年，其中有我居住退隐庐、跟我那些朋友大闹目录不好的整个时期，这是我一生中难以忘记的阶段，也是我其他一切不幸的根源。至于最近的信件原件，我手边能留下的恐怕也不多了，我不想将它们继续抄在那本抄本——它实在太大了，不能指望能够逃出我的那些“阿耳戈斯”的察觉——的后面，当我将来认为这些原件能有所解释的时候，不管是对我有利也好，对我不利也好，我都在本书中转载出来。我不怕读者忘记我是在写忏悔录，而觉得我是在写自辩书，但是当真理为我辩证的时候，读者也不应该指望我会扭曲真理。

并且，第二部和第一部相比，只有这种始终一致的真实性是相同的，而其之所以较高于第一部也只因为它所叙述的事实非常重要。除此之外，它在各方面都不及第一部。

我的第一部是在武通或特利城堡写的，那时心情舒畅、扬扬自乐、自由自在，凡是我要回忆的往事，没有一件不是一个新的兴趣。我始终带着新的喜悦去回忆它们，同时我可以无拘无束地反复修改，直到我满意。但是今天我的记忆力和脑力都衰退了，几乎不能做任何工作了。我写这第二部，只是勉强而作，心头放着无限苦楚。它给我展现出来的，全是些大灾大难和背信弃义的行为，尽是些令人痛心疾首的过去。我恨不得把我所要说出的全部埋葬在永恒之夜里，而我既不能不说，又不能不躲躲藏藏，玩弄花招、打个掩护，硬着头皮做出我有生以来最不会做的事。我头上的房顶有眼睛，我身边的墙壁有耳朵，我被许多心怀恶意、目不转睛的密探和监护人看着，心绪不宁、精神不振，把当时想到的几句话，匆忙地写到纸上，简直连重读一遍的时间都没有，更不用说补充完善了。我明白，人们虽然不断地在我的身边竖起无穷的障碍，但他们还是怕真理从墙缝里跑出来。我能有什么办法叫它露面呢？我在努力着，成功的希望却很少。

请读者想想吧，环境这样，是不能写出迷人的画幅，且给人以引人入胜的色彩的。所以，只要是想阅读我这一册书的人，我都要向他们事先说明，他们接下来读的时候没有其他一点东西能保证他们不觉得厌烦，除了他们想完全了解一个人，真诚地爱正义、爱真理。

在第一部写完的时候，我正满怀怅惘的心情向巴黎进发，而把我的心留在了沙尔麦特。我在沙尔麦特构建着我最后的一座空中楼阁，计划将来有朝一日“妈妈”会回心转意，我把积蓄下的财富带了回来，送到她的膝盖下，而且我觉得我的记谱法是很保险的财源。

我在里昂待了些时候，看看朋友，找几封上巴黎的推荐信，并卖掉随身携带的几本几何书。大家都很欢迎我，马布利先生和夫人见到我，非常高兴，并且请我吃了很多次饭。我在他们家里认识了马布利神甫，我之前也是在他们家里认识肯迪约克神甫的。他们都是过来探望他们的兄长。马布利神甫给我写了几封到巴黎的推荐信，其中有一封是给封得奈尔的，另一封是给开吕斯伯爵的。这两个人在和我结识后都与我处得很投机，尤其是封得奈尔，他一直对我心怀深情厚谊，至死不渝，并且在促膝谈心中曾给过我许多劝告，我悔恨没有好好地听从。

我又碰到了戴维先生。我和他很久之前就认识了，而且他经常由衷地、真心实意地帮助我。这一次他跟以前一样热情。就是他帮忙把我的几本书卖掉了，而且自己或者托人为我写了几封很好的去巴黎的推荐信。我又碰到了地方长官先生，他原是戴维先生介绍给我认识的，这次我又通过他结识了黎希留公爵。公爵那时正经过里昂，巴吕先生把我推荐给他。他非常热情地接待了我，并且要我到了巴黎后去看他，后来我当真去看了他好几次，但是，我结识了这样高的显贵——以后我还要时常谈到的——却一直没有得到任何好处。

我又碰到了音乐家达维，他曾经在我之前某次旅行时帮过我的忙。他曾借给我或送给我一顶便帽和几双袜子，尽管我们后来经常见面，我却始终没有还他，他也始终没有向我索取。不过我以后也送过他一件礼物，价值几乎一样。如果要讲我应该做些什么事情，我是可以把自己说得更好的，但是我现在是在讲自己事实上的所作所为，遗憾的是，这是两件不同的事了。

我又一次见到了那位高贵、大度的佩雷斯，这一回他又让我感觉到了他平日的那种慷慨豪爽，因为他给了我和他那时给予好心的贝尔那相同的馈赠，他给我支付了驿车车费。

我又见到了外科医生巴雷斯，他是天底下第一位心地善良而又乐善好施的人。我还看到了他疼爱的那位戈德弗鲁瓦，他十年来一直在照顾着她。这位戈德弗鲁瓦除了性情温柔、心地善良之外，几乎再也没有别的优点了，但是其他人见到她就不能不对她表示同情，离开她就会感到怜悯，由于她已经到了肺痨病的晚期，很快也就与世长辞了。一个人所爱的对象是什么样的性格，最能够说明这个人的真正禀性了。你只要看到过那温柔的戈德弗鲁瓦，你就会了解善良的巴雷斯是个怎么样的人。

对于这些善良的人们，我都会很感激。但是后来我和他们都淡漠了，当然不是因为忘恩负义，而是因为我那种难以克服的常让我貌似忘恩的懒散。他们的深厚情谊，我未尝一日忘怀，不过要我不停地向他们表示感激之情，却比用行动报答他们难得多。按时写信一直是我力所不及的事，我刚一开始疏于询问，就感到羞惭，不知应该怎样弥补过失，这种羞惭和尴尬反过来加重我的过失，我就干脆不再写信了。所以我就音讯全无，仿佛把朋友们全忘记了。

巴雷斯和佩雷斯简直一点也不介意，我发现他们一直热肠如故，但是人们在二十年后的戴维先生身上将能看到，当一个才子觉得被人疏远了的时候，他的自尊心会引起怎样的报复情绪。

在离开里昂之前，我不该把一个可爱的人儿忘记。我又看到了她，感到特别的高兴，她在我的心头留下了非常温馨的记忆。这个人就是赛尔小姐，我在第一部里曾经说到过她，不久我住在马布利先生家里时又和她再一次相逢。

我这次旅行，十分悠闲，所以和她见面的次数也比较多。我对她产生了非常强烈的感情，我也有理由相信她的心并不和我不一样，但是她对我是这样的信任，让我简直不能产生乱用这种信任的想法。她没有任何财产，我也是身无长物，我们的处境太相似了，不允许我们相爱起来，而且我心里另有想法，根本不想结婚。她对我说，有一位年轻的商人热内夫先生几乎很想赢得她的爱情。我在她家也看见过他一两次，觉得他像个正统人，并且大家也都说他为人正直。我相信她和他的结合是会很幸福的，因此很希望他能娶她。不久他果然娶了她。为了不致打扰他们的纯洁爱情，我就急忙离开了，并衷心祝愿这位可爱的人儿过得幸福。可惜我的祝愿在尘世只兑现了很短一段时间，我不久听说她结婚只两三年就去世了。我在旅途中始终怀念她，我那时感觉到，后来每想起她时也觉得，为义务和道德而牺牲虽然是痛苦的，但是这种牺牲在内心深处留下的温馨的记忆，来当做补偿是绰绰有余的。

上一次旅行，我是怎样仅从巴黎的不好的方面看待这个城市，这次旅行，我也就如何仅从巴黎的辉煌的方面看待这个城市。但是，所谓辉煌并不是对我的住所而言，按照戴维先生送给我的一个地址，我住进了离索尔朋很近的科尔蒂埃路的圣康坦旅馆。糟透的街、糟透的旅馆、糟透的房间。但是在这旅馆里却曾住过很多杰出之士，像格雷塞、戴维、马布利和肯迪约克两位神甫还有其他一些人，可惜我那时一个也没有见到。但是我在那里见到了博纳丰先生，他是个跛脚绅士，好争辩，一副咬文嚼字的典雅派的神情。因为他，我结识了我现在最好的朋友罗甘先生。我又利用罗甘先生结识了哲学家蒂德洛，关于蒂德洛，我在往下还有很多话要说。

我是一七四一年秋天来巴黎的，身上带着十五个金路易的现款还有我的《奈尔西斯》喜剧和我的音乐创新计划，这些就是我的所有本钱。所以我没有很多时间可以挥霍，急于要拿自己的存稿来想办法。我急忙利用我随身带来的许多推荐信。

一个年轻人到了巴黎，面孔长得还过得去，显得有些才能，总是靠得住有人招待的。我被人接待了。这种招待给了我很多快乐，但是没有实在的好处。在介绍给我的那些人之中，唯独三位对我有点帮助，一个是达梅桑先生，他是萨瓦贵族，当时是宫廷护卫，我深信他还是卡利尼安公主的宠臣；一个是博茨先生，他是铭文研究院的秘书，国王办公室的纪念章保管员；还有一个是卡斯太尔神甫，耶稣会教士，明符键琴的研发者。除了达梅桑先生之外，剩下的两人全是马布利神甫介绍给我的。达梅桑先生为了满足我的急切要求，又给我推荐了两个人，一个是加斯克先生，波尔多议院议长，提琴拉得很多；另一个是莱翁神甫，那时住在索尔朋神学院，是个很好玩的年轻贵族，在社交圈中用罗昂骑士的名字有过一阵风头之后就在壮年死去了。两人都好胡思乱想，要学作曲。我教了他们几个月，稍稍补充了一下我的就要枯竭的钱包。莱翁神甫跟我交上了朋友，想聘请我做他的秘书，但是他并不富裕，只能给我八百法郎，我很抱歉地拒绝了，这样的待遇简直不能维持我的衣食住行。

博茨先生非常热情地接待了我。他爱学问，也有学问，但是有点学究气。博茨夫人几乎可以做他的女儿，她容光焕发，而且有点矫揉造作的样子。我有时在他们家吃饭，在她的跟前，我的样子显得非常笨拙。她的举止随随便便，更加强了我的羞涩感，一举一动都显得非常可笑。当她把菜碟送到我跟前的时候，我总是伸出叉子把她送过来的菜谦而逊之地叉上一小块，所以当她打算把给我的菜碟交给仆人的时候，总是背过身去，怕我看见她笑。她没有想到我这乡下佬的脑袋里也不是空无一物。

博茨先生把我推荐给他的朋友雷奥米尔先生，这位雷奥米尔先生在每星期五学士院例会的日子都来他家吃晚饭。他把我的方案跟他说了，并讲明我特意把方案送请学士院审查。雷奥米尔先生同意了，并向学士院提交了我的建议书，此事蒙该院接受了。到了事先的日子，我由雷奥米尔先生引进学士院，向他作了介绍。同一天，即一七四二年八月二十二日，我就在学士院里光荣地宣读了我早就为此准备好的论文。虽然这个大名鼎鼎的机关的确非常庄严肃穆，但我并没有感到像在博茨夫人面前那么害羞，我的宣读和答辩都还应付得不错。我的论文成功了，并博得了许多颂词，这些颂词既让我吃惊，也让我喜欢，因为我几乎难以想象，在这些院士的心目中，任何不是院内的人竟然会有常识。被认定审查我的方案的委员是梅朗、埃洛和富希三位先生。他们确实都是杰出的人士，但是没人通晓音乐，至少懂的程度不足以让他们有能力审看我的方案。

在我和这几位先生讨论的过程中，我相信，既肯定又惊奇地深信，学者们固然有时比一般人的成见少，但是在另一方面，他们对已经有的成见却坚持得比普通更厉害。虽然他们提出的反驳大部分都那么没有气力、那么错误，虽然我承认我在回答的时候有些害怕，而且用词不准，但是我的理由是不容辩驳的，然而我却没有一次能让他们明白、让他们满意。我总是目瞪口呆地看到，他们还没有明白我的意思就用几句漂亮话轻易地对我进行驳斥。

不明白他们从哪儿挖出了一个苏埃蒂神甫，说他曾想出用数字来表达音阶。这就足够让他们觉得我的记谱法不算是新发现了。这倒也还可以，因为虽然我从来就没有听说过什么苏埃蒂神甫，虽然他那根本没有思考八度音的记录教堂歌曲的七音记谱法不能和我发现的简单而便捷的方法相比较——我的方法可以很方便地用数字把音乐里可能想到的一切，如音符、休止符、八度音、节拍、速度、音值等都表达出来，而苏埃蒂对这一切根本没有加以考虑，虽然这样，如果只就七个音符的基本表达法来说，说他是最初的发明人倒也是非常准确的。但是，他们除了对这种原始发明过度重视之外，并不就此结束，在谈到记谱体系的内容时，简直一派胡言、不知所云。我的记谱法的最大好处就是省掉变调和音符的麻烦，所以，相同的一支曲子，不管你用什么调，只要在曲子开头替换上一个字母，其他的就按你的意思记下来了，转调了。这些先生们听到巴黎乱弹琴的乐师说转调演奏法毫无价值，他们就从这一点出发，把我的体系的最大优点反倒看做是反对它的不容置辩的原因。他们商量好说，我的音符便于声乐，不便于器乐，而事实上他们应该说，我的音符既便于声乐，更便于器乐。

学士院依照他们的报告，给我发了一张奖状，措辞用了很多的夸奖，骨子里却可以看出，它觉得我的记谱法既不新颖，又没有用处。我后来为公众写了一部题目为《现代音乐论》的书。我觉得没有必要把这样一张奖状看做该书的装潢。

这件事让我有机会感觉到，为了正确审定一个专门的问题，虽然你对各门科学的知识很渊博，如果你在渊博之外不添加对这一问题的有心的研究，则远不如一个知识浅薄而对这一门却研究得既专又深的人。对于我的记谱法的仅有的站得住脚的拒绝的意见，是拉莫说出来的。我刚刚一对他讲明我的体系，他就看出了它的缺点。“你那些符号，”他对我说，“是挺好的，好就好在它们简单便捷地确定音值，清楚地表达音程，而且能将复杂的东西明了地表示出来，这都是普通的记谱法所做不到的。但是它们坏就坏在要用脑子去想，而脑子总是跟不上演出的速度。”“我们的音符的地位，”

他又说，“明摆在跟前，不需要用脑子去想。假如两个音符，一个很高，一个很低，用一大串中间的音符联系起来，我一眼就看出从这个到那个顺序变化的过程。可是，用你的记谱法，要我明白这一大串，就必须把那些数字一个一个地拼出来，一目了然却做不到。”我觉得这个反对意见是没法反驳的，马上就同意了。尽管这个反对意见既简单又显然，却只有精通的人才能说出来。当时没有一个院士能够看到这点，这并不稀奇。然而出奇的倒是，那些大学者可以说是无所不知，而他们竟然不懂每个人只应该审查自己本行以内的事物。

因为我时常拜望我的审查委员和其他的院士，这就让我有机会结识巴黎文坛中最优秀的人物。所以，当我后来一跃而进入文士之林的时候，我已经是他们的老相识了。至于现在，我还是专心搞我的记谱法，一心要在音乐这门艺术中掀起一场革命，并从而一举成名。艺术界的这种一举成名，在巴黎时常是使你名利双收的。我关上房门，用一种无以名状的热情，连续埋头几个月，把我向学士院宣读的论文完全改写了，改成一部把公众作为对象的作品。困难的是要找到一个书商同意接受我的手稿，因为要铸新字就得花几个钱，书商们是不愿意把钱花在新作者头上的，而我却觉得用我的作品取得我写作时的伙食费也好像是天经地义的事。

博纳丰替我找到了老基约，老基约就跟我订立了合约，利润均分，而出版税则由我一人承担，这位老基约把事情做得这么的糟，出版税我是白费了，出的第一版书呢，我却没有得到一文钱。尽管德方丹神甫同意为我宣传，别的报人对这本书也有好评，但书的销路还是不好。试验我的记谱法的最大的阻碍，就是人家害怕这种方法如果行不通，学的时间就算白搭了。我的理解是，我的方法让概念十分清楚，就算想用普通的方法学音乐，如果起初先掌握了我的记谱法，反倒可以节省时间。

为了拿实验来证实，我免费为一位美国女人德卢兰小姐教授音乐。她是罗甘先生推荐来的，教了三个月，她就能用我的音符读全部的乐曲，甚至能依谱唱其他相当容易的乐曲，比我自己还要好。这个实验的成功是很大的，但是没有人明白。若是别人，一定要在报上大肆吹嘘了，但是我，虽有无数的才能发明很多有好处的事物，但是从来没有才能去宣扬它，以此来牟利。

就这样，我的喷水器又一次地损坏了，可是，这一次我已经是三十岁的人了，在巴黎街头，没有钱就不能生存，而我在巴黎是无依无靠的。在这种困窘的环境里，我所采用的办法，只有不曾好好读过本书第一部的人才会觉得惊讶。我总算又紧张又劳累而无功地忙活了一阵了，我需要喘一口气。我不仅没有悲观失望，反倒安于疏懒和听天由命，为了让老天爷有空去解决问题，我不慌不忙地吃着我那仅有的几个金路易，并不拿走我那悠闲的享乐，只是花费上稍微节约一些，两天只坐一次咖啡馆，一星期只去两次剧院。关于花街柳巷的花费，我没有什么可浪费的，因为我一辈子也不曾为此花过一文钱，除了仅有的一次例外，这我在后面就要说到。我手里连三个月的生活费也没有，但我却把这种懒散而单一的生活过得那么悠闲、那么愉快、那么满怀信心，这恰好是我生活的特点之一，也是我性情怪僻的一种。

我非常需要人家想到我，却也正是这种极端需要让我丧失了抛头露面的胆量。越是需要登门拜访，我就越觉得这种登门拜访无聊，以至于连那些院士们，连我已经联系过的那些文坛人士，我都不想去看了。只有马里佛、马布利神甫、封得奈尔有时我还继续去看看。我甚至把我的喜剧《奈尔西斯》拿给马里佛看了。他很欣赏，并且欣然地予以修改。蒂德洛比他们都年轻，几乎和我同岁。他喜欢音乐，也懂得音乐理论。我们经常在一起讨论音乐，他也对我谈了他的很多写作计划。就这样，在我们两人之间很快就建立了更好的关系，这种关系保持了十五年，如果不是由于他自己的过失我不幸被拉进他那一职业的话，这种关系是会保持得更久的。

在我被迫去乞讨面包之前所剩下的这点短暂而宝贵的空闲时间里，我利用它干了些什么，这是谁也无法预料的。我利用它来背诵大段的诗，这些作品我读了上百遍，又忘记上百遍。每天上午大约十时，我就到卢森堡公园去玩，衣袋里装着一本维吉尔或卢梭的集子。我在那里一直停留到午餐的时候，有时背一首宗教颂歌，有时背一首田园诗，尽管背了今天的就忘记了昨天的，我并不灰心。我还记得，尼西亚斯在叙拉古遭到失败之后，被俘的雅典人以背诵荷马史诗为生。我要从这种好学的例子当中得到一点好处，那就是发挥我的超强的记忆力，把所有写诗者的作品都烂熟于心，以准备将来穷困潦倒无以为生时用。我还有一个同样可靠、管用的办法，那就是下棋。凡是不去剧院的时候，我下午常常到莫日咖啡馆去下棋。我认识了雷加尔先生，还有一位于松先生，还有菲里多尔。当时棋界的一切名手我都领教过了，而我的棋艺却并不比从前更加高明。但是有一点我丝毫也不怀疑，我总有一天会胜过他们所有的人，我觉得，这也就足够做我的生财之道了。

无论我痴心妄想地痴迷上哪一行，我总是抱着相同的逻辑。我心里想：“谁成了哪一行的尖子，谁就准能走运。所以，无论哪一行，我只要成了尖子，就一定会有好运，机会自然会来的，而机会一来，我借着本领就能一帆风顺。”这种肤浅的想法不是因为我的理智的似是而非之论，而是因为我的懒惰。要想奋发，就得付出巨大而又快速的努力，这让我害怕，因此我大力美化自己的懒惰，想出一套合适的论据来掩饰可耻的懒惰。

就这样，我安逸地等待坐吃山空。我深信，假如不是卡斯太尔神甫让我从昏睡状态中挣脱出来，我是会花完最后一文钱而无动于衷的。我有的时候上咖啡馆，就顺路去看看这位卡斯太尔神甫。他有点疯疯癫癫，但骨子里却是好人，他看我这样没什么事情做，虚度年华，很不在意。他对我说：“既然音乐家们和学者们不跟你搭调，你就改弦更张，去瞧瞧太太们吧。或许在这方面你更容易成功些。我已经在伯藏瓦尔夫人面前说起过你，你就拿我的介绍去看看她。她为人非常好，一定非常高兴看到她丈夫和儿子的同乡的。你在她家里将看到她的女儿布洛勒伊夫人，她是个很有才华的女子。我还在另一个女人面前说起过你，她就是杜宾夫人，你把自己的作品拿给她看看，她很想看到你，会很好地招待你的。在巴黎，无论什么事都是要靠女人才能做得起来，女人好像是些曲线，而智者就是这些曲线的渐近线，他们不停地靠近她们，却永远触及不到她们。”

我把这种恐怖的、苦役一般的拜访，拖延了一天又一天，最终鼓起勇气去看伯藏瓦尔夫人了。她亲切地招待了我。布洛勒伊夫人一走进她的房间，她就告诉她女儿说：“女儿，这就是卡斯太尔神甫跟我们说起过的卢梭先生。”布洛勒伊夫人把我的作品赞扬了一番，并且把我带到她的钢琴边，让我看出她是钻研过我的作品的。

我一看她的挂钟已经接近一点了，就要回去了，伯藏瓦尔夫人对我说："你住得不近，今天就别走了，就在这里吃饭吧。"我也就从容地留下了。一刻钟后，我从一些小事中感觉到，她原来是请我在下房里吃饭。伯藏瓦尔夫人为人倒是很好，但是知识不多，而且由于自己出身波兰贵族，太自豪了，她不大懂得给有识之士以应有的尊敬。这一次她甚至只能凭借我的举止去评判我，连我的服装也没有在意，我的服装尽管很简单，却很整洁，一点也不显得该是在下房里吃饭的人。我已经把下房的路忘了很久了，很不愿重登此程。我也没有把自己的不高兴显示出来，只对伯藏瓦尔夫人说，我偶然想起有一件小事要办，不能不回去，说着就要离去。布洛勒伊夫人走到她母亲身边，附着耳朵说了几句话，这立即产生了作用。伯藏瓦尔夫人站起身来挡住我，对我说："我想请你荣幸地跟我们一起用餐。"我觉得再拿架子就蠢了，于是住了下来。并且，布洛勒伊夫人的好意打动了我，让我对她产生了兴趣。我很高兴同她一块儿进餐，而且希望她以后对我认识更加深刻的时候，不会为曾经帮我获得这次荣幸而悔恨。她们家的老朋友拉穆瓦尼翁院长先生也在场。他跟布洛勒伊夫人相同，讲一口巴黎社交界的行话，用的全是花哨的字眼和高深莫测的隐语。

可怜的让·亚克在这一点上就相形见绌了。我也看事，不敢卖弄学问，所以一言不发。假如我一直就如此安分，该是多么的美妙啊！我就绝不会落到今天这样的深洞里了。我这么笨拙，不能在布洛勒伊夫人面前显示一下，来证明我本该得到她的青睐，心里非常难过。饭后，我就想起我那老一套了。我衣袋里带着一首诗，是我在里昂时写给巴雷斯的。这首诗本来就不缺少热情，我朗诵时更加的激情澎湃，结果使他们三人都激动得流了泪。可能是我的虚荣心在作祟，也许事实确实这样，我总认为布洛勒伊夫人的眼光好像在对她母亲说：“怎么样，‘妈妈’，我说这个人该跟你同座，不该跟你的侍女共餐，应该没有说错吧？”直到此时为止，我心里总是不得劲儿，这样报复了一会儿之后，我才感到舒服了。布洛勒伊夫人把她原来对我的那点夸奖，这时又未免提得过了些，她认为我很快就会在巴黎名噪一时，变成一个风流人物了。我没有经验，为了指导我，她给了我一本某伯爵写的《忏悔录》，“这本书，”她告诉我说，“是一位良师益友，你以后在社交场中会需要它的，偶尔参考参考会有好处。”我怀着对赠书者的感激之情，把这本书保留了二十年，但是一想到这位贵妇人好像认为我有风流才华，便常常哑然失笑。

我读了这本书，马上就想跟作者谈朋友。我这天生的气质并没有欺骗我，他是我在文学界所曾有过的仅有的真正朋友。

以后，我就敢于信赖伯藏瓦尔男爵夫人和布洛勒伊侯爵夫人了，她们既然关切地注意我，就绝不会让我永远困在贫穷中，我果然预料对了。现在来说说我是怎样登上了杜宾夫人之门的，这次登门有着十分巨大的成果。

杜宾夫人，大家都知道，是萨米埃尔·贝尔那和方丹夫人的女儿。她们是三姐妹，可以称得上是为美惠三女神，拉·图施夫人跟金斯顿公爵跑到英国去了；达尔蒂夫人是孔蒂亲王的情妇，而且，不只是情妇，还是他的朋友，仅有的真正朋友，是一个性格温柔忠厚、招人喜欢、富有机智，尤其是心情愉快、不识悲愁的女子；最后是杜宾夫人，三人中数她最漂亮，也只有她一人不曾失足，没有引起别人的闲言碎语。她是杜宾先生待客殷勤所得来的成果。他在他本省热情招待了她的母亲，母亲为了报恩，就把女儿嫁给了他，还给了他包税官的职位和一笔极大的财产。我第一次见她的时候，她还是巴黎最漂亮的女人之一。她招待我时正在梳妆，胳臂裸露着，头发蓬松，梳妆衣也披在身上。这种接待在我还是破例第一遭，我这可怜的脑袋经受不住了，我惊慌了起来，仿佛不知所措，总之，我爱上杜宾夫人了。

我的慌乱好像没有对她产生什么坏印象，她一点也没有觉察出来。她欣然接受了我的著作，欢迎我，很内行地说着我的方案，一边唱，一边自己用键琴伴奏，她还留我吃饭，让我紧挨着她坐下。原本用不着这许多就能叫我如痴如醉的，我简直是着迷了。她答应让我再去看她，这使我利用并乱用起这个承诺来。我几乎天天都往她家跑，每星期在她家吃两三顿饭。我有一肚子的话想对她说，却总是壮不起胆，有好几个理由增加了我这天生的胆小。登上富家豪族之门，就算走上了亨通之路，在我当时的情况下，我绝不愿冒着断送这样一条路的风险。

杜宾夫人虽然十分可爱，但是又严肃、又冷漠，我在她的仪态中找不出一点轻佻之意，足以给我壮胆。她的家庭，当时在巴黎跟其他哪一家比，都算得上是最豪华的，座上各界的宾客都有，如果人数稍少一点，就可以说是汇集了各界之精华了。她爱招待一切显赫的人物，有地位的人、文人，也有美人。你在她家见到的，全是些公爵、大使、学者。罗昂公主、福尔卡尔基埃伯爵夫人、米尔普瓦夫人、布里尼奥尔夫人、赫尔维夫人，她们都可以说是她的朋友。封得奈尔先生、圣皮埃尔神甫、萨利埃神甫、富尔蒙先生、贝尼先生、布封先生、伏尔泰先生，都是她交际圈里的人，经常在她家吃饭。虽然她的拘谨态度不怎么招惹年轻人，但是她的宾客都是经过精心挑选、让人肃然起敬的人物，而在这些人当中，我这可怜的让·亚克当然也就不敢有出风头的不好的想法了。

我不敢说话，但又不甘于沉默，所以就大胆写起信来。她把我的信一连压了两天，没提过。到了第三天，她把信退回给我，亲自对我说了几句批评的话，语调冷淡得让我很心寒。我想说话，但话到嘴边又退了回去，我那一见销魂的热恋，还有希望都一齐幻灭了。我在很有礼数地作了一番表白之后就又像以前那样再和她交往，从此再也不向她提一个情字，连秋波也不敢再送给她了。

我认为自己干的这件傻事已经被忘记了，其实不是这样的。弗兰格耶先生是杜宾先生的儿子，也就是杜宾夫人的前房儿子，跟杜宾夫人和我的岁数都相当。他很聪明，长得也帅气，有些野心勃勃。据说他喜欢他的后母，也许仅有的依据就是后母给他娶了一个很难看、很温和的媳妇，并且她跟他们俩都相处得非常好。弗兰格耶先生爱才，他自己也多才多艺。他很通晓音乐，这就成了我们之间交往的中介。我经常去看他，很喜欢他。他偶然暗示我，杜宾夫人嫌我去看她看得太频繁了，请我以后别再去了。这个含蓄的请求，如果在她退还我的信时提出来，倒还恰当，现在事情过去八九天了，又没有任何其他的理由，我总觉得有点不对劲儿。更为奇怪的是，我并没有因这不受弗兰格耶先生夫妇的喜欢。但是，我到她家去得少了，并且假如不是杜宾夫人又来了个意外的奇怪想法的话，我是会彻底不再到她家去的。

她请我临时照料一下她的儿子，因为她的儿子要换家庭教师，有八九天没有人照管。我这一个星期简直是在活受罪，只是想到这是遵从杜宾夫人的嘱托，心里才有些安慰，才忍受了下来。这个可怜的舍农索从那个时候起就脾气乖张，后来简直因此败坏了他的家族，而且终于使他在波旁岛死了。在我照顾他的那段日子里，我的任务是防止他做坏事，害己害人，如此罢了。就这样，我已经费尽了九牛二虎之力，要是再叫我照料一星期的话，就是杜宾夫人委身于我作为报酬，我也不会做。

弗兰格耶先生跟我建立了友谊，我跟他时常一起工作。我们开始一起在鲁埃尔先生那里上化学课。为了离他近一点，我从圣康坦旅馆搬到维尔德莱路的网球场周围，这条路直通杜宾先生住的普拉特利埃尔路。我在那儿因为不注意而得了感冒，不久转成一场肺炎，几乎病死。我在青年时代经常得这一类炎症，什么肋膜炎，还有我最易感染的咽喉炎，我在这里就不一一列举了。这些病都曾让我死去活来，足够使我跟死神见面了。在病后休养期间，我有时间考虑了一下我那时候的处境，我悔恨我的羞怯、软弱和疏懒，因为这种疏懒，尽管我感到心头燃烧着烈火，却还是沉湎于无所用心当中，时常陷入山穷水尽的地步。

在我得病之前的一段时间里，我曾去听了那时正在上演的鲁瓦耶的一部歌剧，名字我忘掉了。尽管我抱有一种成见，时常推崇别人的才能，但对自己的才能却缺乏自信，我还是不能不感到这部歌剧的音乐软弱，缺少热情，毫无创意。我有时甚至心想，“我觉得自己可以做得比这个更好。”不过，我总是把编写歌剧的工作看得太吓人，又听到本行的艺术家们把这说得那么神，因此老是不敢大胆地尝试，连大胆朝这方面想一想都感到害臊。而且哪里能找到一个人肯为我提供歌词，肯劳神去依照我的意思改词就曲呢？这种作曲和写歌剧的想法在我卧病时期又浮上心头，而我在发烧迷糊的时候还编了些独唱曲、二重唱曲和合唱曲。我相信曾写了两三支即兴之作，假如大师们能听到演奏的话，他们也许会称赞的。啊！如果能把高烧病人的梦呓记录下来，人们就会看到，从他的狂热中产出了多么雄伟而崇高的作品啊！

这些音乐和歌剧的题材到我生病时期还在脑际萦回，不过比以前要安静一些。因为反复地甚至是随意地思考这个问题后，我下决心要弄个水落石出，试一试能不能一个人写一部歌剧，连词带曲都由我一人包办。这已经不是我的首次尝试了。我在尚贝里就曾经写过一部悲歌剧，题目为《伊菲斯与阿那克撒莱特》，因为还有点自知之明，随后就投进火里烧了。在里昂，我又写过一部歌剧，题目为《新世界的发现》，我把它念给戴维先生、马布利神甫、特吕布莱神甫还有其他一些人听了之后，仍然付之一炬，尽管我已经为序幕和第一幕谱了曲，并且达维看了这些曲子后说，有些片段可以与波农岂尼相抗衡了。

这一次，在动手之前，我先花费一番工夫去构思全剧的纲要。我打算在一出英雄芭蕾舞剧里用单独的三幕写三个不相同的题材，每个题材配以不同性质的音乐，因为每一个题材都是写一个诗人的爱情故事，因此我给这部歌剧命名为《风流诗仙》。

我的第一幕配以有力的乐曲，演塔索；第二幕配以缠绵的乐曲，演奥维德；第三幕题为《阿那克瑞翁》，按说应该弥漫着酒神颂歌的快乐气氛。我先用第一幕试手，满腔热情地埋头创作，这种热情让我初次尝到了作曲的快乐。

有一天晚上，我正要走进歌剧院大门，感到心潮澎湃，全部被万千思绪所控制，便把买票的钱放进口袋，急忙跑回去关起房门，把帘幕拉得严严实实的，一点亮光也透不进来，随后躺到床上。在床上，我陶醉在诗情乐兴之中，七八个小时就把我那一场的大部分想出来了。我可以说，我对斐拉拉公主的爱（因为那时我自己就是塔索），还有我在她那个不义的兄长跟前表现出来的那种骄傲和豪爽的情愫，让我度过了美妙无穷的一夜，比我实际在公主怀中经历的还要多。到了清晨，我所写成的乐曲只有很少一部分被我记住了，但是，就是这似乎被疲倦和困意全部冲蚀掉的一点东西，也依然能让人看出它所代表的那些乐章的气势。

这一次，我没有把这件工作一直弄下去，因为有别的事耽误了。我跟杜宾一家相处很好的时候，有时也还仍然去看看伯藏瓦尔夫人和布洛勒伊夫人，她们并没把我忘记。近卫军大队长蒙太居伯爵先生刚奉命被派遣为驻威尼斯大使。这是巴尔亚克一手提拔出来的大使，由于他时常登巴尔亚克的门。他的哥哥蒙太居骑士是太子侍从武官，与这两位夫人认识，而且也认识阿拉利神甫，而阿拉利神甫是法兰西学士院的院士，我经常见到他。布洛勒伊夫人明白大使要物色一个秘书，就介绍我去了。

我们碰面了，我请求他给我五十金路易的薪金。既做这个工作，就不能不撑住场面，我所需要的并不算多。他却只是肯给我一百个皮斯托尔，旅费由我自付。这种条件是很荒谬的，我们没有法子谈拢。弗兰格耶先生又竭力留我，他的友谊占了上风。我住了下来了，蒙太居先生就带着另一个秘书走了，这个秘书叫福罗先生，是外交部指派给他的。他们俩刚到威尼斯就闹翻了，福罗发现是跟一个疯子共同做事，便扭头而去。蒙太居因为身旁只有一个叫比尼斯的年轻神甫，只能在秘书手下写写信，不能再担任秘书的职务，于是又找上了我。他的骑士哥哥是个聪明人，对我再三劝说，暗示秘书这个职位还有些其他的收益，所以把我说动了，我就接受了一千法郎的好意。我又得到二十个金路易做盘缠，于是就起程了。

到了里昂，我本想取道色尼山，顺便看看我那可怜的“妈妈”。但是一方面因为战事的原因，并且想节省一点；另一方面又要到米尔普瓦先生那里去取护照——他那时在普罗旺斯地区指挥军队，人家让我去找他的——因此我就从罗伯河顺流而下，到土伦搭海船去了。蒙太居先生因为离不开我，左一封信右一封信地催促我抓紧去，但我却被一个意外事件耽误了一些行程。

那正是墨西拿瘟疫流行的时候，在那里停泊的英国舰队检查了我坐的那艘海船。这就让我们在一个漫长而艰难的旅行之后，一到热那亚又受到二十一天检疫的与世隔离。旅客可以自己选择检疫期的居住地方，或是留在船上，或者搬到检疫所去。不过我们提前被通知，检疫所因为还没有时间布置，除四壁之外什么也没有。大家都选择了留船受检那条路子。我呢，船上难耐的暑热，狭窄的空间，既没法走动，又有很多蚤虱，我宁可冒险住到检疫所去。

我被领到一座三层楼的大房子里，里面空空如也，窗户、床铺、桌子、椅子，什么都没有，想坐连一只小板凳也没有，想睡连一把稻草也没有。人家把我的大衣、旅行袋和两口箱子送过来，紧接着就把大门用大锁锁上。于是我就是在那儿，听凭我自由自在地走动，从这间房走到那间房，从这层楼走到那层楼，处处都是相同的寂寞、相同的空虚。

这一切并不让我后悔没有留在船上而是跑到检疫所里来。我就像个新的鲁滨孙，开始安排我的生活，打算度过我那二十一天，就和要在那里度过一生那样。我首先以捉虱子作为消遣，这些虱子都是从船上带过来的。我把全身的衣服里里外外换了一遍又一遍，身上一个虱子也没了，我就打算布置我选好的那个房间。我拿我的上装和衬衫做成一床床垫，又拿几条大毛巾缝在一起做褥单，拿睡衣做盖被，把大衣卷起来当做枕头。我把一口箱子平平地放下来当坐凳，另一口箱子立起来当做桌子。我把纸张和文具盒拿出来，把拿来的十几本书排成个小书架的样子。总之，我把环境布置得那么舒服，除了没有窗户窗帘之外，我在这座绝对空无一物的检疫所里，好像和我住在维尔德莱路的网球场那样方便。

我的饭食送得很有气派，两个掷弹兵，扛着上了刺刀的枪，护送着我的饭食，楼梯就是我的餐厅，梯口平台就是我的餐桌，平台下的梯级就是我的坐椅。饭刚一摆好，送饭的人临走时把铃一摇，这就是请我入座。在两餐饭当中，当我不看书写字，或者不布置房间的时候，就到新教徒公墓去散步，这就是我的庭院，我在那里爬上一个面对海港的墓灯台，遥望港口的船舶进进出出。

我就这样度过了十四天，假如没有法国大使戎维尔先生的话，我会在那里把整个二十一天都待完而不会感到一点厌烦的。但是，我给他写了一封信，一封抹了醋、涂了香料，并且熏得半焦的消了毒的信。最终我的居留期缩短了八天，我这八天是在他家里度过的，在他家，我承认，又比在检疫所要舒坦得多。他对我的待遇很好。他的秘书杜邦也是个很棒的小伙子，领我在热那亚城里和乡下跑了好几家，玩得非常痛快，因此我便认识了他，并且以后还经常通信，一直延续了很久。我横贯伦巴第继续我的行程，一路上都非常愉快。我路过米兰、维罗纳、布里西亚、帕多瓦，最终到了威尼斯，大使先生可真等得急了。

我的眼前是一大堆公文，有朝廷发过来的，也有别的大使馆发过来的，只要是使用密码的他都看不明白，虽然译这些公文的密码当地都有。我从未在机关里办过公，以前又没见过使节的密码本，所以原来以为办起来会很困难。但是后来我发现这再简单不过了，不到一星期就把密函全部译了出来，这些函件简直都是不值得使用密码的，因为，除了驻威尼斯大使一直是个闲职外，像蒙太居这样的人，别人连最小的交涉也不想托他去办。

他在我到达之前几乎是束手无策，因为他不会口授文件，自己又写不通，所以我对他十分得力。他自己也感到这一点，因此对我非常好。他对我好还有另外一个原因，自从他的前任弗鲁莱先生因为精神失常而离职后，就由法国领事勒·布隆先生代办馆务，而蒙太居先生到达了以后，他仍旧代办，一直到新任熟悉馆务为止。蒙太居先生虽然自己不会办事，却嫉妒别人代办，所以就讨厌这位领事。等我一到，他就从他手里把大使馆秘书的职务拿过来交给我了。职务与名义是不能分的，他就让我顶着这个名义。我在他身边的那段时间，他一直是让我拿这个名义去和参议院还有该院的外交官员交往的。说到底，他不想要一个领事或朝廷派来的人当大使馆的秘书，宁可要一个自己的人来当，这也是很正常的事。这让我的处境十分惬意，而且避免了他的那些意大利伴随者、侍从，还有他的大部分职员在大使馆里跟我竞争。我也非常成功地运用了我的权利来维护大使的权利，也就是说，好多次有人想侵犯使馆区，都被我拦住了，而这种侵犯，他那些威尼斯籍的官员是没有意思阻止的。但是，另一方面虽然包庇匪徒是有利可图的，而大使阁下也并不是不屑坐地分赃，我却从来不允许有匪徒到大使馆来躲难。

大使阁下连秘书处的通常称为办公费的那一笔不大的收益，都好意思请求分享一份。那时正当战争时期，难免要签发些护照。每份护照都让秘书办理和签署，并要给秘书一西昆。我的前任秘书每签一份护照就要一西昆，无论领取人是不是法国人。我觉得这种惯例不公道，于是，尽管我不是法国人，却因为法国人废除了这笔护照费。不过，只要不是法国人，我就非要不可，并且严厉到这种地步，打个比方：西班牙王后的宠臣的哥哥斯考蒂侯爵让人向我要了一份护照，没有把一西昆的护照费送来，我就派人跟他来要。

像我这个勇敢的做法，那个喜欢报复的意大利人一直没有忘记。大家明白了我在护照税方面的这一改革后，要护照的人就全部前来假装法国人了。他们讲的是非常难听的南腔北调，有的说是普罗旺斯人，有的说是底卡底人，有的说是勃艮第人。我的耳朵非常灵，绝不会受骗，我不相信会有一个意大利人会骗去我的西昆，会有一个法国人会误付。蒙太居先生原本是什么也不了解的，我那么蠢，把我所进行的改革给他说了。一听到西昆这个字，他的耳朵就竖了起来。他对法国人免收护照费一事并不发表任何意见，而对于非法国人缴纳的护照费却让我和他平分，同时许给我一些对等的帮助。我倒不是因为我自己的利益受到侵犯而生气，而是看到他这样下流，我愤慨极了，干脆没有同意他的建议。他还是不放弃，我就火起来了。“不能，先生，”我很生气地对他说，“请阁下把属于阁下的利益留下，而把属于我的留给我，我永远也不会让给你一文钱。”他看磋商没有用处，便采取另一个办法，不知羞耻地对我说，既然我有了办公费的钱，办公室的开支就天经地义地该我负担了。我不愿意在这一点上斤斤计较，因此墨水、纸张、火漆、蜡烛、丝绳，甚至我叫人另外刻的印信，全都是我掏腰包，他从来没有还过半文钱。但是我还是把护照费的收入分一小部分给了比尼斯神甫，因为他是个很老实的青年，从未想到要这种钱。他对我既然很热情，我对他也就相同地很客气，我们始终相处得非常好。

我对业务工作，经过试办了一阵之后，觉得不像原先所想的那么困难。以前我怕我是个陌生人，侍候的又是一位同样没有经验的大使，而他既无知又固执，只要我的良知和我拥有的一点知识鼓励我为他、为国王做的一点好事情，他都好像故意跟我唱反调。在他所做的事情当中，最聪明的就是他跟西班牙大使马利侯爵相交非常好。

马利侯爵为人机智而精明，假如他同意的话，原可以牵着蒙太居的鼻子走，可是他以两国王室的共有利益为重，平常总是给他一些忠告，而假如不是蒙太居在实施中自作聪明的话，这些忠告都是十分好的。他们两人仅有的要配合做的事就是想方设法促使威尼斯人保持中立。威尼斯人总是口头上声明忠诚地保持中立，事实上却公开把军火卖给奥地利军队，甚至给他们提供兵力，谎称是逃兵。蒙太居先生，我深信，是想讨好威尼斯共和国的，所以也就不顾我的劝告，非要我在每份报告里都谎称共和国不会违反中立的承诺。这个可怜虫的固执和愚蠢弄得我不时要写许多荒唐话、做许多荒谬事。这些荒唐的言行，既然是他要如此，我也就不得不唯命是从。

可是有时候我觉得我的工作实在无法忍受，甚至简直无法执行。比如说，他肯定要他给国王或外交大臣的报告大多都用密码，尽管两者都绝无保密的需要。我告诉他，朝廷上的公文是星期五到，我们的复文星期六就要送出，没有足够的时间去译那么多密码，同一时间我还有许多信要写，也要赶上同一个邮班发出。他想的办法好极了，他叫我星期四就给次日要到的文件事先拟制复文。他觉得他这个主意想得简直太妙了。所以虽然我对他说行不通，非常荒谬，最终还是不能不照他的话去办。在我留在大使馆的那段时期里，我先把一周内他匆忙告诉我的几句话记录下来，把我乱听来的几则微不足道的消息记录下来，然后就依靠这点材料，总是每星期四早晨就把星期六要送出的文件的稿子送给他看，只是在回复星期五来文的文件上急匆匆地作点增补或改动。

他还有个十分有意思的怪癖，使他的函件可笑到无法想象的程度，那就是收到每一则消息他都不往外面发，而是发回到以前的地方。他向阿梅洛先生报告宫廷信息，向莫尔巴先生通知巴黎消息，向哈佛兰古尔先生通知瑞典消息，给拉·施达尔迪先生报告圣彼得堡消息，他有时候还把他们每人发出的消息寄回给本人。只让我在词语上稍微作点改动。在我送请签署的文件中，他只是稍微浏览一下给朝廷的呈文，其余给别的大使的公函连看也不看一眼就签上了名，这就让我稍微有点自由，能把后面一类公文按照我的意思来加以调整，至少可以交流一些信息。不过，对于最重要的文件，我要想修改得合理一点就不可能了。他经常心血来潮临时想出往里面塞上几句话，让我只能再拿回去匆匆忙忙把全文重抄一遍，把这种新加上的荒唐语言放上去，并且还要美之以密码，否则就不签字。不知有多少次，我为他的荣誉着想，真想用密码写进一点与他所说的相反的话。但是我又觉得没有其他理由能允许我做这样不忠诚的事情，所以就任他去胡说八道、自找苦吃，这样做只不过一边向他坦诚地进言，一边拼着自己触霉头的危险去尽我的责任而已。

我一直就是这样，正直、热诚、勇敢，非常值得从他那方面得到另外一种报答，而不像我最终所受到的那样。上天曾赋予我善良的天性，我又曾受教于一位最好的女人，自己又曾努力进行修养，这种天性、教育和修养让我变成了什么样的人，现在恰好是我表现出来的时候了，我也正是如此做的。我那个时候只凭自己一人去闯，没有朋友、没有人指导，缺乏经验，远在他乡，服务于他国，侧身于无赖之群，这些无赖为了自身的利益，为了不要有清流来显示出他们的浑浊，都尽力鼓励我去和他们同流合污，而我却绝对不这样做。我好好地为法兰西服务——其实我对法兰西毫无义务可言——我还不遗余力地更好地为大使服务。

我站在一个相当起眼的岗位上，做得无可挑剔，所以我理应受到、而且事实上也受到了威尼斯共和国的佩服，受到了所有和我们通信的大使们的佩服，受到了所有住在威尼斯的法国人的爱戴，就连被我替掉的那个领事也不例外。我办的业务，我明白是原本应该属于他的，我顶了他的缺口，心里很觉抱歉，并且这些业务给我带来的麻烦远远超过了我应享有的快乐。

蒙太居先生毫无保留地信赖马利侯爵，但马利侯爵是不会问他的职务上的情节的，所以蒙太居就把自己的职务全部忽略了，假若不是有我，住在威尼斯的法国人就不会觉得那里还有一位他们本国的大使。他们需要他保护的时候，他总是连他们说话都不想听就把他们打发走了，所以他们也就灰心丧气了。因此，人们就再也看不到一个法国人跟在他后面走或跟他同桌吃饭了——他是从来不请法国人吃饭的。我经常主动做他应做的事，不论是求他或求我的法国人，我总是尽我的能力，到处为他们帮忙。在任何别的国家里，我还会多做一点事情。但是在这里，因为自己的地位，我不能去见其他有地位的人，就经常不能不假手于领事，而领事呢，他的家在这里，自称是在这里住了，有些地方就只能敷衍，所以也就不能为其所愿。但是，有时当我看到他因害怕面不敢前进、不敢说话，我就冒险去办些大胆的处理，其中有好几次办成功了。

有一次处理，我现在想起来还想发笑。谁也不会想到巴黎戏迷之所以能看到科拉丽娜和她的姐姐卡米耶全都是亏了我，但是这又是正确的事。她们的父亲维罗奈斯已经为他和两个女儿同一个意大利戏班订了合同，在他收到两千法郎的费用之后，不但没有动身，反倒闲散地跑到威尼斯来，在圣・吕克戏院演出，科拉丽娜当时虽然还是个小孩子，却已经很叫座了。热弗尔公爵以侍从副官长的名义写信给大使，让他找他们父女两人。蒙太居先生把信给了我，仅有的指示就是说了句：“你看看”。我立即去找勒・布隆先生，请他跟开圣・吕克戏院的那个贵族处理。我记得这贵族叫什么徐斯提涅尼，我请他让徐斯提涅尼辞退维罗奈斯，因为维罗奈斯已经被法国国王聘用了。勒・布隆并没有把我拜托他的事情放在心上，办得很不好。徐斯提涅尼闪烁其词，维罗奈斯也没有被辞去。我不高兴了。

那时正是狂欢节。我披上斗篷，戴上面具，让人带我到徐斯提涅尼的公馆。只要是看到我的挂着大使徽号的贡多拉进来的人，都吓了一跳，威尼斯从未见过这样的事。我走进门，让人通报说一位戴面具的女士请见。我一被领进去，就摘下面具，说明了真实姓名。那位参议员顿时脸色惨白、手足无措。“先生，”我用威尼斯的风俗对他说，“我来打扰阁下，非常抱歉。但是在你的圣·吕克戏院里有个名字叫维罗奈斯的人，他已经受聘为法国国王效力了，我们曾经派人一再向你提他，可都没有结果，我来此是以法国国王陛下的名义向你要这个人的。”我的简短的致辞产生了作用。我一转身，那家伙就跑去把他的遭遇报告了承审官员，最终挨了一顿大骂。维罗奈斯当天就被解雇了。我让人通知他说，如果他一星期内不起程，我就要派人将他抓起来。最终他乖乖地起程了。

另一次，我解决了一位商船船长的难处，单枪匹马，简直没有靠任何人的帮助。他叫奥利维船长，马赛人，船名我不记得了。他的船员曾和共和国雇用的斯洛文尼亚人吵架，因为动武违法，船被扣压了，并且处分非常严厉，除船长之外，任何其他人不得许可不允许上下船。船长请求大使帮忙，大使置之不理，他跑去找领事，领事说这跟商务没有关系，不能过问。船长不知如何是好，就来找我。我向蒙太居先生建议，说他应该允许我为这件事给参议院去一份备忘录。他是否同意这样做，我是否提交了备忘录，我都记不得了，但是我记得很清楚，我的交涉没有一点效果，船还是继续被扣着。我就另想了一个办法，最终成功了，我把这件事情的经过写了一份报告插在给莫尔巴先生的呈文里。就是这样做，我也花费了不少力气才获得蒙太居先生的许可。我知道我们的公文虽没有拆检的必要，却时常在威尼斯被人拆检。我有确凿的证据，因为我发现日报上的消息都是照抄我们的公文，一字也不改。这种非法行为，曾使我敦促大使提出抗议，但他一直不肯照办。我这次把挟嫌陷害的案件放到公文里，意图就是要利用他们拆检公文的那种惊讶心来吓唬他们一下，让他们只得释放被扣的船只，原因是，如果真要等候朝廷复示来后才办交涉，船长早就破产了。这样做还不算，我还亲自到商船上去讯问船员。我邀请领事馆主任秘书帕蒂才尔神甫和我一块去。他是不情愿来的，那班可怜虫简直太怕得罪参议院了。我因为有命令不能上船，就待在我的贡多拉上做我的笔录，一面高声一个一个地问船员，发问的措辞特意引出对他们有利的回答。我原本是请帕蒂才尔神甫发问并亲自做笔录，这本是他的责任所在，比我做要更合适些，他却怎么也不愿同意，不但一言不发，连在笔录上副署都不肯。

我这种做法虽然稍嫌大胆，却产生了很好的效果，商船在外交大臣复示之前很久就开封了。船长要给我送礼，我平静地拍着他的肩膀对他说："奥利维船长，你想一想，我连现成的护照费都不向法国人收取，难道能出卖国王的保护来牟取私利么？"他要让我至少在船上吃顿饭，我答应了，并且邀请了西班牙大使馆秘书卡利约一起前去。这位卡利约是个聪明人，很可爱，以后任驻巴黎大使馆的秘书，又任代办，我在那时已经学我们许多大使的样子，跟他相处得非常亲密了。

当我用绝对无私的精神做我力所能及的一切好事的时候，如果我在全部这一类的细节上都能做到有条不紊、细致周密，以防止受骗上当，帮了别人的忙反而让自己吃苦头，那该有多好啊！但是在我所处的这种岗位上，稍有差错就会产生不好的后果。所以我总是小心翼翼地防止出岔子，妨碍公务。凡是与我基本职责有关的事，我一直都是办得非常有条理、非常准确的。我只是在被迫急忙翻译密码时犯过几个错，阿梅洛先生的手下人曾经抱怨过一次，除此而外，不管是大使，还是其他任何人，对我的任何职责，都从来没有指出过一点不对之处。像我这样粗心大意的人能做到这样已经不简单了。

但是，在我负责的私人事务中，我却偶尔很健忘，不够细心，因为我爱公平，所以总是自己吃亏，而且是自愿的，绝对不等到别人先来抱怨我。我只列举出一件事情为例，这同我离开威尼斯有关系，它的后果一直持续到我后来回到巴黎的时候。

我们的厨师，他叫鲁斯洛，从法国带来了一张二百法郎的借条，这是一个叫查内托·那尼的威尼斯贵族开给鲁斯洛的一个做假发的朋友的，是查内欠他的假发钱。鲁斯洛把这张借条交给我，拜托我用协商的方式收回一点。我和他都明白，威尼斯贵族有个老毛病，在外国欠了债，回国后就赖账，你要是逼他们还，他们就拖，叫那倒霉的债权人花费时间、金钱，疲于奔命，结果或是全部放弃，或是捡回几个钱罢了。我请勒·布隆先生跟查内托交涉，查内托承认借条，但不同意付款。闹来闹去，他最终同意付三西昆。当勒·布隆把借条送到他那里时，三西昆还没有筹出，只好等候。

在此期间，我跟大使闹得很厉害了，要离开大使馆。我把大使馆的文件都整理得整整齐齐地搁在那里，但是鲁斯洛的那张借条却没有找到。勒·布隆先生一口咬定他把借条还给了我。我明知他为人正直，绝对不容置疑，但是我却不管怎样也想不起这张借据放到哪里去了。既然查内托已经澄清了债务，我就请勒·布隆先生设法收回这三西昆，出一张收据，或者叫查内托再照着写一张借据，用以注销。查内托知道借条没了，两种办法都不想接受。我就从腰包里拿出三西昆来付给鲁斯洛，以偿还借据的损失。他不愿意接受，叫我到巴黎去跟债权人协议了事，而且把债权人的住址给了我。那个假发商了解了事件的经过，便要他的借据或者是借据上的所有金额。我当时非常气愤，真想不惜一切代价去把那张借条找出来！我只好照付二百法郎了，并且又是在我手头最拮据的时候。上面说的是清楚借据遗失反叫债权人获得了所有的欠款，而如果该他倒霉，这张借据找到了，他甚至连查内托·那尼阁下所答应的那十个埃居也无法收回呢！

我自己认为对这种职务有足够的才能，所以对办公事很感兴趣。除了与我的朋友卡利约和我很快就要谈到的那位品德高尚的阿尔蒂纳相处，除了有时候到圣·马克广场去寻找点高尚的娱乐，看看戏，以及基本上总是和那两位一起去串串门之外，办公就是我仅有的乐趣了。虽然我的工作不是那么烦琐艰难，尤其是还有比尼斯神甫做助手，但是因为联系的范围非常广，加上又是战时，我还是免不了非常忙碌。我每天上午很大一部分时间都在工作，遇到邮班的日子有时要忙到半夜。剩余的时间，我就埋头钻研我开始干的这个事，我希望凭着刚开始的成绩，以后可以获得较好的聘用。

确实，任何人谈到我都只有说很好，首先是大使，他当面称赞我工作好。从来没有抱怨过我一句话，后来他发的那很多的狂怒，全部是因为我多次诉苦都没有作用，自己硬要辞职的原因。法国的大使们和大臣们，只要是跟我们有通信关系的，都在他眼前夸奖他的秘书。这些赞扬本来是应该使他高兴的，但因为他品质恶劣，却产生了不同的结果。尤其是在一个重要时候，他听到人家赞扬我，便一辈子也不能谅解我了。这件事值得我费点笔墨叙述一下。

他这个人不太能管住自己，甚至就连星期六，几乎所有文件都要发出的那一天，他也不能等工作完了再出门。他盯住我，不停地催，要把给国王和大臣的呈文发出去，在他急忙地签上字以后，就不知道跑到哪里去了，而把其他的函件大部分都扔到一边，没有签署。假如函件内容只是消息的话，我还可以把它列入公报，但是假如内容与王室事务相关联，就必须有人签署，这样只好让我来签了。

有一个重要情报，是我们刚刚从国王驻维也纳代办樊尚先生那里获取的，我就这样处理了。那时罗布哥维茨亲王正向那不勒斯进军，加日伯爵忙于转移阵地。这是一次值得纪念的妥协，是本世纪最棒的一次战略行动，欧洲人称赞得还不太够。情报说，有一个人——樊尚先生把他的面貌特征都说清楚了——正由维也纳起程，要从威尼斯路过，潜入亚不路息地区，主要负责在那里煽动民众，在奥军到达时里应外合。蒙太居伯爵是什么也不用管的，他不在家，我就把这情报直接转发给洛皮塔尔侯爵了。情报转得十分及时，波旁王朝之所以能保住那不勒斯王国，也许就是因为我这个可怜挨骂的让·亚克呢。洛皮塔尔侯爵在向他的同事蒙太居循例道谢的时候，尤其提到他的秘书，还有秘书对共同事业所建立的这个功绩。蒙太居伯爵误了军机，原该引以为咎的，但他却觉得这番夸奖之中含有责备他的意思，因此对我谈起这事时很不开心。

我以前对驻君士坦丁堡大使卡斯特拉纳伯爵也曾经和对洛皮塔尔侯爵一样按权宜行事，虽然事情没有如此重要。到君士坦丁堡没有其他的邮班，只是参议院有时派专差给他的大使送信，这种专差起程时总是先告诉一下法国大使，以便他必要时顺便寄信给他的同僚。通知平常应是前一两天送到，但是人家太看不起蒙太居先生了，只在信差出发前一两个小时才来通知他一声，走走过场。这就让我有好多次只好当他不在家时就写信寄出。卡斯特拉纳先生回信时总要说到我，总有很多夸奖之词，戎维尔先生从热那亚寄信来，也是这样。每一次都给蒙太居火上加油。

我承认，有出头露面的机会，我也并不逃避，但是我也不会乱找机会来出风头。我认为，只要好好地效劳，祈求良好服务的合理付出，这是天经地义的事。所谓的合理付出，也就是博得有能力判断和褒奖我的工作的人们的赏识而已。我不想说，我尽忠职守却成了大使对我不满意的合情合理的理由，不过我可以肯定地说，直到我们散伙的那天，他所说出来的理由就只有那么一条。

他那个大使馆，从未搞得像个样子，里面全是些流氓地痞，使馆里的法国人总是受欺侮，意大利人则占上风，就算在意大利人当中，很长时间以来在大使馆服务的好职员全都被用不正当的手段赶走了，这里面有他的第一随员。这个人在弗鲁莱伯爵手下就当第一随员了，我记得他叫庇阿蒂伯爵，或者是一个很相似的名字。

第二随员是蒙太居先生亲自挑选出来的，原是曼杜地方的一个流氓，名叫多米尼克·维塔利，大使把使馆的总务给了他。他用阿谀奉承和下流的扣留取得了他的信任并变成了他的宠儿，使唯一剩下的几个正直人士，还有领导他们的秘书都大受其苦。对那些坏蛋来说，正人君子的严肃目光总是叫他们提心吊胆，只此一件就足以让这个坏蛋对我怀恨在心了。但是这种恨，还有其他一个原因，让它变得更加的残酷。必须把这个原因说出来，以便大家说我的不是——如果我的确做得有什么不好的话。

按照习惯，大使在五个戏院里都有他一个包厢。每天午饭时，他指定他那天要上哪个戏院，接着让我挑选，其余的包厢再由随员们派遣。我出门时就拿我选定的包厢的钥匙。

有一天，维塔利不在那儿，我叫伺候我的侍仆把钥匙送到我指点给他的那所房子里。维塔利不给我，说他已经分配掉了。我很生气，尤其是因为我的侍仆当着大家的面汇报了办差使的事情。晚上，维塔利想对我说几句抱歉的话，我不同意。“明天，先生，”我告诉他，“你在某个时间，到我受了污辱的那所房子里来，当着看到我受辱的那些人的面，向我道歉。如若不这样，后天，无论如何，我给你说，不是你，就是我，必须离开这个大使馆。”我这样坚定的语气让他慑服了，到了指定的时间和地点，当面向我道歉，恭敬得只有他才能做得出来，但是他从容地想着他的办法。他一面对我卑躬屈膝，一面却用那种意大利式的狡诈手段对付我，他不能煽动大使辞退我，便逼我只能自动辞职。像这样一个浑蛋当然不可能明白我的为人，但是他明白我身上哪一方面可以被他利用。他知道我忍受无心的亵渎时是宽厚、温和至极的，而对有意的侮辱则高傲而毫不宽容，他知道我在特定的场合是爱体统、爱面子的，处处注意对别人应该有的尊重，但别人对我的尊重，我也严格要求。他就从这个方面入手，最终让我忍无可忍了。

他把大使馆弄得乱七八糟，把我在馆里努力维持住的那点制度、上下级关系、干净、秩序都摧毁殆尽。一个单位没有女人，就需要有稍微严明的纪律，才能维持那种与尊严分不开的庄严气氛。

他很快就把我们的单位变成了荒淫放纵的地方、流氓纨绔的爱穴。他催促大使把第二随员赶走了，给大使阁下另外找来一个跟他一样的东西，是在马尔他十字广场开妓院的。这两个坏蛋沆瀣一气，既不注意体统，又盛气凌人，就是大使的房间也不那么有条理了，而整个使馆没有一个角落能让正派人忍受得了。

大使阁下不在馆里吃晚饭，随员们和我晚上单独开一桌，比尼斯神甫和见习随员们也和我们一起吃饭。就是在最简单的小饭馆里，席面也收拾得干净些、整齐些，桌布也不会那么的脏，吃的也要好一些。我们只有一支脏的小蜡烛，锡碟子，铁叉子。吃饭反正是在家里，倒也行了，可是连我的专用贡多拉都被取消了。在所有大使馆的秘书中间，只有我一个人要当场租用贡多拉，否则就只好步行，从那之后，除了到参议院外，我就没有大使阁下的仆役相伴随了。而且，不管使馆里发生了什么事，全城人就会都知道。大使手下的官员个个都吵起来了。事情虽然都是多米尼克引起的，他却叫得比谁都凶，因为他明白，我们受到的这种不成体统的待遇，我比谁都更感到难为情。全使馆只有我一人不愿把家丑外扬，但是，我在大使跟前表现了强烈的不满，我责怪其余的人，也责怪他本人，而他却出于他那卑鄙的灵魂，每天总给我来一个新的侮辱。

为了不至于在其他大使馆的秘书面前相形见绌，为我的工作撑面子，我就只能多耗费，但是我的薪金却又一文钱也节省不出来。我一向他要钱，他就说他怎样看重我、怎样相信我，就好像信任就能满足我的腰包，应付一切开支那样。

那两个流氓最终让他们那位头脑本来就不太明白的主人简直晕头转向了，他们鼓励他不断地做旧货生意，让他亏尽血本。明明是受骗的生意，他们却硬让他相信是赚钱的生意。他们让他花了双倍的价钱在伯伦塔河岸租了一所别墅，他们将多出的钱和屋主平分了。别墅里的房间都依当地的风俗镶嵌着瓷砖，装饰上很美的大理石做的圆柱和方柱，蒙太居先生却花费了很多钱，让人把这一切都用杉木板盖了起来，仅有的理由就是在巴黎房间的墙壁都钉上一层护墙板。在驻威尼斯的各国大使当中，只有他一个人不让他的见习随员佩剑，不让他的随身侍卫执仗，理由也和上述相同。他就是这么一个人，他或许是出于相同的动机而把我当做眼中钉，仅有的理由就是我忠诚地为他服务。

他的恶、他的暴躁、他的虐待，我都宽容地忍受了，只要我觉得那都是性格脾气的问题，而不是因为仇恨。不过，我只要发现他故意要剥夺我因为良好的服务而赚得的那点荣誉的时候，我就决心不再忍受下去了。

我头一回领教了他那不好的心眼，是在他招待那时在威尼斯的摩德纳公爵和夫人吃饭的那一回。他告诉我说宴会上没有我的席位。我虽然没有生气，却很不高兴地回答他，既然我很光荣地天天都和大使在一起吃饭，那么就是摩德纳公爵来馆时亲自要求我不去同席，为了大使阁下的面子和我本身职位的面子，他的要求也不应该答应。“怎么！”他气势汹汹地对我说，“我的秘书，连最起码的贵族都不是，居然想与一国元首同席？我的随员们都不同席呢。”“是呀，先生，”我反驳说，“阁下给我的这个职位本身就让我是高贵的，只要我在职一天，我比你的随员，不管是贵族或自称贵族，都要高一级。他们不能参与的地方我能参与。你不是不明白，以后你正式回朝那天，仪节上，还是自古以来的风俗上都规定，我要穿着大礼服跟在你身后。我为在圣·马克宫赐宴席上与你同席而感到光荣。我就不懂，一个人能够参加威尼斯元首和参议院的公宴，为什么却不能参加招待摩德纳公爵先生的私宴呢？”虽然我的理由使人无法辩驳，但大使却不肯让步。不过，我们却并没有再起争执，因为摩德纳公爵根本就没有来大使馆吃饭。

从那以后，他就不断地给我找不痛快，给我一些不公正的待遇，极力设法把给我的许多小特权都废除掉，让给他那亲爱的维塔利。我相信，如果他有胆量派他代替我到参议院去的话，他肯定会这样干的。他一般都是让比尼斯神甫在他的书房里替他写私人信件，而现在他却又让他来给莫尔巴先生写奥利维船长案件的报告了。这案子只有我一个人参加，但他在报告里却没有提到我，甚至连附在报告里的笔录副本，也不对他说那是我写的，反而说是帕蒂才尔写的，其实帕蒂才尔连半句话也没有写。他是想侮辱我，讨他那个宠儿的欢心，但并不是想摆脱我。他也知道，想找一个人来代替我，也不会像当时接替福罗那么简单了。福罗已经把他的为人处世散布开了。他肯定需要一个懂意大利文的秘书，因为参议院复文都是用意大利文写的。这秘书既能为他办公文、办事务，一点也不用他操心，还能在服务良好之外，对他那些无用的随员老爷们卑躬屈膝地奉承。因此，他又要留我，又要对付我，把我扣在离我的国家和他的祖国都很远的地方，并且没有路费回去。如果他做得简单一点，也许他会达到目的。但是维塔利却别有用心，他要逼我下决心，结果他实现愿望了。

当我发现我的一切努力都是白费，大使看我为他效力，不认为是恩情，反认为是仇恨时，我认为今后在他那里所能得到的，在馆内只有不愉快，在馆外只有不公平的待遇。而且他已经把自己搞得声名狼藉，损害我固然对我不好，善待我也对我无益。因此我便打定主意，向他请长假，同时我也给他留下时间，让他另外找一个秘书。他对我的辞职，不加理会，一切照常。我看情况毫无转机，而且他又不积极找人接手，就写信给他的哥哥，详细说明原因，请他向大使求情准我的长假，并且对他说无论如何我是不可能再待下去了。我等待了很久，没有回信，因此我开始感到为难了。但是大使最后收到了他兄长的一封回信，这封信的措辞一定很严厉，因为他虽然喜欢发脾气，我却从来没见过像这次发得那么凶。

他先用不堪入耳的话破口大骂，然后，不知道再有什么话可说了，竟然说我出卖了他的密码。我笑了起来，用嘲讽的口吻问他是不是相信在全威尼斯能有一个傻子肯出一个埃居来买密码。这个回答把他气得暴跳如雷，他装作要喊他的仆从来，并且说要把我从窗口扔出去。直到那时为止，我都很镇定，但一听到这个威胁，我也发起火来，很气愤了。我奔向门口，把插销拉开，把门从里面扣起来，然后迈着方步回到他面前，对他说："别这样，伯爵先生，你的仆从不需要过问这件事，让我们两个人来解决它吧。"我的行动和我的态度顿时叫他冷静了下来，他的举止显出他的惊讶和恐惧。我看他怒气消了，就说了几句简短话然后向他告辞，然后，不等他回复，就去把门打开，跨了出去，挺胸抬头地从他的仆从丛中穿过。仆从们照例站了起来，看样子，与其说他们会帮他打我，倒不如说要帮我打他。我没有上楼回到自己的房间，而是走下楼梯，然后离开使馆，永远不再回去了。

我径直到勒·布隆先生家里对他说明了事件经过，他并不怎么惊讶，因为他知道大使的为人。他留我吃了午饭，这顿午饭，虽然是临时准备的，却极其精致。所有在威尼斯的有声望的法国人都在座，但大使馆的人一个也没有。领事把我的事跟大家说了，大家听了后，都异口同声地叫了起来，这一叫肯定不是同情大使阁下的。

大使阁下没有跟我结账，没有给我一点钱，我只有随身带的几个路易，连回程的路费都成问题。这时大家都慷慨相助，我从勒·布隆先生那里拿了二十来个西昆，从圣·西尔先生手里也拿了同样的数目。除了勒·布隆外，我和圣·西尔先生的关系处得最好了。我谢绝了其余所有的人的帮助。

我在等待起程期间，在领事馆秘书家里住下，并且向社会证明，法兰西这个国家并不是大使的那种不平待遇的同谋者。大使看到我倒了霉但是却受到大家欢迎，而他虽然是大使，却受到冷落，气极了，完全失掉理智，所作所为简直像个疯子。他竟然不顾情面，给参议院写了一个备忘录，要求逮捕我。当我得到比尼斯神甫给我的这个消息的时候，就决定再待十五天，并且不照原来打算的那样，第三天就动身。大家看到我的做法，都很赞成，我得到了社会上的一致敬佩。参议院诸公认为大使的那份莫名其妙的备忘录，不必答复，并且请领事转告我，我想在威尼斯待多久就待多久，不必顾虑一个狂人的活动。我照旧去看望朋友，我去向西班牙大使告别，他友好地接待了我。我又去向那不勒斯的大臣菲诺切蒂伯爵辞行，他不在家，我就写了一封信给他，他给我回了一封极其客气的信。最后，我起程了，尽管手头没有钱，却并没有留下别的债务，只有上述的两笔借款和另外一名叫做莫郎迪的商人的五十来个埃居，这笔欠款，卡利约负责给我清偿了。尽管后来我们常常会面，我却没有还给卡利约。至于上面所说的那两笔借款，我后来一有机会就立刻如数还清了。

我应该在离开威尼斯之前谈一谈这个城市的那些著名的娱乐，至少要谈一谈我住在那儿时曾参加的很小的一部分。读者已经看到，在我年轻时代，我是很少追求这种年龄所喜欢的那些娱乐的，或者说，至少我很少追求一般人所谓的少年娱乐。在威尼斯并没有改变我的爱好，我公务繁忙，因此我想寻欢逐乐也不可能，但却让我对我所认为无伤大雅的简单的消遣更有兴趣。

第一个消遣，同时也是最愉快的消遣，就是和一些智慧之士交游，如勒·布隆·圣·西尔、卡利约、阿尔蒂纳诸先生。还有一个福尔兰那地方的绅士，我非常遗憾把他的名字忘了，但他那可爱的相貌，每一想起都历历在目，在我一生所认识的人中间，他的心是和我最相通的。我们还和两三个英国人相交很深，他们都是才气横溢、知识广博的人，和我们一样热爱音乐。这些先生们都有他们的妻子、女友或情妇，这些情妇差不多都是有教养的女人，大家就在她们家唱歌跳舞，也在她们家里赌博，但是次数很少。强烈的美感、艺术的才能以及对戏剧的欣赏让我们感到赌博这种娱乐太无味了。赌博只是寂寞无聊的人们的消遣。在巴黎，人们对意大利音乐是怀有偏见的，我本来也从巴黎带来了这种偏见，但是我又从大自然那里接受了可以破除一切成见的那种敏锐感。不久我就对意大利音乐产生了热爱。因此我听着威尼斯的船夫曲，就觉得在此以前一直都没有听到过唱曲。不久，我又对歌剧入迷到这种程度，以至于当我一心想听演唱而被别人在包厢里谈笑、吃东西、嬉闹吵得不耐烦的时候，就偷偷地抛开游伴跑到一边去。我独自一人待在我的包厢里，尽情地享受着听歌剧的乐趣，尽管歌剧很长，也一直听到底。

有一天，在圣·克利梭斯托姆剧院，我竟然睡着了，睡得比在床上还熟，嘈杂但洪亮的歌曲也不能把我吵醒。但是，让我惊醒的那支歌曲，其甜美的和声、天仙般的歌喉所带给我的那种美妙的感觉，又有谁能表达出来呢？当我张开耳朵、睁开眼睛的时候，那是多么愉快的觉醒、多么迷醉的喜悦、多么出神入化的时刻啊！我第一个感觉就是认为身在天堂了。这支令人陶醉的歌曲，我现在还记得，并且一辈子也不会忘掉，它是这样开始的："给我留下那美人儿；我为她心潮澎湃。"我想要这支歌曲的谱子，不久就得到了，并且把它保存了很久，但是纸上的曲子和心上的不一样。音符相同，情境却不一样。这支美妙的曲子永远只能在我的头脑里才能奏得出来，正如它惊醒我的那天所奏的那样。

还有一种音乐，我认为比歌剧院的还要好，不仅在意大利，就是在全世界也无可比拟，那就是scuole的音乐。所谓scuole，就是指慈善性质的学校，专门教育贫苦女孩子，培养成后由共和国资助，要么出嫁，要么进修道院。在教给这些女孩子的才艺之中，音乐占首要地位。每到星期日，在四所学校的教堂里，晚课时间都有圣曲，由规模宏大的合唱队和乐队演奏，演奏者和指挥者都是意大利的第一流大师，演唱者都站在装着栅栏的舞台上，都是女孩子，最大的还不到二十岁。我真想象不到任何东西能像这种音乐一样悦耳和动人：内容丰富、歌声幽雅、嗓音美妙、演奏准确，这一切配合起来给人一种印象，当然与宗教的气氛不是那么协调，但是我相信任何人都会受感动的。我和卡利约对曼蒂冈迪学校的晚课从来就没有缺过一次，而且每次必到的还不仅仅我们两人而已。那个教堂里盛满爱好音乐的听众，就连歌剧院的演员们也依靠这些观众培养自己真正的鉴赏趣味。最让我扫兴的是那道可恶的栅栏，只能听到歌声，却不让我看到那些容貌足以与歌声媲美的天神。我老是这样想着。

有一天我在勒·布隆先生家里又谈起了这件事，他就对我说："如果你很好奇，一定要看看那些小姑娘，我可以满足你的愿望。我是这所学校的一个董事，我要在学校里请你跟她们一起吃点心。"他一天没有履行承诺，我就一天不让他安宁。当我走进那所关着我渴慕已久的那些美女们的沙龙的时候，我感到一阵从来没有经历过的爱的冲动。勒·布隆先生将那些著名的歌手为我一一作了介绍，她们都是我只闻其声、只知其名的人。"来，莎菲……"莎菲长得令人恶心。"来，卡蒂娜……"卡蒂娜只有一只眼。"来，白蒂娜……"白蒂娜长了一脸大麻子，差不多每一个姑娘都有明显的缺陷。我那个很会折磨人的朋友看到我惊愕难堪的苦样子，一直在笑。但是我觉得也有两三个长得还过得去，但她们都只是在合唱队里唱歌的，我真是失望极了。

在午茶的时候，别人逗她们玩，她们也都快乐起来了。通常，丑陋并不都是没有风韵，我发现她们都很有风韵。我心里想，没有心灵就不能唱得这样好，她们是有心灵的。最后，我对她们的看法完全改变了，以至于我出门时几乎爱上了所有那些丑丫头。我简直不敢再去听她们的晚课了，但是一听我又安了心。因此我依然觉得她们的歌声是美妙的，她们的嗓音能够掩盖她们的面容，以至于只要她们是在唱歌，我总是不管眼睛所看到的，硬要把她们想象为仙子。

在意大利，听音乐太方便了，只要你喜欢它，你就可以随时欣赏。我租了一架钢琴，花一个小埃居，就请了四五个演奏家每星期到我家里来演奏一次，与他们一起练习歌剧院里我最喜爱的歌曲。我在家里也把我的《风流诗仙》里的合奏曲试演了几段。也许它们真的很动听，也许人家是奉承我，圣·克利梭斯托姆歌剧院的芭蕾舞师托人向我要了两曲。我很高兴地听到这两曲由那个美妙的乐队演奏出来，并由一个叫白蒂娜的小姑娘担任舞蹈者。这个小白蒂娜长得很漂亮，是个很可爱的女孩子，曾由我们一个西班牙籍朋友法瓜迦抚养，我们常在她家消磨时间。但是，说到女人，在像威尼斯这样的一个城市里，人们不可能一尘不染。有人很可能问我，你在这方面就没有一点可后悔的吗？有的，我正要说一点呢。我将以曾经就有过的那同样的坦白的态度来忏悔。

我始终是厌恶娼妓的，可是我当时在威尼斯又没有接触其他女人的可能，由于职务关系，我不能过问当地的大部分人家。勒·布隆先生的几个女儿都很可爱，但是不容易亲近，而且我太尊敬她们的父亲和母亲了，因此打她们的主意，连想也不敢想。我反而更倾心于一个名叫卡塔妮奥的姑娘，她是普鲁士国王外交特派员的女儿，但是很不幸卡利约已经爱上她了，甚至还谈到结婚的事。他很富裕，而我却是个穷光蛋，他的薪金是一百金路易，而我只有一百个皮斯托尔，除了我不愿挖朋友的墙脚外，并且我还知道无论在什么地方，尤其是在威尼斯，像我这样没有钱的人，是不应该插手去搞风流韵事的。我还没有摆脱掉欺骗自己的习惯，而且我太忙，对当地的天气所引起的那种需要并不怎么强烈，所以我在威尼斯将近有一年的时间，都同过去在巴黎时一样的老实，因此十八个月后离开这里的时候，除了下面讲述的两次特殊的机会外，我都没有接触过异性。

第一次机会就是那位正人君子维塔利给我带来的，是在我逼他给我正式道歉之后不久。一天，大家在餐桌上谈起威尼斯的种种娱乐，那些先生们都责备我不该对所有消遣中最有趣味的一种消遣那么无动于衷，他们夸奖威尼斯的妓女是如何媚人，说全世界再也找不到能和她们相比的妓女。多米尼克认为我一定要认识一下其中最可爱的一个，并且说他愿意带我去，保管我满意。我听到他这样吹嘘，就笑起来了。而庇阿蒂伯爵是一个年纪较大、令人尊敬的人，他又用我预料不到的一个意大利人会有的那种坦白态度说，他认为我很聪明，绝不会让我的仇人带我去逛妓院的。实际也是如此，我既没有这种意图，又没有这种欲望。然而，尽管如此，因为一种连我自己也莫名其妙的矛盾心理，最后我还是让他带去了。这既不符合我的兴趣，又不符合我的心情，更不符合我的理智，并且还违背了我的意志，我完全是由于一时软弱，怕露出对别人的疑忌，也正如当地人所说，为了不至于显得太傻。我们去逛的妓院那个叫帕多瓦的姑娘容貌很好看，甚至还可以说得上美，但并不是我所喜欢的那种美。多米尼克把我扔在她家了。我打发人买了几杯冰索贝来，叫她唱唱歌，半小时后，我拿出一个杜卡托放在桌上并准备离开。但是她的心理很奇怪，因为她不付出代价就不肯接受这一个杜卡托，而我也傻得离谱，就接受了她的代价，以免让她过意不去。我回到使馆，相信我染上梅毒了，所以进门第一件事就是派人去找外科医生，问他要药吃。

三星期当中，我感到的精神上的不安简直令人无法想象，而实际上并无任何真正的不适和明显的症状足以成为使我精神不安的理由。我就不能想象从帕多瓦姑娘怀里出来的人会不被感染。就连那位外科医生费尽九牛二虎之力说服，我也不放心。最后他对我说明，我的体质与别人不同，不容易受到感染，这才让我相信了。虽然我比任何人都更少做这种试验，但是我的健康在这方面从来没有受到损害，这就是一个证据，证明医生的话是对的。不过，他这种意见却从来没有让我变得轻率从事。如果我真是这样有先天条件，我可以说我绝不曾因为没有什么害怕的而胡作非为。

我的另一次机会，虽然也是一个妓女，但是不论在起因或后果方面，性质都截然不同。我已经说过，奥利维船长曾经在他的船上宴请过我，我还带了西班牙大使馆的秘书同去。我认为会受到礼炮欢迎，船员列队夹道迎接我们。但是没有鸣一响礼炮，这使我很气愤，因为和卡利约在一起，我看他非常生气。可不是吗，在商船上，身份比不上我们的人还受到礼炮欢迎呢，更何况我觉得我做的事值得受到船长的特别对待。我无法掩饰我的情绪，因为我一向不能掩饰内心，尽管筵席很好，奥利维也尽情招待，因为我一上来就不高兴，吃得很少，话说得更少。到了第一次祝酒，我想总该有礼炮了吧，还是没有。卡利约知道我的心思，看我叽叽咕咕像个孩子，就暗地里笑话我。饭吃到三分之一，我看见一艘贡多拉非常近了。“天哪，先生，”船长跟我说，“你预防着吧，冤家来了。”我问他这话是何意思，他用一个笑容回答了我。贡多拉走近船了，只见从里面走出一个非常漂亮的年轻女人，她光彩照人，服饰鲜艳，步伐轻盈利落，三蹦两跳就到了房间里。我还没看到，有人就在我旁边摆上了一套餐具，她就在我身边坐了下来。

她很妩媚，非常活泼，棕色的头发，年龄肯定不过二十岁。她只会说意大利语，只凭她那声调就够让我迷糊的了。她一边吃一边说，看了我一段时间，然后突然喊道："圣母啊！原来你是我敬爱的布雷蒙，我好久没有见过你了！"说着就向我怀里扑去，将嘴唇贴在我的嘴唇上，因此把我搂得几乎无法喘气。她用那双东方型的大黑眼珠把像火一样的热情贴进我的心里，虽然我先是一阵惊讶，有些不知所措，但是身体上的快乐很快就把我迷住了，以至于虽然有许多人看着，还是需要那个美人儿自己才能让我有所克制，因为我太陶醉了，或者不如说是发狂了。当她看到我已经癫狂到她所预期的程度的时候，她的抚摸便缓和了些，但她的火热劲儿并没有减弱。她高兴地将她那兴奋的原因（谁知道是真是假）讲给我们听，她说我长得与托斯卡海关监督布雷蒙先生非常像，因此她差一点将我当做是他了。她讲她曾经爱过布雷蒙，现在还在爱他，因此她甩掉布雷蒙，只怪自己太傻，现在她就要用我代替布雷蒙了。她要爱我，因此她看上了我，用同样的理由，我也必须爱她，她喜欢爱我多久，我就必须爱她多久，将来她把我甩掉了，我也得跟她那亲爱的布雷蒙一样，耐心等着。她这样说了，并且这样做了。她将我看做她手底下的人那样吩咐，将她的手套、扇子、腰带、帽子都交给我看管，她让我到这儿到那儿，做这个做那个，我都一一遵从。她叫我去将她的贡多拉弄走，因为她要坐我的贡多拉，我就去了，她叫我将位子让开，让我请卡利约来坐，因为她有话跟他说，我也照办了。他们俩坐在一起说悄悄话，说了很久，我也让他们谈去。后来她叫我，我又回来了。"听着，查内托，"她对我说，"我不愿意承受法国式的爱，这样的爱对我没有用处。等你觉得厌烦了，你就走。我把话说在前头，办什么事必须干脆利落。”

饭后，我们就一起到缪拉诺镇去参观玻璃厂。她买了许多小东西，毫不客气地让我付了钱，但是她到处给人家小费，因此花的钱比我们多得多。看她自己奢侈和让我们奢侈的那种不在乎劲儿，显然地，她是把金钱看得还比不上一堆粪土。她希望别人在她身上花钱，我认为是出于虚荣，而不是出于贪婪。千金买笑，她才感觉得愉快。

到了晚上，我们将她送回家了。当我说话的时候，我见到她梳妆台上放着两支手枪。“哈！哈！”我拿起其中一支来，对她说，“这是个非常新的胭脂盒子。请问它有什么用处？我看你有的是要人命的武器，可比这厉害多了。”她用同样的口吻说了几句玩笑之后，用一种让她更加妩媚的天真、高傲的口吻跟我们说：“只要是我不爱的人，当我对他们表示宽恕的时候，我就要让他们出钱来弥补他们带给我的麻烦，这是再公平不过的了。可是，我尽管能忍受他们的爱的抚摸，却不愿忍受他们的侮辱。谁对我没有礼貌，我就给谁一枪。”

当我离开她的时候，同她定好第二天再去看她。我没有让她等很久，只见她，穿着一件再妖艳不过的衣服。这种服装只有在南欧各国才能见到，因为我记忆犹新，并且也不想多费笔墨去描写了。我只讲一点，就是袖口和胸口都镶着丝线，带着玫瑰色的绒球。我感觉这就把美丽的肤色表现得格外鲜艳。后来我看到这威尼斯的时装，穿在身上是那么迷人，但居然没有传到法国，真是百思不解。对于正在等候着我的那种肢体的享受，我是想象不到的。我曾经满腔激情地说起过拉尔纳热夫人，现在回想起来，有时还让我迷醉，但是，要是同我的徐丽埃姐比起来，她是多么老迈和冷漠啊！

读者不要花费心机地去想象这个迷人的姑娘的那些妩媚和风韵，你想来想去都会同实际相差甚远的。修院里的童贞女也不像她那么艳丽，后宫里的美人也没有她那么妖媚，天堂里的仙女也没有她那样动人。凡人的心灵同感官从来也没有接受过这样温暖的享受。啊！如果我能懂得将这种享受充分地、完整地体会一下，就是一瞬间也好呀！我倒是体会到了，却索然无味，我把一切享受都冲淡了，我好像有意要把那一切享受都毁灭尽似的。大自然生我绝不是为着享受的。它在我的心里加进了欲望，期盼着这无法用语言表达的幸福；却又在我的狂妄的脑子里搁进了毒药，毒害着这无法言说的幸福。

如果说在我的一生中有一件事最足以反映出我的本性，那就是我要讲述的这件事了。我此时正努力地记住我写这本书的宗旨，这个努力将让我在这里抛弃妨碍实现本书宗旨的那种假说。无论你是谁，你如果想认识一个人的话，就请大胆地把下面的两三页看下去吧，这样你就会深入了解让·亚克·卢梭这个人了。

我进入了一个妓女的卧室，就像走进爱跟美的神庙里一样，我好像是在她身上见到了美神和爱神。我绝对不会相信，如果你没有敬重之意与尊重之心，你竟能感到她使我体会到的那种情感。当我刚从最初的亲近之中认识到她的媚态与爱抚的价值时，就害怕失去它的果实，因此急于要去摘取。我忽然感到，不是欲望之火在燃烧着我的全身，而是冰块在我的血管里奔流，我的两腿发软了，我差不多快晕倒了，我急忙坐下来，哭得像小孩一样。

谁能知道我的眼泪是怎么流出来的，谁能猜到我当时脑子里想的是什么东西呢。我对自己说，我所认识的这个对象是大自然与爱神的创造。她的精神、她的肉体、她的一切都是完美的，她既善良又高贵，正像她既可爱又美好一般。王公大人都应该当她的奴隶，君主的权力都应该放在她的脚底。但是，你看她却做了可怜的娼妓，供人蹂躏，一个商船船长竟控制着她。她竟然扑到我的怀里来，知道我什么也没有，而她又不能认识我这点儿才能，因为在她眼里那等于零。这里面肯定有点不可思议的原因，要么是我的心灵欺骗了我，欺骗了我的感觉，将一个丑娼妇当做了天仙，要么就一定有点什么我不知道的隐疾，破坏了她的妩媚的效果，让原该剥夺她的人们对她生厌。

于是我开始全心全意地探索这个隐疾了，可是我连想也没想到这里头可能有什么梅毒的问题。她肌肉的鲜艳、肌肤的光泽、牙齿的洁白、呼吸的美妙、浑身的清洁，都绝对让我想不到这方面，以至于我还对自从同帕多瓦姑娘交往以来的身体有所怀疑，而且还考虑我不够健全，配不上她。我相信，这一次，我的信任是正确的。

这些想法，赶在这个好时候，让我心神不安，以至于我哭起来。徐丽埃妲在这种气氛下看到这样的奇怪现象，当然感到十分新鲜，一时竟不知所措。但是当她在房间里转了一个圈子，又照照镜子，就了解到——并且我的眼光也让她肯定——我这种泄气绝不是由于对她嫌恶。她当然能把我这阵泄气治好，驱赶掉我那小小的羞愧感。

然而，当我正预备在她那仿佛是第一次要被男人的嘴和手接触的胸上销魂的时候，我突然发现她有一只奶头是瘪的。因此我一惊，并且细细看了一下，感觉这只奶头和另一只长得不一样。我就在脑子里盘想起来，一个女人怎么会有个瘪奶头呢，因为我相信这是由于某种重大的天生隐疾，我把这个念头转了又转，所以我就清楚地看出我想象中的最美妙的人儿，就是此刻抱在我怀里的，原来只不过是一个畸形的怪物，是大自然的次品、男人的抛弃品、床第间的赝货。我竟傻到这种地步，竟然跟她谈起这只瘪奶头来了。她先拿我的话当做一句玩笑，并且仗着她那轻浮的脾气说出一些话、做出一些行动来，真逗得我无可奈何。

然而，我一直有一点无法向她掩饰的不安，只见她终于脸红了，整理了衣裳，爬起来，一言不发地跑去趴在窗口。我想去坐到她的身边，但她又离开了，找了张躺椅坐下，一会儿又站起来，在房里来回走，一面摇着扇子，一面用冷淡而嫌恶的语气对我说："查内托，丢开女人，研究数学去吧！"

在我离开她之前，我要求第二天再来相见，她将时间推到第三天，并且带着讥嘲的微笑补了一句，说我也需要休息休息。这段时间我过得很没有滋味，心里只想着她的媚态和风韵，深感自己的荒谬，一个劲儿地自责，后悔我把大好的时光就那么白白浪费了。要不是我那么糊涂，那就是我一生最美丽的时光啊，我用最急迫的心情等着去弥补损失，但是不管怎样，我心里总是觉得不安，总感觉那个招人喜欢的姑娘长得那样完美但身份又那么卑贱，这中间的矛盾简直没有办法克服。

等到了定好的时刻，我就向她那里跑，向她那里飞了。我不知道她那火热的脾气是不是会对我这次的拜访感到欣慰一些。但是我想，她那种骄傲至少是会得到一些满足的，于是我心里就事先尝到一种美好的滋味了，打算想方设法地让她看看，我是如何善于弥补自己的过错。她免除了我这一场考验。我一到岸就派贡多拉上的船夫去报信。他回来却对我说，她前天就去佛罗伦萨了。假如说当我占有她的时候没有感受到我的全部爱情，当我失去她的时候，我却强烈地察觉到了。这份悔恨之情一直缭绕在我的心头。尽管她在我的眼里是如何可爱、如何妩媚，我还是能够因为失去她而自责。而我真正不能不自责的，说真话，就是我给她留下了一个可鄙的形象。

以上就是我的两次艳遇。除了这些，我在威尼斯的那十八个月里就没有什么可讲的了，最多还有一段没有实现的情史。

卡利约很风流，他去别人包定的姑娘家里跑烦了，便异想天开，自己也来包一个。因为我们俩天天在一起，他便向我建议一个在威尼斯很常见的办法，由我们两人合包一个姑娘，我答应了。问题是如何找到一个靠得住的，他找来找去，竟然找到了一个十一二岁的小姑娘，她那狠心的母亲正在想法把她卖出去。我们俩一块去看她，我一见这姑娘，就感动了。

她是一个金发美人，温柔得像只羔羊，你绝对不会相信她是意大利人。在威尼斯，生活水平很低。我们给了她母亲几个钱，负责养她的女儿。这孩子嗓音很好，为了给她培养一个谋生的技艺，我们就给她买了一架小钢琴，给她请了个教唱歌的老师。这一切，我们每人每月还花不到两个西昆，但为我们省下来的其他花费却不比这多。不过，由于需要等到她成年，这也就未免在收获之前播种得太早了。但是，我们只在晚上没事的时候到那里去，同那天真无邪的孩子谈谈、玩玩，我们的这种消遣也许比占有她更有意思。女人最让我们留恋的，并不一定在于肢体的享受，主要还在于存在于她们身边的某种情趣，这话一点儿不错！不知不觉地，我就喜欢上那个小安佐蕾妲了，但那是一种慈父般的感情，毫不掺杂肉欲，以至于这种感情越增进，我就越不能在这里面加进肉欲的成分。我感到，将来这孩子长大了，我要是碰她，一定会毛骨悚然的，同犯了乱伦罪一样。我认为善良的卡利约，他的感情也不自觉地转到了这相同的一方面。我们没想到自己找来的这许多欢乐，虽然和我们原先所计划的一样，但性质却根本不同。我敢保证，无论这可怜的孩子将来长得多么美，我们绝对不会成为她的贞操的破坏者，并且相反地会成为她的贞操的保护人。我的灾难在这之后不久就出现了，我没有时间去参与这一善良的举动，我在这件事上只能鼓励我自己的意志。现在再回来谈谈我的旅游吧。

当我从蒙太居先生家里出来的时候，最初的想法是回到日内瓦，等运气好转一点，我再扫除掉障碍，好同我那可怜的“妈妈”重新和好。但是，蒙太居和我那场争吵已经让全城都知道了，而他又太笨，将这事报告了朝廷，因此我就作出决定，亲自到朝廷去为我的行为作个解释，并控告这个疯子对我的所作所为。我在威尼斯就把我这个决定发电报给在阿梅洛先生死后代理外交部部务的泰伊先生。我写了信就起程，经过贝加摩、科摩与多摩多索拉，穿过新普伦关。在锡昂，法国代办复尼翁先生对我十分友好。在日内瓦，克洛苏尔先生也是一样。我又再次看到果弗古尔先生，因为我要从他手里取回一点钱。当我路过尼翁市的时候，不曾去看我父亲，心里并非不难过，但是我下定决心在倒霉之后不能到我的继母跟前露面，因为我相信她一定怪我不好，不愿听我解释。开书店的迪维亚尔是我父亲的老朋友，他非常严厉地指责了我。当我对他说明了不去看父亲的原因后，为了补偿这个过失，同时又避免见到继母，我就在日内瓦雇了一辆车，同他一起回到尼翁，住在一个小酒店里。迪维亚尔去见我父亲，我父亲得到消息就跑来拥抱我。我们在一起吃了晚饭，过了使我十分欣慰的一宿。我在第二天早晨与迪维亚尔回到日内瓦，他这次为我做了一件好事，使我一直对他铭感在心。

我最直接的路线并不走过里昂，但是我要去里昂一次，以便核对蒙太居先生的一个十分卑鄙的欺骗行为。我曾让人从巴黎寄出一口小箱子，里面装了一件金缕绣花上衣，几副套袖、几双白丝袜，只有这些而已。由于他主动向我提议，我就将这小箱子，或者更准确地说，把这个小盒子加在他的行李里。在他想冲抵我的薪金而自己写的那张满纸花账的单子上，他注明这口箱子——他认为大件行李——重十一公担，他曾替我付出一笔极大的运费。罗甘先生为我找了他的外甥波瓦·德·拉·杜尔先生，由他帮忙，我在里昂跟马赛两关的记录簿上查到了那个所谓大件行李只有四十五斤重，并且只为这个重量付了运费。我将这份正式证明附在蒙太居先生的账单上后，就带着这些证件连同其他好几份同样重要的材料，起身到巴黎去，忙着利用它们。

在整个这次长途旅行中，我在科摩城，在瓦莱，以及其他一些地方，都有过一些小小的奇遇。我看到许多地方，其中有波罗美岛，都很值得叙述一番。但是我现在时间很紧，又有暗探盯着我，我因此急切地、仓促地完成这部作品，这些本来是需要清闲和安静的，但我缺乏这种清闲与安静。假如有朝一日老天开恩，使我能过上比较安静的日子，我肯定要把这部作品重写一遍，要么至少加上一个补编，我认为这是很有必要的。

我这个公案，信息早在我到达之前就传到了巴黎。当我到达时，就发现所有的人，不管是机关里的，还是社会上的，都对大使的狂妄行为愤慨不已。但是，尽管威尼斯的公众有一致的呼声，尽管我也拿出了无法反驳的证据，但我得不到任何公平处理。我不仅得不到道歉和赔偿，连薪水他们也不叫大使补发，唯一的原因就是我不是法国人，无法享受国家的保护，这件事只是他和我之间的一件私事。大家都同我一样，认为我受了侮辱、受了损害，是非常不幸的，而大使是个荒唐鬼，既残酷又不公平，这桩公案让他永远没脸见人。但是，他毕竟是大使，而我呢，只是秘书。体统，要么说，一般人所认为的体统，却使我得不到任何公平对待，因此我也就没得到任何公平对待了。

我想，只要我全力叫喊，公开骂这个狂人，这是他罪有应得的，到最后肯定会有人让我住口的，我所希望的也正是如此，我决心等到政府正式表态时才服从。但是当时没有外交大臣，人家让我吵翻了天，甚至还鼓励我、附和我，但是事情还是没有一点进展，直到最后，当我觉得人家总是认为我有理，但我却一直得不到公平处理的时候，自己也失去勇气了，便干脆放手，没有结果了。

唯一对我冷漠的人，就是伯藏瓦尔夫人，我无法想象有这种不公平的对待。她脑子里都是名位与贵族的特权想法，总是不能想象一个大使会对不起他的秘书。她接待我的态度是同她这种偏见一致的。我太受打击了，所以我一离开她家就写了一封信，也许是我生平措辞最强烈的一封信，从此我就再也不跨进她家的大门。

卡斯太尔神甫对待我还比较好些，但是通过他那耶稣会派的狡辩，我知道他还是相当忠实地遵循着社会上最重要的处世原则之一，就是时刻准备着都要弱者为强者作出牺牲。我认为自己这件事很有理，并且我生来又很骄傲，这就不允许我耐心地忍受他这种持有偏见的态度。以后我就不再去看卡斯太尔神甫了，也不去耶稣会了，我在那儿原本就只认识他一个人。并且，他会友的专横和阴险，与那位好的海麦神甫的善良淳朴大不相同，让我对他们躲避不及。所以从那时候起，我就没有看到他们中间的任何一个人，只有贝蒂埃神甫是例外，我在杜宾先生家里与他见过两三次面，他那时正跟杜宾先生一起，全力以赴地批驳孟德斯鸠。

现在我就结束有关蒙太居先生的事情，以后就不再说了。在我们有纠纷的时候，我曾对他说，他不需要用秘书，只应该用个管账房的录事。他采纳了我这个意见，在我走后他果然找了一个管账房的来替代我，这个管账房的在不到一年的时间里就偷了他两三万利带儿。蒙太居先生把他赶走了，送进了监牢，又驱赶了他那些随员，弄得满城风雨、声名狼藉，他到处跟人家吵架，遭到了贩夫走卒也不能容忍的侮辱。最后，因为荒唐事做得实在太多了，他招来返国、解除公职的处分。在他所受的朝廷的责备之中，同我闹的那场风波似乎也还没有被忘记。无论怎样吧，他回国之后不久，就派他的管家来与我结账，付我的钱了。

我那时正着急用钱，我在威尼斯欠的债，都是没有字据的交情账，这一直压在我的心头。我逮到了这个送上门来的机会将这些债都还清了，连查内托·那尼的那张借条也付清了。本来人家这次付我的钱，想给多少，就给多少，在我还清了一切欠债之后，又与以前一样，没有一分了。但是，以前是有债头抬不起来，现在却是无债一身轻了。从那时起一直到他死，我就再也没听人说起过蒙太居先生，并且他的死亡消息也是在社会上听到的。

愿上帝宽恕这个可怜的人吧！他不适合做大使这一行，就像我在儿童时代不适合干诉讼承揽人那一行一样。但是，那也完全取决于他，他原本可以在我的帮助之下，把自己维持得像个样子的，同时，也可以将我很快地提拔到古丰伯爵在我少年时代准备叫我走的那条路上。后来当我年龄大了点儿的时候，凭我一人，也算闯出了这条路。

我理由充分但呼吁无门，这就在我的心里撒下了愤怒的种子，反驳我们这种愚蠢的社会制度，在这样的社会制度里，真正的公益与真正的正义总是被一种莫名其妙的表面秩序所抛弃，而这种表面秩序事实上是毁坏一切秩序的，只不过对弱者的被压迫和强者的不义的官方权力加以认可而已。

有两个原因阻碍我这个愤怒的种子，不让它在当时就像后来那样产生起来。一个原因是，在这件事里，我自己也是当事人，而个人利害却是从来没有发生过伟大而崇高的东西的，不能在我心里激发起那种只有对正义与美的最纯洁的爱才能发生的圣洁的内心冲动。另一个原因是友谊的魅力，它用一种更甜美的感情优势，缓和并且平息了我的气愤。

我在威尼斯曾认识一个巴斯克人，他是卡利约的朋友，同时也有资格做一切善良人的朋友。这位可爱的青年天生就具备一切才艺和一切美德，他才完成以培养美术鉴赏力为目标的周游意大利的旅游，因为想不出还有什么可学的了，便想直接回祖国。我对他说，像他那样的天才，艺术不过是一种娱乐，而以他的天才是适合钻研科学的。为了培养这种对科学的爱好，我希望他到巴黎走一趟，住上六个月。他相信了我的话，当我到巴黎的时候，他正在那里等我。他的房间一人住太大，让我分住半间，我同意了。我感觉他正在积极钻研高深的学问，没有一门知识是超出他的能力之外的，他吸收着一切，进展神速。原来他的求知欲让他心神不安，但自己却察觉不到，这时他非常感谢我提示了他，给他的精神带来了这种食粮。我在这个坚强的灵魂里找到了多么丰富的学识与品德的宝藏啊！我觉得我需要的正是这样的朋友，我们成了非常好的朋友了。我们的兴趣不同，一直争辩，相互又都固执，所以对任何事的意见都不能一致。但是我们却谁也无法驳倒谁，虽然不断抬杠，却都愿意成为一个喜欢抬杠的人。

伊格纳肖·埃马纽埃尔·德·阿尔蒂纳是那种只有西班牙才能产生出来的罕见的人物之一，可惜西班牙成长的这种为祖国增光的人物太少了。他没有他的同胞共有的那种狂热的民族情绪，报复观念也不能进入他的头脑，正如情欲不能掉进他的心灵。他太大方了，不可能记仇怀怨。我经常听他十分冷静地说，任何世俗之人也不能进入他的灵魂。他风流俊雅但不缠绵悱恻，他同女人在一起游玩就和与漂亮的孩子们在一起游戏一样。他喜欢与朋友的情妇在一起，但是我从来没有见他有过情妇，也没有发现过他有找情妇的念头。他心里拥有着的道德之火从来不允许他的情欲之火产生出来。

他去了许多国家之后就结婚了。他死的时候非常年轻，留下了几个孩子。我相信，并且绝对相信，他的妻子是让他领略爱情的乐趣的最初的也是唯一的女人。他外表上像一个西班牙人那样看待宗教，但是内心里却如天使般虔诚。除了我以外，我一生中也只看到他一个人是那么敬重信仰自由，他从来没有打听过任何人在宗教问题上有些什么看法。无论他的朋友是犹太人也好，是新教徒也好，是土耳其人也好，是妄信者也好，是无神论者也好，他都不在意，只要这个人是个正派的人。他对没有重要性的意见，既固执又顽强，但是一谈到宗教，甚至一谈到道德，他就沉思了、沉默了，要么只说一句："我只替我自己负责。"

这真令人难以相信，一个人的灵魂是这样超脱，而对细节的注意却又发展到一点不让的程度。他把他一天的时间按照几时几刻几分分配着，事先规定用途，严格地按时工作，以至于书中的一个句子没有念完，时钟响了，他都会立刻将书合上。他每一段时间都有用途：思考、谈话、日课、读洛克、祈祷、访客、音乐、绘画，从来没有因为娱乐、欲念或理会别人而打乱这种秩序，只有急需履行的义务能够打乱他一下。当他将他的时间表写给我看，以便我也按照他的时间表执行的时候，我先是笑了，最后却佩服得流出泪来。他从来不妨碍别人的事，也不允许别人碍他的事，有人出于礼貌而打扰他，他就精声精气地对待人家。

他是急性子，却从不同人家斗气，我经常看见他生气，却从来没见过他发火。他的脾气再令人欣赏不过了，他承受得起开玩笑，并且自己也喜欢开玩笑，甚至玩笑说得很漂亮，他有说俏皮话的天才，谁要是激起了他的兴致，他就叫叫嚷嚷、吵吵闹闹，很远就能听见他的声音。但是，他一边叫嚷，一边又带着微笑，在激动中漏出一句半句笑话来让大家为之佩服。他既没有西班牙人的那种肤色，也没有西班牙人那种黏液型的气质。他的皮肤很白，面色红润，头发略带栗色而近乎金黄，他身材伟岸，仪表堂堂。体形的构造正适于寄存他的灵魂。

这位心灵与头脑同样聪明的人是能够识人的，他成了我的朋友，这就能够说明不是我的朋友的人是什么样的人了。我们相处得太好了，以至于我们定下了计划，要在一起过一辈子。我原本过几年就到阿斯可提亚去，和他一起住在他的田庄里。计划的细节我们都在他出发的前夕商量好了，所缺的只有最精密的计划也无法避免的那种不以人们意志为转移的因素。以后发生的种种事件——我的灾难、他的结婚，最后是他的死亡——就让我们永远分开了。看来只有坏人的阴谋诡计能够得逞，好人的善良计划几乎永远都不会实现。

我已经尝到在别人家的苦处了，便决定不再去尝试。我已经看到，机缘让我制订的那许多雄心勃勃的计划一开始就都破产了，而我又被人从开始做得那么好的外交生涯中挤了出去，我便也不想回去了，因此我决心不再依靠任何人，要过我的独立生活，施展我的才能。现在我已经开始认识到我有多少才能了，而过去我一直将它看得过低。

我把因为到威尼斯去而中断的那部歌剧又拾了起来，为了不被打扰、专心致志地工作，我在阿尔蒂纳走后就回到我以前住过的圣康坦旅馆。这家旅馆坐落在非常安静的地段，离卢森堡公园不远，比起那条热闹的圣奥诺雷路来，更能使我安静地工作。在那里，有一个真实的安慰在等待着我。这是上天让我在苦难生涯中体会到的唯一慰藉，也正是由于有了这个慰藉，我才能承受得起这种苦难。这不是一种转瞬即逝的相识，我需要把结识的过程谈得稍微详细一点。那时我们的旅馆有一个新的女主人，她是奥尔良人。她找了一个同乡的女孩子，二十二三岁，专门做洗洗缝缝的活。她也和女主人一样，与我们同桌吃饭。这个女孩子叫戴莱丝·勒·瓦瑟，是良家出身。

她父亲起先在奥尔良造币厂任职，母亲经商，他们育有众多的孩子。当时奥尔良造币厂歇业了，父亲就没了生计，后来母亲也破产了，买卖做不成，就弃商跟丈夫和女儿一块到巴黎来，只凭女儿一人的劳动养活全家。当我第一次看见这个姑娘出现在餐桌上的时候，就注意到她那种淳朴的气质，尤其是她那活泼但温柔的眼神，我觉得是无人能比的。同桌的人，除博纳丰先生外，还有几个爱尔兰修士和加斯科尼人以及其他几个都是此类的人物。我们的女主人也有过风流艳史，只有我一人说话及举止还算端庄。当别人取笑那个姑娘时，我就向着她。马上，讽刺的箭头就都落到我身上了。尽管我本来对这个可怜的姑娘没有任何感觉，但这种同情、这种矛盾也会让我产生兴趣的。我一向认为言谈举止要端庄得体，特别是女人。我就成了她公开的袒护人了。我看她对我的关心也颇有所感，她因眼神里流露出来的与嘴里不敢明说的那种感激之情，也就变得更加动人了。

她很害羞，我也是这样。这种共同的特点似乎是妨碍我们情投意合的，但是我们却很快就彼此满意了。女主人察觉出来了，非常气愤，而她那种种粗暴的表现反倒是在那姑娘方面帮了我的忙。这姑娘在全旅馆里只有我这个唯一的支持者，因此看见我出门就难过，希望她的保护人快点儿回来。我们既心灵相通，又气质相符，不久就有了通常应有的结果。她觉得在我身上见到了一个正直的人的形象，她确实没有看错。我认为在她身上见到一个多情、质朴而又不爱美丽的女子，我也没有看错。我事先向她声明，我永远不会不要她，但也永远不会与她结婚。爱情、尊敬、真诚，这就是我得到成功的原因，也正因为她心地善良忠厚，所以我尽管在女人面前胆子不大，却取得了圆满的结果。

她害怕我在她身上找不到她认为我要找的东西就会生气，这种恐惧心理是延迟了我的幸福的最重要原因。我见到她在以身相许之前心神不宁、坐立不安，想说却又不敢说的样子。我绝对想不出她感到难为情的真正原因，反而另作了一种既不正确又对她的品行具有侮辱意味的猜测，我认为她是警告我同她接触会有染病的危险，因此我就胡乱想起来。这些胡思乱想虽然并未阻止我去追求她，但是在很长时间之中却破坏了我的幸福。由于我们相互间一点也不了解，所以当我们一说到这个问题的时候，每句话都是哑谜，都是模糊不清，这真是万分可笑。她几乎认为我完全疯了，我也几乎不知道应该怎样对待她才好。

最后，我们说开了，她向我哭诉她刚一到成年就犯了一次错误，是唯一一次的错误，也是她的无知与诱奸人的狡猾的结果。当我一旦知道了原因，便高兴得叫了起来，“童贞吗，”我叫道，“在巴黎，过了二十岁，哪还有什么童贞女！啊！我的戴莱丝啊，我不会去寻找我根本不想找的东西，却拥有了笃实而健康的你，我太幸福了。”

我原本的用意还只是想给自己找一种消遣，后来我看见我找到的超过了我的愿望，我给自己找到了一个伴侣。我同这位极好的女子相处得非常亲密了，又对我当时的处境稍稍作了一番思考，便感觉到，我想的只是找点乐趣，而做的却非常有助于我的幸福。我的雄心壮志被熄灭了，需要有种强烈的感情代替它来填满我的心灵。直接说吧，我需要有人来接替“妈妈”，既然我不能再跟她一起生活了，我就需要有个人来同她的学生一起生活，并且我能在这人身上找到她曾在我身上找到的那种心灵的淳朴与柔顺。必须有私生活、家庭生活的那种温暖来补偿我所抛弃的那种锦绣前程。

当我一个人的时候，我的心灵是空虚的，需要有另外一颗心来填满它。命运将那颗心从我身边夺去了、丢掉了，有可能是部分地夺去了、丢掉了，而我正是大自然为那颗心创造的。以后，我就是孤独的了，因此，对我来讲，在全部得到与全部失去之间是没有中间选择的。我在戴莱丝身上发现了我所需要的替代者，因为她，我得到了情况所允许的最大的幸福。

起先我想让她有智慧，结果却是白忙活了一阵。她的智慧始终是大自然给她那样，培养和教育都不起作用。我毫不羞惭地承认，她始终没有学会阅读，尽管写得还马马虎虎。在我后来住在新小田园路的时候，窗对面蓬沙特兰旅馆有只大钟，我花费了一个多月工夫教她看钟点。直到现在她还不会看，尽管我竭尽全力去教她，但她从来也弄不清一年十二个月的顺序，不认识一个数字。她不会数钱，也不会算账。说话时用的字眼常同她所要说的意思相反。我曾将她用过的词汇编成一本小册子交给卢森堡夫人看，她那些驴唇不对马嘴的话，在我生存过的那些社交圈子里已经变得众人皆知了。

然而，这样迟钝的，如果你想，也可以说是这样愚蠢的一个人，在困难情况下却是个非常好的参谋。在瑞士、在英国、在法国、在我遭遇到的那些灾难中，我自己没见到的，她往往已经见到了，她给我提了最好的主意，我闭着眼睛往危险里走，是她将我从危险中带了出来。在那些最高贵的夫人面前，在王公大人面前，她的感情、她的良心、她的应对与她的操守，都为她赢得了普遍的尊重，并为我带来了许多夸奖她优点的话，而这些话，我认为都是非常真诚的。

当我们所爱的人在身边的时候，感情就能充实智慧，正像它能填满心灵一样，并不需要在这以外去费劲思考。我同我的戴莱丝生活在一起，就和与世界上最美的天才生活在一起一样地舒服。她的母亲，因为先前是和蒙比波侯爵夫人一起接受教育的，非常自负，经常冒充女才子，想要教导女儿，而由于她的狡猾，破坏了我们两人之间的纯洁关系。我原本有一种愚蠢的羞耻心，不敢带戴莱丝出门，但由于厌烦她母亲的纠缠，就将这种羞耻心克服下去，经常两个人一起到乡间去散步、吃点心，这使我感到其乐无穷。我看到她全心全意地爱着我，这就更增加了我对她的感情。对我来说，这种甜蜜的亲密的生活就是一切，我不再关心前途，只盼望它是现状的继续，我别无他求，只希望现状能持续下去。这种想法让我觉得其他任何娱乐都是多余的、无味的。以后，我除了戴莱丝家以外什么地方也不去，她的家完全就成了我的家。

这种不大出门的生活对我的工作非常有利，所以不到三个月工夫，我那部歌剧的词曲就都全部完成了，只剩下几段伴奏和中音部了。我很讨厌这种机械工作，就建议菲里多尔承担下来，将来可以分享收益。他去过两次，在奥维德那一幕里配了几段中音部。但是为了一项没有期限乃至没有把握的收益而埋头于这种枯燥工作，他不感兴趣。因此他干脆不再来了，还是我自己完成了这份苦工作。

在我的歌剧写出来以后，现在的问题是要卖出去，这相当于要我另写一部更难的歌剧。在巴黎，你不与人交往是什么也干不成的。果弗古尔先生从日内瓦回来的时候，曾将我介绍给德·拉·伯普蕾尼先生，我就想依靠他的力量来出版歌剧。德·拉·伯普蕾尼先生是拉莫的麦西那斯，伯普蕾尼夫人又是拉莫的谦恭的学生，而拉莫呢，大家都清楚，当时在这人家有足以翻天覆地的势力。我认为他会愿意保护他的一个弟子的作品，因此就想把我的作品拿给他看看。但他却不看，说他不能看乐谱，看乐谱太费劲。拉·伯普蕾尼先生就说，可以演奏给他听听，并且提议替我找些乐师来演奏几段。我当然是愿意的了，拉莫也同意了，不过还是议论纷纷的，一个劲儿说，一个人不是科班出身，完全凭借自修学会了音乐，写出曲来还能好得了？

我急忙挑出五六段最精彩的曲子，他们找来了十来个合奏乐手，演唱的有阿尔贝、贝拉尔与布尔朋内小姐。序曲一演奏，拉莫就以他那过分夸张的赞美，暗示这本是我作的。每奏一段他都表现出不耐烦的样子，但是到了男声最高者那一曲，歌声既雄壮嘹亮，伴奏又雄壮大气，他就受不了，他一直叫着我的名字，使大家愕然。对我来说，他刚才听到的乐曲，一部分是音乐界老手作的，其余的都出自无名者之手，这个人原本不懂得音乐。有一点倒是真的，我的作品的质量参差不齐，又不合常规，有时候十分出色，有时很平凡。一个人全靠几下子才气，没有坚实的功夫做基础，他的作品必然就是这个样子。拉莫说我是个小剽窃手，又无才能，又无美感。但是在场的其他人，尤其是主人，却不作此想。

黎希留先生那时常见到拉·伯普蕾尼先生，并且，人们都知道，也常见到拉·伯普蕾尼夫人，他听人提起我的作品，想全部都听一听，如果觉得满意的话，还希望拿到宫廷里去演出。我的作品就在御前游乐总管博纳瓦尔先生家里，由宫廷拿钱，用大合唱队和大乐队演奏了，指挥是弗朗科尔。效果惊人，公爵先生不断惊叹喝彩，而且在塔索那一幕里，一段合唱结束后，他就站起来，走到我跟前，握着我的手与我说："卢梭先生，这是令人感动的和声。我从来没听到过比这更美的了。我要将这部作品拿到凡尔赛宫去演出。"拉·伯普蕾尼夫人当时在场，但一言不发。拉莫虽被邀请，这天却没有来。第二天，拉·伯普蕾尼夫人在她的梳妆室里十分冷淡地接待了我，她有意贬低我的剧本，对我来讲，虽然刚开始一些浮夸之声让黎希留先生迷惑了一下，但后来他醒过来了，她劝我对这部歌剧别抱什么希望。一会儿，公爵先生也到了，但对我说的话却根本不同，他对我的才能夸奖了一番，好像仍然打算把我的歌剧拿到国王面前去演奏。“只有塔索那一幕，”他说，“不能拿到宫廷里去演，需要另外写一幕。”

因为这一句话，我就跑回家关起门来改动，三星期后我把塔索替换掉了，另写好了一幕，主题是赫希俄德得到缪斯的一个启示。我想办法把我的才华的部分发展过程与拉莫对我的才华显示出的那种忌妒，都写到这一幕里去了。新写的这一幕没有塔索那幕那样奔放自如，却一气呵成。音乐也同样高雅，而且写得好得多，假如另外两幕都能赶上这一幕，全剧一定会演得很像样的。但是，当我正要将这个剧本整理完毕的时候，另一份工作又把这部歌剧的演出耽误下来了。

在丰特诺瓦战役后的那个冬天，凡尔赛宫召开了许多庆祝会，其中有好几部歌剧要在小御厩剧院演出。在这些歌剧中，有拉莫配乐的伏尔泰的剧本《那瓦尔公主》，这次经过修改，易名为《拉莫尔的庆祝会》。这个新题材要将原剧好几场幕间歌舞都替换掉，词和曲都要改写。问题是很难找到一个能担任这种双重任务的人。伏尔泰那时在洛林，他与拉莫两人都忙着写《光荣之庙》那部歌剧，根本顾不过来。黎希留先生就想到了我，提议由我来担任。为了让我能更好地弄清该做些什么，他把诗和乐曲分开送给我。我第一件事就是要得到原作者的同意才去修改歌词，因此我就给他写了一封很客气还很恭敬的信。下面就是他的回复，原件见甲札，第一号：

一七四五年十二月十五日

先生，直到此时为止，二者不可兼得的才能，你竟能都有。

对我来说，这就是两条充分的理由，让我钦佩你、仰慕你。我对你很抱歉，因为你将这两种才能用在一部不太值得你去修改的作品上。几个月前，黎希留公爵先生一定要我立刻拟出几场既枯燥又毫无关联的戏的大意，原本是要配合歌舞的，而这些歌舞同这几场戏又很不协调。我只好遵从他的命令，写得既仓促又糟糕。我将这个一点价值也没有的初稿寄给黎希留公爵先生，原本指望不被采用，要么再由我修改一番，幸好现在交到你手里了，就请你自由支配吧。所有这一切，我早就记不清了。它只是一个初稿，写得非常仓促，肯定会有错误，我毫不怀疑你已经改正了一切错误，补全了一切不足之处。

我还清楚，在许多缺点之中有这么一点：在连缀歌舞的那些场景里，就没有说到那位石榴公主怎么刚从牢房里出来却突然到了一座花园或者一座宫殿，既然为她举行宴会的不是一个魔术师，而是一位西班牙的贵人，所以我认为什么事都不能带上魔术色彩。先生，我请你再看一下这个地方，我已经记不太清楚了，请你看看是不是需要演出牢房门一被打中，我们的公主就被人从监狱请到为她特地准备的金碧辉煌的宫殿里去这一场。我知道这些都毫无价值可言，一个有思想的人却要把这些无谓的东西看做正经事去做，实在不值得。但是，既然要尽可能不让人产生不快之感，就必须全力才能做得合理，即便是在一场无聊的幕间歌舞中也应该这样。我一直都信任你和巴洛先生，希望不久能够很荣幸地向你致谢。专复即颂。

这封信，与以后他写给我的那些近乎目中无人的信比起来，实在是太客气了，请大家不要惊讶。他认为我在黎希留先生面前正吃香呢，大家都清楚他有官场的圆滑，这种圆滑就让他不得不对一个新进的人客气一点，当他看出这个新进的人有多么大的影响的时候，那就不一样了。

我既得到了伏尔泰先生的许可，又不必害怕拉莫——他是一心要害我的，我就干了起来，两个月就完成了。歌词方面没有大困难，我只是尽量让人感觉不到风格上的不同。而且我敢相信我是做到了这一点的。但音乐方面的工作，比较费时间，困难也较大，除了要另写好几支包括序曲在内的过场曲子以外，我负责整理的全部宣叙调都万分困难，很多合奏曲与合唱曲的调子都不一样，都必须连缀起来，而且经常只能用几行诗和极快的转调，因为我不愿意更改或撤没动拉莫的任何一个曲子，以免让他怪我使原作失真。对这套宣叙调我总算整理得比较成功，它音调适宜，雄健有力，尤其是转折巧妙。

人家既然让我跟两个高手联合在一起，我一想到他们两位，我的才能也就表现出来了，我可以这么说，在这个没有名利的、外人有可能根本就不能知道实情的工作里，我差不多是不侮辱我那两位榜样的。这个剧本就按照我整理的那样，在大歌剧院里彩排了。在三个作者之中，只有我一人在现场。伏尔泰不在巴黎，拉莫没有去，要么说是躲起来了。

第一段独白词很悲凉。开头的一句是：啊！死神。把我这苦难的一生了结吧！

当然要加上与此相适应的音乐，然而，拉·伯普蕾尼夫人正是因为这一点批评我的，很刻薄地认为我写的是送葬的音乐，黎希留先生很公正地说先要查一查是谁写的这段独白的唱词。我就将他送给我的手稿让他看了，手稿被证明是伏尔泰写的。“既然这样，”他说，“错误全在伏尔泰一人身上。”在彩排的过程中，凡是我写的，都得到拉·伯普蕾尼夫人的批评，反而得到黎希留先生的赞同。

但是，毕竟我遇到的对手太强大了，我接到命令说，我写的曲子有几处要修改，而且必须请教拉莫先生。我原本期待的是夸奖，而且我的确是应该得到夸奖的，现在却得出了这样一个结论。我非常伤心，满怀沮丧地回到家里，累得有气无力，并且一筹莫展。我生病了，整整六个星期都出不了门。

拉莫负责担任拉·伯普蕾尼夫人分配的那些修改工作，就让人来找我，向我要那部大歌剧的序曲，用来替代我新写的那一个。幸好我感觉到他那种鬼把戏，就拒绝了。

因为只有五六天就要演出，来不及重写，所以只好仍然用我写的那个序曲。这个序曲是意大利模式的，当时在法国还是一种非常新颖的风格。但是，它得到了听众的赞扬，据我的亲戚与朋友缪沙尔先生的女婿、御膳房总管瓦尔玛来特先生对我说，音乐爱好者都非常欣赏我的作品，听众都没有能分辨出哪是我写的，哪是拉莫写的。但是拉莫却同拉·伯普蕾尼夫人商量好了，想尽一切办法不让别人知道我在这里面也有一份功劳。在发给观众的小册子上，作者一般都是一个一个署名的，但这本小册子却只署了伏尔泰一人的名字，拉莫宁可自己的名字不写上，也不希望见到我的名字和他的放在一起。

我的身体一好到能出门的时候，就想去看望黎希留先生。但是来不及了，他已经起身到敦刻尔克去指挥去往苏格兰的部队的登陆工作了。他回来时，我又偷懒，心想现在去找他已经太晚了。

从此以后，我就始终没有再见过他，所以我就失去了我的作品应该得到的名声和它应该给我提供的报酬。我的时间、我的劳动、我的苦难、我的疾病以及疾病让我耗费的金钱，这一切都让我自己承担了，并没有给我带来一点金钱的补偿。但是我始终感觉黎希留先生真心喜欢我，他很欣赏我的才能，但是我的运气非常不好，再加上拉·伯普蕾尼夫人，这就让他的一片好心没有产生任何结果。这个女人如此怨恨我，我原本百思不得其解，因为我一直力求得到她的欢心，而且经常在恰当的时候登门拜访。果弗古尔先生把其中的原因点出来了。“首先她与拉莫太要好，”他对我说，“她是拉莫的人所共知的捧场人，不容许有任何人和他竞争，此外，你天生就带了一个过错，应该让她把你打到十八层地狱，并且永远不原谅你，这是由于你是日内瓦人。”讲到这里，他就给我解释，于贝尔神甫是日内瓦人，又是拉·伯普蕾尼先生的好朋友，他曾努力劝阻拉·伯普蕾尼先生娶这个女人，因为他知道她的为人。在结婚以后，她就对于贝尔神甫恨之入骨，并且怨恨所有的日内瓦人。“尽管拉·伯普蕾尼先生对你很好，”他又说，“依我看，别指望他支持你。他太爱他的妻子了，而且他的妻子又恨你，她既阴险，又有计谋，你跟这一家人一辈子也搞不好关系的。”我一听这话就彻底失望了。

大概就在这个时候，也就是这位果弗古尔给我帮了一个很大的忙的时候，我那位贤德的父亲去世了，约六十岁。如果不是当时处境艰难使我自顾不暇的话，我会感到更大的悲伤的。在他生前，我不愿索要我母亲遗产的剩余部分，这部分微薄利益一直由他享用着。现在他既然已经逝世，我就不用再有所顾虑了。但是，我哥哥的死亡并没有合法证明，这就对我继承遗产造成了一个障碍。果弗古尔答应为我解决这个难题，承洛尔姆律师帮忙，这难题就解决了。因为我非常需要这笔小小的资金，而事情的发展尚且不知道，所以我用最急迫的心情盼着最后的消息。

有天晚上我从外面回来，得到了报告这消息的来信，我拿起信来就想看，急得手都发抖，但心里却对这种急躁感到羞愧。“怎么！”我心里看不起自己说，“让·亚克竟被利害心和好奇心驱使到这种地步了吗？”当即我就把信放到壁炉台上，脱下衣服，安安静静地睡觉去，睡得比平时还好。第二天早晨我起得很晚，并且不再想我那封信了。穿衣服的时候，我又看到那封信，但我慢慢地把它拆开，看到里面有一张支票。我一生有好几种快乐，但是我可以起誓，最大的快乐还是我做到了控制自己。我生平像这种克制自己的事，可以举出的不下数十件，但是现在时间匆忙，不能详细描述了。我把这笔钱寄了一小部分给我那可怜的“妈妈”，想到我曾将全部款项双手奉上的那种幸福时候，不禁潸然泪下。她给我的信封都让我感到她那难以形容的窘境。她寄给我许多的配方和秘诀，以为我可以用来致富，也给她带来好处。穷困的感觉已经让她心不能宽、智不能广了。我寄给她的那点钱，又成了围绕她的那些坏蛋的掠夺品。她一点也得不到。这就让我灰心了，我不能把我生活必需的一点钱分给那些无赖汉呀，尤其是在当我想把她从那些无赖汉的包围中解脱出来而最终却无效之后。这就是我在下面要说的。

光阴流逝，钱也随之花完了。我们是两个人生活，在有些时候是四个人生活，更准确点说，我们是七八个人生活。这是因为，虽然戴莱丝淡于私利，但她的母亲却和她不一样。她看到我帮了她的忙，家境稍微好了一点，就将全家都找来分享利益了。姐妹呀、儿女呀、孙女呀、外甥女呀，全都来了，只有她的长女，那嫁给昂热城车马行老板的，没有来。我替戴莱丝准备的一切都被她母亲拿去给那群饿鬼了。因为同我打交道的是一个贪财的女子，我自己也不受疯狂的爱情的指使，所以我也不做傻事。戴莱丝的生活能够维持得像个样儿而不奢华，能够应付急需，我就心满意足，我同意她将她的工作收入全部归她母亲使用，而且我帮的忙还不只这些。

可是厄运总是跟着我，“妈妈”既然被她那些吸血鬼缠住了，戴莱丝又被她一家人绊住了。她们中间两个人，谁也得不到我给她们提供的好处。说起来这也真怪，戴莱丝是勒·瓦瑟太太最小的女儿，在姐妹中就只有她一个人没有拿到父母的嫁妆，现在却是她一个人养着父母。这可怜的孩子，还长久挨哥哥们与姐姐们的打，乃至是侄女与外甥女的打，现在又轮到她们的掠夺了。她往日尚且不能抵抗他们的打骂，现在还是不能抵御他们的巧取豪夺。只有一个外甥女，名叫戈东·勒迪克的，还比较和蔼，性情平和，不过见到别人的模样，受到别人的教唆，她也变坏了。由于我常同她们俩在一块，也就用她们间互相的称呼来叫她们，我叫戈东“外甥女”，叫戴莱丝“姨妈”。这就是我始终称戴莱丝为“姨妈”的来由，我的朋友们有时也就跟着叫她“姨妈”来说笑。

谁都能感觉到，在这种情况下，我是急于摆脱困境的。我想黎希留先生已经将我忘了，在宫廷方面是没有指望的了，便做了几次尝试，看看我的歌剧能不能在巴黎演出。但是我却遇到很多困难，需要很长的一段时间才能克服，而我的境况又一天比一天急迫。于是我就想起将我那部小喜剧《奈尔西斯》送到意大利剧院去，结果它被接受了，我得到一张长期入场券，这使我很高兴，但也不过仅此而已。我天天拜访演员们，路跑厌了，却怎么也不能使它演出，所以我干脆就不去了。我又回到最后剩下的一条门路，也是我原本该走的唯一的门路。

当我常往拉·伯普蕾尼先生家跑的时候，就将杜宾先生家疏远了。两家的夫人尽管是亲戚，却相处得很不好，相互不见面。两家的客人也各不一样，只有蒂埃利约往两家跑。他受嘱托要想办法将我拉回杜宾先生家去。当时，弗兰格耶先生正在学博物学与化学，办了一个陈列室。我认为他是想进学士院当院士，因此，他就需要著一本书，并且认为我在这方面可能对他有点帮助。而杜宾夫人那边呢，他也想写一本书，也在我身上打着差不多同样的主意。他们俩很想合聘我当一种秘书的职务，这就是蒂埃利约责怪我不去拜访的理由。

我首先让弗兰格耶先生利用他同热利约特的力量把我的作品拿到歌剧院去排演，他同意了。结果是《风流诗仙》有了排练的机会，先在后台，后在大剧院，排了好几次。彩排那一天，观众非常多，有好几段都得到了热烈的掌声。但是，在勒贝尔指挥得非常不好的那个演奏过程中，我自己感到这个剧本是通不过的，若不经过重大修改就不能演出。因此我没说一句话就将剧本收回了，以免遭人拒绝。但是，有好些迹象让我清楚地看出，即使剧本尽善尽美，也还是过不了。弗兰格耶先生明明白白答应我让剧本有机会排演，而不是让它有机会演出。他的确践行了他的诺言。我始终认为，在这件事上与在许多别的事情上，都看出他同杜宾夫人不希望让我在社会上出名，也许是因为害怕人家在看到他们的著作时，怀疑他们是把我的才能移花接木到他们的才能上的。但是，杜宾夫人一直认为我的才能非常有限，而且她使用我的地方，始终也只是让我照她的口述记点笔录，或者叫我找点纯粹是参考性质的资料，因此，如果出现这种责怪，特别是对她来说，好像又有点不公平。

这最后一次的失败让我完全泄气了，我没了任何进取与成名的计划，从此以后再也不想什么才能不才能了。这些才能，我真有也好，没有也好，都不能让我走运，因此我只有把时间与精力用来保持我自己与戴莱丝的生活，谁能帮助我们，我就讨谁的欢心。所以，我就全心全意地跟随着杜宾夫人与弗兰格耶先生了。

这并不能让我过得很富裕，就用我头两年每年所得到的那八九百法郎来说，这笔钱只能勉强维持我最基本的生活，因为我必须在他们家附近——房租相当高的地区——租公寓住下，另一方面还要在位于巴黎边缘的圣亚克路的尽头另付一笔房租，而且不论阴晴，我几乎每晚都要到那里去吃饭。因此不久我也就习惯了，以至于对我这种新的工作还产生了兴趣。我爱上了化学，跟弗兰格耶先生到鲁埃尔先生家听了好几次课，于是我们就对只知皮毛的这门科学不辨是非地开始学起来。

一七四七年秋季，我们到都兰去过，住在舍农索府，这座府第是歇尔河上的离宫，是亨利二世为狄雅娜·德·普瓦提埃盖的，用她姓名起首字母组成的图案还能看见。现在这座府第归包税人杜宾先生拥有了。在这个美丽的地方，我们尽情娱乐，吃得也极好，我胖得像个僧侣了。我们在那里大搞音乐。我写了好几首三重唱，都相当悦耳。如果将来有可能写补篇的话，也许还要再说一说的。我们在那里还演出过喜剧。我花了十五天时间写了一部三幕剧，名叫《冒昧订约》。读者在我的文稿中就可以见到这个剧本，它并没有什么优点，只是比较热烈而已。我在那里还写了几部小作品，其中有一篇诗剧，名为《西尔维的幽径》，这原本是沿着歇尔河的那片园子里的一条小径的名字。我写了这些东西，并没有打断我在化学方面的工作与我在杜宾夫人身边所担当的工作。

当我在舍农索变胖的时候，我那亲爱的戴莱丝也在巴黎变胖了，虽然那是另一种胖，我回巴黎时看到我干的那档子事竟比我原来设想的要快得多。从我当时的处境而论，这事会让我尴尬万分的，正好同桌吃饭的伙伴们早给我想出了唯一能让我摆脱这种困境的办法。这是一个重要的情况，我不能叙述得太简略。在讲明这件事情的时候，我要么为自己辩解，要么自责，而这两者都不是我现在应该做的。

在阿尔蒂纳停留巴黎期间，我们不在馆子里用餐，一般都是在附近吃饭，大概就在歌剧院那条死胡同对面的一个裁缝女人拉·赛尔大娘家里吃包饭。这里伙食相当差，不过由于包饭的人都是很可靠的正派人，所以仍然很受人欢迎。她家不接待生客，要包饭需要有一个老朋友介绍。格拉维尔骑士一直游荡，很有礼貌又非常有才情，但是说起话来荤味十足，他就住在那边，招来一批嘻嘻哈哈、派头十足的青年人，都是些警卫队与枪兵队里的军官。

诺南骑士是歌剧院全体舞女的保护人，整天把这个美人窝的全部消息带到包饭馆里来。迪普莱西斯先生是退休陆军中校，是位善良而有智慧的老人，还有安斯莱，是枪兵队的军官，他们俩在这帮青年人中间维持一点秩序。来包饭的也有商人、金融界的人、粮商，但是都很有礼貌，非常正派，都是各行业的头面人物，如贝斯先生、福尔卡德先生，还有许多人的名字，我都忘了。总而言之，在那个包饭馆里，人们会碰到各行各业的像样的人物，只有教士和司法界人士例外，我从来没有在那里见过，而这也是大家的一种约定，不要把这种人引进来。

这一类人，人数相当多，都是非常快乐而又不嚷嚷，常说笑话却又不粗俗的人。那个老骑士，尽管我讲他那许许多多的故事，内容都是非常淫猥的，但从来不失那种旧朝廷上的文雅风度，从他嘴里出来的每一句有伤风化的话都是很有趣，是连女人也可以原谅的。他的讲话给同桌定下调子，所有那些青年人都讲述自己的艳遇，既放肆又有风趣。姑娘的事情当然是少不了的，特别因为到拉·赛尔大娘家那条巷子正朝着迪夏大娘的铺子，并且迪夏大娘又是个非常出名的时装商人，当时店里有很多漂亮姑娘，我们这些先生们饭前饭后总要去和她们聊聊。如果我胆子大一点的话，肯定也会同他们一样上那里去找开心的，只要与他们一起进去就成了，可我从来也不能。至于拉·赛尔大娘，我在阿尔蒂纳走后还经常到她家吃饭。我在那里听到大堆的故事，十分有趣，同时也就渐渐学会了——谢天谢地，并不是他们的生活习惯，而是他们的那些处世原则。

受害的头面人物、戴绿帽子的丈夫、被强奸的女人、私下生的孩子——这些都是那儿最普通的话题。谁最能叫育婴堂增加人口，谁就最受人喝彩。我也受到了感染，我也接受了在十分亲近而且十分体面的人物中间流行的那种想法。我心想："由于当地的风俗如此，一个人生活在这里，当然就可以照此办理。"这正是那时我要找的出路。我就下决心采取这个办法，轻松愉快，没有顾忌，唯一要说服的倒是戴莱丝的顾忌，我说得口干舌燥，她总是不愿意采取这唯一能成全她面子的办法。她的母亲也害怕有了孩子给她添麻烦，就来帮我说话，到最后她被说服了。我们找了个非常可靠的接生婆，叫古安小姐，住在圣·欧斯塔什街的尽头，将这件事交给了她。到时候，戴莱丝就让她母亲带到古安家去分娩了。我到古安家去拜访了她好几次，带给她一个标记，写在卡片上，写了两份，拿一份放在婴儿的被子里，由接生婆按经常的方式将他送到育婴堂去了。第二年，同样的原因，同样的办法，只是把标记给忘掉了。我仍然未多加考虑，她依然不太赞同，但她只是叹息着答应了。人们会陆续看到这种不幸的行为在我的思想上和命运上所发生的种种影响。至于目前，就叙述到这第一阶段为止吧。关于它的后果，我始料所及，且又很惨痛，将促使我时常回头讲到这个问题。

我要在这里说一说我第一次认识埃皮纳夫人的情况，因为她的名字将在这部回忆录里常常出现，她原名埃斯克拉威尔小姐，刚与包税人拉利夫·德·贝尔加尔德先生的儿子埃皮纳先生结婚。她的丈夫与弗兰格耶先生一样，是个音乐家，她自己也是个音乐家，而且对这门艺术的喜爱使得这三个人变得非常亲密了。

弗兰格耶先生将我介绍到埃皮纳夫人家里，我和他有时也一起在她家吃晚餐。她亲切，机智，很有才华，和她相识当然是件好事。但是她有个朋友叫埃特小姐，人家都说她心眼儿很坏，她与瓦罗利骑士同居，这骑士声名也不好。我相信，与这两个人的交往对埃皮纳夫人是有害的。埃皮纳夫人虽然天性极好苛求，却生来有些很好的优点，足够控制或补偿做得过头的事情。弗兰格耶先生对我很友好，因而她对我也有些友好。他坦率地告诉我说他同她有关系，这个关系，假如不是它已经成了公开的秘密，就连埃皮纳先生也都知道了，我在这里是不会说的。弗兰格耶先生还对我说了关于这位夫人的一些很奇怪的隐私。这些隐私，她自己从来就没有对我说过，也从来不认为我会知道，因为我没有，而且这一辈子也不会跟她或其他任何人说起的。这种双方对我的信任让我的处境非常尴尬，特别是在弗兰格耶夫人面前，因为她深知我的为人，尽管知道我跟她的情敌有来往，但对我还是非常信任。我竭尽全力安慰这个可怜的女人，她的丈夫明显是背叛了她对他的爱情的。

这三个人说什么，我都不会互相报告，十分忠实地保守着他们的秘密，三人中无论哪一个也不能从我口里套出另两个人的秘密来，而且我对那两个女人中无论哪一个也不隐瞒我与对方的交谊。弗兰格耶夫人想利用我做很多的事，都让我严词拒绝了，埃皮纳夫人有一次想让我带封信给弗兰格耶，不但同样受到我的严词拒绝，并且我还直接声明，如果她想将我永远驱赶出她的大门，她只需要向我再提出这样一个请求就可以了。我应该替埃皮纳夫人说句公道话，我这种态度不但没有让她不快，她还将这事对弗兰格耶说了，对我很是夸奖，而且继续招待我。这三个人我都是要应付的，我多多少少是依靠他们的，同时也是依恋着他们的。在这三个人的险恶的关系中，我就是这样做得既得体又勤奋，但始终是又正直又坚定，所以我将他们对我的友谊、尊敬与信任，一直坚持到底。

因此尽管我又蠢又笨，埃皮纳夫人还要把我弄进舍弗来特俱乐部，这是圣·德尼附近的一座公馆，是贝尔加尔德先生的产业。那里有个舞台，经常演戏。他们也要我担任一个角色，我背台词连续背了六个月，但是上了台还是从头到尾都要人提词。通过这次考验，他们再也不让我演戏了。

我结识了埃皮纳夫人，因此也就认识了她的小姑子，贝尔加尔德小姐，她很快就成了乌德托伯爵夫人。当我第一次见到她，正是在她结婚的前夕，她带我去看她的新房，并且用她那与生俱来的媚人的亲昵态度跟我谈了很久。我认为她非常亲切，但是我万万想不到这个年轻女人有一天会决定着我一生的命运，而且，尽管她没有负任何责任，却把我带进了我今天所处的这个无底深洞。

尽管我从威尼斯回来以后一直没有说到蒂德洛，也没有说到我的朋友罗甘，但是我并没有远离他们两人，尤其是和蒂德洛的交谊更是一天比一天亲密起来。我有个戴莱丝，他有个纳内特，这让我们两个人之间又多了一个相同之处。但不同的是，我的戴莱丝长得虽然与他的纳内特一样好看，却脾气温和，性情可爱，值得一个有修养的人去爱她；而他那个纳内特却是个粗野泼辣的泼妇，在别人眼里看不出一点温文尔雅，不足以补偿她所接受的那种不良教育。但他却与她正式结婚了。如果他是有承诺在先的话，这当然很好。至于我，我却不曾说下这样的愿望，我不急于学他。

我也早已和肯迪约克神甫认识了，他当时同我一样，在文坛上是个不出名的人，但是他已经具备了后来成名的条件。我大概是看出他的天赋、认识他的价值的第一个人。他好像也很乐意和我来往，当我住在让·圣德尼路歌剧院附近闭门写希俄德那一幕戏的时候，他常常来和我一起吃饭。他当时正在写《论人类知识之起源》，这是他的第一部作品。写完了的时候，他不好找到一个书商出版这本书。巴黎书商对任何新手都是态度非常不好的，且形而上学在当时又很不流行，不是一个有吸引力的题材。我对蒂德洛谈起了肯迪约克和他的著作，我替他们介绍认识了。他们俩生来就是彼此相互吸引的，果然一见如故。蒂德洛要书商迪朗接受了神甫的手稿，因此这位大玄学家从他这第一本书拿到了一百埃居的稿费——简直像是得了一笔赏赐。就连这点稿费，如果没有我，也许他还到不了手呢。

我们三个人住得相隔很远，就决定每星期在王宫广场集合一次，一起到花篮饭店去吃饭。这种每周一次的小聚餐很合蒂德洛的心意，因为他这个人大概是即使有约会也不去的，对这个约会却从来没有失约过一次。我在这个聚会中订了一个出期刊的计划，命名为《笑骂者》，由蒂德洛与我两人轮流写。我草草编了第一期，这就让我跟达朗贝认识了，因为蒂德洛同他谈起了这件事。由于有些意外事件的发生，这个计划最终没能实施。

这两位作家刚刚开始编《百科词典》，开头只想把钱伯斯的作品翻译过来，就像蒂德洛刚译完的那部詹姆士的《医学词典》似的。蒂德洛要我给这第二份事业帮点忙，建议我写音乐部分，我答应了。他对所有参加这项工作的作家都只给三个月的时间，我就在这三个月时间内很仓促、很草率地写成了。但是我是唯一在规定时间内完稿的人。我已经把我的手稿交给他了。这个手稿是我让弗兰格耶先生的一个名叫杜邦的仆人誊写的，他写得一手好字，我从自己腰包里拿了十埃居给他。这十埃居一直没有人还给我。蒂德洛曾代表书商方面答应给我报酬，但后来他一直没有再提，我也没有向他说。《百科全书》的工作因为他的入狱被终结了。他的《哲学思想录》给他带来过一些麻烦，但是后来也没有什么下文。这次《论盲人书简》就不一样了。这本书除了几句谈到私人的话以外，一点没有什么可被责备的，可就是这几句话得罪了迪普雷·德·圣摩尔夫人和雷奥米尔先生，为此，他被关进了范塞纳监狱。我永远也无法形容因为朋友的不幸而使我感到的焦急。我的想象力总是把坏事想得更坏，这次我可就着急起来了。我认为他要在那里关一辈子。

我几乎急死了，就写信给蓬巴杜尔夫人，请求她说情将他放出来，或者想办法把我和他关在一起。我没有得到什么答复，我的信写得太不理智了，当然无法产生任何效果。

没过多久以后，可怜的蒂德洛在监狱中倒是得到了很多优待，对此我绝不会认为是由于我的信的缘故。但是假如他在监狱中的生活还像原来那样严酷的话，我相信我会伤心到在那座该死的监狱墙根下死去的。除此以外，我的信虽然没有产生什么结果，我也没有拿这封信去到处夸耀，这是因为我只对非常少的人提起过，而且从来没有告诉过蒂德洛。

Les Canfessions

忏悔录（下）

[法]卢梭◎著　杨风帆◎译

天津出版传媒集团
天津人民出版社

第八章

在前章结束的时候，我必须稍微停一下。因为随着这一章，我那各种灾难的链条就以最初的环节开始了。

我曾在巴黎最尊贵的两个人家生活过，虽然我不怎样善于处理人际关系，但也免不了在那里结识几个人。尤其是，在杜宾夫人家里，我结识了萨克西恩·哥特邦特的储君和他的鲍伯特恩男爵。在拉·伯普蕾尼先生家里我又结识了斯哥尔先生，他是屯恩男爵的朋友，由于编写了一部非常好的卢梭文集而在文坛很出名。男爵曾邀请斯哥尔先生与我到丰特亲·苏·波瓦去住几天，因为储君在那里有座房子，我们俩都去了。从范塞纳监狱路过的时候，我一见到那座城堡，就心如刀割，男爵注意到了我脸上的表情。吃晚饭时，储君谈起蒂德洛被拘禁的事，男爵为了让我说话，就责怪那被囚者太不谨慎，我即时为他辩护起来，我激烈的态度倒显得我太不谨慎了。这种过度的热心本是一个不幸的朋友导致的，因此大家也都很谅解，把话题转到别的事情上去了。

当时在场的还有两个德国人，都是侍奉储君的。一个是克鲁勃菲尔先生，很机智，是储君的私人牧师，后来顶替了男爵，成了储君的保傅；另一个是个青年人，名叫格雷姆，他暂时充当储君的侍读，等着另找职业，他的服装寒酸就说明他是急需找工作的。就从那天晚上起，克鲁勃菲尔和我认识了，不久就成了朋友。我同格雷姆君的认识，发展得就没这样迅速，他不怎么肯露面，绝没有后来很富时那种目空一切的傲气。第二天午餐时，大家说起了音乐，他说得很好。我听到他能用钢琴伴奏，高兴极了。饭后，主人叫拿乐谱来，我们就在储君的钢琴上演奏起来，演了一整天。就这样，我们开始了友谊。这份友谊，之于我，先是那么甜蜜，后来又是非常可悲。在这一点上，将来我会更加详细地叙述的。

当我回到巴黎，我就听到好消息说蒂德洛已经从城堡里放出来了，可以在范塞纳监狱的房屋和园子里活动，只要不超出这个范围，还允许他接见朋友。因为我不能立刻跑去看他，心里多么难过啊！我因为有些重要事情，没办法摆脱，在杜宾夫人家里待了两三天，急得跟等了三四百年一样，之后，我就跑到我的朋友的怀抱中了。

这真是无法形容的时刻啊！他当时不是自己一人，达朗贝和圣堂的司库和他关押在一起。可是我一进门，眼里见到的就只有他一个人，我立刻跑过去，一声大叫，就将脸贴在他的脸上，紧紧地把他抱住，就只有眼泪和哽咽，什么话也没有了。我激动得气都喘不过来了。他挣脱我的臂膊后，第一个行为就是转头向那个教士，对他说：“你看，先生，我的朋友是如何爱我。”当时我完全沉浸在激动之中，想不到这种利用我的热情来作自我表扬的态度，但是自那以后，当我想到这件事，总觉得如果我处在蒂德洛的地位，这肯定不会是我能想到的第一个主意。我看到他因坐牢而受到的刺激很大，因为城堡给他留下了很可怕的印象。虽然在这里已经非常舒适，还可以在园林里自由散步，而园林连围墙都没有，但是他需要有朋友，才不至于往愁处想。毫无疑问，我是最同情他的苦恼的人，我相信我也是最能让他得到安慰的人。因此，不管事情如何忙碌，我最多隔一天就去看他一次，要么一人去，要么和他的妻子一同前去，与他一起度过一个下午。

一七四九年的夏天特别热，从巴黎到范塞纳堡足足约有两里。我手头没大钱，不能雇马车，所以我一人去时就步行，下午两点钟出发，很快地走，以便早点到达。路边的树，依当地的风俗，剪得秃秃的，差不多没有一点荫凉。我经常又热又累，走不了路，就躺到地上，不想动弹了。为了走慢一点，我就想了一个办法，在身上带一本书。

有一天，我捎了一本《法兰西信使》杂志，边走边读，忽然就看到第戎学院公告次年征文的一个题目：《科学与艺术的进步是有助于伤风败俗还是教风化俗》。一见到这个题目，我顿时就看到了另一个宇宙，感觉自己变成了另外一个人。虽然我对当时的一切还记得非常准确，但是详细情节自从我在致德·马勒赛尔卜先生的四封信中之一里写出之后，我就完全忘记了。这是我的记忆力的一个奇怪之处，必须说明一下。当我依靠它的时候，它就为我工作，而一旦把内容写成文字，它就抛弃我了。所以一件事我一旦写出，就再也想不起来了，这个特点也表现在音乐里。在学习音乐之前，我会背许多歌曲，但当我学会了读谱唱歌，就连一支曲子也记不得了。我想在我最爱的曲子之中，今天不知是否还能找到有一支记得非常完整的。

有件事，我想得最清楚的，就是我到范塞纳堡时神情激动得近乎发疯。蒂德洛发现了，我就向他说明了原因，并将我在一棵橡树底下用铅笔写出的一段效法伯利西乌斯的演说词念给他听。他鼓励我把我的想法放手发挥下去，然后写出文章去投稿。我照办了，而且从那一时刻起，我就陷于无法拯救的境地。

从此以后，我的一生，我所有的命运，都是这一刹那的自傲产生出来的无可避免的后果。我的情感也用最不可思议的速度热烈起来，升高到跟我的思想一致的地步。我的全部激情都被对真理、对自由、对道德的热爱窒息掉了，而最使人惊讶的是这种狂热在我的心田里维持达四五年之久，有可能在任何别人的心里都不曾那样激烈过。

我写这篇讲演，方式很奇怪，后来我在别的著作里，也差不多一直使用这种方式。我把我的失眠之夜全用在写讲稿上面，我闭着眼睛在床上想，因此我的文章段落在脑子里想来想去，等到我对这篇文章感到满意的时候，我就将它存到脑海里，直到能落笔写到纸上为止。但是我起床和穿衣所浪费的时间，让我把这一切都忘得一干二净，到提起笔来写的时候，我想好了的文章好像一点也想不起来了。因此我就想出了一个办法，请勒·瓦瑟太太来给我当秘书。在这以前的时候，我已经将她与她的女儿、她的丈夫都搬到离我非常近的地方来住了，就是她，为了让我节省一个仆人，每天早晨来替我生炉子，做些杂事。她一到，我就在床上把晚上想出的文章念给她写。这个办法，我曾用了很久，省掉了我很多的麻烦。

这篇讲演写好后，我拿给蒂德洛看，他非常满意，并且指出了几个需要修改的地方。然而，这篇作品虽然很热情，气魄雄伟，却完全缺乏逻辑层次。在由我写的一切作品之中，要算它最缺少推理，最缺乏匀称与和谐了。不过，不管你生来有多大才能，写作艺术并不是很快就能学到手的。

我将这篇文章邮寄出去了，我想我除了格雷姆以外，就再没有跟任何人说过。自从他到弗里森伯爵家以后，我与他来往非常密切。他有一架钢琴，这就成了我们聚会的场所，我所有的空闲时间都与他围在钢琴旁边度过了，我们从早到晚，或者换一句话说，从晚到早，不停地唱意大利歌曲和威尼斯船夫曲。如果谁要在杜宾家里找不到我，就准能在格雷姆家里把我找到，或者至少我是同他在一起，或在散步、或在听戏。我原本有意大利剧院的长期入场券，但他不喜欢这个剧院，我因此就不去了，花钱与他一起到法兰西剧院去，对这个剧院他是爱得着迷的。

最后，有一种特别强烈的吸引力将我跟这个青年人联系起来，这使得我跟他难以分离，就连那可怜的“姨妈”我都疏远了。所谓的疏远，也就是说跟她相处的时候少了些，因为我对她的依恋感情，这一辈子也没有一时一刻减弱过。我的空闲时间并不多，不能两头都顾到，这就特别加强了我要跟戴莱丝住到一起来的想法，我本来早就有这个想法，只是她家人口很多，特别是没有钱置备家具，这就让我把计划一直搁了下来。这次出现了可以作一次努力的机会，我就使用上了。弗兰格耶先生和杜宾夫人认为我一年拿八九百法郎不够开支，主动将我的年薪提高到五十个金路易，并且杜宾夫人听说我要自己置办家具，又帮了我一点忙。我们将戴莱丝原有的一点家具也放到一起，在格勒内尔·圣奥诺雷路的朗格道克旅馆里租了一套小公寓房子，那里的住户都是些正直人。我们竭尽全力把那里布置了一下，在那里安静地、舒服地住了七年，直到我搬到退隐庐才结束。

戴莱丝的父亲是个老好人，脾气十分温和，但也十分害怕老婆，他给她老婆起了个绰号，叫“刑事犯检察官”。这个绰号，格雷姆后来又开着玩笑从母亲头上移到女儿头上了。勒·瓦瑟太太不是缺少才情，也就是说不是不聪明，她甚至还因为有上流社会的礼仪与风度自豪呢。但是她那套诡秘的花言巧语让我受不了，她教给女儿一些，全力让她在我面前装假，又分别地奉承我的许多朋友，挑拨他们之间连同他们跟我的关系。不过，她可是个相当好的母亲，因为这样做对她自己是有好处的，她又替女儿掩盖过失，从中得到收获。这个女人，尽管我对她小心照顾、无微不至，而且还送了她不少小礼物，全心全意只想让她能疼爱我，但因为我感到自己无能为力，她便成为我的小家庭里唯一的不快因素了。

不过，我还是这么说，我在这六七年之中，体会到了脆弱的人心所能承受得起的最完美的家庭幸福，我的戴莱丝的心是一颗天使的心。我们的情感随着我们的亲密而加深，我们一天比一天更感觉彼此是天生的佳偶。如果我们在一起时的欢乐是可以描写出来的话，它们会以极其简单质朴的语言使人发笑的。我们在城外亲密地散步，当遇到小酒店时，就阔气地花上十个或八个苏，我们对着那大窗口吃简单的晚餐，面对面地坐在两把小椅子上，椅子就放在和窗口同宽的大木箱上。在这个时候，窗台就是我们的桌子，我们呼吸着新鲜空气，观赏四周景物，观察着过往行人，尽管在五层楼上，但能一边吃着，一边就像置身街道。这种晚餐，只有半磅大面包、几个樱桃、一小块奶饼、四品脱葡萄酒，可又有谁能描写得出，谁能想得到这种晚餐的美妙呢？友谊啊、信任啊、亲密啊、灵魂的温馨啊，你们所配的调料是多么美妙呀！有时候我们不自觉地在那儿一直待到半夜，如果不是那老“妈妈”提醒我们，我真想不到时间已经这么晚了。但是这些细节还是抛开不谈吧，它们会显得非常可笑，我一直就是这样说、这样感觉的，真正的享受不是语言所能叙述出来的。

差不多与此同时，我还有过一次较粗俗的享乐，也是我应该自责的最后一次那样的享乐。我曾说，克鲁勃菲尔牧师是非常可爱的，我和他交往之深，不亚于格雷姆，并且后来相处得也一样亲密。他们两个有时候也在我家吃饭。这些晚餐，虽然简单一点，却让克鲁勃菲尔的妙趣横生、如癫如狂的玩笑与格雷姆的令人忍俊不禁的德语腔调弄得热热闹闹的——格雷姆那时候还没有成为法语纯正爱好者呢。我们的小饮宴不以感官享受为主，但是欢情洋溢足够补偿其中不足，我们彼此相处很好，寸步不能相离。

克鲁勃菲尔在他的寓所里租了一个小姑娘，但是她仍然可以招待客人，因为他无力独自养活她。在一天晚上，我们进咖啡馆，碰到他正从咖啡馆出来，要去那姑娘家进晚餐，我们笑话他。他报复得非常特别，邀我们一起去那姑娘家吃饭，接着笑话我们。那个小可怜虫天性似乎相当好，非常温柔，还不很习惯于她那一行，有个老鸨与她在一起，全力训练她，闲谈和畅饮让我们乐而忘形。那位克鲁勃菲尔请客就应该彻底，不能半途而废，我们三人先后与那可怜的小丫头到隔壁房里去了。使得她非常尴尬。格雷姆一口咬定说他没有碰她，说他所以同她待那么久，是想让我们着急，拿我们寻乐趣的。可是，如果他这次真的没有碰她的话，也颇不像是由于有所害怕，因为他在搬进弗里森伯爵家之前就是住在这圣·罗什区的一些妓女家里的。

当我从这个姑娘住的麻雀路出来的时候，羞愧得和圣·普乐从他被人灌醉的那所房子里出来一样，我写他的故事，正是回想到我自己的故事。戴莱丝根据某种迹象，特别是根据我那种非常慌张的神色，就能看出我做了什么坏事，为了减轻心头负担，我马上就诚实地对她明说了。幸亏我这样做了，因为第二天格雷姆就得意地跑来对她述说我的罪过，并且添油加醋。

从那时候起，他总是一有机会就恶意地向她提起这段往事，关于这一点，他是特别不应该这样做的，因为我既然自愿地信任他，我就有权利期待他不让我对此后悔。而对我的戴莱丝的心地的忠厚，我也没有比这一次感受更为深切的了。她厌恶格雷姆的作风多于抱怨我的薄幸，我只受了她一些很轻的责备，并且没有发现任何愤恨的证据。

这个非常好的女子，心地有多么忠厚，头脑就有多么简单，这就足够说明一切了。但是现在又有一件事，还是值得写出来。

我曾告诉她克鲁勃菲尔是个牧师兼萨克西恩·哥特储君的私人牧师。一个牧师，对她来说，是那么奇特的一种人物，以至于她将最不相干的许多概念非常可笑地混淆起来，竟然把克鲁勃菲尔看做教皇了。第一次我回到家来听她说教皇曾来看我，我以为她疯了，我叫她解释给我听，然后，我就急忙跑去把这个故事说给格雷姆和克鲁勃菲尔，我们此后就把克鲁勃菲尔叫做教皇。我们又将麻雀路的那个姑娘叫做教皇娘娘贞妮。这样一来就笑得无法停止了，笑得都喘不过气来。有人硬说我曾在一封信中——这是借我自己的口说——说我生平只笑过两次，这种人是不曾认识那个时代的我，并且也不认识少年时代的我的，要不，他们是肯定不会想出这种话来的。

第二年，即一七五〇年，我已经不想我那篇文章了，但又忽然听到说它在第戎得奖了。这个消息又激起了我写出那篇文章时的全部思想，并且为这些观点赋予了新的力量，终于让我的父亲、我的祖国连同普鲁塔克在我童年时代输入我心中的那种英雄主义与道德观念的原始酵母开始发作起来了。从此我就为做一个自由的有道德的人，看不到财富与物欲而傲然自得，认为这才是最伟大、最美好的。虽然因此那糟糕的羞怯跟对别人嘲笑的畏惧，防止我立即照这些原则行事，防止我与当时的信条公开决绝，我却从此下定决心，只要等到种种矛盾激发我的意志，自信肯定胜利的时候，便毫不犹豫地付诸实践。

当我正对人类的各种义务进行哲学讨论的时候，有一件事又来让我对自己的义务更深地加以思考。戴莱丝第三次怀孕了，因为我对自己太真诚，我的内心太骄傲，绝不愿用我的行动来否定我的原则，我便开始思考我的孩子们的前途以及我和他们母亲的关系。我依据的是自然、正义与理性的法则，是宗教的法则——这个宗教是同它的创造者一样纯粹、神圣和永恒的，而人们却假装，说要纯净它，实际上反而把它玷污了。人们用他们自己的公式，把它转化为一种说空话的宗教，因为订立条规而自己却免除实行的义务，自然可以毫不费力就把不可能办到的事都一一制定出来。

我对自己行为的后果肯定是估计错了，但我在这样做时内心的平静却是再惊人不过的。如果我是那种天生的坏人，听不到大自然的亲切呼声，内心里从来没有出现过任何真正的正义感和人道感，那么，这种硬心肠倒是极其简单自然的。但是，我的心肠是那样热烈，感情是那样敏锐，我是那样容易动感情，一动情就受到情感的如此强烈的控制，需要抛弃时又感到这么心碎，我对人类天生就这么亲切，又这么热爱伟大、真、美与正义；我这么怨恨任何类型的邪恶，却又那么不能记仇、害人，甚至连这样的念头都没有过；我看到一切道德的、豪迈的、可爱的东西又那么心肠发软，得到这么强烈而美好的感动——所有这一切竟能在同一个灵魂里，同那种随意践踏最美好义务的道德行为相符起来吗？不能，我认为不能，我大声呼喊地说不能，因为这是绝对不可能办到的事。让·亚克这一辈子也不曾有时间是一个无情的、无心肠的人，一个丢掉天性的父亲。

我也许是做错了，却绝不可能有这样硬的心肠。如果我要叙述理由的话，那可就说来话长。既然这些理由曾经能诱惑我，它们也就能诱惑其他人，但是我不愿意让将来可能读到我这本书的青年人再去让自己经受到同样错误的蒙蔽。我只想说明一点，那就是我的错误在于当我由于无力养育我的几个孩子而将他们交出去由国家养育的时候，当我准备让他们成为工人、农民而不让他们变成冒险家与财富追求者的时候，我还认为自己是做了一个公民和慈父所应该做的事，我将我自己看成是柏拉图共和国的一分子了。从那时起，我内心的后悔曾不止一次地告诉我过去是想错了。但是，我的理智却从没有给我同样的警告，并且我还时常感谢上苍保佑了他们，让他们由于这样的处置而免于受到他们父亲的命运，也免于遭到我万一被迫抛弃他们时便会威胁他们的那种命运。如果我把他们扔给了埃皮纳夫人或卢森堡夫人——她们后来或者出于友谊，或者出于慷慨，或者出于其他动机，都曾表示愿意抚养他们，那么他们会不会就幸福些呢？至少，会不会被抚养成为正派人呢？对此我无法知道，但是我可以断定，人家会让他们怨恨他们的父母，也许还会出卖他们的父母，这就万万不如让他们压根不知道自己的父母是谁最好。

所以我的第三个孩子又与头两个一样，被送到育婴堂去了，后来的两个依然作了同样的处理，我一共有过五个孩子。这种处理，当时在我看来是太好、太合理、太合法了，而我没有公开地夸奖自己，完全是为了顾全母亲的面子。但是，只要知道我们俩之间的关系的人，我都跟他们说了，我告诉过蒂德洛，告诉过格雷姆，后来我又告诉过埃皮纳夫人，再以后，我还告诉过卢森堡夫人。而我在告诉他们的时候，都是毫不勉强、坦白直率的，并不是出于无奈。我如果想瞒过大家也是很容易的，因为古安小姐为人踏实，嘴很紧，我完全相信她。在我的朋友之中，我唯一因利害关系而告说实话的是蒂埃里医生，我那可怜的“姨妈”有一次难产，他曾经来为她看过病。总之，我的行为没有任何秘密，因为我不但从来就不知道有事要瞒过我的朋友，还因为实际上我对这件事看不出一点错的地方。算算全部利害得失，我认为我为我的孩子们选择了最好的人生道路，或者说，我所认为的最好的前途。我过去希望，现在还是希望自己小时候也受到与他们一样的教育。

当我这样吐露心声的时候，勒·瓦瑟太太也在吐露心声，但不是与我有同样无私的目的。我曾把她们——她与她的女儿——介绍给杜宾夫人，杜宾夫人看我的面子，无微不至地照顾她们，母亲因此就将女儿的秘密全都告诉了杜宾夫人。杜宾夫人是善良而慷慨的，而她又没有告诉杜宾夫人我已经如何不管自己收入的微薄而尽力供养她们，所以杜宾夫人又另外给予供应。这种深情厚谊，因为女儿得到母亲的教唆，在我住巴黎的时候一直瞒着我。只是到了退隐庐，在好几次倾谈别的事情之后，她才吐露实情。

我那时并不知道杜宾夫人对我们的事能知道得这么一清二楚，因为她从来没有对我做过任何透露，就是现在，我也还不知道她的媳妇舍农索夫人是不是也同样了解我们的事，但是她的前房儿媳弗兰格耶夫人是知道得很清楚，而且肚子里留不住话。第二年她就跟我谈起了这件事，那时候我已经离开她家了，这就逼迫我不得不为这个问题给她写了一封信，稿子现存在函札集。我在这封信里所叙述的理由，都是我能说出而不至于连累勒·瓦瑟太太与她家庭的那些部分，但最有决定性的理由就是来自这一方面的，我并没有说。

杜宾夫人的严谨和舍农索夫人的友谊，我都是非常相信的，我同样也信得过和弗兰格耶夫人的交情，而且弗兰格耶夫人在我的秘密被泄露出去之前早就去世了。我这个秘密也就只能被我私下说过的那些人泄露出去，而且事实上也只是在我跟他们决裂之后才被泄露出去的。只凭这一事实，人们就能对他们作出评价，我不想推卸我所应受的谴责，我愿意接受这种谴责，但是我却不愿接受因为他们的邪恶而发出的谴责。我的罪过是非常大的，但只是一种错误，我忽略了我的义务，但是害人的念头却没有钻进我的心头，我对于根本不曾见过的孩子的父爱自然不会那么强烈。但是，违背朋友的信任，违背最神圣的许诺，把我们心中的秘密公开出去，随意败坏一个受过我们欺骗但在离开我们的时候仍然尊重我们的朋友的名声，这一切就不是错误，而是灵魂的卑鄙和丑恶了。从心里而言，我是极其厌恶他们这背信弃义的行为的，我为我同他们决裂的这一事实突然觉得十分的庆幸，人只有在经历一些事情之后，才能真正认识事实的真相，而这些真相曾经是那么的隐蔽和难以觉察。他们的行为关乎自己的道德和良心，也是我见过的最伤人的举动。

我曾承诺写我的忏悔录，而不是写我的辩护书，因此，对于这一点，我就说到这里结束吧。说真话在于我，说公道话在于读者。我永远不向读者提出任何更多的要求。

舍农索先生的结婚让我觉得他母亲的家庭更加令人舒适了，因为新娘既有德又有才，是个十分友好的少妇，而在那些为杜宾先生办理公文函件的人们中间，她对我似乎另眼相看。她是罗什舒阿尔子爵夫人的独生女，而罗什舒阿尔夫人则是弗里森伯爵的好朋友，因此通过她们也就成了格雷姆的挚友。但是，格雷姆之所以能够进她的家门，还是由我介绍的。但因为他们两人性格不相投，这段相识就没有什么结果。格雷姆从那时起就一心攀附权势了，他宁愿与母亲做朋友，也不愿与女儿做朋友，因为母亲在上流社会交游非常多，而女儿只要那些可靠的又合她兴趣的朋友，不要任何手段，也不想攀附富贵。

杜宾夫人在舍农索夫人身上看不到她所期望的顺从，便让她自己一人在家里过着孤寂的日子，而舍农索夫人呢，她因为品德自豪，或许也因为出身自豪，宁愿放弃社交界的乐趣，因此几乎一人守在自己屋里，而不愿受她生来就不习惯的那种约束。这种流放式的生活增加了我对她的感情，因为我的天性让我同情不幸者。

我发现她爱好空想，喜欢寻根问底，有时带点儿激辩色彩。她的说话，绝不像是一个刚从女修院办的学校出来的少妇，对我有着很大的吸引力。然而，她还不到二十岁，她肤色白皙，光泽照人。如果她想着一点姿态的话，会是端庄而美丽的。她的头发金黄带灰，非常美丽，让我想起我那可怜的“妈妈”青春时期的头发，因而搅得我心绪十分不宁。但是，我给我自己规定的、并且决心不惜任何牺牲给予遵守的那些严厉的行为准则，保证了我不会打她的主意，并且不受她的魅力的诱惑。整整一个夏天，我每天同她面对面坐三四个钟头，一本正经地教她做算术，用我那些无穷无尽的数字去讨她的厌烦，但没有跟她说过一句风流话，也没有向她暗送过一个秋波。要是再过五六年的话，我就没有那么聪明，换句话说，也就没有那么傻气了。但是，我也是命中注定，一辈子只能有一次全心全意用爱情去谈恋爱。不是她，而是另外一个人将拥有我的心灵的刚开始的同时也是最后的感情。

从我在杜宾夫人家里生活以后，我始终是满足于我的当前情况的，并没有表示出任何要求改善的愿望的迹象。她与弗兰格耶先生一起增加我的薪金，完全由于他们的主动。这一年来，弗兰格耶先生由于一天比一天对我好，就想让我再富裕一些，生活再稳定一些。

他是财务总管，他的出纳员迪波瓦依耶先生越来越老了，发了财，想要退休了。弗兰格耶先生就请我顶这个缺，为了能够做得更好，我有好几个星期都经常到迪波瓦依耶先生家去学些所需的知识。但是有可能因为我缺乏担任这种职位的才能，也许由于迪波瓦依耶先生——我看他好像要另找一个继承人——不全力教我，将我所需要的知识教得又慢又糟，那一大套故意打乱了的账目总是不能很好地进入到我的头脑里来。但是，尽管我未能得其中的精妙，还能略知大概，足够将这一行干得顺顺当当的，我甚至开始履行责任了。我既管登记，又管库存；我收支现款，签收票据，虽然我对这一行既缺乏才能，又缺乏兴趣，可是年龄的成熟开始叫我实在了，我决心克服我的憎恶，用全副精力来做这一行。

但不幸的是当我已开始走上正轨的时候，弗兰格耶先生出去作了一次旅游，在旅行期间，他的金库就由我一人负责了，当时库里的现金其实也不过两万五千到三万法郎。这份信托让我操劳和精神不安，让我感觉到我绝不是做出纳员的材料，我相信我在他有事外出时感到的那种焦躁不安促成了他回来后我得的那场大病。

我在我这部书的第一部里已经讲过，我天生就是半死不活的，先天性的膀胱畸形让我幼年几乎经常地患尿闭症，我的苏森姑姑负责照护我，她为保护我的生命而受的辛苦，简直令人难以相信。然而，她成功了，我的强壮的体质终于占了上风，在少年时期，我的健康完全恢复了，以至于除了我讲述过的那次疾病以及稍微受热就小便频频使我常感不便外，我一直到三十岁都差不多没有再发生过我那初期的残疾。这残疾的第一次的复发是当我到达威尼斯的时候，旅行的劳累与那阵酷热让我患了便灼与腰痛，一直到入冬才好。我接触了帕多瓦姑娘之后，认为要没命了，结果却并不曾有任何不适应之处。我对我那徐丽埃妲是思念多于身体的伤害的，经过一阵疲困之后，身体反而比以前更好了。只有在蒂德洛被捕以后，我在当时那种酷热天气下经常去范塞纳堡，结果受了热，才患上了强烈的肾绞痛。自从这场病以后，我就始终没有能恢复我初期的健康了。

在我现在谈这个的时候，也许由于要为那个该死的金库弄些讨厌的工作，稍微累了一点，我的身体又坏了下来，比以前垮得还要厉害。我在床上躺了五六个星期，苦不堪言。

杜宾夫人请名医莫朗来给我看病，他尽管手术灵敏而又精细，却让我受到难以置信的痛楚，并且始终不能用探条确诊我的病根。他让我找达朗看，达朗的探条软些，果然能插进患处了，但是达朗向杜宾夫人讲我的病情时，说我最多只能活六个月。这种话，传到我耳朵里来，就促使我对当时的处境全面地作了一番思考，我能活的日子所剩不多了，为了我本来就感到憎恶的一个职务而受着约束，牺牲这点余生的宁静和乐趣，该是多么笨呀！而且，我已经遵从的那些严格的生活准则，和一个太不适合于这些原则的职位，怎么能一致起来呢？做一个财务总管的出纳员却来宣传淡泊和安贫，这能说得过去吗？这些想法随着高烧在我的脑子里酝酿起来，盘根错节，以后再也不能从我脑子里排除掉。在病后休息时期，我就将我在高烧中所认为的这些想法又冷静地肯定下来，我永远抛弃了任何发财和上进的计划。既然决定在独立和贫穷中过完我的余生，就竭尽我灵魂的全力去挣断时论的束缚，勇敢地做着我所认为好的一切，毫不顾忌别人的态度。我所需要破除的那些阻碍以及为战胜阻碍所要作出的那种努力，都是令人难以相信的。我总算做到了，并且超过了我自己原来的期待。如果我也能像摆脱舆论的束缚一样摆脱了友谊的束缚，就一定将我这个计划实现了——这个计划也许是世上人所能想象的最伟大的计划，至少也是最有利于道德的计划。

然而，我一边蔑视那庸俗的一群所谓大人物与哲人的荒谬的评论，一边却又听凭我那些所谓朋友们的摆布，让他们把我当做小孩子一样牵着走，而这些所谓的朋友们看我自己一个人走在一条新的道路上，便忌妒起来了，他们在表面上似乎在努力让我幸福，实际却努力让我成为笑柄。他们起先极力贬低我，以便达到最后破坏我的名誉的目的。引起他们对我忌妒的，并不是我在文坛上的成名，而是我在这里开始的那种个人生活上的革新。我在写作艺术上出点名，有可能他们还能原谅，但是他们不能宽恕我在行为上树立一个似乎让他们寝食不安的例子。

我生来就喜欢交朋友，我的性情平易而又温和，很容易得到友谊。在我没有出名的时候，只要是认识我的人一直都爱我，我没有一个仇人，但是，当我一旦成名，就连一个朋友也没有了。这是个很大的不幸，而特别不幸的是我身边全都是自称为朋友的人，他们利用这个名义给予他们的权利来将我拖到万劫不复的境地。我这部回忆录的后面一部分将揭露这一可恶的阴谋，我在这里只讲明这个阴谋的起源，人们不久就会知道这个阴谋是怎样设下第一个圈套的。

我想要独立生活，就必须有个生活之道。我便想出了一个最简单的办法，就是替人抄写乐谱，按页数计酬。如果有什么更好的工作能实现同样的目的，我也会做的，但是这种技术既适合我的爱好，又唯一能让我不屈从于人而逐日获得面包，我就确定了这个工作。我认为我从此不必再担心前途了，我把虚荣心也克制下去了，于是我由金融家的出纳员一变而为乐谱抄写人。我觉得这项选择给我带来的好处很多，就毫无后悔的意思，将来只有在迫不得已的时候才丢开这一行，但一有可能，我还是要重操旧业的。

第一篇文章的成功让我所下的这个决心更容易实现了，文章一得奖，蒂德洛就负责叫人把它打印了出来。在我还卧病在床的时候，他就写了短函，告诉我文章出版的情况和它所产生的效应。短函里说："真是一夜出名，这样的成功还没有先例呢。"这种社会大众的欣赏绝不是钻营得来，而且又是对一个无名作者，这就让我对自己的才能有了第一次真正的信任。

我对自己的才能，直到那时候，尽管内心里有所感受，总还是有些怀疑。我立刻看出，利用这个成功，对于我正准备执行的那个独立生活的计划，将是大有帮助的，我想，一个在文坛上有点名声的抄写人，工作一般是不会缺少的。我一旦下定决心，就写了一封短信给弗兰格耶先生，告诉他这件事，感谢他和杜宾夫人的各种盛情，并且希望他们多多帮忙。弗兰格耶一点也不清楚我这封信的意思，以为我还在做梦呢，便急忙跑到我家里来。但是他发现我太坚持了，无法补救，就跑去告诉杜宾夫人，告诉所有的人，认为我疯了。他说他的，我做我的。我从服饰上开始实现我的改变，我抛弃了镀金的饰物和白色的袜子，戴上一个圆假发，拿掉了佩剑，把表卖掉，我心里非常高兴地想："谢天谢地，我以后不需要知道钟点了。"弗兰格耶先生非常客气，等了很久也没有把他的金库交给别人。最后，他看我已经决定，才将它交给达里巴尔先生了，达里巴尔先生以前是小舍农索的保傅，曾因为《巴黎植物志》一书而在植物学界出名。

不管我那庞大的改变是如何严峻，起初我还没有把它推广到我的内衣上来。我的内衣非常漂亮，数量又非常多，是我在威尼斯时的行装的一部分，我特别喜爱它们。由于讲究干净，我曾把它变成了一种奢侈品，因而这就不免叫我花掉许多钱。后来有人帮了我一个大忙，让我摆脱了这种物质欲的束缚。

圣诞节的前几天，当我的两位女总督在做晚祷，我也在听圣诗音乐会的时候，有人将阁楼的门打开了，把里面刚洗过正在晾着的我们的全部内衣偷了个精光，其中有我的四十二件衬衫，都是上等细麻纱的，是我内衣柜里的精品。邻居中有人曾看见一个人从公寓里出去，捎了几个大包，据他们叙述的模样，戴莱丝与我都认为是她的哥哥，因为他是众所周知的大坏蛋。母亲气愤地否定这个怀疑，但是无论她怎样说，证实这种怀疑的迹象太多了，所以这种怀疑一直在我们心里。我怕做严密的调查，因为害怕发现的事实超过我希望愿意知道的程度。这个哥哥以后不再到我家来了，最后完全失踪了。我怨恨戴莱丝的命不好，也恨我自己的命不好，竟有这样一个复杂的家庭，于是我比任何时候都更恳切地劝她赶快摆脱这么一个险恶的家庭。这件事把我喜欢漂亮内衣的爱好医好了，自那以后，我只穿很普通的内衣，这就跟我装束的其他部分比较协调了。

这样一来，我的改变算完成了，往后我只想到怎么使这种改变巩固起来，持续下去，我全力将别人对我的不好议论以及在做本身是美好而且合理的事情时怕人责备的顾虑抛到脑后。因为我的作品有了名，我的决心也出了名，这给我带来许多主顾，因此我一开始营业就非常成功。然而，有好几个原因使我不能达到在别的情况下可能取得的那么大的成功。

首先，我一点也不失身份。我的朋友们为我担心起来，以为我巴士底狱是坐定了。但这种畏惧，我连片刻都不曾有过，我完全做对了。那位善良的国王见到我的答复之后说："我领教了，再也不惹他了。"从那时候起，我就得到他种种不同的钦敬和善意的表示，其中有几次我以为是要提到的，而我那篇文章因此也就在法国和欧洲静静地流传，没有谁再从中寻找可指责之处了。

不多久以后，我又有了另外一个文敌，这是我没有想到的，就是里昂的那位戴维先生。十年前他曾对我很有好感，帮过我好几次忙。我并没有忘掉他，但是由于非常懒，就把他疏忽了，我并没有把我的所有作品送给他，因为没有很好的机会，但这就是我的不是了，于是他就批判我，不过还算比较客气，我也回复得同样客气。随后他又进一步反驳我，这就让我写出了最后一篇答复，他对这篇答复没有再说第二句话，可是他却成了我最凶恶的敌人，抓住我倒霉的时候写了些恶毒的诽谤书来攻击我，而且为了害我，还特地跑了一趟伦敦。这场笔战让我忙得昏天黑地，浪费了许多抄写乐谱的时间，对于真理的发扬既无多大益，对于我的钱囊更没有帮助。

当时我的书商叫比索，他付给我那些小册子的报酬总是很少，并且常常一点都不给。就拿我第一篇文章为例子吧，我就没有拿到一文钱——蒂德洛是白送给他的。他为我的小册子给我的那点钱也需要等候很久，一个苏一个苏地向他要。这时候，我抄乐谱的工作不行了。我干着两个职业，这正是两败俱伤的办法。

这两种职业还在另一方面互相矛盾着，因为它们逼迫我采取不同的生活方式，我初期作品的成功让我成了时髦人物。我选择的职业又刺激着人们的好奇心，人们总是想见识一下这个怪人，他不求任何人，只想生活得自由自在，喜欢他喜欢的，别的什么也不管。这样一来，我的计划全被破坏了。我的房间里总是有客人，他们以各种不同的借口来占用我的时间。女士们使出种种手腕邀请我做她们的座上宾。我越粗声粗气地对人，人家就更盯住我。我不能把大家全都拒绝掉呀，要拒绝就得惹来无数的仇人，要应付就得听人家摆布。不管我怎样对付，一天里没有一个钟头是属于我的。因此我感觉到，想过清贫但独立的生活，并不总是像自己所想得那么容易。我愿意依靠我的手艺生活，但公众却不愿意。人们想方设法来弥补他们让我受到的时间损失。不久，我简直要和傀儡戏里的滑稽小丑一样，几个钱就能看一次了。我真不清楚还有什么比这更侮辱人、更残酷无情的生活了。

我为此没有别的办法，只有拒绝一切大大小小的馈赠，对谁也不例外。这种做法反而惹来许多送礼的人，他们要获得战胜我的拒绝的荣誉，无论我愿意不愿意，都要逼迫我去领情。如果我向他要的话，有的人连一个埃居也不会给我，但现在却不断来烦我，向我送这样、送那样。一看所有的礼物都让我退回了，为了报复，便骂我的拒绝是傲慢、是摆架子。

很明显，我所拥有的决心，我所要遵守的生活方式，是不符合勒·瓦瑟太太的兴趣的。女儿呢，她虽然不考虑自己的利益，却挡不住听从母亲的指导，于是，就像果弗古尔先生叫她们的那样，这两位“女总督”拒绝馈赠就不老是像我那么坚决了。尽管她们有很多事情瞒住了我，但我还是看出了一些端倪，这让我能够判断出我知道的还不是全部，所以我心里难受极了，倒不单是因为怕人家骂我串通作假（这是不难预料的），主要还是由于我在家里不能当家做主，连自己也不能做主。我请求、我苦苦劝说、我发脾气，却都无效。“妈妈”说我是个一辈子都改不了的唠叨鬼，是个暴性子，她跟我的朋友们谈起来，便一直唧唧喳喳、窃窃私议。在我的小家庭里，对我来说，什么都是个谜，什么都是秘密，为了免得天天跟她们闹风波，家里有任何事，我连打听也不敢打听了。要想摆脱所有这些纷扰，就得有很大的坚决意志，而我又做不到。我只会在口头上说，却没有行动，她们就让我干嚷嚷，却依然该做什么就做什么。这些层出不穷的纠缠，这种天天找上头来的麻烦，终于让我感到待在家里、住在巴黎是没有意思了。当我的身体允许我出门的时候，当我不是让熟人催促着东奔西跑的时候，我就一个人出去散步，我想着我那宏大的思想体系，并且利用我一直常在衣袋里的白纸本子和铅笔，将想的东西写出一些来。

这就说明，我自己选择的职业所产生的意外苦恼怎样又由于排愁遣闷的需要把我完全打回到文学这条路上来了，这也就表明，我怎样把催促我写作的这份恼怒郁闷之气带到了我所有的初期作品里。

另一件事又增长了我这种恼怒郁闷之气，我既没有社交界的派头，又不能做出这副派头，也不习惯于受这种派头的约束，而我偏又毫不犹豫地被拖到社交场中，于是我就想了一个办法，采取一种我所特有的派头，免得让我学一般的社交派头。我无法克服我那种愚蠢而扫兴的羞涩。因为我的羞涩出于害怕失礼，我就决心去蔑视礼俗，使我的胆子壮起来。害羞使我愤世嫉俗，我不懂得礼节，就假装蔑视礼节。这种与我的新生活原则相适应的粗鲁的态度在我的灵魂里成了一种高尚的东西，转化成为无所畏惧的德行。并且我敢说，正因为它有这样坚实的基础，我这种粗鲁的态度，本来是极其违背本性的一种努力做作，竟能维持得出人意料的好和长久。

但是，尽管我的外表和几句妙语使我在社会上享有愤世嫉俗之名，但我在私生活中却没有原因地老是唱不好这个角色，我的朋友牵着我这只野性难驯的熊的鼻子跑，就同牵一只羔羊一样，并且我的挖苦话也都是一些听起来刺耳但又普遍的真理，我从来就不会对任何人说出一句得罪他的话。

我因为《风水先生》这部歌剧更成风头人物了，不久，巴黎就没有一个人比我更深受别人的欢迎。这个剧本在我的一生中有着非常重要的意义，它的故事是同我当时的交友联系着的。为了让读者了解后来发生的事情，我得详细讲一讲。

我当时认识的人相当多，却只有两个好朋友，他们是蒂德洛与格雷姆。我有一个希望，就是要把我所爱的人都聚到一起。我既同他们两人那么要好，他们俩也必然很快就互相喜欢了。我让他们俩建立了联系，他们俩彼此满意，因此互相来往得比跟我还要密切。蒂德洛认识的人非常多，但是格雷姆，既是外籍，又是新来的，需要多认识些人。我愿为他多多介绍。我已经给他介绍了蒂德洛，又替他介绍了果弗古尔。我又把他介绍进舍农索夫人家里、埃皮纳夫人家里、霍厄巴赫男爵家里——我跟霍厄巴赫男爵几乎是不得已才认识上的。所有我的朋友都成了他的朋友，这倒是非常简单的。但他的朋友从来没有一个成了我的朋友，这个问题就不再那么简单了。

当他住在弗里森伯爵家里的时候，他经常请我们在伯爵家里用饭，但是我从来没有受到弗里森伯爵的任何友谊和照顾的表示。伯爵的亲戚旭姆堡伯爵跟格雷姆很亲密，但他对我也与弗里森伯爵对我一样。其余的人，无论男女，只要格雷姆通过两位伯爵的关系认识上的，对我也都是那样。只有雷纳尔神甫，我要将他算作例外，他虽然是格雷姆的朋友，却也是我的朋友。并且当我手头没钱的时候曾解囊相助，非常慷慨。不过，我认识雷纳尔神甫早在格雷姆认识他之前，某次他曾对我作出过一个非常体贴但非常殷勤的表示，事情尽管不大，但我一直不忘，从那时候起，我就一直对他非常有好感了。这位雷纳尔神甫的确是个热心的朋友，对于这一点，大概就在我说的这个时候，又有一件事情可以表明：这件事就是与这位格雷姆有关的，那时他正与格雷姆交往很深。格雷姆跟菲尔小姐住了若干时日之后，突然要神魂颠倒地爱她，要把卡于萨克干掉。而那位美人儿又非要显示坚贞，拒绝了这位新来的追求者，于是这位追求者就把事情看成悲剧，想要殉情。他突然得了谁也没有听说过的一种怪病。他在持续不断的昏睡中过了几天几夜，眼睛睁得非常大，脉搏很正常，但是他不说话、不吃、不动，有时好像也听见人家说话，可从来也不搭话，连个表示动作也没有。并且他既不烦躁，也无痛苦，也不发烧，躺在那儿就像死了一样。

雷纳尔神甫与我轮流看护他。神甫强壮些，身体好些，值夜班，我值白班，我们从来也不会两个人都不在他面前，一个不到，另一个就不走。弗里森伯爵着急了，就将塞纳克请来。塞纳克将他仔细检查了一遍，说什么事儿也没有，连药方也没有开。我替我的朋友着急，这就让我细心看医生的神情，我看他出门时脸上还有笑容呢。但是病人还是一连好几天一动也不动，汤汤水水什么都不进，只吃几个蜜饯樱桃，他咽得还挺顺利，是我一个一个送到他嘴里的。忽然在一天早晨，他起床了，穿上衣服，恢复了他往常那样的生活，却从来没有对我，据我所知，也没有对雷纳尔神甫，并且也没有对任何人，再说起过那次离奇的昏睡病，也没有说到过生病时候我们对他的照顾。

这件事不免引起别人的议论，如果一个歌剧女演员的寡情竟能让一个男子绝望而死，那才真是个新鲜的故事呢。这段美妙的痴情让格雷姆成了风头人物了，不久，他就被看做是爱情、友情乃至一切感情的奇迹。这种舆论让他在上流社会里大受欢迎，到处吃得开，因此也就使他疏远了我。在他内心中，我这个朋友从来就是勉强算数的，我看他是要完全摆脱我了，心里非常难过，因为他那么公开地表示出来的热烈感情正是我无声地对他表示的。我很希望看到他在社会上取得成功，但是我却不愿意他因此而将朋友忘掉。

我有一天跟他说："格雷姆，你把我忘掉了，我原谅你。将来当你在那轰轰烈烈的成功所给你的最初的陶醉过了之后，感觉到缺乏的时候，我希望你回到我这里来，你任何时候都能找到我，至于目前，你别感到不好意思，一切听他的便，我等着你。"他说我讲得对，就按照我的话做了，并且做得非常自在，以至于除了跟共同的朋友在一起之外，我就看不到他的人影儿了。

在他跟埃皮纳夫人交往密切之前，我们两个人主要是在霍厄巴赫男爵家里会面。这位男爵是个暴发户的儿子，家里很有钱，很慷慨，在家里宴请些文人才士，而因为他自己的学问和知识，也不愧身处于文人才士之中。他长久以来就同蒂德洛结交，而在我出名之前就曾委托蒂德洛介绍，要和我相识。一种天生的嫌恶之情长期阻碍我接受他的盛意，有一天他问我是什么原因，我对他说："你太富了。"他仍然坚持要和我交朋友，最后成功了。我的最大的不幸就是抵挡不了人家的亲切，而我没有一次是屈服于别人的亲切而不让自己吃亏的。

另有一个认识的人，在我一有资格交往时就成了朋友，他就是杜克洛先生。我第一次见他已经是几年前的事了，那时候在会弗莱特的埃皮纳夫人家里。他和埃皮纳夫人处得很好，我们不过一起吃饭，他当天就走了，但是饭后我们谈了一段时间。埃皮纳夫人早就跟他提到我，并且说到我的歌剧《风流诗仙》。杜克洛自己非常有才，不会不喜欢有才的人。他对我早就非常有好感，并且请我去看他。虽然我对他也非常倾慕，再算上这次见面，但是我的害羞和疏懒让我一直没去看他，我认为单凭他垂青而我自己却没有一点表现，是没有资格跟他交往的。后来我有了第一次的成功，他的夸奖之词又传到我的耳中，我得到了鼓励，就去见他，他也来见我。这样我们相互之间就开始有了友谊，这种友谊使我始终觉得他为人非常可爱，并且由于这种友谊，我才发现除了我自己内心所提供的证据之外，还知道正直与节操通常是能同文学修养结合在一起的。

还有许多交往，没有那么长久，我在这里就不说了。这些交往都是我刚开始的成功所带来的结果，等到好奇心一得到满足，交往也就结束了。我本来是个一眼就能看得透的人，今天拜访过我，明天就没有什么新鲜可见了。

但是，有一位夫人这时要和我结识，并且友情比所有别的女人都维持得长久些，她就是克雷基侯爵夫人，是马耳他大使弗鲁莱大法官先生的侄女，大法官的哥哥就是驻威尼斯大使蒙太居先生的前任，我从威尼斯回来的时候曾去看过她一次。克雷基夫人写了一封信给我，因此我就去拜访她了，她对我很好。我有时在她家吃饭，在那里见到了好几个文人，其中有梭朗先生，他是《斯巴达克斯》与《巴尔恩维尔特》的作者，此后却成了我的敌人，而我也想不出有什么别的原因，除非是因为他的父亲曾很卑鄙地伤害了一个人，而我正巧就与这个人同姓。

很明显，一个抄乐谱的人是应该从早到晚都忙他的工作的，而我被打扰的事太多，既不能让我每日的收入增加，又妨碍我专心致志地做好我的工作，因此剩下的一点时间大半都浪费在涂错、刮错或整页整页重写上面了。这种令人讨厌的生活让我一天比一天更觉得巴黎不能忍受，让我热烈地追求乡村。我有好几次跑到马尔古西去住几天，勒·瓦瑟太太知道这地方的助理司铎，我们就在他家住下了，安排周到，主人也不至觉得不便。格雷姆有一次也跟我们一起去了，助理司铎有一副好嗓子，唱得很好，他尽管听不懂音乐，但他的那部分唱词学得既快又准确。我们在那里把时间全用在唱我在舍农索写的那些三重唱上面。我又依照格雷姆和助理司铎瞎凑出来的一些唱词，写了两三曲新的三重唱。我不禁可惜我在这毫无别的想法的欢乐时刻所写、所唱过的这些三重唱，我将它们和我的全部乐稿都扔在武通了，也许达温浦小姐拿去做了卷发纸，但它们却是有价值的，大部分对位都写得非常好。

在这些短途旅行期间，我很高兴地看到“姨妈”的心情十分好，而我自己也玩得兴高采烈，就是在某一次这样的短途旅行以后，我很快、很仓促地写了一首诗送给助理司铎，人们会在我的文件里见到这首诗。

在离巴黎更近点的地方，还有另外一个很适合我的口味的落脚点，那就是在缪沙尔先生家里。缪沙尔先生既是我的同乡、我的亲戚，又是我的朋友，他在帕西买了一所风光明媚的住处，我在那里曾度过一段十分宁静的时光。缪沙尔先生原本是个珠宝商，非常懂理财，做买卖挣了足够的财产，在把独生女嫁给票据经纪人的儿子、御膳房总管瓦尔玛来特先生以后，就作了一个英明的决定，在晚年放弃买卖和事务，在生活烦扰跟死亡之间安排了一个休息与享受的间歇时刻。这位老好的缪沙尔先生真是个实践型的哲学家，他在自建的一所舒适的房子里，在亲手塑造的一个很漂亮的园子里，没有忧愁地生活着。在挖开园子的花坛时，他发现了大量的贝类化石，以至他那兴奋过度的想象力在自然界里只看到贝壳，最后他真认为宇宙都只是贝壳和贝壳的剩余，整个地球也只是含贝的泥沙了。他老是惦记这种东西，想着他那些离奇的发现，因此越想越兴奋，这些思想在他脑子里最后简直要形成系统了，也就是说形成疯病了——如果不是死神来将他从他的朋友们手里抢走了的话。他的死，就他的理智来说是个大幸事，但对于他的朋友们来说则是个大不幸，因为朋友们都喜欢他，在他家里小住是最舒服不过的。他死在一种最奇特而痛苦的病上，那是一个瘤，长在胃里，不断地长大，让他吃不了东西，而人们却很长时间找不出他不能吃东西的缘故。这个瘤在将他折磨了好几年之后，最终把他饿死了。

这个可怜而又可敬的人的最后一段生活，我一想起就不由得非常伤心。那时候，看着他吃苦的那种样子而直到最后一刻都还不躲避他的，只有勒涅普与我两个朋友了。他接待我们还是那么高兴，而他自己却已经病到这样程度，看到他请我们吃的饭食真是忌妒，可自己连喝几滴很淡的茶都一般不可能，喝了后马上还得吐出来。

但是在这种痛苦的时间之前，我在他家与他交往的许多优秀的朋友在一起度过了多少愉快的时光啊！在这些朋友之中，第一应推普列伏神甫，他为人极其亲切、淳朴，他的心灵让他的作品生气勃勃，值得永远被纪念，他的脾气和在社交界中的表现，没有一点他给作品添上的那种忧郁阴影。还有普罗高普医生，他是个很得美人怜的小伊索。还有布朗热，他是在死后发表的《东方专制主义》一书的著名作者，而且我认为，他把缪沙尔的思想体系扩展到整个宇宙上去了。在女人中间有伏尔泰的侄女德尼夫人，她那时只是个朴实的女人，还没有假冒女才子呢。还有旺洛夫人，她肯定不算美，但是妩媚可人，歌唱得像天使一般。还有就是瓦尔玛来特夫人自己，她也会唱歌。她人虽然很瘦，如果自己不那么自恋的话，还是非常可爱的。以上大概就是缪沙尔先生的全部朋友，这些朋友让我相当愉快，如果不是缪沙尔先生带着他那份对贝壳的迷恋跟我倾谈，我还会更愉快些。我可以说，在他的研究室里工作的六个多月当中，我的乐趣不少于他本人。

他早就认为帕西的矿泉水对我的身体有益，劝说我住到他家去服用。我因为要避开都市的喧嚣，最后采纳了他的意见，到帕西住了八九天。这些日子对我有益，主要是因为住在乡下，而不是因为喝矿泉水。缪沙尔会拉大提琴，很喜欢意大利音乐。

在一天晚上，我们在就寝前谈起意大利音乐，尤其是谈我们两人都在意大利看过并且非常喜欢的那种喜歌剧。夜里，我睡不着，就老是想着怎么才能让法国人对这种形式得出一个概念，因为《拉贡德之爱》根本不是这种歌剧。早晨，我一边散步，喝矿泉水，一边就匆忙地作了几句似诗非诗的歌词，配上我作诗时想起的歌曲。在花园的高处有一个圆顶小厅，我就在里面将词和曲都仓促地写出来了。早茶时，我不由自主地把这些歌曲拿给缪沙尔与他的管家、非常善良而可敬的迪韦尔努瓦小姐看。我写的这三段一个是独白《我失去了我的仆人》，二是卜师的咏叹调《爱情感到不安便增长起来》，三是最后的二重唱《科兰，我保证永远……》，等等。

我根本没想到这点东西是应该继续写下去的，如果没有他们两人的支持和鼓励，我都要把我这点破纸扔到火里，不再去想它了。我写出的很多东西至少与这一样好，却都被我扔了。但是他们却全力鼓励我，全剧花六天工夫就写完了，只缺几行诗。全部谱子也有了初稿，到巴黎只要加上点儿宣叙曲和全部中音部就行了。所有这一切，我做得非常快，只用了三个星期，我的全剧各幕各场都写清了，达到了可以上演的程度。所少的只是一段幕间歌舞，这是很久以后才写出来的。

因为完成了这部作品，我很兴奋，希望能听到它的演奏。我巴不得付出一切代价关起门来看到它按照我的意思演出，就跟当年吕利一样——据有人说他有一次叫人专为他一个人把《阿尔米德》演了一遍。因为我不可能有这样的乐趣而只能与公众同乐，我就必须让我的作品被歌剧院接受。但它属于一种全新的体裁，听众对此毫不习惯，而且，《风流诗仙》的失败让我知道，如果我将《风水先生》一剧再以我的名义送去，它肯定还是要失败的。

杜克洛解决了我的困难，他负责将作品拿去试演，并且不让人家知道作者是哪位。为了不让别人知道我，排练时我没有到场，连指导排练的“小提琴手”都只在全场欢呼、证明作品非常好之后，才知道它的作者是谁。只要是听到这部作品的人都十分满意，第二天，在所有的社交场中，人们就只谈论它了。游乐总管大臣居利先生看过试演后，就要将这部作品拿到宫廷去演出。杜克洛知道我的想法，而且认为我的剧本一拿到宫廷，就不能像在巴黎那样由我做主了，所以不愿把剧本交给他。居利依仗自己的权势强行索要，杜克洛坚持不愿意。两人的争执变得十分激烈，有一天在歌剧院里，如果不是有人将他们分开的话，他们俩要出去打仗了。人家来找我，我就推给杜克洛先生去决定，因此还是需要去找他。奥蒙公爵先生出面了，杜克洛最后以为应该向权力妥协，就把剧本拿出来，准备在枫丹白露演出。

我最希望的部分，同时也是离老路子最远的部分，就是宣叙曲。我的宣叙曲用崭新的方式抑扬，与唱词的吐字相符合。人家不愿意保留这种可怕的变化，害怕那些盲从惯了的耳朵听了会产生反感。我宣布让弗兰格耶和热利约特去另写一套宣叙曲，但我自己可不希望插手进去。一切都准备好了，演出的时间也定了，人们便提议我到枫丹白露去一趟，至少见最后一次的彩排。我与菲尔小姐、格雷姆，有可能还有雷纳尔神甫，同乘一辆宫廷的车子去了。彩排还说得过去，比我原先期望得要令人满意些。乐队人数非常多，是由歌剧院的乐队与国王的乐队组合而成的。热利约特演科兰，菲尔小姐演科莱特，居维烈演卜师，合唱队就是歌剧院的合唱队。我没有说多少话，一切都由热利约特主持，我不希望把他做过的事再来检查一遍，而且，虽然我的表情非常严肃，在这一群人中间却羞得简直像个小学生一样。

第二天是正式演出的日子，我到大众咖啡馆去吃早餐。那里的人很多，大家都谈到了昨晚的彩排，以及入场怎样困难。有一个军官说他没费多少工夫就进去了，把场内情形从头到尾叙述了一通，并把作者叙述了，说他干了些什么，说了些什么。是让我奇怪的倒是，这段非常长的叙述说得那么肯定、自然，里面却没有一句话是真的。我看得非常清楚，把这次彩排谈得那么头头是道的那位先生，当时压根就没有在场，因为他说他看得那么清楚的作者现在就在他面前，但他并不认识。在这个滑稽场面里，更奇怪的是当时它在我内心里所产生的效果。那个人有非常大的年岁了，绝无狂妄、骄傲的态度和口吻，他的样子显得是个有地位的人，他的圣路易勋章也说明他曾经当过军官。虽然他那么不害羞，尽管我心里不愿意，我对他还是很感兴趣，他在那儿大撒谎，我在这儿面红耳赤，不敢抬头看人，真是如坐针毡。我心里在想，有没有办法相信他是搞错了，而不是有意撒谎呢?

最后，我害怕有人把我认出来，当面给他尴尬，就一声不响地尽快喝完我的可可茶，然后低着头从他面前走过，提前跑了出去，这时在场的很多人还正在就他的叙述大声阔论着呢。到了街上我发觉自己浑身是汗，我断定，如果在我离开之前有人认出了我，叫出我的名字来的话，只要我在想到那可怜的人的谎言被揭穿时心里难过的那种表情，人家就一定会看出我像个犯了罪的人那样羞惭和紧张不安。

我现在正处于平生那种最严峻的时刻之一，很难只作简单的叙述，因为叙述本身就带有一点或褒或贬的色彩。但是，我还是要试一下，只讲明我是怎样做的，出于什么目的，不添加任何褒奖或谴责之词。

那天，我穿着跟平常一样的便服，满脸都是胡须，假发蓬乱。我把这种不符合时宜的装束当做一种勇敢的表现，就这样走到了国王、王后、王室和整个朝廷都即将到来的那个大厅里去了。我坐在居利先生把我带进去的那个包厢里，这是他自己的包厢，是一个在舞台侧旁的大包厢，正对着一个较高的小包厢，国王和蓬巴杜尔夫人就坐在那里。在我周围都是贵妇人，只有我一个男的，我毫不怀疑人家是故意把我放在那里好让大家都看见。灯一亮，我看到我这种装束，在那么多个个打扮得花枝妖娆的人们中间，就开始觉得不自在了。

我免不了自问，我坐的是不是我该坐的地方，我的打扮又是否是恰当，我感到不安，但在几分钟之后，我用一种大无畏的精神对自己的问题做出了回答：“是的，不错。”这种大无畏的精神也许来自骑虎难下多一点，来自理直气壮少一点。我自己对自己说：“我坐的是我该坐的地方，因为我是在欣赏我的剧本演出。我是被请来的，我也正是因为这个原因而写这个剧本的，而且严格地说来，谁也不比我自己更有权享受我的劳动和才能的结果。我穿得与我平时一样，既不更好，也不更坏，如果我又开始在某一件事情上向世俗的见解低头，不久就会每件事都要重新受到世俗见解的奴役了。为了永远维持我的本色，我就不应该在任何地方因为依照我选定的职业来打扮自己而感动羞惭。我的外表是朴素的，没有打扮的，但也并不邋遢，胡子也并不脏，因为它是大自然给予我们的，而且依据时代和风尚的标准，胡子有时候还是一种装饰品呢。人们会以为我可笑无礼，嘿！那又有什么关系？我应该学会承受得住笑骂，只要这笑骂不是我应该受到的。”在这一番自说自话之后，我就有勇气了，以至于，如果有可能的话，我能够赴汤蹈火在所不惜。

但是，也许是因为国王在场的关系，也许是出于人心的趋向，我在以我为对象的那种好奇心之中，所看到的却只有人们的殷勤和礼貌。我太感动了，以至于又为我自己，为我的剧本的成败担心起来，生怕辜负这样盛情的款待，因为大家都好像一心等着为我喝彩呢。我本来是有准备去对付嘲笑的，但是他们这种热情的态度，我却没有想到，这一下子就把我打动了，以至于开始演出时我像小孩子一样一直发抖。

不久我就可以放下心来了。就演员而说，这个剧本演得并不好，但就音乐本身来说，唱得好，演奏得也好。第一场真是真挚动人，从那时起我就听到那些包厢里响起了惊奇叹赏的议论，在这种剧本的演出中，还从来没有听到过呢。这种继续高涨的激动情绪，很快就传遍了全场，用孟德斯鸠的语言来说，这就是从效果自身来提高效果。在一对男女农民对话的那一场里，这种效果达到了高峰。国王在场是禁止鼓掌的，这就让每句台词都听得清清楚楚，剧本和作者都占了便宜。我听到四周有许多非常漂亮的女人在嘁嘁喳喳，彼此低声交谈："真美啊。真好听。没有一个地方不打动你的心。"我将那么多敬爱的人全都感动了，这种乐趣让我自己也感动得要流出眼泪来，到第一段二重唱时，我的眼泪就真忍不住了，同时我注意到哭的人也并不只有我一个。

我有一阵子在自我反思，回想起在特雷托伦先生家里开音乐会的那一个场景。这种回忆大有奴隶把桂冠捧上凯旋者头上的那种滋味，但是这个回忆立即消失了，我马上就充分地、全心全意地享受着体味自身光荣的那种兴趣了。然而，我确信，在当时，性的冲动远远超过作为作者本身的虚荣心，毫无疑问，如果在场的都是男人，我就绝不会像当时那样不断地浑身火热，恨不得用我的嘴唇去吸尽我使人流出的那些香甜的泪水。我曾见过一些剧本激起了比这更热烈的赞赏之情，但是从没见过这么普遍、这么美妙、这么动人的陶醉之情震住了整个剧场的观众，特别是在宫廷里，而且又是首场演出。凡是看到这种情景的人应该都还记得，因为它效果空前。

奥蒙公爵先生当晚派人通知我，让我第二天十一点钟左右到离宫去，要我觐见国王。给我送这个口信的是居利先生，他还加上一句说，他认为是要发给我一份年金，并且国王要亲自对我宣布。又有谁会相信，紧挨着这样光荣的日子后面的那一夜，对我来说竟是着急而又尴尬的一夜呢？每当想到要拜见，我首先想到的是此后我需要经常往外跑，当晚看戏时，这种需要已经让我吃了很多苦头，明天，我在长廊里或者在国王的房子里，与所有那些显贵在一起，等候国王陛下走过，这将会让我痛苦万分。就是这个毛病一直是让我避免与人交往，阻止我和贵妇们待在屋里的主要原因。我只要一想到这种需要可能让我陷入的困境，我就急得不能忍受，就得闹笑话，而且我是宁愿死也不愿闹笑话的。只有体会过这种滋味的人才能了解到不敢冒此危险的害怕心情。然后我又想象到了国王面前，被介绍给国王陛下，陛下停了下来，对我说话。在回复的时候就应该准确、镇定，我这该死的害羞，连在最不足道的生人面前都会手足无措，到了法国国王面前还会放过我吗？会让我在适当的时候讲出符合实际的话吗？我很想既不放弃我已经习惯的那种严肃的态度与口吻，同时又能表现出我对这样一位伟大的君主所给的荣宠深知感恩，因此我就应该在堂皇而又适当的颂词中想出一点伟大而有益的真理。要想事先准备好机智的回答，就必须想出他可能对我说些什么话，而且，我确信，就是猜准了，一到他面前，我事先想好的话连一句也是想不起来的。在这时候，当着满朝文武的面，万一我在慌乱之中又把我平常那些蠢话露出一句半句，我会变成个什么样子呢？这种危险让我惊慌、害怕、颤抖，让我打定主意，无论怎么样也不让自己出这个丑。

虽然，那笔可以说是到手的年金，我是失去了，但是我也就没有了年金会加到我身上的那种束缚。有了年金，真理结束了、自由结束了、勇气也结束了。自那以后怎么还能说独立和淡泊呢？如果接受这笔年金，我就只得阿谀奉承，或者不敢说话了，而且谁能肯定年金准能发到我手上呢？又有多少手续要办啊！又需要向多少人恳求啊！为拥有这笔年金，会比不要这笔年金添更多麻烦，招来许多不快。因此我觉得放弃这笔年金，就是采取一个符合我的生活原则的决定，那就是要实际、不要面子。

我将我的决定告诉了格雷姆，他并不反对。对别的人，我只用健康作为理由，当天早上就离开了。我这一走可就轰动了，受到了大家一致的谴责。我所拥有的理由是根本不可能被大家都了解的。大家众口一词，指责我的行动是由于愚蠢的骄傲。这让任何不会这样做的人的忌妒心得到了更好的满足。第二天，热利约特给我写了一封短信，详细说明了我的剧本的成功，连同国王自己怎样看得入了迷。他对我说："国王陛下天天用他的王国里最不入调的嗓子，一个劲儿唱'我失去了我的忠仆，我丢掉了我的全部幸福'。"他还说，不到半个月，《风水先生》还要再演一次，这第二次的演出会在全体公众面前证明初场的圆满成功。

两天后，晚上九时左右，当我走进埃皮纳夫人家，准备在那里吃晚餐时，突然在门口看到一辆马车走了过来。有个人从马车里向我招手，叫我上车。我上去一看，原来是蒂德洛，他跟我谈起年金的事，显出十分热衷的样子，我简直没有想到，一个哲学家对这种问题会这样热衷。他认为我不愿觐见国王不是什么罪过，但以为我对年金那么漠不关心倒是不可原谅。他对我说，如果只为我自己打算，不关心实际利益倒也罢了，为勒·瓦瑟太太和她的女儿打算而不关心实际利益就不应该，我有责任不丢掉用任何可能的正当方法为她们谋取生活费用。由于人家毕竟不能说我已经放弃了这笔年金，所以他坚持认为，既然人家好像有意要批年金给我，我就应该提出请求，并且一定要竭尽全力地把它弄到手。尽管我感谢他的关心，却并不欣赏他那些至理名言，我们在这问题上产生了一场激烈的争吵，这也是我与他的第一次争吵。我们发生过的争吵一直都是这种的，他硬要我做他希望我应该做的事，而我就偏偏不肯做，因为我想不应该做。当我们分手的时候，时间已经很晚了。我要带他上埃皮纳夫人家去吃晚饭，他就是不愿意。我本想把我所喜爱的人都联合起来，由于这个愿望我在不同的时候作出了很大努力，要他去看埃皮纳夫人，甚至把她带到他的门口，而他却让我们吃了闭门羹，总是不肯见她，而且他谈起她的时候总是用鄙视的口气。只是在我与她，后来又与他闹翻了之后，他们两人才有了交往，他才开始在谈起她的时候带着敬佩的语气。

从那以后，蒂德洛与格雷姆就仿佛努力要破坏我那两位“女总督”和我的关系了，他们暗示她们说，她们之所以不能更富裕点，全是因为我不好，说她们跟着我是永远不可能有什么好日子的。他们没有办法叫她们离开我，但答应凭埃皮纳夫人的情面，替她们找个食盐分销站、烟草公卖店之类的工作。他们还想把杜克洛和霍厄巴赫拉进他们的同盟，但杜克洛一直拒绝同他们走。这整个过程，我当时已经感到了一点，但我只是在很久以后才弄清楚。我经常抱怨我的朋友们这种盲目而多事的热情，像我这样病魔缠身，他们还要千方百计把我投进最苦难的境地，他们自认为是要竭力让我幸福，而事实上他们所用的方法只能给我带来不幸。

一七五三年的狂欢节，《风水先生》在巴黎演出了。在这以前，我抽出一点时间写了前奏曲和幕间歌舞。这个幕间歌舞，像印刷出的那样，应该从开始到结尾都是表演的动作，而且是用一个题材联系起来，以有利于提供一些有趣的场景。但是，当我将这个意见向歌剧院提出的时候，人家竟然连听都不肯听，因此，只好按照惯例杂缀一些歌唱和舞蹈，这么一来，这个穿插虽然充满了许多美妙的意趣，不让正剧减色，却只取得了平常的成功。我将热利约特的宣叙曲撤销了，恢复了我原来的那首，也就是现在印出的那首。这段宣叙曲，我承认是稍稍法国化了一点，也就是说，被演员们拖得长了一点，但是它不但没有让听众感到刺耳，而且取得的成功绝不在咏叹调之下，听众甚至觉得写得与咏叹调一样好。

我把我的剧本题交给杜克洛，因为他是它的保护人。而且我声明，这将是我唯一的题献。但是我后来又得到他同意，作了第二次题献，不过，他应该以为他有了这个，比没有这个还要光荣。

对于这个剧本，我有很多有趣的事情可说，但是我还有更重要的事要说，没有多余时间在这里讲了。有可能有一天我在补编里还要谈到这些事情。然而，虽然如此，有一则事情我却不能不提一下，它很可能与整个下文都有些关系。

有一天我在霍厄巴赫男爵的书房里欣赏他的乐谱，当我看完了各种各样的乐谱以后，他指着一部钢琴曲的集子对我说："这是人家特意为我写的，别有风味，也适合于歌唱。并且除了我之外，没有人再知道，将来也肯定不会看到，你应该找一首用在你的幕间歌舞里去。"我脑子里的歌曲和合奏曲的题材比我所能用的要多很多，我当然不很关注他那些曲子。但是他再三催促，我由于情面，就选择了一段牧歌，把它压缩了，改成三重唱，以便科莱特的女伴们上场之时用。几个月后，当《风水先生》还在上演的时候，有一天我到格雷姆家，看到许多人围在他的钢琴旁边，格雷姆看到我，便立刻从他的钢琴那儿站起来，我不在意地对他的语架看了一眼，发现竟然是霍厄巴赫男爵那个乐曲集，打开的正是他催促我采用、并保证始终不会离开他的那支曲子。在那以后，有一天埃皮纳先生家里正举行演奏会，我又看到那同一本乐曲集摊开在他的钢琴上。格雷姆也好，别的任何人也罢，从来就没有谈到过这支曲子，如果不是许多天以后有谣言散布出来，说我不是《风水先生》的作者，我想我也不会在这里谈起这件事情的。由于我从来就不是什么了不起的音乐家，我相信，要不是我那部《音乐词典》，人们最后会说我压根不懂音乐。

在演出《风水先生》以前的若干时间，巴黎来了许多意大利演滑稽剧的演员，别人让他们在歌剧院舞台上表演节目，没有想到他们会产生什么影响。虽然他们很笨，而乐队当时也很差劲，把他们演的剧本弄得不成样子，但是他们的演出还是让法国的歌剧大为逊色，一直到现在还没能恢复过来。法国与意大利的两种音乐，在同一天，同一个舞台上表演，这就使法国人的耳门打开了。在听了意大利音乐那活泼又强烈的曲调之后，没有一个人的耳朵再能适应他们本国音乐的那种费劲了，当那些滑稽剧演员一演完，听众就全走了。人们无奈，只好改变顺序，让滑稽演员最后演出。那时正演《厄格勒》《皮格马利翁》《天仙》，但都无法与他们相比。只有《风水先生》还能与它相比，即使在《女仆情妇》演完之后还有人听。

当我在写那个短剧的时候，脑子里是盛满了那一类曲子的，而我也正是从这一类曲子当中得到了启示。但是我却想不到有人会把我们的短剧与那一类曲子一个一个地检查。如果我是个偷盗手的话，那我该有多少偷窃行为被揭露出来，人家又要花费多少心机去揭露这些剽窃行为啊！但是，并无其事，他们用尽全力也没有在我的音乐里找到任何别种音乐的最细小的痕迹。我的全部歌曲，与所谓原本比起来，都是原创的，就像我所创造的音乐的性质是崭新的一样。如果要让蒙东维尔或拉莫也来接受一下这样的经历的话，有可能他们要被弄得身败名裂的。

那些滑稽剧演员给意大利音乐赢得了一群十分狂热的拥护者。全巴黎分成了两派，比探讨国家大事或宗教问题都要热烈。一派权力很大，人数多些，都是一些王公大人、富豪与贵妇人，他们支持法国音乐；另一派更自信、更激烈，都是些真正的行家，一些有才华、有天赋的人，这一批人马在歌剧院里相聚在王后的包厢底下。另一派则位于整个池座与正厅，但中心是在国王的包厢底下。当时那些著名的派系名称，什么“国王之角”与“王后之角”，就是从这里传出去的。争论越来越激烈，就印刷了许多小册子。

“国王之角”想开玩笑，却遭到《小先知者》一文的嘲讽，他们想讲理，又被《论法国音乐的信》击败了。这两篇小文章，前一篇是格雷姆写的，后一篇是我写的，是这场论争后唯一留下来的两部作品，其余的都已经不存在了。但是，《小先知者》——人们很久都以为是我写的，虽然我予以拒绝——被看做游戏文章看待，没有让作者受到任何不好待遇。而《论法国音乐的信》却使得人家认真起来了，法国人一致起来批判我，认为我让法国音乐受了侮辱。这个小册子所产生的令人无法相信的后果，是值得用塔西陀的笔去描写的。那时正是议院与教会大闹纠纷的时候，议院刚被解散，人民群众的愤怒达到了顶点，武装起义很有可能就要爆发。小册子一出来，立刻一切争论都给忘记了，大家都想到了法国音乐的危险，所谓起义，目标就是我。这场围攻的规模是如此之大，全国到现在都还没有完全忘记。那时候在宫廷里，问题只在于是把我关进巴士底狱呢，还是把我驱逐出去。假如不是佛瓦耶先生认为这样小题大做实在有点滑稽的话，御旨都有可能发下来了。日后人们听到我这个小册子曾在全国范围内预防了一场革命，一定以为是胡说八道。然而，这却是真事，全巴黎现在都还能证明，因为这件奇怪的事情距今才不过十五年多一点。

我的自由尽管没有受到妨碍，却受到了很多侮辱，甚至生命都遭到威胁，歌剧院的乐队大方地策划要在我走出剧院的时候把我暗杀掉。有人将这事告诉了我，我到歌剧院去得反而更多些，只是在很久以后我才知道，对我有深厚情谊的火枪手队军官安斯莱先生每当我散戏出门时都瞒着我派保镖，这样才让那场阴谋未能得逞。

歌剧院那时刚改为被市当局管辖，巴黎市长的第一项政策就是取消我的入场券，并且做得非常无耻，竟然在我入场时公开拒绝我，以至于我不得不买一张池座票，免得哪天受到碰壁回头的难堪。这种不公平的对待特别令人愤慨，因为我把我的剧本让给他们的时候，唯一的要求就是永远免费入场的权利。尽管这种免费入场是一切作者应该享有的权利，而且我还有特别资格取得这种权利，但是我还是在杜克洛先生的面前正式提了出来。虽然，没有待我提出要求，歌剧院出纳员就送给我五十个金路易作为酬金，可是，这五十个金路易不但抵不上我应该得到的款数，而且这笔款子与入场权一点关系也没有，因为这个入场权是明文规定的，与酬金毫无关系。他们这种做法可谓集罪恶与粗暴于一体，以至于社会公众尽管当时对我的敌意正处于高峰，仍然为之震惊，昨天骂我的人，今天竟在正厅里大喊，说这样剥夺一个作家的入场权，其实可耻，说这个作家完全有资格享受这种权利，甚至还可以请求双份权利。意大利的俗语说得真不错，人人都在别人的事情上才主持公道。在当时那种情况下，我只有一个办法。既然对方取消了原来商量好的权利，我就要回我的作品。为此我写信给达让森先生，他在那时正主管歌剧院那一部门，我在信里加了一份备忘录，列举的理由是不容反驳的，但是始终不能答复，也无结果，那封信也是一样。对这个不公平的人的沉默，让我一直不能忘记，我对他的品质与才能始终是无法佩服的，这次的沉默就更不能增加我对他的敬佩。就这样，他们将我的剧本扣留在歌剧院而把我让出的代价强行剥夺了。弱者对强者如此，就名为盗窃，强者若对弱者这样，只不过是将他人的财产占为己有而已。

至于这部作品的经济利益，尽管我只收到它在别人手里可能产生的四分之一，但数目却相当可观，足够我生活几年，并且还能补充我抄写工作的不足，因为抄写工作一直是进行得不够好的。我得到了国王的一百个金路易，又从美景宫的演出中得到了蓬巴杜尔夫人的五十个金路易——在这次演出中，蓬巴杜尔夫人亲自饰演科兰一角——再有歌剧院的五十个金路易和比索印刷剧本的五百法郎。这个短剧，一共只花了我五六个星期的工夫，虽然我运气不好，做事又很笨，还是让我挣到了差不多与后来《爱莫尔》挣得的同样多的钱，但《爱莫尔》却花费了我二十年的思考，三年的劳动。

不过我为这剧本给我带来的宽裕的经济条件也付出了很大的

代价，因为它给我带来了很多的烦恼，它是很多在许久以后才爆发出来的暗中忌恨的根苗。自从这个剧本取得成功以后，我就再也看不到格雷姆、蒂德洛，连同差不多所有我认识的文人从前的那种坦诚热情，那种一见我就表现出来的亲切了。当我在男爵家一出现，大家就停止了一般性的交谈。人们分成一小群、一小堆相互窃窃私语，我一人待在那里不知与谁说话才好。这种令人难堪的抛弃，我很长时间以来都平静面对，由于霍厄巴赫夫人的和蔼可亲，始终很好地招待我，只要她丈夫的那种粗鲁的态度还能承受得了，我就忍着。但是有一天，他竟没有道理、没有借口、极为粗暴地攻击我，当时蒂德洛与马尔让西都在场，蒂德洛一句话也没有说，马尔让西后来经常对我说，他真敬佩我当时回答的那种可亲态度和克制工夫。霍厄巴赫的这种失态等于下了逐客令，我最后走出了他的家门，下决心不再回去了。尽管如此，我每次谈到他和他那一家人，总还是怀着敬重的态度，而他一说起我来，却使用一些侮辱性的、鄙视性的词语，开口闭口都是“那个小学究”，并且不用任何别的称呼，但是，他又说不出我对他或对他所关心的所有人有过哪些对不起的地方。就这样，他终于证明了我当初的那些预料和担心。

就我而言，我相信我上面提到的那些朋友是会原谅我写书的，而且会原谅我写出很好的书，由于这种光荣他们也可能拥有，但是他们不能原谅我写出了一部歌剧，更不能原谅我这部歌剧获得了极大的成功，因为他们之中没有一个人能走上这条道路，更不能期望这样的光荣。只有一个杜克洛不存在这种妒忌，他甚至对我更加友好，并且把我介绍进季诺小姐家里，在那儿，与霍厄巴赫先生家里正相反，我得到了尊重、优礼与爱戴。

正在歌剧院上演《风水先生》的时候，法兰西喜剧院也在谈论它的作者，不过结果稍微弱一点。由于七八年来我都没有能让我的《奈尔西斯》在意大利剧院演出，因此我也就讨厌这个剧院了，感觉那些演员用法语演歌剧并不好看，我很想把我的剧本拿给法国演员演，并且不再给他们演。

我将我这个希望对演员拉努说了，我跟拉努原本就认识，并且，大家都明白，他是个优秀的人物，又是个作家。《奈尔西斯》很中他的意，他负责让它作为无名氏的作品演出，并在事前就送了我一些入场券，这让我很高兴，因为我始终是喜欢法兰西剧院超过另外那两个剧院的。剧本被观众鼓掌通过了，并且不公开作者姓名就演出了，然而我有理由相信，演员们和很多其他的人知道作者是谁。古桑与格兰瓦尔两位小姐饰演多情女郎的角色，虽然，据我看，全剧的精神没有被把握，但也不能因此就说演得不好。不过，我对观众的宽容是很惊奇的，并且也很感动，他们竟然有耐性安静地从头听到尾，甚至还允许它第二次演出，并且没有丝毫不耐烦的表现。在这方面，初演时我就觉得那么厌烦，以至于无法坚持到底。

我一出剧院就进了普罗高普咖啡馆，在那里碰到波瓦西跟其他几个人，他们也许也和我一样，厌烦得坐不下去了。我在那里公开地表示了我的Peccavi（真诚的认错），谦卑地、应该说自豪地表示了我是那个剧本的作者，并且讲出了大家心里想讲的话。写了一个坏剧本而且还公开表示自己是作者，这一做法得到了大家的赞同，但我也并不感觉如何难堪。我这种坦白承认的勇气还让自己的自尊心得到了某种弥补。我现在仍然相信，在这种情况下，直说出来的自豪，实在多于不说出来的羞惭。这个剧本，演出的时候虽然是冷冰冰的，但能够让人读得下去，因此我就把它印出来了。前面的那篇序是我的作品之一，我在这篇序里，开始解释我的许多原则，比我直到那时为止已经解释的要多一些。

不久我就有可能在一个更为重要的作品里将这些原理全部阐述出来了。我记得，就是在这个一七五三年，第戎学院发表了以《人类不平等的起源》为题的征文启事。这个大题目给我留下了强烈的印象，我很惊奇这个学院竟然敢把这样一个问题讲出来。但是，它既然有这样的勇气提，我也就有这样的勇气写，因此我就开始写了。为了自由自在地思考这个重大的题目，我在圣·日尔曼旅游了七八天，与我一起的有戴莱丝与我们的女主人（她是个正派女人）以及她的一个女友。我将这次旅行看成是平生最舒适的旅行之一。天气十分晴朗，这两位善良的女人照顾一切，掌管开销，戴莱丝和她们一起玩，我呢，不需要操心，到吃饭的时候就与她们无拘无束地找点乐趣。

每天其他时间，我就到树林深处，在那里寻找并且找到了原始时代的景色，我大胆地描写了原始时代的历史。我抛弃人们所说的种种谎言，大胆地把他们的自然本性赤裸裸地暴露出来，将时代的演变和歪曲人的本性的各种事物的进展都原原本本地叙述出来。然后，我拿人为的人和自然的人相比较，向他们讲明，人的苦难的真正根源就在于人的所谓进化。我的灵魂被这些崇高的沉思默想激发起来了，一直升高到神明的境界，从那里，我见到我的同类正无止境地沿着他们充满成见、谬误、不幸和罪恶的道路前进，我用他们不能听到的微弱声音对他们呼喊："你们这些愚顽者啊，你们总是责怪自然不好，要明白，你们的所有痛苦都是来自你们自身的呀！”《论不平等》就是这些思想的结果。这篇作品比我所有其他的作品都更符合蒂德洛的口味，并且他对这部作品所提的意见于我也最有益处。但是这部作品在全欧洲却只有非常少的读者能读懂，而在能读懂的读者之中又没有一个愿意讨论它。它是为着征稿而写的，我就把它寄出去了，但是心里事先就已经料定它不会得奖，因为我知道各学院奖金肯定不是为着征求这种作品设置的。

这次旅行与这次写作于我的气质和健康都有好处，我因得了尿闭症而完全听从医生吩咐已经有很多年了，他们并没有减少我的痛苦，反而耗尽了我的精力，损坏了我的体质。从圣·日尔曼回来后，我的体质强了一些，自己感觉好多了。我就依照这种办法去做，决心无论是痊愈还是死亡，反正不看医生不吃药，永远跟医药断绝关系。

这样，我就开始过一天算一天，假如没办法出门，就安安静静地待着，一有气力出去，就出去一下。在巴黎，与那些自命不凡的人们在一起，这种生活太不符合我的口味了。文人的钩心斗角，他们那些无耻的争吵，写的书缺少真诚，在社交界中又是那么一副专断的口气，所有这些，对我来说，都是太可惜、太格格不入了。就是在与我的朋友们的交往中，我也很难发现笃实敦厚的气质、开诚布公的精神、率真的态度。因此，我厌烦了这种吵闹的生活，开始真切地盼望能到乡间居住，即使我的职业不允许我长期在乡间居住，我至少要把我所有的一点空闲时间都在乡间度过。有几个月，我吃过午饭的第一件事，就是自己一个人跑到布洛尼森林去散步，考虑一些作品的题材，一直到夜里才回家。

当时我与果弗古尔来往非常密切，他因为职务关系，必须到日内瓦去跑一趟，希望我和他同行。我答应了。我的身体不怎么好，少不了“女总督”的照顾，因而决定让她也同往，让她母亲照顾家。一切都安排妥当，我们三人就在一七五四年六月一日一同起程了。我应该记录下这次旅行，由于这是我活了四十二岁第一次体会的一件那样的事，它震惊了我那与生俱来一直无所保留地对人的充分信任的本能。我们租了一辆马车，不换马，因此每天只走很短一段路程。我时常下车步行，在我们刚走了一半路程的时候，戴莱丝就表示她非常厌恶单独跟果弗古尔留在车里。每当我不顾她的请求，还是要下车的时候，她也就下车步行。我把她这种任性的脾气骂了很久，甚至还坚决不让她下车，直到最后，她才迫不得已将原因对我说明了。

当我听说我这位已经六十多岁，有脚气病，又因追欢寻乐而伤害了身体的朋友果弗古尔先生，竟从我们出发的时候起就想破坏一个既已不算貌美，也已经不年轻，而且还是他的朋友的女人，我简直认为自己是在做梦，好像是从高处掉下来一样。而他这种行为，使用的手段又非常卑鄙、非常无耻，甚至于要将自己的钱包送给她，还拿了一本淫书让她读，拿他随身带着的那些淫画让她看，企图借此挑逗她。戴莱丝非常气愤，有一次就把他那本丑书从车窗里扔了出去，我还听到，出发的第一天，一阵剧烈的偏头痛让我没有吃晚饭就去睡了，他就利用这两人在一起的一段时间去勾引她，动手动脚，简直像个色情狂，像只骚公羊，绝不像个受我信赖而又将妻子托付给他的正人君子。

这是多么惊人啊！这对我又是一件多么没有想到的伤心事啊！到此时为止，我一直认为友谊是与构成友谊的全部魅力的可爱而高贵的情感分不开的，现在我生平却第一次感到，必须把友谊与轻蔑结合起来了，必须把我的信赖和尊敬，从我所爱的并且还以为被爱的一个人身上拿回来了！那个老无赖还在我面前隐瞒他那卑鄙龌龊的行为呢。为了不让戴莱丝难堪，我也必须在他面前瞒着我对他的鄙视，将他一定不会知道的那些反感放在我的心灵深处埋藏起来。你，友谊的甜美而神圣的想象啊！果弗古尔第一个将你的纱幕从我的眼前揭开了。从那时起又有多少残酷无情的手阻碍这个纱幕重新合上啊！

到了里昂，我就与果弗古尔分了手，重新走萨瓦那条路，因为我不愿意再从离“妈妈”那么近的地方走过但不去看看她。我看到她了……她的情况多么惨啊，天哪！这是怎样的沦落！她初期的那种美德为何就荡然无存了？她还是当年彭威尔神甫叫我去找的那位美貌动人的海仑夫人吗？我的心多么难过啊！我见她没有任何别的办法了，只有搬家了。我早已在我的信里再三催促她来跟我安安静静地一起生活，我愿意和戴莱丝尽我们的力量让她能享点幸福，这次我又动情地重复这种请求，但是没有效果。她死盯住她的年金，不听我的话，而她那份年金，虽然一直支付，她自己却很长时间以来花不到一文钱了。我还是将我的钱给了她一点，如果我不是绝对知道我分给她的钱她一文也花不到的话，我原本应该而且也一定会多分一点给她的。

当我在日内瓦住的时候，她到沙伯莱作了一次旅游，并且还到格兰日运河来看我。她没有钱结束她的旅行，当时我身上又没有那么多钱，一小时后我叫戴莱丝拿钱去送给她。可怜的“妈妈”啊！让我将她这一次心地善良的表现再写一番吧。她剩下的最后一件首饰就只有一枚小戒指了，她将它从自己的手指上摘下来戴到戴莱丝的手指上，戴莱丝立刻就又把它摘下来，再套上她的手指，同时流着眼泪亲吻着那只高贵的手。啊！这时正是我偿债的恰当时刻啊！我应该抛弃一切去跟她走，相互依存，直到她最后一刻；同甘共苦，不管她遭遇如何。但我却没有这样做。因为我被另一份感情分了心，我觉得我对她的感情也淡薄了，不能指望我的感情对她能有点益处。

我为她叹息，却没有同她走。在我平生所感到的一切愧疚之中，这个愧疚是最强烈、最让我遗憾的。为此，我就应该受到从那时起不断落到我头上来的那些严酷的惩罚，希望这些惩罚能把我的忘恩负义之罪全部补偿吧！这种忘恩负义是表现在我的行为上的，但是它很深地刺痛了我的心，由此可见我这颗心从来也不是一个忘恩负义者的心。

在离开巴黎以前，我已经把《论不平等》那篇文章的献词写好了。我将这篇献词在尚贝里写完，并注明某年月日写于尚贝里，由于我想，为了避免一切挑剔，还是宁愿不注明写于法兰西或写于日内瓦为好。一到日内瓦，我就埋头于促使我回到日内瓦的那种共和主义的激情之中，这种激情又因我在那里所得到的欢迎而更加高涨。我得到各界人士的热情招待和拥护，满腔沸腾着爱国热情，但由于我在祖先所信奉的宗教之外另信奉了一种宗教，从而被剥夺了公民权，所以我又感到很羞惭，于是我决心公开地信奉我祖先的宗教。

我想一切基督徒使用的都是同样的福音书，而教条内容之所以不同只是因为各人对自己所不能理解的部分妄加解释。那么，在每一个国家里，只有统治者有权力确定教义和这不可理解的教条，所以，公民的义务就是承认这个教条，遵守法律所规定的教义。我与百科全书派的人们往来，却远没有动摇我的信仰，反而让我的信仰因为我对论争与派系的天然厌恶而更加坚定了。我对人与宇宙的研究，到处都给我指出那些主宰着人跟宇宙的终极原因。在这几年以来，我专心研究《圣经》，尤其是福音书，早就让我鄙视最不配了解耶稣基督的人们所给予耶稣基督的那些卑劣而愚昧的解释。总之，哲学让我追求宗教的精华，也就让我摆脱了人们用以阻塞宗教的那一堆垃圾般的毫无意义的公式。我既以为对于一个有理性的人来说，没有两种做基督徒的方式，也认为，只要是与形式和纪律有关的所有东西，在每一个国家里都属于法律的范围。因为这个原理——这么符合情理的、这么拥有社会性的、这么和平的却又曾给我带来那么残酷迫害的原理——当然要得出这样的结论，我既然要做公民，就应该做新教徒，重新回到我国规定的教义。

我决定这样做了。我只希望一定不要到教务会议席前去接受讯问。但是圣教法令对这一点却是有明确规定的，不过没想到人们居然愿意为我通融办理。他们派了一个五六人组成的委员会来听我发表改宗声明。不幸的是，佩尔得利奥牧师——他对人既亲切又和蔼，我跟他很有交情——竟然想对我说，大家认为能听到我在这个小集会中致辞，这使他们很高兴。这种期待让我害怕极了，以至于我用了三个星期的工夫，日夜研究一篇准备好的短小的演说词，但到要读的时候，却紧张得连一个字也说不出来了。在这个会议席上，我是个最愚蠢的小学生，审查委员们替我说话，我笨拙地回答着“是”或“不是”。然后，我就被纳入教团，因此公民权恢复了。我用公民的身份记入了保安税册，这种保安税是只有公民并且是市民才缴纳的，我还加入了国民议会的一次非常全体会议，从执行委员缪沙尔那里接受誓言。

国民议会和教务会议对我表示的那种种感情，和全体官员、牧师和公民的那种种客气的态度，使我非常感激，因此我一面受到那位一直与我在一起的好朋友德吕克的催促，另一面还特别受到我自己内心倾向的驱使，就一心一意只想回到巴黎去把家庭解散，把我那些小事处理一下，把勒·瓦瑟太太和她的丈夫安排好，或者给他们一些赡养费，然后再领着戴莱丝回到日内瓦来，安心度过我的下半生。

这么一决定，我就把正经事都暂时停了下来，以便能跟我的朋友们一直玩到起程的时候。在所有这些玩乐当中，使我最开心的是我与德吕克老头、他的儿媳、他的两个儿子连同我的戴莱丝一同乘船进行的那次环湖游览。我们利用七天的时间作了这一次环游，而且天气是非常不错的。湖那一边让我惊讶的许多风景都给我留下了非常好的印象，几年之后，我就在《新爱洛伊丝》里把这些景色写了下来。

我在日内瓦认识的主要朋友，除了我已经说过的德吕克一家之外，有青年牧师凡尔纳——我在巴黎就已经知道他了，当时对他的看法比他后来的表现要高些；有佩尔得利奥先生——那时是乡村牧师，今天是文学教授，和他交游让人如沐春风，这些是让我永远怀念的，尽管他后来认为与我绝交是个英明决定；有雅拉贝尔先生——当时是物理学教授，后来当国民议会议员兼执行委员，我曾将我的《论不平等》的文章念给他听，不过并没有读献词，他似乎非常赞赏；有吕兰教授——直到他死之前，我与他一直保持通信，先前他甚至还让我为日内瓦图书馆买书；有凡尔宗教授——我对他，曾用种种事实表示我的依恋与信赖，这些事实原本让他感动的，如果一个神学家能被事实打动的话，但是他也与大家一样，在我一作这种表示之后，他就别过脸去不理我了；有果弗古尔的助理和继承人沙必伊——他打算顶替果弗古尔，自己取而代之，但不久自己却被顶掉了；有马尔赛·德·麦齐埃尔——他以前是我父亲的老朋友，以后又表示愿做我的朋友，当年他一度为祖国增光，后来成了戏剧作家，并且想成为二百人议会的议员，因此就改变了思想作风，但死后却成为笑柄。

但是在所有这些朋友之中，我期待最深的是穆耳杜，因为他多才多艺，思想激烈，因此确实是个前途无量的青年。尽管他对我常常有点含糊不清，和我的许多最险恶的仇人都有联系，但我还是一直爱他，而且我相信有朝一日他将做我死后的辩护人，并替他的朋友报仇。在这些应酬之中，我持续保留独自散步的爱好和习惯，我经常在湖岸进行相当远的漫步，在这些漫步当中，我那劳动惯了的脑子一直没有闲的时候。我思考着我已经订好的《政治理论说》一书的提纲——不久我就要讲到这部书，我又思考一部《瓦莱地方志》与一篇散文悲剧的大纲——这篇悲剧的主题是卢克丽霞，尽管我是在这不幸的女子已经不能在法国戏剧中出现的时候才大胆地再让她在舞台上演出，我仍然保留希望，打垮那些敢于嘲讽我的人们。我同时又用塔西陀来试手，将他的历史第一卷翻译了出来，译文现在就收在我的文稿之中。

当我在日内瓦住了四个月之后，在十月间就回到了巴黎。我没有经过里昂，省得又遇到果弗古尔。因为我事先制订的计划是开春再回日内瓦，所以我在冬天就又恢复了我的生活习惯和正常工作，其中主要的是检查我的《论不平等》的校样。这部稿子是我让书商雷伊在荷兰印的，雷伊是我在日内瓦刚认识的新朋友。因为这部作品是献给共和国的，而这篇献词又可能不符合国民议会的想法，因此我想等一下，看看献词在日内瓦产生的效果如何，然后再回日内瓦去。

这效果果然对我不利，这篇献词本是受最纯洁的爱国热忱驱使写出来的，却给我在国民议会中带来了许多敌人，在市民中带来了许多妒忌者。舒埃先生那时是首席执行委员，他给我写了一封很客气但是很冷淡的信，原信存在我的函件辑里，甲札第三号。在私人方面——其中有德吕克与雅拉贝尔，我得到了若干夸奖之词，仅此而已。我就没有见到一个日内瓦人感激我在这部作品里表现出来的热忱。这种冷淡的态度，凡是注意到的人都感到很气愤。

还记得一天，我到克利什去，在杜宾夫人家吃饭，与我同桌的有共和国代办克罗姆兰，还有梅朗先生。梅朗先生在席上当着大家的面说，国民议会应该因为这本书对我有所奖励，并给予公开褒奖，否则它就有失体面。克罗姆兰是个瘦小而乌黑的人，他卑鄙险恶，不敢在我面前作任何答复，便做了一个可爱的鬼脸，引得杜宾夫人笑了起来。我因为这部作品得到的唯一好处，除了满足了我自己的良心以外，就是那公民的称号，这个称号是由我的很多朋友，接着又由公众送给我的。后来我又丢掉了这个称号，只是因为我太值得享有这个称号了。

但是，如果没有对我的内心产生更大影响的某些原因的话，只凭这个失败是不会阻碍我去执行退隐日内瓦的计划的。埃皮纳先生要把舍福莱克府第原来缺少的那一边的房子建起来，因此花了很多钱。有一天，我与埃皮纳夫人一起去看这些工程，顺便散散步，往前走了大约四分之一里约的路程，直走到花园的那个大蓄水池旁。这儿与曼莫洛西森林相邻，还有一片漂亮的菜园和一所破破烂烂的小房子，被人称为退隐庐。这个幽静但十分可爱的地点，在我去日内瓦旅行之前第一次见时就注意到了，我曾在兴奋之中不知不觉地说过这样一句话："啊！夫人，多么美妙的住处啊！这才是为我建造的一个退隐地点呢。"埃皮纳夫人那时对我这句话没有显得特别在意。

但是这次再来，我非常吃惊地看到，旧房子没有了，换了一座几乎全新的小住宅，房间安排得非常好，正适合三口之家居住。原来埃皮纳夫人不知不觉地叫人做了这件事，并且没有花多少钱，只从府第工程中抽出一点材料和几个工人罢了。再来旧地，她看到我如此惊讶，便对我说："我的狗熊啊，这就是你的退隐地点，你自己选择了它，现在是友谊把它送给你。我盼望这份友谊能让你放弃你要离开我的那个残酷无情的念头。"我不相信我这一辈子曾经经历过比这更强烈、更愉快的感动，我的眼泪布满了我那女友的慷慨之手，虽然当时我没有完全被说服，却已经完全动摇了。埃皮纳夫人不愿半途而废，便再三劝我，用尽了一切方法，托尽了人，来争取我，甚至为了实现这个目标，还怂恿勒·瓦瑟太太和她的女儿来支持她，因此最后她胜利了，她使我改变了决心。我放弃了返回祖国的计划，答应来退隐庐住下。她一边等房子干燥，一边忙着准备家具，等到一切都准备好，我开春就可以搬进去了。

还有件事，也很有助于让我下这个决心，那就是伏尔泰在日内瓦附近居住。我明白这个人会在日内瓦闹得天翻地覆的，如果我再去，就会在我的祖国碰到巴黎的那种氛围、风尚和习俗，我又要不断地论战，并且在行动方面，要么就是做非常迂俗的夫子，要么就是做胆小怕事的坏公民，没有其他的选择。伏尔泰对于我的后一部作品写给我的那封信，让我有理由在我的复信里委婉说明我的种种隐忧，那封信产生的后果把我的隐忧都证实了。此后，我认为日内瓦没有救了，而我也确实没有料错。如果我有能力的话，有可能我应该承担起那场狂风暴雨。但是我只是一个人，又害羞，又不善于交际，而要去对付一个看不起一切、富比王侯，既有大人先生们为他支撑又有擅长辞令的辩才做他的支柱，而且已经变成女人和青年们的偶像的人，我怎么又能做得出什么来呢？我害怕冒险犯难，没有什么结果，因此我遵从了我的和平的天性，听从了我对安宁的喜欢。这种对安宁的喜欢，当年让我走错了路，今天在这同一问题上还是让我走错了路。如果我隐居到日内瓦，我能为我自己省掉许多大灾大难，可是我怀疑，即使用我这全部炽烈的爱国热情，我又能替祖国做出什么伟大而有益的事情来呢。

特龙香大概就是在这时候到日内瓦居住的，不久后到巴黎来闯江湖，赚了大笔钱带走了。他一到，就与让古尔骑士一起来看我。埃皮纳夫人很希望请他单独诊治，但是就诊的人太多，不容易挤进去。她找我想办法，我就催促特龙香去看她，他们俩就是这样，在我的引介之下，开始有了交往，以后他们关系密切了，反让我吃了苦头。

我的命运始终就是这样的，我一把彼此不相关的两个朋友联系起来，他们就肯定联合起来反对我。不过，尽管特龙香一家在他们从那时就参与的那套使祖国沦落到被奴役地位的阴谋之中，个个都对我恨之入骨，但这医生却还在很长一段时间内一直对我表示好感。他还在回日内瓦后写信给我，提议我到日内瓦去任图书馆荣誉馆长之职呢。但是我已经下定决心了，这番盛意没有让我动摇。

也就是在这个时候，我又一次拜访了霍厄巴赫先生，因为他的夫人逝世了。霍厄巴赫夫人与弗兰格耶夫人都是在我居住日内瓦的时候去世的。蒂德洛将霍厄巴赫夫人去世的噩耗告诉我的时候，说她的丈夫是怎样悲痛。他的悲痛打动了我的心，我自己也特别怀念这位和蔼可亲的女人，因此就写了一封信给霍厄巴赫。这件丧事让我将他一切对不起人的所作所为都忘得一干二净了。当我自日内瓦回来的时候，而他正与格雷姆和其他几个朋友周游法国，排忧解难。等他再回到巴黎的时候，我就去看他，后来我还继续去看他，直到我搬到退隐庐为止。

在他那个小圈子里，当人们知道埃皮纳夫人——这时霍厄巴赫尚未与埃皮纳夫人来往——正在为我准备住处，大家的挖苦嘲笑便像冰雹一般掉到我头上来了。他们宣称我需要人家捧场，需要都市的娱乐，就是半个月的寂寞也忍受不了。我自己心里有谱，让他们说去，却还是干我自己该干的。霍厄巴赫先生免不了还是给我点好处的，他替勒·瓦瑟老头找到了一个可以安置的地方。老头那时候有八十多岁了，他的妻子认为他是个非常大的负担，一个劲儿地请我把他赶走。他被家人送到一个慈善机构去了，差不多一到那里，逐渐衰老的年纪和离家的痛苦就把他送进了坟墓。他的妻子和其他的孩子们都没怎么怀念他，但是戴莱丝疼爱父亲，一直就抱恨终生，后悔不应该让老人以风烛之年，远离她而度过后半生。

差不多就在此时，有个客人来拜访我。尽管他是我的一个旧友，这次来访却完全不在我的意料之中。我是讲我的朋友汪杜尔，他有一天早晨在我万万想不到的时候突然来了，另外还有一个人与他一起。我觉得他变得很厉害啊！早年的风韵完全没有了，只见他一副下流样子，让我无法与他放怀畅谈。有可能是我的眼光变了，也许是酒色让他变得迟钝了，要不然他那早年的神情是出于青春的光辉，而现在青春时期早就没有了。我几乎是毫无感情地接待了他，而且我们又十分冷漠地分了手。但是在他走了之后，我们往日交往的旧情又强烈地引起了我对青春时代的回忆。

我的青春是多么温馨地、那么虔诚地献给一位天使般的女人的，而现在这位女人的变化之大也不逊色于他啊。还有那幸福时候的许多小故事，在托那度过的那温暖的一日，当时我是多么天真、多么酣畅地处在那两个可爱的少女之间，她们对我的唯一奖励就是让我吻了一下她们的手。但是，即便如此，她们却给我留下了非常强烈、非常动人、非常持久的印象，当年我是感觉到了一颗少年的心的迷人的全部力量的，现在我相信它们是无法再体会到了。那些所有缠绵的回忆让我为已经逝去的青春、为永别了的青春狂热洒下了眼泪。唉！我为这种狂热的不幸重来又该流下了多少眼泪啊，如果我能早想到它会给我带来那么多的痛苦！

当我离开巴黎的时候，就是在我退隐前的那个冬天，我还做过一件十分称心的快活事，我体会到了它的全部纯净意味。南锡学士院院士巴利索曾因为几部戏剧出名，这时又在吕内维尔在波兰国王的面前演了一出剧。他在这个剧本里写了一个竟然敢执笔与国王较量的人，认为这样可以得到国王的青睐。斯塔尼斯拉夫为人豪爽，不喜欢讽刺，一看有人敢这样在他面前评论时，非常气愤。特莱桑伯爵先生领了这位国王的命令，写信给我和达朗贝，通知我说，国王陛下希望把巴利索赶出他的学士院。我回信请求特莱桑先生在波兰国王面前说情，为巴利索求请。情是求了，但特莱桑先生以国王名义告诉我时，又说，这件事将在学士院的档案上记录下来。我又复信说，这样一来，不是开恩，反倒是将一个惩罚流传后世了。

最后，由于我再三请求，总算得到了圆满的结果，档案上将不作任何记录，这件事将不留下任何公开的迹象。在处理这件事情的过程中，无论是国王也好，还是特莱桑也好，都对我表示了尊敬之意，让我颇感欣慰。我在这件事里感受到，只要是值得受人尊敬的人，他们对一个人的敬重，会在这个人的心灵里产生出一种比虚荣心所产生的感情美好得多、高贵得多的感情。我在我的通信集里已经记录下了特莱桑先生的信与我的复函，原稿存甲札，第九、第十及第十一号。

我知道，万一我这些回忆录将来得以出版，我本想去掉痕迹的事情，自己反而让它流传下去了，但是，我迫不得已而传到将来的事还多着呢。我一直不忘写这部忏悔录的伟大目的与把一切都全盘托出的这样一个无法推却的责任心，将不允许我为某些细小的顾忌而心存规避，否则就会让我脱离目标了。在我身处的这种离奇、独特的环境中，我就应该对真理负责，不能对别人再有所怜悯。如果要彻底认识我，就必须从我的所有方面来认识我，无论是好的方面，还是坏的方面。我的忏悔必然与许多人的忏悔联系在一起，凡是跟我有关的事，我都用同样的态度做这两种忏悔，尽管我想对别人多点照顾，但是我认为我不应该对任何别人比对我自己要照顾得多些。我将永远公平、真实，尽量说别人的好处，只在跟我有关的范围内讲别人的坏处，并且不到迫不得已时不说。

在我被放于这样一种情况时，谁还有权利对我要求更多呢？我写忏悔录肯定不是为了在我未死之前发表，也不是在有关的人们未死之前发表。假如我的命运和这部书的命运都能由我做主的话，这部书应该在我和他们死后很久以后再出版。但我的许多强有力的反对者因为对真理的畏惧而作出了种种努力，要将真理的痕迹全部去掉，这就让我为保留这些痕迹而必须采取最正确的权利与最严格的公理所允许我采取的一切措施。如果我死后默默无闻，那么我宁愿不牵累别人，而是毫无怨言地把一场不公平的、立即消失的奇耻大辱忍受下去，但是既然我的名字还要存在下去，那么，我就应该努力让拥有这个名字的不幸者的面貌与这个名字一起流传下去——但应该是依照真实情况，而不是让许多不公正的敌人花费很长时间来描述。

第九章

我迫不及待要搬进退隐庐，等不及明媚的春光来临，当住宅一收拾好，我就急忙搬进去了。这就招来了霍厄巴赫一伙的嘲笑，他们公开表示，我受不了三个月的寂寞，就会羞愧满面地回到巴黎，过与他们一样的生活。但我呢，十五年来都是像鱼儿离开了水一样，现在仿佛又要回到故乡，因此对他们开的玩笑根本就不加理睬。自从我身不由己地投身到社交界以来，我没有一刻忘记我那可爱的沙尔麦特和我在那里度过的幸福生活。

我认为我生来就是为了退隐而居的，根本不可能在别的地方过得幸福。在威尼斯，在繁忙的公务之中，在外交使节的位置之中，在升官晋爵的骄傲之中，在巴黎，在上流社会的浪潮之中，在晚宴的物质享受之中，在剧院的炫丽光芒之中，在虚荣的幻烟迷雾之中，在丛林、清溪、幽静的散步的回忆通常让我分心，引起我的愁思，引起我的感叹和向往。过去，只要是我能强制自己去做的一切工作，只要是曾让我打起精神来的那一切野心勃勃的计划，都没有别的目的，只是为了有一天能过这种幸福无穷的乡间快乐生活，但这种生活，我此刻正暗自庆幸即将到来了。

我原认为只有相当的财富才能实现这种生活，现在我虽然没有发财，但是我觉得，在我这种独特的地位，无须发财，也可以由完全相反的时段达到同样的目的。我没有一个苏的年金，但是我有点声望、有些才气，我非常俭朴，那些为了不惹人非议而必要的开销又都抛弃了。除此之外，我虽然懒散，但当我愿意勤奋的时候，还是勤劳的，我的懒散不是游手好闲的人的懒散，而是一个独立奔放的人的懒散，他只是在愿意干活的时候才干活。我抄乐谱的这个工作，名也不高，利又不多，但是靠得住。社会上的人很满意我有勇气选择这个职业。我不发愁没有活干，并且只要我好好地干也就够保持我的生活。《风水先生》与我其他作品的收入还剩下两千法郎，有了这笔钱，我就不至于变成穷人。再者，我正在写几部作品，有可能不必向书商索要高价就可以再补充一些收入，足够让我安分工作，不需要过分劳累，甚至还有散步的闲余时间。我的小家庭，一共三人，每个都有事做，独立生活并不要太多的钱。总之，我的收入是与我的需要和欲望相符合的，让我有可能按照个人兴趣选定的方式过幸福而持久的生活。

我还可以完全走上谋利的道路，使我这支笔不去抄乐谱，并且完全用来写作。用我当时已经并且自认为有力量维持下去的那种一飞冲天之势，只要我愿意把作家的手腕和出好书的努力结合起来，我的作品就可以让我生活得很富裕，甚至生活得很奢侈。但是，我感受到，为生存而写作，不久就会埋没我的天才，消灭我的才华。我的才能不在我的笔上，而是在我的心里，完全是由一种超脱而豪迈的运作方式产生出来的，也只有这种运作方式才能让我的才华发芽生长。任何强劲的东西、所有伟大的东西，都不会从一支贪图名利的笔下产生出来。需求和贪欲也许会让我写得快点，却不能让我写得好些。盼望成功的愿望纵然没有把我送进错综复杂的小集团，也会让我尽量少说些实际有用的话，多说些取悦大众之词，因而我就不能成为原本有可能成为的卓越作家，而只能是一个东写写西写写的文字匠了。

不能，绝对不能。我始终认为，作家的地位只有在它不是一个职业的时候才能维持、才能是光彩的和受尊敬的。当一个人只为维持生计而写作的时候，他的思想就很难高尚。为了能够大胆地说出伟大的真理，就肯定不能屈服于对成功的追求。我将我写的书交到公众面前，相信是为公众的利益说了话，而且其他的一切都在所不惜。如果我的作品被人放弃了，那是因为人们不愿意从中得到教益，那就是他们活该。对于我来说，我并不需要靠他们赞扬来生活。如果我的书卖不出去，我的职业也能养活我，也唯有如此，我的书才真能卖得出去。

一七五六年四月九日，我离开了城市，从那以后就不再居住在城市中了。后来，不论在巴黎也好，在伦敦也好，在别的城市也好，几次短暂的逗留，都是路过，或者是迫不得已的，我都不将它看做居住。埃皮纳夫人用自己的车来接我们三人，她的佃户来运我的简单的行李，当天我就住下了。

我发现我这小小的住所里的布置和陈设都非常简单，但是干干净净，并且还很精致。为这陈设花了许多工夫的那只手让这陈设在我的眼光里具有一种特别无法衡量的价值。我感觉在我的女性朋友家里做客，住在我自己选择的、由她特地为我建起来的一所房子里，真是其乐无穷。

尽管天还很冷，甚至还有些残雪，但大地已经开始焕发生机了，紫罗兰和迎春花已经开了，树木的苞芽也开始绽放。我到的那天晚上，差不多就在我的窗前，在与住宅相连的一片林子里就听到了夜莺的声音。我朦胧地睡了一阵之后醒来，忘记了已经搬家，还以为是在格勒内尔路呢。突然一阵莺声打动了我的内心，我在狂喜中叫道："我全部的愿望终于实现了！"我最为关心的就是我对周围的那些乡村景物的印象如何，我先不整理我的房间，而是先出去漫步。

在我的住宅附近，没有一条小路，没有一片树林，没有一丛灌木，没有一块僻壤，这是我在第二天就跑遍了的。我越观察这个吸引人的幽境，就越感觉它是为我而存在的。这地方僻静但不荒凉，让我恍如置身天涯。它拥有那种都市附近不好找到的美丽景色，你突然身处其中，就肯定不会相信这里距巴黎只有四里之遥。

在我沉寂于乡村景物中的几天之后，才想到应该将文稿整理一下，安排安排工作。一如往常，我确定上午抄乐谱，下午拿着我的小白纸本与铅笔去散步。我从来只有在露天下才能自由地写作和思考，所以便不想改变这个方法，我想从此就把那片几乎就在我门口的曼莫洛西森林作为我的书房。我已经有好几部作品都起了头，现在拿起来检查了一番。我的写作计划是相当宏大的，但是在城市的喧闹之中，进度一直非常慢。我原就打算等到纷扰减少一点的时候，稍稍做得快一些。我想现在可以说夙愿终于实现了。像我这样一个经常生病的人，又经常跑舍福莱克、埃皮纳、奥伯纳、曼莫洛西府，还常被许多没事做的好事者跑到家里来盯住不放，而且每天都是用半天的时间抄乐谱，如果人们算算我在退隐庐与曼莫洛西度过的那六年之中所写出的作品，我相信，他们会发现，如果说我在这一段生活中花费了时间，那么至少肯定不是浪费在琐事上面。

在我已经提笔写的那些作品之中，长久以来我就在构思，弄得最有兴趣，并想用毕生的精力去做，而且，以我个人的看法，将来最能让我出名的，就是我那本《政治理论说》。

我第一次想写这样一本书，已经是十三四年前的事了。那时候我在威尼斯，曾有机会看到这个被人们如此夸赞的政府，竟有许多毛病。从那时候起，通过对伦理学历史的研究，我的眼界又放大了许多。我认为，一切都从根本上与政治相联系，无论你怎样做，每一个国家的人民都只能是他们政府的性质将他们塑造成的那样，因此，“什么是可能的最好的政府”这个大问题，依我看来，只是这样一个问题：什么样的政府本质能塑造出最有道德、最开明、最聪慧，总之是最好的人民？这里“最好”这个词使用的是它最广泛的意义。我又发现，这个问题又很接近于这样一个问题（即使两个问题是不相同的）：什么样的政府在性质上最接近于法呢？由此便产生这个问题：什么是法？以及一系列与此同样重要的问题。我看出，所有这一切正将我引向到伟大的真理上面去，这些真理对全人类的幸福都有利，特别有益于我的祖国的幸福——在我最近那次旅游当中，我在我的祖国没有找到在我看来正确、足够明确的关于法律与自由的概念。我曾认为，用这种间接的方式给我的同胞提供这些概念，是最能照顾他们的自尊心的，也是最能让他们原谅我在这个问题上比他们看得稍微长远一点的。

尽管我写这部作品已经五六年了，但写得还是不多。写这一类书是需要深入思考的，需要闲暇与安静的。而且，我这部书是悄悄地写的，我不愿意把这件事情告诉任何人，就是蒂德洛也没有告诉。

我害怕，对于我写书的时代和国家来说，这个计划太大胆了，朋友们的慌乱会阻止我的计划的执行。我还不知道它能否准时完成，赶在我生前出版。我希望能不受约束地把我的这个题目所要求的一切全部体现出来。我相信，我既没有喜欢讽刺的爱好，又绝不想抨击别人，总的来说，我应该是无可指责的。当然，我希望能充分使用思想的权利，这是我与生俱来的权利，但同时我一直还是尊敬我必须生活于其统治下的这个政府，永远不反抗它的法令。我一边十分谨慎，不违犯国际法，一边也不愿意因畏惧而放弃国际法所给予我的权利。甚至我还要承认，以别的国家的人的身份而生活在法兰西，我感觉我的处境是十分有利于大胆说出真理的。因为我非常清楚，只要继续保持我原先的打算，不在法国出版任何没有得到批准的东西，那么，不论我的见解如何，不论在别的什么地方出版什么作品，我在法国都不需要对任何人负责。就是在日内瓦，我也不会有这样的自由，因为在那边，无论我的书是在哪里印刷的，官方都有权指责它的内容。这点考虑促使我接受埃皮纳夫人的请求而放弃去日内瓦定居的计划。我觉得，正像我在《爱莫尔》里所讲的那样，除非你是个阴谋者，否则，你如果是想为祖国的真正利益去写书，你就不需要到祖国的怀抱中去写。让我觉得我的处境更加有利的，就是我有这样一种信心，法国政府也许并不怎么看重我，但是它即使不把保护我看成是自己的一种光荣，至少也会把不干涉我看成是它们的光荣。我认为，对阻挡不了的事给予宽容，从而拿这种宽容作为自己的一种功劳，倒是一个很简单却又很巧妙的政治手段。要知道，法国政府的权利，不过是把我驱逐出境，虽然把我驱赶出境，但我的书还照样能写，或许还写得更克制些，那么，不如就让我安安静静地在法国写，将作者留在法国作为对作品的保证。而且，法国政府这样做，就是对国际法表示了一种公开的尊重，从而将全欧洲对它的根深蒂固的成见全部消除。

有些人依据以后的事态发展判断，认为我的这种信任让我上了当，实际上这种人可能是自己看错了。在后来把我淹没了的那场风暴中，我的书曾被当做借口，但是人们真正怨恨的还是我本人。他们很少重视书的作者，他们要毁掉的是让·亚克这个人。

人们在我的作品里所找到的最大缺点正是我的作品给我带来的荣誉，我们不要一步就到将来吧。直到现在，这个谜对我来说仍旧是一个谜，我不知道它将来是否在读者眼里翻开。我只知道这么一点，如果我公开发表出来的那些原理给我带来我所受到的那些对待的话，我早就变成了那些原理的受害者了，因为，在我所有的作品中，将那些原理表现得最果断——如果不说是最大胆——的一部，早在我隐居退隐庐之前就已经发挥出它的效果了。然而虽有人曾想对我找麻烦，但是压根就没人想到防止那部作品在法国发行，它在法国就与在荷兰一样，是公开发行的。从此以后，《新爱洛伊丝》同样也是顺利地出版了，我认为，同样地受欢迎。而且基本上令人难以相信的一点是，这个爱洛伊丝临死前的那番表白跟挲乌阿副主教所表白的完全一样。《社会契约论》里的一切大胆的观点早在《论不平等》里就有了，《爱莫尔》里的一切大胆的观点也早在《朱莉》里就有了。这些大胆的观点既然没有为前两部作品带来任何流言蜚语，那么让后两部作品招来众人议论的肯定就不是这些大胆的观点了。

另一份工作，性质相同，但计划定得比较晚，它是此刻最让我关心的，这就是圣皮埃尔神甫著作的节选。因为叙事的线索，这部书直到现在还没有讲到。当我从日内瓦回来以后，马布利神甫就对我提起这件事，不是直接讲到，而是通过杜宾夫人，杜宾夫人也由于某种利益关系，希望我能接受这个意见。她是巴黎那三四个曾将老圣皮埃尔神甫看做宠儿的美妇人之一，尽管她不是独占对神甫的宠爱，至少是与文基荣夫人一起分享这种偏爱的。在这位善良的老人死后，她对他保有的那种敬爱，足以让他们双方都受到尊敬。因此，如果她看到她的朋友的那些未曾出版即已夭折的文稿能由她的秘书重新写起来，她应该是会感到光荣的。这些夭折的稿子里有许多绝妙的思想，但是表达得太差了。

读来令人厌倦，说来也怪，圣皮埃尔神甫将他的读者当做孩子对待，而说起话来却将他们当做大人，不太注意怎样让人听明白他所说的话。正因为这样，他们才提议我做这项工作，一则这项工作本身是有益的，而且它很适合于一个勤于动笔但懒于著作的人，适合于一个以构思为苦，宁愿投其所好，解释别人的见解而不愿有所创造的人。此外，我既然不让自己局限于阐释的范围，谁也就不能禁止我有时也去思考，因此我也就可以给予这部作品以这样一种形式，让许多重要的真理披着圣皮埃尔神甫的外衣进入到这个作品里来，这比披着我自己的外衣还要好。

但是这件工作也并不轻松，是需要细读、深思，加以记录的，是有二十三大本之多，又长、又混乱，有很多赘词、重复、浅薄或错误的观点，必须从中寻找出某些伟大而奇妙的思想，而这给了我忍受这种苦差事的勇气。如果我拥有可以反悔又不致有伤脸面的机会的话，我也很想把这份苦差事摆脱掉，但是当我拿了神甫的手稿的时候（这些手稿是他的侄儿圣皮埃尔伯爵应圣朗拜尔的要求交给我的），我可以说是答应了要用它来派用场的，因此，要么就把稿子还给人家，要么就得想办法加以使用。当我将这些手稿带到退隐庐的时候，就是打算做最后一种的，所以这也就是我预备把空余时间用上去的第一部作品。

我一直还思考着第三部作品，是我对自己的观察让我想起来要写的，如果我的文笔能适应我原定的计划的话，我有理由希望能写出一部真正对人类有益的书，甚至有可能是对人类最有益的书籍之一，我越是这样想，就越觉得有勇气去开始这个工作。

我们都知道，大部分人在他们的生活过程中经常与他们自己不相似，甚至变成了完全不同的人。我并不是为了说明这样一个明显的事实而要写一部书。我有更新鲜甚至更重要的目标，那就是要寻找这些变化的原因，特别注重那些归结于我的原因，用来说明我们应该怎样克制这些原因，让我们变得更加好、更加自信。因为，毫无异议，对于一个正派人来说，抵抗一些已经形成的观念是比较痛苦的，如果他能追溯到这些观念的根源而在其开始产生时加以预防、改变或纠正，就不会有那么多痛苦了。一个受到诱惑的人，第一次抵挡住了，那是因为他是坚强的，另外有一次就屈服了，因为他软弱了，如果他还是与上次那样坚强的话，他是不会屈服的。

当我一面试探自己，一面观察别人，来寻找这种种不同的生活方式到底是从何而来的时候，我见到生活方式大部分是由外界事物的先入为主的印象决定的。我们经常被我们的感官改变着，因此我们就毫无知觉地在我们的意识、感情乃至行为上受到这些改变的影响。我查找的许许多多明显的观察资料都是没有争论余地的，我觉得这些观察资料，因为它们是符合自然科学规律的，似乎很能提供一种外在的生活规律，这种规律随环境的改变而加以变通，就能把我们的心灵放于或维持在最有利于道德的状态。如果人懂得怎样强迫生理组织去帮助它所经常扰乱的精神程序，那么，他就能让理性不出多少偏差，就能防止多少邪恶产生出来啊！

气候、季节、声音、颜色、黑暗、光明、自然力、食物、喧嚣、寂静、运动、静止——它们都对我们这部机器发挥了作用，所以也就对我们的心灵产生了作用。它们都给我们提供了无数的、有可能没有错误的方法，去把我们任其摆布的各种感情从其发生之处予以控制。这就是我的基本观点，我已经把提纲写出来了，并且我期望，对天赋良好、真诚地热爱道德而又阻止自己软弱的人们，我这个思想是肯定能产生效力的，我觉得用这个思想就能很容易写出一部读者喜欢读、作者喜欢写的有趣的书来。但是，这部名为《感性伦理学或智者的唯物主义》的作品，我一直没有在上面费多少工夫。许多打扰——读者很快就会知道其中原因的——阻止了我全心去写，人们将来也会知道我那份提纲的命运如何，它是出乎意料地跟我自身的命运密切关联着的。

除了上述这些外，我从许多时候起就思考着一种教育思想，这是舍农索夫人让我这样做的，由于她丈夫对儿子的教育使她对自己的儿子非常担心。虽然这问题本身不那么符合我的口味，可是友谊的力量让我对这个问题比对所有其他问题都更关心。

因此，在我方才说到的所有题目之中，这是我唯一取得效果的一个。我写这个题目时所希望取得的结果，仿佛应该给作者带来另一种命运。但是在这里还是不要太早地谈这个让人伤心的问题吧，在本书的以后每个章里，我将会不得不谈到它的。所有这种种计划都在我散步的时候提供了思考的材料，我记得我已经说过，我只能一面走着，一面沉思，一停步，我也就不能思考了，我的脑筋只能与我的双脚一齐动弹。但我也曾采取预防措施，为下雨的日子准备了一个在室内的工作。这就是我的《音乐词典》。

词典的材料既杂乱又残缺，还不成样子，让这部作品几乎有重写的可能。我带来了几部重写需要的书籍，前边我已经花费了两个月的时间从其他书籍记录了许多东西。这些书籍都是别人从王家图书馆借出给我的，其中有几本，人家竟然还允许我带到退隐庐来。这就是我准备的工作，当天气不允许我外出的时候，这么抄乐谱抄烦了的时候，我就在家里编写。这种安排太符合我的习惯了，因此无论是在退隐庐，还是在曼莫洛西，即使后来在莫蒂埃，我也一直是这么做的。我是在莫蒂埃做完这项工作的，同时还做了其他一些工作，因为我一直觉得换工作是一种真正能解除疲劳的方式。

有一段时间，我非常坚决地执行我定的作息时间，感觉很满意。但是当明亮的春光把埃皮纳夫人更多地带到埃皮纳或舍福莱克来的时候，我就知道，有些事，刚开始并不怎样让我劳神，因此也没有怎么在意，但现在就非常打扰我的计划了。我已经讲过，埃皮纳夫人有些非常可爱的优点，她很喜欢她的朋友，热心为他们效劳，她既然为朋友不怕浪费时间、费精力，那么她也就应该得到朋友们对她的关心。直到那时候为止，我尽着这个义务，并不觉得是一种负担，但是最后我知道，我是给戴上了一条锁链，只是因为友情才让我感觉不到它的分量，由于我厌恶和许多朋友应酬，我又将这锁链的分量加重了。

埃皮纳夫人就利用我的这种厌恶向我提出了一个建议，表面上对我方便，实际上对她更方便，这建议就是，每当她一人在家或者差不多是一个人在家的时候，她就让人来通知我。我同意了，并没有发现我是承担了什么义务。这个约定的自然结果就是，以后我不是在我方便的时候去看她，而是在她方便的时候去看她，这样我就永远没有把握有哪天能让我自由支配了。这种束缚大大损害了我以前去看她时所一直感到的那种乐趣。我发现，她一直许给我的那种自由，只是以我始终不加以利用为条件的，有一两次我想试试这个自由，但她立刻就让那么多的人来打听消息，给我写了非常多的便条，对我的健康表现出那么多的大惊小怪，以至于我看得很清楚，如果想要拒绝招之即来，只有借口说病得不能起床了。这种约束非接受不可，因此我也就接受了，甚至对我这样一个最恨看人脸色行事的人来说，还算是相当心甘情愿地接受了的，因为我全心全意地依恋她，这就大大防止了我感到那种和依恋并存的约束。但她呢，就把那些看望她的常客不来时在她的消遣时间里所留下的空闲时间，不管好歹地给填补起来。

对她而言，这是没有多大意思的补充方法，但是她忍受不了绝对的寂寞，这毕竟比绝对的寂寞还稍胜一点。但是，自从她想尝试文学以来，她就打定主意，无论怎么样要写出点小说、信札、喜剧、小故事与这一类无谓的东西来，她是有事情可做的，很容易就把这种寂寞弥补起来的。不过让她感兴趣的还不在于写这些东西，而是要把写的东西读给人家听。因此，每当她接连写出了两三页，她就需要在这项困难的工作之后，至少肯定有两三个自愿捧场的人来听她读书。我很不幸没有进入这种人选之列，除非是依靠别人推荐去参加。如果只有我一个人，我总是在任何事情上都让人看做是零，而且这种情况，不仅在埃皮纳夫人的社交圈子里是这样，就是在霍厄巴赫先生的社交圈子里也是这样，凡是格雷姆先生定调的地方都是如此。这种等于零的情况倒让我到处都很自由，只是单独同她面对面地相处的时候，我就不知道该怎么办了。

我既不敢谈文学，因为文学轮不到我来评论，又没有勇气说风情，因为我太害羞，宁死也不敢去招人家笑话，并且我在埃皮纳夫人身边从来也没有起过这个想法，即使我在她身边待一辈子，我也不会动这个念头一次的，并不是我对她个人有什么厌恶之情，正好相反，我也许用朋友的身份爱她，因此就不能用情人的身份爱她了。我看到她，与她谈话，便感觉很高兴。她的语言，虽然在社交场中相当引人入胜，但个别相对时便感觉枯燥，我的谈话也不引人入胜，对她起不了什么作用。经常因为相互之间沉默太久了，很难为情，我便努力找话说，这种谈话常让我感到疲劳，却并不让我厌烦。

我很喜欢对她献些小殷勤，给她一些兄弟一样的吻，我觉得这种亲吻对她似乎也没有多大肉感意味，我们之间，仅此而已。她非常瘦，脸色很苍白，胸部很平坦。只是这一个缺陷就让我凉了半截，我的心灵与我的感官是从来就不知道把一个没有乳峰的女人当做一个女人的，还有不方便说的别种原因，一直让我在她身边但忘记她是女性。

我就这样下定决心，逆来顺受，不作任何反抗了。并且我看到，至少在第一年之中，这种负担并不像我所想象的那么沉重。埃皮纳夫人经常几乎整个夏天都去乡间过，这一年却只住了夏季的一部分时间，也许是她自己的事让她多留在巴黎，也许是由于格雷姆不在舍福莱克，她便觉得住在舍福莱克不再那么有意思。我就用她不来的那些空余时间或者虽然来而客人众多的日子，来与我的好戴莱丝与她的母亲一同分享我的独居之乐，因此感到格外可贵。尽管几年来我经常去乡间，却几乎体会不到一点乡村情趣。每次旅行，都是和一些自认为不平凡的人们在一起。因此总是有些拘束破坏了旅行的乐趣，从而更激发了我对乡村的爱好，我越是就近看乡村之乐的景象，就越感觉到失去这种乐趣的痛苦。我太厌恶那些沙龙、喷水池、人工树丛、花坛，尤其是夸耀这一切的那些讨厌鬼了。我非常痛恨那些织花、钢琴、三人牌、织丝结、愚蠢的私语、乏味的撒娇、没有意思的小故事和盛大的晚宴。以至当我看见一个普普通通的小荆棘丛、一行疏篱、一座谷仓、一片草地的时候，当我路过一个村子，闻到香草炒鸡蛋的那种香味的时候，当我很快就听到那种带有乡土风味的牧女之歌的叠句的时候，我就把那些胭脂呀、粉黛呀、珊瑚玛瑙呀，都让它们见鬼去了。我吃不到家常饭，喝不到土产好酒，恨不得抓到厨师傅、管家老爷，打他们几个耳光，他们让我在吃晚饭的时候吃午饭，在睡觉的时候吃晚饭。特别是那些仆役们，他们双眼看着我的饭菜，要么让我渴得要死，要么把他们主子的掺假的酒卖给我，叫我花的钱比在小酒店里买最好的酒还要贵上十倍。

现在我总算如愿以偿了，住在一个幽静迷人的地方，过着自由自在、安安稳稳、平平静静的生活，我觉得自己天生就是过这种生活的。这种生活状况对我说来还是新鲜的呢。在讲明它在我心灵上产生的作用之前，应该重复一下我的种种私心，便于读者能更好地从源头上看到这些新变化的发展。

我始终把我与我的戴莱丝相逢的那一天看做是我固定的精神生活的一天。我渴望恋爱，因为原本可以让我满足的那场恋爱终于被那么无情地抛弃了。对幸福的渴求在男子的心里是不会消灭的。“妈妈”老了，堕落了！事实表明她今世再也不会幸福了。既然我没有任何希望能再分享她的幸福，我只有渴望我自己的幸福。

我犹豫了若干时候，转了一个又一个想法，想了一个又一个计划。我的威尼斯之行原本会让我投身公务的，如果与我打交道的那个人有点常识的话。我这人是容易灰心的，尤其是在艰巨的、需要长期努力的事业上。我那次事业的失败让我对任何事业都没有兴趣了，按照我以前的信条，我总是将遥远的目标看做不切实际，所以我决定混日子，从此过一天就算一天，在生活里再也看不到任何东西能促使我去奋发图强。

正是在这个时候我们相互认识了。这个善良女子的温柔在我眼光里太符合我的性格了。我对她的这种依恋之情是经受得住时间的考验、经得起一切折磨的，凡是看来会使我的情感断绝的事情，从来都会使它们更加强烈。她曾在我痛苦到极点的时候让我心碎，而我直到写这篇文章的时候，都没有对任何人抱怨过一句。以后当我表明她在我心上留下的创伤和伤痕的时候，人们就会看出我对她的依恋已经强烈到什么地步了。

为了不和她分开，我做过一切努力，冒过一切风险，不理会命运的折磨和众人的反对，在和她一同生活了二十五年之后，终于在老年与她正式结婚了。在她，既没有这样期待，也无此请求；在我，既无誓言在先，也没有许下诺言。当人们清楚了我这一段经历，一定会认为有一种疯狂之爱从第一天起就让我晕头转向了，后来只不过是逐渐发展，将我引到了这最后的一个荒谬举动，当人们知道还有许多原本妨碍我一辈子也不与她结婚的特殊的、强有力的理由时，人们一定更会认为我是爱得疯狂了。

那么，如果我现在真心实意地对读者说——读者现在应该明白地看到这一点——从我第一次见到她直到今天，我就从来没有对她产生过一点爱情的苗头，我从没有占有她的想法，正像过去不想占有海仑夫人一样，我在她身上得到的肉体的满足完全是性的需要，但并不是整个身心的融合，你们对此会作何感想呢？读者一定会认为，我的体质和别人不同，既然我对我所最亲爱的两个女人的依恋之情里也都没有掺杂任何爱情的成分，那我就根本不能经历爱情。等着吧，我的读者啊！极其不幸的时刻就要到来，那时你会看到你所想的是个大错误了。

我是在重复我已经讲过的话，这我知道，但是我必须说明。我的第一个需求，最大、最强、最不能扑灭的需求，完全是在我的心里，这个需求就是一种亲密的组合，被亲密之可能的结合，特别是由于这一点，我才需要一个女人而不是需要一个男人，需要一个女友而不是需要一个男友。这种奇怪的需要是这样的，肉体上最紧密的结合还不够，我巴不得把两个灵魂放进同一个身子里，否则我就经常感到空虚。我那时自认为到了不再觉得空虚的时候了。

那个年轻女人有无数极好的品质，让人觉得可爱，甚至那时她长得也非常可爱，没有一丝做作，没有一丝妖艳。如果我能像我所曾希望的那样，将她的生活也融合于我的生活的话，我原本是可以将我的生活融合于她的生活的。在男人方面，我是一点也没有可怀疑的，我相信我是她真正爱的唯一男人，她那很少的肉欲也不会要求她去另找别的男人，尽管后来我在这方面对她已经不再算是一个男人的时候。

我没有家庭，她却有个家庭，而这个家庭，每个人的性格都与她的性格太不相同了，让我无法将它变成我的家庭。这就是我不幸的第一个原因。我是多么想让我自己变成她母亲的孩子啊！我竭尽全力想做到这一点，但我竟不能办到。我徒然地想把我们的一切利益都结合在一起，而这却不可能。那个母亲总是为自己另谋一套利益，与我的利益不但不同，而且相反，甚至与她女儿的利益也相反，因为她女儿的利益已经与我的不能分离了。她和她的其他子女连同孙男女个个都成了吸血虫，偷戴莱丝的东西已经是他们给她带来的最小的损失了。那可怜的女孩子由于习惯屈服，就是在侄女面前也是服从，所以就让人家偷、让人家摆布，一声也不吭。我看到我花尽了钱，耗尽了劝告，都不能让她得到一点好处，这真是让我痛心。我想让她离开她的母亲，她总是不愿意。我尊重她这种反抗，并且因此而更瞧得起她。但是她的拒绝，最终还是叫自己吃苦，也让我吃苦。因为她完全忠诚于她的母亲和她的家人，她的心就向着他们，多于向着我，多于向着她自己。他们的贪婪尽管让她破产，但远远赶不上他们的指责给她带来的损害。总而言之，如果因为她爱我，如果因为她天性好，她还没有完全受制于他们，却至少已经受到他们足够的影响，这使我给她的金玉良言大部分不能产生效果了。因而无论我怎样努力，我们一直还是不能成为合为一体的两个人。

在真诚的、相互的依恋之中，我已经投入了我心灵的全部情意，而这颗心灵中的空虚却从来没有被好好地补充起来。孩子们出世了，这空虚原本可以拿孩子来填充的，而事实上却更糟。我一想到要将孩子们交付给这样一个没有教养的家庭，结果会教得更坏，心里便害怕。育婴堂的培育，危险要小得多。让我作出那种决定的这个理由，比我在写给弗兰格耶夫人的那封信里所讲出的各种理由都更强有力些，然而，唯独这个理由我不敢对她说。我宁愿少洗刷这样严厉的谴责，以便保全一个我所爱的人的家庭。但是，人们依据她那无赖哥哥的行为，就可以判断我是否——不管人家怎样说——睁着眼睛让我的孩子去受像他那样的教育了。

既然我不能充分体会到我需要的那种亲密的契合，那么我就找些办法来填充，这些补充办法并不能补充空虚，却能减少空虚的感受。我既然找不到一个完全献身于我的朋友，就必须有些能用其推动力克服我的惰性的朋友，所以，我珍惜并加强跟蒂德洛和肯迪约克神甫的友谊，我与格雷姆建立了新的友谊，并且是更亲密的新友谊。最后，因为那篇不幸的文章——我已讲述其经过了——我又出乎意料地被抛回文坛，而当时我本认为自己已经永远离开了。

我在文坛的出发之始，就把我从一条新的途径带到了另一个精神世界，这种精神世界质朴但高尚的和谐，让我不能面对它而不动感情。不久，因为我专心探求这个精神世界，我就感觉在我们哲人的著作里全是谬误和荒唐，在我们的社会秩序里全是压迫和苦难。

在这种愚蠢的骄傲所带来的幻觉之中，我感到自己有资格驱散这些令人眩晕的迷雾。我认为，要想让人家能听从我，就必须言行相符合，所以我就采取了那种奇怪的行径，对于这种行为，别人既不允许我保持下去，我那些所谓的朋友也不能原谅我树立了这样一个榜样。这个榜样最初让我显得滑稽可笑，但如果我能继续下去，最后必然会为我赢得普遍的尊敬。

在这以前，我一直是善良的，自此以后，我就变成有道德的人了，或者可以说，至少是沉迷于道德的了。这种沉迷，是从我的头脑里开始的，但是它已经进入我的心里。在那里，最尊贵的骄傲在被拔掉的虚荣心的遗迹上发芽生长。我一点也不做作，我表面上是怎样的一个人，实际上就是怎样的一个人。这种激昂慷慨之情，持续了至少四年之久，在这四年当中，只要是人的心灵所能包容的伟大的、美的东西，我都能在天我交际之中感受到。我那突如其来的辩才就是从这里发挥出来的，那种真正从天而降、燃烧我的心灵的烈火也是从这里扑入我的初期作品里的，而这种神奇之火，在前四十年中一直不曾爆发出细小的火花来，因为它那时还没有被点燃。

我真的变了，我的朋友、我的相识都不认识我了。我已经不再是那个腼腆、羞涩而过于谦虚，既不敢见人，又不敢说话，而且人家说一句笑话就觉到手足无措，女人看一眼就羞得面红耳赤的人了。我既大胆，又豪迈，又勇敢，到处表现出一种自信，而这种自信，却是质朴的，不但存在于我的举止之中，主要还存在我的灵魂之内，所以就更加坚定。

我的深入让我对时代的风俗、箴规和成见产生鄙视之心，这种鄙视之心又让我对那班具有这些风俗、箴规和成见的人们对我的嘲笑视若无睹。我用我的惊人警句反驳他们的浅薄语言，就和我用两个指头消灭虫子一般。这是多么大的变化啊！全巴黎都流传着我的辛辣而锋利的嘲讽话，而同样是我这个人，两年以前和十年以后，却无论如何也找不出一句恰当的话，找不到一个恰当的词语来形容这个变化。你如果要寻找与我的本性最截然相反的精神状态，我当时的那种状态就是。现在大家再回忆一下，我生平常有的那种短暂的时刻，在那时我变成了另外一个人，完全不是原来的自己了，这样的时刻也是要在我现在所说的这段时间里出现的，不过这个时间不是持续了六天、六星期，而是持续了六年，而且有可能还会持续下去的——如果不是出现了某些特殊情况来把它打断，把我带回到我原想超脱的自然的话。

当我一离开巴黎，这个大都市的罪恶景象一停止它在我身上引起的愤慨的情绪，这种变化就开始了。我不再见到人，我也就不再鄙视人,我不再见到恶人，因此我也就不再憎恶人。我的心本来就不会记仇，此后就只会悲天悯人，而不再把人类的险恶和人类的苦难分离开来。这种精神状态比较好，也远远不像以前那么崇高了，它不久就把鼓舞我达数年之久的那种热烈的激昂之情消耗尽了，不但别人没有觉察到，连我自己也几乎没有意识到，我又变成畏惧的、随和的、羞涩的人了，总之，又是当年的那个让·亚克了。如果这种变化只是让我恢复当初的情况，并且到那时为止，那倒还好，可是很不幸，它走到头了，很快就将我带到了另一个极端。从此，我的灵魂一旦开动，就维持不了它的重心，一直摆来摆去，无法停留下来。这第二次剧变，我需要详细地谈谈，因为我的命运在人间没有先例，这个时期又是我的命运险恶的、致命的时期。

在我们隐居生活中既然只有三人，空闲与寂寞就必然使我们加强了之间的亲密关系。戴莱丝和我之间就是这样。我们两人面对面地在树荫下度过极美妙的时刻，我从来也没有那么深切地体会到这种温馨。我感觉她自己也比以前体会得更加深切了。她对我无保留地说出一切了，并且告诉了我许多事情，都是有关她母亲和她家庭的，没想到以前她竟有那种毅力，一直对我守口如瓶。

她母亲与她家的人都曾经从杜宾夫人那里得到过许许多多的馈赠。这些都是送给我的，但是那个老滑头，为了不让我生气，干脆就暗暗收下了，以便供自己和其他的孩子享用，一点也没有留给戴莱丝，并且还非常严厉地禁止她跟我说起这些事，而他那个可怜的女儿居然也就遵从她父亲的命令，恭顺得令人难以置信。

但是，有一件事特别使我吃惊，就是我听说蒂德洛和格雷姆经常和她们母女二人在私底下谈话，希望她们与我脱离，只是因为戴莱丝执意不愿意，因此没有成功。除了这些以外，我听说他们俩从此又经常和她的母亲密谈，连她自己也无法知道他们三人之间搞了什么鬼。她只知道这里面还带上了些小礼物，有些小往来，大家都全力对她保密，因此她也就不知道那是出于什么动机。在我们离开巴黎的时候，勒・瓦瑟太太很久以来就习惯于每月去看格雷姆先生两三次了，而且一去就谈上几个钟头，谈得那么秘密，就连格雷姆的仆役都经常被支开。根据我的判断，这种谈话的目的都不过是原来想叫女儿也参加进去的那个计划，他们答应托埃皮纳夫人替她们弄个食盐零售店或烟草公卖店，总之是对她们进行物质诱惑。他们对她们说，我既没有能力帮助她们，又因为有了她们而我自己也不能有所进步。由于我只感到这一切都是出于好意，因此也并不十分怪罪他们，只有那种秘密劲儿让我受不了，特别是那老太婆，而且她在我面前一天比一天更能说会道、更滑头滑脑，但是这并不能阻止她不断地私下里骂她的女儿，说她太爱我，什么都跟我说，说她完全是个傻瓜，不久就会吃亏的。

这个女人学会了一套一举数得的伎俩，她从这个人手里得到的东西总会瞒住那个人，从所有人手里得到的东西总会瞒住我。她那么贪婪，我尚且能原谅，但是她那么作假，我就无法原谅了。她会有什么要瞒住我的呢？她非常清楚，我是认为她女儿和她的幸福是我自己的唯一幸福的。虽然，我给她女儿做的事，也就是给我自己做的事，但是我给她做的事也还是值得引起她的感激的，至少她心里应该感激她的女儿，并且，既然她的女儿爱我，她也就该因为女儿爱我来爱我。是我把她从极度贫困中救了出来，她是从我手里获得了她的生活资料，她经常利用的那些熟人，也都是因为我而认识的。

戴莱丝曾长久以来用自己的劳动来养活她，现在还是用我的面包来养活她。她的一切都来自这个女儿，但她却什么也没为这个女儿做。她为别的几个孩子，每人都给了一份婚嫁费，并且为他们倾家荡产，现在他们不但没有为她谋生，还来瓜分她的生活资料和我的生活资料。我想在这种情况下，她应该把我当做唯一的朋友，当做她的最可靠的保护人，不但不应该将关于我自己的事对我保密，不但不应该在我自己的家里搞阴谋来反对我，并且还应该把一切可能与我有关的事，她比我知道得早的事，都忠实地告诉我。我还能拿什么眼光去看待她那种虚伪而神秘的行为呢？特别是她努力灌输给她女儿的那种感情让我应该如何对待呢？她鼓动她女儿对我忘恩负义，由此可见她自己的忘恩负义该是如何骇人听闻啊！

所有这些想法最后让我对那个女人失望了，以至于当我看到她就生嫌恶之情。然而我对待我的伴侣的母亲，却还是与原先一样，事事对她表现出近乎为子的礼貌和尊重，不过，我不喜欢跟她长久住下去，这也是事实，我的脾气是不知道什么叫受人牵制的。这里又是我生平难得的那种短暂的时候之一，我看到幸福就在眼前，却不能抓住幸福，而我之所以不能抓住幸福，并不是由于我的过错。如果那个女人性格好，我们三人都会幸福一辈子的，只是最后死的一个变得可怜罢了。可是事实却不是这样。你们看看事态的进程，然后再判断我能不能使她改变。

勒·瓦瑟太太发现我已经在她女儿心上占了一席之地，而她自己失去了地位，便努力要把这失掉的地盘收回，她可不是因为爱她的女儿而对我改变看法，而是试图使她的女儿完全与我分离。她用的一个办法就是让她家里的人都给她当帮手。我曾经要求戴莱丝不要让她家里的任何人到退隐庐来，她答应了。她母亲却趁我不在家时让他们来了，事先不求得她的同意，事后又要她答应不给我讲。第一步做到了，其余的一切就容易了，你只要有一件事对你所爱的人隐瞒，你不久就会无所顾虑地把什么事都对他保密。当我一到舍福莱克去，退隐庐就全是她们的人，纵情欢乐。一个母亲对于一个天性善良的女儿总是很有力量的。然而，不管那老太婆用了什么手腕，她始终不能叫戴莱丝同意她的看法，不能让她跟她们联合起来对付我。至于她自己，她是下定决心，不肯再回头了。

她看到，一方面是她女儿和我，她在我们家里不过是可以生活下去而已。另一方面呢，是蒂德洛、格雷姆、霍厄巴赫、埃皮纳夫人，他们许给她很多，也给她一点东西，她就因此跟一个总包税人的夫人和一个男爵站在同一立场上，总不会错。如果我的眼睛明亮一点，我从那时候起就一定会看出我是在自己的怀里养了一条蛇。但是我那对别人的盲目信任当时还没有一点儿改变，根本就无法想象一个人会打算害他所应该爱的人。我看到在我周围准备好的那成百上千的阴谋，我只知道抱怨我所称为朋友的那些人做事太专断，依我看，他们是强迫我依照他们的方式，而不是按照我自己的方式，去寻找幸福。

虽然戴莱丝拒绝与她母亲结成同盟，但她却为母亲保守秘密，她的动机是可以表扬的，我不想说她所做的事是好还是坏。两个女人有了共同的秘密，总是喜欢在一起谈天，这就让她们俩更好接近起来。戴莱丝既牵挂着两边，有时就让我感受到一种孤独感，因为我已经不会把这样在一起的三个人看成是一个家庭了。

就是在这时候，我深切地感到我当初是错了，我没有在我们刚结合的时候利用爱情所给她那种顺从去教给她的才能和知识，这些会让我们在隐居生活中更加相亲，因而也就会把她的时间和我的时间很有意识地充实起来，不至于使我们两人在面对面坐的时候感到时间太长。这并不是说我们两人之间就无话可谈，也不是说她在我们一同散步时显得厌烦。但是，归根到底，我们没有足够的共同观点来构成一个丰富的宝藏，我们的打算从此只限于享受方面，但我们不能总是谈这种打算呀。出现在我们眼前的事物引起我一些感想，但这些感想她却无法理解。十二年的依恋之情不再需要用言语来表达了，我们俩彼此太懂得对方了，就再也没有什么可以彼此相谈的了。剩下来的只有些闲话、流言、嘲讽。特别是在寂寞无聊中，一个人才觉到与善于思想的人在一起生活的好处。我倒不需要有这种知识就能从和她的谈话中得到乐趣，但她如果要能常常从和我的谈话中得到乐趣，倒需要有这种学识。最糟糕的是，那时我们两人想单独谈谈，还得找机会，我讨厌她的母亲，逼得我不得不如此。一句话，我在家里感到很不自在。爱的外表损害了真正的情谊。我们有着最亲密的接触，却不是生活在亲密的情感里。

我觉得戴莱丝有时找借口反对我所建议的散步时，也就不再开口了。我倒也并不怪她不能和我一样喜欢这种消遣。乐趣绝不是取决于意志的东西，我知道她的心是靠得住的，这就足够了。只要她能喜欢我所喜欢的，我就与她同乐，当她不能喜欢我所喜欢的时候，我就宁可让她满足，不求我自己满足。

以上就说明了因为我的期望一半落空，虽然过着一种符合我的趣味的生活，住着由我自己选定的房子，与一个我所爱的人在一起，却仍觉得自己几乎是孤独的。我所缺少的东西让我不能体会我所拥有的东西。就幸福和享受来说，我要么就是两者兼而有之，要么就是一无所有。人们即将知道为什么我觉得这个细节有叙述的必要。现在我再回到原来的话题。

我原本认为圣皮埃尔伯爵给我的那些手稿里有些珍贵的宝藏，拿出来一检查，便发现基本上只是他叔父已印的作品的汇集，由他注释和校订过，另加上了一些不曾问世的片段。过去克雷基夫人给我看过他的几封信，让我感到他的才华比我原先所想得要大得多，这次看到他在伦理学方面的作品又证明了我这种想法。但是深入观察他的政治学方面的作品，我只看到一些很浅的见解，一些有用的却无法实施的方案，因为作者有这样一个一直没能说出来的想法。人的行为是由知识指导的，不是由激情指导的。他对现代知识的高度赞扬让他抱定了人类理性已经改善这样一个不正确的观点，这个观点也就是他建议的一切制度的基础和他的一切政治狡辩的根源。

这位稀有的人物，是他所处的那个时代的和他那一类人物的光荣。也许自从有人类以来，他是唯一的热爱理性而不热爱其他的人。但是在他的全部学说里，他只是由错误走向更大的错误，原因就是他要把人们都变得与他自己一样，而不是就人们现在是而且将来会继续是的那个样子去看待人们。他心里想的是要为他同时代的人写作，而实际上却只是为一些幻想出来的人写作。在看到这些之后，我对我有的他的作品应该采取什么态度就感到有些为难。就这样把作者的那些空想放过去吗？那我就是做了一件毫无意义的工作。严格地反驳吗？那又是做了一件不真实的事，既然他的稿子是我接受了的，甚至是我要求来的，那我就有义务用尊敬的态度对待作者。最后我决定采取我觉得最符合现实、最正确，同时也最有益的办法，就是把作者的思想和我的思想分别表达出来，并且对此深入体会，加以解释、加以发挥，竭尽全力地让其尽可能显示在读者面前。

因此，我的作品就应该由绝对分开的两个部分组成。一部分用来照我方才说的那种方式解释作者的各种方案，另一部分应该在第一部分已经产生出效果之后才发表，我将在其中表明我自己对于那些方案的看法。我承认，这样一来，有时会让这些方案遭到《恨世者》里那首十四行诗的同样的命运。卷首应该有一篇作者传，我已经为这篇东西搜集了一些相当好的材料，我自认由我来使用是不会辱没这些材料的。我也曾在圣皮埃尔神甫的晚年见过他，我对他的思念和景仰，可以为我担保伯爵先生将不会对我评述他的叔父的方式感到不快。

我先用《永享安宁》来试试，这是整个集子中篇幅最大、用力最勤的作品，在我埋头思考之前，我最终有勇气把神甫关于这个重大题目所写的一切都全部读完，而且没有因为他的许多重复之处而感觉气馁。公众已经读过这部提纲了，因此我也没有什么可说的。关于我对它的评论，一直没有打印出来，我不知道将来是否会有出版的日子，但是它是跟提要同时写出的。

我由这部书又转到《波立西诺底》或称《多种委员会制》。这是一部在摄政时期写的作品，为的是宣传摄政王所选择的行政制度，结果因为这部书，圣皮埃尔神甫被赶出了法兰西学士院，因为书里有几句话反对以前的行政制度，惹恼了迈纳公爵夫人和波立尼亚克大主教。我把这部作品编完了，与前一部一样，既有提纲，又有评论。但是，到此为止，我不愿再继续下去了，对于这工作，我原本不该开始。

让我放弃这个工作的种种考虑是在那里摆着的，而我竟然没有早日对此给以考虑，这真不免令人惊讶。圣皮埃尔神甫的大部分作品都是，或者都包含一些对法国政府某些部门的批判意见，有些意见简直太直率了，他发表出来而没有受到惩罚这还算是幸事。不过，在大臣们的办公室里，人们一直把圣皮埃尔神甫看做一个宣教士，而不是把他看做一个真正的政治家，大家让他随便地说，因为大家都知道谁也不会听他的。

如果由于我而让大家听他的话，问题就大不一样了。他是法国人，我不是法国人，我如果重复他的批评，即使是用他的名义，也会让人家来问我为什么管闲事。这种质问不可避免地有些严厉，但也并非没有公平。幸亏我还没走多远，就发现我会授人把柄，决定赶快离开。我知道，我独自一人生活在众人之中，而且那些人都比我有势力，不管我用什么办法，我永远逃不开他们所要加在我身上的陷害。在这方面，只有一件事原因在我，就是至少要让他们想加害于我就有失公平。这个原则，那时让我抛开了圣皮埃尔神甫，后来又时常让我放弃一些比这更加珍贵的计划。那班人总是嘴快，看见人家倒霉就说人家是犯了大罪，而我呢，平常总是谨小慎微，不让人家在我遭难时能振振有词地说，“你这是自作自受”。如果那班人知道我这样如履薄冰，他们一定会为之惊讶不已的。

这个工作一旦抛开，有时候就使我对接下去要干些什么犹豫不决，而这一段无所事事的间歇时间可把我给毁了，因为没有外物耗费我的精力，我的思想就一直在我自己身上打转。我已经没有任何足以让我的想象力有所存在的打算，甚至不可能再有什么打算，因为我当时正处于一切皆顺的境地，我已经没有什么可乞求的了，而我的心灵却仍是一片空虚。因为我看不出有什么更好的境地，这就特别令人痛苦。我已经把我最缠绵的情感都集中在一个称心如意的人的身上了，而她也以同样的情感爱我。我与她一起生活着，无拘无束，甚至可说是随心所欲。然而，不论我在不在她身边，我的心头总有一种隐痛环绕。我占有她，却又感到她还不是我的，只要想到我对于她并不就是她的一切，我便觉得她对于我也几乎等于零。

我有朋友，男女都有。我用最纯洁的友情、最完美的敬意爱着他们，我盼望着他们最真实的回报，我甚至根本就不曾想到要对他们的诚意有所怀疑。但是这种友情，对于我而言，却是苦恼的滋味多，甜蜜的滋味少。

因为他们执意甚至故意地要违背我的一切爱好，仅对我的志趣，仅对我的生活方式，以至于只要我表示出想做一件只与我个人有关而与他们毫不相关的事情，他们也会立刻联合起来，强迫我放弃这个念头。不管什么事，不管我有什么想法，他们都执意地要控制我。而我不但不想控制他们的想法，甚至连过问都不想过问，因此，他们这种固执就对我更加不公平了。他们的固执成了我的一种沉重的负担，并且使我很痛苦，以至于最后每当我收到他们的信，在打开之前总是预先感到一种恐惧，而后来读信时这种恐惧又总是得到充分的证实。我想他们个个都比我年轻，他们随便就给我的那些教训，反而是他们自己非常需要的，但他们竟拿来教训我，也未免太把我当孩子看待了。我常对他们说，“我怎么爱你们，你们就怎么爱我吧，除此之外，不要管我的事，就跟我不管你们的事一样。我对你们所要求的，也就不过如此而已”。在这两点当中，如果说他们曾照我的请求做到了一点的话，那至少也不是后面那一点。

我有一个独立的住所，在一个景色宜人的环境里，我在家里可以自己做主，按照我的方式生活，谁也没有权利来监督我。然而这种生活方式却也带给我一些尽管乐于执行但毕竟是无法免除的义务。

我的全部自由都只是暂时的、是靠不住的，我比服从命令还要受到更大的约束，因为我必须受我自己的意志的约束。从没有哪一天，我能在早晨起来的时候说：“我将能随意支配我这一天。”不仅如此，除了要遵从埃皮纳夫人的安排布置以外，我还有另一种更加厌烦的依从，就是要受社会大众和不速之客来摆布。虽然我离巴黎很远，却抵挡不住每天都有大堆闲得无聊的人来找我，他们不知道怎样使用自己的时间，便毫不顾惜地来浪费我的时间。我总是在无法预料的时候被人无情地包围着，很少能为一天制订出个有意思的计划而不被一个不速之客来打扰。总之，在我最希望的许多美好条件之中，我无法得到一点真正的享受，因此我的思想又回到我青年时代的那些安静的日子里，有时便叹息着叫道：“唉！这里可不是沙尔麦特啊！”

当我回忆过去生活的每个时期时，便会自然而然地考虑到我当时已经到达的那个生命阶段。我发现我已经到了晚年，浑身病痛，离死期不远了，而我的心灵所希望的那些赏心乐事，几乎没有一件曾充分领略过，我感到心里包含的那些热情，也不曾使之迸发出来。我感到我的心灵里潜伏着的那种醉人的念头，我不但不曾体味到，简直不曾得到一点儿。这种念头，因为缺乏对象，总是在心头压抑着，除了发出嗟叹以外，没有其他发泄的办法。

我天生就有一个感情外露的灵魂，对于它来说，生活就是爱，怎么可能直到那时为止竟不曾找到一个完全属于我的朋友，一个真正的朋友呢？我以为自己天生就是做这种真正的朋友的人呀。我的感情是那么容易着火，我的心就是一团爱，我怎么就一次也没有用它的烈焰，为一个特定的对象而燃烧起来呢？我被爱的需要包围着，却从来没有很好地满足这个需要，我眼见着就要到达衰老的地步，却未曾真正地生活过就要死去了。这些凄凉但扣人心弦的遗憾，让我怀着遗憾之情进行反省，而这种遗憾却也有若干甜美的滋味，我觉得命运似乎欠了我一点东西。既然让我生而具有许多卓绝的才能，却又让这些才能始终无从发挥，这又何苦来呢？我对我的内在价值有所认识，它一面让我感到受到不公正的贬低，一面又在一定程度上抵消了这种感觉，并让我潸然泪下，而且我生平就是喜欢让眼泪尽情流淌的。

我是在一年最美的季节里进行这些想象的，那是六月，在凉爽的丛林之下，莺声呖呖，溪水潺潺。这一切让我又投到那富有极大诱惑力的慵懒状态中去了——这种慵懒，是我本来就喜欢的，但是此前一阵长期的激昂情绪让我养成了那种冷漠而严厉的风格，早就使我把它永远摆脱掉了。我不幸地又去回想托那古堡的午餐和与那两位妩媚的少女相遇的情景了，那也是在这同样的季节里，环境也与我此刻所处的差不多。这段回忆，只要与天真无邪结合在一起，就让我觉得格外温馨美妙。它又把别的许多类似的回忆都唤起来了。不久我就知道，凡是在我青年时代曾让我感到幸福的对象，都围绕在我的周围，加里小姐呀，葛莱芬雷小姐呀，伯来耶小姐呀，巴齐尔太太呀，拉尔纳热夫人呀，我那些漂亮的女学生呀，并且我一直想到那位妖艳动人的徐丽埃妲，她是我到现在还不能忘记的。

我发现我被一群天仙、被我的老朋友，包围了起来，因此我对她们的最强烈的欲望也不算是什么新颖的感情了。我的血液沸腾起来了，噼噼啪啪地爆炸了，我的头发，尽管我的头发已经够长的了，也发白了，于是我这个庄重的日内瓦公民，我这个严肃的让·亚克，在大约四十五岁的年龄上，突然一下子又变成得了相思病的情人了。打扰我的那种陶醉心情，虽然是那么突然地到来，那么不近情理，但又是那么持久、那么强烈，强迫要等它把我拖进那灾难重重的出乎意料而又骇人听闻的绝境，才让我醒悟过来。

这种陶醉，不管达到了什么境界，却还不至于使我忘记我的年龄和处境，不至于使我自认为还能博得美人的疼爱，总之，不至于使我企图把我自童年以来就感到烧毁我的心灵而不可能取得结果的烈火再传递给一个意中人。我脑子里没有这种希望，甚至无此愿望。我知道恋爱的时间已经过去了，我充分意识到老风骚的可笑，我不会让自己成为别人的笑柄。我在青春年少时就不怎么自负风流和信心十足，难道临老反而再来这一套吗？我可不是那种人。而且，我爱安静，还怕闹家庭风波，我很真诚地爱我的戴莱丝，不希望让她看到我对别人的情感比对她的情感更加热烈而使她感到伤心。

在这样的情况下，我又怎么办呢？读者只要稍稍注意一点我的来龙去脉，一定可以早就猜出来了。我不能得到实在的人物，便把自己投进了幻想之乡，我既看不出一点现有的值得作为我为之狂热的对象的东西，那我就跑进一个理想世界里去培养我的热情，而我那富于创造力的想象不久就在这理想世界里配上了正符合我心意的人物。这种办法从来也没有来得这么准时，这么富有活力。

在我的不间断的思考之中，我品尝着人心所从未有过的那种最甜美的情感激流，我完全忘掉了人类，我创造出了一群既美若天仙而且品德又超越圣人的完美无缺的人物，都是一些在尘世里永远也找不着的可靠、多情而忠实的朋友。我就喜欢这样飞翔于九霄之上，置身于旁边的那些可爱的对象之中，在那种境界里不愿回去，不计时日。我将其他的一切事都放弃了，我急忙地吃下一口饭，就急忙再跑到我那些小丛林中间。当我正要出去到那幻境的时候，一看到有倒霉的凡夫俗子把我滞留在尘世，我就隐藏不住、抑制不了我的愤怒。当我失去自制时，就给他们来了个十分生硬的、简直可以称之为粗暴的接待。这样只有增加我憎恨世俗的名声，其实，如果人们能更好地了解我的内心的话，这原该让我得到一个正好相反的名声的。

正当我雄心勃勃的时候，我又像被绳子一下子拽回来的风筝一样，被大自然拽到原地来了，因为我旧病复发，并且情况相当严重。我使用那唯一有希望减轻痛苦的治疗办法，也就是说，使用探条来治疗，这就把我那些安琪儿式的爱情暂时中断了。因为，除了人们在病痛的时候不能谈恋爱以外，我的想象力只有在乡村、在树荫之下才能复活起来，但一坐到屋里，待在房梁底下，就要凋零、就要死去。我常恨世上没有山林仙女，如果真有的话，我肯定会在她们中间找到一个可以寄托我的一片深情的对象。

这时又有一些家庭麻烦来增添我的苦恼，勒·瓦瑟太太表面上对我非常恭维，实际上却竭尽全力地要把她的女儿从我手里拉走。我从我的旧邻居那里得到了几封信，证明那老婆子瞒着我用戴莱丝的名义借了好几笔债。这些戴莱丝是知道的，但根本就不告诉我。有债要还，倒不怎么让我生气，最让我生气的还是他们对我保守秘密。唉！我对她从来就没有保守过任何秘密，她为什么居然对我保守秘密？难道一个人能对他所爱的人隐藏一点事吗？

霍厄巴赫见我一次也没去巴黎，便开始真的恐慌起来了，害怕我爱上了乡村，害怕我会愚蠢到要在乡村里一直住下去，因此便开始制造许多麻烦。他们想用这些麻烦，间接地把我弄回到城市来。蒂德洛是不希望这么早就自己出面的，他先把德莱尔从我这边拽过去。德莱尔认识蒂德洛还是我介绍的，现在他把蒂德洛说给他听的那些话转告我，而德莱尔自己还不知道其中的真正目的呢。

一切都好像不约而同地要把我从我那美丽而疯狂的梦想中硬拉出来。我的病还没有好，就得到一篇咏里斯本毁灭的诗，我想这是作者寄给我的。这就让我必须有所答复，与他谈谈这篇作品。我是用写信的方式与他谈的，这封信，正如下文所说，是在很久以后没有得到我的同意就印刷出来的。看到这个名声和成就都可达到巅峰的可怜人，却在尖刻地咒骂人生的苦恼，老是感觉一切都是恶，我未免感到诧异，所以就订下了一个草率的计划，要叫他自己问自己一下，并且向他表明一切都是善的。

伏尔泰表面上信仰上帝，而实际上却从来只信仰魔鬼，因为他认为的上帝，照他的说法，不过是一个把害人当做唯一乐趣的恶魔罢了。这种学说的荒诞是非常清楚的，而从一个沉浸在各种幸福之中的人的口里说出来，特别令人反感。因为他自己处在安乐窝里，却竭力要让所有其他的人悲观失望，把他自己并没有经历过的种种灾难写得那么阴森恐怖。我倒是比他更有资格去历数和衡量人生的痛苦的，所以我对人生的痛苦作了一个公正的判断，并且表明给他听，在所有这些痛苦之中，没有一个痛苦能怪罪于天意，大多数痛苦都是出于人对自己才能的滥用，而出于大自然本身的非常少。我在这封信里，对他是十分尊敬、十分钦仰、十分慎重的，可说是极尽恭敬之能事。然而，我知道他自负心强，很容易受到刺激，所以我没有直接把信寄给他，而是交给他的医生和朋友特龙香大夫，授他享有这封信要么交要么毁的权利，他觉得怎么最合适就怎么办。特龙香把信转交了，伏尔泰以寥寥数语回答我说，他自己有病，还要照看病人，因此改个时间再作答复，对问题本身只字未提。特龙香把这封信转寄给我时，还另补充了一封信，表示对让他转信的人很不敬佩。我从来就没有把这两封信发表出来，甚至从来没有拿给别人看过，因为我不爱大肆宣扬这种小小的胜利，但是原信都还收藏在我的函札集里（甲札，第二〇及二一号）。从那以后，伏尔泰就把他答应我的那个答复发表出来了，但是他并没有将它寄给我。那个答复不是别的什么，就是《老实人》那篇小说。我不能评论这篇小说，因为我从来没有读过。

所有这些让我分心的事，本可以根治我那些虚幻的爱情，而这也许是上天赐予的一个办法，用来预防这爱情的悲惨后果。然而我的恶宿占了上风，在我刚能勉强出门时，我的心、我的脑子、我的脚就又走上原路了。我指原路，是就某些方面而言，因为我的思想的狂热程度有所减轻，这次是回到现实世界来了，但是我对现实世界中任何一个类别里最可爱的事物都太挑剔了，以至于这种精华事物之虚幻性丝毫不弱于我抛弃了的那个幻想世界。

我把我心头的两个偶像——爱情与友谊——想象成为最动人的形象。我又特意地用我一向崇拜的女性所具有的一切风姿，把这些形象装饰起来。我想象出两个女朋友而不是两个男朋友，两个女人之间的友谊的例子，因为比较罕见，也就更加可爱。我给予她们两个相似的却又不同的性格，两个不算完美却又符合我的口味的面容，这两个面容又因为仁慈、多情而更加有精神。我让她们俩一个是棕发，另一个是金发；一个活泼，另一个温柔；一个明智，另一个软弱，但是软弱得非常动人，似乎更能显示她的贤德。我为她们两人中的一个创造出一个情人，而另一个女人又是这情人的温柔多情的朋友，甚至还有些超出朋友的程度，但是我不允许产生争风吃醋、吵闹等事情，因为任何令人不快的情感都要我费很大的气力才能想象出来，也因为我不愿用任何贬低天性的东西让这幅可爱的图画黯然失色。

我爱上了我这两个妩媚的模特儿，因此我便尽可能使我自己和那个情人兼朋友一致起来，不过我把他写成亲切的、年少的，另外再加上我觉得我自己是具有许多美德的。

为了要把我的人物放在一个适合于他们的地方，我就把我在旅行中所见过的最美的地方都一一拿来加以检查。但是我却找不到一个我认为足够安静的丛林，找不到我认为足够动人的风景。如果我见过塞萨利的那些山谷的话，它们可能会让我满意的，但是我的想象力已经懒于创造了，它要求用一个现实的地点来作为基础，并且足以引起我的一种警觉，使我认为我要安排在里面居住的那些人物是真实的。

我在很长一段时间里想到波罗美岛，它们的美丽景色曾让我惊叹不已，但是对于我的人物说来，我认为这些岛上的装饰品太多，人工的成分太多了。而且我一定要有一个湖，最后我便选定了我心里一直萦怀的那片湖景。在命运为我制造的那个想象的幸福范围里，我长期盼望我能在这个湖的某一部分定居下来，现在我就把这一部分湖岸确定下来。对于我来说，那可怜的“妈妈”的故乡，对我仍然具有一种吸引力。山光水色既相互映衬，风景又丰富多彩，而且那片赏心悦目、扣人心弦、荡涤胸襟的全景又辉煌伟丽，这一切终于促使我作出决定，将我创造出来的那几个青年男女定居在佛威了。以上便是我灵机初动时想象出来的一切，其余的却是在以后才添上去的。

在一段长时期内，我就满足于一个如此宽泛的纲要，因为这个纲要已经足以让我的想象力布满可喜的对象，足以让我的心灵布满它所喜欢培育的感情了。这些虚构，因为频繁地回荡在我的脑海中，最后就有了较多的内容，并且用一种明确的形式在我的脑海里固定了下来。

就是在这个时候，我忽然想起要把虚构带给我的某些情节写到纸上，并且，一边回忆我少年时代所感到的一切，一边又给过去未能满足而现在仍然侵蚀着我的心灵的那种爱的欲望以出路。我先提笔写下了几封既不连贯，彼此也无关联的零散的信，而当我想把它们联系起来的时候，却时常感到棘手。有一点，尽管很难令人置信却又是千真万确的，那就是前两部分差不多全是这样写成的，不曾有任何事先想好的提纲，甚至我也没有料到有一天我会想把它们拿来写成一部正式的作品。所以人们可以感觉到，这两部分都是用了一些没有经过修整筛选的材料事后拼凑起来的，里面充满了补充的文字，这是其他部分所不曾有的。

正当我沉迷幻想的时候，乌德托夫人第一次来拜访，这是她生平第一次来看我，但不幸，人们在下面就可以看到，这并不是最后的一次。乌德托伯爵夫人是已经逝世的包税人贝尔加尔德先生的女儿，是埃皮东先生、拉利夫先生和拉伯里什先生的姐妹，后来两位都做过礼宾官。我已经说过我如何在她未出嫁之前就跟她认识了。自从她结婚之后，我只是在她的嫂子埃皮纳夫人家里，在舍福莱克的宴会中见到过她。无论是在舍福莱克还是在埃皮纳，我都曾多次与她在一起，相处过好几天，我始终觉得她不但十分亲切，而且我看她对我似乎也很有好感。她非常喜欢和我一同散步，我们俩都擅长于步行，彼此交谈，滔滔不绝。然而，尽管她曾有好几次邀请我去，甚至催促我去，但我从来也没有到巴黎去看她。她跟圣朗拜尔先生有着亲密关系，这使我对她更加关心了，因为当时我刚开始和圣朗拜尔先生友好，我记得这位朋友当时正在马洪，她到退隐庐来看我就是为了告诉我许多关于他的消息的。这次拜访有点像是小说的开场，她走错路了。她的车夫离开了弓背路，想走弓弦，从克莱佛风磨直达退隐庐，但是马车在山谷底下陷到泥潭里了，她决定下车，步行走完剩下的那段路。她那细薄的鞋袜一会儿就被磨破了，自己又掉到泥里，仆从们竭尽全力才把她拽了出来。最后她穿着长靴到了退隐庐，因此她大笑不止，我见到她，也陪着大笑起来。她全身衣服都要换，戴莱丝就把自己的衣服拿给她穿，之后，我就请她吃点乡下饭食，她感到相当满意。当时天色已经不早了，她没有待多久就走了，但是这次会晤太愉快了，因此她似乎有兴趣以后再来。

她实施这个计划，已经是第二年的事了，但是，唉！她这种姗姗来迟，并没有对我起什么安全的作用。

整个秋季我都忙于一件人们意想不到的事情——替埃皮纳先生看果园。退隐庐是舍福莱克园林里各溪流的汇集点，在那里有个园子，有围墙围着，沿墙都是果树，还有其他各种果树。埃皮纳先生生产的水果，尽管让人偷掉了四分之三，但还比他在舍福莱克的那片大菜园要多得多。我因为不做没有任何益处的住客，就负责替他看管果园、监督园丁。直到摘果的季节，一切都非常顺利，但是，随着果子渐渐成熟，我发现丢的越来越多，并且不知道都到什么地方去了。园丁向我保证说，都是给山鼠吃掉了。我就开始了对山鼠的作战，打死了很多，但是果子还是减少。我特别观察，却发现园丁自己就是个大山鼠。他住在曼莫洛西，夜里带着老婆、孩子来，把白天摘下藏到一边的果子都搬走了，光明正大地送到巴黎菜市上去卖，好像自己有个果园似的。这个可恶的家伙，虽然我也不晓得给了他多少好处，戴莱丝又拿衣服给他孩子们穿，他父亲的饭，差不多都是靠我养活的，但他还是不知羞耻、毫不费事地偷我们的。这只怪我们三人都不够警惕，没有加以防范，有一次他居然一夜之间就把我的地窖子搬了个空，第二天我什么也没找到。如果他只是偷我的东西，我也就认了，但是我总得为果子作个交代呀，因此我就不得不揭发偷果子的人了。

埃皮纳夫人请我把他的工资付掉，打发他走，另找一个园丁，我照办了。那个大坏蛋就天天夜里在退隐庐四周流窜，手里拿着一根样子像狼牙棒的带铁尖的粗棍子，后面还跟着几个他一路货色的流氓。两个“女总督”被这家伙吓得要死，为了给她们壮胆，我就让新来的园丁天天夜里睡在退隐庐，但这还不能叫她们安心，因此我就叫人向埃皮纳夫人要了一支枪，放在园丁的房间里，跟他说好，只有在迫不得已时，例如，有人试图冲门或爬墙时，才能使用，而且也只装火药，不装弹丸，只是为了吓唬吓唬小偷罢了。因为一个人行动不方便，要在树林中间过冬，又独自和两个胆小的女人在一起，为了大家的安全起见，这当然是可能采取的最小限度的防御措施了。最后，我又找来了一只小狗，担任警戒任务。

就在这时候，德莱尔有一天来看我，我给他讲了我的境况，并与他一起笑着谈到我的安全装备。他回到巴黎，又把这件事说给蒂德洛取乐，就这样，霍厄巴赫那一帮人知道我真的是要在退隐庐过冬了。这种坚持是他们料想不到的，这就把他们弄得不知所措了。他们一面出主意，想出点什么别的麻烦来让我住得不痛快，另一面就通过蒂德洛，先把德莱尔给我带走。还是这个德莱尔，他起先觉得我的防御措施极其自然，但后来却在写给我的信里认为这些做法跟我的原则不合，不仅可笑，而且坏透了。他在这些信里拿我大开玩笑，挖苦嘲讽，语气尖酸刻薄，如果我当时的脾气不好的话，我会认为这是对我的侮辱。但是那时候我心里全都是爱慕与缠绵的情感，不容许再有其他的情感再进来，因此我只把他那些辛辣的讽刺当做是说笑话，别人觉得他荒诞的地方，而我只是觉得他轻薄而已。

由于我提高警惕，并且很操心，因此把园子看得很好，尽管这年水果收成很坏，但产量还是达到前几年的三倍。说真话，我为了保全果实，也是不惜耗费精力的，我甚至亲自保护水果到会弗莱特和埃皮纳去，甚至还亲手提篮子。我记得有一次“姨妈”和我两人抬了一个篮子，这把我们压得几乎趴下来了，我们不得不每走十步就歇一歇，结果弄得浑身大汗才抬到了目的地。

当我被坏季节开始关在屋里的时候，我就想再拾起我的室内工作，但是不可能。不管在什么地方，我只要看到那两个妩媚的女友，只要看到她们那个男朋友、她们周围的环境、她们住的地方，只要看到我的想象力为她们创造出来的或美化了的种种事物，任何时刻我就不能控制自己，这种狂热状态一直缠住我不放。我作过许多努力来摆脱那些虚构的状态，但毫无效果，最后我完全被它们迷住了，只想努力把它们整理整理，连贯起来，写出类似小说的东西。我最大的困难就是害怕这样明白、这样公开地揭露我自己的矛盾，我已经大张旗鼓地建立起我那些严格的原则，坚定不移地宣传过我那些严厉的誓言，尖刻地骂过那些专写爱情和柔情的软绵绵的作品的人，现在人们竟然看到我又亲手把自己放在被我那么严厉批评过的作家之列，谁还能想象出比这更出乎意料、更刺人耳目的事呢？我知道这种自相矛盾的心理，我责备我自己，我为此而羞愧，为此感到气愤，但是，这一切都不可能把我拉回到理智中来。

我完全被说服了，非服从不可，不管有什么风险，我也得下决心去冒这天下之大不韪。至于我能不能将这部书出版，那就等以后再说了，因为当时我还没有想过要把它发表出来呢。

我一下定决心，就没头没脑地钻到我的梦想里去了。我把这些梦想在脑子里反复思索，最后让它们构成了一种方案，而这个方案执行的结果，人们现在已经看到了。毫无疑问，这是对我那些异想天开的念头的最好的使用。我从来都是心存好善之心的，它把这些异想天开的念头引向有益的目标，连世道人心因此都可能受益。

我那些鲜艳的图景，如果里面缺少天真无邪的温暖的色彩，便会失掉它们的全部优美。一个弱女子是可怜的对象，恋爱能让她得到别人的同情，但通常她也并不会因为软弱而减少她的可爱。但是看到那种时髦的风尚，又有谁能忍受下去并且不感到愤慨呢？一个不贞的妻子，公开糟蹋自己的一切义务，却认为没让丈夫当场捕捉到她的奸情，便是对他的一种恩赐，他还应该衷心感激她，世上有比这样不贞的妻子的得意扬扬的劲儿更令人气愤的事吗？自然界中没有完人，完人带给我们的教导已经离我们太远了。但是，假如一个年轻的女子，生来就有一颗既正直又温存的心，未婚之前就让爱情把她征服了，结婚之后又恢复了精神力量，反过来又战胜了爱情，成为了有德行的人，谁如果告诉你说，这幅图景就其整体来说是有伤风化而一无是处的，谁就是个说谎者、伪君子，你不要听他的话。

除了这个从根本上跟整个社会秩序有关的针对风俗跟夫妻间的忠诚的目标之外，我还有一个较为深刻的目标，那就是社会协调与社会和平。这个目标，本身也许比上面的还伟大、还重要，至少在我们当时所处的时代是这样的。《百科全书》引起的那场风暴还远没有平息，当时还正处在最猛烈的阶段。对立的两派以极度的愤怒互相抨击，或者不如说是像疯狂的豺狼那样互相撕咬，而不是像基督徒和哲学家那样互相启发、互相说服，互相带回到真理的道路上来。也许双方都还缺少有本领的、享有众望的领袖来把这场斗争发展成内战，否则，谁知道，骨子里都同样有着最激烈的偏见的双方，会让这样一场宗教内战走向什么样的结果啊。我天生就憎恶一切宗派偏见，所以对双方都坦白地说了一些残酷的真理，而他们全听不进去。于是我就想到另一个不得已的、以我单纯的头脑来看似乎是很妙的办法，那就是以消灭他们的偏见为目的来缓和他们相互之间的仇恨，并且给每一方都指出，另一方的优点和品德都值得公众的钦佩和一切凡人的尊敬。这个不够明智的计划是建立在人人都是善良的这样一个假定上的，却使我自己陷入了我责备圣皮埃尔神甫的那种错误了，因此，它产生了它应得的结果，并没有使双方互相接近，而使它们联合起来攻击我了。

这些经验终于使我察觉到了我的傻气，但是在这以前，我是竭尽全力的，我知道，我那阵热情是无愧于促使我去做的那种动机的，所以我描写了沃尔马和朱莉两人的性格，当时我内心的喜悦使我希望能把他们两人写得都非常可爱，并且让两人由于互相对比而显得更加可爱。

我因为我的方案能这样轻松地定下来而感到满意，于是又回到了我已经拟好的那些详细的情节上面，这些情节的整理结果就制造出了《朱莉》的前两部分。

我是带着一种说不出的喜悦，在这个冬季书写和誊清这两部分的，使用的是最漂亮的金边纸，吸墨用的是蔚蓝和银灰的粉末，装订分册用的是浅碧丝带，总之，我成了另一个皮格马利翁，对那两个可爱的少女的一片痴情，简直找不到什么足够风雅、足够美丽的东西来配上她们了。每天晚上，当我在火炉旁拿这两部分给“女总督”们念了又念。女儿什么话也不说，感动得跟我一起小声地哭了起来，母亲根本就听不懂，始终没有什么反应，又找不到一点应酬的话，只好在大家都不说话的时候对我一再重复说：“先生，真美呀！”

埃皮纳夫人知道我冬天独自一人住在树林中间的一座独立的房子里，非常不放心，经常派人来打探我的消息。她对我的友谊表现出从来没有过的真诚，而我对她的友情也从来没有回应得这样热烈。在这些友情的表示之中，有一件事如果不特别提出来，我就非常不对了，她曾让人把她的画像送给我，并且想要我的画像——拉都尔画的，曾在沙龙里展出过的那一幅画。我也不应抹掉她另一次亲切的表示，尽管它看起来很可笑，但是由于它是给我留下的印象，由此可见我的性格的演变。

有一天霜冻很厉害，我打开她让人送来的一个包裹——是她亲自为我备办的几样东西，发现有一件小衬裙，英国法兰绒做的，说她已经穿过，要我改成一件坎肩。短笺的语气很感人，充满着亲热。这点关怀超出了友谊的范围，我觉得太体贴了，好像她自己脱下衣服来给我穿，以至于我在情感激动之中热泪纵横地把那短笺和衬裙吻了有二十遍。戴莱丝认为我疯了。说来也奇怪，埃皮纳夫人对我的友情表示实在是太多了，却从来没有一次能像这次这样感动我。甚至于在我们绝交以后，我每次回忆起这件事也不免心头发软。我把她那张小便笺保留了很久，如果它不是与我那时的其他信件遇到一样命运的话，我现在还保留着呢。

虽然那时候我的尿闭症一到冬天就让我不轻松，尽管这年冬天有一部分时间我都无奈地使用探条，但是，总的说来，那还是我自从在法国居住以来最甜美、最安静的一个季节。在坏天气使我免遭不速之客的打扰的那四五个月之中，我比以前和以后更能体会到那种独立、平稳而又朴素的生活，而我越享受这种生活，就越觉得这种生活非常有价值。因为当时我别无其他伴侣，只有现实中的两个“女总督”，想象中的两个表姐妹。特别是在那个时候，我越来越庆幸我明智地采取了这个决定，不管那些看我摆脱了他们的束缚而不高兴的朋友们的叫嚣。

当我听到狂人谋杀案的时候，当德莱尔和埃皮纳夫人在信里跟我谈到那种弥漫在巴黎的纷乱和骚动的时候，我是多么感谢上苍让我远离了那些恐怖和罪恶的景象啊！要不然，对于社会紊乱已经让我养成的那种暴躁脾气，那些恐怖和罪恶的景象只能让它更加滋长、更加乖戾的。而现在呢，我在我的住所周围，只看到赏心悦目、甜蜜美好的事物，我的心完全沉迷于种种温馨的感情之中了。这是别人让我过的最后的宁静的时候，我津津有味地在这里记下它们的经历。在随这个安静的冬季而来的那个春天里，就可以看到我下面要写的那些灾难的幼苗开始萌发了，在这些纷纷到来的灾难当中，人们再也不会看到这种间歇时期，能让我有个工夫去喘息一下。

但是，我好像还记得，就是在这个和平的时刻中，即使在我的幽居深处，我还不是十分安静的，还经常受到霍厄巴赫一伙的打扰。蒂德洛就给我带来了一些麻烦，除非我完全记错了，《私生子》一书就是在这个冬天出版的，一会儿我就要讲到这本书。由于后面我将会讲明种种原因，我那时期的可靠的文件就剩下得很少了，即使留下的文件，日期也不很准确。因为蒂德洛写信向来是不加日期的。埃皮纳夫人和乌德托夫人写信也只注明星期几，而德莱尔通常也与她们一样。当我想把这些信依次排列起来的时候，就不得不试着注上一些大约的日期。因此，我既不能确有把握地确定这些纠纷的开始，就宁愿把我所能记得的一切当做一整条写在下面。

大地回春，我的热情更加高涨，我在爱火的鼓励中又为《朱莉》的后几部分写了好几封信，这些信都充满着我写信时的那种喜悦的心情。我可以特别指出写极乐园和湖上泛舟的那两封信，如果我记得不错的话。这两封信都是在第四部分的末尾，如果谁读了这两封信但不心软并且融合在促使我写出这些信的那种缠绵的感情里，谁就应该干脆把书合上，他是没有资格来评论感情这个话题的。

正是在这个时候，出乎我的意料，乌德托夫人第二次来访。她的丈夫是近卫队军官，不在家，她的情人也正在服役，因此她就到奥伯纳来了，在曼莫洛西的幽谷中租了一座非常漂亮的房子。她就是从那里到退隐庐来做一次新的远游。这次出游，她骑着马，扮作男装，虽然我生平不喜欢这种蒙面舞式的乔装，但对她那种乔装的风度却有些一见倾心，这一次可真是爱情了。因为这段爱情是我平生第一次，又是平生唯一的一次，又因为它的后果让它在我的记忆里永远是既难忘而又可怕的，所以请允许我把这件事说得稍微详细点。

乌德托伯爵夫人快三十岁了，虽然根本说不上美，脸上还有麻子，皮肤也不细腻，而且眼睛近视，眼形有点太圆。但尽管如此，她却显得很年轻，容貌又漂亮又温柔，老是亲亲热热的。她一头乌黑的长发，天然鬈曲，一直拖到膝弯，身材娇小玲珑，一举一动都显得既笨拙但又有风韵。她的天性极自然，又极优雅，愉快、轻率和天真在她的身上结合得非常美妙。她有的是那种讨人喜欢的语言，不假思索，有时竟脱口而出。她多才多艺，会弹钢琴，舞跳得也很好，还能写几句相当漂亮的小诗。至于她的性格，简直像是天使一般，心肠好是她的基础，而除了谨慎与坚强以外，一切美德她都兼而有之。特别是在为人方面，她是那么让人可靠，在社会交往方面，又是那么忠诚，因此纵然是她的仇敌，做事也从不瞒她。我所说的她的仇敌，是指恨她的男人或女人，因为，对她自己来说，她是没有一颗能够恨人的心的，而且我相信我们这点相同之处曾大大有助于我对她的爱恋。

在最亲密的友情的倾诉之中，我从来没有听到她在背后说过人家的坏话。即使连她嫂子的坏话，她也从来不说。她从不对任何人掩饰她心里所想的事，甚至不能控制她的任何感情。我相信，她就是在丈夫面前也谈她的情人，就像她在朋友面前、熟人面前、所有的人面前都谈她的情人一样。最后，有一点不容怀疑地证明了她那善良天性的纯洁与真诚，那指的是她可以心不在焉到无法描述、轻率到十分可笑的地步，常常在无意之中说出些话或做出些事来，对于她自己来说可谓不慎之至，但她从来没有冒犯过别人。

在她很年轻的时候就被迫嫁给乌德托伯爵了。乌德托伯爵既有地位，又是个好军人，但是喜欢赌博，喜欢闹事，而且很不亲切，她根本就没有爱过他。她在圣朗拜尔先生身上找到了她丈夫的一切优点，再加上许多其他可爱的品质，既聪明，又有德，还有才能。在本世纪的习俗中如果还有一点东西可以原谅的话，可以毫不犹豫地说，就是这样一种依恋之情，它的持久让它变得纯正，它的效果让它受人敬仰，它之所以能巩固起来，正是由于双方的相互尊敬。

我猜测，她来看我，尽管也有点儿是出于兴趣，但更多地还是为了得到圣朗拜尔的欢心。他曾催促她来，他相信我们之间开始建立起来的友谊会让我们三个人对这种来往都感到愉快。她知道我了解他们俩的关系，她既然能在我面前毫无拘束地谈他，自然就证明她喜欢与我相处了。她来了，我此时见到她了。我正陶醉于爱情之中而又痛感没有对象。这陶醉就迷住了我的眼，这对象就落到了她的身上。我在乌德托夫人身上看到了我的朱莉，不久，我眼里就只有乌德托夫人了，但这是具备了我用来装饰我的心里偶像的那一切美德的乌德托夫人。为了让我一直痴情，她又以热情的情侣身份跟我谈论圣朗拜尔。

多么巨大的爱情感染力啊！我听着她说话，感觉到自己在她身上，竟然幸福得不由自主地浑身颤抖起来，这是我在别的女人身边都从来没有体会过的。她谈着、谈着，我自己也就被感动了。我本以为我只是对她的感情感兴趣呢，其实这时我自己也已经产生了同样的感情了，我大口大口地咽下这毒汁，可是我当时只能感到它的甜美。总之，在我们两人都没有觉察的情况下，她用她对情人所表现的全部爱情，激起我对她的爱情来了。唉！为了一个心中已经别有所恋的女人燃烧起这样既不幸而又炽烈的爱情，真的是为时已晚，也真的是令人太痛苦了！尽管我在她身边已经感觉到了那些奇怪的冲动，但我起先还没有发现我心里究竟发生了什么变化。只有在她走了以后，当我开始想到朱莉的时候，我才吃惊地发现，我想来想去都只能想到乌德托夫人。在这时候我的眼睛睁开了，我感到了不幸，我为此而感叹，但是此时我还料想不到这个不幸将要产生的后果呢。

今后我对她持什么态度呢？我犹豫了很久，好像真正的爱情还能留下更多的理智让你去深思熟虑似的。正在我举棋不定时，她又一次出人意料地来找我了，这一下我心里可有数了。随着邪念而来的羞涩之心让我哑口无言，在她面前一直打战，我既不敢开口说话，也不敢抬起头来，心头的慌乱简直无法讲明，而她不可能看不出来。于是我就决定向她承认我心里的慌乱，并让她猜测慌乱的原因，这相当于把原因明白地告诉她了。

如果我年轻而又可爱，如果乌德托夫人后来变得软弱了，我在这里就应该责怪她的行为，但是，事实并不是这样，所以我对她只有赞美、只有尊敬。她作出的决定是既大方又小心的。她来看我，是圣朗拜尔让她来的，因为她不能突然远离我而不对圣朗拜尔说明原因，因为这样就可能让两个朋友断交，也许还会闹得满城风雨，而这正是她要避免的。她本来是对我既尊重而又心存善意的，所以她就可怜我这点痴情，却不予以迎合，而是表示可惜，并且努力要治好我的痴情。她非常高兴为她的情人和她自己保留一个她看得起的朋友，她说等我将来变得理智了，我们三人之间还可以组成一种亲密而甜美的关系，而每当她跟我谈到这一点，便显得再愉快不过了。

但她并不只是限于这种友好的劝告，在必要时她也愿意给我一些由我自己招来的较为严厉的责备。我也同样严厉地责怪我自己，等到我独自一人的时候，我就清醒了，当我把话说出了之后，心里也就比较平静了。一个人的爱情，在被激起爱情的女方知道了之后，就变得好些。我用来责怪自己的那种力量是理应治好我的爱情的，如果可能的话。我将所有强有力的理由都找来帮助我阻止我这份爱情。我的操守呀、我的感情呀、我的原则呀、我的羞耻呀、不义不忠呀、罪不可赦、辜负友人的托付，最后还有个理由，在这样的年纪，却还让最荒唐的热情燃烧起来，而且对方又已经心有所属，既不能对我的爱有所回应，又不能让我抱有任何希望，这样未免太惹人笑话了，而且这样荒唐的热情不但不能因为坚持而得到任何好处，反而让我变得一天比一天更苦痛不堪。谁能相信啊！这最后一种想法，本该给所有其他的考虑增加分量的，却反而把它们都抵消掉了！“一段痴情，”我想，“只对我个人有害，那又有什么可担心的呢？我难道要做个让乌德托夫人小心防范的轻狂小生吗？别人看到我这种煞有介事的悔恨，不会说是我的殷勤、容貌和打扮在诱度她走入歧途吧？嘿！可怜的让·亚克啊，你无拘无束地去爱吧，心安理得地去爱吧，别担心你的叹息会损坏圣朗拜尔。”

读者已经看到，我即使在年轻的时候也从来没有骄傲过。上面那种想法正符合我一贯的心理，它让我的激情得到安慰，这样一来，我就毫无保留地沉溺于这种激情之中了，甚至笑我那种不符合情况的顾虑是出于虚荣而不是出于理智了。对一个正直的人来说，这是一个多么重大的教训啊！邪恶攻击正直的心灵，从来就不是那么大张旗鼓的，它总是想法子来偷袭，总是戴着某种秘密的面具，还经常披着某种道德的外衣。

我既害怕而又毫无悔意，不久就毫无节制地作恶了，请读者看看我的激情是怎样沿着我的天性，最后把我拖下深渊的吧。最初，为了让我放心，它使用谦卑的手法，后来，为了使我放手去做，它把这种谦卑转化成为疑惧。乌德托夫人不断提醒我，叫我不要忘记本分，保持理智，她从来也没有一时一刻迎合我的痴情，不过却还是极其温存，对我总是采取最亲密的态度。

我敢打赌，如果我认为这份友谊是真诚的话，我也就感到满足了，但是我认为它太激烈了，不会是真正的友谊，因此我脑子里就不免产生了这样的想法。这种与我的年龄和仪表不太适合的爱情，让我在乌德托夫人眼里的地位下降了，这个轻狂的少妇只是要拿我和我这落后的热情来取乐，她一定把她的心里话都告诉圣朗拜尔了，她的情郎怨恨我对不起朋友，便同意她要捉弄我，两人串通在一起要把我弄得晕头转向，好让人家嘲笑我。这种愚蠢的想法曾让我二十六岁时在我所不了解的拉尔纳热夫人身边讲了许多糊涂话，现在我已经是四十五岁的人了。而且还在乌德托夫人身边，如果我不知道她和她的情郎都是不会开这样残忍的玩笑的正派人，那么我这种愚蠢的想法可能是情有可原的。

乌德托夫人一直来拜访我，我不久也就回访她了。她喜欢步行，我也一样，我们在令人陶醉的景色中作长时间的散步。我爱她，又能够说出我爱她，我就已经心满意足了，如果不是我的糊涂言行损害了其中的全部情趣的话，我当时的境况实在是再甜蜜不过了。她刚开始一点也不明白为什么我在接受她的爱抚时会那样傻气，但是我的心从来就不会对自己所想的事有丝毫隐瞒，所以我不久就把我的猜想对她说明了。她刚开始想一笑置之，但这个办法却不成功，她的笑容会激起我的狂怒的，因此她便改变了口气。她那种怜惜的温存真是无所不在。

她对我说了些责备的话，她对我那些不准确的畏惧表示担忧，我就抓住这种担忧加以利用，我要求用事实来证明她不是玩弄我。她明白，没有任何别的办法能够让我放心。我就越逼越紧，这一步是巧妙的。一个女人已经被逼迫到了讨价还价的地步了，竟还能那么便宜了事。真是惊人，也许可说是空前绝后的一回吧。凡是最动人的友情所能给予的，她都不予拒绝。但任何足以使她失节的事，她都绝不放松。并且我很羞愧地看到，每当她稍微给我一点好处时就把我的感官烧得炽热，但这种炽热在她的感官上却引不起半点火星。

我曾在什么地方说过，如果你不想给感官什么乐趣，你就绝不能让它先尝到一点甜头。如果想知道这句话对乌德托夫人来说是多么不正确，要想知道她是多么善于控制自己，那就必须详细了解我们那些频繁的、长时间的密谈，就必须把我们那四个月当中的热烈的密谈从头到尾都回顾一遍。我们在一起度过的那四个月是在两个异性朋友之间无法比拟的亲密中度过的，而双方又都把自己控制在我们始终不曾跨过的那个范围里。

唉！确实我体会到真正的爱情是太迟了，可是一旦体会，我的心灵和感官为了偿付这笔拖欠的情债，又付出了多么大的代价啊！单方面的爱情就能引起这样的狂热，那么，一个人如果处在他所爱并得到其爱情的那个对象身边，他所感到的狂喜该是多么强烈啊！

但是，我认为单方面的爱情是说错了，在一定程度上我的爱情是有回报的，它尽管不是相互的，却是两方面的。我们两人都陶醉在爱情之中，她爱她的情郎，而我爱她，我们的叹息，我们的甜美的泪水都融合在一起了。我们彼此都是多情的知交，我们的情感太相投了，不可能没有相适合的地方。

不过，在这种热烈的陶醉之中，她从来没有一刻忘形，而我呢，我保证，我发誓，虽然我有时被感官迷惑了，曾企图过让她失节，但从来也不曾真正刻意打她的主意。我那激烈的热情，本身就控制了这份热情。控制自己的义务荡涤了我的灵魂，一切光辉美德都装饰着我心中的偶像，污染它那神圣的形象就等于把它毁灭。因为我很可能犯这个罪，我在心里犯了这个罪不下百余次。但是，真正要污染我的索菲吗？这样的事情是可能的吗？不，不！这话我对她说过千百遍了，即使我有满足欲望的权利，即使我能控制她的意志，除了一定程度短暂的狂热时刻以外，我都会拒绝用这种代价来求得快乐的。因为我太爱她了，我才不想拥有她。

从退隐庐到奥伯纳，将近一里许，在我经常前往的旅行中，我有时也在那里留宿。有一天晚上，两人用过晚餐之后，我们就到花园里，在美丽的月光下散步。这花园的尽头有个相当大的修剪过的树林，我们穿过树林去找一个美丽的树丛，树丛里还制造了一挂瀑布点缀着，这是我给她出的主意。永世难忘的可爱与享受的回忆啊！就是在这树丛里，我与她坐在一片细草地上，头顶是一棵花儿盛开的槐树，为了表达我心头的感情，我找到了真正对得起这种感情的语言。

这是我一生中的第一次，也是唯一的一次达到崇高的境界——如果人们可以把最缠绵、最热烈的爱情所能灌输进男人心灵的那种亲切而又富有魅力的东西称为崇高的话。我在她的膝上掉了多少令人心醉的眼泪啊！我又让她情不自禁地流了多少这样的眼泪啊！最后在一阵不由自主的激动之中，她说道：“不，从来没有像你这样可爱的人，从来没有一个情人像你这样爱过！可是，你的朋友圣朗拜尔在叫着我们，我的心是不可能爱两次的。”我发出一声长叹，就不说话了。我抱住她——这是一次怎样的拥抱啊！但是，仅仅只有这些。

她独自一人生活着，也就是说，远离她的情人和丈夫，这种情况已经有六个月了。我差不多天天都去看她，而且爱神也始终伴随着我们有三个月了。我们时常先面对面地用过晚餐，然后两人就到树丛深处，在那月光之下，经过两小时最激烈、最缠绵的悄悄对话之后，她又在半夜里离开树丛和我的怀抱，身和心都与来时一样无瑕、一样纯洁。读者们，想象想象所有这些情景吧，我不再加半句话了。

人们可别认为在这种场合下，我的感官能使我安静，就像在戴莱丝和在“妈妈”身边一样。我已经说过，这次是爱情，而且是用其全部力量和全部热情迸发出来的爱情。至于我经常感觉到的不安、战栗、心悸、痉挛、昏厥，我都不去描写了。人们只凭她的形象在我心里所产生的效果，就知道了。前面已经说过，退隐庐离奥伯纳非常远，我经常从安地里那一带山坡边上走过，那里的景色是特别引人入胜的。我一边走，一边梦想着我即将见到的那个人，梦想着她将给我的亲切的接待，梦想着在我到达时等待着我的那一吻。单是这一吻，这不一样的一吻，在没有接受之前就已经把我的血点燃起来了，让我头脑发昏，眼睛发花，两膝颤抖，站立不住，我必须停步坐下来，整个身体仿佛都乱了套，我几乎要晕过去了。我认识到这种危险，所以出门时总是分心，想别的事情。可是我还没走二十步，那同样的回忆，以及接踵而来的那一切后果，就又来打扰我，使我绝对无法摆脱。并且，不管我用什么办法，我不相信我有哪一次能自由自在一个人走完这程路。

我走到奥伯纳时，非常疲劳，有气无力，简直要倒下去了，连站都站不住。可是一见到她，我就完全恢复过来了，我在她身边时只有精力无穷却又不知如何使用的苦恼。我来的路上，在看得见奥伯纳的地方，有一片风景秀丽的高岗，叫奥林匹斯山，有时我们俩各自从家里走到这里相会。如果是我先到，当然要等她，但是这种等待又叫我多么受罪啊！为了能够自遣，我总是用我带的铅笔写些情书，这些情书，就是用我最纯粹的血液写出来的，我从来没有能把一封情书写完而字迹依然可以分辨清楚的。当她在我们两人商定的壁橱里找到这样的情书的时候，她在其中看到的，除了我写情书时那可怜的样子外，别的什么都看不到。这样子，特别是在拖了那么久后，经过三个月不断的刺激和失望，就让我疲惫得好几年都无法恢复过来，最后还让我得了疝气病，将来我是要将它，或者说，它是要将我带到坟墓里去的。我这个人的性格，也许是大自然所曾创造的最易激动而又最易羞涩的气质。我这种性格的人所能得到的唯一的爱情享受就是这样。我在世上最后的好日子也就是这样罢了。下面开始的就是我一生中一连串几乎从未断过的灾难。

在我整个人生中，人们已经见到，我的心像水晶一样透明，从来就不会把藏起来的一个稍微强烈的感情隐瞒哪怕一分钟。请大家想一想，要我把对乌德托夫人的爱情长久隐瞒起来，这是可能的吗？所有人都对我们的亲密关系看得一清二楚，我们也不隐讳，或者故弄玄虚，这种亲密关系并不属于需要保密的那一种。

乌德托夫人对我怀着她自认为是无可指责的最亲密的友谊，而我则对她怀着谁也没有我知道得更清楚的恰当的敬佩。她坦率却心不在焉，有点冒冒失失，我真诚、笨拙、高傲、急躁、狂热，我们就在自以为平安无事的假想中给人留下的话柄，远远超过我们真正有什么越轨的行动。我们都会到会弗莱特去，常在那儿见面，有时甚至还是事先约好了的。我们在那里与平时一样生活着，天天一起散步，就在那片园林里，正朝着埃皮纳夫人的房子，并且就在她的窗下议论我们的爱情，谈论我们的义务、我们的朋友、我们的纯洁的计划。埃皮纳夫人就从窗口不断地监视我们，她自认为被人欺负了，便用两只眼睛往心里灌足了怨气和愤恨。每个女人都掌握着掩饰愤怒的艺术，特别是在强烈愤怒的时候。埃皮纳夫人脾气暴躁却又心计深沉，她熟练地掌握着这种艺术。她假装什么也没有看见，什么也不怀疑，她一面对我更加体贴照顾，甚至近于诱惑，一面又故意用不客气和鄙夷的态度欺负她的小姑子，似乎还暗示我也鄙视她。

人们当然预料到她这样做是无法成功的，但是我却经常受了苦刑。我的心被两种相反的感情撕裂着，我一面感到她的爱抚，同时当我看她那样对不起乌德托夫人又感到万分生气。乌德托夫人的那种天使般的温柔性情让她能忍受一切，并且毫无怨言，甚至并不因此而更不满意她的嫂子，而且，她经常又是那么心不在焉。对这种事往往又不怎么敏感，所以有一半时间她压根就没有感觉到嫂子对不起她。

我当时太沉醉于我的狂热之中了，所以，我除了索菲（这是乌德托夫人的名字之一）什么也看不见，就连我已经成了埃皮纳全家和许多不速之客的笑话，也都没有觉察出来。据我所知，霍厄巴赫男爵，以前根本就没有到舍福莱克去过，现在却是这种不请自到的客人之一。如果我当时就像后来那么怀疑的话，我一定会想到，他这次旅行是埃皮纳夫人事先安排的，好请他来看一场日内瓦公民谈恋爱的游戏。但是我那时太愚蠢了，连大家一看便知的事我都看不见。但即使我的全部愚蠢也抵挡不住我发现男爵比平时更高兴、更快活。他不像平常那样愁眉苦脸地看我，而是说无数嘲讽的话，弄得我不知所措，瞪着大眼一句话也答不上来，埃皮纳夫人则笑得直不起来，我还以为他们发了什么疯呢。因为这一切都还没有脱离开玩笑的范围，所以，如果当时我感觉到这一点，最好的办法就是上前去跟他们一起开开玩笑就是了。但是事实上，人们通过男爵的那种嘲笑的话语，可以看出他眼里带着一种恶意的欢乐，如果当时我就与事后回想起来时那样注意到的话，这种恶意的欢乐也许会让我感到不安的。

一天，我又到奥伯纳去拜访乌德托夫人。她经常到巴黎去，这次却是刚从巴黎回来，我看到她愁眉苦脸的，并且发现她曾经哭过。我必须克制自己，因为她丈夫的姐妹伯兰维尔夫人在场，但是我一找到机会，就对她表示我心头的不安。“唉！”她叹声气对我说，“我害怕你的痴情把我一辈子的安静都葬送掉，有人告诉圣朗拜尔了，但讲的不是事实。他倒能为我说句公道话，但是他对我有点发脾气，而最糟糕的是他有些话又藏着不说出来。幸而我们之间的关系我一点也没有瞒他，因为我们的关系本来就是他促成的。我在给他的信上经常讲起你，就如我的心里全都是你一样，我只是向他隐瞒了你那种糊涂的爱情，我原本是想治好你这种爱情的，而他，虽没有说话，但我看出他是把你对我的爱情当做我的一个错误的。有人冤枉我们，冤枉了我，不过，管它呢，要么我们从此彻底断绝关系，要么你就老老实实的，该干什么就干什么。我不想再有一点事瞒住我的情人了。”

在这时候我才知道，我在原本应该当其导师的一个少妇面前受到了她的严厉的责备，我自知过失，便满面羞惭，这真是一件难堪的事。我恨我自己，这种恨，如果不是受害者给我带来的那种亲切的同情又让我的心软了下来的话，也许是足以把我的懦弱克服的。唉！我的心已经被从四面八方钻进来的眼泪湿透了，这时它还能硬起来吗？但是这一阵心软很快就变成对告密人的愤怒了。那帮卑鄙的告密人只看到一个尽管有罪却是不由自主的情感的坏的方面，他们压根就不相信，甚至也想象不到有颗真诚的清白的心在弥补着这个方面。至于是谁给我们来了这么一手的呢，我们很快就会明白的。

我们两人都知道埃皮纳夫人是与圣朗拜尔通信的，她给乌德托夫人带来麻烦，这已经不是第一次了，她曾想方设法要把圣朗拜尔跟乌德托夫人隔离开来，这种努力有几次曾经获得成功，所以乌德托夫人害怕以后又上她的当。此外还有格雷姆，我记得他似乎是跟着加斯特利先生到军队里去的，那时他也和圣朗拜尔一样正在威斯特法伦，他们经常在那儿见面。格雷姆曾在乌德托夫人面前试图诬陷过几次，但都没有奏效。因此格雷姆大为恼火，从此以后就根本不和她见面了。格雷姆的“谦逊”是众所周知的，他既认定乌德托夫人不爱他而爱一个年纪比他大的人，而且他，格雷姆，自从与大人物交往以来，一谈起这个人就只把他看做手下的一个受保护者，大家想想他肯定不能冷静吧。

我对埃皮纳夫人的猜疑，当我听到我家里所发生的事情的时候，就变成相信了。当我在舍福莱克的时候，戴莱丝也经常来，要么是把我的信送给我，要么是照顾一下我的坏身体。埃皮纳夫人曾问她，乌德托夫人与我是不是互相写信交往。一听说互相写信，埃皮纳夫人就逼她把乌德托夫人的信交给她，她保证会把信重新封好，不会显出被拆过的样子。但戴莱丝并没有表示出对这种建议是如何气愤，甚至也没有把这件事跟我说，只是把送给我的信藏得更紧些而已，真是防范得好啊，因为埃皮纳夫人让人在她来的时候监督她，并且有好几次竟然大胆到在半路上检查她的围裙。

更不可思议的是，埃皮纳夫人有一天表明要跟马尔让西先生一起到退隐庐来用午餐，而这是我自从住进退隐庐第一次。她趁我与马尔让西先生出去散步的时候，和她们母女二人到我书房里去了，并且迫使她们把乌德托夫人的信拿出来让她看。如果母亲知道信放在什么地方，信就交出去了，幸运的是只有女儿一人知道，但她说这些信一封也没有留存下来。当然，这个撒谎是正直、忠诚与宽宏大量的，如果说出真话，反而成为地道的背义行为了。埃皮纳夫人一看不能迫使她，便努力试图激起她的醋意，怨她太随和、太糊涂。她对她说："你为什么不能看出他们之间的罪恶关系呢？如果放在你眼前的一切你都不信，而且还需要一些别的证据，那么，你就帮我的忙来找这些证据好了，你说他读过乌德托夫人的信就撕了，好吧！你就把碎片小心拾起来，交给我，我把碎片拼起来。"这就是我的女友给我的女伴的指示。

而且所有这些企图，戴莱丝竟谨慎到把我瞒了很久，但是，当她看到我那种不安的样子，觉得必须对我和盘托出，好让我知道谁在跟我作对，以便采取措施，预防人家正在给我准备的那些陷阱。我无法形容我的愤慨和气愤。我不学埃皮纳夫人的样，与她装假，也不想用狡计来破诡计，我完全跟着我的急躁脾气去做，再加上平素的轻率，我就公开闹起来了。人们读了下面这几封信，就可以知道我是多么不谨慎，同时这些信也能够说明双方在这一件事上的品质如何了。

埃皮纳夫人函（甲札，第四四号）

我怎么就看不到你了，我亲爱的朋友？我替你感到不安。你曾一再答应我只在退隐庐和这里两头跑跑呀！对于这一点，我一直是让你自由的，而现在已经过去一星期了，你却连个人影也不见。如果不是有人告诉我，你的身体非常健康，我还认为你病了呢。我前天、昨天也在等着你，到现在还没有看见你来。我的上帝呀！你怎么啦？你现在身边又没有什么事要做，你也不会有什么烦恼，因为如果有的话，不是我自信，你早就跑来对我倾诉了。所以你一定是病了！你赶快消除我这忐忑不安的心情吧，我求求你。再见，我亲爱的朋友，希望这个“再见”，能给我从你那方面带来个“你好”。

复函　星期三晨

我现在还无法对你说什么。我在等候了解得更清楚些，反正或早或迟我一定会弄清楚的。同时，请你确信，被控的无事者肯定会找到一个热烈的保护者，能够让那些诬告者后悔，无论诬告者是什么人。

埃皮纳夫人的第二函（甲札，第四五号）

你的信让我非常惊讶，你知道吗？它到底是什么意思呢？我将它读了一遍又一遍，一直读了二十几遍。说实话，我一点也不明白。我只看出你心里觉得不安和烦恼，你要等到不安和烦恼过去了以后再与我谈。我亲爱的朋友，我们就这样相约，好吗？我们的友谊、我们的信任，都到哪儿去了？我是怎样丢掉了那种信任的呢？你是因为我生气，还是因为我生气呢？

不管怎么样，你今天晚上就来，我求你。我记得不到一星期前，你还答应过我不将任何事情藏在心里，有事就立刻对我说呢！我亲爱的朋友，我是相信这个信任的……

我刚才把你的信又读了一遍，我还是不明白，但是它让我颤抖。我觉得你心里痛苦极了。我非常想让你平静下来，可是，我因为不知道你为何不安，因此我都不知道对你说些什么，我只能告诉你，在见到你之前，我是完全与你一样不幸的。如果你今晚六点还不到，我明天就去退隐庐，不管天气如何，也不管我身体怎样，因为我无法忍受这样的不安。再见，我亲爱的朋友。我要大胆给你一个忠告，但也不知道你是否需要，你要全力提防，极力防止不安的心情在寂寞中发展。一只苍蝇也会变成一个魔鬼的，我过去常有这种体会。

复函　星期三晚

只要现在我不安的心情还持续下去，我就不能去看你，也不能接受你的拜访。你说的信任现在已经不存在了，你即使想恢复也是不容易的。现在，我在你的勤快当中，所看到的只是你想从别人的表白中得到某种符合你的利益的好处，而我这颗心，对一颗坦诚相见的心是非常容易流露真情的，而对诡计和狡诈却要关上大门。你说你不能看懂我的信，但我却从中看出你习惯性的机智。你难道认为我真傻到相信你没有读懂那封信吗？不，但是我将用坦白来战胜你的诡计。为了让你对我更了解，我就进一步明说吧。

有两个相处得好好的、双方都无愧于对方的爱情的有情人，他们都是我最爱的人，我当然知道你会说不知我指的是谁，除非我将名字说出来。我猜想有人曾试图拆散他们，并且利用我来让他们两人之一产生忌妒之心。这种选择并不高明，但是对于那个坏心眼的人来说，似乎很方便，而这个坏心眼的人，我怀疑就是你。我希望你这就清楚点了吧。

好啦，一个我最尊敬的女人，在我完全知道的情况下，做出了那种最无耻的事——把自己的心和身交给两个情人，而我竟也那么无耻，竟是这两个懦夫之一。如果我知道你一生中有一点时间曾对她与我有过这样的想法，那么我会直到死也恨你。可是，我要责怪你的，不是你曾经这样想过，而是你曾经这样说过。在这种情况下，我就不明白三人之中你想害的究竟是谁，不过，如果你喜欢宁静的话，你应该担心你的成功即是你的不幸。我感到某些交往不好，这些我既没有瞒你，也没有瞒她，但原因是正当的，我要用与起因一样正当的方式来终结这种交往，我要让非法的爱情变成永恒的友谊。从来不会害人的我，能被人利用去害我的朋友们吗？这绝对不能，我永远不能原谅你，我会变成你不可和解的仇人。只有你的秘密还会受到我的敬佩，因为我将永远不会做违背承诺之人。

我相信我目前这种疑虑的心情不会延续很久，我将很快就会知道我是否弄错了。等到那时候，我也许要对非常对不起人的事进行弥补，而我将认为这是做了生平最大的快事。但是，你能知道在我还要在你身边度过的短时间里，我将怎样弥补我的过失吗？我将做到除我之外任何人都不能做到的事，我将明明白白地告诉你社会上对你是怎样的看法，告诉你在名誉方面应该填满哪些缺口。虽然你有那么多所谓的朋友围绕着你，将来你看到我走了之后，你就永远向真理说再见了，你将再也找不到一个能对你说真话的人了。

埃皮纳夫人第三函（甲札，第四六号）

我看不懂你今天早晨的信，我已经跟你说过了，因为那是真事。你今天晚上的信我看懂了，别害怕我会回答你，我正忙着要把它忘掉。尽管我觉得你可怜，但我还是能感到这封信使我的灵魂充满了那种苦涩。我！对你耍诡计，耍狡诈！我！竟被指责做了无耻至极的事！

再见吧，我很抱歉你竟然……再见吧，我不知道我在说些什么……再见吧，我十分愿意原谅你。你愿意什么时候来，就什么时候来好了！你别猜测你会受到冷遇，相反你将受到很好的接待，不过，你大可不必为我的名誉担心。别人怎样非议，我都不会在乎。我品行端正，这样就够了。除此之外，我完全不知道那两个对我和对你一样亲密的人究竟出了什么事。

这最后一封信为我解决了一个很大的困难，却又让我碰上了另一个很大的困难。这些信件虽然往返特别迅速，都在一天之内，但是其中短暂的间隔也足够让我在一阵阵的怒气之中知道我的粗心大意严重到什么程度了。乌德托夫人让我保持冷静，让她一人去想办法结束这桩公案，并且，尤其在当时，要避免任何分裂，任何宣扬。而我呢，对一个天生就喜欢忌恨的女人，又使用了最明显、最恶毒的侮辱词语，在她心头火上加油。当然，我从她那里只能得到一封既高傲又轻蔑又鄙视的回信，逼得我不能再有所希望，如果不立刻离开她的家，我就成了一个最无耻的懦夫。

幸好她的技巧超过了我的暴怒，她复信里的那种用词避免了这样的结局。然而，或者就离开，或者就立刻去看她，二者必选其一。我选择了后一方法，同时想到我需要解释一番，而在解释时应该采取什么态度，这倒叫我为难起来了。怎样才能把事情应付过去而又既不连累乌德托夫人，也不连累戴莱丝呢？我说出谁的名字来谁就该倒霉啊！一个翻脸无情却又好玩阴谋的女人，如果要报复，便什么事都做得出来，每件事都叫我为成为报复对象的人担忧。正是为了防止这种不幸，所以我才在信里只说到怀疑，避免提出证据。诚然，这种说法让我发的那阵脾气变得不可原谅，因为任何单纯的猜疑也不能允许我像方才看待埃皮纳夫人那样看待一个女人，特别是我对待一个女朋友。

但是就在这里开始了一个我办得十分得体的又伟大又高贵的困难工作，我以承担一些更严重的过错来弥补我那些隐藏起来的过错和懦弱。而我承担下的那些过错都是我不能犯并且从来没有犯过的。我不必应付我所害怕的那场口舌之争，我只不过受了一场虚惊而已。我一到，埃皮纳夫人就跳上来搂着我的脖子，满脸都是眼泪。这种来自一个老朋友的令人意外的接待，让我特别感动，我也哭了起来。我对她说了几句没有多大意义的话，她也对我说了几句更没有什么特别意义的话。饭已经摆好了，我们就去吃饭。在饭席上，我认为那场解释需要推迟到晚餐以后了，在这个等待时间中，我的脸色非常难看，因为我心里只要稍微有点不安就会显得六神无主，连最不明眼的人也瞒不过去。我那副尴尬样子本应该让她恼怒，然而她没敢这样做，晚餐后也和晚餐前一样，都没有作出什么解释。

第二天也没有，我们在默默相对之中，只说了些无所谓的事，或者由我说几句礼貌话，显示我的怀疑是否有根据还完全不能判断，并且真心诚意地向她保证，如果找出怀疑没有根据，我一辈子都要向她赔罪的。她没有表示出一点好奇之心，想明白地知道这些怀疑究竟是怎么一回事，又是怎么来的，因此，我们的和好，无论是在她还是在我，全都包含在见面时的那一次拥抱之中了。既然只有她一人受到了侮辱——也许表面上是如此，我就感觉她自己都不想把事情弄清楚，更不用我来把事情弄明白了，所以我是怎么来的，也就怎么回去了。而且，我还继续跟她相处，又同以前一样，所以不久我就把这场争吵几乎忘个一干二净，并且愚蠢地以为她自己也已经忘记，因为她好像已经不再回想这件事情了。

人们很快就可以知道，这并不是我的懦弱给我带来的唯一苦恼，我还有别的一些让我同样难受的苦恼，它们却并不是我自己惹来的，而只是因为有人要折磨我，好将我从孤独生活中硬带出去。

这些苦恼都是从蒂德洛和霍厄巴赫一帮人来的。当我住进退隐庐以后，蒂德洛就不断地打搅我，有时是自己来，有时是通过德莱尔。通过德莱尔拿我在丛林里胡乱跑为由给我开的那些玩笑去断定，我不久就看出他们是多么乐意把隐士丑化成风流情人。但是在我与蒂德洛所闹的那些闹剧里，问题并不是这样，这些纠纷还有更加严重的原因。

《私生子》出版以后，他曾给我邮来一本，我也用对朋友的作品应该有的那种兴趣与注意力读完了这本书。当读到他附进去的那篇用对话体写的诗论的时候，我很惊奇也很痛心地发现，里面有好些话都是攻击我这样孤寂生活的人的，这些话虽让人不快，却还能够忍受，但是其中有这样一个辛辣而又粗暴、语气生硬的论断：“只有恶人才是孤独的。”这个论断是模糊不清的，可以有两个意思，我觉得其中之一是很正确的，而另一个是很错误的，既然一个人自己愿意过孤独的生活，他不可能也不会伤害任何人，因此，根本不能将他说成是恶人。

论断本身就需要予以解释，更何况作者在发表这个论断的时候，有一个正过着寂寞的退隐生活的朋友，那就更加需要解释了。我认为，不论如何猜测，这都是引人反感、有损道义的，或者是他在发表这一论断时忘记了我这个孤居的朋友。或者是，如果他曾经想起这个朋友，但在提出这个一般性的论断时，不但没有把这个朋友，而且也没有把那么多自古至今在隐遁中寻求安宁与和平的值得尊敬的贤人哲士看成是可敬的正确的例外，而且还竟以一个作家的身份，生平以来第一次把他们都一笔抹杀掉，不分青红皂白地一律称之为坏蛋了。

我热爱蒂德洛，真诚地尊敬他，并且我用彻底的信任，希望他对我也怀有同样的情感。但是他那股毫不疲劳的别扭劲，一直在我的爱好上、志趣上、生活方式上，在只跟我一个人有关的一切事情上，永远同我唱反调，这真叫我厌烦。当我看到一个比我年轻的人竟然用尽心思要拿我当小孩子管教时，我是很反感的。他那种轻易许下了诺言，却又不实现的习惯，也让我厌恶。数不清他有多少次约了会而不来，并且特别喜欢爽而又约，约而又爽，这实在叫我烦恼。我每月都在他自己选好的日期那天白白地等他三四次，我一直跑到圣·德尼去等他，等了一整天，结果还是一个人晚上吃闷饭，这让我感到很尴尬。

总之，我心里早已填满了他再三再四对不起人的事情，这最后一次对不起我，我觉得更严重，而且更痛心。我就写信向他抱怨，但是语气极其温和，特别感人，让我自己都泪流满面，我那封信是足以让他感动得流泪的。而他对这问题是如何答复的呢？人们永远也猜不到。现将他的回信（甲札，第三三号）照录如下：

> 我的作品让你喜欢，并且让你感动，我听了非常高兴。你不赞成我关于隐士的看法，你喜欢为他们说多少好话，你就尽管说吧，你将是世界上唯一要为其说好话的隐士。并且，如果你听了能不生气的话，可说的话还很多呢。一个八十岁的老太太也如此，等等。有人告诉我，埃皮纳夫人的儿子的信里有一句话，一定曾让你心里很难受，要不然我就是不太理解你的灵魂的深处了。

这封信的最后两句话需要解释一下。

当我开始住到退隐庐的时候，勒·瓦瑟太太似乎不喜欢这个地方，觉得住得太孤单。她这样的话传到我耳朵里来了，我就说，如果她认为在巴黎好些的话，我就把她送回去，我为她付房租，并且与她跟我住在一起时一样照顾她。她拒绝了，并且向我说明，她很喜欢住在退隐庐，说乡下空气对她非常有好处。人们可以知道，这也是真话，因为她在乡下可以说变得非常年轻了，身体比在巴黎时要好得多。她的女儿甚至还向我保证，如果我们真的要离开退隐庐，她心里会是非常不高兴的，因为退隐庐确实是个令人着迷的好住处，而她又很喜欢弄弄园子，收拾收拾水果，现在正是满足心愿了，不过，她还是说了人家叫她说的话，为了要努力把我劝回巴黎。这个计划没有成功，他们就想用良心责怪的办法来获得善意殷勤所没有产生的效果，说我将这个老太太留在乡下，离她那样的岁数有可能需要的救护太远，这简直是一种罪恶。他们并没有想到，不但她，还有很多其他的老年人，都因为这地方的新鲜空气而生活得更长久，而那些必要的救护，从我门口的曼莫洛西那里就可以得到。他们那样说，好像只有巴黎才有老年人，在别的任何地方老年人都活不下去似的。

勒·瓦瑟太太吃得多，又喜欢暴饮暴食，经常吐酸水，并且泻得厉害，但泻个几天就把肠胃泻好了。她在巴黎，从来也不注意，采取自然疗法。她在退隐庐还是用这个老办法，因为她深知这个办法最妙不过。可是，他们不管这些，既然乡下没有医生和药房，那么把她搁在乡下就是想叫她死，尽管她在乡下身体很健康。蒂德洛应该确定一下，老年人到了什么样的年龄就不能住到巴黎以外去，否则就要用杀人的罪名惩罚我。

以上就是那两个无法原谅的罪状之一，因此，他不愿把我放在他那条“只有恶人才是孤独的”的论断之外，这也就是他那动人的感叹号和他那好意加上的“如此等等”的意义，“一个八十岁的老太太呀！如此等等。”

我认为要回答这种责备，最好的做法就是让勒·瓦瑟太太自己来替我证明。我请她自然地把她的感觉写信告诉埃皮纳夫人。为了让她能更自由一点，我绝不会看她的信，并且把我在下面转述的这封信拿给她看。下面这封信是我写给埃皮纳夫人的，里面说到我曾想对蒂德洛的另外一封更残酷的信有所答复，但埃皮纳夫人不让我把这封复信寄出去。

星期四

勒·瓦瑟太太要给你写信，我的好朋友，我请她把她的想法坦白地告诉你。为了使她能自由自在地写，我对她说，我肯定不看她的信，并且我请你也不要把那封信的内容告诉我。

因为你反对，我就不把信寄出去了。但是，我因为觉得受到了非常严重的侮辱，如果承认我错了，那简直是卑鄙和虚伪的，我绝对不会这样做。福音书让人左脸挨了耳光再将右脸伸出去，但是并没有让人请求原谅。你还记得喜剧里那个一面拿棍子打人，一面还在叫嚷“快救人”的人吗？哲学家就是扮演这个角色的。

你别认为你能阻止他不在这样的坏天气里来，当友谊不能给他的时间和精力，他的愤怒会给他的，这将是他生来第一次在约定的那一天到来。他累死了也要来把他在信里骂我的话亲口对我再说一遍，而我只有捺着性子听着。他也许回到巴黎后就生病了，而我呢，依照老规矩，我将是个万分可恶的人。有什么办法呢？我只好忍着。

但是，你不佩服这个人的智慧吗？他曾经想坐马车到圣·德尼来接我，在那里共进午餐后，又用马车把我送回家，而在一星期之后（见甲扎，第三四号），他的经济情况竟只允许他徒步到退隐庐来，没有什么其他办法了！用他的话来说，此乃肺腑之言——这也不是绝对不可能的，不过，如果真这样的话，一定是他的经济情况在一星期之中起了奇怪的变化。我深切同情你母亲的病所带给你的痛苦，但是，你知道，你的苦恼还赶不上我的苦恼呢。看到我们所爱的人生病而心里难过，总比看到他们因为受到不公平和残忍的待遇而引起的难过要轻得多。

再见吧，我的好朋友！这将是我跟你谈这不幸事件的最后一次了。因为你劝我沉着冷静地到巴黎去，并且说这种冷静沉着将来会让我感到高兴的。

依照埃皮纳夫人本人的建议，我把我在勒·瓦瑟太太的问题上写了哪些信告诉了蒂德洛。可以想象，既然勒·瓦瑟太太已经选择了留在退隐庐这条路，说她在这里身体非常健康，经常有人做伴，生活很舒服，因此蒂德洛再也不知道怎样将罪名加在我身上了，于是他就把我这个防止流言的做法看做一种罪行，并且把勒·瓦瑟太太继续居住在退隐庐仍然当做我的另一个罪行，尽管继续居住是由她自己选择的，尽管无论过去和现在都只因为她一句话就可以回到巴黎去生活，而从我这方面所得到的帮助，在巴黎与在我身边都是一样。

以上是对蒂德洛第三三号信上第一条责备所作的说明，至于对第二条责备的说明，就记在他自己的第三四号信里：

> 文人（这是格雷姆对埃皮纳夫人的儿子的一个谑称）也许已经写信告诉你了，城里上有二十个穷人又冻又饿得要死。等着你同以前一样拿里亚尔给他们呢，这就是我们聊天的题材的一个样本……如果你听到其余的那些话，你也会同样被逗乐的。

蒂德洛拿出这个吓人的论据来，仿佛很自豪。我对这个吓人的论据答复如下：

> 我记得我已经回复过文人了，也就是说回复过一位包税人的儿子了，我说，我并不可怜他在城里看到的那些候我施舍里亚尔的穷人，显然他已经大大地补偿他们了，我已经请他替代了我。巴黎的穷人对这样的人事变换是不会叫苦的，就是在将来我为曼莫洛西的穷人找到这样好的一个替代者还很不容易呢。这些穷人需要一个好的代替者，这要比巴黎的穷人急切得多呢。
>
> 这里有个让人尊敬的好老头，在忙碌了一辈子之后，

现在不能干活了，在迟暮之年将会因饥饿而死。我每星期一给他两个苏，这比我向城头上所有那些穷鬼施舍一百个里亚尔，良心上还要痛快得多。你们还真会开玩笑，你们这些哲学家们，你们个个都将城里人当做是与你们的天职有联系的唯一的人们。其实，人们是在乡下才能学会如何爱人类，而为人类服务呢，在城市里，人们只能学会嘲讽人类而已。

这就是那种奇怪的良心责备，一个聪明人竟然糊涂到依照这种良心责备来严肃地把我远离巴黎这件事情算作一个罪行，并且认为仅拿我自己的例子就可以给我证明一个人生活在首都之外就是一个恶人。今天想起来，我不知道我当时怎么就那么愚蠢，竟还回复他，并且同他生气，而不以对他嗤之以鼻的态度作为全部的答复。但是，埃皮纳夫人的决定同霍厄巴赫那帮人的叫嚣把思想界迷惑得对他太有利了，以至于在这件事情上都以为是我不对。甚至乌德托夫人——她自己也是很欣赏蒂德洛的，也要我到巴黎去看他，要我先向他表示和解。

但这次和解，尽管在我这方面是诚恳而又真诚的，却没有继续下去。她所提出的让我信服的理由，就是蒂德洛这个时候正在倒霉。除了《百科全书》带来的那场风暴以外，他的那个剧本当时又引起了一场十分激烈的风暴。这个剧本，尽管他在前面加了一篇小记，但人家还说他是全部照抄哥尔多尼的。蒂德洛比伏尔泰还更无法忍受批评，他当时气愤了。格拉菲尼夫人甚至恶意散布谎言，说我为这事与他绝了交。我感觉公开提出一个相反的证据是既公平而又正当的事，于是我去了，不但与他在一起，并且就在他家里待了两天。这是我迁居退隐庐以来第二次到巴黎，第一次我是去看那可怜的果弗古尔，他当时得了中风，后来就一直没有痊愈，在他刚得病时，我片刻不离他的床头，直到他脱险为止。

蒂德洛热情地接待了我，一个朋友的拥抱能消除多少嫌隙啊！在拥抱之后，还有什么怨言能留在心里呢？我们没有做多少解释，本来彼此对骂是用不着什么解释的，只有一件事能做，就是把骂的话都忘掉。他并没有暗中要什么手腕，至少据我所知道的是没有的，这与埃皮纳夫人不同，他把《一家之长》的纲要拿给我看了，“这是对《私生子》的最好的辩护书，”我对他说，“先别说话，好好写这个剧本，写好了就对着你的敌人的脸抛过去，当做全部的答复。”他果然这样做了，而且效果很好。

那还是在六个月以前，我就把《朱莉》的头两部分邮给他看了，让他提意见。但他连看都没有看，我们就在一起读了一个分册，他觉得通篇都是“酥皮”（这是他用的字眼），也就是说全篇废话太多，冗词太多。我自己也早已感觉到这一点了，不过那都是发高烧时的闲话，我一直没有改掉。后面几部分就不这样了，特别是第四部分和第六部分，都是提炼了词句的杰作。

在我到巴黎的第二天，他一定要带我到霍厄巴赫先生家去用晚餐。我们俩心里所计划的相差太远了，我甚至想撤掉化学手稿的合同，因为我怨恨为了这部稿子而向他那种人表示感激。蒂德洛又胜利了，他向我发誓说，霍厄巴赫先生真心诚意地爱我，他那样的态度对一切人都是如此，越是朋友就承受得越多，我应该原谅他。他又解释给我听，那部稿子的稿费，两年前就收到了，现在拒绝，对于付稿费的人就是个侮辱，但这个侮辱是他不应该承受，而且这个拒绝甚至可能带来误会，好像暗中责备他不应该拖那么久才把这场交易确定下来。

“我天天看到霍厄巴赫，”他又说，“我比你更了解他的内心世界，如果你真是有理由对他不满意的话，你难道会认为你的朋友会让你做一件对身份不好的事吗？”总的来说，由于我经常的懦弱，我又让人家把我说服了，我们到男爵家吃晚饭去了，男爵和平常一样迎接了我们。但是他的妻子却对我非常冷淡、非常不客气。我已经找不到那个可爱的迦罗琳了，她当年结婚的时候对我是多么亲切。在很久以前我就大概感觉到，自从格雷姆经常去往艾纳家里去以后，艾纳家的人就对我另眼相看了。

当我在巴黎的时候，圣朗拜尔从部队里回来了，我当时压根不知道，因此直到回到乡下以后，才在舍福莱克和退隐庐见到他。他是与乌德托夫人一起到退隐庐来要我请他们吃饭，可以想象，我是多么高兴地迎接了他们的。我看到他们俩那么情投意合，心中更加高兴。我为未曾打扰他们的幸福而觉得满意、觉得幸福，我还可以起誓，在我整个那一段用情时期，特别是在这个时候，即使我能把乌德托夫人从他手里抢过来，我也不会这样做，甚至根本不会起这种念头。我认为她在爱圣朗拜尔的时候是那么可爱，以致我几乎想象不到，如果她爱我的话，是否会那么可爱。我绝不想打乱他们的结合，在我的狂热之中，我真正希望的，只是她能让我爱她而已。

总之，不论我为她燃起怎样热烈的热情，我总是认为做她的知心人也同做她的爱情对象一样的甜蜜，我从没有把她的情人看做我的情敌，而是永远把他当做我的朋友。有人会说，这不能算爱情。

好吧，但是这也就胜于爱情了。

说到圣朗拜尔，他表现得非常正派得体。因为只有我一人是有罪的，所以也只有我一人得到了惩罚，不过是宽恕的惩罚。他对我严厉但又友好，我还看出，他对我的敬意有所下降，但对我的友情却毫无所损。所以我感到很欣慰，因为我知道，对我的敬意比对我的友情更容易加深。而且他这个人十分讲理，绝不会把一时不由自主的软弱与性格上的缺点看做一回事。如果在过去的那一切里有我的过错，但过错也并不严重。是我主动追求他的情妇吗？难道不是他自己打发她到我这里来的吗？不是她来找我的吗？我能不接待她吗？我能有什么办法呢？造孽的是他们两个人，吃苦的却是我。如果他身处我的位置，他也会和我一样行事，或许还更坏，因为，无论乌德托夫人如何忠实、如何可佩，她毕竟是个女人呀。他出远门去了，机会多的是，而诱惑又是强烈的，因此她对一个胆子更大的男人就很难保持操守了。毫无疑问，在这种情况下，我们能始终不越雷池一步，对于她与我，都算是非常可贵的了。

虽然我在内心深处为自己做了个相当有力的辩解，但驳斥我的表面现象太多了，以至于那经常控制我而我又无法克服的害羞竟使我在他的面前活像一个罪人，而他也就常常利用我这种羞涩让我难堪。我举出一个例子，可见这种相互关系的一般。吃完饭后我把我去年写给伏尔泰的那封信念给他听，这封信，他圣朗拜尔原本早就听说过。但他在我正念的时候竟然睡着了，而我呢，以前是那么骄傲，今天又是这么卑下，竟一次也不敢结束我的朗读，因此，当他在有鼾声的时候，我还一直在朗读呢。我的卑下就到了这种地步，他的报复也就到达这种地步，但是他的忠厚之心一向只允许他在我们三人之间进行这种报复。

他又出门去了，我感觉乌德托夫人对我的态度改变很多。我很奇怪，其实这是我早就应该料到的，我的感激也超过了应有的程度，这就让我非常痛苦。我原来希望能把我治好的那一切，似乎只是把那与其说是被我拔出还不如说是被我折断了的箭向我的心里扎得更深。我希望完全战胜自己，并且要竭尽全力地把我那种痴情变成纯洁而长久的友谊。我对此做出了许多最美好的计划，需要乌德托夫人帮助我去实施。当我要与她谈这件事的时候，我发现她心不在焉，左右为难。我知道她已经不再喜欢同我在一起了，并且我清楚地知道，一定是发生过什么事，她当时不愿同我说，而我后来也一直无法知晓。这种变化是我没有办法从她嘴里得到原因的，我非常伤心。她向我索回她的信，我就把她的信全部还给她了，一封不缺，而她竟然羞辱我，对我这种实在还一度表示怀疑。这种怀疑，又在我的心上造成了意外的伤害，她应该充分了解我的呀！她也承认我老实，但不是那时候就承认的，我明白，她是在看了我交去的那一包信之后，才觉得自己的怀疑是不对的。我甚至看出她为此而自责，这又稍微让我心里舒服一些。

她不能只拿回她的信而不将我的信还我，她对我说，她将我的信全烧了，现在应该我来怀疑了，而且我知道，我到现在还怀疑呢。不，这样的信，绝不会全都被烧的。《朱莉》里的信是像火一样炽热的啊！上帝呀！对于这样的信，又该如何说呢？不，不，能激起这样一种激情的人，是肯定不会有勇气把这些热情的证据烧掉的。不过，我也并不怕她利用这些证据，我不相信她能做出这种事，而且，我早已料到了。我那愚蠢而强烈的怕人嘲笑的畏惧心情让我一开始通信就用一种让我的信不能拿出给人看的语气。我把我在陶醉中所采取的那种亲切态度一直发展到以卿卿我我相称，可是，什么样的卿卿我我啊！她是不会由于这样而感到被冒犯的。但是她也有好几次向我提出反对，可是反对并没有收到效果，她的反对只能唤醒我的畏惧心情，而我又不愿意后退一步。如果这些信还存在于世，如果有一天它们能被人看到，人们就会知道我曾经是怎样爱她的了。

乌德托夫人的冷漠给我造成的痛苦，以及我没有受到冷淡而产生的那种信心，使我作出了一个奇怪的决定：我直接写信对圣朗拜尔本人诉苦。在等候这封信的结果期间，我就纵情于我早该寻求的那些乐趣。当时在舍福莱克正好有些盛大的宴会，我负责为这些宴会准备音乐。乌德托夫人喜欢音乐，我就因为能在她面前一显身手而感到快乐，这激起了我的兴趣。还有另外一个原因也有可能激起这份兴趣，那就是我要表明一下《风水先生》的作者也知道音乐，因为很长时间以来我就发现有人在努力让大家怀疑我懂得音乐，至少是怀疑我能作曲。

其实，我在巴黎初期的那些作品，我在杜宾先生家或伯普蕾尼先生家所受到的多次考验，我十四年来在最成名的艺人中间，并且当着他们的面写的大量乐曲，最后，还有《风流诗仙》那部歌剧，《风水先生》这部歌剧，还有我为菲尔小姐特别写的并且她自己在宗教乐会里演唱过的一首经文歌，同我为这门艺术跟最著名的大师们在一起开过的那许多次会议，这一切都好像应能防止这种怀疑的产生或者消除这种怀疑的。但是，这种怀疑居然还在，就是在舍福莱克看来也是如此，我还知道，连埃皮纳先生也有可能有这种看法。我假装着没有感觉到这一点，答应替他写一支经文歌，在舍福莱克小教堂命名典礼上使用，并且请他自己选择，给我提供歌词。他让他儿子的老师里南去办。里南把些切合主旨的歌词整理出来后拿给了我，一星期之后，经文歌也就写成了。这一次，痛恨之情就是我的阿波罗，并且从我的手里从来也没有写出过比这更深厚的音乐。

乐曲开始的壮丽氛围正好与歌词相合，接下去，全曲的音调之美引起了大家的注意。我一直用大乐队，埃皮纳就集合了最好的合奏乐师，意大利歌手白鲁娜夫人演唱经文歌时，伴奏得非常好。这支经文歌太成功了，以至于在后来还被拿到宗教音乐会上去演奏，尽管有人暗中捣乱，演奏技术也配不上乐曲，还是博得两次热烈的掌声。我又替埃皮纳先生的生日提供了一个剧本，属半正剧半哑剧性质，埃皮纳夫人就依据我的意思写出来了，音乐还是我配的。格雷姆一到，就听说了我在和声方面的成功。一小时后，大家不再议论这件事了，但是根据我所知道的，别人至少已经不再猜疑，不再问我是不是会作曲了。

我本来已经不太喜欢住在舍福莱克了，格雷姆一到，就更加让我感到留在那里无法忍受，原因在于他的骄傲态度，这些我在别人身上从来没有见过，以至于连想也想不到。他到的第一天，我就被从我住的那间贵宾室里轰了出来，这个房间与埃皮纳夫人的房间紧挨着，它布置给格雷姆住，另外给了我一个很远的房间。“这就是后来居上了。”我笑着对埃皮纳夫人说，她表现得有点尴尬。

当天晚上我对搬家的原因就非常清楚了，因为我听说在她的房间跟我腾出的那个房间之间有一道暗门，她以前一直以为不必指给我的。不论是在她家里或是在社会上，她与格雷姆的关系没人不知道，甚至连她的丈夫也很清楚。然而，虽然我是她的知心人，虽然她曾告诉过我一些更重要得多的秘密，并且知道我这人值得相信，她却不愿在我面前承认这件事，依然坚决予以否认。我知道这种保留态度的原因在格雷姆那里，他知道我的一切秘密，却不愿意我知道他的任何秘密。

我当时还未泯灭的旧情同他那人的一些真正的优点让我对他还有一些好感，但这点好感也经不起他那样竭尽全力的对我的摧残。他待人接物的态度完全是带有非埃尔伯爵式的，他好像不屑于对我答礼，也没有对我问过一句话，而且就是我说话他也连理都不理，这样，我很快也就不同他说话了。并且他到处都抢先，到处都占第一位，从来不把我放在心上。如果他不故意装出那副令人难堪的样子来，这也倒还罢了。但是，人们只凭千千万万事例中的这一个事例就可以知道他是个怎样的人了。

有一天晚上，埃皮纳夫人觉得有点不舒服，就叫人给她送点饭菜到她房间里，她上楼准备坐在她的火炉旁边吃饭。她让我跟她一起上楼，我就同她上去了。格雷姆接着也来了，小桌子已经摆好，只有两份餐具，上菜了，埃皮纳夫人坐到火炉的一边，格雷姆先生拿起一张扶手椅就坐到火炉的那一边，把小桌子往他们俩中间一放，打开餐巾，吃了起来，连一句话也不同我说。埃皮纳夫人脸红了，为了让他纠正他那粗鲁的行为，就要把她自己的位子让给我。而他呢，一句话也不对我说，并且看也不看我一眼。我既不能靠近火炉，就决定在房间里踱来踱去，等仆人再拿一副餐具来给我。他就让我在桌子离火炉很远的那一头吃了晚饭，没有对我客气一下。他不会想到我身体不好，又是他的老大哥，同这家人的交情比他还早，而且是我把他带到这里来的。现在他是女主人面前的红人，应该对我更加有礼才对呀。他在其他场合对我的态度也与在这个事情中完全一样，他不只是完全把我看成比他次一等的人，而且他简直把我看做零。我不能在这种态度中认出当年在萨克西恩·哥特的储君家里以得我一顾为荣的那个学究先生了。

他一边有这样深沉的沉默和这种侮辱人的骄傲态度，一边却又在所有他知道跟我有交谊的人们面前大夸他对我的友谊如何深挚，这二者怎么能调和起来呢？说真的，他表示好意，不过是为了同情我很穷，不过是为着可怜我命苦，也不过是为着叹息几声而已，而我自己是乐观的，并不因为穷而抱怨。根据他说，他是想照顾我，但我却无情地拒绝了他。他就是用这种手腕来让人赞美他好心的慷慨，责怪我忘恩负义的愤世心情，他就是用这种手段来使大家在不知不觉中认为在他那样一个保护人与我这样一个不幸者之间，只能有那边施恩、这边感激的关系，根本就无法知道，即使这种关系是有可能的话，也还有一种平等的友谊存在于其中。

在我这方面，我就无法找出一件事来能让我感激这位新的保护人。我曾经借过钱给他，而他从来也没有借过钱给我。他生病，我照顾过他，我每次生病，他都难得来看我一下，我把我的朋友全都介绍给他了，他的朋友他却从来没有给我介绍过一个。我曾尽我的一切力量去宣传他，而他呢，如果他也宣传过我，但并不是那么公开的，而且用的方式也很不相同。他从来没有帮过我什么忙，甚至从没有对我说过要帮我。他怎么能是我的麦西那斯呢？我怎么能是他的被保护者呢？这一点，我过去想不通，现在还是无法想通。

尽管，他对大家都很傲慢，只是程度不同，但是他对任何人也没有像对我这样傲慢到粗鲁的程度。我还记得有一次圣朗拜尔几乎要拿起面前的菜盘子砸他的脸，因为格雷姆当着全桌的人说他说谎，粗鲁地对他说："这不是真话。"在他这种天生的傲慢口吻上，他还加上一个暴发户的自满，甚至无礼到可笑的程度。他同阔人们往来的结果，竟让他迷了心窍，只有最不讲理的阔人才能摆得出的架子，他自己也学着摆起来了。他喊他的仆人，从来只叫声"喂！"就好像仆人太多，他不知道哪一个当班似的。他让仆人去买东西的时候，总是不把钱交到他手里，而是把钱往地上一扔。总之，他完全忘了仆人也是人，不管什么事，总是把他们藐视得那么令人难堪，厌恶得那么厉害，以至于那个可怜的孩子——他为人很好，是埃皮纳夫人介绍给他的——终于辞职不干了。这孩子没有别的什么抱怨，只是抱怨这样的待遇，他没有法子忍受下去，他成了这位新"自命不凡的人"的拉·弗勒尔。

他既喜欢虚荣，又妄自尊大，生了一双不明亮的大眼睛，一张松软多皱的脸，但却还对女人野心勃勃呢，自从与菲尔小姐闹了那场笑话以来，竟然在好些女人眼里成了一个多情种子了。从此，他学起时髦来，养成了女人式的洁癖，他自己把自己当做美男子，梳洗成了一件大事。大家都知道他是打粉的，而我呢，原本还不信，后来也信了，因为我不仅看见他的肤色美起来了，还在他的梳妆台上发现过粉碟子。有一天早晨当我到他房间里去的时候，看到他在用一个特别制造的小刷子刷指甲，他当着我的面还显得挺得意。我当时断定，一个人能天天早晨花两个钟头时间刷指甲，就很可能花一点时间用粉把皮肤上的皱纹填起来。那个老好人果弗古尔并不是什么薄情鬼，却非常风趣地为他起了个绰号，叫"粉面霸王"。

上边的一切都还是些可笑的小事，但是同我的性格太不符合了。这些事终于让我怀疑到他的品格，我很难相信一个晕头转向到这样地步的人，能把心眼放在当中。他动不动就吹嘘他的心肠是那么软、感情是那么强烈。而他那些缺点却都是微小的灵魂才会有的，怎么能与他所吹赞的那一切相符合呢？一颗敏感的心总是因为外界事物而热情奔放的，怎么能让他不断地为他那微小的躯体忙着做那么多微不足道的照料呢？我的上帝呀！真觉得自己的心被那神圣之火燃烧起来的人，总是想办法把他的心倾吐出来，要把全部的东西拿给人看的。这样的人巴不得把心掏出来放到脸上，他肯定不会想什么修饰打扮。我在那时候又想起了他的道德原则，这是埃皮纳夫人从前告诉我的，也是他实现了的。这个提纲只有一条，那就是，人的唯一义务就是要在一切事情上都照自己的想法去办。这种道德原则，当我听到的时候，我曾感慨了很长时间，虽然当时我还只把它当做一种有趣的话看待。但是不久我就知道，这个原则肯定就是他的行为原则，并且后来那么多让我吃亏的事都可以表明这一点。这也就是蒂德洛对我说过很多遍的那种秘密教条，不过他从来没有同我作过解释。

我又想起了好几年前人家就一直对我说过的那些警告，他们说这个人虚伪，说他会作假，特别是说他很讨厌我。我想起了好几个小故事，都是弗兰格耶先生跟舍农索夫人讲给我听的，这两个人都瞧不起他，而且他们都了解他的为人，因为舍农索夫人是已经逝世弗里森伯爵的密友罗什舒阿尔夫人的女儿，而弗朗兰耶先生当时与波立尼亚克子爵交往很深，当格雷姆开始在王宫区落脚的时候，就在那里住了很长时间。全巴黎都知道格雷姆在弗里森伯爵死后那种悲观的情形。这是因为他要保持他在遭到菲尔小姐的严厉对待后所得到的那点儿名声。这种名声，如果我当时不是那么无目的的话，一定会把其中的骗局看得比任何人更清楚。他被人强迫拉到加斯特利公馆，在那里煞有其事的做事，这真是令人悲恸欲绝。他每天早晨到花园里去哭个痛快，用沾满泪水的手帕罩着眼睛，看到公馆的房子就一直哭，但是一拐过一条小径，就只见他立刻把手帕放进口袋，拿出一本书来读了。这种事情多次发生，很快就传遍了整个巴黎，但不过马上也就给忘了。同样我自己也把它忘了，可是有一件同我有关的事情却偏偏让我又把它想了起来。

当我在格勒内尔路住的时候，躺在床上病得快要死了，他当时在乡下，有一天早晨来看我，一直喘气地说他刚从乡下赶到，过了一会儿我就明白了，他头天晚上就已经到了，因为当天还有人在戏院里见到他呢。

这类事情，我还能讲很多，但是有一点给我的印象更深，我自己也想不清楚怎么会这么晚才注意到，我将我所有的朋友都介绍给格雷姆，他们都变成了他的朋友，当时我跟他形影不离，简直不希望有哪一家我能进去而他不能进去的。只有克雷基夫人拒绝迎接他，而我也就以后不去看她了。格雷姆自己也交上了一些其他的朋友，有时候是因为自己的关系，有时候是因为弗里森伯爵的关系，在这些朋友之中，后来都不是我的朋友。他从来没有对我说一句话，或者劝我至少跟他们认识一下，而且我有时在他家里遇到的那些朋友当中，也从来没有一个对我表示过丝毫好感。就连弗里森伯爵也是这样，但他是住在伯爵家里的，因此若能跟伯爵有一点来往，我自然会非常高兴。至于弗里森伯爵的亲戚旭姆堡伯爵也从没对我表示过好感，而格雷姆跟旭姆堡伯爵相处得还更随和些。不但如此，我介绍给他的我自己的朋友，在认识他之前，每个人都对我真诚相待，同他认识以后却明显地变了心。他从来没有把他的任何朋友介绍给我，但我却把我的朋友全都介绍给他了，而最后，他把我的朋友统统抢走了。因此如果这就是友谊的结果，那么仇恨的结果又将如何？

在开始的时候，就是蒂德洛也曾多次警告过我，认为格雷姆这人，我对他那么信任，但并不是我的朋友，后来当他自己也不再是我的朋友的时候，就不这样说了。

我以前对待我那几个孩子的办法，是不需要任何人来帮助的。然而当我把这事告诉了我的朋友们后，唯一希望的就是要他们知道这件事，不要在他们的眼里把我这个人看得比实际上好些。我的这些朋友一共有三个：蒂德洛、格雷姆、埃皮纳夫人，杜克洛是最值得听我诉说秘密的人，却又是我唯一没有告知这秘密的人。然而他却知道了我这个秘密，是谁告诉的呢？我无法知道。

这种背信弃义的事一般不可能出自于埃皮纳夫人之口，因为她懂得，如果我是那种人，也学她那样背信弃义，我就有办法残酷地报复她，剩下来只有格雷姆同蒂德洛了，他们两人当时在许多事情上都狼狈为奸，特别是对待我，因此极有可能这是出于他们的共同谋划。我可以打赌，只有杜克洛，我没有将我的秘密告诉他，因此他可以有泄露秘密的权利，而他却反而是唯一一个为我保守秘密的人。

当格雷姆和蒂德洛计划把两个女总督从我身边带走的时候，曾全力要把杜克洛也拖下来，但他始终用厌恶的语气拒绝了。我只是事后才从他嘴里知道他们之间在这问题上的经历，但是，当时我已经从戴莱丝口里听到了，足以让我看出在那一切活动当中有着无可告人的秘密，看出他们是想摆弄我，即使不是违背我的意愿，至少也要瞒着我，再不然，他们是想利用这两个女人去实现什么阴谋。那一切必然都是不正当的，杜克洛的反对就毫无疑问地表明了这一点。如果谁愿意相信那是因为友谊，就让他相信去吧。

这种所谓友谊让我在家里和在家外一样倒霉。几年来他们和勒·瓦瑟太太那种频繁的会谈使得这个女人对我的态度变了很多，而这种改变，当然不会对我有利。他们在这些不知道是什么的密谈中究竟讨论些什么呢？为什么这样不愿让人知道呢？这个老太婆的谈话难道就那么有趣，让他们这么喜欢吗？或者是那么重要，值得这样保守秘密吗？三四年来，这种密谈一直持续着，我起先觉得是可笑的，这时我再想想，就开始感到惊讶。如果那时我知道那女人在为我准备些什么的话，这种惊讶是会发展到焦虑不安的程度的。

虽然格雷姆在外面吹嘘说他对我如何热心，但这种所谓热心与他对我所采取的态度是不可能相容的。我在任何方面都没有从他手里得到一点对我有利的东西，他声称对我抱有的那种慈悲感，很少对我有帮助，倒是有损于我。

他甚至尽其所有，把我所选定的那个职业的财源给我断送了，因为他破坏我的名声，说我是个坏的抄写人。我承认他在这一点上没有说谎，但是这种真话不必他来说呀。他自己另使用了一个抄写人，只要他能拉走的主顾，就一个也不留地从我这边拉走了，他就这样证明他所说的话并不是玩笑。这简直可以说他的目的是要让我依赖他，依赖他的影响才能生活，并且要将我的生活来源断个彻底，不把我逼上他那条路，他就不甘心。

当我把这一切总结完了之后，我的理智最后让我原来还替他说话的那点理由再也没有声音了。我至少认为他的性格是很可疑的。关于他的友谊，我相信是虚假的。于是，根据一些不容置辩的事实，我决定不再见他了，并且把这个决定通知了埃皮纳夫人，不过那些事情我现在都忘记了。她竭力反对我这个决定，而对我提出的理由又不知如何说才好。因为当时她还没有与他商量，但是到了第二天，她没有让我亲口解释，而是交给我一封由他们俩一起起草的很巧妙的信，她用这封信替他辩护，说一切都由于他那种沉稳的性格，但关于详细的事实却一个字也不说，并且认为我怀疑他对朋友没有诚信是一种罪过，劝我跟他言归于好。这封信（见甲札第四八号）让我动摇了。后来我们又谈了一次话，我认为她比第一次谈话时更有准备，在这一次谈话中我完全被她战胜了，以至于我相信，我可能判断错了，如果是这样，那我就是对一个朋友做了最不公平的事，应该赔礼。

总的来说，我也和像蒂德洛以及霍厄巴赫男爵已经多次做过的那样，一半出于自愿，一半由于软弱，作出了我原本有权要求对方做的那一切要求和解的表示。我好像是另一个乔治·唐丹，到格雷姆那里去，为他带给我的侮辱而请他原谅，心里老是有这样一个错误的观点，认为只要你委婉客气，天下无不解之冤，就是这一个错误的观点让我一辈子在我那些虚伪的朋友面前不知做出了多少卑微的事。其实，正好相反，恶人的仇恨心，越是找不到仇恨的理由就越发强烈，越觉得他自己不对就更加对对方怀恨。我不需要离开我自己的阅历就可以在格雷姆和特龙香两个人身上发现这个论断的十分有力的证明，他们之所以成了我的两个最厉害的敌人，完全是因为他们自己的兴趣、自己的爱好，根本找不到我对他们俩有任何对不起的地方可以当做借口。他们的怒气一日比一日更厉害，就同猛虎一样，越容易发火，怒气就越大。

我原认为格雷姆看到我这样忍气吞声，先来请和，会觉得惭愧的，因此会张开两臂，用最诚恳的友情来接待我。谁知他接待我，就同罗马皇帝接待臣子一样，带着一种我一辈子也没有见过的那种骄傲态度。我对这样的接待是一点准备也没有的，当我扮着这样不适当的角色，特别尴尬、害羞地用三言两语说明来意之后，他非但不原谅我，反而堂而皇之地先念了一篇事先准备好的长篇训词，训词里讲了他那许许多多特有的美德，特别是在交朋友方面。他用了很长时间特意说明一件让我感到惊讶的事，就是，他的朋友是从来不会放弃他的。

他在那里讲着，我心里就在想，如果我成了这条规律的一个例外，那才让我痛心呢。他一个劲地装腔作势地讲了又讲，这不免让我想起，如果他在这方面果然是顺着内心情感行事的话，他就不会那么注意到这条原则，实际上他不过是把这条原则当做用来向上爬的手段罢了。直到那时候，我也同他一样，总是保住所有的朋友的。从我童年时代起，我就没有丢掉一个朋友，除非是他死了，但是，直到那时为止，我从来就没有把这当成一回事，并没有把这当做是一条引以自律的原则。那么，既然这是双方都有的一个共同优点，如果不是事先就想把我这个优点剥夺掉的话，他又为何那样津津乐道地自我夸赞呢？后来他又一心想让我难堪，找出些证明来说明我们的共同朋友都喜欢他而不喜欢我。这个，我也同他一样清楚，朋友们是有这样一种偏爱的，但问题在于他为什么得到了这种偏爱，是因为德高望重，还是由于会耍手腕？是由于提高自己的声望，还是由于竭力将我贬低？

最后，当他把他自己一直抬高，把我尽力贬低，让我感到他将会带来的赦免来之不易的时候，他施舍给了我一个和解之吻，轻轻地拥抱了我一下，就好像国王拥抱新受封的骑士一样。我好像从云端里掉了下来，吞吞吐吐，不知道说些什么才好。整个这一幕就仿佛老师训斥小学生，挨了他一顿鞭子一样。我每想起这一幕，总是不禁认为：依照外表来判断人是多么易于上当，而世俗文人又是多么重视这种依照外表的判断啊！我也觉得，有罪者放肆大胆、趾高气昂，而无事者却羞惭满面、局促不安，这又是非常常见的事啊！

我们总算和好了，这对于我来说，终于是减轻了一个负担，因为任何吵架都会让我苦恼不堪的。大家当然都能猜到，像这样的和好是不会改变他的态度的，这只是剥夺了我对他的态度的申诉权而已。所以我就决心忍受一切，再也不说什么话了。

这么多的苦恼接踵而来，让我郁闷不已，这让我失去了自制的力量。圣朗拜尔没有给我回信，乌德托夫人也与我疏远了，我不敢再对任何人说实话，因此开始害怕起来，我怕拿友谊做心灵的偶像，把这一辈子都浪费在追求一些幻影上面。在这次考验之后，在我所有的朋友之中，只剩下两个人我还保有全部敬仰，使我的心还能得到信赖，一个是杜克洛，自从我居住退隐庐以来，就没有得到他的消息，另一个就是圣朗拜尔。我觉得我若是向圣朗拜尔谢罪，最好把压在我心里的事都毫无保留地对他说出来，于是我决定在不牵连他情侣的范围内，向他忏悔一切。我并不怀疑我选择的这个办法还是旧情所布置下的一个陷阱，为的是要让我能跟她接近一些。但另一方面，这也是我的真心实意，我巴不得无保留地投向她的情人的怀抱，认真接受他的指导，把我的坦白之情提高到尽可能的高度。当我正准备给他再写一封信，相信很难能得到他的答复时，忽然得到一个消息，知道了他所以没有答复我第一封信的原因。

原来他没能把他那一次战役的艰辛经受到底。埃皮纳夫人对我说，他刚刚得了瘫痪症，而乌德托夫人自己也忧伤成疾，不能立刻写信给我。两三天后，她从巴黎——当时她在巴黎——对我说，他已经被送到亚琛洗矿泉浴去了。我不能说这个伤心的消息曾使我像她一样地悲恸欲绝，但是我不信我心里的难过会比不过她的忧伤和痛苦。我为他病到这种程度而难过，又害怕他的病可能是受到心绪不宁的影响，因此就更加难过了，这种心情比我此前所遭受到的一切更震撼我的心弦，而我痛苦地感到，我自己估计实在没有必需的力量来经受这么多的烦恼。幸亏这位豪爽的朋友没有让我长久地处于这种愁闷之中，他尽管得了病，但并没有将我忘掉，以后我就从他的亲笔信里知道，我将他的心情和病况都预计得太坏了。不过现在到了该说我的命运大变动的时候了，到了该把我的一生分为截然不同两部分的那次大灾难的时候了，这个灾难，是由于一个微小的原因，竟产生了如此可怕的后果。

有一天，完全出乎我的想象，埃皮纳夫人让人来找我。一进门，我就感觉她的眼神里和她的整个举止里都存在一种异乎寻常的慌张，这引起了我的注意，因为日常没有谁比她更能控制自己的面部表情和动作。“我的朋友，”她对我说，“我要到日内瓦去，我的胸部不好，身体损害太厉害了，必须将一切都撇下来去找特龙香，让他诊断一下。”

当时正处于入冬的时候，这个决定做得非常突然，这使我惊讶，特别是我离开她只有三十六小时，而她当时压根不曾提到这件事。我就问她准备同谁一起去，她说她准备与她的儿子和里南先生去，然后她又心不在焉地加上一句：“还有你，我的狗熊,你不也来一个吗？”我不相信她说的是正经话，因为她知道在将到来的这个季节里，我连房门压根都出不去，所以我就开起了玩笑，说病人送病人没有多大用处。她自己也表示出并非真正有心要提出这个建议，所以就不说这个问题了，我们只说了说她的旅行准备工作。她当时正忙着准备，决定半个月后就动身。

我不需要花费很大精力就能懂得这次旅行有个瞒着我的秘密目的。这个秘密，这个家庭里的人除了我谁都知道，而且这个秘密第二天也被戴莱丝知道了，这是总管家台歇透露给她的，而台歇又是从随身侍女那里知道的。既然这个秘密不是埃皮纳夫人亲口对我说的，我也就没有为她保守秘密的义务。尽管如此，但是这同把它传到我耳朵里来的那些人关联太大了，我不能把它同那些人分开，因此，对于这件事，我会闭口不谈。但是这些秘密，虽然永远不会从我的口里或从我的笔下透露出去，却已经被太多的人知道了，因为埃皮纳夫人圈子的人都知道这件事。

我知道了这次旅行的真正动机，就推理出一定有只仇人的手在暗中推动，要我成为埃皮纳夫人的护送人。不过她因为没有坚持要求，所以我也就不把这个目的当做一件正经事去看，只是暗中发笑。如果我真那么傻，当了她的护送人，我才做了一个好看的角色呢。此外，我的拒绝倒让她占了大便宜，因为她竟然请到了她的丈夫同她前去。

几天之后，我从蒂德洛那里得到下面转录的这张便条。这张便条就那么叠了一下，很容易就可以读到全部内容，它是送到埃皮纳夫人家里但却注明是给我的，让儿子的家庭教师、母亲的亲信里南先生转交。

蒂德洛的便条（甲札，第五二号）

我是肯定要爱你但要给你苦恼的。我听说埃皮纳夫人要去日内瓦，却没有听说你同她一起去。我的朋友，如果你对埃皮纳夫人满意的话，你就应该陪她去，如果你对她感到不满意，你就更应该去。你是不是受了她的恩，无法报答呢？而这正是一个机会，让你偿还一部分债，减轻你的负担呀。在你的一生之中，你还能找到另一个机会对她表示感谢吗？她是到一个陌生的国家去，像从云端里掉下来一样。她是病人，她需要娱乐和消遣，是冬天呀！

你看，我的朋友，你用自己身体不好来拒绝，这理由可能比我所相信的要有信服力得多。但是你现在的身体是不是就比一个月以前与将来入春以后都更坏呢？你三个月后去旅行是不是就比今天更便利些呢？要是我，我坦白告诉你吧，如果我坐不了车，我也会拄着棍子同她走。而且你不怕人家误会你的行为吗？人家会认为你不是忘恩负义就是别有用心。我想知道，不管你做什么事，你必须有良心作证，但是只认为这点证明就够了吗？你能允许把别人的证明忽视到这种程度吗？此外，我的朋友，我给你写这个便条，是为了对得起你，也为了对得起我自己。如果你不喜欢它，就把它烧了吧，以后也不必再说，就同我没有写这个便条一样。我问候你，爱你，拥抱你。

在我读了这个便条以后，气得发抖，两眼发花，压根不能读完，但这并未妨碍我注意到其中的伎俩。蒂德洛在这封信里装出的那种口吻，比他在任何别的信里都更加温和、更亲热、更客气，在别的信里他顶多称我为“我亲爱的”，几乎从来也不愿意给我以“朋友”的称号。我很容易发现这个便条是怎样拐弯抹角到我这里来的，信上的地址、折叠的方式和转递的情形已经非常笨拙地暴露出其中的曲折了。我们双方通信平常都是邮寄，要么托曼莫洛西的信使代交，他使用这种途径还是第一次，也是唯一的一次。直到我的愤怒的冲动能允许我执笔的时候，我就连忙给他写了下面这封回信，立即把它从当时我住的退隐庐送到舍福莱克去给埃皮纳夫人看，并且在特别的愤怒之下，我要将这封回信连同蒂德洛的便条一起，亲口念给她听。

我亲爱的朋友，你不会知道我对埃皮纳夫人的感激之情是如何热烈，也不会知道我对这种感激之情承担怎样的义务，你不知道她在旅途中是不是真正需要我，是不是真想我陪她，也不知道我是否有可能陪她，更不知道我因为什么理由而不能陪她。我愿意同你讨论所有这些问题，但是，在讨论之前，你要知道，这样肯定地认为我应该做什么事情而不先作一番判断问题的准备，这就是，我亲爱的哲学家啊，这就是以地道糊涂虫的身份来表达意见。

我认为其中最坏的是，你的意见不是来自你本人。我的脾气不好，不希望有个第三者或第四者以你的名义来牵着我的鼻子走，除此以外，我在这些转弯抹角的信里看出了一些与你的坦率不相符的秘密。我看，为了你和为了我，你从此以后还是少管一点为妙。

你怕人家把我的行为往坏处想，可是，我想你那样的一颗心是不至于把我的心往坏处想的。别人也许会把我说得更好些，如果我能多像他们一点的话。希望上帝保佑我，不用去求得他们的赞许！让坏人去窥伺我、猜度我好了，我卢梭不是害怕坏人的人，你蒂德洛也不是相信坏人言语的人。

你说如果我不喜欢你的便条，你就要我把它烧了，从此不用提起。你认为从你那里来的东西，人家就能这样容易忘得了吗？我亲爱的，你在给我痛苦的时候毫不怜惜我的眼泪，正如你让我采取那样的调养办法时毫不怜惜我的生命和健康一样。如果你能去掉你这个毛病，你的友谊对于我来说就会更甜蜜些，而我也就不会这么可怜了。

当我一进埃皮纳夫人的房门的时候，就看见格雷姆与她在一起，我非常高兴。我就把我这两封信对他们高声朗读，理直气壮到连我自己也不相信的地步，而且在念完之后又加上了几句话，不低于念信时的那种气势。一个平时那么胆小的人，现在竟然有这么过分的大胆，我看他们俩都低头沉思，惊愕万分，一句话也答不上来了，我尤其看到那个气焰嚣张的人眼睛望着地，不敢正视我那闪亮的目光。但是与此同时，我相信他在内心深处是要置我于死地的，而我相信他们在分手之前，一定商量好了置我于死地的办法。

差不多就在这个时间，我终于从乌德托夫人手里得到了圣朗拜尔的回信（甲札，第五七号），信上还是表明写于沃尔芬毕台尔，日期是在他生病后不几天，原来我的信在路上耽误了很久。

这封回信带给了我一些我此刻所极为需要的安慰，因为它充满了尊重与友情，让我充满了勇气和力量，让我能做到不浪费他的这种尊重与友情。从这个时候起，我就尽了我的职责了。不过，如果圣朗拜尔不是那么通情达理，不是那么豪爽慷慨，不是那么忠厚正直，我一定早就陷入万重深渊。

在季节变坏了的时候，大家都开始离开乡村。乌德托夫人告诉我她打算来向山谷告别的时间，并且约我在奥伯纳会面。这天正好就是埃皮纳夫人离开舍福莱克到巴黎去完成她旅游准备的日子。正好她是早晨走，我把她送走以后还有时间去同她的小姑子一起进午餐。我口袋里放着圣朗拜尔的信，边走边读了好几遍。这封信防止了我再犯软弱症的毛病。我决心，从此只将乌德托夫人看做我的朋友和我的朋友的情侣，并且我成功地做到了这一点。

我同她面对面坐了四五个小时，心里感到无比的平静，即使就享受而言，这种平静也比我直到此时为止在她身边所感到的那阵阵的狂热要好无数倍。她明白地知道我的心并没有变，所以能感觉到我为控制自己而做出的努力，因此就更敬重我，而我也就欣慰地看到她对我的友情一点也不曾泯灭。她告诉我，圣朗拜尔不久就要回来，他虽然身体已经基本恢复，但无力再去忍受战争的辛苦了，目前正在办退役手续，以后可以安安静静地生活在她的身边。

我们俩商量了将来我们三人亲密相处的美好计划，而且我们希望这个计划能够长久下去，因为它的基础是能把多情但正直的心灵结合在一起的那些感情，而我们三人又拥有充分的才能与知识，可以自已，不需要外界的任何援助。唉！我沉迷于这样一种甜蜜生活的想象之中，竟丝毫没想到那些正在等待着我的现实生活。

我们又谈到我当时同埃皮纳夫人相处的情况，我将蒂德洛的信连同我的回信拿给她看，我对她详细讲述了这个问题的一切经过，并且告诉她我要离开退隐庐的决定。她非常反对，她举出的理由都在我的心里具有无上的权威，她表示她是多么希望我去作这一次日内瓦旅行，因为她知道，我一旦拒绝，人家会把她也牵扯到这里面去的。这一点，蒂德洛的信好像已经在预告了。然而，由于她同我自己同样清楚我的原因，所以也就没有坚持，不过她劝我要竭尽全力避免把事情闹出来，一定要用些说得过去的理由来遮蔽我的拒绝，以免人家胡思乱想，认为她在其中有什么作用。我对她说，她对我要求的可不是那么好办到，但是，我既下定决心不惜用名誉为代价来弥补我的过错，只要是在名誉的允许范围内，我当然愿意把她的名誉放到第一位。以后就可以看到，我是否实践了这个诺言。

我可以起誓，我那不幸的热情那时并没有减弱它的力量，我从来也没有像那天一样，把我的索菲爱得那么强烈、那么热切。但是，圣朗拜尔的信、责任感和对背信弃义行为的厌恶所给我的印象之深，以至在这一次会面中，从始至终，我的感官竟能让我在她身边拥有充分的平静，甚至没想到要吻她的手。告别时，她就当着她的仆人们的面拥抱了我一下。这一吻，同我以前在树荫下有时偷偷摸摸给她的那些吻就太不相同了。对我而言，它成了一种保证，保证我又恢复了我对自己的控制力，我几乎可以说，如果我的心能有时间在宁静中坚持下去的话，我用不了三个月就可以从根本上痊愈了。

在这里我结束了我跟乌德托夫人的私人关系，这种关系，每人都可以依照他自己的心理倾向从外表上去发表看法，但是在这种关系中，这位可爱的少妇在我身上带来的那种热情，也许任何人都不曾体会到的那种最强烈的热情，因为双方为义务、为荣誉、为爱情、为友谊作出的稀有的痛苦的牺牲，将在天地之间，永远值得人们尊敬。我们彼此都在对方的眼里把自己提得太高了，不可能轻易愿意堕落。一个人除非不值得别人的任何尊敬，才肯丢掉如此宝贵的尊敬，我们的强烈的感情是可能让我们犯错误的，但也正因为它是强烈的，才阻止了我们去犯罪。我们彼此对对方都有无上的期待与美好的祝福，因此，我们在这样一种情况下，都是完美的，完美到不可以犯错，即便再犯错也会即便加以修正。我们心中都保有对方美好的形象，不被破坏也不会破坏。这就是我们三人之间的关系坚不可破的原因。分别不是终结，我们的友谊没有终结。

就这样，我与这两个女人——其中一个，我曾保持了那么长久的友谊，而另一个，我曾保有那么热烈的爱情——在一天之内就分别珍重告别了，一个告别后就永远不再相见，另一个告别后只见过两次，在什么情况下，下文我再叙述。在她们走了之后，我就觉得非常为难，因为我要承担那么多急迫却又互相矛盾的义务——这些都是我过去做事不周到所产生的后果。如果我是在正常状态下，在这次日内瓦之行人家提出邀请但遭到我拒绝之后，我是尽可以安安静静地待下去的，再也没有什么可以说的。但是我已经愚蠢地把日内瓦之行当成一件不能就此了结的事情，除非迁出退隐庐，否则我以后就必须再作解释。但是我又已经与乌德托夫人说定，不搬出退隐庐，至少暂时不搬。而且，她又曾要求我在我的那些所谓朋友面前解释一下我拒绝这次旅行的理由，避免人家说是她策划的。然而我如果说出真正的原因，就不能不侮辱到埃皮纳大人。提到埃皮纳夫人为我做过的一切，我当然是要感谢她的。再三思考，我发现我正面对着这样严酷的却又不能避免的抉择，要么是对不起埃皮纳夫人，要么是对不起乌德托夫人，再不然就对不起我自己，我选择了最后这条道路。

我坚决地、彻底地、毫不动摇地选择了这条道路，怀着一种牺牲的精神，一定要去掉那些把我逼到这种困境的过错。这种牺牲，我的仇人曾加以利用过，并且有可能是他们早就等待着的，它给我造成了名誉的破产，并且因为他们的活动，把社会上对我的尊敬完全剥夺了。但是它恢复了我对我自己的尊敬，并且在我的种种不幸之中让我得到安慰。人们可以看到，这不是我第一次作出这样的牺牲，也不是人家利用我的牺牲来攻击我的最后一次。

格雷姆是唯一在表面上跟这件事没有一点关系的人，我就决定向他申诉。我给他写了一封长信，说明如果把这次日内瓦之行当做我的一种义务来看，不免有点可笑，我在旅行中对埃皮纳夫人不但毫无用处，还有可能会造成麻烦，而且旅行的结果又会给我带来各种不便。我在这封信里还故意让他看出，我是知道原因的，人们以为我应该做这次旅行，而他自己却没有，别人连提也不提他，这让我觉得很奇怪。在这封信里，我既不能明白说出我的理由，因此就不得不常常吞吞吐吐，因而在社会上一般人的心中，显然我有很多不对的地方。但是，对像格雷姆那样了解我言外之意并且充分了解我的行动的人来说，这封信是非常含蓄的。我甚至于不怕再加上一个于我不利的猜测，假如别的朋友也有跟蒂德洛相同的意见，用来暗示乌德托夫人也曾有这样的想法——这一点肯定是真的，可是我就没有说到乌德托夫人后来听到我的理由便改了主张的事情。我要为她说情，使人家不会怀疑她曾跟我串通，最好的办法就是在这一点上显出对她不满。

这封信最后以对对方表示极度的信任而结束，这种信任，任何其他人都会受到感动的，因为，我诚挚地要求格雷姆在思考我的理由之后将他的意见告诉我，还明白地向他表示，无论他的意见如何，我都会照着做的。我心里的确也是想根据他的意见去办，哪怕他的意见是要我前去。埃皮纳先生既然亲自陪他的妻子旅行，我如果一起去往，事情的性质就完全不同了，而在这以前，人家是想把这个任务交给我的，只是在我拒绝之后才找到了他。

格雷姆的回信，我等了很久以后才来，这是一封很奇怪的信。我把它（见甲札，第五九号）转录于下：

> 埃皮纳夫人起程的日子推迟了，因为他的儿子病了，必须等他好转。我会慢慢考虑你的信，你安静地待在你的退隐庐吧。我会把我的意见准时告诉你。既然她几天内必定不会动身，那就不用着急。目前，如果你认为合适的话，可以向她提出你希望为她效劳，不过我认为提不提也都差不多，因为我同你自己一样清楚你的处境，我会毫不

怀疑她会对你的提议作出中肯答复的，我认为你这样做，唯一的好处就是你将来可以对劝告你去的人们说，你没有去，不是因为你没有自我推荐。

此外，我不明白为什么你一定要说“哲学家”是大家的代表，为什么他希望你去，你就认为你所有的朋友都持有同样的看法。如果你写信给埃皮纳夫人，她的答复就可以作为你对所有这些朋友的反驳，你心里不是着急要反驳他们吗？再见。问候勒·瓦瑟夫人和刑事犯。

我在读这封信时感到很惊讶，忐忑不安地想知道它究竟是什么意思，却怎么也想不出来。他怎么不直截了当地答复我的信，却要花费时间去考虑，好像他所费的时间还不够似的。他甚至还告诉我，让我暂时等待，好像有什么复杂的难题需要解决似的，再不然，他仿佛有什么心思，一定要在透露出来以前，不让我有任何办法去猜透。

这样提防、这样拖延、这样神秘，究竟是什么意思呢？他对别人的信任就是这样报答的吗？这种行为算是正直的、善意的吗？我很想为这种行为找出一个对他有利的解释，却怎么也找不到。不管他的目的如何，如果这目的是跟我相反的话，他所处的地位是有利于他去实现的，而我所处的地位却让我绝对无法加以阻止。他是一个显赫的亲王家里的红人，交际又广，在我们共同的社交圈子里又有很大的声势，说出话来就像是圣旨，用他平时的那种机智，很容易就能转动他的全部机器。而我呢，一个人住在我的退隐庐里，远离一切，没有人给我出主意，同外界没有任何来往，我没有其他办法，只好等待，只好安静地待下来。不过，我给埃皮纳夫人写了一封信，说到她儿子的病，信是写得非常客气的，但是我没有上别人的当，没有提出要同她一起走。

在那些狠心人把我放进的这种苦痛难堪的惶恐状态之中，我好像等候了好几百年。过了八天或十天，我听说埃皮纳夫人已经走了，因此他的第二封信我也收到了。信只有七八行，我没有读完……那是一份绝交信，但是其中的用词，只有携不共戴天之仇的人才写得出来，而正因为要全力侮辱我，用词反而显得愚蠢了。凡是他所到之处，他都不允许我去，好像那都是他的藩国，全都不许我入境。他这封信，如果谈的时候稍微冷静一点，就不免让人哑然失笑。我没有把它录下来，而且连读也没有读完，就立刻把它退回去了，另附上下面这封信。

> 我原本没有对你有所怀疑，尽管这怀疑是正确的。现在我将你看透了，只是太晚了。
>
> 原来这就是你从容思考的那封信，我退还给你，它不是写给我的。你可以将我的信拿给全世界的人看，并且公开宣布恨我，这样做，将为你减少一项虚伪的行为。

我说他可以将我的前一封信拿给人看，是指他来信上的一段话的，依照这段话，人们就可以看出他在整个这件事里用了多么巧妙的技巧。

我已经讲过，对于不知底的人，我那封信是有很多地方可以给人话柄的。他看到这一点很高兴，但是怎么才能利用这一个有利之点而自己又不受到牵连呢？他将我那封信拿给人看，会受到利用朋友信任的谴责的。

为了脱离这种困境，他就想到用尖刻的方式同我绝交，并且在信里说，他如何顾全我，不将我那封信拿出去给人家看。他早就知道，我在气头上一定不可能接受他那种假装的小心谨慎，一定会答应他把我的信公开出去，这就正合适，一切也就照他所布置的那样实现了。他把我的信拿出去传遍巴黎，由他随心所欲地加以解释，然而，这些解释并没有获得他所预料的全部成功。

人家不认为，他骗去了我的一句话，允许他将我的信去公开，他就能免于非议，叫人家不骂他那么轻易地抓住我的话来害我。人家总是要知道，在私人关系上，我到底有什么对不起他的地方，能允许他有这样一种强烈的仇恨。最后，人家还认为，即使我曾做过那些对不起他的事，让他必须跟我绝交，但尽管断了朋友之情，我总还保有很多权利，他不能不给予尊重。但是非常不幸，巴黎人是轻浮的，当时的这种看法都被忘记了，不在场的倒霉蛋就被忽略，在场的人走时就让人敬畏。恶毒的阴谋活动继续进行，花样不断翻新，它那花样翻新的效果很快就让此前的一切都消失。

以上是说明这个人在把我欺骗了那么久之后，最终怎样对我剥下了他的假面具，因为他知道，他把事情已经带到这种地步，就没有再戴假面具的必要了。我原本还害怕对这个坏蛋有失公平，现在我没有这种顾虑了，心上觉得轻松，要他去问问自己，从此也就再也不想他了。

我接到这封信的一星期之后，又接到埃皮纳夫人从日内瓦邮来的一封信，是复我上一封信的（乙札，第一号）。看她在这封信里平生第一次用的那种口吻，我就知道他们俩相信他们所用的计划万无一失，是配合一起做的，而且，他们肯定认为已经把我打入万劫不复之地，从此就可以放心大胆地落井下石了。

我的情况的确是最悲惨的，我看到我所有的朋友都疏远我了，既无法知道他们是怎样离开的，又无法知道为什么要离开。蒂德洛自认为还是我的朋友，并且是我剩下的唯一的朋友，三个月后就答应来看我，却一直不来。我开始感觉到冬天了。随着冬天的到来，我那些惯常的病痛复发了，我的体质尽管健壮，却无法承受那么多喜怒哀乐的冲击，我非常疲惫，不容许我再有一点力量、再有一点勇气去反抗任何事物。尽管我有言在先，尽管蒂德洛和乌德托夫人也希望我此时搬出退隐庐，但我也不知道搬到哪里，不知道怎么才能一步步地走到要搬去的地方。我在那里一动也不动，麻木不堪，既不能有所作为，也不能有所思考。只要想到要走一步路、要写一封信、要说一句话，我心里就惊慌。

然而，我又不能对埃皮纳夫人的信不加反驳，除非承认我活该受到她与她的朋友打击我的那种种行为。我决定把我的决定通知她，我没有一刻想到她会出于人道、慷慨、礼数以及我一直以为在她身上看到的那些好情好意——虽然也有恶情恶意，而不赶忙予以回复的。我的信如下：

一七五七年十一月二十三日，于退隐庐

假如忧愁能伤人，我早已不在人世间了。但是，我最后总算得出了我的决定，友谊在我们之间已经不存在了，夫人！然而，不复存在的友谊也还拥有一些权利，我知道什么是应该尊重的。我绝对没有忘掉你对我的那些帮助，因此，你大可放心，对于一个不应该再爱的人所能受到的一切感情，我还是有的。其他任何的解释都无济于事，我有我的原则，请你问问你的良心吧。我曾想离开退隐庐，我原本应该这样做。可是有人以为我必须住在这里，直到来春再离开，既然我的朋友要我这样做，我就在这里住到来春了——如果你愿意的话。

这封信写好发出之后，我就只想在退隐庐安静下来，养好身体，努力恢复精力，并实施措施，为了来春不声不响地迁出，不会显得彼此决裂。然而，格雷姆先生与埃皮纳夫人所打算的并非如此，过一会儿就可以看到。

过了几天，我总算有幸得到蒂德洛的那一次拜访了。这次来访，来得再及时也不过了，他是我资格最老的朋友，也几乎是我还剩下的唯一的一个朋友。人们当然可以想象到我在这种境况中看到他时的那种欣慰之情，我有满腔的话要对他说，因此我就向他尽情诉说。有许多事实，人家在他面前隐藏了的、掩饰了的、编造出来的，我都对他说清楚了。

过去的一切，只要我可以对他说的，我都告诉了他。我肯定没有企图把他知道得太清楚的事对他隐瞒起来，也就是说，一场既糊涂却又不幸的恋爱成了让我身败名裂的导火线，但是我一直没有承认乌德托夫人知道我这份爱情，或者，至少我没有承认我原先对她说明我爱她。我跟他说到埃皮纳夫人为了查出她小姑子的那些纯洁无邪的信所用的卑鄙手段，我要他从她所希望买通的两个女人的口里直接听听那些详细情形。戴莱丝是如实地对他说了，但是到母亲说的时候，她一口断定所有这一切她什么都不知道，我心里是多么惊讶呀！她就是这么说的，一直不肯改口。在不到四天以前，她还把那些情形原原本本地对我叙述了一遍，现在她竟在我朋友面前冲着我的脸来否定了！这一点，我认为是有决定性意义的，我这时才深切地感到，我过去太不谨慎了，竟把这样一个女人留在我身边这么久。我并没有费唇舌去痛骂她一顿，连几句轻视的话也几乎没有对她说。我觉得我对她女儿应该感激，女儿的正直正好和母亲的卑鄙懦弱形成一个明显的对比。但是从那时候起，我对那个老太婆，是抱定决心了，只等机会去执行。

这个机会比我预料的来得早。十二月十日我收到埃皮纳夫人回复我前函的信（乙札，第一一号）。内容如下：

一七五七年十二月一日，于日内瓦

我给你一切可能的友谊与关怀的表示，已经有好几年了，现在剩下我要做的，只有怜悯你。你真是不幸，希望你的良心也与我的良心一样平静。这对我们生活的安宁是必要的，尽管你曾想离开退隐庐，而且本来就应该这么做，我很奇怪你的朋友们竟把你留了下来。要是我，由于承担的义务在，我就不请教我的朋友们，因此，对于你的义务，我也再没有好说的了。

这样出乎我的意料的却又是这样明白讲出的一道逐客令，不容许我有一丝一毫的犹豫了。无论天气如何，无论我的情况如何，哪怕是在树林里、在当时覆盖大地的积雪上过夜，也不管乌德托夫人再说什么、做什么，我都必须立刻搬出。我很愿意事事让着乌德托夫人，但不能让到叫我无法做人的地步。

我掉入了平生仅有的最艰难的困境之中，但是我已经下定决心了，我发誓，不管怎样，到第八天就不在退隐庐住了。

我开始执行我的义务，将我的衣物找出来，决定宁可把它扔到田野里，也不能到第八天后还不归还钥匙，因为我急迫地要在人们能给我写信到日内瓦和我能得到复信之前把一切都处理好。我有了从来不曾有的勇气，全部的精力又来了。荣誉与愤怒让我恢复了埃皮纳夫人所没有想到的那种精力，当时的运气又来协助我的大胆。孔代亲王的财务总管马达斯先生听人说起我的困境，让人给我提供了一所小房子，这是他自己的，位于他那座路易山的花园里，就在曼莫洛西。我怀着感恩的心情连忙接受了，条件很快就谈好，我匆匆忙忙地让人买了几件家具，连同我自己已有的，供戴莱丝和我两人住宿的时候用。我又叫人用手车把衣物都搬了去，困难大，耗费又多，虽然是冰天雪地，但我的家两天就搬好了。

十二月十五日我就归还了退隐庐的钥匙，并且预先付了园丁的工资——房租我是付不起的。

至于勒·瓦瑟太太，我对她宣布，我们必须分开，她的女儿起初还想劝说我，我却一直坚持不为所动。我叫她带着她和她女儿共同拥有的衣物和家具，坐邮车到巴黎去了。我给了她一点钱，另外，不论她住在她的儿女家里或住在别的地方，负责替她交房租，并且说明将来尽我的全力，供给她的生活费用，只要我自己有饭吃，就绝不让她吃不上饭。

最后，在我到路易山的第三天，就给埃皮纳夫人写了下面这封信：

一七五七年十二月十七日，曼莫洛西

夫人，当你不希望我再住下去的时候，没有比搬出你家的房子更直接、更必要的事了。我一知道你不同意我在退隐庐度过冬天，就在十二月十五日搬离了退隐庐。我的命运就是这样，住进去不由我决定，搬出去也不由我。我谢谢你邀我前去居住，如果我付的代价不是那么大的话，我还会更加感谢你呢。除此以外，你觉得我不幸，这是对的，天下人没有比你更清楚知道我是多么不幸的了。交错了朋友固然是不幸，从那么甜蜜的一个错误中清醒过来又是一个不幸，其残酷的程度，真是有过之而无不及。

以上是我寄居退隐庐以及让我搬出退隐庐的各种原因的忠实记录，我不能结束这段叙述，把它精确地写下来是必要的，因为我一生中的这一个阶段曾对我以后的生活产生过影响，并且这影响还将持续到我生命的最后一刻。

第十章

一时的愤怒给了我非常大的精力，让我离开了退隐庐，我一搬出退隐庐，这种精神就不知到哪里去了。我在新居里刚刚住定，我的尿闭症就又犯了，频繁的剧痛再加上一个疝气病的新麻烦，这个病已经让我苦了很长时间了，但我还不知道是一种病呢。不久我就落到了非常难堪的阵痛的境地，我的老朋友蒂埃里医生来给我治病，对我说明了病情。探条呀、捻子呀、绷带呀，老年病痛所要求的全部器械都聚集在我的周围，严酷的事实让我感觉到，人不年轻了，但有一颗年轻的心，是会吃苦头的。

明亮的春光一点也没有让我的精力恢复过来，整个一七五八年，我都是在无精打采中度过的，这让我相信，我的生命已经到达尾声。我怀着一种迫不及待的心情看着生命末日的来临，我从友谊的幻象中苏醒过来了，一切让我热爱生命的东西，我也都没有了，我在生命中再也见不到一点东西能激发我对人生的兴趣。从此，我只看到痛苦和灾难在妨碍我的各种享受。我渴望着让我获得自由并逃开我那些仇敌的那一刹那的到来。不过，我们还是按照事态发展的线索来叙述吧。

我搬到曼莫洛西，似乎让埃皮纳夫人有点不知所措，她很可能没有想到我这一手。我的身体垮得那么厉害，天气又那么冷，而我又遭到了众叛亲离的结果，这一切都让他们俩——格雷姆和她——相信，他们一旦把我逼到走投无路的地步，就一定能迫使我开口告饶，做出有失身份的事来，乞求人家允许我留住在那所我的尊严不允许我继续住下去的房子里。我搬得太突然了，以至于他们没有时间去防到这一手，剩下来的只有选择孤注一掷这条路了，要么干脆把我完全毁掉，要么努力把我再拉回去。

格雷姆选择了第一条路，但是我相信埃皮纳夫人肯定宁愿采取另外那一条路的，我是从她对我最后一封信的答复，得出这么一个结论，因为她在这封回信里将她在前几封信里所用的那种语气缓和了很多，并且好像为和好打开了大门。她这封信让我等了整整一个月，这样长时间的拖延就能够说明她为回信的恰当措辞曾感到为难，并且在回复之前曾经有过很长时间的考虑。她要是把好话说过了头就会牵连到她自己。但是在她此前写的那几封信之后，在我突然搬出她的房子之后，人们肯定注意到她是多么细致地要在这封信里不漏出半个难听的字眼。我将这封信全部转录出来，大家可以判断一下（乙札，第二三号）：

一七五八年一月十七日，于日内瓦

先生，十二月十七日的信我昨天才收到，它是装在一口大箱子里送来的，箱子里盛着各式各样的东西，整个这段时间都是在路上走着。我只能回复你的附注，至于信的本身，我很不理解，如果情况允许我们当面解释的话，我希望把全部经过都看做是出于一种误会。

现在再讲那附注吧，你可能还知道，先生，我们本来是约定好了的，退隐庐园丁的工资要通过你的手带给他，让他能更好地感觉到他是依赖你的，以免他再同他的前任一样，同你闹那些有失身份的笑话。事实可以证明，他的头几个季度的工资我都已经交给你了，并且在我走之前不多天，我还同你约定，将来你事先支付他的工资，我还是要交给你的。我知道，你起先推辞，但是这份工资是我请你支付的，当然要归垫，这是彼此都有约在先的。卡乌埃曾告诉我说，你不肯接受这笔钱，这里面肯定有些误解。我现在让人再把这笔钱给你送过去，我就不知道为什么你还会遵守约定，硬要为我的园丁出工资，甚至付到你住在退隐庐的那一个季度以后。因此，我相信，先生，你想到我很幸运地对你说的这些话，你一定不会拒绝收回你为我预付的那笔工资的。

有了以前的这些经历，我既对埃皮纳夫人不能再信任，当然就不愿再与她复交了。我没有回复这封信，我们的通信就到此结束，她看我作出了我的决定，因此她也就作出自己的决定了，这时候，她完全同意了格雷姆和霍厄巴赫那个小集团的事议，把自己的努力同他们的努力结合起来，好将我彻底打垮。他们在巴黎做工作，她就在日内瓦做工作。后来格雷姆到日内瓦和她相会，就完成了她所做的工作。特龙香不费力地就将他们俩拉了过去，他大力帮助他们，成了对我最疯狂的迫害者，而他也同格雷姆一样，从来就没有一点可以抱怨我的地方。他们三人联合起来，暗暗地在日内瓦撒下了种子，人们四年以后就知道这种子在日内瓦生出芽来。

但在巴黎他们就非常困难，我在巴黎比较出名，同时，巴黎人不那么有仇恨，因此也就不那么容易接受仇恨的影响。为了更机智地打击我，他们先说，是我脱离了他们（见德莱尔函。乙札第三号）。因此，他们就装着一直还是我的朋友，巧妙地宣传着他们的恶意中伤，但表面上还显得是对他们的朋友的不义行为的抱怨。这就使得一般人不怎么提防，较容易听信他们而对我加以谴责了。他们对我背信弃义和忘恩负义的暗中责备，进行得比较小心翼翼，惟其如此，也就更加有效。我知道他们诬陷我许多令人发指的罪行，却绝对无法知道他们说的这些罪行究竟有些什么内容，我从甚为厉害的传闻中所能猜测出来的一切，都不过是传来传去的这四大罪状：一、我隐居在乡间，二、我对乌德托夫人的爱情，三、拒绝陪埃皮纳夫人去日内瓦，四、搬出退隐庐。如果在此以外他们还加上了些什么别的怨言，那么他们采取的方法可真是太周密了，我一直根本没法知道怨言的理由究竟是什么。

我知道，掌握着我命运的那帮人后来付诸实施的那套计谋，就是在这个时期想出来的。这套计谋进展与见效之快，如果一个人不知道一切助人为恶的事是那么易于搞起来的话，一定会当成是奇迹。现在我一定要把我在这套阴暗而严密的计谋中所能看得清楚的部分，用三言两语来说明一下。

虽然我在欧洲已经非常出名，但我还是保持了我刚开始喜欢的那种淳朴。我对一切所谓党呀、派呀、相互倾轧呀，都恨之入骨，这种恨就保持了我的自由、独立，除了我的心灵有各种依恋而外，并没有其他束缚。因为我是自己一个人，远在异国，与世隔绝，既没有依靠，又没有家庭，只遵从我的原则与义务，所以我就大胆地走着正直的道路，绝不会有损于正义与真理而谄媚和敷衍任何人。

而且，两年来我退隐在孤寂之中，不通消息，断绝世务，对一切外界的事都不知道，也绝无好奇之心，所以我尽管住在离巴黎四里许的地方，却因为我不闻不问，就好像住在提尼安岛上，与这个京城相隔万里。

但格雷姆、蒂德洛、霍厄巴赫则与此正好相反，他们都处在旋涡的中心，处在最上流的社会里，交际特别广阔，整个上流社会的各个部门，差不多就让他们三人全部瓜分了。显贵呀、才子呀、文学家呀、律师呀、女人呀，他们到处都能勾结起来，叫所有这些人都听他们的话。

人们应该可以看到，这种地位，让紧密联合在一起的三个人，对于处在我这样地位的一个第四者来说，拥有怎样的优势了。尽管，蒂德洛和霍厄巴赫并不是（至少我不能相信是）要什么十分毒辣阴谋的人，一个没有这么险恶，另一个没有这么狡黠，但是只有如此，他们才搭配得更好。只有格雷姆一人在脑子里想他的方案，对其他三人，只将他们必须知道才能配合执行的部分告诉他们。他在他们心目中的威信让他非常容易获得这种配合，而全盘谋划的效果也是与他高超的本事相称的。正是因为这种高超的本领，我才感到他从我们双方所处的不同的地位中所能取得的优势，他就计划着要把我的名声彻底地毁灭掉，并给我制造一个彻底相反的名声，而同时又不牵连到他自己。着手的办法就是先在我的周围盖起一道阴影之墙，使我不可能打通这道围墙来看见他的阴谋活动，揭露他的假面具。

这项工作是非常困难的，因为必须瞒住那些配角，使他们看不到其中的不义之处。他们必须欺骗那些正派人，把所有的人都从我身边带走，不给我留下一个朋友，而且不论这朋友有无地位。无论如何，就是绝不能让半句真话传到我的耳朵里。只要有一个仁人君子跟我说：“你还是有德行的人呢，但是人家是这样认为你的，人家是依照这个来评价你的，你还有什么可说的呢？”因此，真理就胜利了，格雷姆就完蛋了。他也清楚这一点，但是他探测过自己的心，而且对人们的能耐计算得一清二楚。我对人类的光荣感到遗憾的是，他计算得太准确了。

他在地道中行走，要想脚步稳点，就必须得走慢。他依照计划行事已经十二年了，而最困难的部分现在还没有完成，那就是欺骗全社会。社会上还有许多双眼睛盯着他，比他所想象的要严密得多。他就害怕这一点，所以还不能把他的阴谋暴露在光天化日之下。但是他已经找到了简单的办法，那就是把那股控制着我的势力拉进他的阴谋中。

在这股势力的支持下，他就可以向前迈步而少冒一些风险了。既然这股势力的手下们通常都以正直自炫，更不因为坦率自豪，那他就再也不怕有什么人会泄露风声了，因为他所需要的就是把我罩在浓密的黑影之中，让他的阴谋永远不跟我打照面，他知道，无论他的机关设置得多么巧妙，我也能一眼看出来。他最大的诡巧就是一面损坏我的名声，一面又表现出要顾全我，给他违背诚信的行为披上一件慷慨的外衣。

由于霍厄巴赫那个小集团的暗中责怪，我能感受到这套计谋的初步成效，却不可能知道、乃至不可能猜到那些指责的内容究竟是什么。德莱尔在他历次的信里都跟我说，人家将许多罪恶都加在我的头上，蒂德洛也对我说，不过却更加神秘些，而当我向这两个人追问的时候，又都不外乎上述的那几条罪状。我在乌德托夫人的历次来信中发觉到她对我逐渐冷淡了，但我又不能把这冷淡归于圣朗拜尔，因为圣朗拜尔还用同样的友情继续给我写信，甚至于远行归来后还来看我。我也不能归于我自己，既然我们分手时都很感到满意，分手后在我这边除搬出退隐庐外又没有发生任何事情，我搬出退隐庐，她自己也觉得是必要的。因此，这种冷淡——她并不承认，但是我的心是骗不过去的——我既不知道如何归咎，就对一切都感觉惴惴不安了。我知道她是特别能敷衍她的嫂子和格雷姆的，因为他们俩同圣朗拜尔都有关系，我害怕他们俩在捣鬼。

这种非常不安的心情又揭开了我的疮疤，让我写起信来总是满纸牢骚，竟至于让她完全讨厌我的信了。我模模糊糊望见无数令人痛心的事，却又一点也看不清楚。我掉入了对一个想象力非常敏感的人来说是最难忍受的境界。如果我一直是完全寂寞的，如果我干脆什么都不知道，我想我是会安静一些的，但是我的心依然是旧情难舍，而我的仇敌们就用我这点旧情，制造无数的口实来攻击我。通过透进我的幽居的那点微光，我只能知道人们瞒住我的那些神秘黑暗的勾当。

我天生是开朗、坦白的，正因为我不能掩盖自己的感情，所以我对于人家把感情向我掩饰起来也就疑虑万分，对我这样一种天性的人说来，我当时的苦恼实在是太大、太难以承受了。如果不是万分侥幸地又遇到一些事，足以牵住我的心灵，对于我这些无法摆脱的心事，构成一种有力的排遣的话，我想我无疑会因苦恼而死的。在上次蒂德洛到退隐庐来看我的时候，曾跟我谈到达朗贝在《百科全书》里写的《日内瓦》那篇文章，他对我说，这篇文章是同日内瓦的上流社会人士商定好的，目的是要在日内瓦建立一个剧场，人们已经对此做好了准备，剧场的建设不久就会进行。蒂德洛认为这一切都很好，并且对它的成功毫不怀疑，而我当时与他争辩的事太多，又不愿在这件事上再发生争辩，所以我什么话也没有说。但是，我对人家在我的国家所用的这一套诱惑手段感到愤慨，所以我亟待写有这篇文章的那本《百科全书》出版，看看有无办法写点答复，好对这不幸的手段防患于未然。我住到路易山后不久就收到了这本书，发现那篇文章写得既巧妙又有艺术，不会是该文作者的手笔。然而，这并不能改变我打算驳斥的意图，尽管我当时丧失了信心，尽管我忧愁多病，天气寒冷，再加上新居不方便，一切都还没有来得及安排好，但我还是拿起了笔，凭着一片热情，克服了一切困难。

在一个相当寒冷的冬季，在二月的天气里，在上面讲述的那种种状况下，我天天跑到我住的那个园子尽头的一座四面通风的碉楼里，早晨待两个钟头，午饭后又待两个钟头。这座碉楼在一条台坡路的尽头，可以俯瞰曼莫洛西的幽谷和池塘，远远望去则可以看到那座简朴而可敬的圣·格拉田城堡，这是智慧的加狄拿退隐之所。就是在这个当时冷得像冰窖一般的地方，既无屏障以遮蔽风雪，又除了我心头的热情外没有其他取暖之物，我只花费了三个星期的时间，写成了那篇《给达朗贝论戏剧的信》。这是我写作时觉得快乐的第一篇作品（当时《朱莉》连一半还没有写完）。直到那时候，一直都是道德的激愤之情做了我的阿波罗，而这一次做我的阿波罗的则是温存仁慈之心。

以前只是在一边见到的那许多不平激起我的恼怒，此时是将我自己为对象的不平带来的悲哀，而这种不含恼怒的悲哀，只是一颗太多情、太软弱的心被它原本以为品质相同的心欺骗了以后不得已收敛时所认为的那种悲哀罢了。我的心当时还装满着我最近所遭受的一切，同时那么多的激烈动荡也都还没有恢复，所以我就把自己的痛苦感觉和思考主题时所产生的含义一下子结合起来了，在我的作品中也就可以感受到这种混合的影响。

我不自觉地在作品里把我当时的处境写了出来，我在里面塑造了格雷姆、埃皮纳夫人、乌德托夫人、圣朗拜尔以及我自己。我写这部作品时曾流下了多少甜美的眼泪啊！唉！人们在这篇作品里很容易知道，爱情，我所努力治疗的那个致命的爱情，还没有从我心里完全被排除出去。在这一切当中，还夹杂着我的自怜之感，因为我那时觉得自己已经奄奄一息，以为这就是我向公众的最后一次告别了。我肯定不是怕死，我看到死期渐近，反而感到快乐，但是我可惜我离开人群但人群还没有知道我的全部价值，还不知道如果他们对我了解比较深的话，我是多么值得被他们所爱。这就是围绕在我这篇作品里的那种特殊笔调的秘密原因，这种笔调与前一部作品的笔调形成了鲜明的对照。

当我正在修改并抄写这封长信并准备复印的时候，突然在长久无消息之后接到了乌德托夫人的一封信，这封信又让我陷入了新的悲痛，陷入了我平生最伤心的痛苦。她在这封信（乙札，第三四号）里对我说，我对她的热爱全巴黎都已经知道了，我一定是告诉了一些什么人后才宣布出去的，这些风声传到她的情人的耳朵里，几乎使她送了命，最后他总算明白了她。他们已经和好如初了，但是，为了对他负责，也对她自己与她的名誉负责，她必须同我断绝一切关系，不过她向我保证，他们俩都永远不会中断对我的关心，他们将在社会上为我宣传，她还将经常地派人来打听我的消息。

“你也在内呀，蒂德洛！不相符合的朋友！”我喊了起来，然而我还不能下定决心去谴责他。我这个弱点别的人也知道，可能是别人让他说出来的。我想猜测……但是很快我就不能猜测了。

不久之后，圣朗拜尔就做出一件事来，符合他的豁达大度的一种表现，他充分知道我的心，看到我被一部分朋友给卖了，又被另一部分朋友扔掉了，就猜测到我是处于怎样的一种情况之中。他拜访我了，第一次的时候他没有多少工夫跟我谈，第二次他又来了。不幸的是，我不知道他要来，所以没有在家。戴莱丝在家，同他谈了两个多钟头，在这次谈话中，他们双方都说明了一些事实，是他同我都有必要知道的。我从他那里知道，社会上根本没有人怀疑我曾经同埃皮纳夫人有过现在格雷姆与她那样的关系，而我当时的惊奇，也只有他自己听到这个流言竟然会毫无根据时所认为的惊讶可以与之相比。圣朗拜尔也曾让那位夫人感到不快，他在这方面的遭遇也同我完全一样。这次谈话发掘出来的一切真相，把我同她决裂后的后悔心情完全消除尽了。对于乌德托夫人的事，他向戴莱丝讲了好几个细节，而这些情节，戴莱丝本身不知道，连乌德托夫人本人也不清楚，只有我一人知道，并且我也只告诉过蒂德洛一人，让他以友谊为重，替我保守秘密，而他就偏偏选定了圣朗拜尔，把我这个秘密作为私房话告诉他了。这样一来，我就下定决心和蒂德洛永远绝交。决心既定，我就思考该用什么方式绝交才好，因为我早就知道，暗地绝交反而对我不利，因为这种绝交把友谊的假面具留给我那些最险恶的仇人。

对于绝交，社会上有些所谓既成的准则，这些准则好像都是根据骗人与卖友的精神制定出来的。你已经不是某人的朋友了，却还装出是某人的朋友的样子，这就是你想留一手儿，好蒙骗老实人以便可以损害某人。我还知道，当那位大名鼎鼎的孟德斯鸠同杜尔纳明神甫绝交的时候，他就急忙公开声明，对任何人都说："杜尔纳明神甫谈我或我谈杜尔纳明神甫，你们都不要听，因为我们已经不是朋友了。"这一举动曾受到大家的表扬，大家都夸奖他的坦率与大方。

我对蒂德洛也决定学这个例子。但是我如何能从我的隐居之地把这个断交决定公布出去，既明确无误而又不引起人们议论呢？我就想起在我这部作品里，以附注的形式把《教士书》中的一段话加进去，用这段话宣布这个断交，甚至连原因都写了出来，对任何了解内情的人来说这是相当清楚的，而对局外人则毫无意义，除此之外，在这篇作品里，我还特别注意，每提到我所抛弃的这个朋友，总还是带着人们即便在友情熄灭之后还应该对旧友永远保持的那种尊敬。这一切，当人们读到这篇作品的时候，就可以知道。

天下事有幸也有不幸，当人倒了霉，仿佛任何勇敢行为都变成了罪状。同是一件事，孟德斯鸠做了，人家就赞扬，我做了，就只能带来呵斥和责难。在我的作品印出来之后，我刚得到一批样本，就寄了一本给圣朗拜尔，因为他第一天晚上还以乌德托夫人与他自己的名义写了一封充满缠绵的友情的信给我呢（乙札，第三七号）。请看他把赠书退还给我时的这封信吧（乙札，第三八号）：

一七五八年十月十日，于奥伯纳

真的，先生，我不能要你刚给我寄来的这个赠品。当我见到你在序言里替蒂德洛引用的那段《传道书》时（他弄错了，是《教士书》），书就从我的手里扔下去了。

通过今年夏天的几次谈话之后，我认为你好像已经确信蒂德洛是无辜的，你怨他的那些所谓泄露秘密的事都不能放不到他头上的了。他原本有些对不起你的地方，这一点，我不知道，但是我明确知道那些对不起你的地方并不能让你有权利给他一个公开的侮辱。你应该知道他现在所遭受的迫害，但你还要把一个旧友的怨言掺杂到忌妒者的叫喊中去。坦白地说，先生，这种厉害的行为是多么让我愤愤不平。我同蒂德洛相处并不亲密，但是我敬重他，这个人，你在我面前一直怪他有点儿软弱，而你现在竟让他这样苦恼。

先生，我们俩在为人处世的原则上太不相同了，所以永远不能有共同语言。请忘掉我的存在吧，这根本不是什么难事。我对别人，从来也没有做过什么能让他们永远不忘的好事或坏事。我呢，先生，我向你承诺，我将忘掉你这个人，只保留你那些才华。

我读了这封信，愤慨大于痛心，当我痛苦到极点的时候，我终于又恢复了我的自尊，我给他的复信如下：

一七五八年十月十一日，于曼莫洛西

先生，在读你的来信的时候，我为自己的吃惊向你表示歉意，而且我还傻得居然因此感动，但是现在我认为你这信是不值得一复的。

我不想继续为乌德托夫人抄写了，如果已抄写的部分她觉得不容易保存，她完全可以还给我。我把钱交给她。如果她要保存已经抄过的部分，就该派人来把剩下的纸张和钱都要回去。我让她把存在她手里的那份大纲也同样还给我。再见了，先生。

在厄运中所表现出来的勇气，经常让卑怯的心灵生气，而让高尚的心灵喜悦。我这封信好像让圣朗拜尔醒悟过来了，对他所做的事感到后悔。但是，他太骄傲了，所以不方便公开承认，于是他抓住了也许是创造了一个机会，来缓冲他所给我的打击。两星期后，我得到埃皮纳先生的下面这封信（乙札，第一号）：

二十六日，星期四

先生，你赠送的书收到了，我读得非常高兴。只要是从你笔下出来的著作，我读的总是觉得同样的喜悦。请你接受我的谢意。如果我的事务允许我在你邻近的地方住一些时候的话，我早就登门感谢了，不巧的是今年我住在舍福莱克的时间很少。杜宾先生和夫人让我下星期日在会弗莱特请他们吃饭，我希望还邀请圣朗拜尔、弗兰格耶两先生与乌德托夫人跟他们同席。如果你也愿意来的话，先生，那我就荣幸之至了。我请的客人都希望你来，如果他们能与你一同度过一部分时间，一定也和我一样觉得十分欣慰的。顺致敬意。

这封信真让我心跳得厉害。一年来我已经成了巴黎的新闻了，每当想到要我去同乌德托夫人面对面地摆出来给人家看，我就浑身打颤，简直很难找到足够的勇气去承受这场考验。但是，既然她同圣朗拜尔都一定要这样，既然埃皮纳是代表全体客人说话，既然他所讲到的客人哪一个都是我想见面的，我就知道，归根结底，接受一次可以说被大家邀请去的晚宴，总不会让我怎样难堪的。因此我同意了。

星期日，天气很坏，埃皮奈先生派他自己的车来接我，我就去了。

我的到来引起了轰动，我从来没受到比这更热情的接待。看来，全体宾客都觉得我是多么需要得到鼓舞和安慰啊，也只有法国人的心才知道这种体贴入微的感情。但是我见到的客人比我所预料的要多，其中有乌德托伯爵，是我从来没见过的，有伯爵的妹妹伯兰维尔夫人，是我认为最好不见的。

她去年到奥伯纳来过好几次，她的嫂子在和我单独散步的时候经常叫她一个人等得不耐烦，她心里早就对我感到不满，这次在席上应该能痛痛快快地出气了。可以预见，有乌德托伯爵同圣朗拜尔在场，嘲笑的人是不会赞同我的，而且，像我这样一个在最随便的谈话中都还觉得尴尬的人，在这种谈话里自然是不会很骄傲的。我从来没有觉得那么难受，我显得那么不知所措，受到那么意外的嘲笑。最后总算散席了，我急忙离开了那个泼妇，我高兴地看到圣朗拜尔和乌德托夫人走到我前面来，我们在一起度过了下午的一部分时间，谈的虽然都是些无所谓的事，但是毫不拘束，与我在走入歧途之前完全一样。这种友好态度使我深受感动，如果圣朗拜尔能见到我的心的话，他一定也会觉得满意的。我能够发誓，虽然我来的时候一看见乌德托夫人心就跳得几乎晕了过去，我走的时候，就连想也不想她了。我全心只想着圣朗拜尔。

这次晚宴，虽然有伯兰维尔夫人的恶意嘲讽，但还是对我很有好处，我暗自庆幸没有拒绝。我在这次晚宴中不仅看出了格雷姆和霍厄巴赫一帮的那许多阴谋活动都没有将我的旧交与我离间开，更让我高兴的是我感觉乌德托夫人与圣朗拜尔的感情并没有像我原先预想的那样有非常大的变化。最后我知道，圣朗拜尔之所以要让乌德托夫人同我疏远，是出于醋意者多，出于鄙视者少。这就让我得到了安慰，也让我安了心。我既然知道，在我所尊敬的人们面前，我并不是一个被藐视的对象，那我也就比以前更加有勇气、更加成功地努力控制我自己的感情。固然，我没有能够把我心里那种有罪的、不幸的痴情完全扑灭掉，但至少我能把那残余的痴情控制住了，所以从那时起这点余情就不曾再使我犯错误。

乌德托夫人要我继续抄写的那些稿子和我继续寄给她的那些新出版的作品，都还经常从她那里给我带来一些信息和短笺，虽然都无关紧要，但也都是美意。她并且进一步的表示，人们在下文就可以看到，在我们断绝往来之后，我们三人之间彼此相处的态度足可以为正人君子在彼此不适合相见时如何分手树立楷模。这次宴会带给我的另一个好处，就是人们在巴黎都谈论它，它给我提供了一个不容反驳的辟谣机会，本来我那些仇敌就到处散布谣言，诬陷我早就跟那天所有参加宴会的人——特别是与埃皮纳先生——都闹翻了。但其实我在离开退隐庐的时候还给埃皮纳先生写过一封非常客气的谢函，他回信也同样客气，彼此来往之意一直都不曾断绝，甚至他的兄弟拉利夫还到曼莫洛西来拜访过我，并且将他的版画寄给我。除了乌德托夫人的一姑一嫂外，我同那家的人没有一个相处得不好的。

我的《给达朗贝的信》引起了很大的成功。我所有的作品都得到了很大的成功，但是这次的成功却对我比较有利。它让社会大众都知道霍厄巴赫小集团发布的那些谣言是绝对不能相信的。在我住到退隐庐的时候，霍厄巴赫小集团就用其惯常的自傲态度表明我在退隐庐待不了三个月。当他们看到我竟待了二十个月，而且是被迫搬出之后，还是居住在乡间，他们肯定就说我完全是出于固执，说我实际上在隐居生活中寂寞得要死，不过非常骄傲，宁愿吃固执的亏，在乡间寂寞死，也不愿反悔，重新回到巴黎来。

《给达朗贝的信》里充斥着一种温和气息，谁也不认为是伪装出来的。如果我真是在隐居生活中拥有满腹牢骚的话，我想我的笔调总会受到影响的。我在巴黎写的作品都是牢骚满篇，但我到乡间后写出的第一篇作品就不是这样了。对于有观察力的人来讲，这一点是具有决定意义的。大家都知道，我到了乡下，真是如鱼得水。

但是，也就是这部作品，尽管它充满了温和气息，也还因为我一贯的笨拙和倒霉，又给自己在文坛上添了一个新的敌人。我早先就在彼普利尼埃尔先生家里认识了马蒙泰尔，后来这份友谊又在男爵家里继续下去了。马蒙泰尔当时是《法兰西信使》杂志的主编，因为我一向骄傲，不同意把我的作品送给期刊的撰稿者，又由于我这次偏偏要把我这篇作品赠送给他，却又不要让他认为我是把他当做期刊撰稿人，更不要他在《信使》杂志上讲到这篇作品，所以我在送他的那份上写着，不是送给《信使》杂志的主编，而是送给马蒙泰尔先生。我认为我把他恭维得很巧妙，他却认为我把他侮辱得很厉害，他就成了我的无法原谅的仇敌了。他写了一篇文章反对我那篇长信，写得非常有礼貌，但是怨怒之气却很容易感觉出来，并且在此以后，他就不放过任何机会在社会上攻击我，在他的作品里直接攻击我。由此可看见，文人的那种容易受刺激的自尊心是多么难于对付，由此也可见，你夸奖他们的时候应该如何小心，万万不要说出哪怕一点带有模棱两可意思的话来。

我在各方面都安顿下来了，因此便利用闲余的时间和当时的独立生活来比较有序地重新整理我的作品。这年冬天我把《朱莉》写完了，并将它寄给了雷伊，他第二年就将它印了出来。然而这个工作还被一个小小的却相当不愉快的插曲中断了一次。

我听别人说歌剧院正准备把《风水先生》重新上演，当我看到那班人竟目中无人地控制我的财产时，便气愤极了，就把以前寄给达让森先生而没有得到答复的那份备忘录再拿出来，修改了一下以后，请日内瓦代办赛隆先生将它交给代替达让森先生主管歌剧院的圣·佛罗兰丹伯爵先生，还加了一封信，也是由赛隆先生代交的。圣·佛罗兰丹先生答应回复我的信，却一直没有下文。我把我所做的事告诉了杜克洛，杜克洛就给“小小提琴手”们读了，“小小提琴手”们没有答应把我的歌剧还给我，却答应将免费入场券还给我，而这时免费入场券对我来说已经是毫无用处了。看来我从哪一方面都不可能得到公平的对待了，便把这事扔到了一边，而歌剧院的主管部门对我所提的理由既愿意答复，又不愿意倾听，却一直继续利用《风水先生》谋利，就同使用自己的财产一样，但实际上这部歌剧是不容怀疑地只属于我一人的。

自从我脱离了那些暴君的控制后，就过着相当平静但愉快的生活，我固然是尝不到那些太激烈的依恋之情的趣味，但是也就脱离了这些依恋之情带给我的束缚。我的那些充当保护人的朋友全力要控制我的命运，二话不说地要把我置于他们的所谓恩惠的统治之下，真让我厌恶透了，我决心从此只要以善意相待的交情，因为这种交情并不阻碍自由，却组成人生的乐趣，同时有平等的精神作为基础。像这样的交情，我当时是有很多的，足以让我尝到相互交往的甜美滋味，却又不觉得遭到受人支配之苦，我一尝到这种生活的滋味，便立刻觉得它的确适合我这样的年龄，可以让我在安静中度过余生，远离不久前让我险遭毁灭的风暴、争吵和烦恼。

当我住在退隐庐的时候，再加上迁居曼莫洛西以后，就在附近认识了一些人，我感觉他们都很符合我的心意，并且又丝毫不束缚我。在他们中间首先要数那年轻的洛瓦索·德·莫勒翁，那时他初当律师，自己还不知道将来会在法律界占有什么地位。我那时就不像他那样疑虑，不久就向他表明他应该会拥有辉煌的事业。这在今天已经成了事实，我向他预言，如果他能对接手的案件严加选择，如果他永远只当正义与道德的捍卫者，他的天才将在这种崇高的精神中得到培育，会与最伟大的雄辩家的天才相媲美。他按照我这个忠告去做了，并且取得了这个忠告的效果。

他替波尔特先生写的那篇辩护词可以与狄摩西尼的相匹配。他年年来到离退隐庐四分之一里约的圣伯利斯村，在莫勒翁采地上休假，这片采地是属于他母亲的，当年伟大的包许埃也在那里住过。像这样的大师接连而出，真让这片采地的高贵声名得以继续。

也就是在这个圣伯利斯村，我还认识了书商盖兰，他是个才子，很有文学修养，很可爱，在他那一行是一流人物。他还把他的朋友、阿姆斯特丹的书商让·内奥姆介绍给我认识，他们之间有通信联系，后来他为我印刷发行了《爱莫尔》。

在比圣伯利斯更近的地方，我还认识了格罗斯来村的司铎马尔陶先生。如果是按照才能决定地位这个原则的话，这个人应该做政治家和大臣而不该做乡村司铎，至少应该让他管理一个大教区。他曾充当吕克伯爵的秘书，与让·巴蒂斯特·卢梭特别熟识。他一面对这位非常有名的被放逐者怀有敬仰，一面对迫害他的骗子手梭朗非常痛恨。对于这两个人，他知道很多珍贵的故事，都是斯哥尔没有写入他那部待印的“卢梭传记”里的。他经常向我保证说，吕克伯爵对他肯定没有什么能够抱怨的地方，一直到死都还对他保持着最热情的友谊。这个非常好的退休之地，就是在他的东家死后由凡蒂米尔先生赠与的。马尔陶先生还曾做过许多事务，虽然现在年老，但还记得清清楚楚，并且评论得十分公正。同他的谈话，既有趣又有收获，没有他那乡村司铎的气息，因为他把社交界人士的口吻与读书人的知识结合起来了。在我所有那些长住的邻居之中，同他交往最使我喜悦，当我离开了他，也最感难受。

我在曼莫洛西还认识了几位奥拉托利会的教士，尤其是贝蒂埃神甫，他是一位物理学教授，虽然带上了一层薄薄的学究色彩，但我还是很喜欢他的，因为我知道他有点老好人的味道。但是我又很难将他这种高度的淳朴和他那种到处钻——钻要人、钻女人、钻信徒、钻哲学家——的欲望与本领调和起来，他知道见什么人说什么话。我很喜欢与他在一起，我到处夸他，我的话肯定传到他耳朵里去了。

有一天他微笑着谢谢我夸他是个老好人，我在他那微笑里找到了一种说不出的讥讽意味，这就在我的眼光里把他的本来面目完全改变了，并且从那时候我还经常想起他那讥讽的意味。我们两人在我住到退隐庐之后不久就开始认识，他经常到退隐庐来看我。等我在曼莫洛西居住以后，他才离开那里，返回巴黎去了。

他在巴黎经常见到勒·瓦瑟太太，有一天我万万想不到，他替这个女人写了一封信给我，为的是告诉我说，格雷姆先生建议承担她的生活费，并且要求我容许她接受这份接济。我知道这是一笔三百利弗儿的年金，要求是要勒·瓦瑟太太住到舍福莱克同曼莫洛西之间的德耶来。我不想表明这个消息给我的印象怎样，这个消息也许不那么让人吃惊，如果格雷姆自己有一万利弗儿的年金，或者他同这个女人有点什么比较容易理解的关系的话，如果当初我将她带到乡下来时人家不带给我那么多严重的罪名——而现在他又希望把她送回乡村，好像她已经返老还童了。我知道，那个老太婆之所以要得到我的许可，只是因为不想丢掉我这方面的接济，如果我不容许，她是可以不顾我的允许就要那笔馈赠的。虽然我认为这种慈善行为十分不平常，但当时却还并不像后来那样让我感到惊讶。但是，即使我当时就预想到后来所洞察的一切，我还是同样要表示认可的，我即时就这样做了，并且也必须这样做，因为如果不同意，就是向格雷姆先生讨价还价了。从那时候起，贝蒂埃神甫就将我对他的那种老好人的看法治好了一点，他曾认为我这种看法很可笑，而我又曾那么轻易地对他产生了那种看法。

但就是这个贝蒂埃神甫认识的两个人，不知道为什么都想同我交往，肯定地说，在他们的喜好与我的喜好之间，是没有多少联系的。他们都是麦尔基色代克的子孙，人们不清楚他们的籍贯、家世，也许连他们的真实姓名都不知道。他们都是让赛尼优斯教派的，一般人都以为他们是化装的教士——也许是因为他们把片刻不离身的长剑佩带得那么可笑。

他们的所有行动都带着一种无法想象的神秘，这就让他们有着派系领袖的样子，我一直猜想他们是办《教会日报》的。他们一个身材高大，和颜悦色，会说甜言蜜语，叫费朗先生；另一个矮矮胖胖，似笑非笑，摇唇鼓舌，叫蜜拿尔先生。他们相互以表兄弟相称。他们原本跟达朗贝一起住在巴黎，住在他的奶娘卢梭太太家里。他们曾在曼莫洛西租了一间公寓房子，在那里度过夏天。他们亲自做家务事，没有仆人，也没有代购日用品的包工。他们一人一星期，轮着出去采购、留家烧饭、打扫房间，但打理得相当好，我们有时也相互往来吃吃饭。我不知道他们为何对我感兴趣，我对他们感兴趣只是因为他们经常下棋，而我为了加进去下一盘，就得花上一天里的四个钟头。因为他们到处都去，什么都要加上一手，所以戴莱丝管他们叫“长舌妇”，这个名字就在曼莫洛西流传下来了。

以上所有这些人，再加上我的居所主人马达斯先生——他是一个好人——这些就是我在乡间的熟人。我在巴黎还有一些熟人，如果我希望住在巴黎的话，是可以住得舒舒服服的。这些熟人都是文坛之外的，在文坛之内，也就只有杜克洛这么一位朋友。谈判德莱尔他还太年轻，而且，虽然当他看到那个哲学帮对我耍的那些手段之后，已经完全离开那个哲学帮了，我还是不能忘记他过去曾那么容易地就做了那帮人在我面前的代言人。

首先，我有我那敬爱的老朋友罗甘先生，他是我幸福时候的一个朋友，不是因为我的作品交往上的，而是单凭我自己的为人交往上的，也就是因为这个理由我将这份交情一直保留了下来。还有我的同乡，那老好的勒涅普，连同他的女儿，当时还活着的朗拜尔夫人。还有一个年轻的日内瓦人，名字叫库安德，当时我觉得他是个好孩子，很细心、殷勤、热情，但是很无知、自信心强，好吃好喝，自命不凡，当我一住进退隐庐，他就来拜访我了，过了不久，虽然我不愿意，也没有别人介绍，他自己就住到我的家里来了。他对图画感兴趣，认识些艺术家。在给《朱莉》制版画方面，对我还算有点帮助的。他负责指导插图和刻版，很能不负所托。

还有杜宾先生一家，这家的富有虽然已经比不上杜宾夫人盛年时代的情景，但因为两位主人的声望，也因为来此聚会的客人均属上流社会之人，仍不失为巴黎最好的家庭之一。由于我没有因为靠近别人而抛弃他们，又因为我离开他们只是为能过自由生活，所以他们一直对我很友好，我是有把握随时会得到杜宾夫人的欢迎的。自从他们夫妇在克利什买了一处别墅之后，我甚至还可以把她当做我的乡下邻居之一，我有时候也到她这处别墅里去住一两天，而如果杜宾夫人和舍农索夫人相处得更和谐些的话，我有可能还会到那里多去几次呢。但是在同一个人家，两个女人相互情感不相投，这是让人左右为难的，这就让我觉得在克利什太不自在了。

由于我同舍农索夫人之间的关系比较平和，比较随便，所以我喜欢比较自由地在德耶见到她——德耶差不多就在我门外，她在那里租了一座小房子——甚至在我家里都能见到她，因为她来看我的次数也相当多。

还有克雷基夫人，她在信奉宗教之后，就不跟达朗贝之流、马蒙泰尔之流以及大部分文人见面了，我认为特吕布莱神甫是个例外，因为当时他是一种半真半假的虔信者，但她甚至也非常讨厌他。而我呢，她原是主动要跟我结识的，她一直关注着我，而我一直与她通信。她曾经送给我几只芒斯鸡来做年礼。并且原定于开年来看我，只是因为这时卢森堡公爵夫人的一次旅行把她的旅行打断了，我在这里应该特别提她一下，她在我的记忆中会是永远占有一席之地的。

还有一个人，除了罗甘以外，我是应该把他放到第一位的，他就是我的老同事和老朋友卡利约，前西班牙驻威尼斯大使馆的秘书，后又驻瑞典，为他的宫廷办理外交事务，最后被解除了驻巴黎的大使馆秘书之职。在我最想不到的时候，他竟到曼莫洛西来找我了。他佩戴了一枚西班牙勋章，我忘记了勋章的名字，形状是宝石镶成的一个非常漂亮的十字架。在他所提供的证件中，他曾不得不把“卡利约”这个名字改了一下，换作卡利荣骑士。我知道他还是那个样子，心眼儿好，样子一天比一天更可爱。如果不是库安德照他的老习惯加到我们两人之间，利用我住得离巴黎远，就代替我，并用我的名义得到了他的信任，并且因为为我服务太热情，就把我顶掉了，我是会同他相处得如从前那样亲密的。

想起卡利荣，我就想起另一个乡下邻居，我如果不谈到他，就太对不起他了，特别是因为我还有一件不能原谅的对不起他的事，需要说出来。这邻居就是那位正派的勒·布隆先生，他以前在威尼斯给我帮过忙，这次全家来法国旅游，在离曼莫洛西不远的拉布利什村租了座别墅。我一听说他成了我的邻居，就满心喜悦，认为去登门拜访不但是一种义务，还是一件乐事。第二天我就去看他了，路上遇到一些人正巧看我，又同他们走回头路。两天后我又去看他，但那天他同全家连午饭都是在巴黎吃的。第三次他倒是在家，我听到好些女人在说话，又在门前看到一辆华贵的马车，这让我害怕。我想我第一次看他，最少要能看得从从容容的，同他谈论谈论旧情。

总之，我将我的拜访一天一天地往下拖，最后以为尽这样一个义务未免太迟了。我感到羞惭，便干脆不履行这个义务了。我敢拖了那么久，却没胆量再见他的面。这种疏忽叫勒·布隆先生理所当然地感到不满，而且在他那里，我的懒惰就有了忘恩负义的意味了。然而，我认为我实在是无罪的，如果能为勒·布隆先生做点什么能让他开心的事，即便是不让他知道，我可以保证他绝不会觉得我这人懒惰。不过，懒散、疏忽连同在小事情上的那种拖拉劲儿，有可能比大的恶习对我更加有害。我的最严重的错误一直都是由疏忽造成的，我很少做出我不应该做的事，同时，非常不幸，我很少做过我应该做的事。

既然我又说到我在威尼斯的那些老朋友，我就不应该忘记另外也与此相关的一个，这个老朋友，也同其他的一样，已经中断联系了，但是时间晚得多。这就是我同戎维尔先生的友谊，戎维尔先生从热那亚回来之后，一直对我非常好。他很喜欢跟我见面，和我讲意大利的事和蒙太居先生闹的笑话，他在外交部有许多熟人，所以从外交部知道的有关蒙太居的故事就非常多。我在他家里又很欣喜地遇见了我的老伙伴杜邦，他在他的本省买了一个官职，也经常因为公务来到巴黎。戎维尔先生渐渐变得很殷勤，经常要我到他家里去吃饭，这竟使我感到他有些碍手碍脚了。

虽然我们住在距离很远的两个地区，如果我有一星期不到他家去吃饭，我们就要吵上几句。他到戎维尔领地去的时候，总是要把我带去，但是我有一次在那儿住了一星期，真让我觉得度日如年，我就不想再去了。戎维尔先生这个人当然是又客气又风雅，甚至在某些方面还很友善，但是他不够聪明，他长得很漂亮，多多少少有点奈尔西斯自我欣赏的劲头，相当乏味。他收藏了一套奇怪的东西，有可能全世界也只有他那一套，他自己非常欣赏，也拿出来给客人喜欢，而客人有时却并不像他那样感到有兴趣。那是很全面的一套滑稽歌舞剧，都是五十年来在宫廷和巴黎流传的，从中可以看到的许多事，在别的地方是无法见到的。这些关于法国历史的真实记录，在任何别的国家，人们都是绝不会想得出来的。

当我们相处得正融洽的时候，有一天他对我的接待却是非常淡漠、冰冷的，那么不符合他平时的样子，以至于我在给机会要他解释，以至于请求他解释之后，就离开了他的家门，决定不再进去，并且我一直就践行着这个决心。我在任何地方只要得到一次冷遇，人们就肯定不会在那里再看见我了，而且这里又没有蒂德洛出来替戎维尔先生驳斥。我当时考虑，我到底有什么事对不起他，可是想来想去却想不出。我非常相信，我同别人谈到他和他的家人，从来都是赞扬的，因为我全心全意地喜欢他；而且，除了我对他只有好话可说以外，我的最不变的原则一直是，凡是我常来往的人家，我谈到时总是非常有礼貌的。最后，经过长期思考，我终于猜测出是这么回事，我们最后一次见面的时候，他请我在和他相熟的几个姑娘那儿吃饭，那次是同几个外交部的员工在一起，他们都是一些很亲切的人物，肯定没有浪荡汉的态度或派头，我可以起誓，在我这边，整个晚上都是在默想着那些可怜虫的不幸命运。我没有出聚餐费，因为是戎维尔先生请我们吃饭的，我没有拿钱给他的那些姑娘，因为我没有像跟帕多瓦姑娘在一起那样给她们我应该付出报酬的机会。我们出门时大家都很欢喜，感情十分融洽。在这次晚宴之后，我以后没有再到那些姑娘那儿去，也没有再见到戎维尔先生。过了三四天后，我到戎维尔先生家去了，他就给了我上述那种对待。

除了对于这次晚餐有点误会之外，我想不出别的原因，同时又看到他不愿意解释，就采取了我的决定，不再去看他了。但是我还继续把我出版的作品寄给他，他也还经常托人问候我，并且有一天我在喜剧院的烤火间里见到他时，他还很客气地指责我为什么不去看他，但他也并没有让我再去他的家门。

因此可见，这件事，样子倒像是斗气，不像是绝交。不过，从那时候起我就没有再见到他，也没有听人说到他。断绝关系好几年之后，如果再回头，就太迟了。所以我在这里不把戎维尔先生列在我的朋友的名单里，尽管我曾有相当长的一段时间经常到他家去。

我不想再用别的熟人来将我这个名单搞得太庞大了。这些熟人来往都不那么密切，或者是因为我不在巴黎就不再那么密切，不过我还经常免不了在乡下碰见他们，要么在我自己家里，要么在邻居家里，比方说吧，像肯迪约克与马布利两位神甫，像梅朗、拉利夫、波瓦热鲁、瓦特莱、安斯莱诸先生，还有其他许多人，一个个地数出来就太多了。

我只随便提一下马尔让西先生同我的交往，他是国王的内侍，以前是霍厄巴赫小集团里的人物，后来与我一样脱离了，他原本也是埃皮纳夫人的朋友，后来同我一样撒手了，还有他的朋友德马西先生也同我认识，我也顺便说一下，他是喜剧《冒失鬼》的作者，曾出过名，只是很快就过去了。马尔让西先生是我的乡下邻居，因为他的马尔让西地产就邻近曼莫洛西。我们原本早就见过面，但是邻居关系或者阅历上的某种相合之处让我们更接近起来。德马西先生在这之后不久就死了。他很有能力，有才华，但是有点像是他那篇喜剧的模特儿，在女人面前颇有点自我夸耀，而死后并没有得到女人们的特别惋惜。

但是我不能忘记这个时期的一个新的关系，这个关系对我后来的生活影响非常大，以至于不能把它的开始略而不谈。我说的是拉穆瓦尼翁·德·马勒赛尔卜先生，他是税务法庭首席庭长，当时管理出版事业，他在这方面的领导又温和又明智，文学界人士都对他十分满意。我在巴黎时一次也没有去看过他，然而我经常体会到他审查我的作品时处处从宽，这非常令人感激。我知道，他曾经不止一次非常不客气地对待那些写文章反对我的人。这次关于《朱莉》的发行，我对他的盛情又有了新的证据，因为这样大部头作品的核对要交邮局从阿姆斯特丹寄来，耗费是很大的，他有免费寄递权，所以我就答应把校样先寄给他，然后又利用他父亲的掌玺大臣关防同样免费邮寄给我。作品印制的时候，他不管我愿不愿意就让人另印了一版，版税归我所有，这一版卖完之后才允许那一版在法兰西王国销行。因为我的稿本已经卖给雷伊了，这笔收入就等于对雷伊的一种盗窃，所以我得不到他明文批示就不愿接受这批专为增加我的收入而印的赠书，但是他很大方地批下来了，不但如此，这批赠书一共卖了一百个皮斯托尔，我要同他均分，但他又一点儿也不愿接受。

但为了这一百个皮斯托尔，我却有过一段很不愉快的经历，马勒赛尔卜先生事先没有通知我就将我的作品删改得不成书了，并且在这个坏版本售完之前，一直妨碍了好版本的销售。

我一直把马勒赛尔卜先生当做一个正直的人，他的正直是经受得起任何考验的。我所遇到的事，从来没有让我对他的公正有一点的怀疑，但是他的懦弱也和他的忠厚一样，他经常对他所关心的人，由于全力要维护却反而害了他们。他不但在我的书的巴黎版里让人删掉了一百多页，还在他送给蓬巴杜尔夫人的那一册好版本里作了一个可以称之为不忠实的删减。

在我这部作品的一个地方有这样一句话，一个烧炭人的妻子比一个王爷的情妇更值得受人尊敬些。这句话是我一时兴趣上来，随便提笔写出来的，我敢发誓，没有丝毫别的意味。但是，我有一个很不谨慎的原则，只要是我写的文章，只要我自己问自己在写出时没有影射意图，我就肯定不会因为别人可能指为影射而丝毫有所删减，所以，我不愿意删去这一句话，只是将原来的“国王”一词改为“王爷”。这个改动，在马勒赛尔卜先生看来好像还不够，他干脆把全句都删去了，特地叫人另印了一页，尽可能全地贴在蓬巴杜尔夫人的那一本书里。但是她还是知道了这个偷天换日的手法，这是因为免不了有些好心人把实情告诉了她。对于我自己呢，我只是在很久以后，当我开始觉得这件事的后果的时候，才知道有这么一回事。另一位贵妇人的情况也与此一样，而我同样一点儿也不知道，甚至我在写那段文章的时候还不认识她呢，而她却那么不声不响地、咬牙切齿地痛恨我，其最初的原因不也就在这里吗？当书出版的时候，我就跟她认识了，因此心里便感到非常不安。我把这事告诉了洛朗齐尼骑士，骑士笑我多心，保证那位贵妇丝毫没有感到被冒犯，甚至根本没有注意到。也许我稍微轻率了点，就相信了他的话，并且十分不对地就放心了。

在入冬的时候，我又得到马勒赛尔卜先生的一次盛情的表示，尽管我不认为这番盛情是适宜于接受的，但心里还是十分感动。当时《学者报》有一个缺额，马尔让西先生写信给我，当做他自己的意思，向我建议这个位置。但是透过他信上的用词（丙札，第三三号），我很容易知道是有人布置并且指示他这样做的，而且他自己后来又写信对我说（丙札，第四七号），他是受别人托付才对我作此建议的。这是个闲事，每月只要写两篇提要，而且原书会有人送到我这里来，不需要往巴黎跑，甚至连向主管官致谢的必要都没有。有了这个途径，我就可以居于梅朗、克莱罗、德·几尼诸先生和巴泰勒米神甫等一流文人学士之林了。前两人我原本早已认识，后两人我能有机会认识一下肯定也是极好的。此外，只要这样做一些毫不困难、轻而易举的工作，我就可以有八百法郎的额定薪金。我在作决定前考虑了几小时，这我可以起誓，我要考虑的原因，只是因为怕让马尔让西生气，让马勒赛尔卜先生不高兴。

但是，最后我知道，这样我将不能依照我的时间去工作了，我受不了按期交稿这种约束，是重要的是，我深信我做不好我要履行的任务，这两个理由就胜过了一切，让我决定拒绝一个我不适合担任的职位。我清楚，我的全部才华都来自对我要面对的题材的热爱，只有对伟大、对真、对美的爱，才能激发我的天才。大部分要我写摘要的书籍所探讨的问题，以至那些书籍本身，跟我有什么关系呢？我对要写的东西既然一点兴趣也没有，我的文笔自然就毫无感情，我的神思自然也就麻木了。人家认为我也同所有别的文人一样，为生计而写作，而实际上我是永远只知道凭着热情而写作的。《学者报》所需要的当然不是这样，所以我给马尔让西写了一封感谢信，语气非常委婉，在这封感谢信里我将我的各种理由说得十分清楚，这让他与马勒赛尔卜先生都不可能误会我这一拒绝当中会有任何恼怒或骄傲的因素。所以他们俩都同意了我的拒绝，并没有因此而对我恨之入骨。因此这件事的秘密也就一直守得非常紧，社会上的人一点也没有听说过。

这个建议也来得不合时宜，因为若干时间以来，我已经在制订计划，要完全丢弃文学，特别要完全丢弃作家这种职业了。我最近承受的一切，让我恨透了那些文人们，同时我认识到，要干同样的行业而不与他们发生关系是不可能的事。我也同样厌恶那些社交界人士，并且一般地说，我也同样厌恶我最近所过的那种一半属于我自己、一半属于那些同我生活不符合的社交圈子的混合式的生活。我那时特别认为，而且因为一贯的经验感觉到，任何地位不平等的交往总是对弱者一方不利的。

我同与我选择的身份不同的富豪们生活在一起，尽管家里不需要他们那样的排场，却也必须在许许多多的事情上学他们的做法。

各种小费，对他们根本就不算什么，在我则既没有办法可省，又负担不起。别人到朋友的别墅里去住，无论是在餐席上还是在卧房里都有自己的仆人随身侍候，需要什么就派仆人去找什么。由于同主人家的仆役没有任何什么关系，甚至于也见不到他们，所以他赏他们钱也就只由于他高兴，愿意怎样赏就怎样赏，愿意什么时候赏就什么时候赏。但我呢，单身一个人，没有仆人，只好每件事都靠主人家的仆人，这就得收买他们的欢心，以免多吃苦头。我既被看做与他们的主人处于平等位置，也就必须将他们当做仆人看待，甚至比别人对他们还要更好些，因为事实上我比别人更需要他们侍奉。如果这家仆人不多，那也还罢了，但是，在我去的那些人家，仆人都是很多的，个个非常傲慢，个个都很狡猾，个个都很警觉——我是说为他们的收益而警觉，那些坏蛋专门会那一套，要我不断地需要用他们中间的每一个人。

巴黎女人可谓聪明透顶，可是对于这一点却毫无正确观念，她们拼命要为我节省花费，但结果却让我破产。如果我到城里去吃晚饭，离家稍微远一点，女主人总是不肯让我去雇一辆马车，总是一定要人驾车，用自己的车子将我送回来。她很高兴为我省掉了二十四个苏的车费，至于我赏给侍仆和车夫的那一个埃居，她就想不到了。如果一个女人从巴黎写信给我，寄到退隐庐或曼莫洛西，为了节省我该付的那四个苏的邮资，便特地派一个仆人送来，这仆人走着来，跑得满身大汗，我必须给他饭吃，还要赏一个埃居，当然，他得到这一个埃居一点也不亏心。如果她建议我同她到乡下去住几天，她心里总是认为："对这个穷小子，这总是一种节约，在这个时间内，伙食总不要他花一个钱的。"她就是不知道，在这时候，我也就不能工作了，我的家用、我的房租、我的内衣、我的服装，都还是照样拿钱不误，刮胡子钱还要多出一份，总之，在她家住花的钱要比在自己家里花得多得多。

虽然我赏那些小费只局限于我经常去住的那几户人家，可是这种赏钱对我而言免不了还是负担特别重的。我可以发誓，我在奥伯纳乌德托夫人家里足足花了有二十五个埃居，但实际上我在那里仅仅住了四五次而已。并且在埃皮纳与舍福莱克，在我经常到那里去的五六年之中，我花了不止一百个皮斯托尔。像我这种脾气的人，什么也不会自己打理，什么事都不会用巧，又听不得一个仆人私语，在侍候你的时候那副不情愿的样子，因此这些小费都是必须花的。就连在杜宾夫人家里，我算是她家里的人了，替仆人们也不知道帮过多少忙，可是我接受他们的服侍，从来也都是花很多钱换来的。到后来，我必须放弃这些小赏赐，因为我的情况已经不允许我这样做了，也就是在这期间，人家更加残酷地让我感觉到了同地位比自己高一等的人来往是多么不合适。

如果这种生活是符合我兴趣的，花大钱去买快乐，倒也可以自我安慰一下，可是破产去买苦吃，这就太让人难堪了。我感到这种生活方式带给我的沉重压力，所以我就利用当时那一段自由生活的空间，下定决心把这种自由生活永远继续下去，完全抛弃上层社交界，放弃写书工作，放弃一切文学活动，在我的一生里，隐遁在我自觉产生但又喜欢的那种狭小而和平的天地里。

《给达朗贝的信》和《新爱洛伊丝》这两部书的收入已经让我的经济状况稍有好转，但我的财产在去退隐庐住时已经快没有了。眼前好像还有一千埃居。我写完《爱洛伊丝》后就正式动手写的

《爱莫尔》已经写得差不多了，它的收益至少应该可以把上面的数字翻一番。我想把这笔款子存起来，当做一笔小小的终身年金，连同我抄写的收入，这样可以继续我的生活，就不必再写作了。

在我手头还有两部作品，一部是《政治理论说》，我检查了一下这部书的写作情况，发觉还需要花好几年工夫，但我没有胆量再往下写，没有勇气等到将它写完再履行我的决定。因此，我就把这部作品放弃了，决定把可以独立的部分拿出来，然后将其余的都付之一炬，我热情地进行着这项工作，同时也并不中断《爱莫尔》的写作，没用两年时间，我就把《社会契约论》整理好了。

剩下的还有《音乐词典》。这是个随意的工作，任何时间都可以做，目的只在获得几个钱。我保留着随意把它完成或放弃的权利，就看我别的收入汇总起来让这笔收入对于我是必需的还是多余的。谈到《感性伦理学》，一直停留在提纲阶段，我索性把它放弃了。

我还有一个最后的退路，如果我能完全不依赖抄写来生活的话，我就到远离巴黎的地方去生活，因为在巴黎，经常有陌生人来拜访我，这让我的日用花费太大，又使我没有时间去挣钱。由于我有这样一个最后的退路，又因为一般人都说作家丢了笔就会掉入苦闷之中，所以，为了在我的寂寞生活里抑止这种苦闷，我还保有着一项工作，可以用来弥补空虚，却绝对不想在活着之前付梓。我不知道雷伊是怎么想起来的，他很长时间以来就催促我写我的回忆录。尽管直到那时为止，没有什么事实能让这样一部著作感兴趣，可是我认为，凭我自认为能够放进去的那种坦白，它是可以变得有意义的。于是我就决定以一种前无古人的真实性将这个回忆录写成一部独特的作品，让人们至少能有机会看到一个人的内心世界。我经常笑蒙田的那种假天真，他假装承认自己的缺点，却小心翼翼地只给自己加上一些可爱的缺点。我呢，一直就认为，并且现在还以为，总的来说，我一直是最好的人，我也认为，一个人的内心无论怎样纯洁，也肯定会包藏一点儿可俗的恶习。我清楚人们在社会上把我描述得太不像我本来的面目了，有时肯定把我的面目歪曲得太不成样子，所以，虽然我对我坏的方面不愿意有丝毫隐瞒，但我亮出真面目还是只有所得，没有什么损失。

而且，如果要做这件事，就不能不把别的一些人的真面目也揭露出来，所以，这部作品只能在我与别的许多人死后才可以发表，这就更让我壮起胆来写我的《忏悔录》了，我将永远不会在任何人面前为这部《忏悔录》而感到脸红。所以我决定把我的空闲时间用来好好地做这件工作，并且开始搜集足以引起或唤醒我的记忆的种种函件和资料，我深深地惋惜我在此以前撕掉、烧掉、抛弃的那些东西。

这种绝对隐世的计划是我生平制订的最符合情理的计划之一，它深深地刻在我的脑海里，我已经在为执行这一计划进行前期准备了，但是上天偏偏又给我安排了另一种命运，把我卷进了一个新的旋涡之中。

曼莫洛西原本是以这个地方为姓的那个名门望族的古老而幽美的事业，但后来遭到了没收，就不属于这个家族了。它由亨利公爵的妹妹延续到了孔代家族，孔代家族就将曼莫洛西的名字改为昂吉安。现在这片公爵采地已经没有了什么府第，只留下一座老碉堡，里面收录着档案文件，用以接受附庸的膜拜。但是在曼莫洛西或昂吉安，有一座私人房屋，是号称“穷人”的克鲁瓦泽盖的，其富丽堂皇肯定能跟最华贵的府第相比，因此很配称为府第，而且实际上也就是被人叫做府第。这座华屋的那种令人震撼的外观，它脚底下的那片平台，它那种在全世界也许都算是独特的景色，它那由高手绘画过的大厅，它那由著名的勒·诺特尔培育出来的花园——所有这一切构成了一个总体，在令人震撼的威严之中，还保有一种难以言表的简朴风味，让人赞赏不绝。卢森堡公爵元帅当时住在这所别墅里，每年都到他的祖先曾经做过主人的这片土地上来两次，一共度过了五六个星期，虽然是以普通居民的身份，但是显赫排场并不稍减这一家族的旧日豪华。

当我住到曼莫洛西以后，当他第一次来旅行的时候，他们夫妇就派了一名侍从来代表他们向我问候，并请我有时间到他们家去吃晚饭。后来每当他们来一次，总是不忘记再重复一遍同样的问候和同样的邀请。这就让我回想起伯藏瓦尔夫人叫我到下房吃饭的那件事。时代不同了，但我却依然是我。我既不希望人家叫我到下房去吃饭，也不想跟大人先生同席。我希望他们让我保持本色，不捧我，但也不作贱我。我很客气并且很尊敬地回答卢森堡先生和夫人的好意问候，但是并没有接受他们的邀请。我因为有病在身，行动不便，又天性羞涩，不善于言辞，一想到要与宫廷的显贵周旋，我就浑身发抖，所以我连登府拜谢一下都不肯去，尽管我理解到，我的上门拜谢正是他们所追求的目的，而他们之前那样再三邀请，不好说是好奇心切，并不是真正青睐相加。

但是，友好的表示接连而来，而且一天比一天多。布弗莱伯爵夫人和元帅夫人交往密切，她一到曼莫洛西，就让人打探我的消息，并且咨询是否可以来看我，我很有礼貌地回答了，但是没有答应。洛朗齐尼骑士是孔蒂亲王府里的人，也是卢森堡夫人的座上宾，第二年（一七五九年）复活节到这里旅游的时候，来看了我好几次，我们算是认识了，他催促我到府里去，我依然不愿意。

最后，有一天下午，在我意想不到的时候，卢森堡元帅先生到了，后面还有五六个人。这么一来，我就没有办法再拒绝了，除非是个高傲和没有教养的人，否则就必须去回拜他，并向元帅夫人致意，因为他曾经代表元帅夫人向我致意，并且言辞极其恳切。就这样，在凶多吉少的征兆之下，我们开始了交往，这种交往实在是我再也推脱不了的，但是在我接受之前，我一直就有一种极其正确的预感，这让我避之唯恐不及。

我非常害怕卢森堡夫人，尽管我知道她是非常亲切的，在十年或十二年前，当她还是布弗莱公爵夫人，还在蓓蕾初放、艳光照人的年纪时，我就在戏院里与在杜宾夫人家见过她好几次。但是，人家都说她很儿戏，对地位这样高的一个贵妇人来说，这种名声是会让我发抖的。可是我一见她的面，就被她打动了。我认为她风韵可人，并且是那样一种风韵，能通过时间的考验，感动我。我原本以为会发现她有一种辛辣而满含讥刺的谈吐的，实际上并非如此，而且要好多了。卢森堡夫人的谈话并没有妙语连珠，也不怎么俏皮，甚至严格说来也不是什么妙语，却有一种令人回味无穷的细腻之感，从不惊人，却永远令人喜悦。她的恭维话越是质朴就越能让人心醉，人们简直可以说那种恭维话都是不假思索说出的，是她的感情流露，只因为她感情太丰富了。

第一次见面，我就看得出虽然我样子笨拙，语言迟钝，却并不让她讨厌。只要是宫廷贵妇，当她们愿意的时候，都知道怎么让你产生这种信心，不管那是真是假，但是并不是所有宫廷贵妇都能同卢森堡夫人一样，知道把你这种信心变得那么甜滋滋的，让你压根就不再想到要对此有所猜疑。要不是她的媳妇曼莫洛西公爵夫人——一个癫狂的少妇，非常调皮捣蛋，我想，还有点好挑逗人——想起来要拉拢我，在她婆婆极力夸奖我的时候好进来说些假情假意的话，让我怀疑她们在嘲笑我，那我从第一天起就对卢森堡夫人完全相信了。

我在这两位贵妇人面前的害怕心情也许会很难消除掉，但是元帅先生的那种特别的美意向我表明了她们婆媳两人的善意也是真实无欺的。以我这样害羞的性格，竟凭卢森堡先生的几句话就马上相信他愿意平等对待我，这个速度可以说是够惊人的了，而他呢，也只因为我的几句话就立刻相信我是愿意过独立不受约束的生活，那个速度也许更令人吃惊。

他们夫妇俩都相信我的确有理由满足于我的境况，不愿有所改变，所以不管是卢森堡先生或夫人都似乎没有意思要过问我的钱囊或财产，虽然我知道他们俩都对我真心关切，但他们从来没有说要为我争取一官半职或表示过要对我鼎力提携。只有一次，卢森堡夫人好像希望我进法兰西学士院做院士，我用宗教不同这个理由推辞了，但她说这并不是个什么阻碍，即使是阻碍的话，她也会为我排除。我又回答说，虽然做这样著名的学术机关的一个成员对我是多么光荣，不过我已经拒绝了特莱桑先生，也可以说我已经拒绝了波兰国王，不愿进南锡学士院为院士，我就不能再进任何学士院才能对得起别人。卢森堡夫人没有再坚持，这件事也就搁下不谈了。卢森堡先生不愧是国王的私交，与这样显赫的、能为我促成一切的高贵人物相来往，而且还能如此朴实，回想到我刚抛开的那些假装充当保护人的朋友，一直设法贬低我而不是设法给我帮忙，他们那种不断的、既殷勤但极讨厌的操心，跟这种朴实形成了鲜明的对比。

当元帅先生到路易山来拜访我的时候，我非常尴尬地在我那唯一的一间卧室里接待了他和他的随从，这倒不是因为我必须请他坐在我那些脏碟子和破罐子当中，因为我的破烂的地板正往下陷，因此生怕他的随从人多，会将它压得完全塌了下去。我不是为我自己的危险担忧，却怕这位仁慈的贵人因谦和待人遭遇到危险，因此我赶紧请他出来，虽然天气还很冷，就把他领到我那座四面通风、又没有壁炉的碉楼里去了。他一进碉楼，我就向他说明我把他领去的原因，他把这原因又同元帅夫人说了，于是他们两人都催促我在修葺房间地板的时候，搬到府第里去住，或者，如果我同意的话，就住在一所独立的房子里，这房子在园林中间，叫“小府第”，这个迷人的住所是值得我们来谈一谈的。

曼莫洛西园林不是同舍福莱克园林那样建在平地上的，而是起伏不平，中间有小丘和凹地，那个精巧的艺术家就使用这些陵谷来让丛林、水流、装饰和景色变化万千，本身非常局限的一片空间，可以说凭借艺术和天才的力量不知扩大了多少倍。这园林的高处是那片平台和府第，底部是一个隘口，向一个山谷伸展和扩大，拐弯处是一片大水池。大水池的周围都是山坡，被幽丛和大树装饰得非常美丽，隘口宽阔处是一个橙树园，在橙树园跟大水池中间就是那个小府第。这座建筑物与周围那块地以前是属于那著名的勒·布伦的，这位大画师用他那素有的建筑修养与装饰的绝妙美感，建筑并装饰了这所房屋。这个府第后来又经过重建，但仍依照原主的图样。房子非常大，很简单，但非常雅致。由于它是在谷底，位于橙园的小塘和那个大水池之间，因此很容易受潮，所以就在房子当中造了一个明廊，上下两层排柱，以便空气可以在全屋流通，所以虽然地点低湿，但还可以维持干燥。当你在对面为房子作远景的那片高地看这所房子的时候，房子就像是被水环绕着一样，你肯定以为看见了一座迷人的小岛，要么是看见了马约尔湖内三个波罗美岛当中最美丽的以色拉贝拉。

他们让我在这所幽静的房子里选择一套房间——里面的房间一共有四套，楼下一层还有舞厅、弹子房与厨房。我就选了厨房顶上那最小、最简单的一套，就连下面的厨房我也占用了。这套房间非常干净，家具都是白色和蓝色的。我就是在这个深沉恬静的环境里，面对四周的林泉，听着各种鸟儿的歌声，闻着橙花的香气，在酷似仙境的状态下写了《爱莫尔》的第五卷。这卷书的干净色彩，大部分都归功于写书的环境所给我的那种强烈印象。每天早晨，当太阳上山的时候，我是那样急于到那条明廊上去呼吸温馨的空气啊！我在那里，同我的戴莱丝面对面，吃到了那么好的牛奶咖啡啊！只有我那只猫和那只狗陪着我们。这样的陪伴够让我一辈子都满足的，肯定不会感到一刻的厌烦。我在那里真像是住在人间天堂，我生活得跟在天堂一样淳朴，品尝着天堂一样的幸福。

在七月的那次短暂居住期，卢森堡先生与夫人对我那么关心、那么亲切，以至于我，因为住在他们家里，又由他们款待，就必须经常去看他们，当做对盛情的报答。我差不多片刻不离他们了，早晨我去慰问元帅夫人，就在那里用午餐，下午我又去与元帅先生一起散步，但是我不会在那里吃晚饭，因为贵宾非常多，饭又吃得很晚。直到那时候，一切都还非常合适，但是如果我懂得适当停止的话，就没有什么坏的方面了。但是我从来就不知道在情谊上保持中庸之道，不知道以尽我的社交职责为限。我平生对人要么全心全意，要么无心无意，不久，我就变得全心全意了。我被这样高贵的人们接待着、宠爱着，便超过了界限，对他们产生了一种只有对地位平等的人才容许有的友谊。我在行动中表现出了这种友谊的全部亲切，而他们呢，在他们的行为中却从来不放松让我受惯了的那种礼貌。

但是，我同元帅夫人在一起，总是不大自在，因为我对她的性格还没有完全放心，可是我对她的性格的害怕还比不上对她的才智的害怕。特别是在这方面，她让我肃然起敬。我知道她在谈话中对人非常严厉，知道她也是能够这样做的。我知道太太们，尤其是贵妇人们，要人家奉承她们，但你宁可冒犯她们，也不能让她们感到厌烦，依照客人走后她对客人说的话所作的评论，我就断定出她对我的语言迟钝会有何想法了。

我想起了一个补救办法，以弥补我在她跟前说话时所觉得的尴尬。这办法就是念书给她听。她听说过《朱莉》那部书，也知道这部书正在印刷中，就表示要看到这部作品。我为了奉承她，提出要念给她听，她同意了。我每天上午大约十点到她房里去，卢森堡先生也来了，将房门关上，我坐在她床边念。我的朗读是精心安排了的，尽管他们这次小住没有中断，但也够供整个小住的时候使用了。这个不得已的办法所取得的成功超过了我的预期。卢森堡夫人迷上了《朱莉》与它的作者。她嘴上说的也只是我，心里想的也只有我，整天都对我讲好听的话，一天要拥抱我数十次。她在饭桌上一定要我坐在她身边，有几个贵宾要坐这位子的时候，她就对他们说这是我的位子，并把他们让到别的位子上去。我是稍微得到一点亲切的表示就会被笼络住的，大家想想，这些亲切的态度该对我产生多大的影响吧。我真正依赖上她了，她对我也同样依赖。我看她这样入迷，又认为自己太缺少风趣，不能够使她永远入迷下去，所以就害怕她由入迷而变成讨厌，可是非常不幸，这种恐惧却是太有原因了。

在她的气质跟我的气质之间肯定是有一种天然的对立，由于除了我在谈话中，乃至在信函中经常说出的那许多的蠢话外，就是在我同她相处最好的时候，也还有些事让她不高兴。是什么原因，我也想不出来。我只举一个例子，其实二十个例子我也可以举得出来。她明白我正在为乌德托夫人抄写一篇《爱洛伊丝》，按页论价，她也想用同样条件要一份，我答应了。因此我就把她放在我的主顾之中了，所以我因为这事给她写了一封很感激、很客气的信——至少我的主观意愿如此。下面就是她的回信（丙札，第四三号），它让我好像从云端里掉了下来。

星期二，于凡尔赛

我非常高兴了，我很满意，你的信给我带来了我无限的快乐，所以我赶紧写信告诉你，并且感谢你。

你的信里原来的说法就是这样的："虽然你是一个非常好的靠得住的主顾，但我却难于接受你的钱，按理说，应该是我花钱买为你工作的乐趣才对呀！"对于这句话，我无须对你多说了。我很遗憾，你一直不跟我谈你的健康状况，因为没有比你的健康更引起我的关心的了。

我真心喜欢你，我还向你保证，给你写信反而让我感到十分惆怅，如果我能当面对你说，我会多么快乐啊。卢森堡先生爱你并且真心地问候你。

我一接到这封信，没有将它反复琢磨，就赶忙写了一封回信，说明对我的话不能作任何让人不愉快的解释。后来，我在不安心情中思索了好几天，但始终觉得莫名其妙。最后，我写了下面这封信当做最后回答：

一七五九年十二月八日于曼莫洛西

上封信发出以后，我又将那段话思考了上千遍。我依据它的本来的、自然的意义去解释，又照别人可能赋予它的一切意义去理解，但是，我坦白告诉你，元帅夫人，现在我已经不知道到底是我该向你道歉呢，还是你向我道歉了。

这几封信还是十年前写的了，从那时起我还经常想到它们。今天对这个问题我还是越想越糊涂，我一直就看不出那段话里有什么侵犯她，甚至仅仅是让她不快的地方。

对于卢森堡夫人想要的那份《爱洛伊丝》手抄本，我需要在这里说一说我想了什么主意让它具有超过其他手抄本的明显的优点。我写过一篇《爱德华爵士奇遇记》，并且思考了很久，应不应该把它全部或简要地插到这部作品里来，但我总觉得放在这里不合适。最后我决定把它完全删除，因为它的风格与全书不同，会有损于全书那种动人的淳朴风格。

自从我认识了卢森堡夫人以后，我还有一个更强有力的理由，就是，在这篇《奇遇记》里有一位罗马的侯爵夫人，性格十分可恶，这种性格的一些表现虽不能用到卢森堡夫人身上，但是在只知道名字的人们看来，很可能会以为是说她的。所以我暗自庆幸采取了这种删减的决定，并且根据这个决定去做了。但是，迫切希望在她这份抄稿里加上一点任何别的版本都没有的东西，这让我竟又想起那些倒霉的奇遇，想把它写成提要加了进去，这真是糊涂主意啊！只有用那盲目的、将我拖向毁灭的宿命，才能说明我这个主意的荒唐！

我竟然有那种傻劲，浪费了很多心血，花费很多工夫，编成了这个提纲，并把这篇文章看做稀世之宝送给她。不过我事先向她声明，原稿已经被我烧了，这份提纲只是供她一人看的，除了她自己要拿给人家看，否则别人是看不到的。可是这种话不但不能像我所想的那样证明我的谨慎和缜密，反而向她说明了我自己知道，某些地方有影射的意味，会使她感到受侮辱。我蠢就蠢到这样的地步，我还肯定相信她会对我这种做法感到高兴呢。但是，她对这事并没有像我所希望的那样，把我大大夸奖一番，反而使我大为吃惊的是，她对我送给她的那份提纲连提都没有提过。而我呢，一直是觉得我这件事做得妙，非常高兴，只是很久以后，才根据别的一些迹象，感受到它所产生的后果。

因为这份抄本，我还另起了一个念头，这个念头非常合理，但是因为某些较长远的后果，对我来说还是同样有害，我真是命该受苦，所有倒霉事都来了！我记得要把《朱莉》里的木刻画的原稿拿来装饰这个抄本，因为那些原稿正跟这抄本的大小相同。因此我就向库安德要原稿，因为这些原稿不论出于什么理由都该归我所有，特别是因为我把销路很广的版画的收入已经给他了。库安德非常狡猾，我又不太狡猾。我几次催促索要画稿，他就知道了我要用来干什么。他借口要替这些画稿加上若干装饰，就把画稿暂时留在他那里，最后才亲自将画稿送来。

这就将他引进了卢森堡公馆，并且占有一种地位了。从我住进小府第以来，他就经常来看我，总是一清早就来，特别是当卢森堡先生和夫人在曼莫洛西的时候，这就让我要同他相处一整天，不能到大府第去。人家责备我老是不去，我就将原因说了出来。他们就催促我把库安德先生也带去，我照办了，而这正是那个滑头所一直希望的。就这样，泰吕松先生的一个小雇员，主人在没有外客同席的情况下偶然也是让他在一桌吃饭的，现在，因为人家对我太好，竟一下子被邀跟法兰西的元帅同席，同许多亲王、公爵夫人和宫廷里所有最显贵的人物坐在一起了。

我永远记得，有一天，他要早点回巴黎去，元帅先生吃完饭后对所有在座的人说："我们到圣·德尼那条路上去散散步吧，去送送库安德先生。"那可怜的小伙子有点惊讶，简直有些不知所措。我呢，也感动得很厉害，一句话也说不出来。我跟在后面，像孩子一样哭着，巴不得吻一吻这位仁慈的元帅的脚印。这个抄本的故事让我把许多以后的事都提前说出来了。但我还是就我的记忆所容许的，按照时间的顺序来谈吧。

当路易山的小房子一修好，我就把它装饰得干干净净而且还简单朴素，又回去住了。我离开退隐庐时就定下了一条规定，要有个属于我自己的住所。这个规定我不能丢掉，但是我又舍不得丢掉我在小府第的那套房间。我就将房间的钥匙留下，同时由于我很喜欢在柱廊下吃的那种别具一格的早餐，就经常到那里去住宿，有时连住两三天，就同住别墅一样。

我那时也许是全欧洲住得最好、最舒服的一个平头老百姓了。我的房主马达斯先生是全天下第一好人，他将路易山房子的修缮工作全部交给我去安排，让我自由指挥他的工匠，但他自己并不过问。因此我就可以把楼上的一个大房间改成完整的一套小房间，有一间卧室、一个套间和一个藏衣室。楼下是厨房和戴莱丝的卧室。碉楼就成了我的书房，装上一套很好的嵌玻璃的板壁与一个壁炉。在我住进去之后，又将装饰平台作为消遣，平台上已经有两行菩提树庇荫，我又加上两行，组成一个绿荫环绕的书斋，我在平台上加了一张石桌、几只石凳，在环绕平台的地方种了些丁香、山梅、忍冬，还制作了一个很美的花坛，与两排树平行。这个平台比大府第的平台高，景色也不逊色，我还在那里喂养了无数鸟雀，它就成了我的大客厅，能够接待卢森堡先生和夫人、维尔罗瓦公爵先生、唐格利亲王先生、阿尔曼蒂尔侯爵先生、曼莫洛西公爵夫人、布弗莱公爵夫人、瓦兰蒂诺瓦伯爵夫人、布弗莱伯爵夫人，以及与他们同样高贵的其他人物，他们都愿意走一段很累人的上坡路，从大府第来朝拜路易山。这些大人物来拜访我，都是因为卢森堡先生和夫人对我的厚爱，我是能感到这一点的，因此心里对他们很感谢。正是在这种感谢心情的鼓励之中，我有一次拥抱着卢森堡先生对他说：

“啊！元帅先生，在认识你之前我一直是恨大人物的，自从你让我这么亲切地觉得他们是那么容易拥有人们的爱戴后，我就更恨他们了。”

此外，只要是在这个时期了解我的人，我都要过问他们一下，他们是否发现这种显赫的光芒曾有一时一刻迷惑过我的眼睛，这种香火的烟云曾有一时一刻逼昏过我的头脑？他们是否看到过我在举止上不那么与以前一样了、在态度上不那么单纯了，对人民群众不那么和蔼可亲了，对左邻右舍不那么亲切友好了？我在能给人帮忙的时候，可曾有一次因为我厌恶人家不断给我带来的那些无数的、并且常常是不合情理的麻烦，就不那么干脆地为大家服务了呢？

我的心固然因为我对曼莫洛西府两位主人的衷心依靠而常把我吸引到那儿去，但是它也同样将我拉回到我的左邻右舍，让我体会到我认为除此以外就没有其他幸福可言的那种平淡却简单的生活的甜美滋味。戴莱丝认识了一个瓦匠的女儿——瓦匠是我的邻居，名叫皮约，我也就认识了那个父亲。为了让元帅夫人高兴，我在上午拘束地在府第里吃午餐，午餐之后，我是那么急于跑回来跟那个老好人皮约一家，有可能在他家，有可能在我家。一块用晚餐啊！

除了这两个住处以外，不久以后我又有了第三个住所，就在卢森堡公馆，公馆主人让我有时也到那里去看看他们，将我逼得太紧了，所以我尽管痛恨巴黎，还是不得不同意——自从我住到退隐庐以后，我到巴黎本来只有我在前面已经说过的那两次，不过现在我到巴黎，只是按约定的日期前去，完全是为了在那里用晚餐，而且第二天早晨就回来。我进出都是走对面环城马路的那座大花园，所以我可以理直气壮地说，我没有踏上巴黎街道。

在我这一阵稍后就消失的红运当中，早就隐藏着一场标志好运结束的灾难。在我回到路易山不久，就在那里又认识了一个新交，但也同平时一样，完全是不由自主的。这个新朋友在我的历史上具有划时代的意义，人们读到下文就可以知道那究竟是福还是祸。

我说的是我那女邻居韦尔德兰侯爵夫人，她的丈夫前些日子刚在离曼莫洛西不远的索瓦西买了一座别墅。她原本是达尔斯小姐，即达尔斯伯爵的女儿，伯爵是个有地位的人，但是很穷，达尔斯小姐嫁给了韦尔德兰先生，而这位韦尔德兰又老、又丑、又聋、又严厉、又粗暴、又好吃醋，面带刀伤，还瞎了一只眼，不过，如果你能猜到他的脾气的话，他到底还是个好人，他有一万五千到两万利弗儿的年金，因此她就被嫁给这笔年金了。这个活宝老是咒骂、嚷嚷、暴跳如雷，使太太一天到晚哭哭啼啼，然而最后总是太太让他做什么他就做什么，即使这样还是叫她生气，因为她要他同意是他自己愿意她要他做什么就做什么的，而不是她要他这样做的。

前面已经讲到的马尔让西先生原本是太太的朋友，后来又变成了先生的朋友。他将他靠近奥伯纳和安地里的那座马尔让西府租给他们，已经有好几年了，我同乌德托夫人热恋的时候，他们正好住在那里。乌德托夫人与韦尔德兰夫人之间互相认识是由于她们的共同朋友多伯舍尔夫人的关系。由于乌德托夫人要到她特别喜欢的地方奥林匹斯山去散步，就必须经过马尔让西园林，韦尔德兰夫人就给了她一把钥匙，好让她过。凭借这把钥匙我也常与她一起经过这个园林，但是我不喜欢碰到什么不期而遇的人，当我们偶然看到韦尔德兰夫人的时候，我就让她们俩在一块谈，不同她说话，而是一个劲儿朝前走。这种不够好的态度肯定不会给她留下好的印象。

然而，当她一住到索瓦西，还是上门找我来了。她到路易山来拜访我，好几次都没有碰见，见我老不回拜她，便送了几盆花给我装饰平台，好让我独自去回拜。我就非去谢她不可了，我们就这样交往上了。

这个来往一开始就是状况不断的，凡是我不由自主地来往都是如此。在同她的来往当中，从来就没有过真正的安静，韦尔德兰夫人的气质与我太格格不入了。

她的俏皮话与讽刺语脱口就说出来，你必须一直注意——这对我来说是很费脑筋的——才能知道你在什么时候被她嘲弄了。我现在想起的一件小事就可以说明这一点。她的哥哥刚被派为驱逐舰舰长，在海上对英国人游弋。我就讲这艘驱逐舰的武装是怎样配备才不妨碍它的轻快，“是呀，”她用非常平淡的语气说，“只要装上够战斗用的大炮就行了。”我很少听到她在背后说朋友们的好话而不带点讽刺的意味。什么事她不是向坏处想，就是向可笑的方面想，她的朋友马尔让西也未幸免。我认为她还有一点让人受不了的，那就是她一会儿给你捎个口信，一会儿给你送点礼物，一会儿给你来个便条，真是让人烦，我就得挖空心思去答复，是领谢还是拒绝，这让我实在为难。但是，由于我时常见到她，终于对她产生了感情。

她有她的难处，我有我的苦处。彼此倾诉衷肠就让我们认为我们的单独交谈是件饶有兴趣的事，没有比两人在一起互相倾诉的那种甜蜜滋味更能将心与心联系起来的了。我们俩想办法会面，相互安慰，这种需要常让我把很多事情都原谅过去了。我对她除了真诚坦白之外，有时也很粗鲁，对她的人品非常不尊重。而这时又需要对她非常大的尊重才能相信她真心地原谅我。我有时候也给她写信，下面就是一个样品，像这种信，她在复信中从来没有表示出过一点不快之感。

一七六〇年十一月五日，于曼莫洛西

你同我说，夫人，你的话没有讲清楚，肯定是为了让我认识到我的话说得词意不符。你对我说你笨拙，肯定是为了让我感觉到我自己也愚蠢。你自夸你只是一个老实人，就好像你生怕别人听了你的话就真的相信你是老实人，而你向我赔罪，无非是为了要让我知道我必须向你道歉。是啊，夫人，我清楚地明白，愚蠢的是我，老实人也是我，如果有可能的话，还有更坏的呢，是我不擅长使用字眼，不能叫像你这样注意辞令而又擅长辞令的一位美丽的法国贵妇听了满意。然而，我请你也想想，我都是依据语言的一般意义来遣词造句的，我压根不懂得或者不想使用巴黎的那些道德高超的社交团体里使用词语时所采取的那种高雅的用法。如果我用的词语意思不清楚，我会努力让我的行为来确定它的意义，等等。

信的其他部分也大概都是同样的语气。请大家看看这封信的回信吧（丁札，第四一号），请看一看，女人的心是何等令人难以置信的含蓄，对这样一封信竟能一点也不厌烦，不但在这封回信里没有流露，就是当面也从来没有什么表示。

库安德善于钻营，胆大到不知羞耻，只要是我的朋友他都钻，很快就用我的名义进入到韦尔德兰夫人家里去了，并且不久就同她家里来往得比我还热，这连我都被骗了。这个库安德真是个怪家伙，他用我的名义到我所有的朋友家里去，一去就扎上根，一点不客气地吃起饭来。他满腔热情地为我效劳，每当谈起我来，总是热泪盈眶，但是他来拜访我的时候，对所有这些人与人之间的关系，以及他知道我会感兴趣的一切，总是避而不谈。他从来不把他听过、说过或者见过的同我有关的事情告诉我，而是听我说，甚至向我询问。巴黎的事，除了我告诉他的那些，他就一直什么也不知道，总之，虽然大家都在我面前讲到他，他却从来不在我面前说到任何人，他只有在我这个朋友面前才是神秘的。不过还是暂时把库安德和韦尔德兰夫人抛开吧，我们到后面再谈。

在我回路易山不久，画家拉都尔就来拜访我，将他为我用色粉画的那幅像也带来了，这幅画像是他在前几年放在沙龙里展览过的。他一直想把这幅像送给我，但我没有要。但是埃皮纳夫人曾经将她的像送给我，而且想要我这张像，让我向他再要回来。他又用了一些时间将像修改了一番。

就在这段时间内我同埃皮纳夫人断交了，我将她的像还给她了，既然这样就谈不上再将我的像送给她，我就在小府第我那个房间里将它挂起来了。卢森堡先生见到了，认为画得很好，我表示愿意赠给他。他接受了，我就让人送给了他。他同元帅夫人都明白，我是很喜欢有他们的肖像的。他们就叫人制作了两张十分精巧的袖珍小像，嵌在一个用整块水晶制成的镶金糖果盒上，将这份制作得非常雅致的礼物送给我，我非常高兴。卢森堡夫人无论如何也不肯让她的像粘在盒子上面。她多次怨我爱卢森堡先生胜过爱她。这我从来也没有否认过，因为这是事实。她就利用这种放肖像的方式，很婉转地、但是很明白地向我表示她从来没有忘记我这种偏爱。

大概与此同时，我又做了一件不利于我保持她的恩宠的傻事。我尽管毫不认识西鲁埃特先生，也不爱他，但是我对他的行政措施却非常佩服。当他开始对金融家动刀的时候，我就知道他进行大刀阔斧的做法的时间并非有利，但是我并不因此就不强烈地祝愿他成功。当我听到他调职的时候，我就用我那一阵鲁莽劲给他写了下面这样一封信，这封信，当然，我现在并不想替它辩解。

一七五九年十二月二日，于曼莫洛西

先生，请接受一个隐世者的敬意，这个隐世者是你所不认识的，但是他因为你的才华而钦佩你，因为你的施政而敬仰你，他曾因为崇拜你而预料到你在职不会很久。你不削弱这个国家的首都就不能救国，所以你曾不顾那些唯利是图者。原先我看你狠狠打击那帮大坏蛋，真羡慕你大权在握。现在，我看你离职还不改初衷，我又对你非常赞美。

你是可以自豪的，先生，你这一任官职留给你一种名誉，将让你长久受用而无人跟你竞争。奸邪小人的咒骂正构成公正人士的荣幸。

卢森堡夫人听说我写过这封信，便在复活节来旅行的时候跟我讲起了这件事，我就把信拿给她看，她想要一份手抄本，我就抄给她了。但是我将抄稿给她的时候，并不知道她也就是那些关心包税分局而迫使西鲁埃特调离的唯利是图者中的一个。

人们看到我这非常多的蠢事，简直要说我是一直要毫无理由地激起一位可亲但又有势力的女人对我的仇恨，但对这个女人，诚实说，尽管我由于笨上加笨，把招致失宠的事都做完了，却一天比一天更依恋她，肯定不愿在她面前失去宠爱。我相信，现在已经用不着再补充说明了，我在第一部里谈到的特龙香先生鸦片制剂的那个故事就是跟她有关的，另外那位贵妇人就是米尔普瓦夫人。她们俩都一直没有再对我讲起过这件事，也没有丝毫表现出还把这件事记在心上。但是要说卢森堡夫人真能将这件事忘掉了，即使你对后来发生的事情都毫无所知，我认为也很难。关于我自己，我对我那些蠢事有可能产生的后果，当时还在自我安慰呢，因为我自己心里知道，没有一件蠢事是故意做出来冒犯她的，但我就是不知道女人是永远不会原谅这样的蠢事，即使知道这些蠢事肯定不是故意做出来的。

但是，虽然她表面上表现得什么也没有看到，什么也没有感觉到，尽管我还没有发现她的殷勤有所削减，态度有点改变，但是一种不但持续存在而且日益增长的确有证据的预感，让我不断地害怕她对我的感情很快就会变成对我的厌恶。这样高贵的一位夫人，我能希望她有那样一种恒心，承受得起我对维持这种恒心的笨拙的考验吗？这种闷在心里、让我六神不安、比以前更加闷闷不乐的预想，我甚至不会对她掩饰。

读者从下面这封信就可以知道，这封信是包含着一个很奇怪的预言的。

我这封信的草稿上没有标明日期，最迟是一七六〇年十月写的。

……你们的盛情款待是多么残酷啊！一个隐世者本来已经放弃了人生的乐趣，以免再感受人生的烦恼，你们为什么偏又打扰他的安宁呢？我已经浪费了一辈子的时间去寻找坚实的情谊，结果却是徒劳无功。在我先前能够得到的社会地位中，我都没有能促成这种情谊，难道在你们这样的社会地位中我还应该去找寻吗？势和利都吸引不了我了，我没有任何野心，也没有任何畏惧，我能反抗一切，就是不能反抗爱抚。你们俩为何都要从我这个应该克服的弱点方面来攻击我呢？像我们之间这样悬殊的地位，自然的温情流露是不会将我的心与你们的心联结起来的。对于一颗不知道有两种交往方式、只能感受友谊的心灵，感激之情就足够了吗？

友谊啊，元帅夫人！这正是我的不幸所在！在你，在元帅先生，用这个名词是漂亮的，但是如果我相信，就未免太糊涂了。你们把他看做是游戏，而我却是一往情深。而游戏的终结就给我带来许多新的惆怅。我多么恨你们所拥有的那些头衔啊。我又多么可惜你们竟有那么些头衔啊！我认为你们太应该领略私生活的乐趣了！你们为何不住在克拉兰斯呢！如果你们住在那边，我就会到那里去寻找我的人生幸福的。但是，又是曼莫洛西府呀，又是卢森堡公馆呀！人们有可能在这种地方看到让·亚克吗？一个热爱平等的人，他拥有一颗多情的心，用爱来报答别人对他所表示的敬意，便认为所报的相当于所爱了，他能将这样一颗心的爱送到这种地方吗？

我知道，也已经看到你们是慈祥而多情的，我很可惜我没能早日相信这一点，但是在你们所处的那种地位，在你们那种生活方式里，任何事物都不能给人一个持久的印象，那么多新的事物太容易互相消除了，没有一个能留下来。夫人，在你让我无法再效仿你之后，你是会将我忘掉的。我的不幸大部分是你促成的，所以你不能得到原谅。

我在信里将卢森堡先生也和她拉到一起，是想让她听了我这番话不感到过于严峻，再说，我对卢森堡先生非常放心，对他的友谊的持久性，心里从未动过一点怀疑的念头。我从卢森堡夫人方面所觉得的担心，肯定不会有一时一刻扩展到他身上。我清楚他性格懦弱，却非常可靠，对他从来没有一点不信任。我不害怕他的心会忽然变冷，就像我不能期望他的心能有英雄式的感情一样。我们相处中的质朴与亲切，就表明了我们是多么相互信赖。

我们两人都做对了，我有生之日，都将永远尊敬、永远爱戴这位贤良的高贵人物，而且，无论人家想了些什么办法要将他同我分开来，我相信他至死都是我的朋友，这就好像我听到了他临死时的遗言。

一七六〇年他们第二次来曼莫洛西住的时候，《朱莉》朗读完了，我就乞求于《爱莫尔》的朗读，好让我在卢森堡夫人面前继续维持下去，但是这部书的朗读没有怎么成功，也许是题材不合她的兴趣，也许是朗读太多，让她厌烦了。然而，因为她老怨我甘愿受那些书商的欺骗，所以这次她要我将这部书交给她去想办法复印，让我多挣几个钱。我愿意了，却明白地提出条件，不能在法国印刷。也就是在这一点上我们争了很久，我呢，认为不可能得到许可，甚至连请求默许都是不慎重的，我又不愿让人家得不到默许就在王国印刷，但她呢，却坚持认为政府当时已经采取的那种制度，连正式审查都不会有任何困难。她居然有办法让马勒赛尔卜先生也赞同了她的看法，他因为这事亲笔写了一封长信寄给我，说明《挲乌阿副主教信条录》正是一部到处都可以获得人们赞扬的作品。在那时的情况下也可以获得宫廷的赞扬。

我看到这位官员一向是那么害怕事情，现在竟在这件事上变得这么随和，真是有点吃惊。一般来说，一部书稿只要经他允许，印刷就完全合法，所以我对这部书稿的印刷就再也提不出任何反对意见了。但是由于一种特别的顾虑，我还是让我这部书稿在荷兰印刷，并且还要交付书商内奥姆，我选择了书商还不够，又直接告诉了他。不过我同意这一版书由一个法国书商发行，书印好了，在巴黎销售或随便在任何地方销售都可以，因为这种销售跟我无关。卢森堡夫人同我商定的就是如此，商定之后，我就将手稿交给她了。

她这次小住，将她的孙女布弗莱小姐——今天是洛曾公爵夫人——也捎来了。她那时候叫做阿美丽，是一个非常可爱的姑娘。她有处女的面貌、温柔又羞涩。她那副小面孔再可爱、再有趣不过了，它给人带来的感情也再温馨、再纯洁不过了。原本，她还是个孩子，还不到十一岁呢。元帅夫人认为她太害羞了，总是想办法鼓动她。她有好几次容许我吻她，我就带着我平时那种闷闷不乐的样子办了。别人位于我那时的地位会讲出许多好听的话来，而我却同哑巴一样待在那儿，窘迫万分，我也不知道到底谁最害羞，是那个可怜的小姑娘呢，还是我自己。

有一天我在小府第的楼梯上碰到了她，她刚去拜访了戴莱丝，保姆还在与戴莱丝说话。我不知同她说些什么才好，便提出吻她一下，她心里是非常天真无邪的，因此也没有拒绝，她当天早晨还得到祖母的命令，并且当着祖母的面，曾接受我的一吻呢。第二天，我在元帅夫人床头诵读《爱莫尔》，正好碰上我有理由地批评我头天所做的那种事的那一段。她认为我那种想法非常正确，并且还对这一问题讲了些很合情理的话，这就让我脸红起来了。

我很想咒骂我这种不可思议的笨拙啊，这种愚蠢常让我显出一副卑鄙有罪的样子，但实际上我只是笨拙尴尬而已。在一个大家都知道有智慧的人身上，这种愚蠢有可能会被认为是假装出来的反驳。我可以起誓，在这可能受到指责的一吻中，同其他各次的亲吻一样，就是阿美丽小姐的心灵与感官也不比我更加纯洁，我甚至还可以起誓，如果我当时可以避开她的话，我是会避开她的，这并不是因为我不希望看到她，而是因为我找不到一句好听的话来同她说，因而感到尴尬。一个人就连国王的权力都不怕，那么一个小孩子就能让他胆怯吗？究竟是好呢？我脑子里连一点临机应变的能力都没有，怎么办呢？如果我勉勉强强去跟遇到的人们说话，那么我就肯定要说出傻话来。如果任何话都不说吧，我就是个恨世嫉俗的人了，是个野性驯的禽兽了，是只狗熊了。因此干脆完全是白痴倒对我还有利些，但是，我在交际方面所缺乏的才能反而将我所具有的才能变成毁灭我的工具了。

就在这次小住终结的时候，卢森堡夫人做了一件好事，其中我也做过。蒂德洛非常不小心，得罪了卢森堡先生的女儿罗拜克王妃。巴利索是受她保护的人，就用《哲学家们》那部喜剧来替她报复。在这部喜剧里，我被嘲笑了，而蒂德洛则被挖苦得更厉害。作者多敷衍了我一点，我想不是由于他感谢我，而是由于他知道他的保护人的父亲很喜欢我，害怕得罪他。书商迪舍纳，我当时并不认识，在这个剧本出版时邮了一本给我，我怀疑这是由于巴利索的指使，他可能以为我看到已经断交的一个人被攻击得体无完肤，心里一定觉得很痛快。其实他打错算盘了。我相信蒂德洛害人之心倒比较少，主要是嘴不严、软弱，所以我尽管跟他断交，却始终在心里还对他保有留恋之情，甚至敬佩之心，并且对我们的旧的友谊还保持着重视之意，因为我知道我们那段旧交情，在他那方面与在我这方面一样，都是诚挚的。格雷姆就不一样了，他天性虚伪，从来没有爱过我，乃至根本就谈不上爱任何人，他没有任何可抱怨的理由，完全是为了满足他那有罪的忌妒心，就在这种假面具的掩饰下心甘情愿地成了对我最残酷的诬蔑者。

格雷姆从此对于我来说就等于不存在了，而蒂德洛则一直还是我的旧友。我看到这个非常可恨的剧本，十分激动，但越谈越难受，所以没有看完就将它退还迪舍纳，并附了下面这封信：

一七六年五月二十一日，于曼莫洛西

先生，我看了看你寄给我的这个剧本，看到我在里面得到的称赞，真是很惶恐。我不接受这个可恶的赠品。我相信你赠给我时并不是想侮辱我，但是你不知道，有可能你忘记了，我曾有幸与一个受人尊敬的人做过朋友，而这人在这个谤书里被卑鄙地侮辱了、诬蔑了。

迪舍纳将这封信拿出去给别人看了。蒂德洛应该被这封信感动的，却反而非常恼火。他的自尊心不能原谅我用这种豪迈的态度显示出比他胜过一筹。同时我知道他的妻子还一直发我的脾气，言语很毒辣，但我倒并不如何生气，因为我了解每个人都知道她是个泼辣货。

该蒂德洛来报复了，他知道莫尔莱神甫是一个好的报仇人，莫尔莱神甫照着《小先知书》，写了一篇短文，攻击巴利索，命名为《梦呓》。他在这篇作品里非常不小心，将罗拜克夫人得罪了，罗拜克夫人的朋友们就想办法把他关进了巴士底狱。罗拜克夫人本人是不爱报复的，而且当时她已经奄奄一息，我相信她没有过问这件事。

达朗贝与莫尔莱神甫很要好，就写信给我，让我请求卢森堡夫人帮助放过他，并答应在《百科全书》里赞美卢森堡夫人，以表示感激。下面就是我的回信：

> 先生，我还没有等到你来信就向卢森堡元帅夫人表示过我对莫尔莱神甫被拘禁一事所感到的痛苦了。她知道我对这事的关心，她也会知道你对这事的关心，而且如果她知道莫尔莱神甫是个有作用的人，她自己也会对这事关心的。
>
> 不过，尽管她和元帅先生垂青于我，让我终身感到安慰，虽然你的朋友这个名字就能让他们对莫尔莱神甫予以照顾，可是我还不知道他们这次会如何利用他们的地位与他们的人品所能产生的影响。我甚至不能相信目前这个报复行为到底与罗拜克王妃夫人有怎样的关系。你似乎想象

得太过了，虽然关系很大，人们也不认为复仇之乐是哲学家的专利。哲学家会是女人，女人也会是哲学家的。

等我将你的信给卢森堡夫人看了的时候，她对我说些什么，我再跟你说。目前，以我对她的了解，我相信可以事先向你保证，当她乐于出力让莫尔莱神甫出狱之前，她是肯定不会同意你在《百科全书》里对她表示感激的。尽管她会引以为荣，但是她做善事并不是为了得人褒美，而是为了让她的善心得到满足。

我竭尽全力地鼓动卢森堡夫人的热心与同情，去替那可怜的囚徒说情，结果成功了。她特别到凡尔赛去了一趟，去看圣佛罗兰丹伯爵，这趟路就减少了她在曼莫洛西小住的时间。元帅先生也必须同时离开曼莫洛西到里昂去，因为那里的议会有些骚动，需要控制，国王让他去那里做诺曼底的总督。下面是卢森堡夫人去后第三天给我写来的信（丁札，第二三号）：

星期三，于凡尔赛

卢森堡先生在昨天早晨六点钟走了，我还不知道我是否去。我等待他的来信，因为他自己也不清楚要在那里住多少时候。我看了圣佛罗兰丹先生，他很愿意为莫尔莱神甫帮忙，不过他在这件事上遇到了些麻烦，然而他一直希望当他下星期看到国王的时候能摆脱这些障碍。我又求情，不要把他下放出去，因为那时人们正在谈论这个问题，要将他发配到南锡去。

以上，先生，就是我能够得到的结果。但是我对你保证，事情一天不像你所希望的那样结束，我就一天不让圣佛罗兰丹先生安静。现在请让我告诉你，我这么早就离开了你，心里是多么惆怅，我敢肯定，你对这种惆怅之情是想象不到的。我真心爱你并且一辈子爱你。

几天后，我接到了达朗贝的这个便条，它让我感到了真正的快慰（丁札，第二六号）：

八月一日

我尊敬的哲学家，依靠你的力量，神甫已经从巴士底狱被放出来了，他的拘束也将不致引起其他后果。他明天就到乡下去，并同我一起向你致以无限的谢意与敬意。

珍重并爱我！

几天后神甫也给我写了一封感谢信（丁札，第二九号），我认为这封谢函并未显示某种至情的流露，他好像贬低了我给他帮的忙。

又过了很多时候，我知道达朗贝与他在卢森堡夫人面前好像把我……我不说把我顶掉了，但是可以说是继承了我的位置。他们在她心里拥有了多少地位，我就在她心里丢掉了多少地位。尽管，我并不认为是莫尔莱神甫让我失宠的，我太尊敬他了，因此绝不能有这样的猜疑。关于达朗贝，我在这里暂且不说什么，以后再讲。

就在这个时候，我又碰到另外一件事，促使我给伏尔泰先生写了最后一封信。他对这封信大叫，好像是受了什么了不起的侮辱，但是他一直没有把这封信拿给别人看过。我会在这里将他所不曾做的事补充起来。

特吕布莱神甫这个人，我有点看法，但见面并不多，一七六〇年六月十三日他写信给我（丁札，第一一号），跟我说，他的朋友和通信对象福尔梅曾在他的报上把我致伏尔泰先生论里斯本灾难的信印刷出来。特吕布莱神甫想要知道这封信是怎么印出来的，并且以他那种虚伪的作风，问我对于重印这封信的建议，却又不肯把他自己的建议告诉我。

我最痛恨这种耍滑头的人，但我应该向他致谢的，因此还是向他致谢了，但是使用了一种严厉的口吻，这种口吻让他感觉到了，却并没有挡住他又花言巧语地给我写了两三封信，一直到他知道了他所要知道的一切为止。我非常明白，不管特吕布莱如何说，福尔梅找到的那封信绝不是印刷的，那封信的最初印刷就是出自他手。我知道他是个不要脸的盗窃手，毫不客气地用别人的作品来发财，尽管他还没有无耻到将已经出版的书去掉作者的姓名，然后放上自己的姓名卖出去赚钱，这样令人难以相信的程度。

但是这原稿是怎么落到他手里的呢？问题就在这里，其实这问题并不难解决，可是我那时头脑太简单了，竟为解决这问题觉得为难。尽管伏尔泰在这封信里是被推崇到很高地位，可是，如果我得不到他的同意就把它印出来，虽然他自己的做法不大正派，还是有理由喊不平的，所以我决定为这问题给他写封信。下面就是这第二封信，他对这封信没有回复，可是，为了能够自由自在地发他那种暴躁脾气，他就装出被这封信气疯了的样子。

一七六〇年六月十七日，于曼莫洛西

先生，我本不想再同你通信的，但是我听说我一七五六年写给你的那封信在柏林被印刷出来了，我必须对这一点向你说明一下我的行为，并且我会真诚地履行我这个义务。

那封信既是实在写给你的，就肯定不是准备付印的。我曾以保密为条件，将它抄给三个人看了，对于这三个人，友谊的权利不容许我拒绝做这样的事，但是，这同样的特权更不允许这三个人违反他们的诺言，利用他们手里拥有的抄稿。

这三个人是指舍农索夫人（杜宾夫人的儿媳）、乌德托伯爵夫人与一个名叫格雷姆先生的德国人。舍农索夫人曾经希望那封信能印刷出来，并要求我同意，我跟她说，这件事应该由你自己决定。人家曾得到你同意，你拒绝了，事情也就无法谈了。

然而，特吕布莱神甫先生原本跟我无任何关系，最近却经常写信给我，用十分客气的口气对我说，他得到了几份福尔梅先生的报纸，在里面见到了那封信，还加有编者的一则按语，是一七五九年十月二十三日写的，表明那封信是在几星期前从柏林坊间，因是活页印刷，一经丢失即不可复得，所以觉得应该写入他的报纸。

以上，先生，就是我对这件事所知道的全部。有一件事是非常可靠的，就是，直到那时为止，人们在巴黎听也没有听到过有这封信。还有一件事也是非常可靠的，那就是，落到福尔梅先生手里的那本稿子，无论是手抄稿或者印刷品，只能是从你那里（这似乎不可信），要么是从我刚才提到的那三人之中的一人手里出去的。最后还有一件事也是非常可靠的，就是，那两位夫人绝对不可能做出这种背信弃义的事。我在隐世生活中无法得知详细的原因，你有一个广泛的通讯网，如果你觉得值得一查的话，会很容易使用这个通讯网去追根寻源，弄清事实。

在这同一封信里，特吕布莱先生还跟我说，他将那份报纸保留起来了，得不到我同意就不借出去。我肯定是不会同意的，那份报在巴黎并不是唯一的一份。

我希望，先生，那封信不至于在巴黎印行，并且我会尽力去阻止，但是，如果我不能防止它在巴黎印行，如果我能及时知道有印行的优先权的话，那么，我将毫不犹豫地采取自己印刷。我认为这也是既公平又自然的事。

关于你对那封信的答复，我不曾拿给任何人看，你完全可以放心，它不会得不到你同意就被印刷出来的，而对于你这种同意我当然也不会盲目向你请求，因为我知道一个人写信给另一个人，肯定不是写给社会大众看的。但是如果你愿意另外写一封复信让我发表，并且将它寄给我，我保证会将它忠实地加在我的信里，而不反驳半句话。

我一点也不喜欢你，先生，我是你的门徒，又是你的强烈拥护者，而你却给我带来了许多让我最痛心的苦难。作为你在日内瓦得到收容的报答，你断送了日内瓦，作为对我在我的同胞面前为你全力捧场的报答，你把我的同胞与我离间开了，是你，让我在我的本国住不下去，是你，让我最终或将葬身异乡，既失掉奄奄一息之人应得的一切安慰，又得到被抛弃到垃圾堆里这样的荣誉，而你却将一个人所能希望的一切荣誉都要在我的祖国享受完了。

总之，我恨你，因为你要我恨你，但是我恨你却还表现出我是更配爱你的人——如果你让我爱你的话。在过去我的心灵的那一切对你的好感之中，所余下的只有对你那美妙的天才不能拒绝的赞美与对你那些作品的爱好了。如果我在你身上只能尊敬你的才能，其错误并不在我这方面。我永远不会丢掉对你的才能所应有的敬意连同这种敬意所要求的礼貌。再见了，先生。

在这些越来越让我下定决心的文学方面的小麻烦中间，我却得到了文学曾给我带来的一次莫大的光荣，这让我最受感动。这光荣就是孔蒂亲王先生两次亲自来访，一次是到小府第，另一次是到路易山。这两次拜访，他都选择卢森堡先生与夫人不在曼莫洛西的时候，便于更明显地表示出他是特意来看我的。我从来也没有想过，我之所以能得到这位亲王的到访，首先是因为卢森堡夫人与布弗莱夫人的促成，但是我也不怀疑，在那以后，亲王所不断给我的那些宠爱，都是由于他本人的情谊，并且也是我自己应得来的。

由于路易山的房子很小而碉楼的景色非常好，我就将亲王领到碉楼里来了，亲王又对我恩宠至极，要让我陪他下棋。我知道他一直赢不了洛朗齐尼骑士，而洛朗齐尼骑士的棋又没我高明。但是，无论骑士和旁观的人怎样对我递眼色、做鬼脸，我都只假装没有看见，结果，我把我们下的两盘棋都赢了。收场时，我用恭敬但又庄重的口吻跟他说："大人，我太尊敬殿下了，以至于不容许我不在棋上赢你。"这位伟大的亲王有才有识，不喜欢听阿谀奉承的话，他果然感觉到——至少我是这么想——在那种场合下只有我一人将他当做一个普通的人对待，我有理由相信他对我这一点是感到真正满意的。

即使他觉得不满意，我也不会责备自己对他没有丝毫欺骗之心，当然，我在内心里绝对没有辜负他的盛情，对于这一点，我也是无可指责的，不过，我报答他的盛情，有时态度很不好，但他呢，对我表示盛情时却主动采取非常高雅的态度。没过几天，他就派人送了一篮野味给我，我接受了。过了不久，他又让人给我送了一篮来，而且他的一个从猎武官按照他的意思写信对我说，那是殿下狩猎的结果，是他亲手猎到的野味。我还是接受了，但是我写信给布弗莱夫人说，再送，我就不会接受了。这封信受到一致的谴责，并且也是应该受到谴责的。

礼品只是一些野味，又来自一个宗室亲王，他让人送来时又非常客气，而我竟然加以拒绝，这就不是一个要保持独立不受拘束的高尚之士所表示出来的细腻，而是一个不识身份的鲁莽之徒所表示出来的粗鲁了。我在我的函稿集里重读这一封信就感到脸红，不愿意也不应该写。但是，我写我的《忏悔录》，肯定不是为着不写我的愚蠢行为的，这次的愚蠢行为使我太恨我自己了，不允许我将它隐瞒起来。

如果说我没有做出另一件傻事，变成他的情敌，那也只是差一点儿了。布弗莱夫人那时候还是他的情妇，我却一点也不知道。她与洛朗齐尼骑士一起来看我，并且来得相当勤。她那时还很年轻，做出了一副古罗马人的派头，但我呢，又总是一副浪漫色彩，这就有些气味相符了。我几乎着了迷，我认为她看出来了，洛朗齐尼骑士也看出来了，至少他同我谈起过，而且并没有让我泄气的意思。但是，这一次我就老实了，况且到了五十岁也该是老实的时候了。我在《给达朗贝的信》里曾将那班人老心不老的胡子佬教训了一顿，现在还回响在耳边呢，而我自己如果不能接受教训，那就太说不过去了，而且，我既听到了我原本不知道的那件事，如果不是完全晕头转向，就肯定不能同地位这样高的人去争风吃醋。最后还有一个原因，我对乌德托夫人的那段痴情也许还没有完全治好，我认为从此以后再没有任何东西能在我心里替代她了，我这一辈子都与爱情永别了。

就在我写这几行的时候，还有个少妇相中了我，我刚才还从她那里受到很危险的挑逗，眉目传情，乱人心扉。但是，如果她假装忘记了我这年龄，但我却记住了呢。因为这一步路我没有摔跤，就再也不怕了，这一辈子都可以安全了。

布弗莱夫人既然看出了她曾让我动心，可能也就看出了我曾将这点波动压了下去。我不那么傻，也没那么狂妄，会认为在我这样的年龄还能引起她的兴趣，但是依照她对戴莱丝所说的一些话，我相信我也曾引起她的兴趣。如果这就是事实，如果她因为这点好奇心没有得到满足就不能原谅我的话，那么，就必须承认，我真正是天生就注定要成为我易于动情这个弱点的牺牲品的，因为如果爱情战胜了我，我就非常倒霉，我战胜了爱情，但我又倒霉得更加厉害。

在这两年里为我做指导的那个函件集，到这里就结束了。今后我只有沿着我回忆的痕迹去前进了，但是在这个残酷的岁月里，我的回忆是如此清晰，以至于强烈的印象又留得如此深刻，我虽然迷失在我的灾难的汪洋大海里，还是不能忘掉我第一次沉船的那些详细情况，虽然沉船的后果只给我留下了一些非常模糊的回忆。但是，我在下一章里仍然能走得非常稳当。如果我再走远一点，那就只好在暗中摸索了。

第十一章

一七六〇年年底，《朱莉》尚未出版，但已经开始传遍了。卢森堡夫人在宫廷里谈起过它，乌德托夫人在巴黎谈过它。后者甚至还得到我的许可，让圣朗拜尔把手抄本给波兰国王读了，国王非常欣赏。我也让杜克洛读过，他在法兰西学士院里谈起过它。全巴黎都急着要看这部小说，圣亚克路的各书商和王宫广场的书商都被打探消息的人包围起来了。最后，它出版了。而它取得的成功，与常规相反，没有辜负人们期待它时的那种急切心情。

太子妃是最早读到的一个人，她曾对卢森堡先生谈起它，说它是一部绝妙的作品。但在文学界，观点颇不一致。在社会上却只有一个意见，特别是在妇女界，她们对作品也好，对作者也好，都沉迷到这样的程度，如果我真要下手的话，即使在最上层的妇女当中，也很少是我不能征服的。关于这一点，我有很多证据，不过我不想写出来，但这些证据，不必经过实践，就能证实我的这个判断。

说来也奇怪，这本书在法国比在欧洲其他国家都更成功，尽管法国人不论男女，在这部书里都没有得到很好的看待。与我的预料完全相反，它在瑞士得到的成功最小，而在巴黎取得的成功最大。是否友谊、爱情、道德在巴黎就比在别的地方地位更高呢？不是，但是在巴黎有那种精细的感觉，它让人的心神向往友谊、爱情、道德的形象，让我们珍惜我们自己已经没有但在别人身上发现的那种纯洁、缠绵、深厚的感情。今天，到处都是腐化，风化和道德在欧洲都已经不存在了。但是，如果说对风化和道德还有很多爱慕之情存在的话，就必须到巴黎才能找得到。

如果要想通过那么多的成见和假装出来的激情，在人们心中分辨出真正的自然情感，就必须分析人心。要想，如果我能这样说，要想知道这部作品里充满着的那种种细腻的感情，就必须有精细入微的分寸感，而这种分寸感只能从高级社会的教育中得来。

我不怕用这部书的第四部分跟《克莱芙公主》相比，因此我肯定，要是这两部作品的读者都是外省人的话，他们是永远不会知道作品的全部价值的。因此，如果我这部书在宫廷里得到了最大的成功，那也不足为奇。书中全是生动而含蓄的传神之笔，只有在宫廷里才能够欣赏，因为宫廷里的人比较有训练，比较容易体会弦外之音。不过这里还要辨别一下，有一种机灵人的精明只表现在体察坏事上面，但到只有善事可看的地方便什么也看不到了，对于这种人，读这部书必定是不适合的。比方说吧，如果《朱莉》是在我心中的一个国家发表的话，我认定没有一个人能把它读完，它一出世就会夭折。

关于这部作品人们给我写的许多信，大部分我已经收集起来了，编成一札，现存那达亚克夫人手中。如果这个函件集发表出来的话，人们会看到里边有好些古怪的言论，可以看到意见是怎么分歧，说明同社会大众打交道到底是怎么一回事。有一点是人们在这部书里最容易忽视但同时又会永远让这部书成为独一无二的作品的，就是单一的题材和连贯的趣味。整个趣味集中在三个人物身上，串起了六卷，没有穿插，没有传奇式的遭遇，但无论在人物方面还是在情节方面，并没有任何邪恶之处。

蒂德洛曾大捧理查生，说他的场面如何千变万化，人物如何层出不穷。诚然，理查生有他的长处，他将所有的场面和人物的特点都很好地描绘出来了，但是，在场面与人物的数量方面，他同最乏味的小说家如出一辙，他们总是用大量的人物和奇遇来弥补他们思想的贫乏。他们不断地表现谁也没见到过的事件和走马灯似的一闪而过的新面孔，而用这种办法来刺激读者的注意力是容易的，但是要将这个注意力经常维持在同一个对象上，又不使用神奇的遭遇，那就必然很困难了。如果在其他一切都对等的条件下，题材的单纯更能增加作品的美的话，那么理查生的小说尽管在许多方面都高人一等。在这一方面却不能和我这部小说并驾齐驱。然而我知道我这部小说现在被封杀了，我也知道它死寂的原因何在，但是它以后是一定要复活的。我的全部考虑就是因为追求单纯从而让故事的发展变得沉闷，我害怕自己无能力将趣味一直坚持到底。有一件事情把我这种担忧打消了，而仅仅这一事实，就比这部作品所给我带来的一切赞扬都更使我高兴。

这部书是狂欢节的时候开始出版的，一天，歌剧院正要举行大舞会，一个书贩将这部书送到达尔蒙王妃手里。晚饭后，她让人给她上妆，准备去跳舞，然后一边等待，一边拿这部新小说读起来。半夜，她命令套车，接着还读。有人来秉告说车套好了，她没有回答。她的仆人看她读得如痴如醉了，便来报告她说，已经两点了。她说："还不急。"依然在读。过了一阵子，由于她的表停了，便按铃问几点钟，人家跟她说四点钟了。"既然如此，"她说，"去舞会太迟了，将车上的马卸下吧。"她让人给她卸妆，然后一直读到天明。

自从别人把这件事告诉了我之后，我一直想见见达尔蒙夫人，不仅要从她口里知道这件事是否完全真实，也因为我总是这样想，一个人对《爱洛伊丝》产生这样强烈的兴趣，肯定是有那种第六感，即那种道德感，而世界上拥有这种第六感的心灵太少了，没有了第六感，任何人也不能了解我的心灵。

让妇女们对我产生如此好感的一个原因，就是她们都认为我是写了自己的历史，我自己就是这部小说的主人公。这种信念太根深蒂固了，以至于波立尼亚克夫人竟然写信给韦尔德兰夫人，让她求我允许她看看朱莉的肖像。大家都认为，一个人不可能把他没有经历过的情感写得那么生动，也只有依照自己的心灵才能将爱情的狂热这样地描绘出来。

在这一点上，人们的想法是对的，确实，我这部小说是在最炽热的感情中写出来的，但是人们认为必须有实在的对象才能产生出这种令人心醉的境界，那就想错了，人们肯定意识不到我的心能为想象中的人物燃烧到怎样的程度。要不是有很多青年时代的遥远回忆跟乌德托夫人的话，我所察觉的和描写的那些爱情只能是用神话中的女精灵做对象了。我既不愿肯定也不愿驳斥一个对我有利的错误。人们从我单印出来的那篇对话形式的序言中就可以知道，我是怎样在这一问题上让社会自己去思索的，要求严格的德育家们认为我应该将真相痛快地说出来。而我呢，我就看不出有理由必须这样做，并且我认为，如果没有必要而发表这样的声明，那就不是坦率反而是愚蠢了。

《永享安宁》大概也就是在这个时候出版的。头一年我是把稿子交给一位叫巴斯提德的先生了，他是《环球报》的主编，并且不管我是否同意，他一定要将我的全部手稿都投到那家报纸去。他是杜克洛先生的熟人，就用杜克洛先生的名义来迫使我帮他充实《环球报》。他听人谈起过《朱莉》，就让我拿到他的报上去发表，他又要我将《爱莫尔》也在他的报上发表，如果他听到《社会契约论》一点风声的话，也肯定会要我送给他的报纸发表的。

最后，我烦了，便决定要把我那部《永享安宁》的提要用十二个金路易的代价给了他。我们原来商定只在他的报上发表，但是手稿他刚拿到，就认为出单行本合适。单行本需要有若干删节，这都是审查官要求的。如果我将我对这书的评论也附上，那又该审查得怎样了呢？十分庆幸，我没有跟巴斯提德先生谈起我那篇评论，它不存在我们的合同范围以内。这篇评论现在还是手稿，与我的其他文稿在一起。如果有一天它被发表出来，人们会看到，伏尔泰对这一问题所开的那许多玩笑和所保有的那种傲慢语气，怎能不让我哑然失笑！这个可怜人在他插嘴乱谈的许多政治问题上究竟见解如何，我可看得太清楚了。

当我在社会上获得成功，在女人方面赢得宠爱的时候，我觉得我在卢森堡公馆里走下坡路了，并不是在元帅先生面前，因为他对我的盛情和友谊还好像在与日俱增，而是在元帅夫人面前，自从我没有什么东西可以读给她听，她住的那套房间就不怎么对我敞开了。当她来曼莫洛西小住的时候，我虽然还经常地前去拜访，但我除在餐席以外就几乎见不到她了。甚至我的座位也不再注明在她的身边了。既然她不再把这个座位给我，并且很少跟我说话，既然我同她也没有多少话可说，那么我就宁愿坐另外一个位子，这样还舒服些，特别是在晚上，因此我渐渐养成了坐到离元帅先生较近的地方的习惯了。

说到晚上，我记得已经说过我不在府第里吃晚饭，这在我们开始认识的时候的确是事实，但是，因为卢森堡先生不吃午饭，甚至在席上连坐也不坐一下，因此我在他家已经好几个月，已经很熟了，还没有同他在一起吃过饭。因为他的好意，特地把这一点提出来，这就让我决定每逢客人不多的时候，偶尔也在那里吃顿晚饭。我认为这样也很好，因为他们吃午饭几乎就是在露天，并且如习俗所说，屁股不沾凳子，但晚餐却因为散了很长时间的步回来，人们喜欢利用吃饭时间来休息一下，所以吃的时间特别长，又因为卢森堡先生很贪口福，所以很精致，还因为卢森堡夫人的殷勤招待，所以很舒服。

如果不这样解释一下，人们就不好理解卢森堡先生有一封信的几句结尾话（丙礼，第三六号），他说他想起我们的散步，总是感到无穷的滋味，特别是，他又接着说，晚上回到院里，我们看不到高车驷马的痕迹——这是因为，每天早晨有人拿耙将院子里的沙耙平，扫除车辙，所以，依照沙上痕迹的多少，可以看出下午来的客人多不多。

自从我有幸见到这位忠厚的贵人以来，他曾碰到接二连三的丧事。

一七六一年，他的不幸达到了最高，就好像命运给我准备的灾祸一定要从我最依赖的同时也是最值得我依赖的人开始似的。第一年他丢掉了妹妹维尔罗瓦夫人，第二年丢掉了女儿罗拜克夫人，第三年失去了独生子曼莫洛西公爵与孙子卢森堡伯爵，因而也就失去了他的宗支和姓氏仅存的后代了。他用一种表面上的坚强忍受着所有这些死亡，但是他的心一直在暗地流血，终生不停，因此他的身体也就一天天坏了下来。

他的儿子的意外死亡让他特别伤心，因为国王那时刚恩准他的儿子，并且允许他的孙子世袭他的近卫军司令之职。而他这个最有前途的孙子，他又痛苦地看到他慢慢地衰亡了。这全怨做母亲的盲目信任那个把药给他当饭吃的医生，结果就让这可怜的孩子因营养不良而死掉。唉！如果人家听了我的话，祖孙二人到现在还都活着呢。母亲迷信医生，对儿子的饮食禁忌非常多，对于这种过分严格的饮食制度，我有什么话没有当面或写信对元帅先生说完啊，什么意见也向曼莫洛西夫人提过啊！卢森堡夫人的想法倒与我一样，但又不愿冒犯母亲的权威，卢森堡先生为人温和而软弱，绝不喜欢违背别人的意志。曼莫洛西夫人将波尔德奉为神明，结果就把自己儿子的命送掉了。

这个可怜的孩子，当他得到允许，眼看布弗莱夫人到路易山向戴莱丝要点心吃，放些食物到他那长久受饿的小胃里的时候，他是那么高兴呀！当我看到这样巨大的财富、这样崇高的门第、这样多的头衔与官爵的唯一继承人竟同乞丐一样贪婪地吞噬着一小块面包，我心里是多么感叹富贵尊荣的虚幻啊！但是，我说也是没用，做也是没用，医生胜利了，孩子饿死了。

同样是由于对江湖医生的信任，先失去了孙子，又给祖父挖掘坟墓，这里除了对医生的迷信外还加上一种不喜欢说衰老残疾的害怕心情。

卢森堡先生原本隔一段时间就会感到大脚趾有点疼痛，他在曼莫洛西疼过一次，这使得他失眠并且有点发烧。我勇敢地说了“痛风”这个词，卢森堡夫人还骂了我几句。元帅先生的侍从外科医生肯定地说不是痛风，并且用止痛膏将患处包扎起来了。非常不幸，真是止住了痛，每当再痛的时候，当然还是用那个曾经止过痛的老办法，但体质亏了，随着病痛的厉害，药剂也就随着加强了。卢森堡夫人最后知道了，确实是痛风，因此便反对这种妄想奏效的医疗。人家却不告诉她，照医下去，几年之后，卢森堡先生因为自己的过失，因为他固执地要把自己医好而死了。但是不要将许多不幸的事提前说出来吧，在这个不幸之前我还有许多其他不幸的事要说。

说来也奇怪，只要我所能说能做的一切，都好像注定要让卢森堡夫人不快似的，哪怕是在我最谨慎地要维持她的好感的时候。卢森堡先生不断感到的那些伤痛只能让我更加依赖他，因而也就更加依赖卢森堡夫人，这使我一直觉得他们夫妇俩是那么真诚地交融在一起，以至于你对一个人的感情必然会扩大到另一个人的身上。元帅先生渐渐老了，他经常在宫廷，因而就要经常操心，还要不断地从猎，特别是在他那司令部里公务的劳累，所有这些都需要有青年人的精力才成，而我已经看不出他有什么原因继续费那么多精力去保持他的职位。他的官职将来都要分出去，他的家支在他死后也就要绝嗣，他的那种辛劳生活，主要的目的原本是想在君主面前保持恩宠，造福子孙的，现在还有什么继续的必要呢？

有一天，当只有我们三个人在一起的时候，他说着宫廷生活的劳累，就是一副亲属死亡的人灰心丧气的样子，我就大胆同他谈到退休问题，向他提出当年西尼阿斯给皮洛斯的那个忠告。他叹了一声气，没有否定。但是卢森堡夫人一到同我单独见面的时候，就气势汹汹地反驳了我这个忠告，看起来我这个忠告曾让她变得恐慌。她又加上了一个让我感到非常正确的理由，让我永远不重弹这个调子了。她说，长期对宫廷生活的习惯已经变成一种真正的需要，甚至于在这个时候，对卢森堡先生而言还是一种排遣忧愁的办法，我让他退休，这对他来说不是休息，而是一种堕落，在这种放逐生活中，闲散无聊、忧愁郁闷，很快就会让他精力衰竭的。虽然她应该看出她已经让我心服口服，虽然她应该相信我，既然我答应了不再提退休的事，就一定能信奉承诺，但是我觉得她一直还是很不放心。

我记得就是从那时起，我同元帅先生个别谈话的机会很少了，并且差不多总是有人来打断话头。

一方面，我的笨拙与我的霉运就这样结合起来在她面前伤害我；另一方面，她经常见到的而又是她最喜爱的人们在这方面也对我没有任何帮助。尤其是布弗莱神甫先生，这个神采出众的青年人，我从来就没看出他对我怀有多大好感，他不但在元帅夫人的社交圈子里是唯一不对我表示丝毫关心的人，并且我好像觉察到，每当他来曼莫洛西一次，我就在元帅夫人面前经受一点损失。说真的，即便他不愿意损害我，只要他在也就够了，因为他那乖巧言行的风韵和趣味让我那严重的相形见绌显得格外醒目。前两年他差不多没有到曼莫洛西来过。因此我蒙元帅夫人厚待，还勉强维持得像个样儿，但是在他来的次数多一点的时候，我就毫无疑问地被压倒了。我也很想钻到他的卵翼之下，力求对我友好，但是，蠢脾气让我需要得到他的欢心时反而阻止了我，让我不能达到这个目的。我因为讨他的欢心而笨拙地做出来的事，让我在元帅夫人面前彻底失去宠爱了，而在他跟前却对我一点用处也没有。以他那样的聪明，本应该做什么都能够成功的，但是他既不能一心钻研，又喜欢玩乐，这就只能让他在各方面都仅仅是一知半解。但是，好处也就在他的一知半解，要在上流社会里出人头地，所需要的也只是如此而已。他的小诗作得很好，信也写得很好，西斯特尔琴也能胡乱弹几下，彩铅画也能涂几笔。

他记得起要给卢森堡夫人画像，这幅像可画得真吓人，她认为这幅像一点也不像她，这是事实。这个狡猾的神甫却偏要问我，我这个傻瓜，这个撒谎者，却认为画得挺像。我原是想讨神甫的好，但可就讨不到元帅夫人的好了，她在她的记过簿子上又给我加上了这一笔，而神甫呢，玩了我这一手之后，就笑话我。我也是年老才学会卖人情事故，通过这件事以后，可就学到别再自己无此本领而妄想胡乱说话了。

我的才能就是对人们说些有益但逆耳的真理，并且说得非常有分量、非常有勇气，我原该满足的。我生来就不会拍人马屁，就连赞美别人也不会，我想赞美别人时的那种笨劲儿比起我批评别人时的那种尖刻劲儿还更让我吃亏。在这里我可以举出一个可怕的例子来，它的后果不仅影响了我后半生的命运，有可能还要决定我身后的名誉。

在卢森堡夫妇来曼莫洛西小住期间，舒瓦瑟尔先生有时也到府第里来吃晚饭。有一天他来到府第，正好我从府第出去，他们就说起我来了。卢森堡先生跟他说了我在威尼斯与蒙太居先生一起工作的那段经历，舒瓦瑟尔先生说我放弃这个职业很可惜，如果我还想回去的话，他非常乐意为我安排。卢森堡先生将这些话对我说了，我为此特别感动，由于我还没有接受大臣宠爱的习惯，尽管我已经屡次下定决心，但是假如我的健康状况能允许我考虑这件事的话，我自己也不敢说真能避免再干那种傻事。当没有任何别的激情住满我的心灵的时候，雄心壮志在我心中也只能顷刻消失，但就是这一瞬间也足以让我去重温旧梦了。

因为舒瓦瑟尔先生的这番美意让我对他有了感情，也就强化了我对他的敬重，因为他当大臣以来的许多措施早已使我对他的才能起了敬仰之心，特别是那个《家族协定》，我觉得这正显示他是一个一流的政治家。他在我的思想里还占着另一个优势，就是我一向看不起他的前任各大臣，连蓬巴杜尔夫人也不例外，因为我一向是将她当做首相看待的。当谣言说她或他两人之中一定要有一个挤掉另一个的时候，我认为祈求舒瓦瑟尔先生的胜利就是祈求法国的光荣。我一直都是对蓬巴杜尔夫人心有反感的，甚至远在她成功之前，当我在伯普蕾尼夫人家里见到她而她还是埃蒂奥尔夫人的时候就是这样。

从那时起，我就不满她在蒂德洛问题上的沉默寡言，连同她在跟我有关的《拉莫尔的庆祝会》、《风流诗仙》和《风水先生》等问题上的态度。歌剧《风水先生》，无论是哪一种收入，都没有给我带来同它的成功相应的收益；而且，在所有场合，我一直发现她很不愿帮我的忙，而洛朗齐尼骑士还是对我建议，劝我写点东西赞扬这位贵妇人，暗示这样对我有利。这个建议让我愤慨极了，尤其是因为我看得很清楚，他这个建议并非由于主动，我知道他这个人本身什么都没有，只是在别人的拉动之下才能想点什么、做点什么。我不懂得控制自己，因此我对这个建议的蔑视没能瞒得过他。我对那位宠妃没有好感，也瞒不过任何人，因此我心里十分明白，她是清楚我对她没有好感的，而这一切也就将我的切身利害和我的自然气质在我给舒瓦瑟尔先生的祝愿中融合起来了。

我既对他的才能（我所知道的只是他的才具）早怀有敬佩之心，又对他的美意满怀感激之情，除此以外，我在我的隐居生活中又一点也不知道他的爱好如何、生活习惯如何，所以我就预先将他看成了社会大众与我自己的报仇人了。当时我正在对《社会契约论》作最后的修改，就在这部书里将我对前几任大臣的想法和对超越前人的现任大臣的想法只用一句话表示了出来。这一次我可就违背了我所最信守不违反的原则了，而且，我当时就没想清楚，当你要在同一篇文章里强烈地称赞或谴责，而又不说出人名的时候，你就必须让你的称赞之词契合你所称赞的对象，让最多疑善妒的人也不能从中看出任何模糊之处。在这一个问题上，我当时太糊涂了，认为肯定没有问题，连做梦也没有想到有人误会。一会儿大家就可以知道我究竟是对还是不对了。

我的霉运之一是总同一些女作家打交道。我认为至少在大人物之中，我应该可以避免这个霉运了。其实不然，霉运仍然盯住我。卢森堡夫人，依据我知道的，是从来没有这个缺点的。但是布弗莱伯爵夫人却有这个缺点，她写了一个散文悲剧，先是在孔蒂亲王先生的社交圈子里传诵和吹嘘过，但是有这么多的赞赏她还不满足，还要问问我的意见，想让我赞赏。我的赞赏她是得到了，可是非常的少，正如作品所应该获得的那样。除此之外，我还觉得应当向她提出一个意见，就是她那个叫做《自由的仆从》的剧本与一个英国剧本很相似，这个剧本不很出名，但是译出来了，命名为《阿勒诺哥》。

布弗莱夫人感谢我的意见，一面却又对我保证说，她的剧本与另外那一个没有一点相似之处。这个盗窃，我除对她一人说过以外，从来就没有对任何人谈过，而我愿意告诉她，也只是尽了她要我尽的责任罢了，从那时起我就经常想到吉尔·布拉斯在讲道的大主教面前尽责的那种结果。不只是布弗莱神甫——他压根就不喜欢我，不只是布弗莱夫人——我在她面前犯了女人与作家都永远不能宽恕的错误，我总感觉元帅夫人的所有其他朋友也都很不愿意跟我交朋友。这些人之中就有埃诺议长，他加入作家队伍后就有了作家的毛病，也有迪德芳夫人与莱斯彼纳斯小姐，他们俩都同伏尔泰来往密切，又是达朗贝的密友，后者甚至到最后就同达朗贝同居了——当然啰，他们住在一起都是有规矩的，很冠冕堂皇的，压根不可能作出别的解释。

最初我曾十分关心迪德芳夫人，她由于双目失明，在我的眼里就成了被同情的对象。但是她的生活方式与我的差别太大了，差不多一个人的起床时间就是另一个人的就寝时间。她对有才气的人又那么强烈地热爱，随便出版一本作品，也看做了不起的大事要么捧要么骂。她说的话就是圣旨，说得又非常专断、非常粗暴，不管对什么事，赞成也好，反对也好，都那么固执，说起来总是青筋暴涨，浑身抽搐。她那无法想象的成见，那不可控制的固执，那感情用事的论断的顽固性所产生的毫无道理的热情——所有这一切，不久就让我生厌了，不想再保护她了。我远离了她，她也感觉到了这一点，这就够让她怒不可遏的。虽然我清楚地知道，一个有这样性格的女人是多么可怕，但是我还是宁愿受她的仇恨的大棒，也不愿遭她的友谊的灾殃。

在卢森堡夫人的社交圈子中我这样孤立无援还不够，又在她的家里交了仇敌。这个仇敌，只有一个，但是，就我今天所处的境地而言，这一个就赶上一百个了。这个仇敌肯定不是她的兄弟维尔罗瓦公爵先生，他不仅曾来看我，并且还多次请我到维尔罗瓦吉，由于我回答得极为礼貌，他就把这种模糊的答复当做同意，因此邀请卢森堡先生与夫人去小住半个月，并且对我提出与他们同行。当时我的身体状况所要求的照料不允许我出去走动而不产生危险，所以我就请卢森堡先生劳神代我谢绝了。

人们从他的回复（丁札，第三号）里就可以看出他是极为恳切殷勤的，维尔罗瓦公爵先生并没有因此就不对我厚爱。他的侄子也是继承人、那年轻的维尔罗瓦侯爵对我就没有他的伯父待我的那种美德了，同时，我坦白，我对他也没有像对他的伯父那样敬重。他那种浮浅的态度叫我受不了，而我的冷淡态度也带来了他的怨恨。有天晚上他甚至在餐席上还玩弄了我一下，因为我蠢，沉不住气，应付得非常不好，当我一发怒，我那点儿机智不但没有增长，却反而跑到九霄云外去了。

我有一只狗，是别人在它非常小的时候，也就是大概在我刚住到退隐庐的时候送给我的，我叫它“公爵”。这只狗很不好看，但是在它那一种里还很稀有，我将它当成我的伴侣和朋友，并且可以肯定地说，它比大部分自称为朋友的人还更配称为朋友。由于它天性对人亲热，又有感情，我们双方又互相依赖，它因此在曼莫洛西府里出名了，但是由于一种很愚蠢的顾忌心理，我又将它的名字改为“土耳其人”，实际上有无数的狗都叫做“侯爵”，也没见过哪一个侯爵因此而生气的。维尔罗瓦侯爵清楚这个改名字的事，便对我紧紧追问，以至于我必须当席把我做过的事叙述一遍。在这段故事里，“公爵”的名字之所以有侮辱意味，不在于给狗取了这个名字，而在于给它改了这个名字。最糟糕的是当时有好几位公爵在座，卢森堡先生是公爵，他的儿子也是公爵。维尔罗瓦侯爵是未来的公爵——今天他就是公爵了。他用一种幸灾乐祸的眼，从他给我造成的窘态连同这窘态所产生的效果中取乐。第二天别人对我说，他的伯母因为这事将他臭骂了一顿，大家可以判断一下，这顿臭骂，假使真有其事，是否会有助于改善他同我的关系。

不管是在卢森堡公馆还是在老圣堂区，只有洛朗齐尼骑士帮助我对付那么多敌人。洛朗齐尼骑士自认为是我的朋友，但是他跟达朗贝交往更密，他就是因为达朗贝的保护才在女人们面前当起大几何学家来的。除此之外他向布弗莱伯爵夫人献殷勤，或者不如说是甘愿任她摆布，而伯爵夫人本人就是达朗贝的好朋友，洛朗齐尼骑士像只有靠她才能存在，也只用她的思想为思想。

因此，不但在外界没有任何力量来消除我的笨拙，保持我在卢森堡夫人面前的形象，而且她身边的一切都好像配合起来，要在她的心目中害我。但是，除了曾表明愿意负责出版《爱莫尔》之外，她在那个时候还给了我另一个关切和感情的表示，让我相信，即使她对我感到厌烦，却还维持着并且将永远维持着她那样一再向我保证的此生不渝的友谊。

有了可以从她那方面期望得到这种友情的信心，我就开始在她面前将我的一切错误都坦白出来，以得到良心的安宁。我交朋友有个不能更改的原则，就是在他们眼里准确地显示出我的真面目，不要表现得比实际好些或坏些。我对她说明了我与戴莱丝的关系，连同这关系所产生的一切后果，还有我处理我那几个孩子的方式也没有隐瞒。她听了我讲述的这些事，表现的态度很好，甚至太好了，免除了我所应受的谴责，特别让我深受感动的就是看到她对戴莱丝表示出的各种盛情，送些小礼物呀，让人找她呀，催促她去看她呀，同百般的爱抚对待她呀，数次当着大家的面拥抱她呀，等等。那可怜的女孩子非常受宠若惊，感激涕零，而我当然也深有同感。卢森堡先生和夫人就这样对我恩厚至极地延伸到她，让我受到的感动比他们直接爱我还要深刻得多。

在非常长的一段时间内，事情就发展到了这个程度，但是元帅夫人后来又好到要把我的孩子领一个回来。她明白我在大孩子的襁褓里放过一个号码，就向我要这个号码底子，我交给她了。由于这次认领，她将她的贴身仆人兼心腹拉·罗什派了去。拉·罗什平白地进行了很多调查，尽管事隔不过十二年或十四年，结果却一无所得，如果育婴堂的记录保有得好的话，如果调查认真的话，那号码是能找到的。

无论如何，这次认领失败并未让我如何不快，如果我从这孩子出生时起就关注着他的命运，也许我还会更难受呢。而且万一人家依照线索，随便用一个什么孩子当做我的，我心里一定会问这真是我的孩子呢还是人家换了一个假的呢。这种怀疑会让我因无法断定而心中难过，我也就不能体会到真正的自然情感的全部美妙，要想保持这种情感，是需要双方朝夕相处的，尤其是在孩子的童年时代。孩子你并不认识，而且长期不在身边，这就会减弱、乃至破坏你作为父母的感情，你永远不会对放在别人家里奶大的孩子与放在身边养大的孩子同样地疼爱。我在这里的思考，就过错的后果方面来说，能够减少我的过错，但是就过错的动机方面来说，却又加重了我的过错。

有件事说一下也许是有益的，这个拉·罗什，因为戴莱丝的介绍，又同勒·瓦瑟太太认识了。勒·瓦瑟太太还是由格雷姆养在德耶，挨着舍福莱克，跟曼莫洛西很近。我离开曼莫洛西之后，就是让拉·罗什先生继续交钱给这个女人的，从来没有断过，并且我清楚，他也常替元帅夫人送些礼物给她，因此她尽管常常诉苦，但处境却绝不会困难。关于格雷姆，因为我肯定不喜欢谈起我恨的人，因此我在卢森堡夫人面前只是在迫不得已时才谈到他，但是她有好几次引起我谈他，却又不告诉我她对这个人的看法如何，也始终不让我猜出这个人和她是不是相识。

你所爱的人们对你一点也不保留，而你对他们却有保留态度，尤其是在跟他们有关的事情上，这种保留态度是不符合我的目的的，因此我从那时候起就不免想起她对我的那种保留态度，不过那也只是在别的事情让我自然地产生这种想法的时候才这样。

自从我将《爱莫尔》交给卢森堡夫人之后，已经有很长时间没有听人说起了，最后我总算知道，交易是在巴黎同书商迪舍纳谈好的，又经过迪舍纳，同阿姆斯特丹的书商内奥姆谈好了。卢森堡夫人把我与迪舍纳要订的合同一式两份寄给了我，并叫我签字。我一看字迹，就知道是马勒赛尔卜先生当他不亲笔给我写信时替他代笔的那个人的手迹。我相信我的合同是通过这位官员核准，并且由他看着订立的，这就让我满怀信任地签了约。迪舍纳因为这部稿子，应付我六千法郎，先付一半，还有，我记得似乎是一百或两百部书。在我签了约之后，就把一式两份都照卢森堡夫人所说的寄还给她。她将一份交给迪舍纳，自己留了另外那一份，没有再寄回给我，后来我一直就没有再看到过。

我认识了卢森堡先生同夫人，这便对我的隐世计划多少起了些阻碍作用，但是并没有让我放弃这个计划。就是当我在元帅夫人面前最受宠的时候，我也一直感觉到，只有我对元帅先生和夫人的真挚感情才能让我承受得了他们周围的那些人际关系，我觉到的全部困难，就是如何才能将这种感情与一种符合我的口味、不违反我的健康需要的生活方式结合起来。

尽管他们照顾我的身体，但是那种拘束与那些晚宴还是让我的健康状况不断下降。在这方面，他们的关心真是到了无微不至的地步，比如说，每天晚饭后，元帅先生要早睡，总是不管怎样就把我带走，让我也去睡觉。只是在我的灾难临头之前时，不知为何他才停止了这种关注。

我甚至在察觉元帅夫人冷淡以前，就想履行我原先的那个计划，以免陷于这种处境。但是我想不出办法这样做，我等不了《爱莫尔》合同的签订，在等待期间，我最后修改了《社会契约论》，并且将它寄给了雷伊，定价一千法郎，他也付了。

我也许不应该忘掉一件与这部稿子有关的小事，我是将这部稿子密封得好好的交给迪瓦赞的，他是伏沃地方的牧师兼荷兰教堂的祈祷师，他有时来看我，也跟雷伊有联系，所以就负责将稿子带给雷伊。这部稿子是用小字写的，体积很小，还没有装满他的口袋。但是过关卡的时候，他那包稿子不知什么原因竟落到关吏手里了，关吏打开了包，检查了一下，当他用大使的名义要回的时候，就还给他了，这就让他自己也有可能读到这部稿子，他曾认真地告诉我说他是这样做了的，并且极力称赞这部作品，没有说半句批评或指责的话，毫无疑问，他心里是准备等作品出版后再为基督教报仇的。他将稿子封好，寄给了雷伊。他在写信告诉我经过情形时大概就是这样说的，但我对这件事所知道的情况也仅此而已。

除了这两本书与我的《音乐词典》（我一直是不时搞这部书的）以外，我还有别的几部不太重要的作品，都整理得好好的任何时间都可以出版，我准备将它们印出来，要么用单行本，要么，如果我有一天出全集的话，就放在我的全集里。

这些作品现在大部分都还是手稿，存在于佩鲁手里，主要是一部《语言起源学说》，这部稿子我让马勒赛尔卜先生看过，也请洛朗齐尼骑士看过，他们都说写得很好。我算了算，所有这些收入都加起来，除了全部开支，我至少可以得到一笔八千到一万法郎的资金，我要用我和戴莱丝两人的名义将这笔资金存起来当做终身年金，以后，像我已经说过的那样，我们俩就一起到外省的边远地区去生活，不再让大众替我操心，我自己也不再思考别的事情，只希望安安静静地结束这一生，一面继续在我的周围做我能做的一切善事，一面从容地写我沉思已久的回忆录。

我的计划就是这样，而雷伊的慷慨大度——这是我必须谈到的——又使这个计划比较容易执行。这个书商，人家在巴黎对我说了他那么多的坏话，却在我与之打过交道的所有书商中，是唯一值得我永远庆幸的很好的人。

诚然，我们为我的作品的印行常常争吵，他漫不经心，而我又好发脾气。但是在金钱方面，以及在与金钱相关的问题上，虽然我跟他从来没有订过什么正式契约，但我一直觉得他是非常严格、非常公正的。甚至也只有他一人曾坦率地向我承认，他与我合作，生意做得很好，并且他经常对我说，幸亏我，他才发了财，希望把发的财分给我一份。他不能一直向我报恩，便要在我的女总督身上表示对我的感谢，他给她一笔三百法郎的终身年金，在契约上写明是为了报答我为他带来的好处的。这是我们两人办的事，没有夸耀，没有矜持，没有声张，要不是我碰到人便说这件事，没有人会知道。他这种态度太让我感动了，因此从那时起我就对雷伊发生了一种真正的友情。

若干年之后，他又请我当他的一个孩子的教父，我同意了，现在，在人家将我逼到的这种境况里，我的遗憾之一是，我被去掉了让我的感情稍稍有益于我的教女与她的双亲的机会。为何我对这位书商质朴的慷慨行为就这样知道感恩，而对那么多阔佬的喧嗓的高情厚谊就没有反应呢？他们大肆地叫嚷他们如何有恩于我，把天都震塌了，而我却没有反应，这是他们的过错呢，还是我的错误呢？是他们只知道虚荣自夸呢，还是我一直就忘恩负义呢？聪明的读者啊，你衡量吧，你决定吧，我呢，我不说了。

这笔年金对戴莱丝的生活是一个很大的帮助，极大地减轻了我的负担。但，我可没有替我自己而直接利用这笔年金，只要人家给她的赠礼，我都从不插手，始终由她自己支配。当我替她管理银钱的时候，一直忠实地替她记账，从来不拿出半文钱来作为共同开支，即便是在她比我更有钱的时候也是如此。“我的就是我们两人的”，我跟她说，“你的就是你一个人的。”我常把这个原则跟她讲，也从来都是依据这个原则做事的。

有人竟那样卑鄙，说我使用她的手来要我不亲自要的东西，肯定地说，他们是用小人之心度君子之腹，他们太不了解我了。如果是她得来的面包，我是希望跟她同吃的，但是我肯定不愿意一起吃人家给她的面包。对于这一点，我现在就可以让她来为我证明，将来，依据自然规律，我死在她前面，她应该可以为我作证的。非常不幸，她在各方面都很不懂得节约，很不仔细，很会花钱，倒不是因为虚荣，也不是因为贪吃，唯一的原因就是不在意。在这个世界上谁也不是完人，既然她那些很好的优点必须有所减少，我就希望她有些缺点，而不希望她有恶习，尽管这些缺点也许给我们俩带来了更多的损害。

我为她，也同当年为“妈妈”一样，操了许多心，想为她积攒一点，以便能作为她的生活资源。我操的这些心真是别人难以想象的，但是这些操心始终却是白费了。她们两人都从不计算计算，无论我这样万分努力，总归是挣多少就花多少。不管戴莱丝穿得如何简朴，雷伊的年金从来也不够她穿的，我每年还得用我的钱贴补她。不论她或我，我们俩天生就不是当财主的，我肯定也不会将这一点算在我们的种种不幸之内。

《社会契约论》印得相当快，但《爱莫尔》就不是这样了，我是等《爱莫尔》出版后再来履行我所考虑的隐世计划的。迪舍纳经常寄来一些样板让我选择，我选定了，而他还不开始印刷，又给我寄些别的样本来。当我们最后对版本大小、对字体都完全决定好了的时候，而且已经印出几页的时候，我在校样上稍微做了一点改动，他又将全部校样拿来重新开始。六个月后，进程连第一天都还不如。

在这些试印的过程中，我明白了，作品既在荷兰印，也在法国印，两版同时进行，我能有什么办法呢？我不再是我的手稿的主人了。我不但没有插足法国版，而且还一直是反对在法国出版的，可是既然这一版不管我愿意与否都在进行着，因为它为另外那一版做样子，我就需要注意它一下，看看样本，不要让人家把我的书弄得残缺不全，不成样子。并且，作品一直是在主管官的同意之下印的，因此差不多就是他自己在指挥工作，他又经常写信给我，以至于为这问题还来看过我。这是在什么情况之下，我一会儿再讲。

在这方面迪舍纳跟乌龟一样爬，那方面内奥姆受到他的牵制，进行得非常慢，人家不时忠实地把样张随印随寄给我，他在迪舍纳的行为里，也就是说在雷伊的行为里（因为雷伊代迪舍纳印刷）发现他居心不良，他看人家没有履行契约，就左一封、右一封地写信对我诉苦，我一肚子苦都没有办法倾诉，对他就没有任何帮助了。内奥姆的朋友盖兰当时经常跟我见面，不断替我谈这部书，但始终持最大的保留态度。他不知道这部书在法国印刷，他也不知道主管官是否插手其间。他为这部书将要给我带来的麻烦对我表示同情，同时又好像怪我太不谨慎，但又绝不肯说出到底不谨慎在哪里。他一个劲儿拐着弯子说话，左躲右躲，好像只是为了要套我的话才开口。我那时感觉自己太保守了，所以还笑他在这件事上所使用的那种圆滑而神秘的口吻呢，我以为那是一种从大臣和官僚那里学来的习惯，因为他经常到他们的办公室去。我自己以为这部作品在各方面都符合规定，因而非常放心，同时又相信它不但得到了主管官的同意跟保护，甚至还值得并且实际上也得到了主管部门的照顾，所以我暗自希望我有勇气将事情做好，同时还笑那些好像在为我担心的胆怯的朋友。

杜克洛就是其中之一，我相信，如果我不那么相信作品本身的有利和它那些保护人的公正的话，我对他的公正与见识的信任是可能让我也跟他一样慌忙起来的。当《爱莫尔》在印刷的时候，他从雷伊先生家里来看我，跟我谈起这部书。我就把《峯乌阿副主教信条录》读给他听，他非常安静地听了，好像还很欣赏。我一读完，他就跟我说："怎么！公民！这就是在巴黎印的书里的一部分？""是呀，"我跟他说，"人们简直可以使用国王的命令在卢浮宫里印呢。""我同意你这种看法，"他对我说，"但是请你帮助我一点，别对任何人说你曾将这篇文章念给我听过。"这种惊人的言辞让我愕然，却并没有让我惊慌。我知道杜克洛常与马勒赛尔卜先生见面，我不能设想他们两个人怎么在同一问题上所想的就那么不相同。

我在曼莫洛西已经住了四年多了，却从来没有拥有过一天的好身体。尽管那里空气非常好，水却很坏，这很可能就是促使我那经常发作的病痛日趋恶化的原因之一。快要到一七六一年秋末的时候，我就病倒了，整个冬天都在痛苦中度过，好像就没有一会儿轻松过。肉体上的痛苦被无数的担心加剧了，转而又使得这些忧虑在我的心上更加沉重。若干年以来，有些朦胧却阴暗的预感扰乱着我的心思，但我却又不知道原因是什么。

我收到过一些相当奇怪的匿名信，甚至还有些署名的信也同样离奇。我收到巴黎议院一位参议员的一封信，他不满意现行的社会制度，估计后果绝不会好，请我指导他选择一条退路，到日内瓦还是到瑞士，以便他全家去退隐。我又得到某议院的司法院长某先生的一封信，他希望我为这个司法院——它当时跟宫廷不和——草拟些备忘录和谏书，愿意替我提供所需的一切文件跟资料。每当我有病痛的时候总是很爱发脾气的。我收到这些信的时候脾气就非常大，因此在回信中也就发作起来了，索性拒绝了人家的要求。当然，我所自责的并不是这个拒绝本身，由于那些信可能都是我的敌人所布置的陷阱，而且人家对我要求的都是违反我绝对不愿违反的原则的，但是我原可婉言拒绝，却粗声粗气地拒绝了，这就是我做错的地方。

人们在我的文件里还能找到我刚才说的那两封信，参议员的那封信并不会使我惊讶，因此我也和他一样，也同很多人一样，相信那腐朽的制度在威胁着法兰西，让它不久就会崩溃。因为政府措施不当引起的一场不幸的战争所带来的重重灾难，财政上难以置信的紊乱，行政界的不断倾轧——当时行政权分掌在互相公开攻击的两三个大臣手里，他们因为你害我、我害你，不惜让王国垮台，人民大众和全国各阶层的普遍不满，还有一个固执的女人，她要是有点头脑的话，也将这点头脑用在个人的好恶上了，她差不多总是将最有能力的人从工作岗位上踢开，以便安插最能得她欢心的人——所有这一切加在一起都证明那位参议员、社会大众以及我个人的预见的正确。

这种预见甚至也让我自己多次犹豫不决，不知道是不是也应该在那些好像威胁着王国的动乱爆发之前到王国以外去找个栖身之处。但是因为我感觉自己是孤身一人，又爱好和平，并且相信在我所相信过的这种孤独生活之中，所有风暴都不会轮到我头上来。我遗憾的只是，在这种情况之下，卢森堡先生接受了一些会让他在政府中丢掉声望的任务。我倒非常愿意他在这方面为自己留点儿退路，以避免这个庞大的机器一旦如当时好像令人担忧的那样垮下来，即使现在，我还认为，假如政权不是最后落到一个人手里的话，法国专制政体肯定是早已陷入绝境了。

一方面，我的身体一天比一天垮下去，但另一方面，《爱莫尔》的印刷一天比一天慢起来，最后完全停止了，而我无法找出原因，雷伊再也不愿写信给我，也不肯回复我的信，我又没有办法得到任何人的消息、无法了解任何情况，因为马勒赛尔卜先生当时正在乡下。不管是什么不幸的事，只要我知道它是怎么一回事，我就不会慌乱，不会气馁，但是我天生就害怕黑暗，我害怕并且怨恨黑暗的那种阴森森的样子，神秘永远让我不得安眠。我生性坦率到不谨慎的程度，神秘与我的生性犹如水火之不相容。我感觉，在白天，最狰狞的怪物形象都不会让我怎样惊慌的，但是，如果我在夜里看到一个人用白布蒙头，就会害怕。所以，我的想象力被这个长期的沉默鼓动起来，就在我眼前画出许多鬼影。我越是关切我这部最后的又是最好的作品的出版，我就越思索去找那可能阻止出版的原因，我对任何事情都是极端的，因此我在这部书印刷的停顿之中，就感觉看到了它的被取缔。然而，我既想象不出它为什么要被取缔，又想象不出是怎样被取缔的，所以就掉入最难堪的惴惴不安之中。

我左一封、右一封地写信给雷伊，给马勒赛尔卜先生，给卢森堡夫人，回信不到，或者没有照我预期的时间到，我就完全慌乱和发狂了。非常不幸，就在这时候听说耶稣会教士格里非神甫曾讲到《爱莫尔》，甚至还说过几段。我的想象力顿时就像闪电一样奔腾起来，将那不义的神秘给我整个揭开了，我看到那神秘的进程，就像神灵给我启示了一样，又清楚、又确实。

我想象那些耶稣会教士在看到我时所用的那种鄙视的语气便非常生气，夺去了我的作品，阻碍这部作品出版的就是他们，他们从他们的朋友盖兰那里知道我当时的病情，估计我死期已近——我自己当时对这些也不怀疑——因此要将印刷拖到我死的时候，存心要修改我的作品，给我制造些跟我的意见不同的意见，以便达到他们的目的。说起来也真惊人，有很多事实和情节都跑到我的脑子里来证实这种疯狂的想法，让它显得活灵活现。啊！简直是活灵活现！简直显得我那种想法有依据，像明摆着似的。盖兰已经投向耶稣会教士了，这我是知道的。我就认为他先前向我要求认识的表示都是由于耶稣会教士的授意，我相信他当初敦促我跟内奥姆订合同，就是由那些教士策划的，他们就是经过内奥姆得到了我的著作的头几页，后来他们又想办法将迪舍纳那里的印刷也制止了，也许还抢走了我的手稿，以便从容地搞些鬼把戏，等我死了，他们就自由地将我的作品依他们的意思篡改后再发表出来。我一直知道，无论贝蒂埃神甫怎样巧言令色，耶稣会教士肯定不喜欢我的，不仅因为我是百科全书派，而且我的全部观点比起我那同行的不信神主义更加违背他们的教义和威信，还由于无神的狂热与有神的狂热，因为它们共同的不容忍态度而能互相接近，甚至还能结合起来。他们以前在中国是这样，现在一起反对我时也是这样，相反，合理的、道德的宗教则取消所有人对宗教信仰的管理权，因而就不让掌握这种权力的那些专断者再有地方了。

我知道大臣先生对耶稣会教士也是很好的，我害怕儿子由于父亲的威势，就被迫将他所曾保护的作品交给他们。我甚至从开始人们从头两卷给我找的那许许多多麻烦之中，看清了这种撒手的后果，由于在头两卷里，人们因为一些微不足道的问题就要求重新改版，而另外两卷，人们知道，都是写满了极其厉害的话的，如果都像前两卷那样被审查的话，就非整个改写不可。除此之外我还知道，并且也是由马勒赛尔卜先生自己告诉我的，他是让格拉夫神甫管理这部书的出版的，而格拉夫神甫又是耶稣会的支持者。我都只看到耶稣会教士，而真没想到他们已经处在被取缔的前夜，自顾不暇，哪还会为一部与他们无关的书的印刷问题找麻烦。

我讲“真没想到”是不对的，因为我确实想到了，甚至这就是马勒赛尔卜先生一知道我这种乱想时就特意给我提出的一个反驳理由。但是，一个人要想从他的隐居地方对他毫无所知的国家大事断定奥妙，必然是要谬误百出的，我的另一个谬误之见就是怎么也不愿相信耶稣会教士真处于危险之中，我认为被散布出来的这种谣言正是他们用的一种障眼法，以便麻痹他们的敌人。他们过去一直都是成功的，从来就没有一点痕迹能证明他们会失败，这就让我对他们的势力有那么一种很可怕的印象，竟然为议院行将垮台而难过。

我知道舒瓦瑟尔先生以前在耶稣会教士那里读过书，蓬巴杜尔夫人同他们相处得也不坏，他们与宫廷宠幸和大臣们结成的同盟，就对付共同的敌人而言，对于双方也一直都是有利的。宫廷好像对什么事都不管。我知道，如果耶稣会有一天经历严重挫折，那么有足够大的力量打击它的也不会是议院，所以我依照宫廷这种袖手旁观的态度去判断耶稣会的信心是有依据的，他们的胜利是有征兆的。

总的来说，我从当时的所有传言里只看到他们的狡诈手法与他们安排的陷阱，以为他们太平无事，有很多时间，什么都能管，因而我毫不怀疑他们不久就会打垮让赛尼优斯派、打垮议院、打垮百科全书派、打垮不受他们管辖的一切势力。到最后，如果他们能让我的书出版，那也只是在把它改到能由他们用作武器的地步之后，才使用我的名字去欺骗读者。

我觉得我自己真是奄奄一息了，我现在都难以理解，为何我这种想法当时竟没有让我忧愤而死。我想到，我这部最有价值、最好的著作反而让我落得个死后身败名裂，这实在是太可怕了。我从来没有那样怕死，而且我认为，如果我真是在那种情况下死去，我会死不瞑目的。就是今天，我看到一个为了毁坏一个人的身后名声而安排的空前阴险、空前丑恶的阴谋正在被付诸实施，我也会比那个时候死得安静得多，因为我相信在我的许多作品里已经留下了对我有利的证据，它肯定会战胜人们的阴谋。

马勒赛尔卜先生看到我这样焦急不安，又听到我的诉说，便费尽心思要将我的情绪安定下来，他这番心思正足以证明他那永无止境的乐善之心。卢森堡夫人帮助了这一善举，到迪舍纳那里去了好几次，了解出版工作究竟发展到了什么程度。最后，印刷总算又开始了，而且进行得比较顺利，可是我一直还弄不清楚它过去为什么被耽误起来。

马勒赛尔卜先生还一直到曼莫洛西来安慰我，因此，我的心安静下来了。我绝对相信他为人公正，这种信任就超过了我这可怜的头脑里的迷惘，因而他为促使我醒悟而作出的一切努力都收到了效果。他看到我那么焦急、那么惶恐的样子，自然会认为我的境况是值得怜悯的。他又想起了围绕他的那个哲学家集团所不断给他输入的话。我已经讲过，在我住到退隐庐去的时候，他们就宣扬我在那里不可能久留，但当他们看见我无法坚持下去的时候，他们又说那是因为我固执、我骄傲，不好意思反悔，说我实际上在乡下寂寞得要死，日子过得非常不幸。马勒赛尔卜先生相信了，并且写信劝我。我那么尊敬的一个人竟然会有这样错误的看法，这让我心里颇为感慨，便给他一连写了四封信，向他说明我的行为的真正目的。我在这四封信里真实地描写了我的爱好、我的志趣、我的性格连同我的全部心事。

这四封信都没有写草稿，拿笔写去，甚至写后也没有重读一遍，它们也许是我平生唯一一气呵成的作品，在我当时那种种痛苦与极度颓丧之中尚能如此，这实在使人惊讶。我觉得我已经日渐衰老，一想到我在正人君子的心中会留下这样一个对我不公平的看法，我便感到全身痛苦，所以我全力用我在这四封信里仓促写成的那个纲要来或多或少地代替计划中的那部回忆录。这几封信，马勒赛尔卜先生都很满意，在巴黎拿出去让人家看，它们可以说是我在这里详细讲述的内容的摘要，是值得保留下来的。我曾让他叫人抄出一份给我，几年后他将抄稿寄来了，现在正收在我的文件中。

在我死期快要到来的时候，唯一让我伤心的就是没有一个具有文学修养的心腹人，能将我的文稿保存起来，以便在我死后能够整理。自从我到日内瓦旅行以后，就跟穆尔杜结识了，我很喜欢这个青年，也很盼望他能为我送终。我向他表达了这个愿望，并且我相信，如果他的工作和他的家庭允许他来，他一定会欣然前来尽这种人道责任的。既然我得不到这种安慰，但至少我要对他表示出我的信任，就将我的《挲乌阿副主教信条录》在出版前寄给他了。他对这篇文章很满意，但是在他的回信里，我认为他好像不像我当时等着看《信条录》的结果那样放心。他又想从我手里得到几篇别人没有看过的文章，我就把《故奥尔良公爵悼词》邮给他了，这篇悼词是我替达尔蒂神甫写的，神甫并没有拿去诵读，因为出乎他意料，奉命去读悼词的不是他。

印刷工作在恢复之后，就一直延续下去，甚至于相当顺利地完成了，我注意到一点奇怪的现象，就是人们对头两卷严格要求改版，但对后两卷什么话也没说就放过去了，这两卷的内容没有给出版造成任何障碍。但是，我还是有点不放心，应该在这里讲一讲。

我在惧怕耶稣会教士之后，又对让赛尼优斯派和哲学家们害怕起来了。我恨一切所谓党、所谓派、所谓系，我从来不认为属于党、派、系的人会对我有什么好感。那两个“长舌妇”前些时候离开他们原来的住处，跑来住在挨着我的地方，从他们的房间就能够听到我房间里与平台上所说的一切，从他们的园子可以易于爬过将他们的园子和我的碉楼隔开的那堵小墙。我曾将这座碉楼作为我的工作室，在里面有一张桌子，放满了《爱莫尔》和《社会契约论》的校样与印成的散页，人家将这种散页寄来，我就一边收一边装订，因此在我的作品出版前很久，桌上就有了我的全部作品。

我的轻率、我的粗疏连同我对马达斯先生的信任（我住的地方是圈在他的花园里面的）让我经常晚上忘记锁碉楼的门，而早晨发现碉楼门大开着，如果不是感觉我的稿件有些翻动，这不会叫我如何不安。我有好几次看出这种现象之后，就变得仔细些，把碉楼门锁上了，但门上的锁不好用，钥匙只能转半个圈子。我注意到了，就察觉我的稿件反而比我让门大开着的时候被翻动得更多些。最后，我装订成册的书有一册不见了，有一天两夜都没法知道给丢到什么地方去了，直到第三天早晨才在桌上发现。当时与以后我都没有对马达斯先生有所怀疑，我也不会怀疑他的外侄迪穆朗先生，因为我知道他们俩都喜爱我，我一直信任他们。但是我对那两个“长舌妇”就开始不怎么信任了。我知道他们尽管是让赛尼优斯派的，却同达朗贝有些关系，而且住在同一所房子里。

这就让我有些不安，并且比以前更加小心起来。我将我的稿件都拿到我的房间里，并且完全结束了和那两个人见面，由于我还知道他们曾拿我的《爱莫尔》第一卷在好几个人家招摇，这一卷是我一时不小心借给他们的。尽管他们还一直做我的邻居，并且一直到我离开为止，但是我从那时起就不再同他们有任何往来了。

在《爱莫尔》以前一两个月，《社会契约论》也出版了。我始终要求雷伊绝不能把我的任何著作偷运到法国，所以他就正式让主管官批准他把这部著作由海路运到里昂进口。雷伊没有得到任何批复,他的包裹在里昂耽误了好几个月，原本是打算要被没收的，只由于他大肆地闹起来，只好又还给他。有些好事者从阿姆斯特丹买来了几部，就在法国默默地流传开了。

莫勒翁曾听别人说过这部书，甚至还看了一些，他同我谈起时的那种神秘的口吻，让我很惊讶，如果不是我相信在各方面都符合规定，自认为无可挑剔，用我那伟大的原则把我的心完全稳定下来的话，这种口吻甚至会让我不安起来的。甚至我毫不怀疑，舒瓦瑟尔先生早已垂青于我了，而我对他的敬重又让我在这部书里对他有所赞扬，他心中必然知道，所以他能在这种场合下支持我，来应付蓬巴杜尔夫人的恶意。

我肯定有理由在这时候比在任何时候都更希望卢森堡先生的盛情，在必要时支持我，因为他这时候所给我的友好表示比任何时候都更多、更动人。

他在复活节来旅行的时候，我因为身体不好，无法去拜会他，他就每一天都来看我，最后，他看我痛个不止，便极力劝我让科姆修士来诊视，他让人去找科姆，亲自将他领来，并且竟然有勇气——在一个达官贵人身上，这种勇气肯定是稀罕而又可佩的——待在我家里看着我动手术，而那次手术既让我疼痛难堪，又花费了很长时间。然而，所谓手术不过是探测而已，不过是我一直就没有被检查过，即使是莫朗，他试了很多次也都没有成功。科姆修士的手法既轻又巧，无与伦比，他在让我剧痛了两个多小时之后，到底插进了一根很小的探条——我在这两个多小时里全力忍住了呻吟，以避免惹得那位仁慈而敏感的元帅为我心痛。第一次检查，科姆修士认为探到了一块大结石，并且把这结果告诉我了，但第二次检查，他又没有探到那块结石了。他一直既仔细又准确地探着，这让我感到时间很长，之后，他说，并没有什么结石，只是前列腺患硬性肿瘤，但比一般人的粗，他认为膀胱很大，情况良好，最后对我说我将来肯定要吃不少苦，但是活得也很长。如果他预料的第二点也与第一点一样能实现的话，言下我的痛苦一时还结束不了呢。

就这样，我先后被医治了那么多年，说的病不下二十种之多，但其实我一种也没有，最后我总算知道了我的病是个无法治疗的病，却又不是死症，它将拖得与我的寿命一样久。我的想象力从此便约束在这个范围里，不再期望在结石的痛苦中惨死了，也不再怕很久以前在尿道里折断的那一小截探条会构成结石的核心了。对我而言，那些假想的病痛比实际的病痛还难受，现在消除了假想的病痛，我对实际的病痛也就能比较安静地接受了。实际上也始终就是这样，从那时候起，我在我这个病上所觉得的痛苦就比以前少得多，每当我想到，我的病痛之所以能减轻，完全由于卢森堡先生，我就会为追怀死者而动容。我可以说是又获得了生命，所以也就想到我要安度余生的那个计划了，我只等《爱莫尔》一出版就去履行这个计划。我那时想到的是都兰地区，那个地方我到过，很满意，不仅气候温和，居民也很善良。

我已经将我这个计划对卢森堡先生说过，他希望我不要去，这次我又对他重新讲起，说是决心已下，无法动摇。因此他就建议我住到距巴黎十五里约的美尔鲁府去，认为那可能是对我比较适合的一个去处，他们夫妇俩都希望将我安顿到那里。这个建议很让我感动，也很合我的意。首先，我必须看看那个地方，我们就商量日子，由元帅先生让他的亲随带车子来领我前去。到了那天，我正好感到很不舒服，就必须把这事延迟，接着又来了些很不凑巧的事，因此根本就没有去成。后来我听别人说过美尔鲁那片地产不是属于元帅先生的，而是属于元帅夫人的，因此我没有去成，也就比较容易解释了。

最后，《爱莫尔》总算出版了，我没有再听到有什么改版，也没有听说有什么困难。在出版前，元帅先生跟我要去了马勒赛尔卜先生同这部著作有关的全部信件。我对他们两人都非常信任了，自己又感觉很安全，就不会去考虑在要回信件这件事上有什么非常的，以至于不安的因素。我将那些信件都给了他，只有一两封，我不知道为什么夹到别的书里去了，没有归还。

在这不久以前，马勒赛尔卜先生曾告诉我说，他要将我在为耶稣会教士而慌乱时写给迪舍纳的那些信都收回来，我必须承认，这些信都不会怎样让人敬佩我的理智。但是我对他说，在任何事情上，我都不愿意在表面上表现得比实际上更好，因此他完全可以将那些信留在迪舍纳手里。因此后来究竟怎样，我就无法知道了。

这部书的出版，没有带来我所有的作品出版时曾得到的那种轰轰烈烈的赞扬。从来没有一部作品曾得到那么多的私底下的赞扬，而且也从来没有一部著作曾得到那么少的公开的赞扬。最有资格评论我这部书的人们对我说的话、给我写的信，都表明这是我最好的作品，与此同时也是最重要的作品。但是所有的意见，说出时都带着最奇怪的胆小态度，就好像要说这部书好，非得秘密说不可。

布弗莱夫人对我说，理应给这部书的作者树铜像，他值得受一切人的推崇，却请我将原信退回，达朗贝写信对我说，这部著作决定了我的地位，应该把我放到全体文学家的领袖地位，信末却没有署名，虽然他此前给我写的许多信每一封都署了名的，杜克洛是值得信任的朋友，为人真诚，但是很圆滑，他很看重这部书，却避免用书信对我说，拉·孔达米纳将《信条录》东拉西扯，克莱罗在他的来信里也只谈那一篇，但是他大胆表示他看这篇文章时所受到的感动，并且明白地对我说这次阅读让他那颗衰老的心得到了温暖，在接受我赠送的这部书的所有人之中，只有他一个人大声地、自由地对大家说出了他对这部书的全部好评。

在这部书公开发表前，我也送了一本给马达斯，他又将这本书借给斯特拉斯堡总督的父亲、参议员布莱尔先生了。布莱尔先生有座别墅在圣格拉田，马达斯是他的老熟人，有空就到那里去看看他。他让他在《爱莫尔》公开出售之前讲起到这部书。布莱尔先生将书还给他的时候对他说了一句话，这句话当天就传到我耳朵里来了：“马达斯先生，这是部非常好的书，但是不久就会被众人议论，超过作者所期望的程度。”当他对我转述这句话的时候，我只是想笑，认为那是一个做文官的人自傲的习气，无论说什么都要加上点神秘色彩。

那些种种让人不安的话，只要是传到我耳朵里来，都没有比这句话给我留下更深的印象。我并没有想到我已经位于灾难的边缘，却仍相信我的书既有益处，又写得好，相信我在各方面都合乎规定，相信——如我当时认为确有把握的那样——我有卢森堡夫人的大力支持，甚至还有主管部门的爱护，所以我暗自庆幸我是在胜利之中抽身，在压倒一切忌妒者的时候撒手，我还认为我这个决定有非常之处呢。

这部书的出版，只有一件事让我担心，而这种担心，并不是因为我的安全，而是因为良心的安静。在退隐庐，在曼莫洛西，我曾看到，并且愤慨地看到，人们因为不顾一切地维护王爷们的消遣，就让那些不幸的农民大遭其殃。农民被逼无奈，只好忍受那些供射猎的野兽损害他们的田地，除用声响惊走野兽外不敢用其他方法来自卫，他们必须在他们的蚕豆和豌豆田里过夜，带着铁锅、鼓、铃铛去吓走野猪。我曾经亲眼看到夏洛伊瓦伯爵对这些穷人的那种野蛮的无情的手法，因此便在《爱莫尔》的末尾将这种暴行骂了几句，这就违背了我的处世原则，并让我因此后来还吃了亏。在那时候我听说孔蒂亲王先生的随从在亲王的田产上也同样不近人情，我是深深敬重和感激这位亲王的，害怕他把我因为人道感受了刺激而骂他叔父的那几句话错认为是骂他而见怪。但是，我的良心告诉我对这件事尽可放心，我单凭这点良知也就把心放了下来，我这样做对了。至少，我从来没有听说这位亲王曾稍微注意到这个段落——原本这个段落是在我有幸认识他之前很早就写出来了。

在我的书出版之前或之后没有几天（我记得不很清楚了），曾出现另一部同样题材的出品，每字每句都是从我的第一卷里抽出来的，另外加上若干许多无谓之词，插进这篇摘抄里。这部书上的署名是一个日内瓦人，名字叫巴勒克赛尔，题下注明他曾获得哈莱姆学院的奖金。

很好理解，这个学院与这个奖金都是全新的创造，目的是要在社会大众的眼里将剽窃行为掩藏起来，但是我也看出这里有我当时还不能理解的阴谋，我既不理解我的原稿是怎么被传出去的——原稿不传出去就不可能进行剽窃，也不理解为何要编造出这个所谓奖金的故事，因为要编造，总得给它一点证据。只是在很多年以后，我从狄维尔诺瓦漏出的一句话里才知道了这个秘密，大约知道了那些盗用巴勒克赛尔君名字的人们。

风暴前的一些雷声我已经开始听到了，只要是稍有眼光的人都看得明白，针对我的书与我本人，有个阴谋正在酝酿，不久以后就要爆发出来。但我呢，我的安全感、我的愚蠢竟然到了这种程度，我还没有预料到我的灾难，甚至即使感到了灾难的效果但还猜不透灾难的原因。

人们起先相当精妙地放出风声说，在严厉对待耶稣会教士的同时，也不能偏袒攻击宗教的书和作者。人们责备我不应该在《爱莫尔》上署名，好像我过去没在所有其他作品上署名时没见谁说过半句闲话似的。看来，大家害怕，形势会迫使人们使用一些原本不愿采取的措施，而我做事不谨慎，又给了他们可乘之机。这些流言传到我耳朵里来了，却没有让我不安。我甚至压根想不到这里面跟我本人会有一丁点的关系，因为我自己觉得无可谴责，太有靠山了，又在各方面都非常合规定。我也肯定不会担心卢森堡夫人会让我因为某一过失而陷入困境，而这一过失，如果有的话，也完全是因为她一人造成的。再说，我知道在对付这种案件的时候，一般总是严惩书商而保全作者，所以我还为那可怜的迪舍纳提心吊胆呢——万一马勒赛尔卜先生将他撇开不管的话。我安安静静地待着，谣言一天比一天厉害，不久就改变腔调了。社会大众，尤其是议院，好像看到我还安安静静，就更加恼怒。几天之后，来势就汹得可怕了，他们的威胁改变了对象，直接轮到我头上来了。人们听到议员们公开表明，只烧书没有用，一定要烧死作者。至于书商呢，人家却提也不提。这种话，简直像是果阿宗教裁判官的口吻而不像一个参议员的口吻。当它第一次传到我耳朵里来的时候，我毫不怀疑地认为那都是霍厄巴赫派的一种新发明，为的是全力吓唬我，让我逃走。我因为这种幼稚的计谋一直发笑，心里一面笑话他们，一面对自己说，假如他们知道底细的话，他们一定会找别的办法来吓唬我的。但是流言最后变得非常确凿，很明显，人家肯定是要这样做了。

卢森堡先生与夫人这一年是第二次到曼莫洛西来，他们来得非常早，在六月初就到了。尽管我那两部新书在巴黎已经搞得乌烟瘴气，但在这里却很少有人提起，而这家的两位主人更是不说一句话。然而，有天早晨我单独跟卢森堡先生在一起的时候，他跟我说："你在《社会契约论》里说了舒瓦瑟尔先生的坏话吧？""我？"我说，非常惊讶得向后退了一步，"没有啊，我可以对你发誓，而且相反，我以一支不轻易评论人的笔，为他写下了一个大臣从来没有受到过的最美的赞歌。"我立刻将那一段文章读给他听。"在《爱莫尔》里呢？"他又问。"没有一句话，"我回答说，"没有一句话跟他有关。""啊！"他带着比平时更多激动的情绪说，"你在那部书里本不该谈到他呀，或者要谈就谈得明白些！""我相信是说明白了，"我又加上说，"我相信他是能看得很清楚的。"他还要说话，我看他正要将心里话全说出来，但是他又咽回去了，一句话也不说了。不幸的朝臣伎俩啊，在最仁慈的心里友情也被它压下去了！

这次谈话尽管很短，却让我看清了我的处境，至少是在某一方面，它让我了解到，人家恨的的确是我本人。我只怨那没有听说过的宿命，它将我说的好话、做的好事全都变成我的祸根了。但是，我认为在这件事上有卢森堡夫人与马勒赛尔卜先生做挡箭牌，也就看不出人家会有什么办法能抛开他们而一直攻击到我本人头上，因为，从那时起我就清楚地感觉到，这已经不是什么公平不公平、法理不法理的问题了，人家是不会费力去审查我实际上是做得对还是不对的。

这时候，隆隆的雷声越来越厉害，连内奥姆也不免在他那东拉西扯的闲谈中对我表示，他后悔不该牵扯到这部著作里来，并且他好像认为威胁书与作者的那种命运已经是不能幸免的了。然而有一件事却始终让我安心，我看卢森堡夫人还是很安静，很高兴，甚至还那么笑呵呵的，肯定是她对她所做的事确有把握，才不为我感到一点的不安，才不对我说出半句同情或抱歉的话，才能那么冷静地关注事态的发展，就好像她根本没有插手过，就好像她对我一直不关心似的。但让我惊讶的是她什么话也不对我说，我总觉得她应该告诉我一点什么才是。

布弗莱夫人就表现得不那么安静了。她一会儿来，一会儿去，一副焦急的样子，非常忙，而且对我保证说，孔蒂亲王先生也正在忙着，想挡掉人家预备给我的那个打击，她总以为这个打击是目前形势促成的，议院那时必须不让耶稣会教士骂它不关心宗教。但是她对亲王与她自己的活动，又似乎不抱多大的成算。她的每次谈话，让人惊慌的成分多，让人安心的成分少，都是倾向于使我退避的，她还一直劝我到英国去，肯为我在英国介绍很多朋友，其中就有她多年的老朋友——著名的休谟。她看我坚持要安静地住下去，便换了一个较能打动我的话头。她让我知道，如果我被逮捕，受到审讯，我就必须把卢森堡夫人也供出来，而她对我的友谊很值得我不要眼睁睁地把她也牵连进去。我回答说，在这种情况下她完全可以放心，我是肯定不会牵扯她的。她又辩驳说，这个决心下起来非常容易，做起来却难，对这一点，她讲得也对，特别是对我这样一个人，因为不管说真话可能有多大的危险，我是肯定不会在审判官面前违背誓言或说谎的。她看到她这种想法在我身上起了一点作用，却还不能让我下定决心逃走，便说起巴士底狱，说将把我在那里关几个星期，当做逃脱议院裁判权的手段，因为议院是无法处理到国事犯的。我对这种奇怪的恩典一点也没有表示反对，只要它不是用我的名义求来的。可是她后来又不再同我提这件事了，所以我事后判断，她给我出这个主意不过是要试探我一下，人家并不愿意采取这个一了百了的迫不得已的办法。

几天之后，元帅先生从一位德耶的教区神甫那里收到一封信，这神甫是格雷姆与埃皮纳夫人的朋友，信里有个通知，说是从可靠方面得来的消息，议院将极为严厉地对我进行起诉，并讲明某日将下令逮捕我。我断定这个通知是霍厄巴赫派制造出来的，我知道议院非常看重手续，在当前这种场合下，不先用司法手续去了解我是否承认这部书，了解我是否真正是这部书的作者，就下令逮捕，这就违反所有手续了。“只有，”我跟布弗莱夫人说，“只有危害公共的罪行，才能依照一点犯罪的痕迹就下令逮捕，因为害怕被告人逃脱法网。但是要惩罚我这个应该得到荣誉跟受到奖励的人的行为，总是只对作品起诉而尽可能不找作者的。”关于这一点，她给我表明了一种很微妙的区别，我现在忘记了，但目的是向我表明，不先传讯就下令逮捕，那还是对我的一种好待遇呢。

第二天我收到雷伊一封信，告诉我说，那天他到检察长家里去，曾经在他的写字台上看到了对《爱莫尔》与作者的公诉状的草稿。请注意，这个雷伊是迪舍纳的合伙经营人，印刷作品就是他的，他自己倒挺平静的，反而大发仁慈给作者送来这样一个通知。

人们可以想一下，这种事在我眼里能有几分可信吧！一个书商被检察长先生接待了，而且能安安静静地在这位官员的写字台上看到零散的手稿和底稿，这可太简单、太自然了！布弗莱夫人与别的许多人也都向我证实了这件事，听到人们一直在我耳朵里灌进去的那许多荒谬的话，我简直认为所有的人都疯了。

我清楚地知道这里面有些什么人家不希望告诉我的秘密，也就安静地等待事态的发展，无论如何我自己在这件事上是正直的、无辜的，同时，不论是什么样的迫害在等着我，我能有为真理而受苦的机会，也就很庆幸了。

我肯定不怕、肯定不隐藏起来，依然天天到府第里去，每天下午照常散步。六月八日，在逮捕令下达的前夕，我与两个奥拉托利会的教师阿拉曼尼神甫和曼达尔神甫一同去远足。我们带了点心到尚波去，吃得很高兴，因为忘了带酒杯，就拿麦秆插到瓶里吸，各人都选顶粗的麦秆，争着多吸，以便竞相夸耀，我一辈子也没有那么快乐过。

我已经说过我年轻时怎样失眠，从那时起我就养成习惯，天天晚上躺在床上看书，当我感觉到眼皮发重了，我就熄灭蜡烛，努力眯一会儿，但时间总是长不了。我经常晚上读《圣经》，我就这样周而复始地把它读着，至少接连读了有五六遍了。那天晚上，我比平时睡的更少，就把读书的时间拖得更长，我把由以法莲山的利未人作结的那一卷《圣经》整个读完了。如果我没记错的话，那一卷就是《士师记》。因为从那以后我就再也没有读过这卷书了。这卷史书给我留下了很深的印象。

我正在朦胧中思考着，忽然被响声和灯光惊醒了。戴莱丝拿灯，照着拉·罗什先生，拉·罗什先生看我突然坐了起来，便跟我说："不必惊慌，是元帅夫人让我来的，她给你写了一封信，还将孔蒂亲王先生的一封信也带来了。"果然如此，在卢森堡夫人的信里，我看到这位亲王刚让快差送给她的一封信，信里说，尽管他尽了一切努力，人家还是要用最严酷的方式对我起诉。"局势非常紧张，"他对她说，"怎么也挡不住了，朝廷交办，议院要办，早晨七点钟就要发出逮捕令，立刻就要差人去逮捕他，人家可算答应我，如果他走了，也就不追了，但是如果他执意要让人家抓住他的话，他就一定会被捕的。"拉·罗什传达元帅夫人的意思，催促我起来去跟她商量。当时是晚上两点，她刚睡下。"她在等你，"他又加上说，"看不到你她就不肯入睡。"这样我赶紧穿上衣服就去了。

她表现得焦躁不安，但还是第一次呢。她的慌乱打动了我。在这种意外的时候，又是在半夜里，我自己也未免有点激动，但是一见到她，我就忘记了我自己而只想到她了，只想到如果我被捕，她就有可能担任可悲的角色。因为，我虽然觉得有足够的勇气永远只讲实话，哪怕说实话对我有害，将我毁掉，但我却觉得自己没有足够的镇定和机智，也许也没有足够的坚持在被逼得非常紧的时候避免牵连到她。这就让我决定为她的安宁而牺牲掉我的荣誉，决定在这种场合下做出我为自己怎么也不会做出的事。我下定决心，立即就对她说了出来，肯定不愿意要她付出代价来减少我这一牺牲的价值。我相信她对我的动机绝不会误解，然而她竟没有跟我说半句感激的话，我对她这种不在乎的态度颇为不快，以至于犹豫起来，很想取消前言。

但是元帅先生来了，不一会儿布弗莱夫人也从巴黎来了。他们做到了卢森堡夫人所应该做的事，我被恭维了一番，羞于改口，从那以后，问题就只在于向何处逃和何时动身了。卢森堡先生提议我先在他家里匿名隐藏几天，再商量商量，以便比较从容地采取措施，我没有答应，也没有采纳要我秘密跑到老圣堂区的建议。我坚持当天就走，不希望到什么地方躲藏起来。

我觉得在法兰西王国里有些隐秘的、强有力的敌人，因此我认为，虽然我留恋法兰西，我还是应该离开这个国家，以保证我的安宁。最初我的想法是到日内瓦隐居，但是只要稍微考虑一下，我就打消了去做这种傻事的念头。我清楚法国内阁在日内瓦比在巴黎更有力量，如果它决定要难住我，就肯定不会让我在日内瓦待的比在巴黎更安静些。我清楚我那篇《论人类不平等的起源》曾在日内瓦议会里造成了仇恨心理，这种仇恨越是不敢表现出来就越加危险。最近我不知道，在《新爱洛伊丝》出版的时候，日内瓦议会在特龙香大医师的催促之下曾匆忙禁止它发行，但是一看在巴黎也没人响应，它就自己感到很冒失，又将它的禁令撤回了。毫无疑问，它这次既然认为机会更为有利，就一定会尽力利用的。我明白所有的日内瓦人虽然表面上做得那么漂亮，心里却对我怀有一种秘密的忌妒，只等机会一到就去发泄愤怒。不过，爱国热情召唤我回到祖国去，而且如果我能期盼在祖国安安静静地生活下去的话，我就会毫不犹豫地这样做。

但是，由于荣誉与理智都不允许我以逃亡者的身份回到祖国去逃难，我只好作出这样的决定，在紧挨祖国的地方住下，到瑞士去等着，看看日内瓦会对我做出什么决定。人们过一会儿就会知道，这种犹豫的时间没有持续很久。

布弗莱夫人反对我这个决定，又一次努力劝我渡海到英国去。她没有让我动摇，我一直就不喜欢英国，也不爱英国人，布弗莱夫人的全部辩才没有战胜我的憎恶，却似乎反而把这憎恶加深了，我也不知道原因是什么。

我既然决定当天离开，因此他们一大早就对外面说，我已经动身了，拉·罗什是我让去拿我那些文稿的，他连对戴莱丝也不愿说我是否真的动身了。自从我下定决心将来有一天要写我的回忆录时，我就收集了很多信件跟其他文件，要来回好几次才能拿完。这些文件的一部分，已经选好的，都搁到一边了，上午剩下的时间，我就一直在挑选其余的部分，以便将可能有用的带走，剩下的就一把火烧掉。卢森堡先生很乐意帮我完成这项工作，但知道需要的时间太久，上午没有做完，哪还有时间去烧呢？元帅先生自我推荐，答应由他负责挑选剩下的文件，将不要的亲自烧掉，而不交给任何人，并将挑出来的寄给我。我接受了这个提议，乐于摆脱这件差使，好同我最亲爱的、即将永别的人们在一起度过我剩下的那几小时。

他拿上我放这些文件的房间的钥匙，并且在我的诚挚请求下让人去把我那可怜的姨妈接来——她当时正非常着急，既不知道我究竟如何了，又不知道她将来会怎么样，她一直等着法院的人的到来，却不知道该怎么办，怎样回答他们。拉·罗什将她带到府里来了，什么话也没有对她说，她原认为我已经走远了，一看到我，就一声尖叫，扑到了我的怀里。啊！友情，心灵的结合，习惯，亲密！在这甜蜜而又痛苦的一瞬间，我们在一起经历过的那么多幸福、温馨、安静的日子全都涌上了心头，让我在近十七年每天都形影相随的生活之后，更深地感到第一次别离的钻心之痛。元帅看到我们这样的拥抱也忍不住掉下泪来，他离开了。戴莱丝也不愿意再离开我，我让她想到，她这时跟我一块走是多么不便，同时她又是如何有必要留下来，替我清理衣物、催收款项。依照惯例，每逢下令逮捕一个人，就要拿走他的文稿，封掉他的衣物或开具衣物清单，并选择一个保管人。这样她必须留下来办理善后事情，对一切都尽可能作最恰当的处理。

我答应她不久就会与我相会，元帅先生也保证我的承诺，但是我一直不愿对她说出我要到什么地方去，因此将来逮捕我的人询问她时，她可以按照实话说她毫无所知。我在临别拥抱她时，心里也有一种异常的激动，在一阵激奋之中——唉！这激奋拥有何等的预言意味啊！我跟她说："孩子，要拿出勇气将自己武装起来，你在我幸福的日子里曾与我共快乐，今后，既然你希望这样做，就要同我共患难了。从这以后，等着你的只是跟在我后面受侮辱、遭灾殃。这个可悲的日子为我打开的命运是要将我逼到最后一刻的。"

现在我剩下要做的就是考虑动身了。法院的人原本应该是十点钟就来，我离开时已经下午四点钟了，他们还没有到，我们早就约定好了，我将租用驿马。我没有轿车，元帅先生就给了我一辆三轮小篷车，并且临时借给我两匹马和一个车夫，将我送到第一个驿站。到了驿站，因为他事先的安排，人家很快就地给我提供了驿马。

因为我没有在桌上吃午饭，并且也没有在府第里露面，夫人们就到我天天不离开的那层底楼来同我告别。元帅夫人拥抱了我很多次，神色相当悲哀，但是在这几次拥抱中，我没有感到两三年前她动不动拥抱我时的那种亲热劲儿了。布弗莱夫人也拥抱了我，并且跟我说了一些很亲切的话。

有一个人的拥抱让我更觉得惊讶，这就是米尔普瓦夫人，那时她也在场。米尔普瓦夫人是个很冷淡、端庄但矜持的人，我认为她还没有完全摆脱洛林家族那种天生的傲气。她从来没有对我表示过更多的关注，也许因为我受宠若惊，便为自己着重抬高这次宠遇的价值，也许由于她在这次的拥抱里确实加进了一点只要是高贵心灵都天生拥有的那种同情心，我在她的动作与眼神里找到了一种莫名其妙的强有力的东西，它直沁入我的内心。后来每当我想起这件事，常作这样的推测，她既然知道我一定要走上一条什么样的末路，就一定是情不自禁地对我的命运动了瞬间的怜悯之情。

元帅先生一直没有说话，脸上苍白得与死人一般。他坚持要送我上车，车子停在饮马池边等我的。我们俩经过了整个花园但都没有说一句话。我身上拿着花园的钥匙，我就用这钥匙开了花园门，然后，我没有把钥匙放回口袋，就默默无言地递给他了。他接住钥匙，激动的神情让人吃惊，从那以后，我经常情不自禁地想到他的这种表情。我一辈子也没有经历过比这次别离更痛苦的时刻了。拥抱是长久的、默默无言的，我们彼此都觉得这一次拥抱就是最后的永别。

在巴尔同曼莫洛西之间，我碰到一辆租用的马车，那里面坐着四个穿黑衣服的人，微笑着同我打招呼。依照后来戴莱丝给我说的法院来人的长相、到达的时刻以及他们表现的态度，我毫不怀疑那四个人就是他们，尤其是后来我又听说，我的逮捕令不是像人家预告我的那样在七点钟发出，而是到中午才发出的，我必须穿过巴黎。

一个人坐在敞开的篷车里藏得当然不会很严密，我在街上见到好几个人向我打招呼，样子像是很熟，但是我一个也不认得。当晚，我绕道从维尔罗瓦领地通过。在里昂，驿运的客人经常都得被带去见城防司令。这对于一个既不希望说谎又不希望更姓换名的人来说，可能是非常尴尬的。我就拿着卢森堡夫人的一封信去找维尔罗瓦先生，请他想办法为我解除这件苦差使。维尔罗瓦先生给了我一封信，结果却没有用上，这是因为我没有经过里昂。这封信现在还好好地存放在我的文件里，公爵先生苦苦催劝我在维尔罗瓦过夜，但是我宁愿重走大路，所以当天我又走了两站路。

我的车座非常硬，而且我身子又很不舒服，不能多赶路。除此之外，我的样子又不威风，不能让人家好好地服侍我，而在法国，大家都明白，要驿马知道鞭子，就必须经过车夫的肩膀不可。我认为多多塞钱给执鞭人，就可以弥补我言不惊人、貌不压众的缺陷，结果却更糟。他们认为我是当差的下人，生平第一次坐驿车。从此我就只能得到一些驽马，自己也成了车夫的笑料。我最后只好耐下心来，什么也不说，任凭他们的高兴去赶路——其实我一开始就应该这么做的。

我是有法子让我在旅途中不觉得寂寞的，那就是对最近的一切遭遇来一番思考，想个水落石出！但是我没有这样的性格，也没有这样的心情。说来也奇怪，已经过去了的灾难，不管它离得如何近，我是非常容易忘记的。当灾难还没有来到时，稍微一想就会使我惊慌不知所措，可是灾难一旦发生了，对它的回忆也就非常稀少，而且也非常容易消失。我这个害死人的想象力，它不断地让我烦恼，让我一直想预防尚未发生的灾难，而且让我的记忆不能专注，不让我将已经过去的灾难再回想起来。对于已成定局的事情，就不用再预防了，而且再去想它们也没有好处。我的苦难可以说在发生以前就已经让我受够了，在等待间歇，我越是觉得痛苦，忘记也就越发容易；而正好相反，我一直不断地记住我过去的幸福，我回忆它、咀嚼它，可以说是什么时候愿意就什么时候能重新回忆一次。我感觉到，我就是幸亏有这种绝妙的天性，所以从来就不知道什么叫做记仇。这种记仇的脾气，因为对所受的侮辱念念不忘，所以经常在一颗喜欢报复的心里发酵，它巴不得让仇人受尽痛苦，然而自己却先受尽痛苦了。

我天性急躁，在感情冲动时也曾感到气愤，甚至觉得狂怒，但是报仇的想法从来没有在我心里扎根。我很少想到所受的冒犯，因而也就不怎么想到冒犯我的人。我之所以想到他给我带来的损害，只是因为怕他再给我造成麻烦，如果我相信他不再来害我，那么他给我带来的痛苦便立刻被我抛到九霄云外去了。人们常对我们说，要我们原谅别人的冒犯，这当然是个美德，但对我而言却是用不上的。我不知道我的心灵能否阻止仇恨，因为它从来没有觉得过仇恨，同时，我也很少想到我的仇人了，因此不可能有原谅他们的美德。我的仇人们为着让我苦恼而自己就先烦恼到什么地步，这我说不上来。我是任凭他们摆布的，他们有最大的权力，他们还使用这个绝对的权力。只有一件事是超出他们的权力之外的，并且我想他们也做不到，他们因为害我而伤脑筋，却不能逼迫我也为害他们而伤脑筋。

从起身的第二天起，我就把先前发生的一切都忘得干干净净了，我在整个旅途中，除了不得不时刻注意的那些事情外，什么议院，什么蓬巴杜尔夫人，什么舒瓦瑟尔先生，什么格雷姆，什么达朗贝，连同他们的阴谋与他们的同伙，连想都不去想了。但是代替这一切而进上了我心头的，就是我动身前所读的那一卷书。我也想起了格斯耐尔的《牧歌》——这是他的译者前些时候在贝尔邮寄给我的。

这两个念头一直浮现在我的脑海，它们是那样清晰，那样联合在一起，以至于我想尝试一下，将二者结合起来，用格斯耐尔的诗体，写“以法莲山的利未人”这个题材。这种歌咏田园的淳朴风格的东西似乎是颇不适于写这样一个激烈的题材的，同时我眼前的处境也不能给我提供多少欢乐的思想来把这个题材写得生动些。但是我还是勉强为之，唯一的目的就是要供我在车中娱乐，但绝不怀有成功的希望。我刚一尝试，就惊奇地感觉到，我的思想是那么平静，而表达时又那么流畅自然。三天工夫就将这首小诗的头三章写成了，后来在莫蒂埃又写完了全作。我敢保证，我一辈子也没有写过能比这篇诗更动人的淳朴风尚、更鲜明的色彩、更淳朴自然的描写、更贴切的性格描画、更古色古香的质朴的东西了，而这一切，并没有受到那可恶的恐怖题材的影响，因此，除了其他优点外，我还有战胜困难的优点。

《以法莲山的利未人》即使不是我的最佳作品，也永远会是我最喜爱的作品。我从来不能也永远不能重读这篇诗而不感到一种无怨无悔的心灵的欢乐——这个心肯定不因自己所遭遇的不幸而愤恨，却反而能自我安慰，从自身找到一种东西来弥补它所遭遇的不幸。请你将所有那些在著作中对他们未尝经历的逆境显得那么大度的大哲学家都集合起来，把他们放到像我所处的这种境况里，让他们在觉得荣誉受到了侮辱的那最初的一阵愤恨之中去写这样一部作品吧，在那时你就会看到他们会怎样对待这部作品了。

当我从曼莫洛西动身去瑞士的时候，曾想到依弗东去，在我那仁慈的老朋友罗甘先生家里住下来，罗甘退休后住在那里已经有几年了，他曾请我去看他。我在路上听说去里昂要走弯路，因而这就免得我路过里昂了。但是，不路过里昂就要路过伯藏松，这也是个重要的地方，因而这就有同样的不方便。我就想不如绕条路通过萨兰，找理由去看杜宾先生的侄子梅朗先生，他在那里的盐场工作，以前曾多次请我去拜访。这个办法成功了，因为我没有找到梅朗先生，也就用不着逗留，我为此觉得十分高兴，又一直走我的路，谁也没有问我一句。当我一进入伯尔尼郊境内，就让车子停下来，我走下车，倒下来亲吻大地，并在激烈的感情中叫道："天哪！你是道德的保护者，我赞扬你，我踏上自由的土地了！"我就是这样，每当有了希望，眼就瞎了，就满怀信任了，总是把要成为我的祸害的事物也热爱起来。我的车夫大吃一惊，以为我疯了。我又登上车，没过几小时，就感受到了那既强烈又纯粹的快乐，紧紧拥抱在那可敬的罗甘的双臂之中了。啊！让我在这位贤主人家里休息片刻吧！我需要在这里保持一下勇气和精力，不久我就会找到利用这勇气和精力的地方了。

在我上面的这一段讲述里，只要是我能想得起来的情节我都不厌其烦地写了出来，这肯定不是没有理由的。尽管这些情节本身并不十分清楚，但是，你只要抓住了那阴谋的线索，这些情节就能照亮那阴谋的进程。比方说吧，它们对我行将提出的问题虽然不能提供基本概念，却大大有助于这一问题的解答。假如为了执行以我为对象的那个阴谋，人家一定要我走开不可，那么，一切经过就大概像实际发生的那样，才能让我走开。但是，如果我没有被卢森堡夫人派的人吓倒，不因为她神色慌张所感动，而一直保持坚定，如果我没有待在府第里，而是回到床上去安静地睡到大天亮，我也会被下令逮捕吗？这是一个大问题，许多别的问题的解答都是以这个大问题为转移的，而要钻研这个大问题，那吓人的逮捕令的下达时间与那实际逮捕令的下达时间是有被注意的价值的。这是一个粗浅的但又明显的例子，说明在事实的讲述中，你若想探索事实的秘密原因，那些最不足道的细节也有它的重要性，它可以指导你去用归纳法把秘密原因揭发出来。

第十二章

黑暗的樊篱从此开始了，八年来，我就一直束缚在这个牢笼里，不管我用什么办法都没能穿透它那骇人的黑影。当我沉溺于其中这个不幸的深渊里的时候，我觉得人家给我的打击，一下一下都落到我的身上，我能看到打击我的那个工具，却看不见那只操纵工具的手，更看不见这只手所用的方法。耻辱和灾难，好像自动地落到我头上来了，但表面上还显得若无其事。当我这颗破碎的心忍受不住而叫起来的时候，我反倒像个无痛呻吟的人了。给我造成身败名裂的那些人们，竟然找到了那种无法想象的伎俩，让社会大众都成了他们的同谋，而且还看不出他们的阴谋所产生的后果。

因此当我现在讲述与我有关的那许多事件、我受到的那种种虐待连同我所曾遭受到的一切的时候，我都没有办法追本穷源，找到那只发动的手，没有办法一边说出事实，一边指出原因。这些刚开始的原因，在前三章里都写下来了，一切跟我利害攸关的事情，所有秘密的动机，在前三章里都揭示出来了。但是，要说明这种种不同的原因究竟是如何结合在一起而造成了我生活中那许多奇怪的事件，这是我办不到的，而且连猜也猜不出来。

如果我的读者中有人愿意深究这些秘密，发现真理，我就让他们仔细重读一下前三章，然后，让他们在以后每当读到一个事实，就使用他们掌握到的材料进行检验，由一个阴谋追溯到另一个阴谋，由一个因素追溯到另一个因素，直到找出全局的最初发动者。我当然知道他们的研究将到达怎样的终点，但是指导他们达到这个终点的那些道路是幽暗而曲折的，我自己却无法摸清。

我在依弗东居住的时候，跟罗甘先生的全家都认识了，在这其中有他的外甥女波瓦·德·拉·杜尔夫人连同她的女儿们。我好像已经说过，我以前在里昂就认识了孩子们的父亲。波瓦·德·拉·杜尔夫人是来依弗东看舅父和他的姐妹的，她的长女，大约十五岁，非常聪明，性情脾气又特别好，我对她十分喜爱。我用最亲切的友谊依靠着她们母女二人。

这个女孩子原本由罗甘先生做主，许诺嫁给他的当上校的侄儿了。上校已人到中年，对我也表示极为敬慕，但是，尽管伯父忙于这桩婚事，侄儿也希望成功，而且我也极希望他们两人都能得到满意的结果，可是年龄的差别和那女孩子的极度憎恶让我和做母亲的联合起来归劝这桩婚事，结果它也就没有办成。再后来上校娶了他的亲戚狄安小姐，我觉得她的性情和面貌都十分出色，这让他成了最幸福的丈夫和父亲。尽管如此，罗甘先生还是不能忘记我在这件事上违背了他的意愿。但我心里却是平静的，因为我相信，我对他与对他的家庭，都做到了最神圣的友谊所能尽的义务，这个义务并不是事事迎合，而是事事都进行最好的忠告。

我如果是到日内瓦去，到底会有怎样的待遇在等待我呢？对于这个问题，我猜想的时间并不长。我的书在日内瓦被别人烧掉了，而且，六月十八日，即在巴黎被通缉之后九天，我又在日内瓦被通缉了。在这第二个通缉令里，荒谬绝伦的话写得实在太多，教会法也违犯得太明显，因此我刚开始听到消息的时候还不肯相信呢，到消息完全被证实之后，我害怕这样明目张胆、这样耸人听闻的一个违法行为，将从良知的法则起的一切法则都破坏完了，也会将日内瓦闹得天翻地覆的。但后来我把心放下了，因为一切都平静如常。如果在无知的小民中间有些人议论，那也只是针对我的，我被所有的狂妄的人、所有的学究公开地骂着，仿佛像一个没有好好背出教理而入门的小学生，人家要举起鞭子打他。

这两个通缉令就是标志，全欧洲都起来骂我了，其中的愤激之情，真是没有任何事情可以比拟。所有杂志、所有报纸、所有小册子，都响起了最可怕的警钟。尤其是法国人，这个民族原本是那么温和、有礼貌、豪爽，平时又那么自负，能对不幸者顾大体、全大义的，现在却突然忘掉了他们最宠爱的那些美德，都争相来打击我，用辱骂的频繁跟猛烈来显得高人一等。我变成了一个反教分子、一个无神论者了，一个狂人、一个疯子了，一头猛兽、一只豺狼了。办理《特勒夫日报》的主编说我患有狼人病，而他的语无伦次倒正好证明他自己患有狼人病。总之，简直可以这样说，在巴黎，一个人无论以什么为题发表一篇文章，如果不加进几句话来骂我，就怕被以违警论罪。我对这种全部一致的愤恨怎么也想不清楚，因此我几乎以为所有的人都疯了。

这真是怪事啊！《永享安宁》的编者竟会引起纷争，《鲞乌阿副主教信条录》的印行者竟会是反教分子，《新爱洛伊丝》的作者竟然是只豺狼，《爱莫尔》的作者竟然是个狂人！我的上帝呀，如果我写了《论精神》或相似的一部书，那又该是什么人了？但是，在起来反对《论精神》的作者的那场风暴中，社会大众并没有将自己的呼声与被迫害者的呼声结合起来，恰恰相反，他们却以对作者的极力称赞为他们出了气。我请大家将他的书跟我的书比一比，再将这些书所得到的不同对待，两个作者在欧洲各国所得到的不同待遇也比一比，请大家对这各种不同找出些能让通情达理的人觉得满意的理由来吧。我所要求的不过就是这些，其余的我什么也不说了。

我在依弗东的日子过得非常好，因此在罗甘先生跟他全家强烈要求之下我决定就在那里待下去。本城大法官莫瓦利·德·让先生又以其热烈的情意鼓励我留在他管理的地方中。上校家里有一座小楼，在庭院跟花园之间，他劝我就在那里住下。他的情意极恳切，因此我接受了，于是他立刻就布置家具，安排我的小家庭所需要的一切。罗甘本人是围绕我最殷勤的人之一，整天都不离开我。我对这么多的爱抚，心中始终是知道的，但是有时也感到特别麻烦。

我搬家的日子已经定好了，我又写了信给戴莱丝，让她来与我相会，这时我突然听说，伯尔尼邦掀起了一场反对我的风暴，听别人说是那些虔诚的教徒搞起来的，但我始终没能发现它最初的原因。参议院不知是受了什么人的鼓动，好像不愿意让我在隐世中得到安宁。法官先生第一次听说这种骚动的消息时，就写信给好几位政府成员，为我说情，责怪他们不该采取盲目的措施，说他们把那么多的匪徒都还收留在他们的管辖下，而对一个受压迫的才智之士却拒绝收容，这未免可耻。依据某些机灵的人推测，他责怪得那么强烈，反而惹恼了那班人，并没有起到什么缓和作用。姑且不论这种推测对不对吧，反正他的信誉和辩才都没能抵挡住那一着。他一听说有命令要对我下达，便提前通知了我，我为了不等待命令的到达，便决定第二天就动身，困难的是不知道该往何处跑。目前日内瓦和法国都对我关门了，我想在这件事情上每个国家看到邻邦的做法便都会赶紧模仿的。

波瓦·德·拉·杜尔夫人提议我住到一座家具齐全的空房子里去，那是他儿子的房子，在内斯阿特尔邦的特拉维尔山谷中的莫蒂埃村，只需翻过一座山就到了。这份邀请来得特别合适，因为在普鲁士国王管理之下的各邦里，我会自然地得到庇护，从而免遭迫害，至少，宗教在那里不可能会成为借口。

但是我心里有个困难，却又不便说出，这让我有迟疑的必要。我本来就热爱公理，这种热爱一直激荡着我的心灵，加上我对法国又暗中爱慕，所以我对普鲁士国王有一种憎恶之情，我觉得他那些处世原则和所作所为，将对自然法则与对人类义务的任何尊严都放在脚下踩踏尽了。在我那时装饰曼莫洛西碉楼的那些配了框的版画之中，就有这位国王的一幅肖像，在画像下我写了一首双行诗，末句是：

他思想是哲学家，而行为则是君王。

这句诗，在任何其他人的笔下写出，都会是一句非常美的赞词，然而在我的笔下却有另一种意义，而且毫不含糊，因为上一句把它解释得太清楚了。这首双行诗，只要来看我的人都见过，并且来看我的人并不在少数，并且洛朗齐尼骑士把它抄给了达朗贝，我并不怀疑，达朗贝准会把它奉给国王作为我对他的献礼的。

而这第一个错误，我又拿《爱莫尔》里的一段文章将它加重了，在这段文章里，人们从多尼安人的国王阿德拉斯特身上可以非常清楚地看出我心目中所认为的究竟是谁。这个影射并没有避过许多挑剔者的眼睛，因为布弗莱夫人就曾多次跟我提起过。因此，我肯定我是被用红墨水记在普鲁士国王的记录簿子上的，而且，如果他的处世原则真如我想的那样的话，那么，我的作品与它们的作者就只有让他厌恶了，因为，大家都清楚，恶人和暴君总是将我恨入骨髓的，即使他们不认识我，但是单是读到我的著作就够了。

然而，我还是大胆去听凭他摆布，并且我相信冒的危险并不太大。我知道，卑劣的好恶之情只能控制软弱的人，而对性格坚强的人——我一向认为他就是这样的人——来说，是起不了多大作用的。我断定，依照他的统治艺术，碰到这样的机会是会做出豁达大度的样子让人看的，并且，真正的宽容也不是他的性格所无法做到的。我认为，卑鄙但轻易的报复在他的心里不可能多过他对光荣的追求，而且，我站在他的角度上去想，觉得他利用这次机会用他的慷慨大度去征服一个大胆的敢私议他的人，又绝非不可能的事。所以，我就抱着充分的信任到莫蒂埃去住下了，认为他是能感到这种信任的价值的，我心里想，让·亚克能将自己抬高到跟高力奥兰并驾齐驱的地位，腓特烈难道还不如弗尔斯克人的将领吗？

罗甘上校执意要陪我过山，并且要到莫蒂埃将我安顿下来。波瓦·德·拉·杜尔夫人有个小姑子叫吉拉尔迭夫人，我去住的那座房子原本对她是很方便的，她见到我去，心里很不高兴，然而她还是殷勤地让我住进去了，并且当我在等戴莱丝到来、安顿小家庭期间，就在她家里吃饭。

自从我离开曼莫洛西以后，我觉得我从此就要在大地上东奔西跑了，因此我很犹豫，没有答应戴莱丝来与我相见，共同度过我自己认为注定了的那种漂泊生活。我觉得，因为这次大祸，我们的关系就要变了，在此以前，只要是我对她的恩与惠，从此以后就是她对我的恩与惠了。如果她对我的感情能承受得起我的灾难的考验，那么她会对我的灾难感到伤心的，并且她的悲伤又会加重我的痛苦。如果我的不幸能使她对我的感情冷下来，她就会在我面前炫耀她的坚贞之德，把它当做是一种牺牲，而且，她将不会觉得我与她分享我最后一块面包的那种欢乐，而只觉得她不问命运迫使我到哪里她都愿意随着我的那种美德。我一定要将话全说出来，我没有隐瞒我那可怜的“妈妈”和我自己的缺点，因此我也就不应该对戴莱丝特别留情，不管我怎样乐于称赞我这样亲爱的人，我也不愿意掩盖她的过错——如果心灵情感上的不由自主的变化能被看做真正过错的话。长久以来我就知道她的心逐渐冷下来了。我知道，她对我已经不像我们黄金时代那样了，并且，我越是对她一如从前，就越发对这一点感受得真切。我又掉入了我在“妈妈”身边感到后果的那个尴尬境地，而这种后果，在戴莱丝身上表现得也一样。我们不应该去追求自然界中并不存在的完美，这种后果无论在人世的哪个女人身上都是同样的。

我对我那几个孩子所作的决定，无论我当时认为是如何考虑周全，却并不总是让我安心的。我默念着我的《论教育》，就感觉我曾忘掉一些任何理由都不能让我免除的义务。我的后悔之情最后变得非常强烈，以至于它几乎是强迫我在《爱莫尔》的开头对我的过错作了一个公开的承认，而且说得那么明白无误，如果谁要是读了那段文章之后竟然还有勇气谴责我的过失，那就是怪事了。然而我当时的处境仍然跟过去相同，甚至由于我面临太多那些一心只想抓我的缺点的敌人的恶意，而且比过去还更坏些。我害怕再犯过去的错误，不想冒这种危险，宁愿忍受禁欲之苦也不愿让戴莱丝再遇到同样的情况。此外，我又觉得，房事让我的健康明显地日趋下降。

这双重理由曾让我屡下决心，但有时却未能坚持，不过三四年来，我一般能持之以恒了。也就是从那时起，我感觉到戴莱丝对我冷淡了，她从职责出发对我的感情还是与原来一样，但在爱情方面就不再与从前一样了。这就必然在我们相处之中减少了一些乐趣，因此我想，既然她无论在什么地方都很难得到我的照顾，她或许宁愿留在巴黎，而不愿来跟我流浪。然而，她在我们离别时曾显得那么痛苦，她曾让我作出那么肯定的承诺，保证我们后会有期，我走后她又在孔蒂亲王先生与卢森堡先生面前那么热烈地表示了要和我重新会合的愿望，以至于我不但没有勇气同她谈相互分开的事，连我自己想这件事的勇气都没有了。当我从心底里感到我实在不能没有她的时候，我就全心只想把她立刻拉回到我的身边。我写信让她动身，她就来了。

我离开她还不到两个月呢，但是这么多年以来，这还是我们第一次的分别呀！我们彼此都痛苦地感受到分离之苦了。当我们相互拥抱时，心情是那么激动啊！啊！爱怜与快乐的眼泪是多么甜美！我的心又是多么酣美地饮着这种眼泪呀！像这样的眼泪，人们为什么竟让我流得那么少呢？

一到莫蒂埃，我就写信给内斯阿特尔总督、苏格兰元帅吉斯勋爵，告诉他我到国王陛下的领土上退隐了，并且要求他们保护。他用人所共知的、并且也是我所希望的那种慷慨之情回复了我。他邀我去看他，我就同马蒂内先生一起去看他了——马蒂内先生就是特拉维尔谷地的领主，在总督面前是个红人。这位地位崇高的苏格兰人的那种让人崇敬的风格有力地打动了我的心，我们互相之间顿时就产生了一种强烈的感情，这种感情，在我这方面来说一直是没有变的，而在他那方面，倘若不是那帮使我失去一切人生安慰的奸贼趁我远离了他，就欺负他年纪大，将我的形象在他眼里扭曲得不成样子的话，也一定会一直是一样的。

乔治·吉斯是苏格兰世袭的元帅，也就是那位生得伟大、死得壮烈的名将吉斯的兄弟，他在青年时代就远离了故乡，由于他曾依附斯图亚特王室，因此被他的祖国流放了。但后来他很快就讨厌了斯图亚特王室，因为他看到了它那无义而又暴虐的精神，而这种精神一直就是这个王室的主要标志。他在西班牙待了很久，很喜欢那里的气候，最后同他的老兄一样，归顺了普鲁士国王。普鲁士国王善于用人，给了他们应得的接待。国王因为这种接待而获得了良好的报答，这是因为吉斯元帅帮了他许多忙，而尤其可贵的是他得到了元帅勋爵真诚的友谊。

这位令人尊敬的人物的伟大灵魂是完全共和主义的、高尚的，只有在友谊的促使下才能低下头来，但是它向友谊的低头又是那么一心一意，以至于尽管两人的思想不同，他一旦依附了腓特烈，心里就只有腓特烈了。国王曾让他办了些重大事务，让他到巴黎，到西班牙，最后，认为他年事已高，需要休息了，便委任他以内斯阿特尔总督之职，以便让他养老并能终其才能为这个小邦之民创造福利。

内斯阿特尔人只爱虚幻的东西，不会辨别真正的人才，听到夸夸其谈，便认为才气横溢，看到一个人冷静而不受世俗约束，便把他的质朴看做高傲，将他的坦率看做粗野，将他的沉默寡言看做愚蠢。他们谢绝他好心好意的照顾，因为他只愿意造福人民而不愿意阿谀奉承，所以不会得到他所不赏识的人们的喜欢。珀蒂皮埃尔牧师被他的同行们赶出去了，因为他不愿意他的同行们永远被惩罚在地狱里受罪。在这个令人可笑的事件里，勋爵因为反对牧师们夺取行政权，竟遭到全邦一致的反对，而实际上他是为全邦利益着想的，当我到达该邦的时候，这种愚昧之声还没有完全消失。人们说他至少是一个招人对他抱偏见的人，在他承受的一切责难之中，这大概是比较正确的。

我看到这位尊敬的老人，第一个印象就是可怜他身体的瘦削，岁月已经把他的肌肉销蚀尽了。但是我一看到他那副神采奕奕、爽朗而又尊贵的面容，崇敬之情不禁油然而生，并给予他充分的信任，这种敬仰之情胜过了其他一切感觉。他听了我走上前去对他说的那几句客套话后，竟谈起别的事当做答复，就好像我在那儿已经待了一个星期了。他没有让我坐下，而那位拘束的领主也就一直站在那里，我从勋爵那种锐利而精明的眼神里读出了慈祥的神色，因此马上就感到十分高兴，就自由自在地在他坐的那张沙发椅上靠着他身边坐下了。我听到他顿时采用的那种亲切口吻，就觉得我这种随便的态度让他很喜欢，他心里一定在说："这人肯定不是个内斯阿特尔人。"

这真是性格相投的奇怪效果啊！在那样的年龄，一般人的心都已经失去它的自然热力了，但这位慈祥老人的心却为我燃烧起来，达到了让大家感到惊异的地步。他到莫蒂埃来看我，找借口说是来打鹌鹑，在这里住了两天，但他连一次枪也没有摸过。我们之间形成了这样一种友谊——这里说的友谊是真实的——以至于两人谁也离不了谁了。

他夏天住的科隆比埃府离莫蒂埃有六里约路，我顶多每隔两个星期就去住上一昼夜，然后又像朝拜圣人一样走回来，一心只惦记着他。我当年由退隐庐往奥伯纳去的时候，内心的感受当然与此不相同，但是它并不比我走近科隆比埃府时所觉得的滋味更为甜美。我知道这位可敬的老人那种慈父般的恩情、那种敬爱的美德、那种温和的哲学时，便时常在路上流下多少感激的眼泪啊！我叫他为父亲，他叫我为孩子。这两个甜蜜的称呼可以部分地表现出我们的相依之情，但是还不能表示出我们彼此相求的那种需要跟经常互相接近的愿望。他执意要我住到科隆比埃府去，曾长时间劝我定居在我暂时住的那套房间里。最后我对他说，我还是感觉住在自己家里比较自由，宁愿一辈子都这样跑去看他。他很赞许我这种坦率，从此就不再谈这件事了。

仁厚的勋爵啊！我尊敬的父亲啊！现在想到你，我的心还是那么激动啊！那帮野蛮人！他们把你同我隔开来，这给了我多么沉重的打击啊！然而，不，不，伟大的人啊，你之于我，现在是、将来永远是一样的，我也一直是一样的。他们骗了你，但是他们却没能改变你。

元帅勋爵不是没有缺点，他有见解，但他毕竟是个人。他有最敏锐的智慧、最机灵的识力，他最知人，但是他经常也受人蒙蔽，并且一去而不返。他的脾气很奇怪，思考有点古怪、反常。他好像把天天见到的人忘记了，可是在他们万万想不到的时候忽然又想起了。他对人的看法似乎总不合适，他的馈赠凭他一时高兴，而不问合适不合适，他脑子里想到要送给你什么，他就立刻拿给你或寄给你，价值高昂或毫无价值，对他来说都无所谓。

有一个日内瓦青年想去普鲁士国王手下效劳，便跑来找他，勋爵给他的不是一封信，而是一个小布袋，里面盛着蚕豆，要他拿去交给国王，当国王接到这个奇怪的介绍时，立刻就为送袋的人安排了一个工作。卓越的天才彼此间另有一种语言，而这是凡夫俗子永远不能知道的。这些小小的怪癖，就好像美妇人无端作态，让我觉得元帅勋爵格外有趣。我相信，并且我后来也感受到，这些脾气并不影响他的感情，也不影响友谊在重要关头所要求于他的那种对别人的照顾。不过有一点也是事实，在替人帮忙的方式上，他还是表现出同他对人的态度上同样的奇怪。我只讲出一点来说明这种奇特之处，这是一件无所谓的小事。

从莫蒂埃到科隆比埃，要一天就到，我确实承受不了，所以总是分两天走，午饭后起程，半路上在布洛特歇一晚。这个主人名叫桑托兹，他需要向柏林求得一个对他非常重要的恩准，便让我请总督阁下替他要求。我当然愿意帮忙，便带了他同我一起去府上，我将他留在套间里，自己过去把他的事对勋爵说了，但勋爵没有说话。上午过去了，当我走过套间去吃午饭的时候，只见那可怜的桑托兹正等得烦躁不安，我认为勋爵将他忘了，因此在入席时又对他讲了一遍，他还是跟以前一样，一句话也不说。我觉得，他是用这种方式让我感到我是多么让他厌烦，但这样也太叫人受不了，我便闭口无言，暗中替桑托兹叫苦。当我第二天回来时，他的道谢令我十分惊讶，因为他在总督阁下家里得到了很好的接待，吃了一餐很好的午饭，并且，总督阁下还接受了他的呈文。三个星期以后，勋爵就将他所请求的命令派人送给他了，诏令是国王签署、由大臣发出的。他就这样办了，一直不肯对我或对桑托兹本人说一个字或说一句话。我原本以为这件事他是不愿意负责去办的。

我真想让乔治·吉斯不停地谈下去啊！我最后的快乐的记忆都是源自他那里的，而且我生活的剩余部分则只是些苦恼的痛心事了。每当我想起这些事来就非常伤心，越想就越乱，因此不可能在叙述时有什么层次，今后我便不随便安排我的叙述，想到什么就写什么了。

我在这里逃避难题，本来是怀有不安情绪的。

不久国王给元帅勋爵的复信将我从不安中释放出来，我在元帅那里找到了一位很好的辩护律师。国王陛下不仅同意他已然做过的事，并且还让他——我得将什么都说出来——送给我十二个路易。那仁厚的勋爵为这样一个使命感到非常为难，不知道怎样才能将它完成得不失礼貌。他全力减轻这个侮辱，将这笔钱改成实物供应，告诉我说，他奉国王的命令为我提供薪炭，以便让我把我的小家庭建立起来，他甚至还补充说——这也许是由于他自己的意思——国王很愿意为我盖一所小房子，样式完全随我的意，只要我能选定一个地点。后面这一个赠送让我很感动，并且让我忘掉了前一赠送的小气。这两个赠送我都没有接受，但是我已将腓特烈看成我的恩人和保护者了，并且我是多么真诚地对他表示好感，从此我就十分关心他的荣誉，正像我过去对他的成就说得十分不公平一样。

在他不久签订和约的时候，我用一个十分雅致的彩灯表示了我的祝贺：那是一套花环，我用来打扮我住的那所房子。在这套花环上，我确定是倾注了那种报复性的豪迈心情的，因为我花的钱大概有他准备送给我的钱那么多。和约一旦签订，我就认为既然他在军事上和政治上的光荣已达到顶点，他将会休息一阵，振兴商业和农业，在国内开垦荒地并在其中重新安排居民，跟一切邻邦维持和平，由欧洲的魔王转变为欧洲的仲裁者，以便争取另外一种光荣。他是完全可以放下宝剑而不冒任何危险的，因为他大可以相信别人将不会逼迫他将宝剑再拿起来。我看他还不放弃武装，就害怕他不善于利用他的有利条件，只能变成半个伟人。

我因为这个问题，大胆写了一封信给他，并且采取像他那样性格的人所喜欢听的那种家常口吻，把这个神圣的真理之声直接送到他的耳朵里去——这种真理之声是只有很少一部分国王能有资格听到的。这件大胆的事我是秘密做的，由我说出来，让别人听到。我甚至连元帅勋爵也没让听到。我将致国王的信封好好地交给了他，勋爵也就将我的信送了出去，并没有打听内容如何。国王对这封信没有答复，不多久后，元帅到柏林去了，国王只对他说，我曾好好地将他教训了一顿。因此我就了解到，我的信引起了不好的反应，我那一片热情的坦白被看做学究先生的才气了。实际上这是十分可能的，也许我说的不是我能说的话，我用的语气不是我应该用的语气。但我只能保证，我动笔的原因是出于一番苦心。

我在莫蒂埃–特拉维尔定居下来以后不久，就获得了一切可能的保证，我感觉人家会让我安静地在这里住下去，因此就穿上了亚美尼亚服装。这并不是什么新鲜提议，在我这一生中，这个念头已经在不同的时期有过好几次了，在曼莫洛西时我就经常这样想，因为那时我经常用探条，必须待在卧室里，这就让我特别感到穿长袍的好处。正好有一个亚美尼亚裁缝常来看他的一个住在曼莫洛西的亲戚，这种方便又促使我很想趁此机会就换上这种新装，不去管人家议论什么——我对别人的闲话本来就是不在乎的。然而，在选择这种新的服饰之前，我还是愿意询问一下卢森堡夫人的意见。她是全力劝我采用的，因此我就购置了一小箱亚美尼亚衣服。但是，针对着我的那场风暴掀起来了，这又让我必须到比较平静的时候再穿。

只是在这几个月之后，因为我旧病复发，再次乞求于探条，我才感觉我还可以在莫蒂埃用这种新的装束而不至于冒什么风险，特别是事前我还请教过当地的牧师，他说我即使穿这种服装到教堂去也不是什么奇怪事。所以我就穿上了长袍，披上了皮斗篷，戴上了皮圆帽，系上了大腰带。在我穿这样的装束参加了圣事之后，就感觉穿这种服装到元帅勋爵家里去也没有什么不好。总督阁下看我这样装束，唯一的寒暄话就是说声“萨拉姆阿勒基”，从此我就不再穿别的服装了。

既然我已完全放弃了文学，就想只要我自己能做了主，那么就去过一种宁静但甜美的生活。我独自一人的时候，从来没有感到过厌烦，即使是在完全无事可做的时候也没有改变。我的想象力可以将一切空白都填充起来，单只是它，就让我闲不住。只有几个人面对面地坐在屋子里闲聊天，一直要嘴皮子的时候，才是我一辈子也无法忍受的事。走走路、散散步，那倒也还行，至少脚和眼睛都还在做点事；但是抱着胳臂坐在那里，一直谈什么今天天气如何呀、苍蝇在飞呀；要么更糟糕些，你夸奖我、我恭维你呀，这对我就真是无可忍受的苦刑了。为了不过野人的生活，我就想要学着编编带子。我带着我的坐垫去串门，要么和女人一样，坐到门口去干点活儿，同过路的人聊聊天。这就让我能把无聊的废话忍受下去，让我能在一些女邻居家里浪费时间而不至于感到腻味。

在我那些女邻居中间有好几个都是非常可爱的，也不缺少才智，其中有个名字叫伊萨贝尔·狄维尔诺瓦的，是内斯阿特尔检察长的女儿，我觉得她很值得敬佩，所以与她建立了一种特殊的友谊。她得到我的友谊也并不吃亏，因为我曾给她许多有益的建议，在紧要时候还帮助了她，所以，现在已经成为贤妻良母的她，也许是幸亏我才有那样的头脑、那样的丈夫、那样的生活与那样的幸福。从我这边来说，我也是幸亏她才得到很好的安慰，尤其是在一个寒冷的冬季，那时，在我的病痛与苦恼正日益强烈的时候，她时常来跟戴莱丝和我长夜漫谈，她知道用她那优雅的才智跟我们互诉衷肠，让我们不感到长夜漫漫。她叫我为爸爸，我叫她为女儿，我们现在还是这样互相称呼着，希望这两个称呼将来给她和我永远留下亲切感人的纪念。为了让我编的带子有点用处，我就在我那些年轻的女友结婚的时候当做礼物送给她们，要求是要她们将来亲自带给她们的孩子。伊萨贝尔的姐姐就因为结婚礼物的原因收到了一副带子，并且没有辜负这份礼物，伊萨贝尔也同样有了一副，在主观上也没有辜负这份礼物，但是她没有如愿以偿。我送带子的时候，给每人都写了一封信，第一封信曾广为传诵，但是第二封信就没有怎么传出去了，友谊原本是不需要那么夸张的。

我在邻近地区同许多人的来往，就不详细讲了，不过我或许应当提一提我同皮利上校的关系。皮利上校在山上有一所房子，因此夏天就到这里来住。我并没有急迫地要同他认识，因为我知道他在朝廷上和在元帅勋爵跟前都处得不好，他根本就见不着勋爵的面。但是，因为他来看我，并且对我还有很多客气的表现，我也就必须去看看他。来往就这样继续下去了，我们有时还相互邀请在家里吃吃饭。

我在他家里认识了贝洛先生，后来我同贝洛先生相交非常密切，所以我应该要谈谈他。贝洛先生是个美洲人，是苏里南的一个司令官的儿子，在司令官死后，继任人内斯阿特尔籍的尚伯里埃先生就娶了司令官的遗孀，当这位遗孀再度寡居后，便带儿子到后夫的家乡来落户。贝洛是独子，十分富有，又受到母亲的百般疼爱，得到专心的抚养，很受益于所受的教育。他懂得许多一知半解的知识，对艺术有一定程度的喜欢，特别善于推理自夸，他那又冷漠、又像荷兰人哲学家的神气，他那黝黑的肤色，他那沉默而内敛的性格，很让人相信他是个思想家。他虽然很年轻，可是又聋又闹痛风，这就使得他的一切动作都很稳重、严肃，而且，尽管他很喜欢争吵，甚至有时吵得时间还很长，但一般说来，他还是没有多少话，因为他耳朵听不到。他的整个这副外表都让我肃然起敬，我心里想：这是位思想家，是个有智慧的人、有这样一个人做朋友会是很幸福的。为彻底让我拜倒，他经常跟我说话，但始终不带任何尊敬的语气。他不经常谈到我，不大谈到我的书，并且也很少谈到他自己，他不是没有见解，相反，他所说的话都相当正确，这种正确就吸引了我。在思想上，他没有元帅勋爵那样高超精确，但是有同样的朴实，就这一点来说，他是勋爵的代表。我并没有对他着迷，但是我因为敬佩而产生了感情，渐渐地，这敬佩之情就变成了友谊。我同他相处，完全忘了我当初反对同霍厄巴赫男爵交朋友时说的那句话：他太富有了，我现在相信我当时是错误的。经验一直让我怀疑，一个享有巨大财富的人，不管他是谁，会真诚地喜欢我那些原则和那些原则的制定人。

在很长的一段时间内，我很少见到贝洛，这是因为我不到内斯阿特尔去，而且他又每年只到皮利上校的山上来一次。为什么我不到内斯阿特尔去呢？这是一种孩子气，我应该谈一谈。虽然我得到了普鲁士国王和元帅勋爵的保护，因此总算避免了我在避难地方受到的迫害，可是我没能避免公众的、市政官吏的和牧师们的私下议论。自从法国对我攻击以来，要是谁不给我一点嘲笑，就不能显出是好样儿的，人们怕如果不照我那些迫害者的样子行事，就会被看做是不同意那种做法。内斯阿特尔的上层分子，即该城的牧师集团，首先难为我，企图策动邦议会来对付我。这个企图未能成功，牧师们就去找行政长官，行政长官立刻禁止了我的书。他是一找到机会就要不客气地对待我的，他透出话来，甚至明白地说，如果我原本想住在城里，人们也是不会忍受的。牧师们在他们创办的《信使》杂志里写满了荒谬言论与最无聊的虚伪之谈，这些言论，尽管让头脑清楚的人为之一冷，但也煽动了民众起来反对我。

但是听了他们的那些话，我还感激涕零呢，因为他们能允许我在莫蒂埃住下来，也算是一种不同凡响的恩典了——实际上，莫蒂埃是不在他们的权力范围以内的。他们巴不得用瓶空气给我，让我付高价来买。他们要我感激他们的保护，并且这种保护，是国王没有顾虑他们的反对给我的，也是他们不断努力要让我放弃掉的。

最后，因为他们办不到这一点，便在全力损坏我、毁谤我之后，用他们根本不可能做到的事算作自己的一份功劳，向我夸耀他们是如何仁慈，竟允许我在他们的国土上住下。我原该看不起的，但我太蠢了，竟同他们生起气来，并且荒谬至决定不到内斯阿特尔城里去，还把这个决心坚持了近两年之久。其实他们的态度，不论是好是坏，都是不由自主的，一直受别人推动的。我如果注意到他们的态度，那倒是太瞧得起他们了。再说，那帮既无教养又无知识的人，那帮只看重地位、权力和金钱的人，恐怕连做梦也想不到对才智之士应该有所尊重，根本想不到谁侮辱了才智之士就是丢自己的脸。

有一个什么村长，曾是因贪污被撤职的，竟同我那伊萨贝尔的丈夫、特拉维尔谷地的警官说："人家都说那个卢梭怎么怎么聪明，你将他带来给我看看是不是真的。"当然啰，说这种话的人所表示出的不满，是不会叫遭到这种不满的人如何生气的。

依照我在巴黎、日内瓦、伯尔尼乃至内斯阿特尔所受到的待遇，我就不期望当地的牧师能给我点什么照顾。但是，我是由波瓦·德·拉·杜尔夫人介绍给他的，他也曾经对我表示过欢迎。不过在这地方，人们对任何人都一律夸奖，因此友好的表示是没有意义的。在那时候，我既然已正式重新信奉新教，又生活在一个新教国家，我就必须参加我所信奉的宗教的公开活动，要么就要违背我的誓愿跟我作为公民的义务，因此我得去参加圣事。从另一方面来说，我又害怕走到圣体台前被人拒绝，遇到难堪。

看来，日内瓦的议会，内斯阿特尔的宗教界都已经闹得满城风雨了，此地的牧师简直是不可能让我安静地走进他的教堂里去领圣餐的。所以当我看圣餐礼快到的时候，就想写封信给曼莫洛先生（这就是那个牧师的名字），表示一下我的愿望，并且向他表明，我心里一直是皈依新教教会的。同时，我跟他说，为了避免有关信条的无谓争论，我不愿对信条个别地作任何解释。这个手续一办完，我就完全放心了，我想曼莫洛先生一定不会让我去，因为他肯定不能让我不通过事先的个别解释就去参加圣餐，而我又不愿意进行事先的个别解释，这样一来，事情就可以不了了之，而且还不能怨我。

谁知道事情却完全不是这样。在我意想不到的时候，曼莫洛先生来了，而且还向我说明，他在我提出的条件下允许我去领圣餐，并且还说，他跟老教友们都因为有我这样一个信徒而感到极大的光荣。我从来就没有这样的惊讶过，也从来没有觉得过这样的宽慰。我认为一直孤独地生活在世上是一种十分凄凉的命运，特别是在处于逆境的时候。在那么多的通缉跟迫害之中，我能跟自己说："至少，我是同我的教友们在一起。"这可是太好了，因此我就去领了圣餐，这时我内心的感动和由感激而流出的眼泪也许是人们在领圣餐时最能让上帝满意的精神状况了。

不久以后，勋爵让人给我送来了布弗莱夫人的一封信，据我判断，这封信肯定是通过达朗贝转来的，因为他知道元帅勋爵。这是这位夫人从我离开曼莫洛西以来给我写的第一封信，在这封信里，她痛彻地责备我不应该给曼莫洛先生写那封信，特别是不该去领圣餐。我真不明白她是同谁发这顿脾气，特别是因为，从我那次到日内瓦旅行以来，我一直就公开宣称我是新教徒，而且我又曾在大家注视之下到过荷兰教堂，谁也不认为我这事做得不对。布弗莱伯爵夫人竟然想在宗教问题上引导我的信仰，我感觉这未免太可笑了。不过，我并不怀疑她的用心是好到无以复加的——尽管我一点也不知道她的用心何在，因此我对这种离奇的谴责绝不生气，平静地回复了她的信，给她说明我的理由。

这时，辱骂我的印刷品甚嚣尘上，它们那些好心眼的作者责怪权力机关对我太温和了。主谋者继续在幕后指挥这种奇怪的大合唱，有点阴森可怕的样子。我呢，让他们说去，丝毫不为所动。有人对我说，索尔朋神学院发出过一封谴责书，这我根本不信。这件事，索尔朋有什么可管的呢？它想宣扬我不是天主教徒吗？这是众所周知的事，它想证明我不是好的喀尔文派教徒吗？这又跟它有何相干？他操这种心真是太奇怪了，简直是要替代我们的牧师了。在看到那个文件之前，我以为是别人用索尔朋的名义把它传播出去，用来嘲笑索尔朋的，读了那个文件之后，我愿意相信是这样。最后，当我不再猜疑那个文件的真实性的时候，我怎么都只想到这一点，应该将整个索尔朋的人都送到疯人院去。

另一份公布的文件让我更加痛苦，因为它来自我一直尊敬的一个人，这个人，我敬佩他的坚定性格，却惋惜他的盲目行动，我说的是巴黎总主教反对我的那份训谕。

我认为我有责任，必须给予答复。我应该答复得不失身份，这与我当年答复波兰国王的情形大概是一样的。我从来就不喜欢伏尔泰式的粗暴的争吵，我只知道在保持尊严的条件下与人家交手，我要确信攻击我的人能不污辱我的打击时，才肯自我保护。我毫不怀疑那篇训谕是耶稣会教士的手笔，尽管他们当时也已经成了落水狗，但我在这份训谕里还看得出他们攻击落水狗的那个老信条。因此，我也就根据我的老信条行事。一面敬重名义上的作者，一面给作品以致命的攻击。

我就是这样做的，并且相信干得非常成功。

我感觉住在莫蒂埃很舒服，想要在此养老，但只缺一个可靠的生存来源。这地方生活水平很高，由于我原来的家被拆散了，又安了一个新家，一切家具，卖的卖、丢的丢，再由于我离开曼莫洛西以来那些必不可免的花费，我原来的计划全给打翻了。眼见着我面前的那笔小资金一天天在减少，再有两三年就会将剩下的那点钱消耗完，而除了再去写作以外，又看不出一点方法能再积攒起这样一笔小资金，而写作是个不好的职业，我又早放弃了。

我相信，形势不久会向对我有利的方面转变的，人民群众从他们的疯狂中醒悟过来之后，会使权力者也对自己的疯狂感到惭愧，所以我只想想办法把我的生活资源保持到那个运气好转的时候，将来有了这种改变，我就能从送上门来的各种生活资源中加以选择。因此，我又拾起了我那部《音乐词典》，这部词典，我花费了十年工夫，已经写得差不多了，只差最后的修改和誊写。不久前别人给我寄来的我的书籍为我提供了完成这个工作所需的资料，同时寄来的我那份文件，又让我能够开始写我的《回忆录》，自那以后，我就要集中精力专写这部著作了。

我首先将一些信件转抄到另一个集子里，以便指导我的记忆力，搞清事实与时间的顺序。我早已将我要为此而保留的信件都选好了，次序的连接差不多十年都没有间断。但是，当我清理转抄的时候，却发现里面有个漏洞，这让我惊讶。这漏洞有大约六个月之久，从一七五六年十月到次年三月。我明白地记得我将蒂德洛、德莱尔、埃皮纳夫人、舍农索夫人等人的许多信都选出来了，这些信正好填充这个漏洞，但现在却找不到了，都到哪里去了呢？我的稿件存在卢森堡公馆里的那几个月当中有人看过吗？这是令人无法想象的事，我曾看到元帅先生拿去了我存稿件的那个房间的钥匙，因为有好几封夫人的信连同蒂德洛所有的信都没有日期，又因为我曾被迫凭着记忆力试图把日期填上，以便按照那些信的原有次序给予排列，所以我起先还以为我曾把日期搞错了，特地把无日期的信或由我填写日期的信都拿出来，然后加以检查，看看在这里面是不是真找不到应该填充这个漏洞的信件。这个尝试并没有成功！我看出，漏洞的确是存在的，那些信确实是被偷去了。谁偷去了呢？为什么要偷呢？这正是我想不通的。那些信，都是在我那几场大争吵前不久、在我为《朱莉》感到陶醉的时候写的，同谁也没有利害关系。内容也顶多是蒂德洛对我的一些纠缠、德莱尔的一些讥讽、舍农索夫人连同埃皮纳夫人的——那时我同埃皮纳夫人之间的关系非常好——一些友谊的表示。这种信又对谁有用呢？拿去做什么呢？七年之后，我才知道这一盗窃的丑恶目的。

这个缺失查实了，我就重新检查文稿，看看是否还会发现其他缺失。我又找到了几个，而这几个缺失，又由于我的记性不好，让我认定在我那大堆的文件之中还会有其他的缺失。我认为《感性伦理学》的草稿没有了，《爱德华爵士奇遇记》纲要的草稿也没有了。这后一部草稿的没有，我承认，让我有些怀疑是卢森堡夫人做的。这些文件是她的随身侍从拉·罗什邮给我的，我想天下也只有她能关心这点废纸，但是另外那一部草稿，还有那些被取去的信，又有什么值得她关注的地方呢？那些信，即使一个人怀有恶意，也不可能利用它来害我呀，除非是想照着造假。至于卢森堡先生，我知道他一直以来都是正直的，并且对我的友谊也是真实的，我不能疑心到他，甚至我也不能把这种疑心就放在元帅夫人身上。

我为找到这个窃犯伤了很长时间的脑筋，最后感觉只有一个想法比较合理，就是将这个偷窃行为算到达朗贝身上。他那时已经到卢森堡夫人家里去了，很可能想了个办法去看这些文件，拿去了其中他看重的东西，不管是手稿也好，信件也好，其目的要么是给我找点麻烦，要么是把可能对他合适的东西归他自己所有。我想，《感性伦理学》这个名称可能诱惑了他，让他认为发现了一部真正的论唯物主义的著作的摘要。大家都能想象，他会怎样利用这种纲要来对付我。我相信他细读草稿后，很快就会知道自己想错了，而且我既然已经决定完全脱离文坛，所以对于这次扒窃，也就没有放在心上了：这次的扒窃已经不是同一只手所做的第一次，过去我都能一直忍受下去，而且没有说过一句怨言。不久，我就不再去想这种不老实的事情，就像根本不曾有过这种事一样，我就开始整理剩余的那些材料，好专心写我的《忏悔录》了。

我很久以来就以为，日内瓦的宗教界，要么，至少是公民和市民，会对通缉我的那道命令里违反教会法的地方提出抗议的。可是一切都很平静，至少表面上如此，但实际上却有一种普遍的不满，只等机会一到就发泄出来。

我的许多朋友，或者认为是我朋友的人们，一封接一封地写信给我，劝我去领导他们，保证公众会改正议会的过失。我害怕我一到场就会导致纷乱和动乱，所以就没有接受他们的请求，我是守着我过去的誓言的，那就是永远不管我国的任何内乱，所以我宁愿让侮辱继续下去，在祖国以外流亡，也不愿用暴力而危险的手段返回祖国。虽然，我原本期待市民方面对一个跟他们有非常大利害关系的违法行为会有些合法并且和平的表示的，但事实上却一点也没有。领导市民阶级的人所努力追寻的不是真正的维持公平，而是找机会表现自己是不能缺少的人物。他们在暗中捣乱，却默不作声，让那些不停说话的人们、假忠诚和自称忠诚的人们吵翻了天，这些人都是议会选出来打前阵的，为的是让无知的小民觉得我丑恶不堪，而将他们的胡作非为看做是出于宗教热情。

我原认为有人会出来对非法的判决程序提出抗议的，但是我白白等了一年多，最后，我作出了决定，我看我被自己的同胞抛弃了，就决定放弃我那忘恩负义的祖国。原本我就一直没有在祖国生活过，而且也没有得到祖国的一点好处、任何帮助，而当做我努力为它争光的回报，我竟被它这样卑鄙地对待了，而且是全国一致的对待，并且那些原本应当说话的人什么也没有说。

因此，我就给那一年的首席执行委员——我认为就是法弗尔先生，写了一封信，正式放弃我的市民权，不过在这封信里，我还是讲到了礼数，保持了克制。敌人的残暴常迫使我在灾难中作出勇敢的举动，而我在作出勇敢的举动时一直是注意到礼数和克制的。

我的这种做法终于让民众们睁开了眼，他们知道，他们为自身利益着想也不应该放弃对我的保卫，因此他们就起来保护我了，但是已经太晚了。他们还有别的一些不满，都拿来跟这项不满合在一起，这些构成了多次提出的意见书的内容，讲得合情合理。议会自认为有法国政府做后台，便严酷而令人失望地拒绝了他们，这样一来，他们更加感到议会要奴役他们，因此也就更加扩大意见书的范围，加强意见书的分量。这种反复争辩曾产生过各种小册子，直到《乡间来信》突然发表时，都没有决定性的结果。

《乡间来信》是维护议会的作品，写得非常巧妙，国民代表这一派被它弄得无话可说，一时算是被打垮了。这个文件是作者的稀罕才能的传世佳作，来自检察长特龙香的手笔。特龙香是个非常聪明的有知识的人，熟知法律，又深知共和国家的政体。

国民代表派经过一段气馁之后又恢复起精神来了，因此便想写一篇答辩。他们花费了不少时间，写得还算说得过去。但是大家都中意我，认为我是唯一一个可以同这样对手打擂台的，并且有希望将他打倒。我承认，我当时也是这样认为的。我的旧同胞们以为他们这个困难是我引起的，我有责任拿我这支笔来给他们帮一些忙。我在他们的劝阻之下，便开始驳斥《乡间来信》，我把原作的名称戏改为《山中来信》，用来当做我的作品的名称。

这个工作，我计划并且执行得非常秘密，以至于我在托农跟国民代表派的首领见面，专门说他们的问题的时候，他们将他们的答辩提纲拿给我看了，我却没有说我的答辩，但这时我的答辩已经写好了，只怕稍微漏点风声，不管是漏到官吏或我的私人仇敌的耳朵里，印刷都会出现障碍。但是，我并没能避免这部作品出版前在法国就有人看到，但是人们宁可让它出版，也不愿让我清楚地知道他们是如何发现了我的秘密。关于这一点，我知道多少就会说多少，但是我知道的非常有限，凡属猜测之词，我将一律不说。

在莫蒂埃，来拜访我的人差不多与我在退隐庐和曼莫洛西的时候一样多，但是拜访的性质却不相同。在这以前，来拜访我的人都在才能上、爱好上、信仰上跟我有些关系，因此他们就用这些关系为借口来找我，让我一见面就能直言不讳，谈我能够同他们谈的事。但在莫蒂埃就不是这样了，尤其从法国方面来的人更是这样。他们都是一些军官，要么是对文学没有一点爱好的其他人，甚至大部分压根没有读过我的作品，但依照他们自己说，却依然跑了三十、四十、六十、一百里来看我，看看我这个文人、名人、大名人、大伟人，等等。

从那时候起，人们就不断对我进行最无聊的阿谀奉迎，而在这以前，来同我接触的人对我的尊重一直是让我免受这种罪的。由于那些不速之客大部分都不肯说出自己姓名，也不肯说明身份，又因为他们的知识同我的知识都无法落到相同的对象上去，更由于他们没有读过甚至没有翻过我的著作，因此我不知道同他们说些什么才好。我等他们自己开口，因为只有他们才知道为何来访，应该由他们对我说明来意。可想而知，我对这种谈话是不会感兴趣的，他们有可能会感兴趣，这就看他们想知道的是什么了。我这个人没有防人之心，无保留地畅谈他们认为向我提出的一切适合问题，通常，当他们回去的时候，对我的境况的一切细节，都了解得跟我自己一样清楚。

比方说吧，我就是这样迎接了范斯先生，他是王后的侍从兼王后卫队的骑兵队长，他竟然有那样的耐性，在莫蒂埃待了好几天，甚至还牵着他的马，一直同我步行到拉·费里埃尔，但我们两人除了都认识菲尔小姐，都会玩小转球以外，根本没有其他共同之处。

在范斯先生以前与以后，我还接待过另一次拜访，这次就更奇怪了。有两个人步行来了，每人牵着一头骡子，驮着他们的小行李。他们到小客栈里住下，自己将骡子刷洗干净，随后就要来看我。人们看到这两个骡夫的装束，都认为他们是走私贩，立刻将消息传了出去，说有走私贩来拜访我了。但是他们靠近我的那种神气就告诉我，他们不是那一种人，不过，他们虽然不是走私贩，却很有可能是冒险家，这个怀疑让我一时非常有戒心。但他们很快也就让我安心了，原来一位是蒙多邦先生，又称杜尔·迪·班伯爵，是多斐内省的一个绅士；另一位是达斯蒂埃先生，卡尔邦特拉人，曾在军中任过职，他将圣路易勋章揣在兜里，省得让人看出来。这两位先生都非常亲切，都很有才华，他们的谈话优雅而又有趣，他们那种旅行方式也很符合我的口味，又不太合法国绅士的习尚，所以就让我对他们产生了感情，而他们的风度又只能让这种感情加强。我同他们的相识并没有到此就结束，并且现在还在继续，他们后来还来拜访过我好几次，但是就不再是步行来的了——以步行开个头有可能是一件雅事。但是我越看这两位先生，就越发现他们的爱好跟我的爱好之间很少有相同之处，越感觉他们的信条不是我的信条，越感觉他们并不熟悉我的作品，在他们同我之间没有任何真正的情感共同之处。那么，他们有什么事求我呢？为什么穿那种装束来看我呢？为什么住了好几天呢？为什么又来了好几次呢？为什么那么切盼我到他们那里去做客呢？我那时并没想到对自己提出这些问题。但是从那以后，我经常就这样问自己。

我被他们热情的表现打动了，就毫不犹豫将我的心交了出去，尤其是交给了达斯蒂埃先生，因为他的态度比较开明些，让我更加喜欢。我甚至后来还一直同他通信，并且，当我要印《山中来信》的时候，还想让他帮忙，以便骗过那帮在去荷兰的路上偷看我的文稿包裹的人们。他曾屡次跟我谈到，而且可能是有意地谈到，出版事业在阿维尼翁是如何自由，他又曾毛遂自荐地对我说，如果我有东西拿到那里去印，他愿帮助我。因此我就依靠他，陆续将我的手稿的头几分册邮给他了。他将这部分稿子留了很久之后，又给我邮了回来，说没有一个书商敢印，于是我就必须再找雷伊，小心翼翼地将我那些分册一册一册地邮出去，没有收到前册已经收到的通知，后册就继续邮。

在该书还未出版前，我清楚它在大臣们的办公室里曾被人看到过，内斯阿特尔人埃斯什尔尼同我谈到一本叫做《山中人》的书，说霍厄巴赫曾跟他说是我写的。我对他保证说，我从来没有写过有这个名字的书，因为事实的确如此。《山中来信》出版的时候，他非常气愤，骂我说谎，尽管我对他说的全是真话。以上是说明，我是如何确实知道我的稿子曾被人看过。我相信雷伊是忠实的，因此我就必须向别的方面去作种种推测，而我大概肯定下来的猜测，就是我那些文稿包裹在邮寄途中被人拆开了。

另外一个人大概是我与此同时认识的，但是是以书信开始的，这就是拉利奥先生。他是尼姆人，从巴黎写信给我，请我将我的侧面剪影像寄给他，因为他想拿这张像给勒·穆瓦纳，让他雕一个我的大理石半身像，以便放在他的图书室里。如果那是为想我而想出来的一种奉承办法，那真是太成功了。我断定，一个人想要把我的大理石半身像放在他的图书室里，一定是读过我的著作，因而也就是相信我的学说的，他肯定爱我，因为他的心与我的心是相通的。这种想法当然诱惑我。后来我看到拉利奥先生了，我看到他急切地想给我帮点小忙，要管我的许多小事，但是，另一方面，我想在他平生所读的那几本书里是否有一本是我的作品。我不清楚他是不是有个图书室，如果有，对于他是否有用，至于那座半身像，充其量是一个蹩脚的黏土制品，是勒·穆瓦纳做的，并且还在上面雕了一个非常丑的人像。他用我的名字到处吹嘘它，好像这个像跟我本人有任何相似之处似的。

我觉得利穆赞团队的一个青年军官似乎是出于爱好我的见解和著作而来看我的唯一的法国人，他名叫塞吉埃·德·圣布里松，曾经在巴黎社交界凭着他非常令人爱慕的才气跟自命不凡出过风头，有可能现在还是这样。

他曾在我大难临头前的那个冬天到曼莫洛西来拜访我，我觉得他热情奔放，很喜欢他。后来他又写信到莫蒂埃来，而且，也许是想阿谀奉承我，也许是读《爱莫尔》真读得迷糊了，对我说，他要离开部队，过自立生活，并且还说，他正在学木匠手艺。他有个哥哥在同一团队里做上尉，是母亲的唯一宠爱的人，母亲是个过度虔诚的信徒，不知道是由一个什么虚伪的神甫教导的，对小儿子很不好，理由是说他不信奉宗教，而尤其不可原谅的是跟我有关系。以上就是他的怨言，他因此要同母亲断交，走上我刚才说过的那条路，目的是做个小“爱莫尔”。

我看到他那股急躁劲儿就慌了，连忙写信给他，让他改变想法，经过我苦口婆心的劝阻，他听了我的话。他对母亲又恢复了子职，并且从他的上校手里将辞职信收了回来。在他递了这份辞呈之后，上校总算认真从事，当时没有作任何对待，好给他留下进一步考虑的时间。

圣布里松从他那些稀奇古怪的念头里醒悟过来之后，又起了一个尽管不那么荒谬、但不合我口味的傻念头，他要当作家。他连续出了两三本小册子，这些小册子并没有表现出作者是个毫无才能的人，但是我并没有给他鼓舞人心的夸奖，让他继续搞下去，并且我于心无愧。不久之后，他就来看我了，我们一起去圣·皮埃尔岛游玩。在这次旅行中，我发现他与在曼莫洛西时候不同了。他有一副无法说出的装腔作势的神气，我刚开始还不感到怎么异样，但是以后我就经常回想起来。他在我经过巴黎到英国去的时候，又到圣西蒙旅馆来看了我一次。我在那里听说——他并没有告诉我——他生活在上流社会中，并且非常频繁地去看卢森堡夫人。我在特利时，他就毫无音讯了，也不让他的亲戚塞吉埃小姐（塞吉埃小姐是我的邻居，对我好像始终没有多大好感）给我一点消息。总的来说，圣布里松先生对我的爱慕，与范斯先生的那段关系一样，突然就结束了，但是范斯没有得过我的任何好处，但他却欠了我一点人情，除非我防止他做的那些傻事只是他玩出来的一种把戏，但实际上倒很有可能是这样的。

从日内瓦方面来看我的人也一直在增加，德吕克父子就先后选我做了他们的护士。父亲是在路上生病的，儿子从日内瓦起程时就病倒了，两人都在我家里休养。什么牧师呀、亲戚呀、虚伪的教徒呀，各种各样的人等都从日内瓦和瑞士来了，他们不像从法国来的那些人是因为崇拜我或者嘲弄我而来的，他们是为了责骂我说我而来的。唯一让我高兴的是穆尔杜，他与我在一起待了三四天，我恨不得能留他多住些时候。

在所有这些人之中，最有耐心、最固执，将我麻烦得必须听他摆布的，是狄维尔诺瓦先生，他是日内瓦来的商人、法国难民，与内斯阿特尔的检察长是亲戚。这个狄维尔诺瓦先生每年特地从日内瓦到莫蒂埃来看我两次，接连好几天在我家里从早待到晚，与我一起散步，给我捎来各式各样的小礼物，机巧地套我的心底话，只要是我的事情都要问一问，而在他跟我之间却又没有任何共同的想法、共同的倾向、共同的感情、共同的知识。我想他一辈子有可能任何一类书也没有一整本读完过，连我的书里谈的是什么东西他也不知道。我开始收集植物标本的时候，他也随着我出去收集，但是他并不爱好这种消遣，一路上他没有对我说一句话，我也一句话没有对他说。甚至他有耐性在古穆安地方的一个小酒店里同我对坐整整三天，我还认为让他觉得无聊并且让他感到他是多么使我厌烦就会迫使他离开小店的，而这一切竟一直不能打败他那让人难以相信的恒心，我也不能猜测他那恒心是从何处而来的。

所有这些往来关系都是被迫开始和被迫继续下去的。在所有这些关系之中，我不能忘掉那唯一曾让我觉得舒畅并真正关心的一个，那就是我同一个匈牙利青年的关系。

这个匈牙利青年来内斯阿特尔住下了，又从内斯阿特尔住到莫蒂埃来，这是在我决定居住在莫蒂埃几个月之后的事。当地人叫他为索特恩男爵，他就是用这个名字被别人从苏黎世介绍来的。他很高大，仪表堂堂，面目可亲，待人接物亲切和蔼。他逢人就说，并且也让我理解到，他是完全由于我才到内斯阿特尔来的，原因在于和我交往，好趁年轻时培养些品德。我认为他的长相、风度同举止，都和他所说的话相符，像这样一个青年，我看不到一点不可爱的地方，又带着这样可敬的目的来找我，我若不接待，当然会觉得有愧于最大的天职了。因为我对人交心，根本不知道交到一半就结束了。因此不久他就获得了我的全部友谊和信任，我们相互难舍难分，在我每次徒步旅行的时候，他都跟着我，他也喜欢上了徒步旅行。我将他带到元帅勋爵家去，元帅也对他百般关心。他还不能用法语表达，因此跟我说话，给我写信，都只使用拉丁文，我则用法文回答他。虽然混合使用这两种语言，但我们两人的交谈仍然进行得非常流畅、非常生动。他同我谈起他的家庭、他的事业、他的遭遇，又谈到维也纳的宫廷，好像很熟悉那里的内幕。

总之，在我们处得非常亲密的那大约两年之中，我只感觉他性情温和，承受得起一切考验，品行不但端正，而且高雅，全身上下都十分干净，所有谈吐都极其彬彬有礼，总之，他有世家子弟的一切特征，这让我觉得他太令人敬佩了，因此我十分喜欢他。

在我们交往正密的时候，狄维尔诺瓦从日内瓦写信给我，让我提防那个住在我身边的匈牙利青年，说有人对他说，那是法国政府派来监视我的一个密探。这个警告可能让我不安，尤其是因为在我住的这个地方，大家都经常警告我，让我小心注意，说有人在监视我，在想办法把我诱到法国境内，好在那里对我下手。为了一下子就叫那帮无聊的警告专家闭口无言，我就对索特恩建议，到蓬达里埃去作一次徒步旅行，并且先不向他作任何解释。到了蓬达里埃，我就将狄维尔诺瓦的信给他看，然后热烈地拥抱他，跟他说："索特恩不需要我证明我对他的信任，但是社会大众需要我证明我是善良的。"这个拥抱真是美好，这也是那帮迫害者所无法体会得到而又不能从被压迫者手里夺去的精神享受之一。

我永远不相信索特恩是个密探，也不相信他会出卖我，但是他却欺骗了我。当我全身心地向他倾诉的时候，他竟有勇气经常将他的心关得紧紧的，用各种谎言来蒙蔽我。他给我编造了一个故事，让我相信他必须回国。我劝他赶快动身，他就起程了，当我认为他已经到了匈牙利的时候，却听说他还在斯特拉斯堡。他到斯特拉斯堡已经不是第一次了，他曾在那里使一个家庭弄出了纠纷，那女人的丈夫知道我跟他常见面，因此写信给我，我也竭尽全力地劝那个妻子重新归妇道，劝索特恩行为要端庄。当我认为这一男一女已经完全分手的时候，他们俩却又跑到一起了，而做丈夫的竟又那么殷勤，以至于把那个青年人再请到他家里住下，这样一来，我就没有什么可说的了。我感觉那个所谓男爵是用一大堆谎言骗了我。他压根就不叫索特恩，而叫索特斯海姆，男爵那个头衔，是人们在瑞士称呼他的，我不能怨他冒用，因为他从来没有以男爵自称，但是我相信他是个真正的小贵族，元帅勋爵是能分人的，又到过匈牙利，他一直以为他是贵族，并把他当贵族看待。

他刚一离开，他在莫蒂埃经常去用餐的那个小客栈的女仆就说她怀孕了，说是他弄出来的。那女仆是个邋遢货，但索特恩在全区，因为行为正直和操守端正，得到普遍的重视和尊敬，同时他又特别爱清洁，所以这种无耻谎言让大家听了都起反感。当地的那些最可爱的女人是曾全力诱惑他都没有成功的，这时都气极了，我也气得不得了。我竭尽全力叫那个不要脸的女人不要再嚷了，说我愿意承担她的一切费用，并且替索特斯海姆作保。

我写信对他说，我相信她那个肚子肯定不是他搞出来的，而且压根就是假装的，都是他的仇人跟我的仇人搞出来的鬼把戏。我要他返回到这个地方来，当面羞辱那个女光棍，让那班指使她造谣的人无话可说。而他的回信竟是那么软弱，让我大吃一惊。他还写信让那个邋遢货的教区牧师想办法把事情压下去。我一看这种情况，也就不再问了，心里觉得奇怪，这么浪荡的一个人，竟然能如此自制，竟能用其保守的态度，在跟我最亲密的关系中把我欺骗过去。

索特斯海姆又从斯特拉斯堡到巴黎去寻找机会，结果找到的却只是贫困。他写信给我，希望能痛改前非，我想起我们旧日的友情，内心特别感动，就寄了几个钱给他。第二年，我经过巴黎的时候，又碰到了他，他好像还是同样的穷困，但是已经成了拉利奥先生的好朋友了，我也没有办法知道他们是怎样认识的，也不知道是老朋友还是新朋友，两年后，索特斯海姆又去了斯特拉斯堡，在那里还写信给我，后来他就死在那里。

上述就是我们两人关系的简单经历和我所知道的他的那些奇遇，但是我一面可怜这个不幸青年的命运，一面却依然相信他是个世家子弟，一切浪荡行为都是他的环境造成的后果。

这些就是我在莫蒂埃交游与认识的人物。这样的交游与认识需要有多少才能弥补我在这个时候所承受的惨痛损失啊！

第一个损失就是卢森堡先生的死,他是在被医生长期折磨之后，变成了他们的牺牲品的。他得的是痛风，而医生们却不承认，硬是当做一种他们以为能医得好的病来治。对于这件事，如果我们相信元帅夫人的亲信拉·罗什给我写来的报告，我们确实应该依据这个既惨痛又令人难忘的例子来为大人物的苦难感叹。

这位仁慈的贵人的死亡使我特别伤心，因为他是我在法国唯一的真正的朋友。他的性格是那样温和，竟让我完全忘了他身居高位，而将他当做和我平等的人去依靠。我们的关系并没有因为我的逃亡而结束，他还跟从前一样，一直给我写信。不过我又好像看出，我们的分别，或者我的不幸，减少了他的眷恋之情。一个廷臣明知道某人已在各国君主面前失宠但仍然与他维持同样的感情，这确实是很困难的。而且，据我断定，卢森堡夫人对他的影响非常大，绝不会有利于我，她趁我远在别国就毁坏了我在他心目中的地位。至于她自己，尽管也曾有过一些作出来的而且越来越少的友爱表示，但一天比一天更不隐瞒她在对我的情感上所发生的变化。她给我往瑞士写过四五封信，都是陆陆续续的，后来就毫无音信了。也是我当时先入为主的看法太深、太信任、太盲目，才看不出她的心对我已经不仅仅是冷淡而已。

迪舍纳的合伙人、书商雷伊在我之后经常到卢森堡公馆去，他写信对我说，我的名字是记在元帅先生的遗嘱上的。这肯定是十分自然、十分可信的事，因此我就毫不怀疑。这个消息让我在心里思考，我对这笔遗赠究竟应该采取怎样的态度。经过全面考虑之后，我决定无论是什么遗赠都予以接受。我的这一决定是因为对一个正直的人的尊敬，因为像他那样地位的人，大概是不会有什么友谊的，而他竟然能以真正的友谊待我。后来我再没听说这笔真真假假的遗赠，这让我免除了接受遗产的责任。

说真的，我如果因为我曾爱过的人的死亡而得到若干便宜，这就违反了我的一个最大的道德信条，我会因此而觉得难过的。在我们的朋友缪沙尔卧病期间，勒涅普曾向我提议，趁他对我们的照顾感激在心的时候，婉转地促使他采取若干对我们有利的措施。“啊！亲爱的勒涅普，”我跟他说，“不要拿利益观念来污染我们对这位快要死的朋友应尽的伤心而又神圣的义务吧。我希望我永远不记入任何人的遗嘱，以至于永远不载入任何朋友的遗嘱。”也就是大概在这个时候，元帅勋爵同我谈到他的遗嘱，说他希望在遗嘱里对我有所遗赠，我给他的回答，我在第一部里已经讲过了。

我的第二个损失，让我更伤心、更觉得无法补偿，就是那个最善良的女人、最善良的母亲的死亡，她已经承受不了衰老、残疾与贫穷之苦，最终脱离了这人间苦难到那善人的天国去了，在那里，只要是尘世上所做的善事都有温馨的回忆作为永远的善报。温柔而慈悲的灵魂啊，你到斐纳罗、贝尔奈、加狄拿那样的人物的身边去吧，你到那些尽管地位较低、却也同他们一样对真正的慈善打开了心灵的人们的身边去吧，你去享受你的慈善的结果吧，并为你的被养育者准备下他期盼能有一天在你身边占到的那个位置吧！你真算是不幸之中的幸运啊，因为上天终结了你的不幸，同时也就避免了你看到你的被养育者的这些不幸的惨相了。

自我到瑞士以后，就没有再给她写过信，生怕我把先前那些灾难告诉了她，会让她为我伤心，但是我给孔济埃先生写了信，便于了解她的情况，也就是孔济埃先生对我说，她已经不再救助受苦的人们而自己也不再受苦了。我自己不久也不再受苦了，但是，如果我不能相信我死后能在那另一个世界里看到她，我这一点的想象力也就无法相信我所期待的另一世界的那种完美的幸福了。

我的第三个、也是最后的一个损失——最后一个，因为自那以后，我就再也没有一个朋友可以失去了——就是元帅勋爵。

他没有去世，但是他倦于为忘恩负义的人们服务，因此离开了内斯阿特尔，从那以后我就再也没有见到过他。他还活着，我期盼他活得比我久，他还健在，并且，幸好由于他，我在世俗上的依恋之情才没有被完全断绝。世间毕竟还剩下一个人值得享有我的友谊，因为，友谊的真正价值在人们所觉得的友谊之中比在人们所唤起的友谊之中表现得更多。但是我已经丢掉他的友谊所赐予我的那些甜美滋味了，从此我只能将他放在我依然爱慕但又不再有任何关系的那种人之列了。他在那时正要到英国去接受国王的赦免，并取回他过去被没收的财产。我们分别时订好重逢的计划，这些计划，对于他跟对于我，都大概是一样甜蜜的。他预备在阿伯丁附近他那座吉斯府里居住下去，我以后也要到那里去看他，但是这个计划，对我来说是太符合我的心意了，不可能实现。他后来并没有留在苏格兰，普鲁士国王的恳切要求又把他召回到柏林。一会儿人们就会看到，我是怎样未能到柏林去和他相见的。

他在起程前就预料到人们开始驱动起来反对我的那场风暴，因此他主动让人送给我一份入籍证书，这好像是一种很可靠的防止别人将我驱赶出境的措施。特拉维尔谷地的古维教会又仿照总督的样子，给了我一份入会证，同入籍证书一样，都是免费的。这样，我在各方面都成了本国公民，可以免受任何合法的驱赶，就是君主也没有这个权力了。但是，对于一直以来最尊重法律的人来说，要想加以迫害，从来就是不必经由合法途径的。

我相信我不能将马布利神甫之死算作我这时期所受到的损失

之一。我在他的哥哥家住过，所以和他有过几次交往，但是从来就不怎么亲密。我还有许多理由可以相信，自从我得到比他更大的名声之后，他对我的感情就变了。但是只是在《山中来信》出版的时候，我才第一次看到他对我的恶意的表示。人们在日内瓦流传着一封致萨拉丹夫人的信，好像是他写的，他在这封信里将我这部作品说成是蛊惑人心的政客鼓动叛乱的叫嚣。我对马布利神甫的敬重跟对他的学问的钦佩，不允许我相信这种荒谬绝伦的信是他写的。于是，我的坦率的性格让我怎么做，我就怎么做了。我将那封信抄了一份邮给他，对他说，人家都认为是他写的。但他却不给我任何回复，这个沉默让我诧异了，但是，请大家想一下，当舍农索夫人写信对我说，那封信的确是神甫写的，而且说，我的信曾让他十分尴尬，我又该惊讶到何等地步啊！因为，退一步来说，即使他说得有理，但他那种既没有人强制又没有必要、唯一目标就是要将他向来对之表示好感并且又从未辜负过他的人，在他灾难最深重的时候一棍子打死，而且还做得那样兴高采烈，他又如何解释呢?

不久之后，《弗基昂谈话集》就出版了，这部书是用我的作品肆无忌惮、毫无廉耻地连起来的。我读着这本书，就觉得作者对我是下定决心的了，从此我不可能有比他更险恶的敌人了。我深信，他既不能原谅我写出了他无法写出的《社会契约论》，也不能原谅我写出了《永享安宁》，就期望我从事圣皮埃尔神甫作品的抄录工作，以免有那么大的成就。

我越往下写，就越难维持事件的顺序，越难前后连接了。我在余生中所受到的打扰不让我有时间在我的脑子里将那许多事件排列起来。这些事件数目太多、太复杂、太令人不快，因此不可能讲述得井井有条。它们留给我的唯一最深刻的印象就是掩藏事件原因的那种恐怖的神秘和事件本身将我逼到的这种悲哀的境地。我的叙述从此以后只能胡乱进行下去，脑子里想起什么就写什么。

我还清楚，就在我谈这个的时候，我正忙于写我的《忏悔录》，又轻易地把这件工作对什么人都说了，但却没想到谁会有兴趣、有愿望、有能力对我这件工作施加障碍。即使我深信会有这种事的话，我肯定也不会做得更谨慎些的，因为我天生就不可能对我所觉得和所想到的一切，有丝毫隐瞒。据我断定，这件工作一旦被别人知道，就会催促人们掀起一场风暴，要将我赶出瑞士，把我交到一些能防止我做这件工作的人们的手里。

我还有一个目的，也是那些怕我做前一项工作的人所一同仇视的，就是编写我的全集。我感觉这项工作是必须做的，目的是要在用我的名字出版的那许多书籍之中，确定一下哪些真正是我的作品，让社会大众能将这些作品从我的敌人为毁坏我的名誉、贬损我的价值而弄出来的那些假作中分辨出来。除此以外，编印全集也是给我确保面包的一个又简单又正当的方法，而且这也是唯一的办法，因为我已经不再写作，我的回忆录又不能在生前出版，用别的其他方式也挣不到一文钱，但开支又一直没有减少，我最后几部书的收入一花完，生活来源就要断了。这一理由曾逼迫我把《音乐词典》拿了出去，而它当时还不完整呢。这部书让我得到一百个路易的现款和一百个埃居的年金。但是，一个人一年要花六十多个路易，因此这一百个路易当然很快就会花光的，而那一百个埃居的年金，对于一个被乞儿、穷鬼，像麻雀一般扑上来的人说来，简直就是零了。

这时来了一帮内斯阿特尔的商人，要包揽我的全集印刷，又有里昂的一个印刷商或书商，名字叫做雷基亚先生的，不知为何也跑来了，进入到那伙商人之间主持全集的工作。合同是在合理的基础上签订的，同时也能满足我的要求。我的作品，已印和未印的一起算，可以出四开版六卷，此外，我还负责编印。因为这个原因，他们应该给我一笔一万六千法国利弗儿的年金与一次付清的一千埃居的赠款。

合同订好了以后，还没有签字，这时《山中来信》出版了。那一声针对这万恶的作品跟它那罪不可赦的作者而发出的吓人的爆炸，可真吓坏了那帮书商，全集的编印也就随之没有了。我倒非常想把这部作品的效果同《论法国音乐的信》相比较，只不过那封论音乐的信，在让我招大恨、冒大险的同时，至少还给我带来敬佩和尊敬。而在《山中来信》出版之后，在日内瓦与凡尔赛，人们好像十分惊讶，怎么还会让我这样一个怪物活在人间。

小议会在法国代办煽动下，在检察长的促使下，针对我的作品写了一个宣言，用最恶毒的字眼宣布我这个作品不但得由刽子手拿去烧毁，还用一种近似滑稽的语调说，人们连答复、乃至提到这部作品时都会感到丢脸。我非常想将这篇妙文在这里转发出来，但可惜手头没有，并且连一个字也记不得了。

我急切盼望我的读者中能有人因为追求真理与正义的热情，愿意将《山中来信》从头到尾再读一遍，我敢说，他在人们施与作者的那些痛心的、严重的侮辱之后，一定会感到弥漫在这部书里的那种斯多噶派的控制功夫的。可是，他们既不能回复辱骂——因为就没有什么辱骂，又不能反驳论点——因为我那些论点都是无法辩驳的，所以他们就决定做出十分恼怒的样子，不希望有所回答，但有一点倒也是真的，假如他们将无法驳倒的论据看做辱骂之词，他们也可以以为是遭到强烈的辱骂了。那些国民代表们不仅没有对这个丑恶的宣言提出任何反驳，反而沿着宣言给他们指出的路子走去，他们不但没有将《山中来信》举起来作为胜利的旗帜，反而躲了起来，将它看做自己的盾牌。他们竟那么懦弱，对这部为捍卫他们并因为他们的请求而写出来的作品，既不表示任何尊敬，又不说一句公道话，既不引用，也不提及，尽管他们暗中从这部作品里得到了他们的全部论据，尽管他们准确地遵从这部作品结尾的那个忠告，而这是他们的安全胜利的唯一原因。他们要求我尽的这个责任，我将它尽了，我曾为祖国、为他们的事业服务到底，我请他们在他们的争执中将我的问题抛开，只替他们自己着想。他们就真依照我的话去做了，而我之所以管他们的事情，完全是为着不断地催促他们去求得和平解决，因为我一点也不怀疑，如果他们继续固执下去的话，他们肯定会被法国完全打垮的。后一种情况之所以没有发生，其中的道理我是知道的，但是在这里我就不说出来了。

《山中来信》发表后，在内斯阿特尔最初引起的反响是很小的。我送了一本给曼莫洛先生，他客气地接受了，读了，但并没有提出什么建议。当时他也与我一样生病了，病愈之后很友好地来拜访我，什么也没有对我说。但是，风潮开始了，我那本书不知道在哪个地方给烧毁了。

动乱的中心不久就从日内瓦、从伯尔尼、有可能还从凡尔赛转移到内斯阿特尔来了，特别是转移到特拉维尔谷地来了。在特拉维尔，尤其在宗教界还没有任何明显的行动之前，人家就开始用隐秘的手段鼓动民众了。我敢说，我是应该得到这个地方的民众爱戴的，就跟我在所有住过的地方都受人爱戴一样，因为我大把地掏钱施舍，不让我周围有一个贫穷的人得不到救济，我对任何人都不拒绝我能做到而又合乎正义的帮助，我同所有的人都处得很友好，同时我尽可能避免任何能够引起忌妒的特殊照顾。但这一切并没有阻碍那些无知小民不知道在谁的秘密策划之下逐渐对我愤怒起来，直至疯狂的程度。

他们在大白天就公开侮辱我，不但在乡间、在路上，甚至连在大街上也是如此。而且那些得到我的好处最多的人却最激烈，就是我还在继续接济的人，因为他们不好意思亲自出面，就暗中鼓动别人，好像要用这种办法来洗刷他们向我感恩的耻辱。曼莫洛装作什么都看不见，暂时还不露面,但是，当某次圣餐礼快到的时候，他就到我家里来了，劝阻我不要去领圣餐，并对我保证说，他并不恨我，他是绝对不会打扰我的。我感觉得出他这番客套话很奇怪，他还给我说起布弗莱夫人的那封信，我就不清楚，我是否领圣餐究竟同谁有那么重要的关系。因此我认为，假如在这件事情上让步，就是一个懦弱的行为，而且我不愿意为民众提供这个新的借口，让他们喊叫我不信宗教，所以我干脆拒绝了牧师的劝告,他很不高兴地回去了，暗示说，我会后悔不迭。

他不能一人做主就不让我去领圣餐，必须由以前接受我领圣餐的那个教务会议说了才成，只要教务会议没有说话，我就可以放心大胆地去，不怕遭到拒绝。

宗教界给了曼莫洛一个任务，要他传唤我到教务会议席上去说清信仰，如果我拒绝，就会被开除出教。这种开除出教的事也只能由教务会议处理，并且要有大多数通过才成。但是用老教友名义组成这个会议的那些乡民是以牧师为主席的，大家都可以理解，他们是受牧师摆布的，当然不会与他抱有不同的意见，尤其是在神学问题上，他们懂得的比他更少，因此，我被传唤了，我决定去。如果我善于表达，如果我的笔是在嘴里的话，那么这将是多么好的一个机会，而且对我又将是多么大的一个胜利啊！我会以多么大的力量，多么轻易地在他那六个乡民中间将那个可怜的牧师击败啊！统治者欲让新教的牧师们完全忘记宗教改革的目的，为了提醒他们这些目的，让他们哑口无言，我只要将《山中来信》的头几封信解释一下就成了，而他们竟还那么愚蠢，居然依照这几封信来攻击我呢！我的文章是现有的，我只要稍微发挥就能让那家伙无地自容。我是不会笨到只采取守势的那种地步，我很容易采取攻势，而且还要他们丝毫觉察不到，或者无法阻止。宗教界的那些末流教士既无知而又轻率，是他们自己将我置于我能得到的最有利的地位，我随便就可以把他们压倒。但是，可惜！这是要能说话才成呀，并且还要能立刻发言。一有必要，就能立刻想出主意，找到合适的语句，找到恰当的字眼，一直保持清醒，经常镇静，永远一点也不慌乱才成！

我恨自己没有随机应变的能力，因此我对我自己还能抱什么希望呢？当年在日内瓦，在一个完全袒护我，并且已经决定同意一切的会议面前，还被问得哑口无言，丢尽了脸，但这次情况就完全相反了，我碰到了一个捣蛋鬼，他用狡诈代替知识，他会给我设下一百个圈套而我连一个也看不出来，他是决定不惜任何代价要找我的错儿。我越想这种形势，就越感觉危险太大，因为我感到不可能应付好，所以就想出另一个不得已的办法，我预先写了一篇演说词，到教务会议席上去念，根本上否认它的处理权，以去掉我回答的义务。这事是很容易办的，我就将这篇演说词写好，满怀热情地将它读熟。戴莱丝听到我唧唧喳喳的，不断重复那的几同样句话，想将它们灌输到我的脑子里来，便笑话我。我希望最后能将我的演说词背出来，我知道领主是国王的官员，一定会参加教务会议的，又知道不管曼莫洛如何耍手段，请吃饭喝酒，大部分老教友都还对我怀有好感，而且，我又有道理、又有真理、又有正义、又有国王的维护、又有邦议会的权威、又有与这种宗教裁判制度的建立有利害关系的善良爱国者的愿望当我的后盾——一切都在结合起来鼓舞着我。

在到期的前夕，我将我的演说词全记住了，记得一字不差。整整一夜，我都在脑子里默记。可是到了早晨，我又背不出来了，每背一个字我都要停顿一下，我认为我已经在那个大名鼎鼎的会议席上了，我紧张，说话吞吞吐吐，而且头也晕了，最后，差不多就在要去的时候，我的勇气完全没有了。我就在家里待了下来，决定给教务会议写封信，仓促地提出些不去的理由，我的原因是身体不适——在我当时的身体情况下，我的身体的确也是难以让我在那次会上坚持到底的。

牧师收到我的信，感到很为难，便将这事推迟到下次会议。在这期间，他自己和他的手下百般活动，想促使老教友中间的那帮宁愿依照自己的良心而不愿依照他的心意办事、因而不愿依照宗教界同他的意志提出主张的人们转变主意。不论他从酒肉招待中得出的论调对那帮人多么有力量，除去那两三个已经投靠他的人以外，他没有能买通其他任何一个老教友。那位国王的官员与皮利上校——上校在这件事里极表热情——将其他的老教友都控制住了，让他们无愧职责，当那曼莫洛要进行投票开除我的时候，教务会议便因多数票索性拒绝了他。因此，他就只有采取破釜沉舟的办法，鼓动愚民了。

他同他的同事跟另外一些人公开活动起来，并且做得非常成功，以至于尽管国王曾好几次颁发严厉的诏书，尽管邦议会曾再三命令，我还是必须离开那个地方，以免那位国王的官员为维护我而自己遭到暗杀的危险。对于这桩公案，我的印象太模糊了，想起了几点，但也理不出一个头绪，连接不起来，只能照它们出现到我的脑子里的那样，零散地、孤立地记录下来。我还记得我跟宗教界进行过一次谈判，曼莫洛是谈判的中间人。他声称人们是怕我以写作来扰乱地方的安宁，怕别人会责怪这个地方不该让我自在地乱写。他暗中对我说，如果我答应放下笔杆，他也就既往不咎了。我原来对自己已经许下这个愿了，所以毫不犹豫地对宗教界也许下这个愿，不过有个条件，只以不写宗教问题为限。他要求作些变动，并让我立下字据，一式两份。我的条件后来被宗教界回绝了，我就要回我的字据，他只还了我一份，借口弄丢了，将另一份留了下来。

在这以后，民众在牧师们公开鼓动下，嘲笑国王的诏书与邦议会的命令，这简直无法无天了。在宣教的讲坛上，我被说成是反基督的人，在乡间，我被当做狼精驱赶。我的亚美尼亚服装，对于无知小民来说，成了一种易于辨识的标志，我痛心地感到太不方便了，但是在这种情况下抛掉这种服装又好像太示弱了。所以我不能下决心改装，依然穿着我的长外套，戴着我的皮圆帽，安静地在当地散步，周围都是流氓的骂声，经常还有小石头掷来。有几次我从人家屋前走过，只听里面有人说："将我的枪拿来，让我给他一枪。"这时我并没有走得快些，而他们却更加生气了。不过他们一直限于恐吓而已，至少枪是不敢打的。

在这场动乱中，依然有两件让我感到愉快的事。第一件是因为元帅勋爵的关系，我能受到值得感谢的对待，内斯阿特尔所有正直的人都因为我所受到的虐待和针对我的那些秘密活动而非常愤怒，他们非常怨恨那些牧师，清楚地知道他们是受了别人的鼓动，只是做了一些暗中操纵者的爪牙，害怕我这事会成为一个恶劣的先例，引发真正宗教裁判所的成立。

地方官员们，尤其是继狄维尔诺瓦先生之后任检察长的默龙先生，都竭尽全力地来保护我。皮利上校尽管只是个平民，却出力更多、效果更大。就是他，想方设法让老教友们恪守职责，使曼莫洛在教务会议上遇到了困难。因为他有声望，所以他尽量使用这种声望去阻止暴动，但是他只能用法律、正义和公理的权威来应付金钱与酒肉的势力。双方的力量是不对等的，因此在这一点上，曼莫洛就战胜他了。然而，我感激他的照顾和热心，很想以德报德，用什么方式来报答他这份情谊。我知道他盼望得到一个邦议员的职位，但是在珀蒂皮埃尔牧师的案件里，宫廷感觉他表现不好，他在国王和总督面前都失宠了。尽管如此，我还是冒险写信给元帅勋爵，为他说情，我甚至还大着胆子提到了他所期盼的那个职位。真是太幸运了，同任何人所想象的相反，这个职位大概立刻就被国王批准了。命运一直就是这样，它一面把我捧得太高，一面又将我压得太低，这会儿又继续将我从一个极端推到另一个极端，一方面无知小民给我写满了污泥，另一方面我还能让人当上了邦议员。

我的另一件乐事就是韦尔德兰夫人同她的女儿来看我，她是带女儿到布尔朋矿泉疗养回来的，特地绕道来莫蒂埃，在我家里住了两三天。她对我的关心与照顾，终于将我对她的长期反感克服下去了。我的心被她的关心征服了，完全回报了她长期以来跟我表示的友好。她这次来这里旅行很让我感动，尤其是在我当时所处的环境里，我是极其需要友谊的安慰来支持我的勇气的。我害怕她因为我从愚民方面所受到的侮辱而有所感触，很不想让她看到那种情景，免得她为我痛心，但这是我办不到的，尽管当我们一起散步时，有她在场就能让那班蛮横无理的人稍微收敛一些，可是她依然能看出许多迹象，足以让她判断出平日的情况如何。甚至就在她住在我这里的时候，我夜间在住宅里也受到了打扰，她的侍女早晨看到我的窗台上落满了石块，都是人家在夜里扔上去的。一张笨重的石凳子，原来是在街上挨着我的门边摆着，并且固定在底座上的，也被人卸下了，搬来靠到我的门上，如果不是有人看见，谁第一个开门出去，肯定就会被石凳子砸死。

韦尔德兰夫人对所发生的事情全都清楚，因为除了她自己看到的，她的一个心腹仆人在村子里交往广阔，同什么人都有交往，甚至还同曼莫洛说过话。但是她对我所遇到的一切好像毫不介意，她同我既不谈曼莫洛，也不谈其他任何人，我有时同她谈，她也很少回复。不过，她好像深信我住到英国去比住在任何地方都好，因此她常对我说起休谟先生——休谟当时在巴黎——说他对我很友好，极希望能在英国为我效劳。现在是到了谈一谈休谟先生的时候了。

休谟先生在法国曾得到很大的声誉，尤其是在百科全书派中间，因为他写了些论商业和政治的著作，最近又写了《斯图亚特家族史》，这是我通过申普列伏神甫的翻译读到的他的唯一作品。我没有看过他的其他作品，只能按照别人介绍，认为休谟先生是将彻底的共和主义精神跟英国人崇尚奢华的这种矛盾现象结合在一起的典型例子。又依照这个想法，我将他为查理一世写的那套辩护之词看做是持有平等精神的奇迹，我极钦佩他的道德，也非常佩服他的天才。

休谟先生的好朋友布弗莱夫人早就劝我到英国去，认识这位罕见的人物，得到他的友谊这个愿望极大地激发了我到英国去的念头。我到瑞士后，就收到他通过这位夫人转来的一封信，对我特别奉承，除对我的天才大加夸赞之外，又诚恳地邀我到英国去，他愿意发挥他的一切影响，将他所有的朋友介绍给我，好让我在英国住得舒服些。在此地，休谟先生的同乡兼朋友——元帅勋爵跟我说，我将休谟的一切优点都算得完全不错，他甚至还告诉我一则关于休谟的文学小事，这则逸事曾给他留下了一个深刻的印象，同样也给我留下了一个深刻的印象。华莱士曾因为古代人口问题写文章攻击休谟，在他的作品付印的时候，他不在，休谟就负责替他看校样，并管理印行。这种行为正跟我的意趣相投，我也是这样。有人曾写了一首歌来反驳我，我就替人家卖这首歌，六个苏一份。因此，当韦尔德兰夫人来同我谈到休谟的时候，我是怀有种种对他有利的看法的，她细细地告诉我，休谟对我如何如何好，如何如何盼望能在英国对我尽地主之谊——她就是这样劝说我的。她全力劝我利用休谟先生的这一片热情，写信给他。我因为天生就对英国没有什么好感，非到迫不得已时不愿用这个建议，所以不愿意写信，也不愿答应，但是我让她自己做主，认为怎样合适就怎样做，以便维护休谟先生的这番美意。因为她将关于这位大名人的一切都对我这样说了，所以她离开莫蒂埃的时候已经让我深信，他是在我的朋友之列，而她更是在我的朋友之列了。

在她走后，曼莫洛就加快了暗地活动，而那些无知小民也就不知道什么叫做节制了。我依然继续安安静静地在叫骂声中散步，对植物学的爱好是我在狄维尔诺瓦博士跟前就开始养成的，这为我的散步增加了一种新的兴趣，让我走遍各处，收集植物标本，对那些无聊的人的叫嚣毫不在意，而我这种宁静又只能更激起他们的狂怒。

最让我痛心的一件事，就是看到我的许多朋友或者自称为朋友的人们的家属，竟然也相当公开地加入了迫害我的行列，比如狄维尔诺瓦氏一门，我那伊萨贝尔的父兄，还有就是我的那个女友（我住在她家）的亲戚波瓦·德·拉·杜尔连同她的小姑子吉拉尔迭夫人。那个皮埃尔·波瓦就是个白痴，是个傻瓜，做出事来又十分粗暴，为了不生气，我只好用他开一个玩笑。我用《小先知书》的文体，写了一本只有几页的小册子，命名为《号称通天眼的山中皮埃尔梦呓录》。在这个小册子里，我幽默地向当时被人当做主要借口来害我的那些奇迹开火。贝洛叫人把这篇稿子在日内瓦印出来了。这篇文章在此地取得的成功非常有限，因为即使是最聪明的内斯阿特尔人，也体会不到雅典式的风趣，体会不到幽默，只要玩笑开得稍微巧妙一点，他们就体会不出了。

我还写了另外一部作品，写得还算用心，手稿还保存在我的文件中，我应该在这里说一说这篇作品的由来。在通缉令跟迫害最疯狂的时候，日内瓦人显得格外显著，他们死命地大叫大喊。在这些人当中，我的朋友凡尔纳用真正神学的豪情，但偏偏挑在这个时候来发表一些攻击我的信件，想证实我不是基督徒。那些信写得神气十足，但是并不怎么高明，虽然有人说博物学家博内也曾插手其中。这位博内虽然是唯物主义者，可是一说到我，便仍然是狭隘的正教思想。当然，我是不想答复这种作品的，但是既然有在《山中来信》里说几句话的机会，我就加进了一个嘲笑的小注，这把凡尔纳气得火冒三丈。他在日内瓦声嘶力竭地叫喊，根据狄维尔诺瓦告诉我，他已经气得什么也不知道了。不久之后就出现了一张无头帖子，好像不是用墨水写的，而是用沸勒热腾河水写的。这张帖子说我将我的几个孩子都抛到大街上了，说我抱着一个随营娼妓到处跑，说我是因为酒色伤身，得了杨梅大疮，连同其他诸如此类的话。我当然能看出我的对头是谁。

当我读到这个诽谤书的时候，眼看一个一辈子没有去过娼家的人，他的最大缺点一直是怯懦羞惭像处女，而现在竟被人家称为跑妓院的能手，眼看人家说我得了杨梅大疮，而我不但从来没有得过这一类病，甚至内行人还说我的体质天生就不会得这种病，这时我的第一个想法就是要彻底地问一问，世间的一切所谓名誉、声望究竟还能有多大的真正价值。经过仔细衡量之后，我感觉要反驳这个谤书，最好将它拿到我住得最久的那个城市里去印刷出来，于是我就将它寄给了迪舍纳，让他照原样印刷，加上一个按语，我在这个按语里把凡尔纳先生的名字点了出来，另外还加上几则短注，讲明事实真相。

我还不满足于把帖子印出来，又将它拿给好几个人看了，其中就有符腾堡邦的路易亲王先生——他一向对我很客气，当时同我互相通信，这位亲王、贝洛以及其他一些人都好像怀疑凡尔纳是这个谤书的作者，责怪我把他点出来有点过于唐突。我让他们一说，良心就不安起来，就写信给迪舍纳，叫他将这个印刷品取消。雷伊写信对我说，已经取消了，我不知道他是不是当真照办了，我发觉他说谎次数太多了，这次多说一个谎也算不了什么奇迹，而且从那时候起，我就被束缚在深沉的黑暗里，不可能透过黑暗去认识任何真相了。

凡尔纳先生接受了这个指控，态度非常温和，如果一个人真不应该受到这样的指控，而在他发出那样的狂怒之后还能表现得如此温和，那真是太让人惊奇了。他还给我写了两三封很有尺度的信，目的好像是想从我的复信里探知我到底掌握了多少底细，是不是有反对他的证据。我回复了他两封短信，内容冷酷、严厉，而用词则并不失礼，他一点也没有因为这两封信生气。我收到他的第三封信时，看出他是想维持长期通信关系，我就不回复了，于是他请求狄维尔诺瓦对我解释。克拉美夫人写信给贝洛说，她的确有把握知道诽谤书不是凡尔纳写的。

这一切都不能动摇我的信念，不过，我也可能搞错了，如果真是我搞错了，我就应该亲自向凡尔纳赔礼道歉，所以我请狄维尔诺瓦告诉他说，如果他能将谤书的真正作者给我找出来，要么至少他能给我表明他不是诽谤书的作者，我肯定向他赔礼道歉，保证让他满意。我还更进了一步，因为我充分感觉到，如果归根结底，他确实是无辜的话，我是没有权力要求他作任何证明的，所以我又决定把我之所以相信是他的理由，写在一份非常长的备忘录里，请一个凡尔纳不能拒绝的公正人来评判一下。人们是不会猜想到我所选的那个公断人是谁的——他就是日内瓦议会。我在备忘录的末尾表明，如果议会在阅读了备忘录，并做了它以为必要而又能做到的调查之后，宣布凡尔纳先生不是诽谤书的作者，我便立刻真正地不再相信他是诽谤书的作者，立刻跑去跪到他的脚前，请求他的原谅，直到得到他的原谅为止。我敢说，我追求公道的热情、我的灵魂的正直跟豪迈、我对人生来就有的那种对正义之爱的信心，从来也没有比在这份合理而又动人的备忘录里显示得更充分、更明显了，因为我在这份备忘录里毫不犹豫地把我那些最不容情的仇敌请来做诬蔑者与我之间的公断人。

我拿这备忘录读给贝洛听，他建议取消，我就将它取消了。他劝我等待凡尔纳答应提出的证据，我就等待了，我今天还在等待着呢。他劝我在等待期间不要说话，我就不说话了，我将一直不再说话，以免让人家骂我将一个严重的、没有证据的罪状放到凡尔纳头上，但是我心里现在仍旧同确信我自身的存在一样，认为他是诽书的作者。我的备忘录现在还在贝洛先生手里，万一有一天它重见天日，人们将可以在那里面看到我举出的那些理由，同时，我期望，人们也将可以从中认识让·亚克的灵魂，这是我的同时代人一直所不希望认识的。

现在该说说我的那场莫蒂埃之灾了，该说说我在特拉维尔谷地住了两年半之后，在用坚定不移的精神承受了八个月最坏的对待之后，为什么又离开了特拉维尔谷地了。我无法清晰地回忆这个不愉快时期的详细情况，但是这些情形，人们在贝洛发表的那篇记事里都可以看到，我在下文还要说到这篇记事。

自从韦尔德兰夫人走了以后，骚乱就更激烈了，虽然有国王的历次诏令，虽然邦议会一再重申，虽然本地领主与行政官员多次警告，民众却仍把我当做反基督的人对待。最后，他们看到叫喊无效，好像要动起手来了，在路上，很多石头已经开始在我的周围乱滚，不过扔得还算比较远一点，砸不到我。最后，在莫蒂埃集市那一夜——集市期是九月初——我在住宅里受到攻击，所有住在那里的人都有生命危险了。半夜，我听到哐啷一声，响声是沿着屋后那道长廊里发出的。冰雹似的石头扔向对着长廊的门窗，全部飞到长廊里来，原来睡在长廊里的那条狗刚开始还汪汪地叫，后来便不敢发出声音，躲到一个角落里，扒住板壁又咬又抓，拼命想逃出去。我听到声响，急忙就起来，在我正要出屋门到厨房里去的时候，这时由一只有力的手抛来的一块石头，打破了窗户，穿过厨房，撞开我的房门，一直落到我的床脚下来。如果我走快哪怕一秒钟，石头就打到我的肚子上了。我断定那哐啷一声是故意引我出来的，扔的石头是要给我拦门一下。我一下就到了厨房，看见戴莱丝也起来了，浑身哆嗦着向我跑来。我们俩急忙靠着墙，避开窗户的方向，避免挨到石头，并且商量一下该怎样对付，因为出去呼救就正好让人家砸死。

幸好我楼下住了一个老头，他的女仆听到声响就起来，跑去喊领主先生去了——领主先生同我们住的是门对门。领主先生跳下床，急忙披上睡衣，立刻就带着警卫队跑来了，由于有集市，警卫队这一夜正在巡逻，当时离我们非常近。领主看到破坏的情况，简直吓得面如土色，一见满廊都是石头，便喊道："上帝啊！这简直是个采石场了！"在查看下面的时候，我们发现一个小院子的门被打开了，有人想从走廊上进入到屋子里来。大家探讨为什么警卫队没有看到或阻拦这场动乱的发生，结果发现，尽管那夜的巡逻任务已经轮到别的村子，莫蒂埃的警卫队却坚持由它巡逻。

领主第二天就给邦议会写了报告，两天后，议会就下命令给他，让他对这个事件进行调查，悬赏检举肇事者，并且答应为检举人保密，同时，在破案之前，用国王的费用，在我的房子外面和邻近我的房子的领主的房子外面设置卫兵。第二天，皮利上校、检察长默龙、领主马蒂内、税务官居约内、司库员狄维尔诺瓦跟他的父亲，总而言之，地方上所有的头面人物都来拜访我了，并且一致催促我避避风头，至少暂时离开一下这个我再也不能安全地、体面地住下去的教区。我甚至看出，那位领主被这群暴民的愤怒吓慌了，害怕他们迁怒到他的头上，很愿意看到我急忙走开，以便解除他保护我的这个艰巨的任务，并且自己也可以离开这个教区——我走后他真的这样办了。因此我让步了，但是心里还有些难过，因为民众的那种仇恨情绪让我痛苦，忍受不了。

我有不止一个可供选择的退路，韦尔德兰夫人在回到巴黎以后，给我写过好几封信，讲到一位她称为爵士的华尔蒲尔先生，说这位华尔蒲尔先生对我十分热情，要在他的一份产业上给我提供一个去处。她将这个地方描写得引人入胜，如何居住、如何生活，都说得非常详细，可见华尔蒲尔爵士的这个计划是跟她精心商定过的。元帅勋爵则一直劝我到英格兰或者苏格兰去，他也答应在他的产业上给我提供一个去处，但是后来他又给我提供了另一个地方，在波茨坦，就在他身边，这对我说来，诱惑就更大了。

他最近还向我转达了国王同他谈到我的一番话，这番话就是促使我前去的一种邀请，萨克西恩·哥特公爵夫人竟以为我这次旅行已经是可以期盼的了，因此她写信给我，让我顺便去看看她，并且在她身边住上若干时间。但是我对瑞士又非常留恋，我不舍得离开瑞士，只要我还有可能在瑞士住下去，我就要使用这个机会来执行我数月来就思考着的一个计划，这个计划，为了避免打断我叙事的话头，我还一直没能讲到。

这个商定就是住到圣·皮埃尔岛上去，圣·皮埃尔岛是伯尔尼医院的产业，在比埃纳湖中心。去年夏天我同贝洛一起徒步旅行时，曾游过这个岛屿，当时我就被它迷住了，所以从那时候起，我就曾多次打算到那里去安家。但最大的阻碍就是这个岛归伯尔尼人所有，而伯尔尼人三年前曾将我驱逐出境，并且态度极其恶劣。再说，人家那么不礼貌地对待了我，我还要回那里去住，我的自豪感不但受不了，还怕人家不让我在这个岛上有一刻安静，也许比在伊弗东时还厉害。我以前曾因为这事问过元帅勋爵，他也同我的想法一样，认为伯尔尼邦人会希望看到我被关在这个岛上，希望将我当做人质留在那里，当做我将来可能写的东西的担保，所以他让他的科隆比埃府的旧邻居斯图尔勒先生去就这一问题试一下他们的态度。

斯图尔勒先生找了这个邦的领袖人物，依照他们的回答，对元帅勋爵保证说，伯尔尼人对他们自己过去的行为感到很惭愧，很希望看到我定居在圣·皮埃尔岛上，并且绝对不来打扰我。为了慎重起见，我在冒险去住之前，又让夏耶上校再去打听了一下，夏耶上校向我表明了同样的说法。当住在岛上的医院出纳员得到他的上司让我住进该岛的许可之后，我就认为，既然伯尔尼邦的最高当局和岛的所有者都允许了，我住到出纳员家里去是肯定不会有什么危险的。我说允许，因为我绝不能期望伯尔尼邦的首脑诸公会公开承认他们过去那样对待我是不对的，不能期望他们会违反一切掌权者的那条最不能侵犯的原则。

圣·皮埃尔岛在内斯阿特尔被叫做土块岛，位于比埃纳湖中心，周围约半里约，但是在这个狭小的空间里，它供给了一切主要的生活必需品。岛上有田地、草场、果园、树林、葡萄园，而这一切，因为多变的地形和起伏的丘陵，就组成了一个非常引人入胜的布局。岛上的各部分并不是一下子就显示出来，让人一览无遗的，而是互相映照，让人觉得这个岛比实际还要大。

岛的西部是一片很高的平台地，正对着格勒莱斯和包纳维尔两镇。在这个平台地上，种了很长一排树，中间留了一个“大沙龙”，在葡萄收获季节，人们每星期天都从邻近的湖岸聚到这里来跳舞、娱乐。岛上只有一所房子，但是非常大、非常方便，就是出纳员住的那所，坐落在一片低地上，就是风也刮不到。

从这个岛向南五六百步是另一个岛，这个岛小得多，既没有耕种，也没有住户，好像是从前因为风暴的袭击而从大岛脱离出去的。在它那沙地之中只长着些柳树和春蓼，但是在那里却有个高墩，细草如茵，令人满意。湖是规则的椭圆形，湖岸虽比不上日内瓦湖跟内斯阿特尔湖那么美丽，却依然构成了一片非常美丽的景色，尤其是在西岸，人烟非常稠密，山脚下一片葡萄园，有点像是在科特·罗蒂，不过出产的酒没有那么好罢了。在湖西，由南向北走去，有圣·让司法区、包纳维尔镇，还有比埃纳跟位于湖尽头的尼多，这些市镇中间还点缀着许多村庄，景色非常漂亮。这就是我早就替自己布置下的那个去处，我决定在离开特拉维尔谷地时就到那里去安家。这个选择适合我对平静的爱好和我那孤僻而又疏懒的性格，所以我将它算作我所最真心热爱的那种甜美梦想之一了。我认为住在这个岛上，就更能与世人隔绝，更能逃避侮辱，更能被忘却了，总之一句话，我就更能沉醉于闲散与沉思生活的甜美之中了。我恨不得在这个岛上将自己彻底禁闭，不再与世人有任何往来，当然，我也就采用了一切可能想象出来的措施，用以摆脱跟世人保持接触的必要。

但是生活问题来了，在这个岛上，粮食非常贵，运输非常困难，因此生活费用很高，除此之外，住在岛上就要完全服从出纳员的支配。这个困难，因为贝洛跟我商定了一个安排，总算摆脱了。他代替了那批先承诺后又放弃印行我的全集的书商。我将出版全集的一切资料都交给他了，我自己负责整理跟安排这些材料的工作。并且我还答应他，将来将我的回忆录也交给他，让他成为我的全部文稿的总保管人，不过我明文规定了一个条件，他只能在我死后利用，因为我要安安静静地结束余生，不愿再让社会上想起我。依照这个安排，他给我的那笔终身年金就够我保持生活了。

元帅勋爵在收回了他的全部产业之后，要送我一笔一千二百法郎的年金，而我只是将金额去掉一半之后才接受了。他要将年金的本金交给我，我婉言拒绝了，因为保存困难，他就将这笔本金交给贝洛，直到现在还在贝洛手里，贝洛就依照他和馈赠人约定好的标准付给我年金。这样，将我同贝洛订的合同、元帅勋爵的年金（其中三分之二是要在我死后支付给戴莱丝的）以及我从迪舍纳手里支取的那三百法郎的年金都算在一起，我是很可以期望将生活过得像个样子的。即便在我死后，戴莱丝的生活也不是问题，由于将雷伊的年金和元帅的年金加在一起，我就留给她七百法郎的年金了。总之，我就不用怕她将来没有面包吃，也不需要怕我自己没有面包吃了。

然而，命运却注定了荣誉是会逼我拒绝幸运跟劳动送到我手边来的一切生活来源的，注定了我死时是要跟在世时一样贫困的。读者可以想一下，除非我心甘情愿做一个最无耻的人，我是不是能接受别人早就计划好的要让我屈辱、断绝我其他一切生活来源、逼迫我同意做丢脸的事的那种安排？他们怎能想到我在这二者不可兼得的时候所采取的措施呢？他们一直是用他们自己的心来猜测我的心的。

我因为在生活方面安了心，因此在其他任何方面也就没有任何忧虑了。尽管我把整个世界都给了我那些仇敌去为所欲为，但我都在贯穿我的全部写作的那种高贵的激情中跟我的思想原则的那种永恒的一贯中，给我的心灵留下了一个证据，这个证据完全符合我的天性的全部行为。我不需别的辩护来反驳我的那些诬蔑者，他们大可以在我的名字下面描绘出另一个人来，但是他们只能骗那些情愿受骗的人。我可以将我的一生拿给他们去进行彻底的批判，但我相信，通过我的很多过失和软弱，通过我无法忍受任何羁绊的本性，人们总会找到一个正直而又善良的人，他不怨恨什么，不忌不妒，敢于承认自己对不起别人的地方，更容易忘记别人对不起他自己的地方，他只在缠绵敦厚的感情中去寻找他的全部幸福，对任何事都诚挚到不谨慎的程度，真诚到最令人难以相信的忘我程度。

我这就算是对我的时代、对我的同时代人告别了，我要一辈子在这个岛上直到与世隔绝，我的决心就是这样。过闲散生活的伟大计划，直到那时为止，将上天赐予我的那点活动能力用尽了却都无法实现，现在我就打算在这个岛上最后实行起来。这个岛就要成为我的巴比玛尼岛了——那个可以睡个好觉的幸福之乡，在这里还更进一步，因为这里可以什么事也不用干。这个“更进一步”对于我来说完全够了，因为我一向不遗憾我不能酣眠，我能什么事也不用做就成了。只要我无事可干，我宁可醒着梦想而不愿睡着做梦。浪漫想象的年龄过去了，荣华富贵的云烟曾让我头昏脑涨，也没有让我心旷神怡，剩下来的只有最后一个期望，希望能无拘无束地在永恒的闲散中过生活。这是天国里有福之人的生活，从此我要将它看做是我的无上幸福而在人间享受。

讲到这里，那些责怪我有那么多矛盾的人们一定又要怨我自相矛盾了。我曾经说过，社交场中的闲逸让我感到社交场无法忍受，而现在我倒希望闲逸并且追求孤独的生活了。但是，我就是这样的，如果其中有矛盾，那也是大自然的错误，而不是我的错误，实际上这里不仅没有矛盾，而且正因为这样，我才可以一直是我。社交场中的闲逸是让人厌恶的，因为它是被迫的；孤独生活中的闲逸是愉快的，由于它是自由的、出于自愿的。宾客高坐时，无所事事便让我痛苦不堪，因为我是被逼无所事事的。我得待在那里，被钉在一张椅子上，要么直挺挺的像个哨兵那样站着，不动脚、不动手、不敢跑，也不敢跳、不敢唱、不敢叫，也不敢指手画脚，甚至连做梦也不敢。

非常无聊的闲逸再连同受拘束的极度痛苦让我必须听所有的傻话跟所有的恭维，并不断思考费神，以免丢掉机会，轮到我时也将我的哑谜、我的谎言加上去说说。而你们就把这个叫做闲逸！这是地地道道的苦役犯的劳动啊！我所爱的闲逸不是一个游手好闲者的闲逸，游手好闲者是抱着膀子待在那里一动也不动的，是脑子和四肢都没什么可干的。我所爱的闲逸是儿童的闲逸，他不停地动着，却又什么也不做，是胡思乱想者的闲逸，浮想联翩，但身子却在待着。我爱忙些没有什么意义的小事，什么都做一做，却什么都不做完，我爱随着兴趣东奔西走，我爱经常改变计划。我爱盯住一个苍蝇看它的所有动作，我巴不得搬起一块岩石，看看底下到底有些什么东西，我爱满腔热情地捡起一个十年才能完成的工作，而十分钟后又毫不可惜地把它丢掉。总之，我爱整天东摸摸、西看看，既没有顺序，又不持续，一切都只凭一时的高兴。

我心中的植物学，那开始成为我的爱好的植物学，正是一门闲人的学问，适合填满我的闲暇时间的全部空隙，既不让想象力有发狂的机会，也不让无所事事的苦闷有产生的机会。在树林和田野里漫不经心地散步，无意识地在这里那里有时采一朵花，有时折一个枝，大概遇到什么就嚼点什么，同样一个东西观察个千百遍却永远怀着同样的兴趣，因为我总是看过什么立刻就将其忘掉——这就足够让我历经千万年而不会感到片刻的讨厌了。植物的构造不论怎么精细，不论怎么奇妙，不论怎么种类繁多，是不会吸引一个无知者的注视而让他产生兴趣的。在植物的组织上显示出来的那种永恒的类似与无穷的变化，只能让对植物界有许多知识的人为之叫绝。

别人看到大自然这许多宝藏，只能产生一种愚昧的、单调的赞美，但他们细看就什么也看不出来了，由于他们连该看些什么都不知道，他们看不到整体，因为他们根本就不知道各种关系与组合之间的关联，而这种关联是以其万千神奇的奥妙而让观察家觉得无限惊奇的。我的记忆力不好，因此我时常处于这种神妙的状态，我掌握的必要的知识，让我对一切都能够知道。那个岛虽小，却分成种种不同的土壤，而我面前的草木就有很多的品种，这够我终身研究和消遣了。我不想在岛上漏掉一根草而不加以分析，我已经在预备用无数有趣的观察来写成一部《皮埃尔岛植物志》了。

我让戴莱丝将我的书籍、衣物都带来了，我们就寄宿在岛上的出纳员家，他的妻子有几个妹妹住在尼多，她们轮番来看她，给戴莱丝做伴。我在那里试着过一种甜美的生活，巴不得在这种甜美的生活中度过我的一生，而我对这种生活所产生的兴趣又只能让我更深切地感受到马上就要随之而来的那种生活的苦难。

我向来是喜欢水的，一见到水就陷入了那滋味无穷的想象，尽管时常没有明确的目标。天气晴朗的时候，我一起床总是跑到平台上去呼吸早晨那清新而又对健康有益的空气，极目远眺美丽的湖对岸的天际，湖岸和沿湖的山岭组成了一片令人赏心悦目的景色。我感觉对神的崇敬，没有比这种由静观神的成绩而激起的无言的赞美更适合的了，因为这种赞美不是具体的行动所能表现出来的。我知道为什么城市里的居民没有什么宗教信仰，因为他们所看到的只是墙壁、街道和罪行，但是我就不知道为什么农村里的人，尤其是与外界隔绝的人，能没有宗教信仰。他们看着各种神奇，他们的灵魂为什么不能每天千百遍地向往这些神奇的创造者呢？至于我，尤其是在起床之后，当被一夜无眠闹得疲惫不堪的时候，但因为长期的习惯而能这样心醉神迷，是绝对不需要有思索之劳的。可是要办到这一点，我的眼睛必须看到大自然的那种动人的景象。一旦待在我的房间里，我就祷告得很少，比较枯燥，但是一看到美丽的景色，我不知为何就感动得心弦颤动。我记得有本书上讲，一个有智慧的主教巡视他的教区，看到一个老太婆在祷告的时候只会说声"唏"，他就对她说："好大娘，你就永远这样祷告吧，你的祷告比我们的都好。"这个最好的祷告也就是我的祷告。

早餐后，我就皱紧眉头赶紧写几封倒霉的信，热切地盼望着不再有信要写的那种幸福时刻的来临。我又在我的书籍和文稿的周围绕上一阵子，是为了打开包，整理整理，而不是为了读它们。这种整理工作，对我来说已经成了珀涅罗珀织的布了，它给我消磨时间的快乐。然后，当我厌烦了的时候，就抛下这工作，将早晨剩下的那三四小时都用来研究植物学，特别是研究林内乌斯的系统，我对这个系统产生了一种无法抛弃的爱好，即使在感到它的空疏无谓之后，也是这样。这个伟大的观察家，据我观察，是到现在为止唯一——还有路德维希——用博物学家和哲学家的眼光观察植物学的，但是他在标本室和植物园里研究得非常多，而在大自然中研究得却不够。而我呢，我将整个岛当做一个植物园，需要进行观察或验证一个观察时，就跑到树林里或草地上去，我的胳臂底下夹着一本书，到了那儿就在要研究的那个植物旁边躺下，以便从容地就它长在地上的状态去观察。这个方法对我很有好处，让我能认识在未经人手培植或改变性质之前的处在自然状态的植物。

有人说，路易十四的首席御医法贡能彻底地认识御花园里的全部植物，并且都说得出名字来，但是一到乡间就显得非常无知，什么都不认识了。我正好与他相反，对大自然的植物倒略知一二，但对园丁栽培的作物就一无所知了。

下午的时候，我把自己完全交给我那闲散疏慵的性格，听任当时的冲动去活动，一点规律也没有。在风平浪静的时候，我经常一离开餐桌就自己一个人跳上一只小船，一直划到水中央，这是出纳员教会我用单桨划的。每当到我随水漂流的时刻，我就快乐得浑身发抖，我说不上也不明白我这样快乐是为何，有可能是暗自庆幸我就这样逃出了恶人们的掌控吧。然后，我就一个人在这湖上荡漾，有时也靠近湖边，但是从来不上岸。我经常让我的船听凭风吹水推，自己则沉迷于漫无目的的遐想之中。这种遐想，尽管难以捉摸，却并不因为这样而不甜美。

有时候我心头一阵发软，就叫起来："啊！大自然啊！我的母亲啊！我现在是在你独自的守护之下了，这里绝对没有什么奸诈邪恶的人夹在你我之间了。"就这样，我一直远离陆地有半里约之远，我巴不得这个湖是一个汪洋大海。然而，我的狗可不像我，它是不喜欢这样在水上长期定居的，为了满足我那只可怜的狗，我经常有个游览的目的地，就是登上那个小岛，在那里漫步一两小时，要么躺在土墩顶上的那片绿茵上面，享受观赏湖内外风光的乐趣，考察和研究我手边的各种植物，像是又一个鲁滨孙那样，在这个小岛上给自己建造一个幻想的幽居。我非常喜欢这个小山丘，每当我能将戴莱丝与出纳员的太太连同她的姐妹们带到这里来散步的时候，我是多么自豪地做她们的桨手和向导啊！我们严肃地运些兔子到这里来繁殖，这又是让·亚克的一个伟大节日。这一小群居民让我感到这个小岛更加有趣，从那时起，我就到那里去得更勤，并且兴趣更浓了，目的是研究那些居民发展的迹象。

除了这些娱乐之外，在一定的时节，我还有另外一种娱乐，它让我回想起沙尔麦特的那段美妙的生活，那就是收获蔬菜和水果。

戴莱丝和我都为能跟出纳员的太太连同全家一起劳动为乐。我想起有一次一个名字叫基什贝尔格的伯尔尼人来看我，看到我跨坐在一棵大树上，腰带上带着一个大口袋，里面的苹果已经装得那么满，简直就没法动弹了。我对这次相遇连同其他相似的几次相遇，并不觉得难堪。我期望伯尔尼人亲眼看看我是怎样利用我的闲暇，并且让他们不再打算打乱我的安宁，让我在寂寞中平平安安地居住下去。我真是想让他们主动将我幽禁在这种孤独的生活里，这比我自己主动还要好得多，那样，我就会更加安全，不怕有人来打扰我的休息了。

这里又是我事先就料到读者不会相信的那种坦白了，虽然读者在我整个的生活过程中已经能看到我许多的内心感受都跟他们的一点也不一样，却总是固执地要用他们的心思来猜测我的心思。更怪的是，他们既不肯承认我有他们所没有的那一切好的或不好不坏的感情，却又经常准备将一些坏到压根不能在人心里产生的感情硬加到我的头上。他们认为最简单的办法就是将我放到与大自然直接对立的地位，让我成为一个根本不可能存在的怪物。每当他们想给我涂黑的时候，就认为任何荒谬绝伦的话都是能让人相信的，他们一想到要说我好，就感觉任何不同凡响的事都是不可能的。

但是，无论他们信不信，无论他们会如何说，我依然要继续忠实地坦白地说出让·亚克·卢梭是个什么样的人，做了些什么事，想了些什么东西，并且对他的思想感情上的奇特之处，丝毫不加解释，而且也绝对不予以辩护，也不去研究别人想的是否跟他一样。

我太喜欢圣·皮埃尔岛了，我实在太中意在岛上居住了，我把一切希望都寄托在这个岛的范围以内，决定绝不再走出岛外。我对必须到邻近地区去进行的访问——去内斯阿特尔、比埃纳、伊弗东、尼多等地，每当想起来就觉得厌倦。我认为在岛外度过一天，就等于我的幸福被减去了一天，出了湖就像鱼离开了水一样。而且，过去的经验已经让我胆寒了，无论一个什么好的事物，只要是能符合我的心愿，我就得作很快要丢掉它的思想准备。因此，想在岛上结束这一生的那种热切愿望，是和怕被逼迫搬出的那种畏惧完全不能脱离的。

我已经养成了这种习惯，每天晚上跑到沙滩上去坐，尤其是在湖上有风浪的时候，我看着波涛在我的脚前变成泡沫，便感到一种新奇的乐趣。它让我觉得这正是人世的风波跟我住所的宁静的标志，我有时想到这里便感觉心头发软，感到眼泪就要夺眶而出。我满怀热爱享受着这种安静，只有害怕失去它的那种不安心情在扰乱它，但是这种不安的心情是那么强烈，以至于损害了它的美妙。我觉得我的处境非常没有保障，并且实在靠不住。“啊！”我心里想，“我那么愿意用离开岛的自由去换永远留在岛上的保证啊！这个自由我是连想都不敢想的。我多么想被强迫留在这里，而不是被蒙恩和容忍而居住在这里啊！仅仅因为忍受而让我住在这里的人们是随时随地可以把我撵走的，我能期盼那些迫害者看到我在这里很幸福就让我继续幸福下去吗？啊！人们只允许我生活在这里是不够的，我真想人们让我住在这里，我真想被迫留在这里，以免又被逼搬出去。”我以羡慕的眼睛看着那幸福的米舍利·杜克莱，他安静地待在阿尔贝的城堡里，只要他想要幸福就能得到幸福。最后，因为我一直这样想，一直让人不安的预感，感觉有新的风暴时刻准备扑到我头上来，因此我竟盼望，并且用一种非常热烈的心情期望，他们干脆索性就把这个岛当做我服无期徒刑的监狱吧，而不只是容忍我在这个岛上居住。我可以起誓，如果只因为我自己做主就能让人家判我住在这里的话，我是会用最大的欢乐心情来这样做的，因为我十分愿意被迫在这里度过我的余生，绝不愿有被赶出岛的危险。

然而这种恐惧不久就变成事实了。在我最想不到的时候，我得到尼多的法官先生一封信（圣·皮埃尔岛是属于他的司法区的），他用这封信向我下达了邦议会诸公的命令，让我搬出这个岛，并远离开他们的管辖地。

我读着这封信简直认为是在做梦，因为没有比这样一个命令更不自然、更不合理、更让人意外的了。因为，我原来对我的那些感觉，一向只当做是一种惊弓之鸟的不安表现，而不是看做是有许多根据的预见的。我曾经采取种种步骤来得到管辖机关的允许，人们又让我那么安静地搬到岛上来安家，还有好几个伯尔尼邦的人连同法官自己都曾来拜访过我，而且法官对我又非常友好、礼遇有加，再加上季节又那么残酷，在这时候赶出一个衰老又有残疾的人出境，这未免太不人道了。这一切让我和许多的人都相信，在这个命令里肯定有些误会，完全是那些居心不良的人特地趁着葡萄正在收获、参议院正在休会的时候，给我突然来一下打击。如果是让我一时生气去行事的话，我当时一定就走了。但是又能走到哪里去呢？在这入冬的时候，既没有目标，又没有准备，既无车夫，又无车辆，该怎么办呢？除非把书籍、衣服、全部什物都扔掉，要不我就得有点时间，而命令里又没有说是否给予时间的话，连续的灾难已经开始磨灭我的勇气了。

我平生第一次觉得我天生的那种豪迈之气在贫困的压力下低下头来，尽管我心里非常生气，还是不得不谦卑地请求一个宽限。命令是由格拉芬列先生下达给我的，我就请求格拉芬列先生替我解释一下。因为他的信里表现出他对这道命令是非常不赞成的，他只是用万分抱歉的心情将它下达给我，我觉得，信里那些充满痛心和敬佩的表示，好像都是在和蔼地催促我敞开心扉跟他谈谈，我就这么做了。我甚至毫不怀疑，我这封信一定会使那帮无义之人睁开眼睛，看看他们自己的野蛮，即使不收回这样一个残忍的成命，怎么也会给我一个合理的宽限的，也许还会给我一整个冬天，好让我去准备退路，选择一个地方。

我一边等候回信，一边就开始思考我的处境，思考我该采取什么决定。我看到处都有那么多的困难，愤怒又太伤我的心，此时我的健康情况又非常坏，所以我竟然不由自主地灰心到了极点，但我灰心的结果就是我的脑子里余下的一点智慧也丧失了，因此没法子对这种可悲的处境看出一个尽可能好的布置。很明显，不管我到什么地方去逃难，我都摆脱不了人们为驱赶我而采取的那两种方式中的任何一种，一种方式是用暗中动作的办法激起无知小民来反对我，另一种就是用公开强制的办法驱赶我而说不出任何理由。因此我无法期望得到任何一个安全的退路，除非是到我的力量跟当时的季节都好像能容许我跑得那样远的地方去找。

这一切又将我拉回到我刚才那些念头上来了，所以我就大胆希望，去建议，宁可让人将我管制起来，束缚终身，也不要让我在大地上不断流浪，一再将我驱逐出我所选择的那些避难的处所。在我写出第一封信的两天之后，又写了第二封信给格拉芬列先生，请他为我向当政的人提出这个建议。伯尔尼邦对我这两封信的回复，是用最明确、最严酷的用词写成的一道命令，让我在二十四小时内离开岛屿与该共和国的一切直接跟间接的领土，并且永远不得重来，否则必定给予严惩。

这是个十分可怕的时刻。我曾经感到比这更痛苦的焦虑，但却没有碰到过比这更大的困难。但是，最让我痛心的还是被迫放弃那个我期望能在岛上过冬的计划。现在正是时间，应该补充一下这件命定的遗憾事了。这件事让我的灾难到达顶点，并且带着一个不幸的民族同我一同垮台——而这个民族的许多天生的美德本来已经预告它有一天会给斯巴达与罗马争光的。

我以前在《社会契约论》里曾讲到科西嘉人，以为他们是一个新兴的民族，是欧洲唯一没有衰落的民族，可以为之立法图治。我还讲明，人们应该对这样一个民族怀有很大的希望，如果它能有幸找到一个英明的导师的话。

我这部作品被几个科西嘉人看到了，他们对于我谈到他们时的那种赞赏的态度很有感触。他们当时正全力缔造他们的共和国，这就让他们的领袖们想到来询问我对于这一重要工作的意见。有位布塔弗哥先生，是出生于这个地区的望族之一，当时他在法国的王家意大利团队任上尉，曾因为这个问题写信给我，并且替我提供了好几种文件，都是我为了解这个民族历史与当地情形向他索要的。保利先生也给我写过好几次信。尽管我觉得这样一项工作超越我的能力，但仍然相信，在我将来掌握了因此而需要的一切材料之后，我就不能拒绝奉献出我的力量来帮助这个伟大的善举。我对他们两人的来信都是依据这个意思去答复的，这种通信一直持续到我离开圣·皮埃尔岛的时候才结束。

正在这个时候，我听说法国派兵到科西嘉岛去了，并且和热那亚人签订了一个条约。这个条约与这次派兵让我不安起来，当时我并没有想到我会同这一切有任何关系，可是我已经认为，为一个民族的立法制定而工作是需要绝对安静的，而当在这个民族可能就要被征服的时候去干这种工作，必定是既不可能而又可笑的了。对布塔弗哥先生我并没有隐瞒我这种不安的想法，但他却劝我放心，并向我保证说，如果那个条约里有破坏他的民族的自由的条款，像他那样一个好公民是绝对不会继续在法国军队里服务的。事实上，他要为科西嘉人立法图治的那种热情，连同他跟保利先生维持的那种密切关系，都不允许我对他本人有任何怀疑。当我听说，他经常到凡尔赛与枫丹白露去，又同舒瓦瑟尔先生有点联系时，我就无法得出其他的结论来，只能相信他对法兰西宫廷的真实意图的确有把握，而他只让我自己去领悟，并不愿在信上公开说明。这一切总算让我有点放心了。但是，我一点也不明白法国这次为什么派兵，无法想出理由来去证明法国兵派到那里是为了保护科西嘉人的自由，因为单凭科西嘉人自己的力量就能够反抗热那亚人并进行自我保护了。因此我还是不能完全放下心来，也不能在掌握确切的证据、知道那一切并不是人家在玩弄我之前，就确定插手去弄那个拟议中的立法工作。我非常想跟布塔弗哥先生见一次面，这才是真正搞清我所需要的情况的办法，他也让我觉得会面是有希望的，因此我怀着非常焦急的心情等待他。在他那边，他是否真有前来和我相见的计划，不得而知，但是，即使他有这样的计划，我那些灾难必定也会阻止我使用他那个计划的。

我越思考这项拟议中的工作，越对手里的材料做更深的研究，就越觉得，为之立法的那个民族，他们所生活的土地，连同法制应该与之相适应的各种关系，都有就近研究的需要。我一天比一天更知道，要想从远处得到指导我的一切必要的知识，那是无法实现的。我将这个意见写信告诉布塔弗哥了，他也有跟我一样的想法。

如果说我还没有真正下决心到科西嘉岛去，但我却也已很费了一番脑筋在思考这次旅行的方法。我将这件事对达斯蒂埃先生说了，他是应该了解这个岛上的情况的，因为他以前曾作为马耶布瓦先生的部下在那儿做过事。他全力劝我不要这样想，我承认，他将科西嘉人与他们的乡土给我描写得非常可怕，让我原来想到他们中间去生活的念头凉了下来。

但是当在莫蒂埃受到的迫害让我想到离开瑞士的时候，这个念头又萌发了，因为我盼望最后能在那些岛国之民中间找到人家处处都不让我享受的那种安宁。不过有一件事让我对这次旅行感到害怕，就是我将必须过一种紧张的生活，而我对这种生活一直是不能适应而又非常憎恶的。我天生就是愿意独自一人在空闲中进行沉思默想，而不是为了在大庭广众中说话、行动与处理事务的。大自然赋予了我一种才能，就拒绝给我另一种才能。我觉得，我将来一旦到科西嘉岛，虽然我不直接参加公务，但还是不得不投入人民的热情活动之中，并常常同领袖们开会、讨论问题。我此去的目的本身就要求我不是去寻求隐世，而是到那个民族的怀抱中去找我所要求的知识。很显然，我将再也不能控制我自己了，我既不由自主地进入了我天生就不能适应的那种事务的旋涡，那么就会在这旋涡中过一种跟我的爱好完全相反的生活，并且我在旋涡中的表现只能对我自己不利。

我想象到，我的著作可能曾让科西嘉人认为我有些能力，我一到那里就会让他们感到名不副实，因而我在科西嘉人心目中的地位就会降低，同时他们对我原有的信任就会失去，这对我固然是损失，但对他们也同样是损失，由于没有他们的信任，我就不可能把他们期待的工作做出成绩来。我相信，我这样超出了自己的能力范围，既对他们无益，也让我自己不幸。

近几年来，我被各式各样的狂风暴雨震撼着、冲击着，并且横遭迫害，到处流浪，这弄得我疲惫不堪，我深切地感到休息的必要性，可是我那些野蛮的仇敌却偏以让我不得休息为乐事，我比任何时候都更渴望我一向就非常羡慕的那种可爱的清闲、那种身心的安静。自从我从爱情与友谊的幻象中醒过来之后，我的心就一直将这种清闲恬静当做唯一的最大的幸福。我怀着恐慌的心情期望我将要承担的那些任务和将要陷入的那种纷繁生活，目标的伟大、美妙和意义固然能激发我的勇气，但是一想到我冒险犯难而不能获得结果，我的勇气就完全消失了。如果论所耗费的精力，我独自思考二十年，也赶不上我在人事的缠绕中紧张生活的六个月，而且还肯定是劳而无功。

我想到了一个在我看来是可以将一切都照顾到的合适办法，既然我每逃到一个地方都被我那些暗中的迫害者的诡计阴谋盯住不放，既然现在我只看到一个科西嘉岛还能让我指望在老年得到他们在什么地方都不愿让我享受的那种安宁，那么，我就决定依照布塔弗哥的指示，当我一有希望的时候，就到那个岛上去。

但是，为了能在那里生活得安宁，我又决定至少要在表面上丢掉那立法的工作，而只局限于在当地写科西嘉人的历史，当做对他们待客殷勤的一种报答。不过，如果我看出有成功的可能的话，我也会不声不响地做些必要的调查，以便让我对他们能有很大的用处。这样，我既不负担任何责任，又可以暗地里更自由自在地想出一个适合他们的办法，而且这不需要我抛弃我那心爱的独立生活，也不需要我勉强接受一种我既不能忍受、又没有能力对付的生活方式。但是这次旅行，按照我当时的处境，是一件不容易做到的事。通过达斯蒂埃先生同我所谈的科西嘉岛的那种情况，我知道除了自己捎去的东西之外，在那里就是连最简单的生活用品都找不到，内衣、外衣、锅盆瓢碗、纸张、书籍，什么都得随身捎带。我要带我的女总督搬到那里去，就得越过阿尔卑斯山，并且将整个一大套行李都拖在后面走上二百里约的路程，还得穿过好几个统治者的国境。并且，看一下全欧洲当时已经形成的那种风气，我当然还要想到在我的灾难之后我处处都会碰到的障碍，会看到每个人都要幸灾乐祸地给我以新的打击，在我身上违背一切国际法与人道的准则。像这样一次旅行的巨额花费跟种种疲劳、危险，也让我不得不预先就料到并且仔细衡量一下各种困难。在我这样的年纪，最后却孤身一人，一点办法也没有，举目无亲，将命运托付给这个像达斯蒂埃先生所给我讲述的那样野蛮而剽悍的民族，这种前景，当然要让我在执行决定之前好好考虑一下。我热烈期盼着我和布塔弗哥的会晤，我等待会谈的结果，以便将我的计划最后定下来。

正当我犹疑不定的时候，莫蒂埃的迫害来了，这就逼着我去逃难。我那时并没有为长途旅行做好准备，尤其是到科西嘉岛去旅行。我是在等待布塔弗哥的消息时逃到了圣·皮埃尔岛，到入冬的时候，我正如上文所说，被赶出岛了。这时，阿尔卑斯山上覆满了雪，这种危险的计划根本就不能实现，特别是期限又那么短。说真的，像这样一道命令，其原本的荒唐就让它不可能执行，因为，要从这四面环水的孤独之区的中心搬出去，从命令下达时起，只有二十四小时来准备，又要寻找船，又要找车来离开岛屿跟整个国境，即使我长了翅膀，也是难以做到的。我将这种情形写信告诉了尼多的法官先生，当做对他的来信的答复，及后我就连忙离开了这个无义之邦。

以上是讲明我怎样被迫放弃了我那热爱的计划，怎样在失意的时候不能得到人家对我就地实行管制，因此就接受了元帅勋爵的邀请，决定到柏林去走一遭，让戴莱丝看着我的衣物、书籍在圣·皮埃尔岛上过冬，同时将我的文稿都交到贝洛手里。我处理得非常快，第二天早晨就从岛上起程了，到比埃纳的时候还没有到下午。因为一个意外的插曲，我差点在比埃纳就终止了我的旅行，这个插曲也是不应该略而不谈的。

当我奉命离开避难所的消息一传出去，邻近地区来看我的人便陆续而来，尤其是伯尔尼邦人，他们用最可恨的虚情假意来奉承我、敷衍我，并跟我保证，人家是利用放假的时间和参议院休会的时候拟好和下达了这道命令的，据他们说，二百人议会的成员对这个命令都觉得气愤。在这一大堆安慰者里面，其中有几个是从比埃纳市——比埃纳市是个小自由邦，圈在伯尔尼邦里——来的，有个青年人，名字叫韦尔得勒迈，他的家庭是第一流望族，在这个小城市里拥有最大的威信。

韦尔得勒迈代表该邦公民，诚恳地劝我到他们那里去选择避难处所，说他们热切期望能在那里接待我，将把让我住在那里并且忘掉过去的种种迫害之苦看做一种光荣和义务，又说我在他们那里不需要害怕伯尔尼邦人的任何势力，说比埃纳是个自由市，不承认任何人的法令，全体公民都抱定决心，不听从任何对我不利的请求。韦尔得勒迈看他一个人不能说服我，便找了好几个人来帮忙，这些人，有的是比埃纳市和邻近地区的，也有的就是伯尔尼邦的，其中就有我已经说过的那个基什贝尔格，他从我隐居瑞士以来就一直要跟我交往，而同时他的才能跟思想也让我感到他这人很有意思。但是，更出乎我意料的，同时也比较有分量的，是法国大使馆秘书巴尔泰斯先生的劝阻，他跟韦尔得勒迈一起来看我，极力劝我接受韦尔得勒迈的邀请，他对我表现出的那种热切而好心的关切，真让我吃惊。我本来根本就不认识巴尔泰斯先生，但是，我看他说的话非常热情诚恳，就觉得他是真心要说服我在比埃纳市住下来。他在我面前将这个城市和居民夸得无可比拟，他说他跟他们交往得太亲密了，以至于他好几次竟在我面前将他们称为他的恩主、他的父老。

巴尔泰斯的这番交谈可把我原来的一切判断弄糊涂了。我始终怀疑舒瓦瑟尔先生是我在瑞士所遇到的那一切迫害的暗中主使人。驻日内瓦的法国代办的行为，驻索勒尔的法国大使的行为，只能肯定地确认我这种怀疑，这我看得出。我在伯尔尼邦、日内瓦、内斯阿特尔所遇到的一切，都是由法国政府在暗中施加影响，同时我不相信我在法国除了舒瓦瑟尔公爵一人外，还有什么有势力的仇人。那么，我对巴尔泰斯的拜访和他对我的命运表现出的那种好心的关切，又能作何感想呢？我每次的灾难都没有消磨我的心灵所依然具有的那种对人的信任，经验也还没有让我学会能在关心下随时看出陷阱。

我怀着诧异的心情思考巴尔泰斯这种盛情的理由，我倒不那样傻，以为他办这个交涉是出于主动，我在他那番交涉中看出他故意张扬，还矫揉造作，而这正表明他别有用心，我的确从来没有在这种小官僚身上找到过我当年在类似的岗位上常让我的心灵激烈起来的那种见义勇为的精神。

以前我在卢森堡先生家里就有点认识波特维尔骑士，他也曾对我表示过美意。从他出任大使以来，他还表示他仍然记得我，甚至还请我到索勒尔去看他。

这个请求，我尽管没有接受，却十分感动，这是因为我不习惯于接受身居高位的人这样客气的接待。因此我想，波特维尔先生在关于日内瓦事件的问题上是必须按照上级的指示办的，但是他心里却同情我的不幸，所以用特殊的照顾，为我安排下比埃纳市这个避难处所，这样我能安安静静地生活在他的保护之下。我很感激这种照顾，但是并没有加以利用，最后我已经决定到柏林去旅行，所以我只热切地盼望着与元帅勋爵见面时刻的到来，相信从此以后，我只有在他身上才能找到真正的安宁和持久的幸福。

当我从岛上起程的时候，基什贝尔格一直将我送到比埃纳。我在那里见到韦尔得勒迈与其他几个比埃纳人在迎接我下船，我们一起在小客栈里吃了午饭，我抵达后的第一件事就是让人去找辆轿车，第二天一早就走。在吃饭的时候，那些先生们又重申，要让我在他们那里住下，而且要求得那么强烈，又证实得那么动人，以至于，尽管我已作出最后决定，但是我这颗向来就不会抗拒关心的心，到底还是让他们的关心给感动了。他们一见我已经动摇，便更加努力，我最终被他们说服了，同意在比埃纳留下，至少留到开春。韦尔得勒迈随即忙着替我找房子，将一个简陋的小房间在我面前说得像个意外的新发现似的，这个小房间是在四层楼的后楼，面朝着一个院子，院子里供我观赏的是一个麂皮商人的一汪臭水。我的房东是个矮子，一脸贱相，非常狡猾，第二天我就听别人说，他是个浪子，又是个赌徒，在地方上名声很不好，因此他既没有妻室，又没有儿女，更没有仆役。我凄凉地将自己关在那个寂寞的房间里，可以说是虽然身在世界上风景最佳的地域，但住的却是不到几天就能让人闷死的小屋。

让我感触最深的是，虽然人家对我说当地居民如何热心，要留我做客，但我打街上过的时候，却从他们的态度中看不到一点对我客气的表示，在他们的眼光里也看不到一点亲热的样子。然而，我已经决定要在那里住下去了，就在这个时候，我听说、也见到而且还感觉得该市正酝酿着一场针对我的可怕的动乱。有几个献殷勤的人卖乖讨好地来对我说，明天就要用尽可能最残酷的方式给我下达一道命令，让我立刻离开国境，也就是说离开市境。我没有任何人可以相信了，所有挽留我的人都已离去，韦尔得勒迈不见了，我也听不到人家谈论巴尔泰斯了。而且他在我面前给自己找上的那许多恩主和父老，好像并没有因他的嘱托而对我如何关照。有个名叫什么伏·特拉维尔的先生，他是伯尔尼邦人，在本市附近有座漂亮的房子，他请我到那房子里去躲避灾难，据他对我说，希望我在那里可以避免被人用乱石打死。这个优点好像没有足够的诱惑力，让我在这个好客之邦继续停留下去。

然而，这一耽误，就是三天过去了，伯尔尼邦人为了让我离开他们的领土而给我的那二十四小时的期限，已经超过很多了。我知道了他们的狠心，肯定免不了感到非常焦虑，不知道他们会如何让我越过他们的国境。

这时，尼多的法官先生来了，恰好为我解决了困难。他对当政的人那种残暴的做法表示公然反对，所以，他以他那慷慨好义的精神认为应该对我作一个公开的表白，证明他在这件事里绝对没有插手，并且还走出他的司法区，跑到比埃纳来看我一次。他是在我起程的前一天来的，不但不是微服出访，并且还要故意张扬一下。坐着自己的专车，带着他的秘书，穿着盛装艳服而来，并且送给我一份用他自己的名义签发的护照，以便我能自由自在地越过伯尔尼邦的边境，以免有人刁难。他的拜访比那份护照还更让我感动，即使这个拜访的对象是别人而不是我，我也会为之感动不止的。为了支持一个遭受欺凌的弱者而立刻做出的勇敢行为，我真不知道除此以外还有什么别的任何事物能在我的心头产生比这更强烈的印象了。

最后，在我最终找到了一辆轿车之后，第二天早晨就离开了这个杀人的乡土，没等到被派来称赞我的那个代表团的到来，甚至也没能等到同戴莱丝见面——这是因为本来我以为要在比埃纳住下的，因此通知她来跟我相会，这时却没有时间给她写几个字将我这次新的灾难告诉她，让她不要前来了。假如我还有力量再写第三部的话，人们会在那里看到，我原本是怎么想去柏林的，但实际上却到了英国，只想摆布我的那两位夫人又怎样在用尽阴谋诡计把我赶出瑞士（我在瑞士还不算是在她们掌握之中的）之后，终于达到了目的，将我送到了她们的朋友的掌握中了。

在我将这部作品读给埃格蒙伯爵先生与夫人、皮尼亚泰利亲王先生、梅姆侯爵夫人与朱伊涅侯爵先生听的时候，我插上了下面这一段话："我说的都是真话，如果有人知道有些事情与我刚才所讲述的相反，哪怕那些事情通过了一千次证明，他所知道的也只能是谎言与欺骗。如果他不愿在我活着的时候跟我一起探讨并查明这些事实，他就是不爱正义、不爱真理。我呢，我高声地、无畏地声明，将来任何人，即使没有读过我的作品，但能用他自己的眼睛观察一下我的天性、性格、操守、志趣、爱好、习惯以后，如果还认为我是个坏人，那么他自己就是一个应该被掐死的坏人。"

我的诵读就这样完成了，大家都没有说话。只有埃格蒙夫人一人，我觉得她好像受到了感动，她很明显地在颤抖，但很快又安定下来，与在场的其他人一起保持沉默。我从这次朗读跟我的声明中所取得的结果就是这样。